David Ignatius
Bank der Angst

David Ignatius

Bank der Angst

Thriller

Aus dem Amerikanischen übersetzt
von Matthias Müller

Marion von Schröder

Die Originalausgabe ist
unter dem Titel The Bank of Fear
bei Avon Books, New York, erschienen

Der Marion von Schröder Verlag
ist ein Unternehmen der Econ & List Verlagsgesellschaft,
Düsseldorf und München.

ISBN 3-547-74961-1

Satz: Franzis-Druck GmbH, München
Druck und Bindung: Wiener Verlag, Himberg

Für Eve, Elisa, Alexandra und Sarah.
Und für meine tapferen arabischen Freunde,
die ihr Leben dem Kampf um Menschenrechte
und Demokratie gewidmet haben.

Hier ist ein Volk, das seinen ganzen Stolz
der Unterdrückung preisgibt.
Hier ist ein Land gedemütigt
Wie eines Feiglings Haus.

Wer gibt uns einen Vogel,
bloß einen Vogel?
Bloß einen Baum?
Wer wird uns das Alphabet der Luft lehren?

Wir warten an der Kreuzung.
Wir beobachten den Sand, der unsere
Leuchtfeuer versenkt.
Die Sonne zerfällt zwischen den Runzeln
unserer Hände.

O mein Land ...
Deine Haut ist die einer Echse.
Dein Duft ist der Gestank
verbrannten Gummis.
Dein Sonnenaufgang ist eine
weinende Fledermaus.
Du gebierst solche Holocausts.
Du säugst Ungeziefer an Deiner Brust.

ADONIS (Künstlername von ALI ACHMED SAID)
aus »Erinnerung an das Erste Jahrhundert«,
aus der Sammlung *Blätter von Tag und Nacht*.

Prolog

Das Gebäude von Coyote Investment war ein grauer Betonklotz am westlichen Ende von Knightsbridge, mit kleinen glubschäugigen Fenstern, die das Innere vor neugierigen Blicken schützten. An der Vorderfront gab es eine Drehtür, die immer abgeschlossen war, so daß alle Besucher eine schmale Tür an der Seite benutzen mußten, die am Tisch des Sicherheitsbeamten vorbeiführte. Der einzige Farbtupfer an der Fassade war ein rostroter Fleck, der durch die Tropfen aus den Simsen und Fallrohren entstanden war. Bei einem flüchtigen Blick auf das Gebäude hatte man den Eindruck, es würde Blut aus den Mauern heraussickern. Es war ein Ort, den die meisten Londoner nicht freiwillig betreten würden, es sei denn, sie hätten dort geschäftlich zu tun.

An einem Samstagabend fuhr hier zu später Stunde eine schwarze Daimler-Limousine vor. Ein grauhaariger arabischer Herr in einem Smoking entstieg dem Fond des Wagens und nahm den Aufzug zu seinem Büro im fünften Stock. Er setzte sich sofort ans Telefon und führte eine Reihe von Telefonaten. Er hieß Nassir Hammud. Ihm gehörte das Gebäude und noch einiges mehr. Aber an jenem Abend im März hatte er Schwierigkeiten: Der erste Anruf galt seinem Sicherheitschef.

»Es hat einen Unfall gegeben«, informierte Mr. Hammud den Sicherheitschef, als dieser zwanzig Minuten später eintraf. »In meinem Landhaus. Eine Frau ist zu Schaden gekommen.« Er sprach langsam, hielt an jedem Wort fest, als könnte er dessen Wirkung auf den Zuhörer kontrollieren. Er war Unfälle nicht gewohnt. Beim Reden wischte er ein unsichtbares Mullfädchen vom Seidenaufschlag seiner Jacke.

Das Gesicht des arabischen Herrn war ebenso gepflegt wie seine Abendgarderobe. Die Züge waren für sich genommen nicht bemerkenswert: eckige Wangenknochen, eine breite Nase mit einem leichten Haken zur Spitze hin, ein fliehendes Kinn. Aber sein Gesicht hatte einen unnatürlichen Glanz, gleichzeitig rosa und blaß, als wäre dieser Mann geradewegs von einem Einbalsamiertisch heruntergestiegen. Die Haut war zu glatt; sie sah aus wie auf einem retouchierten Foto. Die Zähne hatten etwas Leuchtendes und Scharfes, und die Fingernägel waren frisch manikürt. Auf einer Wange waren Spuren einer frischen Narbe, aber sie war so kunstvoll genäht worden, daß sie im Abendlicht so gut wie unsichtbar war. Das einzige, das in diesem Gesicht von den kosmetischen Künsten scheinbar unberührt geblieben war, waren die Augen, die sich zu scharfen, schwarzen Punkten verengten. Und es war genau diese Kombination von kraftloser, fast femininer Geschmeidigkeit und der rohen Brutalität, die aus seinen Augen leuchtete, die Nassir Hammud eine Ausstrahlung berechnender Grausamkeit verlieh.

»*Ya sidi!*« stimmte der Sicherheitschef zu. *O Herr.* Er verneigte sich ganz leicht.

»Ich war den ganzen Tag hier in London«, fuhr Hammud fort. »Der Chauffeur hat mich ins Büro gebracht. Ich habe von diesem ... Unfall am Telefon erfahren.«

»*Ya rayess!*« sagte der Sicherheitschef. *O, mein Präsident!* Er war ein irakischer Armenier namens Sarkis, jedem außer Mr. Hammud als Professor Sarkis bekannt.

»Ich möchte, daß Sie etwas für mich erledigen«, sagte Hammud.

»*Ya amir!*« antwortete Sarkis und näherte sich dem Schreibtisch. *O, mein Prinz!* Der Sicherheitschef war ein kantiger Mann, mit teigigen Wangen und einer riesigen Nase, die sein restliches Gesicht überragte und ihn wie die levantinische Version eines tropischen Vogels aussehen ließ. Er beugte sich zu Mr. Hammud vor. »Soll ich einen Arzt rufen?« fragte er.

»Nein!« sagte Hammud. »Keinen Arzt.«

»Soll ich einen Krankenwagen rufen?«

Hammud machte eine wegwerfende Handbewegung, als würde er ein weiteres Fädchen von seinem Jackett wegwischen.

»Was soll ich dann tun, *sidi*?«

Hammud ging zu dem Tresor hinter ihm. Er öffnete ihn und zählte sorgfältig fünfzigtausend Pfund aus der Bargeldschublade ab. Als er damit fertig war, tat er das Geld in einen braunen Umschlag, kritzelte eine Adresse drauf und übergab ihn Sarkis.

»Ich möchte«, sagte er, »daß Sie morgen früh zu diesem Mann hier gehen und ihm den Umschlag geben. Nur ihm. Er ist Polizeichef. Sagen Sie ihm, das Geld ist als Belohnung gedacht. Für Hinweise darüber, wer die Frau getötet hat. Sagen Sie ihm, ich bedaure den Vorfall sehr. Sagen Sie ihm, daß ich das ganze Wochenende über in London war.«

Sarkis verneigte sich und nahm den Briefumschlag an sich. »Sie ist tot, *sidi*?«

Hammud antwortete nicht. Er hatte bereits den Hörer in der Hand, um einen weiteren Anruf zu erledigen. Er war ein ungeheuer kontrollierter Mensch, der diese Kontrolle für den Bruchteil einer Sekunde verloren hatte, und er wollte sie so schnell wie möglich wiedergewinnen. Einige Augenblicke später schaltete er den Bildschirm seines Computers auf seinem Schreibtisch ein und begann, Anweisungen an seine Makler auf der ganzen Welt zu schicken. Er gab durch, welche Positionen sie beziehen sollten, wenn die Börsen am Montag wieder aufmachten. Professor Sarkis verließ unauffällig das Büro und machte sich auf den Weg nach Berkshire, um aufzuräumen.

Selbst in der kleinen Welt des arabischen Londons war Nassir Hammud eine rätselhafte Gestalt. Unter Exil-Irakern flüsterte man sich zu, er habe als junger Mann in Bagdad einen Mann getötet, indem er ihm Nägel in den Kopf gehämmert habe. Aber das war lange her, und niemand konnte sich an die Einzelheiten erinnern. Heute besaß Nassir Hammud ein Stahlwerk in Spanien, eine Elektronikfirma in Lyon, ein Immobilienmaklerbüro in New York und eine Baugesellschaft in Turin. Er war reich – ungeheuer reich, milliardenschwer. Aber niemand schien besonders viel über ihn zu wissen, geschweige denn darüber, wo sein Geld herkam.

Es kursierte das Gerücht, Mr. Hammud stehe sich gut mit dem Herrscher in Bagdad, und dies sei die eigentliche Quelle seiner Reichtümer. Aber das behaupteten die Leute immer von reichen Arabern. Sie stellten sich vor, das Geld falle vom Himmel in die Hände des Herrschers und dann in die Hände seiner Freunde. Das machte sie neidisch – diese *jahal*, wie Mr. Hammud sie nannte – die Ignoranten, die Geld haben wollten, ohne es sich zu verdienen. Und so erfanden sie Geschichten über erfolgreiche Leute wie Mr. Hammud. Es war Neid, weiter nichts, sagte Mr. Hammud seinen Freunden. Purer Neid.

Wie so viele wohlhabende Männer aus dem Nahen Osten war Mr. Hammud mit der Absicht nach London gekommen, sich dort niederzulassen. Zu Hause in Bagdad war es schmutzig. Die Zeit der Kriege war vorüber, aber die politischen Führer dort trugen immer noch Militäruniformen, vergaben Aufträge, Heldengedichte über sie zu verfassen, und hämmerten ihren Feinden Nägel in die Köpfe. Mr. Hammud hatte genug davon gehabt. Und so war er nach Westen aufgebrochen, über Frankreich nach Belgien und in die Schweiz. Und mit jedem Landeswechsel hatte sich das Geld auf seinem Bankkonto vervielfacht, und die Spuren seiner Herkunft waren verschwommener geworden.

Er war ein gepflegter, kompakter Mann, der mit zunehmendem Alter immer mehr Wert auf sein Äußeres legte. Eines der ersten Dinge, die er nach seiner Ankunft in London einige Jahre zuvor getan hatte, war, einen Schneider aufzusuchen und ein halbes Dutzend Anzüge zu bestellen, jeder mit tailliertem Jackett und einer Bundfalte in der Hose. In seiner neuen Garderobe sah er aus wie jeder andere wohlhabende, auf internationalem Parkett tätige Geschäftsmann. London, Paris, Hongkong, Berlin – was spielte es für eine Rolle? Mit einer guten Gesichtsbräune und in einem neuen Anzug sah jeder gleich aus.

Obwohl es hieß, daß er ein Dutzend oder noch mehr Tochtergesellschaften besaß, operierte Mr. Hammud über seine Holding-Gesellschaft, Coyote Investment. Die wenigen Personen, die von der Existenz dieser Firma wußten, vermuteten wahrscheinlich, es handele sich um einen amerikanischen Konzern, mit Hauptsitz in Houston oder Denver. Tatsächlich aber war die Firma in Europa registriert, und ihr Geld, insoweit überhaupt jemand wußte, wo es herkam, schien aus dem Irak zu kommen. Araber bezeichnen diese Art absichtlicher Täuschung höflich als *taqqiyya*. Für Mr. Hammud war es zu einem Managementprinzip geworden.

Die Anlage der Büros von Coyote Investment auf Knightsbridge spiegelten Mr. Hammuds Leidenschaft für Geheimhaltung wider. Er hatte die Firma praktisch in zwei Teile geteilt: in einen öffentlichen und in einen geheimen, in dem die eigentliche Arbeit erledigt wurde. Der Besucher, der im fünften Stock den Aufzug verließ, fand zu seiner Rechten eine hell erleuchtete Empfangshalle vor, mit einem großen Schild, auf dem COYOTE stand und das wolfsähnliche Tier abbildete. Dies war der offizielle Eingang der Firma; hinter den Doppeltüren lagen die Büros der Abteilungsleiter der Personal- und Werbeabteilung. Diese Männer waren Briten. Mr. Hammud stattete sie mit Mitgliedschaften in Londoner Clubs und Bentley-Limousinen aus und zahlte ihnen stattliche Gehälter, damit sie ihn in der Londoner Finanzwelt repräsentierten. Sie wirkten mächtig, waren es aber nicht. Sie waren Attrappen.

Die wahre Macht lag links von den Aufzügen. Man ging einen schwach beleuchteten Gang hinunter zur Buchhaltungsabteilung. Sie konnte nur betreten werden, indem man in ein elektronisches Schloß einen besonderen Code eingab. Hier war das Reich der Schweigsamen, der irakischen, »vertrauenswürdigen« Mitarbeiter, die den Kern des Unternehmens bildeten. Auf Besucher wirkte die Buchhaltungsabteilung sehr bescheiden. Die Schreibtische und Aktenschränke waren aus schlichtem grauem Metall, die Vorhänge rochen nach Schimmel und Zigarettenrauch, und die Läufer waren fleckig und abgewetzt. Aber hier wurden die wirklichen Geschäfte von Coyote Investment abgewickelt. Die arabischen Angestellten akzeptierten die Firmenstruktur instinktiv. Im Nahen Osten galten Reichtum und Macht als etwas, das versteckt werden sollte. Was sichtbar war, war gewöhnlich nicht real.

Mr. Hammuds geräumiges Eckbüro bildete eine Brücke zwischen beiden Teilen seines Unternehmens und hatte zwei Türen. Die offizielle Tür führte zu einem großen Vorzimmer mit einer molligen, vollbusigen britischen Sekretärin. Die Privattür führte zu einer schlecht beleuchteten Kammer, bis oben hin voll mit Unterlagen, in der Professor Sarkis residierte. Er war gleichzeitig der Leiter der Buchhaltungsabteilung. Außer Mr. Hammud war er der einzige Mensch, der einen vollen Überblick über die Geschäfte des Unternehmens hatte. Aber es war nicht klar, ob selbst er alle Geheimnisse kannte.

I
Das Zeitalter der Ignoranz

I

Sowie der Mann sein Büro betrat, wußte Samuel Hoffman, daß er einen Fehler begangen hatte. Der Besucher war ein Filipino Mitte zwanzig, mit schlechten Zähnen, die in verschiedene Richtungen ragten wie ein schlampig gelegter Palisadenzaun, und einem unsteten, ausweichenden Blick. In der einen Hand hielt er einen Rosenkranz und in der anderen ein abgegriffenes Foto. Und er weinte. Kein lautes Heulen, sondern das unterdrückte Schniefen eines Menschen, der sich für seine Tränen schämt. Auf der philippinischen Botschaft habe man ihm gesagt, er solle hierherkommen, stammelte er. Er brauche Hilfe, bitte. Hoffman wünschte sich, er hätte ihn gar nicht erst heraufgelassen.

»Fünf Minuten«, sagte Hoffman mit einem Blick auf seine Armbanduhr.

Hoffman zog sich in das Privatzimmer hinter seinem Büro zurück und erschien wieder mit einer angezündeten Zigarette. Er war ein stämmig gebauter Mann Anfang dreißig, nicht ganz zwei Meter groß, mit einem schmalen Gesicht und dunklen, durchdringenden Augen, und er bewegte sich rastlos im Raum umher wie ein Zootier, das einen größeren Käfig braucht. Er hatte an diesem Tag seine übliche Uniform an: grauer Anzug mit blauem Hemd, das er am Kragen offen trug, die einzige Exzentrizität, die er sich leistete – einen Anzug ohne Krawatte zu tragen. So wirkte er ständig zu fein gekleidet oder zu leger, aber nie genau richtig. Das war teilweise der Grund dafür, daß er irgendwie einen unfertigen Eindruck machte.

Nach zwei Zügen drückte Hoffman seine Zigarette im Aschenbecher aus und betrachtete die handgeschriebene Karte, die der Filipino ihm beim Eintreten überreicht hatte. »Ramon Pinta« stand da in säuberlichen Druckbuchstaben. Es war weder eine Adresse noch eine Telefonnummer notiert. Einen Moment lang fragte er sich, wer von der philippinischen Botschaft ihn wohl zu ihm geschickt hatte, und dann fiel ihm der Geschäftsmann aus Manila ein, dessen Bruder, ein katholischer Priester, in Saudi Arabien verschwunden war. Hoffman hatte den Priester nicht gefunden, aber er hatte es versucht. Und jetzt saß ihm dieser kleine Mann mit der handgeschriebenen Karte an seinem Schreibtisch gegenüber und sah aus, als würde er im nächsten Augenblick vor Angst implodieren.

»Was kann ich für Sie tun, Mr. Pinta?« fragte Hoffman, insgeheim hoffend, daß die Antwort »nichts« lauten würde.

»Bitte«, sagte der Filipino und räusperte sich, um sich Mut zu machen. Er lehnte sich zu Hoffman hinüber und hielt ihm das Foto hin, das er in seiner rechten Hand gehalten hatte. Er hielt es ihm flehend mit ausgestrecktem Arm hin, bis seine Hand zu zittern begann.

Hoffman nahm das Foto widerstrebend entgegen. Es zeigte eine Philippinin, Anfang zwanzig, mit großen, wachsamen Augen, vorstehenden Wangenknochen und adrett gelockten Haaren. Sie trug eine Uniform – ein schwarzes Kleid mit einer weißen Schürze – und sah aus, als könnte sie ein Zimmermädchen in irgendeinem schicken Hotel im Westend sein. Es sah aus wie eine Fotografie vom Tag der Erstkommunion. Ihr Mund war leicht und erwartungsvoll geöffnet. Um ihren Hals hing ein kleines goldenes Kruzifix.

»Meine Frau«, sagte der Mann und zeigte auf das Foto. Er schniefte jetzt lauter. Hoffman reichte ihm eine Schachtel Kleenex, die auf seinem Schreibtisch stand. Der junge Mann putzte sich die Nase und steckte sich das Kleenex in den Ärmel für spätere Verwendung. Er starrte einen Moment lang zu Boden, als müsse er erst Kraft sammeln für das, was er im Begriff war zu tun, und sah dann Hoffman in die Augen. Er holte ein weiteres Foto aus seiner Jackentasche und legte es auf den Tisch, mit der Bildseite nach unten.

Im Raum war es still. Der Londoner Verkehr draußen war ein Summen, kaum hörbar durch das Fenster hindurch. Der Cursor auf Hoffmans PC-Bildschirm blinkte mit vollkommener Regelmäßigkeit, ein Puls pro Sekunde, darauf wartend, daß er den Bericht fortsetzte, den er gerade für einen Kunden in New York verfaßte. Die Gesetzestexte standen in Habachtstellung auf den Regalen: feste Rücken, steife Seiten, bereit für den nächsten Einsatz. Es war eine Welt der Pläne und Erwartungen, für einen Augenblick in der Zeit erstarrt, genau in dem Moment vor dem großen Zusammenstoß mit einer anderen, bisher ungesehenen Welt. Hoffman blickte wieder auf seine Uhr. Wie könnte er bloß diesen verdammten Filipino loswerden?

Hoffman drehte das Foto vorsichtig um. Als er die grellen Blitzlichtfarben sah, zuckte er zusammen. Es war ein Polizeifoto, am Tatort aufgenommen, und zeigte die Leiche einer Frau, die auf dem Rasen lag. Sie war nackt bis auf ihren Büstenhalter. Sie hatte Blutergüsse im Gesicht und um ihre Schamhaare herum. Entlang ihrer Schenkel war angetrocknetes Blut. Ihr war ein Slip in den Mund gestopft worden. Nach der blaubraunen Verfärbung des Körpers zu schließen, war sie schon einige Stunden tot gewesen, als das Foto gemacht wurde. Aber das Gesicht war noch zu erkennen. Hoffman schüttelte den Kopf. Wieder, und diesmal mit größerer Überzeugung, wünschte er sich, er hätte den Filipino gar nicht erst heraufkommen lassen. Jetzt würde er irgend etwas sagen müssen.

»Es tut mir leid«, murmelte er. Er drehte das Foto um, um die Blöße der Frau zu verdecken, und schob es über den Tisch zurück. Der junge Mann, der wieder mit seinen Gefühlen kämpfte, ließ es dort liegen. Das Schniefen wurde lauter, und im nächsten Moment vergrub er den Kopf in den Händen. Der Rosenkranz fiel auf den Boden. Sie waren die Verdammten dieser Erde, die Filipinos, dachte Hoffman. Die

Fußmatten, auf denen die Reichen und Mächtigen ihre dreckigen Schuhe abtraten.

»Reißen Sie sich zusammen«, sagte er und hielt Pinta wieder den Kasten Kleenex hin. Als das nichts bewirkte, ging er zu dem jungen Mann hinüber und legte ihm eine Hand auf die Schulter. »Das mit Ihrer Frau tut mir wirklich leid. Was kann ich denn für Sie tun?«

»Bitte, Mr. Hoffman«, sagte der Filipino. Er hatte die Handflächen wie zum Gebet zusammengelegt. »Ich möchte Sie engagieren.«

»Damit ich was tue?« fragte Hoffman.

»Damit Sie den Mann finden, der sie umgebracht hat.«

Hoffman schüttelte den Kopf. Er war Rationalist. Er lebte in einer Welt der Bücher und Berichte. Er kümmerte sich nicht um Tote.

»Tut mir leid«, sagte er, »aber das ist nicht mein Fach. Wenn man Ihnen auf der Botschaft gesagt hat, ich würde Mordfälle bearbeiten, dann hat man Sie leider falsch informiert. Ich bin Finanzberater. Ich überprüfe Unternehmen. Projekte. Investoren. Geschäfte verschiedener Art. Verstehen Sie?« Er deutete auf seine Bücherregale, vollgestellt mit Gesetzestexten, Handelsgesetzbüchern, Investitionsleitfäden. »Ich bearbeite keine Morde.«

»Aber dieser Fall wäre für Sie ganz leicht, Sir.« Rache flackerte in seinen traurigen Augen auf. »Weil ich weiß, wer es getan hat.«

»Tatsächlich?«

»Ja, Sir. Es war ein arabischer Geschäftsmann. Meine Frau und ich haben für ihn gearbeitet. Sie war das Dienstmädchen, ich war der Koch.«

Hoffman zog die Augenbrauen hoch. »Haben Sie irgendwelche Zeugen oder Beweise?«

»Nur mich selbst, Sir. Ich war da, als man sie fand. Es war auf einem Feld in der Nähe seines Landhauses. Er hat gesagt, er wäre an dem Wochenende weg, und seine Freunde haben für ihn gelogen. Aber ich weiß, daß er da war, weil ich ihn gesehen habe. Er wollte eine Frau haben ...« Er hielt inne, vor Scham und Kummer, und merkte dann, daß er das wichtigste Detail vergessen hatte. »Dieser Mann heißt Nassir Hammud.«

»Aha«, sagte Hoffman. Er hatte den Namen schon einmal gehört, aber er wußte nicht mehr wo. Er sah wieder auf die Uhr. Noch ein paar Minuten, und dann würde er diesen armen Kerl endlich loswerden.

»Er hatte schon immer ein Auge auf meine Frau geworfen, Sir«, fuhr der Filipino fort, »aber sie hat ihn nie beachtet. Ich glaube, das hat ihn wütend gemacht.« Er wandte sich ab.

Hoffman nickte. »Was macht dieser Nassir Hammud?« fragte er.

»Er ist ein sehr mächtiger Geschäftsmann, Sir. Aus dem Irak. Er ist reicher als alle anderen, und ihm ist egal, was er anderen Menschen antut. Er hat eine Firma in London, die andere Firmen kauft. Vielleicht haben Sie davon gehört?«

»Wie heißt sie?«

»Coyote Investment, Sir.« Seine Augen leuchteten auf, als er spürte, wie Hoffman fast gegen seinen Willen für die Sache Interesse entwickelte.

»Ach ja?« Jetzt fiel Hoffman wieder ein, wo er Hammuds Namen gehört hatte. Einige Monate zuvor hatte es ein Angebot für eine Reifenfabrik in Portugal gegeben. Die Fabrik war für achtzig Millionen Dollar gekauft worden, und der Käufer entpuppte sich als irakischer Geschäftsmann, von dem noch niemand gehört hatte und der Hammud hieß. Damals hatte Hoffman sich vorgenommen, mehr über diesen neuen Spieler im arabischen Finanzspiel herauszufinden, hatte es dann aber wieder vergessen.

»Ja, Sir, Coyote Investment. Und er hat noch viele andere Firmen, überall. Er ist so reich, daß ihm ganz egal ist, was er macht.«

Die Erzählung des jungen Mannes wurde plötzlich vom Dröhnen eines Motorrads unterbrochen, das die North Audley Street hinaufraste, begleitet vom Protestgehupe eines Autos. Hoffman sah aus dem Fenster. Auf der anderen

Straßenseite unterhielten sich zwei Männer in steifen Anzügen. Einer blickte zu dem Gebäude hoch, in dem sich Hoffmans Büro befand. Sie sahen gelangweilt aus. Hoffman wandte sich wieder seinem Besucher zu.

»Das ist alles sehr interessant, Mr. Pinta. Aber wie gesagt, ich bearbeite keine Morde. Gehen Sie zur Polizei. Sollen die ermitteln. Das ist ihr Job.«

»Ich war schon bei der Polizei«, sagte er ruhig, »und die haben nichts unternommen. Ich war vor zwei Wochen dort, und sie wollen nicht mal mit mir reden. Sie sagen, Mr. Hammud sei kein Verdächtiger im Mordfall meiner Frau, sie suchten nach Hinweisen, aber bis jetzt hätten sie nichts. Es tue ihnen sehr leid, aber was könnten sie schon machen? Er ist ein reicher Araber, und ich bin irgend so ein armer Filipino. Verstehen Sie? Deswegen bin ich zu Ihnen gekommen.«

»Seien Sie nicht albern. Die Polizei wird ermitteln. Wir sind in England. Wir haben hier Gesetze.«

»Aber nicht für Leute wie Mr. Hammud. Wie ich Ihnen schon gesagt habe, Sir, die Polizei will nichts über Mr. Hammud hören. Sie erzählen mir ständig, er sei ein sehr wichtiger Mann, ein Freund von diesem und jenem und sofern ich noch irgendwelche Fragen hätte, solle ich mich an die philippinische Botschaft wenden. Ich sage Ihnen, Sir, die haben Angst vor ihm. Sie müssen mir einfach helfen, Informationen zu finden, die ich der Polizei geben kann. Sonst gibt es keine Hoffnung.« Er deutete mit einem Kopfnicken auf das Foto von seiner toten Frau, das immer noch umgedreht auf dem Tisch lag. »Keine Hoffnung.«

Hoffman betrachtete ihn, wie er zusammengekauert in dem großen Sessel vor seinem Schreibtisch saß und versuchte, sich so klein wie möglich zu machen. Er erinnerte Hoffman an ein Meerschweinchen, das er als kleiner Junge gehabt hatte, und dessen einzige Überlebenstaktik darin bestanden hatte, sich zu verstecken. Es war unmöglich, kein Mitleid mit diesem jungen Witwer zu empfinden oder ihm nicht irgendwie helfen zu wollen.

»Passen Sie auf«, sagte Hofmann. »Ich will mal sehen, ob

ich irgendwo in meinen Verzeichnissen etwas über Hammuds Geschäfte finden kann. Das dauert nicht lange. Aber mehr kann ich leider für Sie nicht tun. Dann muß ich wieder an die Arbeit. Wäre Ihnen damit geholfen?«

»O ja, Sir«, sagte der junge Mann nickend. »Das wäre sehr hilfreich, glaube ich. Wenn Sie etwas Schlechtes über seine Geschäfte finden, dann hört die Polizei mir vielleicht zu.«

Hoffman ging zu seinen Bücherregalen und zog einen dicken Band heraus, in dem alle in Großbritannien registrierten Firmen aufgelistet waren. Er schlug ihn bei C auf und forschte nach Coyote, blätterte die Seiten mehrmals hin und her. »Seltsam«, sagte er. »Hier ist die Firma nicht aufgeführt.« Er ging wieder zum Regal und holte einen weiteren, noch dickeren Band heraus, in dem alle Unternehmen standen, die Büros in Großbritannien hatten, ungeachtet ihres offiziellen Hauptsitzes.

»Da haben wir's«, sagte er ein paar Augenblicke später. »Coyote Investment. Société Anonyme. In Genf registriert. Vorsitzender und Präsident: N. H. Hammud. Vier weitere Direktoren, alles französische Namen. Umsätze: nicht bekannt. Gewinne: nicht bekannt. Londoner Büro in Knightsbridge. Keine schlechte Adresse für eine Firma, von der noch niemand was gehört hat. Aber damit kann man leider nicht viel anfangen.«

»Nein?« Der junge Mann saß immer noch mit aufgerissenen Augen da und hoffte, daß Hoffman zwischen seinen Investitionsleitfäden und juristischen Wälzern irgendein Informationsjuwel entdeckte, das den Fall lösen würde.

»Nein«, sagte Hoffman. »Dieser Hammud gibt sich offenbar die größte Mühe, seine Geschäfte geheimzuhalten. Ich habe gehört, daß er vor ein paar Monaten eine Fabrik in Portugal gekauft hat, aber selbst das weiß ich nicht genau. Ich wünschte, ich könnte Ihnen mehr sagen.«

»Und sonst steht nichts in den Büchern?«

Hoffman schüttelte den Kopf. Er war selbst enttäuscht. Leute wie Hammud interessierten ihn; ein arabischer Geschäftsmann mit einer Menge Geld und einem Faible für

Geheimhaltung. Hoffman hatte sich ein bescheidenes Geschäft aufgebaut, indem er die Geheimnisse solcher Leute durchdrang. »Tut mir leid«, sagte er wieder.

»Aber vielleicht könnten Sie noch mehr herausfinden, wenn Sie Ermittlungen anstellen.«

»Vielleicht. Aber Sie können es sich nicht leisten, mich zu engagieren, Mr. Pinta. Ehrlich, ich arbeite für große Unternehmen, nicht für Köche. Ich bin teuer.«

Ramon setzte sich in seinem Sessel auf und zog die Schultern nach hinten. Die Anspielung auf seinen Beruf hatte ihn gekränkt. »Sir, egal was Sie kosten, ich bezahle es. Auf der Botschaft haben sie mir gesagt, Sie wären der beste Mann in London für diesen Job, und ich bin hierhergekommen, um Sie zu engagieren, und das werde ich tun.«

Hoffman lachte. Er konnte nicht anders, als die Hartnäckigkeit des kleinen Mannes zu bewundern. »Aber die Botschaft hat sich geirrt, Mr. Pinta. Sie sehen doch, ich kann Ihnen nicht helfen. Probieren Sie es nochmal bei der Polizei.«

»Bitte, Sir.« Er hatte die Handflächen wieder zusammengelegt. Hoffman befürchtete, er würde ihn gleich auf den Knien anflehen, wenn er nicht irgendwas unternahm. Er hatte schon viel zuviel Zeit mit diesem Filipino-Houseboy verschwendet. Die einzige Möglichkeit, ihn loszuwerden, war, ja zu sagen.

»Hören Sie«, sagte Hoffman. »Ich werde ein paar Leute über Hammud ausfragen. Mal sehen, was ich rauskriegen kann. Okay?«

Ramon kippte die Kinnlade herunter, als wollte er gleich vor Freude lossingen. »Ja, Sir! Okay. Was schulde ich Ihnen dafür?«

»Nichts. Das ist kostenlos. Wenn ich was über Hammud herauskriege, habe ich auch was davon, also vergessen wir das Geld. Das ist das mindeste, was ich für Ihre Frau tun kann.«

»Ich will bezahlen, Sir, wie jeder andere.« Er war in seiner Ehre immer noch gekränkt.

»Darüber sprechen wir später, in Ordnung? Jetzt müssen

Sie aber gehen, weil ich noch anderes zu tun habe.« Hoffman erhob sich von seinem Sessel. Ramon starrte mit Anbetung zu seinem neuen Verbündeten hoch.

»Wir regeln das per Handschlag. Kein Geld. Ein Handschlag reicht, weil wir in England sind.«

Hoffman nickte. Er streckte die Hand aus und dachte dabei, daß er vielleicht doch etwas Geld hätte nehmen sollen. Auf die Weise wäre Mr. Pinta einfach ein ganz normaler Klient. Der junge Mann schüttelte Hoffman feierlich die Hand. Jetzt war es offiziell.

»Eine Sache noch«, sagte Hoffman. »Kennen Sie irgend jemand, der für Hammud arbeitet und der mir erzählen könnte, wie er seine Geschäfte betreibt? Das wäre hilfreich. Wenn ich Fragen stellen will, dann muß ich irgendwo anfangen.«

»Eigentlich nicht, Sir«, sagte Ramon. »Die Leute, die für ihn arbeiten, sind auch alles Araber. Sie würden ihn decken.« Er hielt inne und überlegte einen Moment. »Außer einer Person vielleicht.«

»Und wer ist das?«

»Eine Frau, die bei Coyote Investment arbeitet. Sie war der einzige Mensch, der mir nach dem Tod meiner Frau sein Beileid ausgedrückt hat. Ich habe ihren Brief dabei. Wollen Sie ihn sehen?«

»Ja, bitte«, sagte Hoffman.

Ramon zog ein zerknittertes Blatt aus seiner Brieftasche und gab es Hoffman. Es war ein einfacher, aus zwei Sätzen bestehender Beileidsbrief, in dem die Verfasserin ihre Trauer über den Tod seiner Frau ausdrückte. Sie schrieb, daß sie verstehen könne, wie es ihm gehe, weil sie selber ihre beiden Eltern verloren habe. Der Brief war mit »Lina Alwan« unterschrieben. Es stand kein Absender drauf. Hoffman schrieb sich den Namen in ein Notizbuch und gab Ramon den Brief zurück.

»Danke, Sir«, sagte der junge Mann.

»Einen Moment. Wie kann ich Sie erreichen, wenn ich irgendwas herausbekomme?«

»Ich habe kein Telefon, Sir. Und auch keine Adresse. Es tut mir leid.«

»Und wie wollen wir miteinander in Verbindung bleiben?«

»Ich werde anrufen, Sir.«

Hoffman nickte bloß, ohne zu ahnen, daß dies das letzte Mal sein würde, daß er den kleinen Mann mit dem schlechten Gebiß sah. »Lassen Sie mir ein paar Tage Zeit, okay? Und ich verspreche Ihnen nichts. Ist das klar?«

»Danke, Sir«, wiederholte Ramon. Er schwebte immer noch.

Genug! Hoffman legte dem kleinen Mann die Hand auf die Schulter und steuerte ihn zur Tür. Als sie am Fenster vorbeigingen, sah Hoffman, daß die beiden Männer in den Anzügen immer noch auf der anderen Straßenseite standen. Jetzt blickten beide zum Gebäude hoch. »Wer zum Teufel ist das?« murmelte Hoffman vor sich hin. Ramon Pintas Blick folgte Hoffmans hinunter auf die Straße.

»O, Sir!« sagte er mit scharfem Ton und griff nach Hoffmans Arm. »Die kenne ich.« Er zeigte auf die beiden Männer. Seine Hand zitterte.

»Wer ist das?« wiederholte Hoffman und betrachtete die beiden Männer durch die getönte Scheibe hindurch.

»Sie arbeiten für Mr. Hammud.«

»Was tun die hier?« fragte Hoffman. Aber die Antwort kannte er schon.

»Ich glaube, sie verfolgen mich, Sir.«

Hoffman schüttelte den Kopf. »Mist«, sagte er. Jetzt würde er wirklich etwas unternehmen müssen.

»Ich habe Angst«, flüsterte Pinta. Die Haut auf seinem runden braunen Gesicht war straff gespannt wie das Fell einer Trommel.

»Hören Sie«, sagte Hoffman. Der Klang seiner Stimme hatte sich subtil verändert, als hätte er in einen anderen Gang geschaltet. »Es gibt keinen Grund zur Sorge. Die können nicht in diese Fenster hineinsehen, wissen also auch nicht, daß Sie bei mir waren. Es gibt noch eine Menge andere Büros in diesem Gebäude. Im obersten Stock ist ein Zahnarzt und unter ihm ein Rechtsanwalt. Wenn Sie jemand fragt, dann waren Sie bei einem von den beiden.«

»Ja, bitte«, sagte der Filipino.

»Okay.« Er legte Pinta wieder die Hand auf die Schulter. »Und jetzt tun Sie genau das, was ich Ihnen sage. Gehen sie die Treppe hinunter ins Untergeschoß. Nehmen Sie die Treppe, nicht den Aufzug. Unten kommen Sie zu einer Waschküche, die von diesem Gebäude und dem nebenan gemeinsam benutzt wird. Gehen Sie durch die Waschküche und dann durch das Treppenhaus hoch ins Foyer des Nachbargebäudes. Der Eingang geht zur Brook Street raus. Die sehen Sie nicht, wenn Sie das Gebäude verlassen. Haben Sie verstanden?«

»Ja, Sir.« Aber er rührte sich nicht, immer noch starr vor Angst.

»Und jetzt gehen Sie«, sagte Hoffman und schob ihn zur Tür hinaus. »Tun Sie, was ich Ihnen gesagt habe, und Ihnen wird nichts passieren. Rufen Sie mich in ein paar Tagen an. Ich werde Erkundigungen über Hammud einholen, und wenn ich irgendwas finde, dann gehe ich zur Polizei.«

Pinta nickte. Er hatte Tränen in den Augen. Er tat ein paar Schritte und blieb dann im Gang stehen, direkt vor Hoffmans Tür.

»Gehen Sie!« wiederholte Hoffman. »Los!« Er machte die Tür zu und öffnete sie dann wieder einen Spalt, um zu sehen, ob Pinta seine Anweisungen befolgte. Der kleine Mann verschwand die Treppe hinunter.

Hoffman ging zum Fenster zurück und beobachtete die beiden Männer, die immer noch mit dummen Mienen zu dem roten Backsteingebäude hochstarrten. Sie hatten das nichtssagende, muskulöse Aussehen von Leibwächtern. Wer zum Teufel war Nassir Hammud? fragte er sich. Es war nicht nur, weil er es dem Filipino versprochen hatte, er wollte es wirklich wissen. Erst als Hoffman zu seinem Sessel zurückkehrte, bemerkte er, daß das Bild von Pintas Frau immer noch umgedreht auf seinem Schreibtisch lag. Offenbar gehörte es jetzt ihm.

2

Am nächsten Morgen stand Sam Hoffman auf dem Bürgersteig gegenüber von Nassir Hammuds Zentrale. Wie er da stand, die Hände in den Taschen vergraben und die Haare eng an den Schädel gekämmt, sah er aus wie ein Bulle außer Dienst. Es regnete. Er setzte eine Sonnenbrille auf und ging auf das graue Betongebäude zu. Er mußte am Bordstein warten, um eine Kolonne schwarzer Taxis vorbeizulassen, die Richtung Mayfair rasten. Sie sahen wie Mini-Raumschiffe aus, mit ihren Funktelefonen und elektronischen Zähluhren. Als Hoffman das Gebäude erreichte, stieß er die schmale Tür auf. Direkt dahinter saß ein Mann in Uniform mit viel Gel in den blonden Haaren und großem Bizeps. Er bewachte die Aufzüge.

»Momentchen«, sagte der Wächter. »Haben Sie einen Termin?« Er sah aus wie ein reformierter Londoner Straßenrowdy, die Sorte Typ, der in Highbury auf den Terrassen steht und lieber auf die Vorbeigehenden pinkelt, anstatt zur Toilette zu gehen. Hoffman ignorierte ihn und überflog das Verzeichnis an der hinteren Wand, bis er fand, was er suchte. In kleinen Buchstaben, am unteren Ende der Liste der Mieter, stand »Coyote Investment Ltd. – Fünfter Stock«.

Der Wächter ging auf ihn zu und verlangte seinen Ausweis, aber Hoffman tat so, als würde er ihn nicht hören. Er schritt in den offenen Aufzug, drückte auf »5« und wartete darauf, daß sich die Türen schlossen. Taten sie aber nicht, und im nächsten Moment stand der Wächter neben ihm, mit der winzigen Spur eines süffisanten Lächelns auf dem Gesicht.

»Tut mir leid, Kumpel«, sagte er. »Entweder Sie haben einen Schlüssel. Oder eine Verabredung.«

Hoffman überlegte einen Moment. »Ich will zu Miss Alwan«, sagte er. »Ist sie da?«

»Und wer sind Sie?«

»Mr. White. Ich habe eine Nachricht für sie von einem Freund.«

Der Wächter ging zu seinem Tisch zurück und rief oben an. Als er zurückkam, war aus dem süffisanten Lächeln ein höhnisches geworden. »Sie hat keine Ahnung, wer Sie sind, Freundchen«, sagte er.

Hoffman murmelte irgendwas von wegen falscher Adresse und zog sich schnell zur Tür zurück, bevor der Wächter dazu kam, ihm noch mehr Fragen zu stellen. Hammud hatte also wirklich ein Büro in Knightsbridge, und es gab tatsächlich jemanden, der Lina Alwan hieß und für ihn arbeitete. Immerhin wußte er jetzt soviel.

Hoffman nahm wieder seinen Platz auf dem Bürgersteig ein und dachte darüber nach, was er als nächstes tun solle. Der Regen wurde jetzt stärker. Er nahm die Sonnenbrille ab und steckte sie in seine Tasche zurück. Sein Vater hatte einmal bemerkt, daß man bei Überwachungsarbeit grundsätzlich eine Sonnenbrille tragen sollte, ungeachtet des Wetters. Aber Hoffman war zu dem Schluß gekommen, daß in dieser Frage, wie in so vielen anderen, sein Vater eine unzuverlässige Orientierungshilfe war. Er wandte sich von dem grauen Gebäude ab und ging die Straße entlang, auf der Suche nach einer Seitengasse. Bevor er aufgab, hatte er noch einen Trick auf Lager, den er ausprobieren konnte.

»Ach du Schande«, murmelte Hoffman, als er sich einer Kreuzung näherte. Einer seiner Klienten, ein geschwätziger Nigerianer namens Onono, kam ihm entgegen. Er war einmal von ihm engagiert worden, um gegen einen Rivalen in Lagos zu ermitteln, der versucht hatte, ihm seine Kommission auf Ölverkäufe abzujagen. Er trug heute einen blauen Kaschmirmantel und rauchte eine große Zigarre. Dicht hinter ihm ging sein englischer Leibwächter, der einen Regenschirm über ihn hielt. »Hallo, alter Junge!« sagte Mr. Onono munter. Hoffman entgegnete nichts, starrte bloß weiter auf den Gehsteig, bis der große Mann vorbeigegangen war. »Cheerio!« sagte der Nigerianer und setzte seinen Weg fort.

Im Grunde war das London von heute, dachte Hoffman, die späte Rache der Kolonisierten. Das zeigte sich in Mr. Ononos gebieterischem Gang, in den herablassenden Mienen der asiatischen Geschäftsleute, die von den Rücksitzen ihrer durchs West End fahrenden Limousinen hinausstarrten, in den arabischsprachigen Schildern, die die Schaufenster der Juwelierläden und die Kunstgalerien in Mayfair zierten. Selbst das majestätische Kaufhaus Harrods, das mit seinen roten Backsteinen wie ein Schlachtschiff des Handels über das ganze Viertel ragte, gehörte jetzt einem Ägypter. Sie konnten alle mitlachen: die pakistanischen Krämer mit den hohen Stimmen, die schmeichlerischen libanesischen Gebäckverkäufer, die wortgewandten indischen Videohändler. Sie hatten alle begriffen, daß die Polarität der Welt umgekehrt worden war. Das war Hoffman an dem Tag klargeworden, als er in Knightsbridge in die Boutique von Charles Jourdan geschlendert war, angeblich das exklusivste Damenschuhgeschäft der Welt, und einer von Kopf bis Fuß in Schwarz gekleideten saudischen Großmutter begegnet war. Sie versuchte vergeblich, sich dem Verkäufer verständlich zu machen, und Hoffman hatte angeboten, für sie zu dolmetschen. »Wieviel kostet der hier?« fragte sie und hielt einen Schuh mit Stiletto-Absatz hoch. »Zweihundert Pfund«, antwortete Hoffman auf Arabisch. »Bieten Sie ihm einhundert«, sagte sie gerissen. Und Hoffman tat es. Scheiß auf Charles Jourdan. Die Araber hatten das Geld, und sie konnten tun, was sie wollten. Der Saft floß jetzt in die umgekehrte Richtung.

Jeder schien eigentlich etwas abzubekommen, außer dem armen Mr. Pinta, der eine tote Frau hatte und niemanden, der ihm half, bis auf Sam Hoffman.

Um die Ecke fand Hoffman, was er suchte. Es war eine kleine Seitengasse, gerade breit genug für einen Müllwagen, die zum Hintereingang des grauen Bürogebäudes führte. Auf einer Laderampe am Ende der Gasse stand ein großer Müll-Container. Hoffman ging schnell hin. Als er sich ihm näherte, spürte er eine angenehme Aufwallung der Angst. Er hievte sich auf den Metallrahmen hoch, trat zögernd hinein und zog die Klappe so weit hinter sich zu, daß gerade noch genug Licht war, um den Müll zu sehen.

Der Abfall war in grünen Plastiksäcken gesammelt worden, die alle mit Metallband zugebunden waren. Hoffman öffnete den Sack, der ihm am nächsten stand, und ging den Inhalt durch. Er fand Zigarettenkippen, alte Zeitungen und Zeitschriften, nicht entzifferbare Telefonnachrichten und ein paar Bündel Altpapier mit dem Logo »Swami to the Stars«. Er prüfte jedes Stück, fand aber nichts, das er mit Coyote Investment in Verbindung bringen konnte. Ein zweiter Sack enthielt eine ähnliche Ansammlung von Müll, plus benutzte Teebeutel und Kaffeefilter. Ein dritter Sack war voller Computer-Ausdrucke, die vielversprechend aussahen, sich aber bei genauerer Prüfung als die Außenstände einer finnischen Import-Export-Firma herausstellten, die sich im neunten Stock befand. Ein vierter Sack roch nach verfaulenden Melonen, und ein fünfter war voller feuchter Papiertücher. Aber der sechste Sack enthielt den Jackpot, den er gesucht hatte.

Als Hoffman eines der zerknüllten Papiere oben im Sack auseinanderfaltete, sah er den Namen »Coyote« und darunter die Worte »Direktionsabteilung N. H. Hammud«. Es war ein Memo an die Reiseabteilung, mit der Bitte, die nötigen Arrangements für seinen Cousin Hussein zu treffen, der bald aus Bagdad eintreffen würde. Es war mit »Hammud« unterschrieben, und daneben hatte die Sekretärin »Vorsitzender des Vorstands« getippt. Hoffman lächelte. Der Besitzer der mysteriösen Coyote Investment war also tatsächlich ein Iraki. Das war doch was.

Der Rest des Sacks war hauptsächlich Müll. Aber ziemlich weit unten, in einer kleineren Plastiktüte, fand Hoffman einen Schatz. Er hätte ihn beinahe gar nicht geöffnet, so leicht war er. Aber als er die Tüte gegen das Licht hielt, sah er, daß sie winzige Papierstreifen enthielt. Es war der Abfallsack eines Aktenvernichters! Hoffman drückte die Lippen in einem Kuß gegen die Tüte. Das reichte für einen Nachmittag. Hammuds Memo und die Tüte fest im Griff, befreite er sich aus dem Container und eilte die Gasse hinunter zur Hauptstraße, bevor der Hausmeister mit der nächsten Ladung kam.

Hoffman trug seine Beute durch den Hyde Park zu seinem Büro in der North Audley Street. Seine Begeisterung wuchs, als er anfing, die Papierfetzen auf dem Boden zusammenzulegen – er legte die Streifen einen nach dem anderen aus und reihte die Stücke mit getippten Buchstaben wie bei einem Puzzle nebeneinander auf. Sie zusammenzufügen war leichter, als er erwartet hatte, und es fiel ihm plötzlich auf, daß es zu leicht war. Bis auf ein paar Zeilen in einer Ecke waren die Streifen alle leer.

Nachdem er mehrere davon zusammengesetzt hatte, erkannte Hoffman, daß es alles leere Blätter Firmenpapier waren. Jedes hatte oben den gleichen Briefkopf. »Oscar Trading Co., S. S.«, gefolgt von einer Postfachnummer in Panama City, Panama. Darunter waren zwei Telefonnummern – eine in Tunis, die andere in Genf. Und sonst nichts. Er klebte einen Musterbogen mit Tesafilm zusammen und legte ihn in eine Schreibtischschublade. Er war so enttäuscht, daß er erst sehr viel später darauf kam, sich zu fragen, wieso jemand sich die Mühe machen sollte, leeres Firmenpapier in den Aktenvernichter zu geben.

3

Lina Alwan zählte zu den Schweigsamen. Ihr Büro war ein kleiner Raum in der Buchhaltungsabteilung von Coyote Investment, auf der anderen Seite des Flurs, wo die Computer standen. Auf dem grauen Metallschreibtisch stand eine Lampe, zusammen mit Bildern ihrer Eltern in Silberrahmen, die sie einmal die Woche polierte. Ansonsten war das Büro ebenso abgenutzt und spartanisch wie die der anderen »vertrauenswürdigen Mitarbeiter« von Coyote Investment. Sie wartete an dem Abend stumm bis halb sieben an ihrem Schreibtisch und fragte sich, ob »Mr. White« wiederkommen würde. Sie hatte keine Ahnung, wer er war oder warum er sie sprechen wollte, aber allein schon die Vorstellung, einen Besucher zu haben, faszinierte sie. So was war noch nie passiert. Das gab es einfach nicht, daß man die Iraker, die bei Coyote Investment arbeiteten, besuchte.

Professor Sarkis, der Leiter der Buchhaltungsabteilung, steckte um viertel nach sechs den Kopf zur Tür herein und fragte sie, warum sie noch arbeite. Obwohl er immer mit »Professor« angeredet wurde, hatte, soweit bekannt, seine einzige Lebenserfahrung darin bestanden, daß er in einer Abendschule in Bagdad für kurze Zeit Buchhaltung unterrichtet hatte. In einem Ohr trug er ein Hörgerät, das nie zufriedenstellend zu funktionieren schien, so daß er ständig mit der Handfläche dagegenklopfte.

Lina murmelte, sie wolle mit der monatlichen Buchprüfung frühzeitig anfangen, merkte aber an seinem Blick, daß Sarkis über den unerlaubten Besucher Bescheid wußte. Als er sich da vor ihr aufbaute und mit seiner riesigen Nase nach Ärger schnüffelte, wünschte sich Lina, daß er sie einfach geradeheraus fragen würde – »Kennen Sie irgend jemanden namens Mr. White?« – damit sie antworten konnte, nein, sie habe den Namen noch nie gehört und habe keine Ahnung, warum er sie hatte sprechen wollen. Aber Professor Sarkis fragte nicht. Er sah sie bloß zweifelnd an und schüttelte den Kopf. Das war ein schlechtes Zeichen, weil es hieß, daß sie unter Verdacht stand.

Nicht drüber nachdenken, sagte sich Lina. Das war ihre Methode, mit den meisten Sonderlichkeiten bei Coyote Investment umzugehen, und ihre arabischen Freunde verfuhren größtenteils genauso. Halt den Kopf gesenkt, kassier deinen Scheck, gib dein Geld aus. So lebten die Schweigsamen. Lina hatte drei Jahre zuvor bei der Buchhaltung angefangen, zuerst als Buchhalterin und später als Leiterin der EDV-Anlage, und sie hatte gelernt, so wenig Fragen wie möglich zu stellen. Sie hatte keine Ahnung, wo Nassir Hammuds Vermögen herkam, und wollte es auch gar nicht wissen. Wie die meisten von Hammuds »vertrauenswürdigen Mitarbeitern« hatte sie Angst vor ihm. Sie blieb bei Coyote Investment aus demselben Grund wie die meisten anderen Iraker: Die Bezahlung war gut, und sie hatte zu große Angst, die Firma zu verlassen.

Nachdem Professor Sarkis wieder gegangen war, kam ein junger Iraker namens Yussef vorbei. Er hatte erst vor kurzem bei der Buchhaltung angefangen und hatte binnen weniger Wochen nach seiner Ankunft eine chronische Verliebtheit für Lina entwickelt. Er schickte ihr Blumen, Schachteln mit Datteln und arabische Liebesgedichte; er blieb extra lange im Büro, um sie zum Abendessen einladen zu können. Es war eine Plage. Heute abend hatte er ein penetrantes Parfüm aufgesprüht, das nichts Gutes verhieß. Er setzte sich auf Linas Schreibtisch und sagte ihr mit einer Miene vollkommenen, unberechtigten männlichen Selbstbewußtseins, daß er für diesen Abend einen Tisch bei Blake's reserviert habe, das, so prahlte er, das teuerste Restaurant Londons sei.

»Ich hab zu tun«, sagte Lina. Sie machte sich nicht einmal die Mühe, ihn anzusehen.

Yussef sah erschüttert aus. »Haben Sie jeden Abend zu tun?«

»Ja, jeden Abend.« Mein Gott, was für eine Plage, der Kerl. Sie sah es ihm an, daß er die Sorte Araber war, der sich modern gab, aber alles in seiner Macht Stehende tun würde, bei der erstbesten Gelegenheit aus seiner Geliebten eine schwangere Haussklavin zu machen. Sie waren alle so, mehr oder weniger. Deswegen würde Lina nie heiraten. Sie schloß die Aktenschränke ab, ohne auf den geknickten Freier zu achten, der immer noch auf ihrem Schreibtisch hockte.

Lina hatte schon vor langer Zeit gelernt, diese Art von verliebtem arabischem Unfug an sich abprallen zu lassen. Sie war attraktiv, hatte die Art Gesicht und Figur, die auffielen, auch wenn sie sich bemühte, nicht aufzufallen. Ihr glänzendes schwarzes Haar war so kurzgeschnitten, daß es sich wie das Fell eines Tieres sträubte. Dazu paßten die schwarzen Augenbrauen, die so aussahen, als seien sie zweimal mit einem spitzen Stift nachgezogen worden. Hohe Wangenknochen und eine markante Nase vervollkommneten das Gesicht. Es war das Gesicht einer muslimischen Prinzessin, und das kompensierte Lina unweigerlich dadurch, daß sie die kürzesten Röcke und engsten Pullover trug, die der Okzident zu bieten hatte. Das war auch eine Art *taqqiyya*. Aber Lina konnte sich nicht der Tatsache entziehen, daß sie gleichzeitig eine Frau des Ostens und des Westens war, ein Geschöpf des Schicksals und des freien Willens. Das war eine weitere Eigenschaft, die für die Schweigsamen typisch war. Sie wußten nicht, wer sie waren.

Auch Lina Alwan war Exil-Irakerin, aber aus anderem Holz geschnitzt als Mr. Hammud. Sie stammte aus der alten Aristokratie, die früher verächtlich auf Neureiche wie Hammud herabgeblickt hatte, aber in den letzten Jahren gelernt hatte, widerwillig mit ihnen Frieden zu schließen. Die Familie hatte Bagdad 1968 verlassen, als der Herrscher an die Macht kam, und war zunächst nach Amman und später nach London geflüchtet. Ihr Vater war im Exil eine Art arabischer Ashley Wilkes geworden: ein sanfter Patrizier, der sich große Mühe gab, sich den veränderten Umständen anzupassen, es aber nie ganz schaffte. Seine Frau war kurz nach der Ankunft der Familie in England gestorben, und er hatte sein einziges Kind dazu erzogen, stark und unabhängig zu sein. Sie sollte wirklich Teil ihrer neuen Lebenswelt sein – auf eine Weise, wie er es nie sein könnte. Lina war sein ein und alles, und die ganze Intensität arabischen Familiensinns wurde in diese eine Beziehung gesteckt.

Als Heranwachsende war sie all das gewesen, was ein Einzelkind sein konnte: bockig, kapriziös, unsicher – ein eigensinniges Mädchen, das von ihrem sanften, verwirrten Vater verwöhnt wurde. Aber sie hatte auch etwas Ernstes an sich, von Anfang an. Sowie sie den Irak verlassen hatten, war ihr Vater davon ausgegangen, daß sie irgendwann aufs College gehen und einen Job bekommen würde. So machte man das im Westen, und er war entschlossen, ein moderner, aufgeklärter Araber zu sein, selbst wenn es ihn umbrachte. Es war ein Glück, daß es ihm erspart blieb, Nassir Hammud zu erleben.

Als sie Bagdad verließen, war Lina fünf Jahre alt, und woran sie sich hauptsächlich noch erinnern konnte, waren die Gerüche der Stadt, die unendlich vielseitiger waren als die Londons: Der muffige Geruch in dem riesigen Haus ihres Großvaters im Stadtviertel Waziriyah; der süße Geruch an ihren Fingern, wenn sie auf dem Gewürzmarkt des alten Suk die Beutel mit Muskat und Kardamon berührte; das Aroma von gegrilltem *masguf* im Fischrestaurant in der Abu-Nawas-Straße, am Tigris-Ufer, wo ihr Vater donnerstagabends immer mit der Familie hinging.

Lina erinnerte sich auch an den Geruch der Angst. Er war überall in der Stadt in jenem Sommer, als die Panzer den Präsidentenpalast eingenommen hatten und die feinen, alteingesessenen Familien Bagdads panisch, ja in Todesangst die Flucht ergriffen. Lina erinnerte sich an die an der Wand aufgereihten Koffer, und wie sie im Auto die Wüstenstraße nach Jordanien entlanggerast waren, bevor die Grenzen geschlossen wurden. Sie erinnerte sich an den leeren Blick voller Trauer in den Augen ihrer Mutter, als sie Bagdad für immer verließen. Der Herrscher hatte bereits seine Verhörzentrale in einem Vorort Bagdads eingerichtet. Es wurde der Qasr-al-Nihayyah genannt, der »Palast des Endes«. Schon nach wenigen Monaten hatte sich unter den Exilanten ein neuer Ausdruck eingebürgert. Wenn einer ihrer Freunde oder Verwandten verhaftet wurde, sagten sie *»Nayem jawah«* – »Er ist eingeschlafen, drinnen.« Als Lina achtzehn oder neunzehn war, hatte man fast jeden erwachsenen Iraker, den sie gekannt hatte, »eingeschlafen« oder getötet.

In den Jahren danach hatten sich die Iraker an den Geruch der Angst gewöhnt, so wie Menschen, die in der Nähe einer Müllkippe leben, sich an den Geruch von Abfall gewöhnen können. Es war der feuchte, scharfe Geruch von etwas, das tief im Inneren des Körpers gefangen war und von innen nach außen faulte. Man konnte es spüren: Eine plötzliche Enge in der Kehle, ein unwillkürliches Zittern im Hals, eine Handfläche, die immer feucht von Schweiß war. Es war der hohle Blick der Beschämung und Kapitulation bei den Männern, die in diesem ersten Sommer verhaftet und gefoltert worden waren, und in allen Sommern danach. Für sie, für ihre Mütter, Schwestern und Nichten war die Angst immer da.

Linas Begegnung mit Mr. Hammud hatte sich auf eine typisch irakische Weise ereignet, und es war etwas, worüber sie nie sprach. Nicht lange nach dem Tod ihres Vaters, als sie an der London University gerade ihren Abschluß in Informatik machte, hatte sie Besuch von einem Mann bekommen, der im Ministerium für Außenhandel in Bagdad arbeitete. Er behauptete, ein Freund von Linas Tante Soha zu sein, die im selben Ministerium arbeitete, und als Beweis legte er Lina einen Brief von ihr vor. Lina las ihn besorgt. Ihr Vater hatte Soha immer als eine Art Familiengeisel bezeichnet, der man eine Stelle beim Staat gegeben hatte – oder besser, die man gezwungen hatte, diese Stelle anzunehmen – nachdem die restliche Familie aus dem Land geflohen war.

Am Ende des Briefes, nach mehreren Passagen allzu fröhlicher Nachrichten über das Leben in Bagdad, hatte Soha Lina vorgeschlagen, sich an einen Geschäftsmann namens Nassir Hammud zu wenden, wenn sie nach ihrem Universitätsabschluß eine Stelle suche. Hammud brauche Leute mit einer technischen Fachausbildung, schrieb sie, und es wäre eine patriotische Tat. So jung sie war, hatte Lina die Quintessenz des Briefes begriffen. Ihre Tante hatte Angst. Wenn Lina nicht tat, worum sie sie bat, würde Soha dafür büßen. Und so, wie eine ganze Generation von Irakern, tat Lina ihre Pflicht, kassierte ihren Scheck und schloß die Augen.

Weil Lina von dem Leben mit der Angst geprägt war, wurde sie von Mr. Hammud schnell als eine »vertrauenswürdige Mitarbeiterin« aufgenommen. Er ging davon aus, daß jeder, der Wurzeln in Bagdad hatte, Angst vor ihm hatte, tat, was er sagte, und keine Fragen stellte. Er sprach nie ausdrücklich Drohungen aus, aber das war auch nicht nötig. Jeder verstand es auch so. Das war der Stoff, aus dem Unternehmen wie Coyote Investment gemacht waren und der für Außenstehende undurchdringlich war. Die Londoner Exilanten waren mit einem Ort verbunden, der Tausende von Meilen entfernt war, aber allgegenwärtig in der Phantasie: ein Ort, an dem ein Mann Hammer und Nägel über dem Kopf eines geliebten Menschen hielt. Der Terror war unentrinnbar. Er nahm eine ganze Nation als Geisel, sie schliefen alle.

4

Am Morgen nach seinem Streifzug zum Müll-Container klingelte Sam Hoffmans Telefon. Es war sein Vater, der aus Athen anrief. Die laute, polterige Stimme deutete darauf hin, daß Frank Hoffman, wie so oft in letzter Zeit, betrunken war. »Sammy«, brüllte er ins Telefon. »Wie geht's, verdammt nochmal?«

Sam riß sich zusammen. Dies war ein Teil des jungen Erwachsenseins, mit dem er nicht gerechnet hatte, mit einem Vater fertig werden zu müssen, der sich nicht mehr unter Kontrolle hatte. »Okay, Pa«, sagte er. »Und wie geht's dir?«

»Phantastisch, ja so geht's mir. Hab gerade fünf Millionen Mäuse gemacht.« Er schrie beinahe, so laut, daß Sam den Hörer vom Ohr weghalten mußte. Hoffman Senior war vor einigen Jahren in Pension gegangen und spielte jetzt Geldmachen, so wie andere Pensionäre Golf spielten. Der Alte fing an, von seinem neuesten Triumph zu berichten, wobei es anscheinend darum ging, daß er in Malta libysche Kreditbriefe unter pari gekauft und sie mit enormem Profit in Rom verkauft hatte. Oder so ähnlich. Sam versuchte, ihm zu folgen, aber als sein Vater anfing, ihm was von einem Meer von Geld zu erzählen, wußte er, daß es Zeit war, das Gespräch zu beenden.

»Diese ganze Welt treibt auf einem Meer von Geld, mein Junge«, stotterte Frank Hoffman ins Telefon. »Du kannst es mit einem Strohhalm aufsaugen, wenn du nicht zu dämlich bist oder zuviel Schiß hast!« Die Wörter mit S kamen alle undeutlich heraus.

»Ich hör mir das liebend gern ein andermal an, Dad. Aber ich muß jetzt weg. Bin gerade an einem neuen Fall.«

»Ach ja?«

»Vielleicht hast du von dem Unternehmen schon mal gehört. Wird von einem Iraker geleitet.«

»Laß die Finger von den Irakern, Kleiner. Die spinnen. Bringen sich ständig gegenseitig um. Völlig durchgedreht.«

»Okay, wie du meinst.«

»Scheiß' auf die Iraker. Fang mir nicht mit diesen verdammten Irakern an. Und komm mir nicht mit diesem ›Hab-zu-tun-Mist‹. Das sagst du immer. Wach auf und riech' den Kaffee.«

»Ich bin wach, Dad. Ich muß jetzt wirklich weg.«

»Dieses Meer von Geld ist überall um dich herum, mein Junge. Wenn du nur deine Augen aufmachen würdest. Brauchst dich nur über Bord zu lehnen und einen Riesenschluck nehmen. Weil's da draußen ist. Milliarden von Dollar, blubbern aus dem Boden heraus wie 'ne Wasserquelle, und es hört nicht auf. Nie! Da ist so viel Kohle, daß die Banken sie gar nicht halten können. Jetzt hör doch endlich mal auf deinen Alten, ausnahmsweise. Such dir 'nen Strohhalm, lehn' dich über die Seite und saug's auf. Kannst du mir folgen?«

»Vollkommen, kein Problem.«

»Und zwar sofort, Kleiner. Mach keinen Scheiß. Heute. Kannst du mir folgen?«

»Ich kann dir folgen, Pa. Ich besorg' mir heute noch einen Strohhalm. Versprochen.«

»Von wegen, du kleiner eingebildeter Antialkoholiker! Du hörst ja nie auf mich. Du könntest ein Vermögen machen, wenn du nicht so ein geiziger Arsch wärst. Ist dir das klar?«

»Tut mir leid, Dad. Ich will wirklich nicht unhöflich sein. Aber ich muß jetzt weg.«

»Du denkst, ich bin bloß so ein alter Säufer, stimmt's? Gib's zu. Lüg' mich nicht an, Kleiner.« Er wurde jetzt rührselig. Als nächstes würde er davon anfangen, daß ihn bei der CIA nie jemand wirklich gewürdigt habe.

»Ich muß jetzt los.«

»Du bist ’n Scheißkerl. Kleiner. Du, du ...« Er suchte nach dem Wort und begann dann zu schniefen. Es klang, als würde er heulen.

»Tut mir leid. Ich hab zu arbeiten.«

Aus dem Hörer kam ein neues Bellen. Sam legte auf. Er wußte aus Erfahrung, daß sein Vater weiterreden würde, egal was er sagte. Als er den Hörer auflegte, merkte Sam, daß seine Hand zitterte. Er hatte zu der Welt seines Vaters nicht soviel Abstand, wie er sich das gerne einredete. Der Alte konnte ihn immer noch mit so etwas Simplem wie einem Telefonanruf aus der Fassung bringen.

Wie viele Söhne hatte Sam Hoffman sein Leben in Opposition zu dem seines Vaters aufgebaut. Wenn sein Vater ein Säufer war, würde er nüchtern sein. Wenn sein Vater ein Beamter der CIA gewesen war, würde er sich von der Agency so fern halten wie möglich. Wenn sein Vater Materie war, würde er Anti-Materie sein. Aber letztendlich hatte ihn gerade dieser Reaktionsprozeß um so enger an seinen Vater gebunden.

Sam war in Beirut aufgewachsen, wo sein Vater Ende der 60er Jahre Leiter der großen und aktiven CIA-Außenstelle gewesen war. Als Einzelkind war er besonders stark der stürmischen Persönlichkeit seines Vaters ausgesetzt gewesen. Sich zu amüsieren hieß für Frank, mit seinem zehnjährigen Sohn einen Spaziergang durch die Hamra Street zu machen, in einer der zwielichtigeren Bars einzukehren, mit der Kundschaft zu plaudern und in schallendes Gelächter auszubrechen, wenn sein Sohn mit großen Augen zusah, wie sich die ägyptischen Stripperinnen entkleideten. Nach einer Auseinandersetzung hatte sein Vater Anfang der 70er Jahre die CIA verlassen. In Saudi Arabien hatte Frank einen Sicherheitsdienst aufgezogen, sich aber dann mit seinem saudischen Partner überworfen, und seine Ehe, die nie glücklich gewesen war, war schließlich auch noch in die Brüche gegangen. Nachdem sie sich Franks Tiraden einmal zuviel hatte anhören müssen, hatte Gladys Hoffman ihre Koffer gepackt. »Jetzt kannst du dich um mich kümmern, kleiner Mann«, hatte sie zu Sam gesagt. Sie nahmen die nächste Maschine, die sie aus Dhahran wegbrachte. Ab da war es mit seinem Vater steil bergab gegangen: Jähzorn und Trunksucht begannen, und der Sohn hatte auf alle möglichen Arten versucht, den dabei entstehenden Trümmern zu entgehen.

Anfangs hatte Sam der emotionale Verfall seines Vaters eine perverse Genugtuung verschafft. Er hatte in Athen eine Ortsgruppe der A. A. ausfindig gemacht und seinem Vater ins Gewissen geredet, die Versammlungen zu besuchen. Er hatte ihn mit Selbsthilfebüchern versorgt und seinen kleinen, dicken und notorisch trägen Vater gedrängt, Mitglied in einem Fitneß-Center zu werden. Aber nichts davon funktionierte. Trinken war für die CIA-Beamten seiner Generation ein Lebensstil. Schließlich beschloß Sam, daß ihn das Problem nicht mehr interessierte. Die Männer der CIA hatten aus ihren Kindern – und überhaupt der gesamten Nation – vierzig Jahre lang Mitabhängige gemacht, aber jetzt war es vorbei. Der Kalte Krieg war zu Ende. Das große Besäufnis vorüber. Jetzt trank niemand etwas Härteres als Eistee, und Frank Hoffman mußte zusehen, wie er allein zurechtkam. Aber natürlich war es für Sam nicht so einfach, sich von ihm zu lösen. Vater und Sohn waren heillos miteinander verbunden, und je mehr sie sich anstrengten, sich voneinander zu befreien, desto fester wurden die Fesseln.

Es war jedem bis auf Sam Hoffman klar, daß die Tätigkeit, die er schließlich ergriffen hatte – als privater Finanzermittler – der eines CIA-Beamten so nahe kam, wie es nur eben möglich war. Was Sam seinen Klienten anbot, lief auf eine Art privaten Nachrichtendienst hinaus. Er kannte die Details, die in den Handbüchern der Industrie- und Handelskammern nie aufgeführt wurden. Er wußte, welche saudischen Prinzen sauber waren, und welche Dreck am Stecken hatten; welche ihre Rechnungen bezahlten, und welche immer zehn Prozent einbehielten. Er wußte, welche libanesischen Mittelsleute liefern, und welche nach Brasilien verschwinden würden. Er wußte, welche arabischen Banken echte Geldinstitute waren, und welche nur auf dem Papier bestanden. Er wußte, kurzgesagt, wie man im Land der Lügner Geschäfte machte.

Was Sams Arbeit für seine Kunden besonders nutzbringend machte, war die Tatsache, daß er bei allem Mißtrauen gegenüber einzelnen Arabern eine tiefe Sympathie für die Menschen und ihre Kultur empfand. Diese Faszination hatte in seiner Kindheit in Beirut begonnen; durch sein marokkanisches Kindermädchen, durch all die ausgedehnten Festessen mit den Freunden seines Vaters in den Bergen des Libanons, durch die Freundschaften und Rivalitäten, die ihn mit seinen arabischen Schulkameraden verbanden – diese Faszination war eine Schwäche, die er nie ganz ablegen konnte. Er liebte immer noch die höflichen Manieren der Araber, die Intimität ihrer Freundschaften, das selbstironische Gelächter ihrer Gespräche beim Abendessen, ja, sogar die Heftigkeit ihrer Fehden. Er hielt sich über arabischen Klatsch in Politikerkreisen auf dem laufenden, so wie manche Leute Baseballergebnisse verfolgen. Er wußte, ohne fragen zu müssen, wer unter den maronitischen Christen des Libanons die führenden Präsidentschaftskandidaten waren, und was die politische Führung der drusischen Moslems von ihnen hielten. Er wußte, welcher saudische Prinz welche Londoner Zeitung kaufte, und warum. Er liebte die Araber. Das wurde ihm manchmal zum Problem. Hätte er sie weniger gemocht, hätte ihm die Grausamkeit und Korruption nicht soviel ausgemacht, in die sie sich verstrickt hatten. Er hätte vielleicht darüber hinweggesehen. Statt dessen war er ein freiberuflicher Einmischer geworden, angetrieben von Zynismus und Idealismus zugleich. Beides war bei Sam äußerst eng miteinander verknüpft.

Ursprünglich hatte Sam Hoffman einen etwas konventionelleren Beruf ergriffen. Nach seinem Collegeabschluß hatte er in einer großen New Yorker Bank angefangen und eine

Stelle im Privatgeschäftsbereich bekommen. Weil er Arabisch sprach, und weil sein Vater jeden Prinz und Finanzjongleur Arabiens zu kennen schien, hatte man ihm angetragen, die Kundenkontakte am Persischen Golf zu pflegen.

Er hatte es drei Jahre lang mit dieser Art von Arbeit versucht und sich wirklich Mühe gegeben – hatte Anzüge mit Krawatten getragen, regelmäßig seine Post geöffnet und sogar ständig ein Mobiltelefon mit sich herumgetragen. Das wirklich große Problem für Sam aber war, daß er die allermeisten Leute, deren Geld er verwaltete, nicht ausstehen konnte. Mit wenigen Ausnahmen waren es korrupte und unehrliche Typen, deren Hauptziel es war, ihren Wohlstand vor denjenigen zu verbergen, die ihn ihnen mit Fug und Recht wegnehmen wollten. Die Grenze des Erträglichen hatte er erreicht, als einer dieser Kunden, ein junger saudischer Prinz, versuchte, ihn in ein Geschäft zu verwickeln, das so durch und durch schamlos und korrupt war, daß Sam bei dem bloßen Gedanken daran immer noch zusammenzuckte. Der Saudi aber hatte ganz selbstverständlich angenommen, daß er einwilligen würde.

Aber Sam Hoffman hatte nicht eingewilligt. Er verließ die Bank und gründete seine eigene Finanzberatungsfirma, deren Spezialität es im Verlauf der Zeit wurde, genau gegen jene Leute zu ermitteln, deren Geld er zuvor betreut hatte. Das paßte ihm erheblich besser. Aber selbst in seinem neuen Job konnte Sam nie ganz den Leuten aus dem Weg gehen, die ihm zwinkernd erzählten, seinen Vater aus alten Zeiten in Beirut zu kennen. Sie schienen alle überzeugt zu sein, daß Sam ungeachtet der Ideale, zu denen er sich bekannte, wußte, wie die Welt funktionierte, und letztendlich tun würde, was erforderlich war.

5

An der Wand hinter Sam Hoffmans Schreibtisch hing in einem Rahmen eine Sentenz von Oscar Wilde: »Das Geheimnis der Welt ist das Sichtbare, nicht das Unsichtbare.« Es war eine Art Lebensrezept geworden – erfahren zu wollen, was man erfahren konnte, und sich um den Rest nicht zu kümmern. Für Hoffman war es aber auch ein sinnvolles Geschäftsprinzip. Bei der Ermittlung der Tatsachen anfangen, die erhältlich waren – vor allem elektronisch erhältlich waren. Er begann mit seinen Ermittlungen immer auf diese Weise. Aber so sehr er sich auch an die Oberfläche der Dinge hielt, war da etwas in Sam Hoffman, das ihn in die Tiefe zog, dahin, wo es trüber war, wo das Sichtbare vom Unsichtbaren, das Wahre vom Falschen schwerer zu unterscheiden waren. Im Moment war es ein philippinischer Koch namens Ramon Pinta, der ihn dazu brachte, in der Tiefe ein bißchen genauer hinzusehen.

Hoffman setzte sich an seinen Schreibtisch vor seinen PC, seine Erweiterung des Sichtbaren. Er schaltete sich in den Online-Dienst ein, mit dem er Datenbanken abfragte. Er begann mit den Vereinigten Staaten und wies den Computer an, in den bundesstaatlichen Unternehmensregistern nach den Namen Coyote Investment, Nassir Hammud und Hammud, N. H. zu suchen. Schließlich spuckte der Computer zwei Treffer aus: N. H. Hammud war als Vorsitzender eines Unternehmens in Nevada namens NH Holdings aufgeführt, dessen Geschäftstätigkeit einfach als »Investitionen« beschrieben wurde. Zudem war er auch noch als Partner in einer New Yorker Immobilienfirma aufgeführt, die 442 Madison Avenue Partnership hieß und ein Bürogebäude unter dieser Adresse besaß sowie bestimmte andere Objekte, alle ungenannt. Er probierte NH Holdings & Partnership in anderen Datenbanken, was aber nichts erbrachte. Es waren Sackgassen.

»Schlüpfriger Mistkerl«, schimpfte Hoffman mit seinem Bildschirm. Er machte sich eine Tasse Kaffee und ging dann in die Immobilien-Datenbank, die Informationen über die Steuerveranlagung der Finanzämter und des Grundbuchamts der meisten Bundesstaaten führte. Er suchte Coyote Investment und Hammud – als Eigentümer, Käufer oder Verkäufer von Immobilien. Wieder ein paar Treffer. Ein Nassir Hammud besaß ein Haus in Aspen und eine 200-Morgen-Farm in Middleburg, Virginia. Zwei Jahre zuvor hatte ein N. Hammud ein zwei Morgen großes Anwesen in Santa Barbara an eine Firma namens Jidda Holdings verkauft. Aber was hieß das schon? Jeder reiche Araber hatte ähnlichen Besitz in den Vereinigten Staaten. Ein Haus hier, eine Farm dort. Ein Plätzchen für eine Mätresse oder eine betagte Mutter oder einen eigenwilligen Bruder. US-amerikanische Immobilien waren für die wohlhabende Klasse des Nahen Ostens wie ein Schlupfloch – ein Schutzgebiet in schöner Landschaft, für den Fall, daß die »Eingeborenen« daheim zu unruhig wurden.

Hoffman rief eine Datenbank auf für Einträge unter dem Uniform Commercial Code, dem Handelsregister, in denen sich Käufer und Verkäufer bei Geschäftstransaktionen eintragen müssen. Das ergab nichts. Er probierte es mit einem weiteren Online-Dienst, in dem Bundes- und Einzelstaatliche Steuerpfandrechte sowie zivilrechtliche Urteile aufgeführt waren. Auch nichts. Als letzten Versuch durchsuchte er die Protokolle von Bundes- und Bezirksgerichten nach Konkursfällen und, zur Sicherheit, auch noch die Protokolle des Obersten Gerichtshofs des Staates New York und die

Protokolle des Staatsgerichts von Los Angeles. Auch hier gab es nichts. Hammud hatte nicht die geringste Spur hinterlassen.

Hoffman war verärgert. Die Recherche in den USA hätte der leichtere Teil sein sollen. In anderen Teilen der Welt gaben die Datenbanken noch nicht so viel her. Er probierte einen britischen Online-Dienst, in dem die Steuerzahler der verschiedenen Stadtbezirke Londons aufgelistet waren. Das erbrachte ein paar bescheidene Informationen über Coyote. Das Unternehmen besaß eine Pacht für das gesamte Gebäude in Knightsbridge, und nicht nur für den fünften Stock. Dann durchsuchte er ein europäisches Unternehmensverzeichnis, das in Brüssel erstellt worden war. Es spuckte dieselben mageren Fakten über den Firmenvorstand und seine Genfer Registrierung aus, die er tags zuvor schon gefunden hatte. Hoffman wurde allmählich wütend. Die einzige Entschädigung dafür, daß man auf einem PC-Bildschirm starrte, war der plötzliche Funken, der einen Namen mit einer Transaktion verknüpfte, aber hier gab es keine Funken. Nassir Hammud hatte sämtliche sichtbaren Verdrahtungen gekappt. Als hätte er schon vor langer Zeit erkannt, daß irgendwann einmal jemand wie Hoffman versuchen würde, ihm nachzuspüren.

Hoffman schmerzten die Augen. Er zog seine Anzugjacke an und ging zu seinem Lieblingschinesen in Soho. Es war ein dunkles, anonymes Restaurant, in dem das Essen gut war und die Kellner die Gäste nachdrücklich ignorierten. Beides gefiel Hoffman. Er bestellte einen scharfen Szechuan-Bohnenquark, der Kellner brachte ihm statt dessen ein Hühnchengericht, das sehr schmackhaft war, und ein Bier, das Hoffman zwar nicht bestellt hatte, aber beschloß, trotzdem zu trinken. Zusammen mit der Rechnung wurde ihm ein verpackter Glückskeks gebracht. Hoffman öffnete das Papier und las die Botschaft: »Das Geheimnis des Lebens ist ... Ich darf es nicht sagen. Es ist ein Geheimnis.«

Na bitte. Das unsagbare Mysterium der Dinge. Verborgen und nicht erfahrbar.

Nach dem Mittagessen stattete Hoffman der Polizei einen

Besuch ab. Er kannte einen Polizisten in Kensington, der gelegentlich bereit war, Einsicht in schwebende Ermittlungsverfahren zu gewähren. Der Wachtmeister war zufälligerweise ein leidenschaftlicher Fan des Arsenal Football Club, und Hoffman war ebenso zufällig an ein Paar Saisonkarten herangekommen. Sie waren Freunde, sie halfen sich gegenseitig. Er hatte an diesem Nachmittag also keine Bedenken, den Beamten zu fragen, ob er ihm Informationen über einen Mordfall beschaffen könnte, der sich kürzlich in Berkshire ereignet hatte und bei dem es um eine Philippinin namens Pinta ging. Hoffman sagte, es interessiere ihn besonders, ob ein arabischer Herr namens Hammud ein Verdächtiger in dem Fall sei. Der Wachtmeister rief einen Freund im Zentralarchiv an und konnte mit einer umgehenden Antwort aufwarten: Der Fall war offiziell als »Ungelöst« zu den Akten gelegt worden. Die Frau war vergewaltigt worden. Der Gerichtsmediziner vermutete, daß sie an den Verletzungen gestorben war, die ihr zugefügt worden waren, als sie sich gegen ihren Angreifer gewehrt hatte. Ermittlungen gegen einen N. H. Hammud waren am Tag des Verbrechens eingeleitet, aber am nächsten Tag mangels Beweisen wieder eingestellt worden. Mr. Hammud hatte nicht nur ein Alibi, er hatte der Polizei auch eine großzügige Geldsumme als Belohnung angeboten, um die Ermittlungen zu unterstützen.

Als Hoffman wieder in seinem Büro war, hörte er seinen Anrufbeantworter ab. Er erwartete einen Anruf seines lästigen kleinen Klienten, der sicher erfahren wollte, wie er vorangekommen war. Aber kein Wort von Ramon Pinta. Hoffman fiel ein, daß der Koch ja immer noch in Nassir Hammuds Diensten stand. Hammud hatte ihm wahrscheinlich nach seiner Ankunft in England den Paß abgenommen, um sicherzugehen, daß er blieb, wo er war. Das machte Hoffman Sorgen, aber er wußte nicht, was er dagegen unternehmen könnte, und so unternahm er nichts. Irgendwann würde der Filipino schon anrufen, und Hoffman würde ihm dann sagen müssen, daß er nichts herausgefunden hatte.

Sam Hoffman hatte einen hartnäckigen Zug an sich – eine Art moralischer Stolz, der ihn beenden ließ, was er begonnen hatte, ungeachtet der Tatsache, wie wichtig oder unwichtig das ganze anfänglich gewesen oder inzwischen geworden war. Ein philippinischer Koch war in sein Büro hereinspaziert, und in dem Versuch, ihn loszuwerden, hatte er ihm versprochen, ihm zu helfen. Eins hatte zum andern geführt, und plötzlich verbrachte er Stunden damit, etwas zu verfolgen, das ursprünglich nichts bedeutet hatte. Das Versprechen galt für Sam nach wie vor, egal wie unsinnig der Auftrag war. In diesem Sinne hatte er etwas Orientalisches. Er betrachtete das Leben als eine Reihe von zufälligen Begegnungen, durch die ein Mensch Verantwortungen und Verpflichtungen einging, die wie die Glieder einer Kette waren. Wenn irgendein einzelnes Glied vernachlässigt wurde, konnte die ganze Kette auseinanderbrechen.

Diese Hartnäckigkeit war es und die einmal erweckte Neugier für Coyote Investment, die Hoffman dazu veranlaßten, noch etwas auszuprobieren. Wie die meisten Ermittler kannte er ein paar Hintertürchen, die ihm Zugang zu Informationen verschafften, die nicht öffentlich erhältlich waren. Die brauchbarste war das sogenannte Office of Companies, das in einem Archiv in Cardiff, Wales, umfangreiche Unterlagen aufbewahrte. Wenn man dort jemanden kannte, bekam man gelegentlich Zugang zu Steuerakten, die vom Finanzamt gesammelt wurden.

Hoffman machte die Reise nach Cardiff immer selbst, obwohl ihn das einen ganzen Tag hin und zurück kostete. Er hatte im Office of Companies eine Freundin namens Sally, mit der er immer Kontakt hielt. Sie war eine junge walisische Sachbearbeiterin, und er hatte ihr bei verschiedenen Gelegenheiten seine Wertschätzung bewiesen. Mit einer Golduhr etwa, oder Perlenohrringen. Sie hatte im Gegenzug die wahrhaft anmutige Fähigkeit unter Beweis gestellt, der britischen Bürokratie Dokumente abzuringen. Hoffman sagte ihr, was er brauchte, und sie erledigte den Rest. Er hatte Sally am Vorabend angerufen, um ihr zu sagen, daß er komme, und sie gebeten, ihn um halb elf vor dem Parkplatz zu erwarten.

Sally war zur vereinbarten Zeit da, zuverlässig wie immer. Sie trug einen engen Rock und sah aus, als würde sie gleich aus ihrer Bluse herausplatzen. Er gab ihr einen Kuß auf die Wange und drückte ihr einen Zettel mit dem Namen und der Adresse von Coyote Investment in die Hand. »Bleibst du?« fragte sie, womit sie meinte »über Nacht?« Es schmerzte Hoffman, sagen zu müssen, daß er noch am selben Nachmittag nach London zurückmüsse.

Sally traf ihn um halb zwei in einem französischen Restaurant wieder. Sie schleppte einen dicken Aktenordner mit sich, den sie hoheitsvoll auf den Tisch legte, wie eine Löwin, die ihrem Männchen eine Beute präsentierte. Hoffman küßte sie auf den Mund. Nachdem sie einen Aperitif bestellt hatten, überreichte er ihr eine in buntes Geschenkpapier eingewickelte Schachtel, die einen großen Zirkonring enthielt, den er kurz zuvor in einem Juwelierladen in der Stadt erworben hatte. Er sah beinahe wie ein Diamant aus. Sally ging zur Damentoilette, um ihn im Spiegel zu bewundern, und kehrte mit frischem Lippenstift und noch mehr Parfüm wieder. Zum Mittagessen bestellte sie das teuerste Gericht auf der Karte und redete angeregt über Pop-Musik und Filmstars. Hoffman sah sie verträumt an, nickte zu allem, was sie sagte, und rieb unterm Tisch seine Beine gegen ihren Schenkel. Er öffnete den Aktenordner erst, als er wieder in seinem Auto saß.

Als er die Seiten durchgeblättert hatte, fragte sich Hoffman, ob er Sally nicht einen teureren Ring hätte kaufen sollen. Sie hatte ihm die vollständige Akte des Finanzamts über Coyote geliefert, die offenbar eine Stunde vor dem Mittagessen nach Cardiff gefaxt worden war. Aus den Dokumenten ging hervor, daß Coyote seit acht Jahren in England Steuern bezahlte, zunehmend größere Beträge, auf Einkünfte, die im Vereinigten Königreich erzielt worden waren. Das Material war seitenlang und machte auf den ersten Blick einen interessanten Eindruck. Aber was Hoffmans Aufmerksamkeit erregte, war ein seltsam aussehendes Dokument, das ganz zuunterst lag. Es war der aktuelle Jahresbericht von Coyote Investment, der beim Registre du Commerce in Genf eingegangen und von dort ans britische Finanzamt weitergeleitet worden war. Die wunderbare Sally hatte den Jackpot versteckt.

Der Jahresbericht von Coyote war auf Französisch verfaßt. Die erste Seite war die Verteilerliste, auf der die fünf Direktoren des Unternehmens aufgeführt waren. Bis auf Hammud hatten alle Adressen in der Schweiz. Seite zwei war ein Brief des Vorsitzenden, der die Ergebnisse des abgelaufenen Geschäftsjahres und die Pläne für die Zukunft zusammenfaßte. Es war alles Geschwätz: berechtigte Hoffnungen, breite Strategien, gesunde Planung, nichts Konkretes. Dann kamen die Zahlen: Coyote Investments stellte die Gewinn- und Verlustrechnung für das Vorjahr auf sowie Konzernbilanz. Alles war in Schweizer Franken aufgeführt. Als Hoffman wieder in der North Audley Street war, sah er noch mal in der *Financial Times* nach, bevor er mit seinem Taschenrechner die Summen in Dollar umrechnete. Zuerst dachte er, ihm sei ein Fehler unterlaufen, und rechnete zur Sicherheit alles ein zweites Mal nach.

Die Zahlen waren erstaunlich. Das unbekannte Unternehmen mit dem albernen Namen hatte im Vorjahr einen Gewinn von beinahe 160 Millionen Dollar erzielt, aus einem Umsatz von 1,7 Milliarden Dollar. Am erstaunlichsten war, daß ein Gesamtvermögen von 5,1 Milliarden Dollar angegeben wurde, das hauptsächlich aus Investitionen in andere Firmen bestand. Das erschien ihm völlig unmöglich, aber wenn die Zahlen stimmten, dann war der Eigentümer von Coyote Investment einer der reichsten Männer der Welt.

Hoffman blätterte den Jahresbericht weiter durch. Im Anhang fand er eine Liste von Tochtergesellschaften, die sich über zwei Seiten erstreckte. Coyote schien Firmen in fast jedem Winkel der Welt zu besitzen. Banken, Immobilien, Produktionsanlagen. Ein Aluminium-Hüttenwerk in Belgien, die neue Reifenfabrik in Portugal, ein Flugzeug-Leasing-Unternehmen in Kanada. Ein Pharmaunternehmen in Thailand. Es gab anscheinend nichts, das Hammud nicht bereit war zu kaufen. Eine Anmerkung in diesem Anhang wies darauf hin, daß in manchen Fällen Coyotes Eigentumsrechte an den Tochtergesellschaften von anderen, assoziierten Unternehmen vertreten wurden, die hier aber nicht namentlich genannt waren. Es war die Art eines Wirtschaftsprüfers zu sagen: Coyotes Eigentum wird durch Scheinfirmen getarnt. Kein Wunder, daß die Suche durch die US-Datenbanken so wenig ergeben hatte.

Ein Punkt gab Hoffman Rätsel auf. Aus der Rubrik Kapitalherkunft ging hervor, daß nur ein Drittel des Umsatzes durch Einkünfte aus Geschäftsvorgängen erzielt wurde. Der Rest kam aus »anderen Quellen«, die nicht weiter genannt waren. Das war seltsam für ein so großes Unternehmen. Aber bei Coyote war fast alles seltsam.

Schließlich blätterte Hoffman weiter zum Bericht des Wirtschaftsprüfers am Schluß. Das Schreiben war von einer Schweizer Firma verfaßt, die keine Verbindung zu irgendeinem der großen internationalen Wirtschaftsprüfungsunternehmen hatte. Das an sich war schon ein Alarmzeichen, der Brief selbst aber war wie eine blinkende Alarmanlage. Er las ihn mehrere Male, um sicherzugehen, daß er ihn richtig aus dem Französischen übersetzte, aber es gab keinen Irrtum:

Im Verlauf des Jahres kamen dem Vorstand des Unternehmens bei der Umstellung einiger administrativer Funktionen bedauerlicherweise einige Buchungsunterlagen abhanden. Somit waren wir nicht in der Lage, eine Reihe von Rechnungen und Zahlungen zu überprüfen. Es ist uns daher nicht möglich, ein abschließendes Urteil darüber zu fällen, ob der Jahresabschluß ein zutreffendes Bild der Geschäftstätigkeit des Unternehmens zum Ende des aktuellen Zeitraumes abgibt; ob das Verhältnis von Gewinn, Kapitalherkunft und Mittelverwendung für das abgeschlossene Jahr ein ausgewo-

genes Bild ergibt. In jeder anderen Hinsicht entsprechen die Unterlagen des Unternehmens dem internationalen Standard der Wirtschaftsprüfung.

Der Brief ergab keinen Sinn. Wie konnte ein so großes Unternehmen mit globalen Ressourcen und Vermögenswerten in Milliardendollar-Höhe einfach seine Buchungsunterlagen verlieren? Wieso hatte das Wirtschaftsprüfungsunternehmen angesichts seiner Vorbehalte die Prüfung nicht insgesamt abgelehnt? Und wenn, wie der Brief andeutete, Coyote Investment seine Bücher frisierte, wieso hatten dann die Schweizer Behörden – oder auch das britische Finanzamt – nichts dagegen unternommen? Da gab es noch etwas bei Coyote Investment, was Hoffman stutzig machte, je mehr er drüber nachdachte. Es war klar, daß das Unternehmen von seinem Vorsitzenden, Nassir Hammud, kontrolliert wurde. Aber im Jahresbericht stand nichts darüber – kein Wort – wer der Eigentümer war.

Eine letzte Sache fiel Hoffman auf, während er das Material durchsah, das Sally ihm geliefert hatte. Es war ein knapper Prüfungsvermerk, in dem die Angaben über Coyotes Pachtvertrag an dem Gebäude in Knightsbridge zusammengefaßt waren. Der Bericht war von Hammuds Londoner Wirtschaftsprüfer unterschrieben, einem gewissen Marwan Darwish, der sein Büro in South Kensington hatte. Als Hoffman den Namen sah, entwich ihm ein Freudenseufzer. Er kannte Marwan Darwish! Sie hatten sich kennengelernt, als sie konkurrierende Firmen vertreten hatten, die bei der Ausschreibung des Auftrages zur Einrichtung eines neuen Telefonsystems in Dubai einen langen Offertenkrieg miteinander geführt hatten. Sie waren fast Freunde geworden.

Noch am selben Abend rief Hoffman Marwan Darwish zu Hause an, erkundigte sich nach seiner Frau und seiner Familie, sagte, sie hätten sich schon viel zu lange nicht mehr gesehen, und er hoffe, daß sich bald eine Gelegenheit bieten würde. Darwish reagierte prompt, wie Hoffman es erwartet hatte. Er lud ihn zu sich nach Hause ein. Zufälligerweise gab er am nächsten Wochenende eine Party für einige seiner irakischen Freunde und Kunden, um den Kauf seines neuen Hauses zu feiern. Sam sei auch willkommen, höchst willkommen. Hoffman erwähnte, daß er vor nicht langer Zeit eine Frau auf einer Party kennengelernt habe, die er sehr gern wiedersehen würde. Sie heiße Lina Alwan.

»*Ya habibi!*« sagte der irakische Wirtschaftsprüfer. »Sie wird da sein.«

Je näher Darwishs Party rückte, desto mehr wartete Hoffman auf einen Anruf des Philippinen. Aber es kam kein Anruf oder sonst irgendein Lebenszeichen von ihm. Am Abend der Party beschlich Hoffman allmählich das Gefühl, von Mr. Pinta möglicherweise nie wieder etwas zu hören.

6

Die Darwishs gaben ihre Party Anfang April in ihrem neuen Haus in Hampstead. Es war ein großer Backsteinbau, der von einem teuren Innenarchitekten renoviert worden war. Jeder Raum vermittelte das Gefühl von Geld: cremeweiße Wände, massige, mit Rohseide bezogene Möbel, Gemälde im orientalischen Stil in kunstvollen Rahmen – jedes von einem eigenen Spot beleuchtet, – exotische Blumenarrangements auf Glastischen, feine Teppiche aus Kum und Isfahan. Durch diese luxuriösen Räume streiften Kellner und boten Tabletts mit Speisen an, die vom besten libanesischen Party-Service Londons geliefert worden waren.

Marwan Darwishs Frau Salwa begrüßte ihre Gäste an der Haustür. Sie sah aus, als wäre sie ebenfalls von einem teuren Designer neu hergerichtet worden. Sie trug ein tief ausgeschnittenes, perlenbesetztes, dunkelgrünes Gewand. Über ihrem Busen war eine Diamantenhalskette drapiert, so daß der Anhänger in dem V zwischen ihren Brüsten lag. Sie sah aus wie eine überdimensionale, schmuckbesetzte Ausführung jenes traditionellen arabischen Gerichts, das *kussa mahshi* hieß oder gefüllter Kürbis. Es war eine Angewohnheit der irakischen Neureichen, ihre Ehefrauen wie Showgirls herauszuputzen; gleichzeitig war es eine trotzige Mißachtung der islamischen Sitten der alten Welt und eine krasse Parodie der neuen.

Die Schweigsamen waren alle da – die jungen arabischen

Geschäftsmänner, Künstler, Modedesigner, Rechtsanwälte, Journalisten. Nacheinander kamen sie zur Tür herein, bewunderten das Haus mit seinen vielen Verschönerungen und plauderten miteinander über den neuen Wohlstand der Darwishs. Nach Jahren der Plackerei war Marwan auf einmal zu Geld gekommen! Niemand brauchte zu fragen, wo das Geld herkam. In der Welt der irakischen Exilanten ging man davon aus, daß plötzlicher Wohlstand nur aus einer Quelle kommen konnte. Darwish stehe sich gut mit »gewissen Kreisen in Bagdad«, bemerkte einer der Gäste. Er habe »gute Beziehungen«, sagte ein anderer. Aber alle ließen sie sich ohne Hemmungen seinen Wein und seine Hors d'œuvres schmecken, selbst diejenigen, die insgeheim das Regime in Bagdad verachteten. Gemäß dem arabischen Sprichwort: »Wenn der Affe König ist, tanze vor ihm.«

Hoffman kam früh, entschlossen, nicht die Gelegenheit zu verpassen, Marwan Darwishs irakische Freunde kennenzulernen. Er trug wie gewohnt seinen grauen Anzug ohne Krawatte, doch als Zugeständnis an die Feierlichkeit des Anlasses hatte er sein Hemd zugeknöpft. Seine dunklen Haare hatte er im Stil der Filmschauspieler der 30er Jahre glatt zurückgekämmt. Er sah beinahe verwegen aus. Er bezog seine Stellung im Salon mit Blick auf die Tür, so daß er jeden Neuankömmling sehen konnte. Falls Nassir Hammud auftauchte, wollte Hoffman sich ihm als Finanzberater vorstellen, ihm etwas attraktiven Klatsch über irgendwelche potentiellen Akquisitionsprojekte anbieten und ihm vorschlagen, sich zu einem privaten Lunch zu treffen. Er war sich nicht sicher, was er Lina Alwan erzählen sollte.

Hoffman hatte sich schon fast eine Stunde lang dem Smalltalk hingegeben, als er eine junge Frau Ende zwanzig zur Tür hereinkommen sah. Sie war schlicht gekleidet, mit einem kurzen schwarzen Kleid, hochhackigen Schuhen und einer Perlenkette. Sie stellte sich der Gastgeberin vor und küßte die Luft zu beiden Seiten von Salwa Darwishs Wangen. Hoffman ging auf die junge Frau zu und wollte sich gerade vorstellen, als eine andere Araberin, kleiner und draller als die erste, »Lina« rief und sich an ihm vorbeischob, um ihre Freundin zu begrüßen.

»*Ya Randa!*« sagte Lina Alwan. Sie umarmte ihre Freundin und trat dann einen Schritt zurück, um sie zu betrachten. »*Quelle robe, habibti.*« Es war ein kurzes Cocktail-Futteralkleid ohne Rückenteil, und vorne war auch nicht viel Stoff.

»Ich weiß«, sagte Randa Aziz mit einem räuberischen Lächeln. Sie war eine irakische Christin, die als Sekretärin in der Buchhaltung arbeitete. Sie war auch eine »vertrauenswürdige Mitarbeiterin«, dank ihres Onkels Elias, einem Waffenhändler, der in Paris lebte und schon seit Jahren krumme Geschäfte mit der politischen Führung in Bagdad machte. Randa war ein Partymädchen. Sie war keß und hübsch, und sie hängte sich gerne an die reichsten und korruptesten arabischen Playboys, die sich in London herumtrieben. Sie flog mit ihnen überall hin, nach Marbella oder Cannes, und jedesmal kam sie mit unglaublichen Geschichten von Geld und Ausschweifungen nach London zurück. Lina mochte sie gern. Sie war eine der wenigen Angestellten bei Coyote Investment, die nicht ständig in Angst zu leben schienen.

»Hast du sie gesehen?« flüsterte Randa, mit einem Kopfnicken nach hinten, wo Salwa Darwish stand. »Ich wette, sie hat sie mit Rouge geschminkt.«

»Wen?« fragte Lina, sich im Raum umblickend. Ihr Blick streifte für einen kurzen Moment Hoffman und wanderte dann weiter.

»Ihre Titten! Hast du sie nicht gesehen? Sie waren an den Seiten ganz rosig. Sie denkt wohl, sie sind nicht groß genug.«

»Sei nicht albern. Nicht einmal Salwa würde so was machen.«

»Wieso ist Marwan plötzlich so reich geworden?« fragte Randa, während sie sich ein *kibbe* vom Silbertablett eines vorbeikommenden Kellners herunternahm. »Ich dachte, er ist bloß Wirtschaftsprüfer.«

»Freunde in Bagdad«, sagte Lina ruhig. Ein anderer Kell

ner kam vorbei und bot Gläser mit Champagner an. Die Flasche stand auf dem Tablett, damit jeder das Etikett sehen konnte.

Hoffman steuerte auf die beiden Frauen zu, um sich vorzustellen. Spiel nicht den Charmeur, ermahnte er sich. Sie hat wahrscheinlich schon jeden Aufreißer von hier bis Basra gehört.

»Hallo«, sagte er zu Lina. »Ich heiße Sam Hoffman. Ich glaube, wir kennen uns noch nicht.« Er streckte die Hand aus, lässig und freundlich, auf die amerikanische Art.

Sie war kühl und korrekt. »Ich heiße Lina«, sagte sie und schüttelte seine Hand. »Dies ist meine Freundin Randa.« Hoffman begrüßte die andere Frau und wandte sich dann wieder Lina zu, die beinahe königlich aussah mit den kurzgeschnittenen schwarzen Haaren, dem schwarzen Kleid und den weißen Perlen. Sie war hübscher, als Hoffman erwartet hatte, und das brachte ihn aus dem Konzept.

»Sie haben eine gewisse Ähnlichkeit mit der Schauspielerin Anouk Aimée«, sagte er. »Hat Ihnen das schon mal jemand gesagt?« Er wollte nicht so klingen, als wolle er sie anmachen, aber er konnte nicht anders.

»Nein«, sagte sie lachend. »Was für eine erbärmliche Art, eine Frau anzumachen. Haben Sie es schon öfter so gemacht?«

»Das erste Mal«, sagte Hoffman. Er war verlegen, aber nur ein bißchen. Und außerdem stimmte es. Sie sah Anouk Aimée wirklich ähnlich.

»Nun ja«, sagte Randa und verdrehte vielsagend die Augen. »Ich glaube, ich laß' euch beide mal allein, damit ihr euch kennenlernen könnt.«

»Geh nicht weg«, sagte Lina. Aber ihre Freundin war schon zu einer Gruppe libanesischer Banker im Salon davongetänzelt, die laut über einen ihrer Kameraden aus dem College lachten, der islamischer Fundamentalist geworden war.

Hoffman probierte es mit einer sanfteren Tour. »Woher kennen Sie Marwan?« fragte er. »Sind Sie eine Freundin der Familie?«

»Ich bin Irakerin«, antwortete sie. »Jeder kennt bei uns jeden.«

»Was machen Sie? Ich meine arbeitsmäßig.« Hoffman schlingerte immer noch ein bißchen herum. Sie war so schön, daß es ihn ganz nervös machte.

»Ich arbeite mit Computern in einer Buchhaltungsabteilung.«

»Das klingt aber einschüchternd.«

»Nur für Männer, die unsicher sind.«

»Nicht für mich. Ich bin sehr selbstsicher. Wo arbeiten Sie?«

Lina zögerte. »In einem Finanzunternehmen.«

Hoffman lächelte. »Wem gehört es? Amerikanern?«

»Nein.« Sie wirkte unbehaglich und begann, mit ihrer Perlenkette herumzuspielen.

»Saudis?«

»Nein, es gehört einem Iraker, wenn Sie es unbedingt wissen wollen.«

»Aha.« Hoffman nickte. Sie wollte ihm offenbar so wenig wie möglich erzählen. »Lassen Sie mich einfach mal blind raten. Sie arbeiten bei Coyote Investment. Habe ich recht?«

Ihre Augen erstarrten für einen Augenblick, als sei der Strom abgestellt worden. Sie sah mißtrauisch zu ihm auf. »Woher wissen Sie das?«

»Weil ich weiß, daß Nassir Hammud einer von Marwans Klienten ist. Deswegen habe ich gedacht, daß Sie wahrscheinlich für Hammud arbeiten. Vor allem als Sie nicht über ihn reden wollten. Kommt er übrigens?«

»Ich bezweifle es«, sagte Lina kühl. »Er ist auf Reisen.« Sie hatte die Bremse gezogen, und zwar fest. Es folgte ein langes Schweigen. Hoffman überlegte, ob er weiterbohren sollte, und kam zu dem Schluß, daß er keine andere Wahl hatte.

»Und wie ist er so? Hammud, meine ich. Ich hab schon so unendlich viele Geschichten über ihn gehört.«

»Sie stellen zu viele Fragen, Mr. Hoffman«, sagte sie. »Das ist mir unangenehm.« Sie drehte sich um und wollte weggehen.

Hoffman griff nach ihrer Hand. »Tut mir leid. Ich wollte nicht neugierig sein. Kommen Sie zurück. Ich lad' Sie zu einem Drink ein.« Er nahm ein Glas vom Tablett eines vorbeikommenden Kellners und reichte es ihr. Er klang wirklich so, als täte es ihm leid. Lina überlegte einen Augenblick und nahm dann das Glas. Was immer er auch für Schwächen haben mochte, Hoffman sah interessanter aus als die meisten Gäste auf dieser Party.

»Eines müssen Sie sich gut merken, was die Iraker betrifft«, sagte sie ruhig. »Wir beantworten wirklich sehr ungern Fragen.«

»Kapiert«, sagte er. »Den Fehler mache ich nicht noch mal.«

Hoffman eskortierte sie zum Garten. Die kühle Nachtluft duftete nach den ersten knospenden Bäumen des Frühlings. Eine Weile unterhielten sie sich über Bücher, dann über Filme, dann über Musik. Hoffman fragte sie, ob sie einen Freund habe, und sie zögerte, bevor sie es verneinte, in einer Art, die andeutete, daß sie mal einen gehabt hatte, aber jetzt nicht mehr. Als das Essen serviert wurde, reihten sie sich zusammen in die Schlange vor dem Buffet ein und setzten sich dann zum Essen in die Bibliothek. Hoffman fühlte sich wohl und redete laut, auf die amerikanische Art. Er bemerkte kaum die beiden irakischen Herren, die sich in der Nähe auf der Couch niedergelassen hatten, Zigaretten rauchten und mit ihren Gebetskettchen spielten.

»Und was treiben Sie so beruflich?« fragte Lina, als sie an der Reihe war, neugierig zu sein.

»Ich bin Finanzberater.«

»Was heißt das genau?«

»Ich arbeite mit Unternehmen zusammen, die in der arabischen Welt Geschäfte machen wollen. Ich erkläre ihnen bestimmte Dinge.«

»Was zum Beispiel?«

»Ich sage ihnen, mit wem sie zusammenarbeiten können und von wem sie die Finger lassen sollen.«

»Ist das der Grund, warum Sie sich für Mr. Hammud interessieren?«

Hoffman zuckte die Achseln. »Gewissermaßen. Aber das ist nicht der Grund, warum ich mich für Sie interessiere.«

»Sind Sie ein Detektiv?«

»So was Ähnliches.«

Sie senkte die Stimme zu einem Flüstern. »Arbeiten Sie für die CIA?«

Hoffman lachte laut. »Natürlich nicht. Ich kann die CIA nicht ausstehen. Ich bin bloß ein Finanzermittler. Ich bekomme Dinge heraus und dann teile ich die Informationen mit meinen Klienten. Das ist ganz harmlos.«

»Ich sollte trotzdem lieber einen Bogen um Sie machen. Sie klingen so, als könnten Sie einem Ärger machen.«

»Wer, ich? Wem könnte ich denn Ärger machen?«

»Meinem Arbeitgeber. Er mag keine Detektive. Auch nicht solche, die sich Berater nennen.«

Hoffman zwinkerte ihr zu. In dem Punkt sagte sie zumindest die Wahrheit.

Während sie sich unterhielten, war ein Mann mit dunkler Brille durch die Haustür gekommen und bewegte sich jetzt durch den Salon. Er wurde von einer jungen Frau begleitet, die mit ausgestrecktem rechten Arm knapp vor ihm herging. Er sah aus wie Ende vierzig oder Anfang fünfzig, aber seine Beine wirkten schwach. Er bewegte sich langsam, als schleppe er eine unsichtbare Kette hinter sich her. Einige Leute begrüßten ihn murmelnd, verlegen, als würden sie allein schon seine Anwesenheit als einen Vorwurf empfinden. Die anderen Gäste, die angeregt über den neuesten Klatsch geplaudert hatten, verstummten plötzlich. Salwa Darwish schien das äußerst peinlich zu sein. Hoffman brauchte einen Moment, um zu begreifen, daß der Mann blind war.

Hoffman sah sich nach Lina um und bemerkte, daß ihre Miene traurig geworden war. »Wer ist das?« fragte er, auf den Blinden deutend.

»Er heißt Nabil Jawad.«

Hoffman kramte in seinem Gedächtnis. »Was macht er? Bei welchem Unternehmen ist er?«

»Er ist ein Dichter«, antwortete sie. Ihr Ton war schroff, knapp. Sie wollte über den Neuankömmling nicht sprechen.

»Helfen Sie mir auf die Sprünge. Was schreibt er? Ist er berühmt?«

»Für Iraker ist er berühmt. Er schreibt über unser Land. Zumindest früher hat er das getan. Jetzt schreibt er nicht mehr. Er leitet eine Stiftung.«

Hoffman beobachtete weiter den Umzug dieses schlichten Mannes, ganz in Schwarz gekleidet, wie er sich seinen Weg durch den vollen Salon bahnte. Wenn er sich näherte, wichen die Leute zurück, ob aus Angst oder Mitleid, konnte Hoffman nicht feststellen.

»Wer ist diese Frau da bei ihm?« wollte er wissen.

»Seine Tochter. Stellen Sie nicht so viele Fragen. Ich habe Ihnen doch gesagt, das ist mir unangenehm.«

»Okay«, sagte Hoffman. Aber er hielt den Blick auf den Dichter Jawad gerichtet, der auf alle eine so große Wirkung auszuüben schien. Der Blinde setzte seinen Weg durch den Salon am Arm seiner Tochter fort, aber seltsamerweise hatte noch niemand Anstalten gemacht, sich mit ihm zu unterhalten. Lina sah, daß Hoffman von dem Besucher fasziniert war.

»Er ist sehr tapfer«, sagte sie leise. »Aber er sollte nicht hier sein.«

»Wieso nicht?«

»Weil es gefährlich ist.«

Hoffman nickte. »Gehen wir zu ihm und unterhalten uns mit ihm. Da offenbar niemand sonst das Bedürfnis hat.«

Sie schüttelte den Kopf. Sie schwiegen einige Sekunden. Hoffman betrachtete den Blinden, während dieser weiter durch den Raum ging. Es redete immer noch niemand mit ihm. Als hätten sie alle Angst, oder als wären sie wütend. Der Trubel der lebhaften Dinner Party war plötzlich in ein peinliches Schweigen umgeschlagen. Hoffman sah sie flehend an, aber wieder schüttelte sie den Kopf.

Schließlich ging Marwan Darwish auf den blinden Besucher zu. Der Gastgeber war fahl im Gesicht. Seine ganze Selbstgefälligkeit war mit einem Mal verschwunden. Er beugte sich zu Jawad vor und flüsterte ihm etwas ins Ohr. Der Dichter fixierte ihn mit einem blinden Blick, drehte sich um und ging dann langsam mit seiner Begleiterin durch den Raum zurück zur Haustür. Dann war er verschwunden. Die meisten Gäste hatten sich während dieser Szene abgewandt, aber Hoffman hatte jede Sekunde davon beobachtet.

»Das war ja grauenhaft«, sagte er, als Jawad gegangen war und die Unterhaltungen wieder eingesetzt hatten. »Die Leute haben sich benommen, als hätte er Aussatz.«

»Pst«, sagte Lina. Sie sah jetzt fast noch nervöser aus als vorher.

»Aber es hat sich nicht mal jemand mit ihm unterhalten. Wieso haben sie alle soviel Angst? Wir sind hier schließlich in England, Herrgottnochmal.«

Lina legte einen Finger auf ihre Lippen. Ein untersetzter Iraker näherte sich dem Tisch, an dem sie saßen. »Nicht jetzt«, sagte sie. Ihre Augen waren feucht, aber das entging Hoffman.

Er beugte sich zu ihr vor und flüsterte ihr ins Ohr. »Okay. Aber ich möchte, daß Sie mir nachher erzählen, warum hier alle soviel Angst haben.«

Lina schloß die Augen. Eine Träne lief ihr die Wange herunter. »Ich muß gehen«, sagte sie eilig und stand auf. Endlich merkte Hoffman, daß sie weinte.

»Oh, das tut mir leid.« Er reichte ihr ein Taschentuch. Sie trocknete sich die Augen und putzte sich die Nase. »Geben Sie mir noch eine Chance?«

Sie schüttelte wieder den Kopf. »Nein.«

Hoffman sah gekrankt aus. Sie lehnte sich zu ihm herüber und flüsterte ihm zu: »Man darf uns nicht zusammen weggehen sehen. Das könnte mich in Schwierigkeiten bringen.«

»Dann warte ich draußen auf Sie. Ich bin mit dem weißen BMW hier, der fünfzig Meter weiter die Straße hinunter parkt. Ich warte eine halbe Stunde.«

»Ich muß gehen«, sagte sie wieder und zog sich von ihm zurück. Sie schüttelte ihm steif die Hand, wandte sich um und hielt nach ihrer Freundin Randa Ausschau.

Fünfundzwanzig Minuten später ging Lina zur Haustür und warf Salwa Darwish zum Abschied eine unaufrichtige Kußhand zu. Sie fand Hoffman genau dort, wo er gesagt hatte: in seinem Wagen sitzend mit einer Zigarette.

»Geben Sie mir auch eine«, sagte sie. »Jetzt erzähle ich Ihnen von Jawad.« Sie sah weniger verängstigt aus als vorher, aber nicht weniger schön.

»Ist schon gut. Das brauchen Sie nicht. Tut mir leid, daß ich vorhin so neugierig war.«

»Nein, ich will es, jetzt wo wir allein sind. Dann verstehen Sie vielleicht, warum alle soviel Angst hatten. Nabil Jawad war unser Nationaldichter. Er schrieb über die Matrosen von Basra und über die *ma'aden*, die Leute, die in den Sümpfen wohnen, und über die kurdischen Krieger in den Bergen bei Mossul. Das ganze Land hat ihn geliebt. Aber dann ist er in die Klauen des Terrors geraten.«

Hoffman nickte, merkte aber, daß er nicht verstand. »Was ist mit ihm passiert?«

»Er wurde vor zehn Jahren in Bagdad verhaftet, nachdem er ein paar regimekritische Gedichte geschrieben hatte. Die Gedichte waren sehr subtil, aber er hat sich darin über den Herrscher lustig gemacht, und das fanden sie unverzeihlich.«

»Wie hat er sich über ihn lustig gemacht?«

»Mit Wortspielen zum Beispiel. An eines erinnere ich mich noch. Mit dem Wort *jayyed*, das ›gut‹ heißt. Das ist das Lieblingswort des Herrschers. Er benutzt es unentwegt, so wie hier jemand sagen würde, ›also gut‹. Und so hat Jawad in einem seiner Gedichte einen Dorftrottel ständig ›*jayyed*‹ sagen lassen. Das hat ihnen nicht gefallen.«

»Was noch, erinnern Sie sich noch an andere?«

»In einem andern Gedicht hatte Jawad ein Wortspiel auf eine der Lieblingsparolen der Partei gemacht. Sie skandieren doch immer ›*Umma Arabiya Wahida That Risalatin Khalida*‹. Das bedeutet ›Vereinigte Arabische Nation mit einer Ewigen Botschaft.‹ Er änderte *Umma* in *Rajiya* um, so daß die Parole jetzt ›Vereinigte Arabische Rückständigkeit mit einer legendären Botschaft‹ hieß. Es war albern, aber die Leute mußten lachen.«

»Und deswegen haben sie ihn verhaftet?«

»Ja.«

»Was haben sie mit ihm gemacht?«

»Sie haben ihn gefoltert. Das machen sie mit allen, damit sie gestehen.«

»Was gestehen?«

»Daß sie für Israel spionieren oder für Amerika oder für England. Was auch immer. Aber für Jawad war es schwer. Er war Dichter. Er hatte nichts zu gestehen.«

»Aber sie haben ihn trotzdem gefoltert.«

»Ja. Die brauchen keinen Grund.«

Hoffman war sich unsicher, ob er die nächste Frage stellen sollte, aber er hatte sich vom ersten Moment an, wo Jawad in die Party hereingeplatzt war, in seine Geschichte hineinziehen lassen. »Was ich mich vorhin schon gefragt habe: Wie hat Jawad eigentlich sein Augenlicht verloren?«

»Ich weiß nicht, ob Sie das wirklich hören wollen.«

Es entstand ein langes Schweigen. Sie betrachtete ihre Zigarette, schüttelte traurig den Kopf und warf sie aus dem Fenster. Dann begann sie wieder.

»Der Chef der Geheimpolizei hat Jawad persönlich verhört, weil er es gewagt hatte, sich über den Herrscher und die Partei lustig zu machen. Beim Verhör rauchte er eine Zigarette nach der andern. Wenn er eine fertiggeraucht hatte, drückte er sie auf Jawads Körper aus, auf Armen, Füßen, Gesäß, Geschlechtsteilen, überall.«

Hoffman holte tief Luft. Er wußte, was jetzt kommen würde. Lina setzte ihre Geschichte fort, mit ruhiger Stimme, und starrte dabei aus dem Fenster.

»Nach mehrstündigem Verhör hatte Jawad immer noch nicht gestanden. Und dann hat der Chef der Geheimpolizei schließlich seine Zigarette in Jawads Auge ausgedrückt, während die Wachen ihn festhielten.«

Hoffman stockte der Atem. Er faßte sich unwillkürlich ans Gesicht.

»Dann hat sich der Mann noch eine Zigarette angezündet und sie in Jawads anderem Auge ausgedrückt.«

Hoffman schüttelte den Kopf. »Mein Gott!« sagte er. »Was für ein Land.«

»Jetzt wissen Sie's. So sind sie, die Männer des Herrschers. Deswegen hat auf der Party keiner was gesagt. Deswegen sollten Sie nicht zu viele Fragen stellen.«

»Es tut mir leid.«

»Ist schon in Ordnung. Sie sind Amerikaner. Sie denken anders als wir.«

Hoffman saß lange wortlos da und ließ dann den BMW an. »Wo möchten Sie hin?« fragte er.

»Fahren Sie mich bitte nach Hause.« Sie nannte ihm eine Adresse in Notting Hill Gate. Aber Hoffman ging immer noch der irakische Dichter durch den Kopf.

»Wieso haben sie Jawad überhaupt am Leben gelassen, nach alledem? Folterer bringen ihre Opfer gewöhnlich um.«

»Sie wollten Werbung machen.«

»Was meinen Sie damit?«

»Die irakische Geheimpolizei zeigt gerne, wie grausam sie sein kann. Deswegen haben sie Jawad nach England ausreisen lassen, damit er allen Exilanten hier angst macht. Sie haben gedacht, er würde sich hier irgendwo in einem Appartement verkriechen. Aber sie hatten nicht damit gerechnet, daß er so mutig sein würde.«

»Wieso ist er heute abend auf die Party gekommen? Er ist ja offensichtlich kein Freund von Darwish.«

»Um ihnen zu zeigen, daß er keine Angst hat.«

»Was werden sie mit ihm machen?«

»Ihn umbringen. Früher oder später. Es wird ihnen nichts anderes übrigbleiben.«

Hoffman wartete eine paar Augenblicke, legte dann den Gang ein und fuhr den Hügel hinunter. Schweigen breitete sich im Wagen aus. Hoffman brach es nicht. Er hatte für diesen Abend genug Fehler gemacht. Während der Fahrt fühlte er sich immer unbehaglicher. Als sie bei Linas Wohnung ankamen, drehte er sich zu ihr.

»Ich war heute abend nicht hundertprozentig ehrlich zu Ihnen«, sagte er. »Ich muß Ihnen etwas sagen.«

»Bitte nicht«, sagte sie und wandte sich ab. Sie wußte, was es war, oder ahnte es, und sie wollte es nicht hören.

»Ich muß, damit Sie verstehen. Kennen Sie einen Filipino namens Ramon Pinta? Er arbeitet als Koch für Hammud. Er hat gesagt, er kennt Sie.«

Sie nickte. Ein Ausdruck blanken Entsetzens hatte sich über ihr Gesicht ausgebreitet. Das Schlimmste, was ihr passieren konnte, passierte ihr jetzt gerade.

»Er hat mich letzte Woche aufgesucht, wegen seiner Frau. Er glaubt, daß Hammud etwas damit zu tun hat. Ich hab' ihm versprochen, ihm zu helfen. Jetzt ist er verschwunden, und ich mache mir Sorgen um ihn. Er hat gesagt, der einzige Mensch in Hammuds Betrieb, der sich die Mühe gemacht hat, ihm einen Beileidsbrief zu schicken, seien Sie gewesen. Er dachte, Sie wären vielleicht bereit zu helfen. Deswegen habe ich versucht, Sie in Ihrem Büro aufzusuchen. Ich gab einen anderen Namen an. Wollen Sie uns helfen?«

Es folgte ein langes, grausiges Schweigen, und dann sprach Lina, ihre Stimme war ein kaum hörbares Krächzen, die Worte waren von Angst zusammengedrückt. »Ich kann nicht.«

»Sind Sie sicher?« fragte er.

»Ja.« Ihr Blick suchte jetzt draußen den Bürgersteig ab, um zu sehen, ob sie von irgend jemandem beobachtet wurden.

»Wo ist Pinta?« fragte Hoffman. »Arbeitet er noch für Hammud?«

Sie nickte fast unmerklich.

»Kann ich Sie wiedersehen?«

»Nein«, sagte sie. »Das wäre keine gute Idee.«

Hoffman überlegte einen Moment, griff dann in seine Tasche und zog eine Visitenkarte heraus. »Hier ist meine Adresse und Telefonnummer«, sagte er. »Falls Sie mal irgendwas brauchen, rufen Sie mich an. Vielleicht kann ich Ihnen helfen.«

Er betrachtete ihr vollkommenes Gesicht, das jetzt vor

Verzweiflung ganz starr war. In ihrer Verletzlichkeit war sie sogar noch schöner als vorher. Ohne recht zu wissen, was er tat, beugte er sich zu ihr hin um sie zu küssen. Sie wich heftig zurück und legte die Hand an den Griff der Wagentür.

»Nein«, sagte sie. Sie stieg aus und ging zu ihrem Wohnhaus. Hoffman wartete; er wollte wissen, ob sie sich umsehen würde, aber sie tat es nicht.

7

Am Montag morgen stand Lina Alwan früh auf, um zeitig im Büro zu sein. Es war, als könnte ihre Beflissenheit den Fehler wieder tilgen, den sie auf der Party der Darwishs begangen hatte. Den Sonntag hatte sie damit verbracht, ihre Wohnung aufzuräumen, alle Anzeichen der Unordnung aus ihrem Leben zu beseitigen. Auf dem Bett waren Plüschtiere aus ihrer Kindheit aufgereiht. Auf der Frisierkommode war eine Bildergalerie ihrer Familie, einschließlich eines Fotos von allen zusammen am Strand von Aqaba, eine Ewigkeit her. Über dem Kamin im Wohnzimmer hing ein großes Poster vom Ishtar-Tor in Babylon, dessen gelbe und grüne Fliesen deutsche Archäologen in penibler Kleinarbeit rekonstruiert hatten. Sie hatte sogar ein Porträt vom Herrscher, das sie in einer Kammer aufbewahrte, für den Fall, daß sie mal von einem von Hammuds Leuten Besuch bekam.

Lina zog sich schnell an und fuhr mit der U-Bahn zwei Stationen bis Lancaster Gate, von wo aus es nur noch ein kurzer Spaziergang durch den Hyde Park zum Büro war. Es war ein kühler, wolkenlos klarer Morgen, und die Sonne wirkte auf Lina wie eine Art Bleichmittel, das alle Erinnerungen auslöscht. In der Tiefe ihrer Handtasche lag noch Hoffmans Visitenkarte, und sie blieb kurz hinter dem Eingang zum Park bei einem Mülleimer stehen, um sie wegzuwerfen. Aber dann fiel ihr ein, daß sie jemand beobachten und später die Karte aus dem Eimer fischen könnte, und so ließ sie sie lieber in ihrer Brieftasche. Es würde heute reichen, wenn sie vertrauenswürdig und sauber aussah, von der Sonne gewaschen.

Lina überquerte die Wiese, vorbei an der knochenweißen Plastik von Henry Moore, an der sich im Sommer die Schwulen trafen und voneinander Zigaretten schnorrten. Sie ging auf die Brücke zu, die über den Serpentine führte. Eine Flotille Enten dümpelte am Ufer, darauf wartend, daß ihnen jemand Brotkrumen zuwarf. Auf der anderen Seite des Wassers konnte Lina die Statue von Peter Pan sehen, die Flöte in der Hand, im Begriff, die Kinder Londons ins Niemandsland zu entführen. Was für eine glückliche britische Phantasie. Hätte ein Iraker die Geschichte geschrieben, hätte Peter Pan am Schluß für Kapitän Hook gearbeitet.

In der Nähe der Serpentine Gallery stand ein weißer Porsche – rote Ledersitze, Kabrioverdeck, auf dem Armaturenbrett ein goldenes Lippenstiftgehäuse. Lina blieb stehen, um den Wagen zu bewundern. Dies war eine ihrer konkreteren Phantasien – der Traum, sich irgendwann einen Porsche zu kaufen, um dann mit hundertsechzig Stundenkilometer nach Surrey, in die Cotswolds oder in irgendein anderes Niemandsland zu fahren: Die Augen hinter einer dunklen Brille versteckt, um den Hals einen Seidenschal, der hinter ihr im Fahrtwind flatterte. Unterwegs würde sie sich einen Mann aufschnappen, und wenn er ihr nicht gefiel, würde sie ihn einfach wieder aus dem Wagen schmeißen. Eine Frau in einem Porsche genoß Ansehen. Ja, sie war ein Objekt der Begierde und zugleich mit der Schnelligkeit und Stärke ausgestattet, jederzeit zu entkommen. Lina wußte, wenn sie aufhören würde, für Hammud zu arbeiten, dann könnte sie es sich aus dem Kopf schlagen, jemals mit einem Porsche irgendwohin zu fahren. Statt dessen würde sie zusammen mit den anderen jungen Araberinnen in den Topf geworfen werden und müßte versuchen, ein »braves Mädchen« zu werden. So wie all die anderen *khosh binaya*, die sich wie Jungfrauen benahmen, selbst wenn sie keine mehr waren, um sich einen Mann zu angeln. Ein unerträglicher Gedanke für sie.

Lina war jetzt fast in Knightsbridge. Zu ihrer Rechten sah sie das klotzige Podest des Albert Memorial, ein nüchternes rotes Backsteindenkmal zu Ehren des idealen viktorianischen Ehemannes. Die Statue erinnerte Lina an ihren Vater. Als er in den Jahren vor seinem Tod sichtlich gealtert war und zunehmend teilnahmsloser wurde, hatte Mr. Alwan ganze Tage im Hyde Park verbracht. Er las die arabischen Zeitungen und grübelte über seine verschiedenen geschäftlichen Rückschläge nach. Das war die eine große Schwäche ihres Vaters gewesen – seine Unfähigkeit, Geld zu machen – und Lina vermutete, daß dies der Grund für ihre gegenwärtigen Schwierigkeiten war. Mr. Alwan war ein weiser und kultivierter Mann gewesen, ein Mann der arabischen Aufklärung, der seine Tochter auf amerikanische Schulen in Bagdad und Amman und dann auf die Universität in London geschickt hatte, der jede akademische Auszeichnung, die sie gemacht hatte, auskostete, als wäre es seine eigene gewesen. Aber er hatte nur langsam begriffen, daß sein so geliebtes Zeitalter der Aufklärung überall um ihn herum zusammenbrach. In dieser neuen Ära behandelten die einfachsten und rückständigsten aller Araber – die Beduinen der Wüste – die gebildeten Araber wie Kamele. Die Iraker, früher einmal das gelehrteste aller islamischen Völker, wurden nun von einem Clan von Schlägern und Folterern regiert. Und die Briten und Amerikaner, diese Missionare des Fortschritts, warfen sich plötzlich sowohl vor den Beduinen als auch vor den Schlägern nieder.

Vor seinem Tod war Linas Vater dazu übergegangen, es das *Asr al-Jahiliyya* zu nennen, das neue Zeitalter der Ignoranz, wie jenes, das auf der Arabischen Halbinsel vor der Ankunft des Propheten Mohammed geherrscht hatte. In so einer Welt war die einzige Sache, die Lina verstand, daß sie Geld brauchte. Geld und Schweigen, das waren die Schlüssel zum Überleben im neuen Zeitalter der Ignoranz. Geld bedeutete Unabhängigkeit und eine gewisse Sicherheit, selbst wenn es von Nassir Hammud kam. Schweigen bedeutete Überleben. Als Lina sich dem grauen Betonbau auf Knightsbridge näherte, dachte sie wieder an ihren Porsche. Wollte sie einen weißen haben oder lieber einen schwarzen?

Lina nahm den Lift in den fünften Stock und gab den Code in das Ziffernschloß ein, worauf sich die schwere Tür zur Buchhaltungsabteilung öffnete. Es war erst kurz nach acht, und die Büros waren noch fast leer. Sie ging den ägyptischen Kaffeejungen suchen, aber als sie ihn nicht fand, machte sie sich selbst eine Tasse. Dann ließ sie sich an ihrem grauen Schreibtisch nieder, schaltete ihren Computer ein und begann mit der täglichen Buchprüfung.

Die EDV-Anlage von Coyote Investment entsprach völlig Mr. Hammuds Sicherheitswahn. Er hatte sie mit dem Instinkt des Geschäftsmannes angeschafft, der weiß, daß er die moderne Technik braucht, um effektive Arbeit zu leisten, gleichzeitig aber den freien Zugang zu ihr beschränken muß, um alles unter Kontrolle zu haben. Das war typisch für die Iraker, die als einzige unter den Arabern so viel Respekt vor der Technologie entwickelt hatten, daß sie sie um jeden Preis kontrollieren wollten. Das Regime in Bagdad verfolgte zum Beispiel die Praxis, an der Grenze sämtliche Schreibmaschinen zu beschlagnahmen. Selbst in diesen einfachen Geräten sah man mächtige Instrumente der Information, die in die Hände des Regimes gehörten, statt in die seiner Feinde. Mr. Hammud verfolgte die gleichen Prinzipien bei Coyote.

Linas eigentliche Aufgabe als Systemchefin bestand darin, ihre Arbeitskollegen zu bespitzeln. Natürlich bezeichnete Mr. Hammud es nicht so, aber darum ging es. Er und Professor Sarkis hatten ein System installiert, das eine riesige Überwachungsanlage war. Jedesmal wenn ein Mitarbeiter eine Datei öffnete, hinterließ er eine Spur, die erfaßt und verfolgt werden konnte, und es war Linas Aufgabe, diese Fußspuren im Schnee täglich zu überprüfen, um zu sehen, was jeder einzelne gemacht hatte.

Sie begann ihre Arbeit, indem sie die am Vortag erfaßten Aktivitäten jeder einzelnen der fünfundzwanzig Personen bei Coyote nochmals überprüfte. Sie hatte für jeden Mitarbeiter ein Benutzerprofil erstellt und wußte, auf welche Dateien er regelmäßig zugriff. Sie wußte, zu welchen Tageszeiten und an welchen Wochentagen wer welche Arbeit machte. Wenn sie irgendeine Auffälligkeit feststellte – wenn irgend jemand eine Datei abrief, die nicht in unmittelbarem Zusammenhang mit seiner Arbeit stand, oder wenn jemand außerhalb der normalen Bürozeiten eine Datei einsah – hatte sie umgehend Professor Sarkis zu benachrichtigen. Die einzigen Paßwort-Dateien, die für sie tabu waren, waren die von Mr. Hammud und Professor Sarkis. »Nie, nie, niemals!« hatte Professor Sarkis ihr eingeschärft, als sie Systemchefin wurde. Er warnte sie, wenn sie versuchen sollte, Mr. Hammuds persönliche Datei einzusehen, hinterließe sie selbst eine Spur, die verfolgt werden konnte.

Das war das andere außergewöhnliche Merkmal des Systems. Es sollte zwei Gehirne haben. Linas Aufgabe bestand darin, als untergeordnetes Gehirn zu fungieren, sich um die normalen Funktionen zu kümmern – User-Konten einzurichten oder zu löschen und Aktivitäten zu überwachen. Diese Befugnisse waren ihr unter der Bedingung übertragen worden, daß sie sie nicht überschritt. Hammud und Sarkis verkörperten das übergeordnete Gehirn. Sie planten die Transaktionen, bewegten das Geld. Wie Lina verfügten sie über die Mittel, das System zu durchforsten – andere Dateien durchzusehen und auf jedem der mehreren hundert Konten des Systems geschäftliche Transaktionen durchzuführen. Aber sie bestanden darauf, daß ihre eigenen Dateien niemals und unter keinen Umständen eingesehen wurden. Es war das elektronische Äquivalent einer verspiegelten Glasscheibe, die Mr. Hammud und seinem Sicherheitschef erlaubten, alles zu überwachen und gleichzeitig unsichtbar zu bleiben. Nicht einmal jetzt konnte Lina ausschließen, daß Professor Sarkis nicht an seinem Terminal saß und beobachtete, wie sie die anderen Mitarbeiter kontrollierte.

Helen Copaken hätte sich das nie gefallen lassen, dachte Lina. Helen war im Fachbereich Computertechnologie an der Universität ihre beste Freundin gewesen, eine derart gescheite Frau, daß sie sogar die Männer in ihren Kursen eingeschüchtert hatte. Sie und Lina telefonierten immer noch alle paar Wochen miteinander; es waren weitschweifige Gespräche, die gewöhnlich damit endeten, daß Helen sie bat, jetzt endlich aufzuhören. Wenn Helen gewußt hätte, wie die EDV bei Coyote funktionierte, hätte sie das als empörend und barbarisch verurteilt – eine Systemleiterin, der verboten war, bestimmte Dateien einzusehen! – und hätte Lina gesagt, sie solle keinen Augenblick länger dort bleiben. Aber was wußte Helen schon? Sie war keine Irakerin. Sie hatte noch nie Angst gehabt.

Lina verbrachte an diesem Morgen fast drei Stunden damit, Anmelde- und Abmeldezeiten durchzublättern und sie mit den Benutzerprofilen zu vergleichen, aber sie entdeckte nichts Ungewöhnliches. Es war fast Mittagszeit. Sie machte sich auf die Suche nach ihrer Freundin Randa Aziz, um sie zu fragen, ob sie Lust hätte, das neue Café im Beauchamp Place auszuprobieren, aber als sie sie nirgends finden konnte, beschloß sie, weiterzuarbeiten. So groß war ihr Hunger auch nicht, und Professor Sarkis würde sich freuen, wenn er sah, daß sie die Mittagszeit durcharbeitete.

Und so machte das »brave Mädchen« weiter. Als nächstes überprüfte sie, wie immer, das Geldtransfer-System des Unternehmens. Für jede Auszahlung von den Londoner Firmenkonten sowie für jeden Geldeingang gab es einen Beleg, den die Drucker auswarfen. Lina hatte die Aufgabe, nachzuprüfen, ob niemand diese Belege gefälscht hatte. Bei diesem Buchprüfungsvorgang sammelte der Computer die Parameter jeder einzelnen Geldtransaktion – den Dollarbetrag der Zahlung, seine Herkunft, den Zahlungsempfänger sowie Tag und Zeitpunkt der Zahlung – und faßte alle diese Angaben in einer einzigen Zahl zusammen, die fast so etwas wie ein Siegel darstellte. Wurde irgendeine Variable in diesem Zahlencode verändert, brach das Siegel dieses Prüfcodes sofort. Der Computer überprüfte regelmäßig die Richtigkeit seiner Prüfcodes, aber Nassir Hammud traute seinem Computer ebensowenig wie seinen Angestellten. Und so hatte Lina die Aufgabe, eine Zweitüberprüfung vorzunehmen.

Sie bemühte sich, bei dem Geldtransfer nicht näher hinzusehen. Einfach die Zahlen zusammenzählen, hatte Professor Sarkis gesagt, und sie versuchte, nur das und nicht mehr zu tun. Aber die Überweisungen kamen ihr so sonderbar vor. Da wurden Geldbeträge zu Banken an den unwahrscheinlichsten Ecken der Welt überwiesen: die niederländischen Antillen, die Channel Islands, Liechtenstein, Panama. Es gab keine Hinweise, wofür diese Überweisungen bestimmt waren. Versuchte Coyote, Immobilien in Panama zu erwerben oder vielleicht eine holländische Reederei zu übernehmen? Oder waren diese Zahlungen bloß ein Täuschungsmanöver, um andere Transfers zu tarnen, die eigentlich in Singapur oder São Paolo stattfanden? Die Dateien gaben keinerlei Aufschluß darüber, und, wie Professor Sarkis immer betonte, gab es für Lina auch keinerlei Grund, etwas darüber zu erfahren. So tat sie also, was man ihr sagte, und versuchte zu vergessen, daß sie sich trotzdem Fragen stellte.

Als es dann passierte, geschah es fast aus Versehen. Lina war gerade dabei, ihre Überprüfung abzuschließen und die Zahlen zusammenzuzählen, um sicherzugehen, daß sie mit der offiziellen Liste der Auszahlungen übereinstimmte, die jede Woche an die Buchhalter ausgegeben wurde. Als sie die beiden Endsummen verglich, stellte sie eine ungewöhnlich hohe Diskrepanz fest, insgesamt fast zwölf Millionen Dollar. Ihr einziger Gedanke in diesem Moment war, daß ihr ein Fehler unterlaufen sein mußte, für den sie gerügt werden konnte. Sie ging noch einmal die Geldtransfer-Belege durch und stellte fest, daß in der letzten Woche ein entsprechender Betrag – 11 920 000 Dollar – von einer Tochtergesellschaft Coyotes auf das Konto eines Unternehmens in Panama namens Oscar Trading überwiesen worden war. Das Unternehmen war ihr nicht bekannt.

Einfach die Zahlen zusammenzählen. Aber wenn sie nicht

übereinstimmten? Wieder war es hauptsächlich die Angst, Schwierigkeiten zu bekommen, die sie veranlaßte, die Datei über das Unternehmen in Panama zu suchen. Wer bearbeitete sie, fragte sie sich. Der irakische Buchhalter, der die Verbindlichkeiten verwaltete, war manchmal schludrig. Vielleicht war ihm ein Fehler unterlaufen. Ihre Vollmacht als Systemchefin benutzend, machte sie eine generelle Anfrage ans System.

Es war ein derart normaler Buchprüfungsvorgang, daß sie kaum einen Gedanken darauf verschwendete. Als aber dann die Datei auf dem Bildschirm erschien, blieb ihr die Luft weg. Das Verzeichnis sagte ihr: »HAMMUD/PER«. Sie hatte einen grauenhaften Fehler begangen. Die Unterlagen über das Unternehmen in Panama befanden sich in Mr. Hammuds persönlicher Datei. Keiner außer ihm sollte Zugang zu ihnen haben. Sie hatte, wenn auch nur für einen Moment, die unsichtbare Mauer durchbrochen und hatte flüchtig das Gesicht von Nassir Hammud erblickt. Schlimmer noch, sie hatte einen elektronischen Fußabdruck hinterlassen, den irgend jemand unweigerlich entdecken würde.

Lina bekam Bauchschmerzen. Sie schloß die Datei sofort wieder und beschäftigte sich mit anderen Buchprüfungsvorgängen, stellte aber nach zehn Minuten fest, daß sie sich nicht konzentrieren konnte. Sie wollte gerade auf die Toilette gehen, als das Telefon klingelte.

Noch bevor sie abnahm, wußte sie, daß es Professor Sarkis war. Er wollte sie auf der Stelle in seinem Büro sprechen. Lina sagte, sie sei in fünf Minuten dort, aber er bestand darauf, daß sie sofort käme. Keine fünf Minuten. Sarkis' Stimme war, sogar verglichen mit seinem sonstigen schroffen Ton, scharf und unangenehm. Während sie den Gang entlangging, spürte Lina, wie ihre Stirn feucht wurde, wie sich ihr die Kehle zusammenzog und die Beine schwach wurden.

Professor Sarkis' Büro war kaum größer als eine kleine Kammer, die mit dem sehr viel größeren Büro von Mr. Hammud verbunden war. Sein Schreibtisch war übersät mit den Jahresberichten der Firmen, die Coyote Investment erworben hatte, erwerben wollte oder vor kurzem verkauft hatte – alle zu hohen wackligen Türmen aufgestapelt: eine Hotelkette in Asien, eine Wohnungsbaugesellschaft in Miami, ein Kreditkarten-Service-Unternehmen in Amman. Es war in aller Munde, daß Mr. Hammud ein Einkäufer sei, und täglich flatterten neue Angebote auf seinen Tisch. Auf dem Schreibtisch stand ein PC, auf dem Bord dahinter befanden sich weitere hohe Papierstapel, ein arabisches Buchhaltungslehrbuch, eine Flasche armenischer Cognac und ein Glas Aspirin.

In diesem Chaos herrschte Sarkis, der vertrauenswürdigste der vertrauenswürdigen Mitarbeiter. Der Herrscher, hieß es, hielt die christlichen Armenier im Irak, wie Professor Sarkis, für besonders verwundbar und daher für besonders vertrauenswürdig. Sie waren die Höflinge und Finanzberater des neuen Irak geworden, ähnlich wie ihre Vorfahren in den alten Zeiten des Osmanischen Reichs für den Sultan gearbeitet hatten. Professor Sarkis' Vater, ein Schneider, soll sich mit dem Herrscher so gut gestellt haben, daß er ihm in der Anfangszeit die Uniformen schneiderte. Professor Sarkis hatte auf seinem Schreibtisch gut sichtbar eine große Fotografie vom Herrscher in jungen Jahren mit Uniform aufgestellt, damit es niemand vergaß.

Als sich Lina näherte, drückte Professor Sarkis' Sekretärin auf einen Summer. »Kommen Sie herein!« rief er durch die geschlossene Tür. Als Lina eintrat, erhob er sich halb von seinem Sessel und beugte sich zu ihr vor. Er wirkte zornig. Sein Gesicht war rot, die Adern entlang seiner großen Nase traten hervor, und seine Lippen waren dünn und geschürzt, als hätte er an einer Zitrone gesaugt. Der Bildschirm des PC auf seinem Schreibtisch leuchtete. Er wußte Bescheid.

»Nehmen Sie bitte Platz«, sagte er. Er war kurz angebunden und förmlich, wenn er aufgeregt war. Lina setzte sich in den Besuchersessel vor dem Schreibtisch. Sie schlug die Beine übereinander und erinnerte sich daran, daß sie schließlich nichts Schlimmes getan hatte. Während sie da saß und ihre Handtasche umklammerte, fiel ihr ein, saß Sam Hoffmans Visitenkarte immer noch in ihrer Brieftasche steckte. Sie veränderte die Stellung ihrer Beine, so daß die Tasche vom Tisch wegschwang. Der Chef der Buchhaltung blickte sie immer noch wütend an. Lina räusperte sich.

»Ist irgendwas nicht in Ordnung, Professor Sarkis?« fragte sie. Sie wollte jetzt nicht mehr länger warten.

»Wie?« fragte er und klopfte gegen sein Hörgerät.

»Ist irgendwas nicht in Ordnung?« wiederholte sie.

»Und ob«, sagte er leise, indem er sie in aller Ruhe von oben bis unten musterte. »Mr. Hammud wird außer sich sein, wenn er wiederkommt.«

»Wieso? Ich habe doch nichts Unrechtes getan. Ich mache nur meine Arbeit.«

Bei Linas Unschuldsbeteuerung explodierte Professor Sarkis.

»Lügnerin!« brüllte er und schlug gleichzeitig mit der Faust auf den Tisch. »Sie sind eine Lügnerin!«

Sie wartete darauf, daß er sie auf ihre generelle Dateienanfrage ansprach, aber er sah sie nur stumm an.

»Was habe ich denn getan?« fragte sie flehend. Diesmal war es fast ein Winseln.

Der Armenier drohte ihr mit dem Finger und richtete ihn dann wie eine Waffe auf sie. »Sie werden uns hier zu neugierig, mit Ihrer Herumschnüffelei.«

»Ich schnüffle nicht herum. Ich tue nur das, was Sie mir aufgetragen haben.«

»Und ob Sie herumschnüffeln! Ich hab Ihnen gesagt, Sie sollen nie Ihre Nase in Mr. Hammuds Angelegenheiten stecken. Nie! Aber Sie tun es trotzdem. Wie sollen wir Ihnen denn da noch vertrauen?«

»Es tut mir leid«, sagte sie leise. »Es wird nicht noch einmal vorkommen.«

»Was?« fragte er, indem er sich die Hand ans taube Ohr hielt.

»Es wird nicht noch einmal vorkommen«, wiederholte sie. »Es tut mir leid.«

Sarkis schnaubte. »Wieso haben Sie mit diesem Ausländer geredet? Das möchte ich auch gerne mal wissen.«

Linas Kehle schnürte sich wieder zu, es war die blanke Angst, die ihr die Luftröhre zusammenpreßte. Sie konnte gerade noch mit Mühe die Worte herausbringen: »Was für ein Ausländer?«

»*Etchmiadzin!*« brüllte Professor Sarkis, den Namen der Heiligen Stadt der Armenier als Fluch benutzend. Wieder schlug er mit der Faust auf den Tisch. »Sie wissen ganz genau, von wem ich rede, der Mann, den Sie auf der Party der Darwishs kennengelernt haben. Der Mann, mit dem Sie nach Hause gefahren sind. Dieser Hoffman. Hören Sie endlich auf, mir was vorzuspielen, verdammt noch mal.« Er spuckte in den Papierkorb.

Linas Selbstbeherrschung zerbröckelte zunehmend. Sie fühlte sich entblößt, als würde man ihr die Kleider vom Leib reißen. Was ihr soviel angst machte, war nicht, daß sie irgend etwas Falsches getan hatte, sondern daß sie so genau beobachtet worden war.

»Bitte«, sagte sie, wobei ihr eine einzelne Träne über die Wange glitt. »Ich kenne ihn doch gar nicht.«

»*Tootum kalogh!*« donnerte er, einen armenischen Ausdruck benutzend, der soviel wie »Melonenkopf« bedeutet. Wieder hämmerte er auf den Tisch. Die Papierberge gerieten bedrohlich ins Schwanken. »Sie sind eine Lügnerin!«

»Ich kenne ihn doch gar nicht«, wiederholte sie. »Ich bin ihm auf der Party zum ersten Mal begegnet.«

»Lügnerin!« Er schien ihr das Wort fast entgegenzuspucken. Er sah sie so durchdringend an, daß man meinen konnte, seine Augen hätten Feuer gefangen. »Dieser Hoffman war es auch, der hier als Mr. White aufgetaucht ist und Sie sprechen wollte. Wir haben sein Foto. Also hören Sie endlich auf zu lügen. Was plaudern Sie ihm denn so alles aus? Alle unsere Geheimnisse! Was?«

Nach diesem letzten Angriff brach Linas ganze Verteidigung zusammen. Sie vergrub das Gesicht in den Händen und brach in Tränen aus. Sie fühlte sich völlig alleingelassen und verletzlich, fast wie nach einem körperlichen Angriff. Sie hatte sich von Hoffmans Charme und Neugier einnehmen lassen und war nun Professor Sarkis' Wutausbruch schutzlos ausgeliefert. Die Tränen kamen tief aus ihrem Innern.

»*Eshek!*« sagte Sarkis verächtlich. Das Wort bedeutete »Esel!« auf armenisch. Er griff nach dem Aspiringlas, schüttelte ein halbes Dutzend in seine Hand und steckte sie sich hastig in den Mund. »Reißen Sie sich zusammen. Antworten Sie mir! Irgendwas müssen Sie schon wissen! Raus damit.« Er reichte ihr ein Papiertaschentuch – für Sarkis eine Geste ungeheurer Großzügigkeit. Lina putzte sich die Nase.

»Es tut mir so leid, Professor Sarkis«, sagte sie, immer noch mit zittriger Stimme von ihren Tränen. »Aber ich habe die Wahrheit gesagt. Ich habe nicht gewußt, daß Hoffman dieser Mr. White war. Ich bin ihm auf der Party zum ersten Mal begegnet. Wir haben nicht über die Firma gesprochen. Er hat versucht, mich abzuschleppen, aber ich hab' mich von ihm nur zu Hause absetzen lassen, weiter nichts.«

»*Achpar!*« sagte er. Das Wort bedeutete »Bruder« auf armenisch, aber auch das benutzte Sarkis als Schimpfwort. Er richtete den Finger wieder auf Lina. »Treffen Sie sich mit diesem Typ noch mal? Jetzt bloß keine Lügen mehr!«

»Nein, Sir. Als er mich zu Hause abgesetzt hat, habe ich ihm gesagt, daß wir uns nicht mehr treffen können. Ehrlich.«

Sarkis verdrehte bei dem Wort »ehrlich« die Augen. »Hat dieser Typ Ihnen irgendwas gegeben? Telefonnummer? Visitenkarte? Sonst was?«

Lina sah ihn an und fühlte in ihrem Innern wieder das blanke Entsetzen. Aber das Zittern hatte aufgehört. »Nein«, log sie. »Nichts.« Jetzt, wo sie sich verstellte, war ihre Stimme selbstbewußter als vorher, als sie die Wahrheit gesagt hatte. Die Handtasche baumelte neben ihr, wie eine Schlinge.

»Nichts?« Professor Sarkis betrachtete prüfend ihr Gesicht, aber es war schwierig, irgend etwas daran abzulesen, weil sie geweint hatte und ihre Augen gerötet waren. Die Hauptsache war, daß er ihr angst gemacht hatte, und das reichte. Er schenkte Lina ein abstoßendes, dünnlippiges Lächeln.

»Und was sollen wir jetzt mit Ihnen machen, nachdem Sie

sich mit all diesen Ausländern herumgetrieben haben? Meinen Sie, Sie sind immer noch eine vertrauenswürdige Mitarbeiterin?«

Lina nickte, antwortete aber nicht. In diesem Moment wußte sie nicht, wovor sie mehr Angst hatte – was sie mit ihr tun würden, wenn sie bei Coyote blieb, oder was sie tun würden, wenn sie versuchte zu gehen.

Sarkis reichte ihr noch ein Papiertaschentuch und bedeutete ihr aufzustehen. »Das wär's. Und jetzt Schluß mit der Heulerei. Wollen Sie sich für den Rest des Tages freinehmen? Dann können Sie das alles vielleicht vergessen. Und kein Wort zu den anderen, bitte! Ich rede mit Mr. Hammud, wenn er wieder in London ist, und sage ihm, es tue Ihnen sehr leid, diesen Fehler gemacht zu haben. Wir werden sehen, was passiert.«

»Ja«, murmelte sie. »Danke.«

»Schon in Ordnung. Die Herumschnüffelei muß jetzt aufhören!« Er begleitete sie zur Tür. Als Lina zu ihrem Büro zurückging, um ihre Sachen zu holen, hörte sie Professor Sarkis seine Sekretärin anschreien.

8

Sam Hoffmans erste Tat an diesem Montag morgen war, seinen Freund Asad Barakat anzurufen. Barakat war ein palästinensischer Bankier, aber diese Beschreibung wurde ihm nicht gerecht. Er unterhielt ein privates Netzwerk, das sich über den ganzen Nahen Osten erstreckte, und er wußte Dinge, die normale Bankiers nicht wußten. Hoffmans Vater hatte die beiden einige Jahre zuvor miteinander bekannt gemacht, und Sam vermutete, daß Barakat, wie soviele andere, die zum festen Inventar der arabischen Kolonie in London gehörten, früher einmal im Sold der CIA gestanden hatte. Er war Sam Hoffmans wertvollster Informant geworden, und auch sein teuerster.

Hoffman wußte, wenn er aus Barakat irgend etwas herausholen wollte, würde er ihm ein bescheidenes Geschenk anbieten müssen. Das war genau so ein Brauch wie das Ritual arabischer Gastfreundschaft, Blumen oder eine Flasche Scotch mitzubringen, wenn man bei jemandem zum Abendessen eingeladen war. Man ging nie mit leeren Händen zu einer Einladung. Hoffman überlegte kurz, was sich als eine geeignete Gabe anbieten würde, und dann fiel ihm ein Memo ein, das er in der Woche zuvor an einen Klienten in Texas geschickt hatte. Der Texaner wollte eine Raffinerie verkaufen, die er in Galveston besaß, und er hatte Hoffman gebeten, ihm eine Beurteilung der beiden Kaufinteressenten zu liefern. Das höhere Angebot kam von einem pakistanischen Investor, aber Hoffman hatte einige Nachforschungen angestellt und entdeckt, daß eben dieser Pakistani eine Bank in Karatschi besessen hatte, die etwa vor zehn Jahren Konkurs gemacht hatte. Schlechtes Zeichen. Und so hatte Hoffman dem Texaner den Rat gegeben, das niedrigere Angebot anzunehmen, das von einem Konsortium saudischer Investoren kam, das sich Goldener Sand nannte. Hoffman las den trockenen, juristischen Text seines Memo noch einmal durch, in dem die magischen Worte »mit gebührender Sorgfalt« viermal wiederholt wurden. Aber die Botschaft war eindeutig: Der Pakistani war ein Verlierer, und es wäre dumm von dem Texaner, sein Angebot anzunehmen. Hoffman hatte jetzt seinen Köder. Er nahm den Hörer ab und wählte Barakats Nummer.

»Hallo, *ustaaz* Asad«, sagte Hoffman ins Telefon, womit er den Bankier so anredete, wie ein Student seinen Professor anreden würde. »Was machen Sie heute?«

»Fernsehen«, sagte Barakat. »Und mit Genf reden.«

»Was sagen die in Genf zum Dollar?«

»*Ya habibi*, woher soll ich das wissen? Sie sind alle sehr nervös. Sie sagen nicht viel.«

»Deswegen sind sie so reich.«

Barakat lachte leise, nur einmal. Ha! Seine Sprache war eine Mischung aus süßen arabischen Höflichkeiten und der knackigen Sprechweise eines im Westen ausgebildeten Bankers. Es war eine angenehme Kombination, wie Honig, der auf ein warmes Teegebäck geträufelt wird.

»Wie geht's Ihrem Vater?« fragte Barakat. Es war ein Fehler, bei ihm mit der Tür ins Haus fallen zu wollen.

»Wie immer. Ich glaube allerdings, ihm fehlt die Action.«

»Kann schon sein. Aber unterschätzen Sie ihn nicht. Ihr Vater weiß mehr, als er zugibt.«

»Ja.« Hoffman reichte es allmählich, sich über seinen Vater zu unterhalten. »Hören Sie«, sagte er. »Es tut mir leid, wenn ich Sie störe, aber haben Sie einen Moment Zeit?«

»Aber natürlich. Was kann ich für Sie tun?«

»Eigentlich nicht viel. Ich rufe hauptsächlich an, um etwas weiterzugeben.«

»Und das wäre?«

»Ich habe ein Gerücht aufgeschnappt, das den Raffinerieverkauf in Galveston betrifft. Ich glaube nicht, daß der Pakistani es schaffen wird.«

»Nein?«

»Nein. Ich habe das Gefühl, die Saudis kriegen den Zuschlag. Sie haben ein gesundes Geschäft, und sie bieten einen attraktiven Preis.«

»Die Saudis haben ein sehr gesundes Geschäft. Mein Schwager arbeitet dort. Er hat mich gebeten, ein paar Aktien zu kaufen.«

»Tatsächlich?« Hoffman versuchte, überrascht zu klingen. »Das wäre jetzt vielleicht ein günstiger Zeitpunkt für den Kauf.«

»Vielleicht«, sagte Barakat. Es trat eine Pause ein, in der beide Männer die Transaktion zur Kenntnis nahmen.

»Und da wäre noch eine andere Sache«, sagte Hoffman.

»Ach ja?« Jetzt war es an Barakat, Überraschung vorzutäuschen.

»Ich habe mich gefragt, wieviel Sie über Nassir Hammud wissen.«

»Eine ganze Menge von dem, was man wissen kann. Den Rest weiß niemand. Er ist ein Mann mit vielen Geheimnissen.«

»Können Sie mir etwas über ihn erzählen?«

»Einiges. Aber nicht am Telefon.«

»Kann ich zu Ihnen kommen?«

»Natürlich. Ich habe allerdings viel zu tun. Wann möchten Sie denn kommen?«

»Jetzt. In etwa zwanzig Minuten.«

»Jetzt sofort?« Barakat wäre ein anderer Zeitpunkt offensichtlich lieber gewesen, aber er stand, zumindest im Augenblick, in Hoffmans Schuld. »Sagen wir in einer halben Stunde«, sagte er.

Barakats Bank, die er Bank Arabia nannte, hatte ihren Hauptsitz in einer Seitenstraße der Park Lane, ein paar Schritte von Hoffmans Büro. Es war äußerlich ein bescheidenes Gebäude, weit weniger imposant als die neueren Banken, die den Saudis, Kataris und Kuwaitis gehörten, die sich in einigen der teuersten Immobilien Londons niedergelassen hatten. Arabisches Geld hatte die gleichen Eigenschaften wie jedes andere: wenn es neues Geld war, wollte es seine Ankunft kundtun. Altes Geld wollte seine Dauerhaftigkeit und Stabilität zeigen, während schmutziges Geld sich verstecken wollte. Coyote Investment gehörte eindeutig in diese letzte Kategorie. Bank Arabia lag irgendwo dazwischen.

Barakat war ein korpulenter Mann, mit einem runden Gesicht von der Größe eines Bowling-Balls. Er kleidete sich gern in den modischsten italienischen Anzügen, und er ließ sie sich in Übergröße schneidern, so daß sie sich wie Seidenfallschirme um seinen Körper drapierten. Als Hoffman hereinkam, sah er gerade auf die Uhr, ein Zeichen, daß das Gespräch nicht lange dauern würde, ganz gleich, wie sehr er in Hoffmans Schuld stand.

»Also, was können Sie mir über Nassir Hammud erzählen?« fragte Hoffman, sowie er die Tür hinter sich geschlossen hatte. Wenn ihm nicht viel Zeit zur Verfügung stand, dann wollte er sie nicht auf Nettigkeiten verschwenden.

»Weiß Ihr Vater, daß Sie mich wegen dieser Sache sprechen wollen?«

»Ja«, log Sam. Was spielte sein Vater schon für eine Rolle?

Barakat zog die Augenbrauen hoch und nickte gleichzeitig, als wolle er damit sagen, daß er Sam glaubte, es aber nachprüfen würde. »Also gut«, sagte er. »Was möchten Sie wissen?«

»Alles, was Sie mir erzählen können.«

»Nun«, sagte Barakat. »Zunächst einmal weiß ich, daß er auf Reisen war.«

»Tatsächlich? Wohin?«

»Die Gerüchteküche erzählt was von Bagdad.«

Hoffman lächelte. Barakat wußte alles. »Und was bedeutet das?«

»Das bedeutet, daß er dort mit jemandem reden muß. Oder vielleicht, daß jemand mit ihm reden muß. Oder vielleicht bedeutet es, daß seine Mutter krank ist und er sie besuchen gegangen ist. Mein lieber Sam, woher soll ich wissen, was das bedeutet? Wir sprechen hier vom Irak, und das ist das Land, über das niemand was weiß.«

»Richtig. Niemand weiß was. Aber was glauben Sie?«

»Ich glaube, daß im Irak zur Zeit sehr merkwürdige Dinge im Gange sind. Das bekomme ich von jedem zu hören, der auch nur ein bißchen Bescheid weiß. Irgendwas tut sich in Bagdad. Mehr kann ich auch nicht sagen. Warum fragen Sie nicht Ihren Vater?«

»Das habe ich schon versucht. Vergessen wir jetzt mal meinen Vater und vergessen, was sich in Bagdad tut, und probieren es mal mit was Leichtem. Erzählen Sie mir was über Coyote Investment.«

»Warum nicht?« erwiderte der Palästinenser. »Ich werde Ihnen das Wesentliche erzählen. Weil ich Sie mag und Ihren Vater auch.«

Hoffman nickte und legte die Hand aufs Herz. Mein Gott, dachte er. Das wird teuer.

»Coyote Investment ist eine Holding-Gesellschaft, die ihren Hauptsitz hier in London hat«, begann Barakat. »Ihr gehören viele Unternehmen in der ganzen Welt. Sie haben Stahl, Aluminium, Computer, Chemie. Ich kann Ihnen eine Liste dieser Tochtergesellschaften geben, aber das ist nicht der entscheidende Punkt.«

»Was ist denn der entscheidende Punkt?«

»Der entscheidende Punkt ist nicht, was Coyote Investment alles gehört. Sondern wem Coyote Investment gehört.«

»Das ist doch klar. Nassir Hammud.«

»Das ist gar nicht so klar, mein lieber Sam.«

»Und wem gehört es dann?«

Barakat hob den Zeigefinger und tippte sich dann damit

gegen die Nase. »Das ist die Frage, nicht wahr? Wem gehört es?«

»Helfen Sie mir auf die Sprünge. Ich muß es wissen.«

»Vielleicht. Aber nur wenn Sie mir erklären, warum Sie dieses Unternehmen so sehr interessiert.«

»Ich helfe jemandem. Einem Mann, der vor Hammud große Angst hat und Informationen über ihn benötigt.«

»Wieso hat er Angst? Will Hammud sein Unternehmen schlucken?«

»Nicht so was. Er ist ein Niemand. Unter uns gesagt, es ist ein philippinischer Koch, der glaubt, daß Hammud seine Frau umgebracht hat. Ich habe ihm versprochen, ihm zu helfen.«

»Ah, Robin Hood!« sagte er und tippte sich mit dem Finger wieder an die Nase. »Okay, *habibi*. Ihr Amerikaner macht doch immer solche Sachen. Kleinen Leuten helfen. Für eine verlorene Sache kämpfen. Das macht euch so liebenswert. Tut mir leid, daß ich gefragt habe.«

»Sie wollten mir gerade sagen, wem Coyote gehört.«

»Nein, wollte ich nicht. Aber jetzt wo ich weiß, daß es hier eher um einen Akt der Barmherzigkeit geht als um Geschäftliches, will ich Ihnen ein paar Dinge sagen, die ich gehört habe. Aber es sind nur Gerüchte, verstanden?«

»Klar. Schießen Sie los.«

»Coyote ist in sehr privater Hand, so daß die Besitzverhältnisse unklar sind. Aber es herrscht die verbreitete Meinung, daß Hammud selbst nur einen relativ kleinen Anteil besitzt. Vielleicht zehn Prozent.«

»Und wem gehört dann der Rest?«

»Genau. Würden wir das nicht alle gerne wissen?«

»Na kommen Sie, Asad. Wem gehört es?«

»Mein Verdacht?«

»Ja, um Himmels willen.«

»Dem Herrscher in Bagdad.«

»Wirklich?«

»Ja, mein Lieber. Wie ich höre, befindet sich der allergrößte Anteil von Coyotes Aktien im Besitz von irgendwelchen Firmen in Steueroasen, die alle der Familie des Herrschers gehören. Nicht daß man das ihnen jemals nachweisen könnte. Aber einige Leute glauben, daß dies der Notgroschen des Herrschers ist.«

»Wieviel ist er wert?«

»Mindestens fünf Milliarden Dollar. Vielleicht doppelt soviel. Vielleicht fünfmal soviel. Wer weiß das schon genau? Ganz gleich wie hoch das Gesamtvermögen ist, es wird in die erstklassigsten Anlagen in Europa und Amerika investiert. Und wirft dabei genug Cash ab, um den alten Knaben in Bagdad auf unbestimmte Zeit über Wasser zu halten, trotz der allergrößten Anstrengungen der restlichen Welt, ihn in die Frührente zu schicken.«

»Der Gewinn geht an den Herrscher?«

»Vermutlich. Wenn meine Informationen stimmen, dann wird der Gewinn in vier Teile aufgeteilt, wobei Hammud seine zehn Prozent bekommt, oder wieviel es sind, und der Rest wird unter den Strohfirmen des Herrschers verteilt.«

»Und wo wären die zu finden?«

»Das weiß ich nicht. Vielleicht in Liechtenstein. Vielleicht in Luxemburg. Vielleicht in Panama. Wahrscheinlich in Genf. Die in der Schweiz sind genauso geheimnistuerisch wie die in Panama, aber weniger schwierig im Umgang. Und außerdem wird in Genf Französisch gesprochen und nicht dieses absurde Spanisch.«

Hoffman versuchte sich zusammenzureimen, was Barakat ihm berichtet hatte. »Coyote ist also mehr oder weniger die Privatbank des Herrschers, und Hammud ist sein Bankier. Und alles läuft wie am Schnürchen.«

»Ja. Es sei denn, jemand wird gierig.«

»Was wollen Sie damit sagen?«

»Wissen Sie, mein Lieber, bei Arabern kursieren immer Gerüchte darüber, daß irgend jemand gierig geworden ist.«

»Tut mir leid, Asad, aber ich kann Ihnen nicht folgen.«

»Damit meine ich, wenn ich zehn Prozent von etwas habe, dann ist es ein Naturgesetz, daß ich irgendwann der Meinung bin, daß mir zwanzig Prozent zustehen. Oder noch besser fünfzig Prozent. Und wenn ich denke, daß gerade niemand guckt, dann werde ich versucht sein, schnell in die Keksdose zu greifen und sie mir zu holen.«

»Ist jemand gierig geworden?«

»Woher soll ich das wissen? Wirklich, Sam. Seien Sie nicht albern. Wir sprechen hier vom Irak. Niemand weiß irgendwas über irgendwas.« Barakat blickte wieder auf seine Uhr. Ein Zeichen, daß die Unterredung beendet war.

»Und angenommen, einer von Hammuds Angestellten findet heraus, daß er die Hand in der Keksdose gehabt hat? Was würde mit dieser Person geschehen?«

»Haram«, sagte Barakat. Es war ein arabischer Ausdruck, der soviel wie »zu schade« bedeutet.

Hoffman war sich nicht sicher, was er damit sagen wollte. »Wie war das?«

»Diese Person, fürchte ich, wäre tot.«

»Tot?«

»Ja. *Malheureusement*. Pech. *Haram*.«

Hoffman war erschüttert, daß Barakat so nüchtern das Todesurteil über jeden verhängte, der die Geschäfte von Coyote Investment ausspionierte. Er dachte an Samstag abend, an Lina und an die Folter mit der brennenden Zigarette. Barakat sah wieder auf seine Uhr.

»Bitte, Asad-bey. Eine Sache muß ich noch wissen. Wo ist dieses viele Geld überhaupt hergekommen? Hier geht's um Milliarden von Dollar. Wie konnte der Herrscher einen solchen Betrag unbemerkt außer Landes bringen?«

»Letzte Frage, mein Lieber.« Barakat drohte mit dem Finger, um Hoffman zu verstehen zu geben, daß es ungezogen von ihm war, seine Gastfreundschaft so zu strapazieren. »Es gibt eine Theorie, die von vielen vertreten wird: das Geld komme von den Kommissionen, die der Herrscher von irakischem Öl bezogen hat. Fünf Prozent aller Einkünfte wurden irgendwo auf ein Geheimkonto überwiesen. Und da kommt das Geld her. Das meinen zumindest viele Leute. Aber ich bin mir nicht so sicher.«

»Wieso nicht?«

»Weil zuviele Leute diese Geschichte gehört haben. Sie kann nicht stimmen. Man kann keinen heimlichen Haufen Geld besitzen, über den alle Bescheid wissen. So funktioniert die Welt nicht.«

»Wo kommt also das Geld her, wenn nicht von den Ölkommissionen?«

»Ich werde Ihnen sagen, was ich glaube. Aber nur, weil ich Ihren Vater bewundere.«

»Sagen Sie's mir.«

»Vor zehn Jahren hat der Irak mit Frankreich ein Geschäft über den Kauf von Kampfflugzeugen abgeschlossen. Es war ein Zwei-Milliarden-Dollar-Auftrag. Es wurde ein Vertrag unterzeichnet. Aber der Irak führte damals Krieg gegen den Iran, und es gab ein Waffenembargo, und die Kampfflugzeuge wurden nie geliefert.«

»Stimmt. Ich erinnere mich, es stand in der Zeitung.«

»Aber möglicherweise hat der Irak schon bei Vertragsunterzeichnung den gesamten Betrag für die Kampfflugzeuge bezahlt. Können Sie mir folgen? Und dieses Geld wurde möglicherweise auf ein Schweizer Nummernkonto eingezahlt, wo es bleiben sollte, bis die Kampfflugzeuge geliefert werden könnten.«

»Und was ist passiert, als der Krieg zu Ende war?«

»Puff! Das Geld war weg. Zumindest wird diese Meinung von einer bestimmten Schule vertreten. Zwei Milliarden Dollar, einfach weg. Und was glauben Sie, wer der Vermittler bei diesem fraglichen Geschäft mit Frankreich war?«

»Nassir Hammud?«

»Ganz genau.« Barakat sah auf seine Uhr. Das viele Reden hatte ihn ermüdet.

»Wer könnte sonst noch etwas über Coyote wissen? Können Sie mir irgendwelche Tips geben?«

»Genug Fragen für heute, mein neugieriger Freund. Sie müssen jetzt gehen.«

»Bitte. Geben Sie mir eine Starthilfe.«

Barakat seufzte. »Es gibt einen Mann in London, der eine Menge Geschäfte mit Hammud macht. Ich glaube, sie sind

Partner in einem Petrochemie-Geschäft. Er ist Saudi. Aber er würde nie mit Ihnen reden.« Er erhob sich von seinem Schreibtisch und begann, Hoffman zur Tür zu lotsen.

»Wie heißt er?«

»Hören Sie auf«, sagte Barakat. »Sie winseln ja schon. Das ist häßlich.«

Hoffman stand jetzt im Flur draußen vor Barakats Büro. Er wußte, daß er inzwischen selbst die großzügigsten Normen arabischer Gastfreundschaft strapazierte, aber ihm blieb keine Wahl. Er brauchte die Information. »Wie heißt er?« wiederholte Hoffman.

»Prinz Jalal bin Abdel-Rahman«, sagte Barakat. Er schüttelte den Kopf, seufzte wie ein erschöpfter Lehrer und schloß dann die Tür.

Während er da allein im Flur stand, verspürte Hoffman eine Art Höhenschwindel, als befände er sich plötzlich in freiem Fall, als stürze er aus der Gegenwart zurück in die Vergangenheit. Der Name, den Barakat erwähnt hatte, war ihm sehr vertraut. Derselbe Mann war einmal ein Kunde gewesen – fast ein Freund – bis er mit einer Bitte an ihn herangetreten war, die derart empörend und doch so normal war, daß Sam zu dem Schluß kam, als Banker nicht weitermachen zu können. Wenn es überhaupt einen Menschen gab, der für Sam Hoffmans Ausstieg aus seinem damaligen Beruf verantwortlich gemacht werden konnte, dann war das Prinz Jalal. Es gab niemanden auf dem ganzen Planeten, den er weniger wiedersehen wollte als ihn.

Und das schlimmste war, daß Barakat sich irrte. Jalal würde liebend gerne mit Sam Hoffman reden, wenn auch nur, um ihm zu beweisen, daß er recht hatte.

9

In jener Woche traf per Kurier ein Päckchen aus London im Washingtoner Rechtsanwaltsbüro von Hatton, Marola & Dubin ein. Es war eins von mehreren Dutzend Päckchen, die an diesem Tag ankamen, aber dieses wurde mit besonderer Aufmerksamkeit behandelt. Der mutmaßliche Empfänger, Arthur T. Peabody, obwohl als Firmenpartner ausgewiesen, existierte in Wirklichkeit nicht. Der Name war ein Pseudonym für den Seniorpartner, Robert Z. Hatton, das für vertrauliche Mitteilungen benutzt wurde. Sämtliche Post, die an Mr. Peabody adressiert war, wurde umgehend vom Chef der Postabteilung entfernt und in Mr. Hattons Büro im obersten Stock des Gebäudes abgegeben.

Hattons Büro lag über dem als Farragut Square bekannten spärlichen Grasflecken mitten im Geschäftsviertel. Die Firma hatte beschlossen, an diesem ehrwürdigen Platz zu bleiben – wenngleich auch die meisten anderen großen Kanzleien nach Osten gezogen waren, in die »neuen Viertel« Pennsylvania Avenue oder ins West End – damit Mr. Hatton in der Nähe seines geliebten Athenian Club bleiben konnte, wo er gerne Squash spielte. Sein Büro hatte eine Besonderheit; es war das Fehlen jeglicher persönlicher Ausschmückung. Es hingen keine Plakate, Bilder oder gerahmte Zeugnisse an den Wänden, es gab keine Fotos von Hatton in händeschüttelnden Begegnungen mit Prominenten, nicht einmal Bilder von seiner Familie. Da war nur der

Mann, der hinter einem riesigen Schreibtisch saß und durch sein Fenster Washingtons menschliche Komödie betrachtete.

Hatton telefonierte gerade, als das Päckchen gebracht wurde. Er warf einen Blick drauf, registrierte die Londoner Adresse des Absenders und legte es erst einmal beiseite. Am anderen Ende der Leitung hatte er einen US-Senator, der mit einiger Berechtigung befürchtete, angeklagt zu werden. Hatton würde ihm einige Minuten lang zuhören müssen, bevor er ihm den unschlagbaren Rat gab, ein Rat, für den er berühmt geworden war: »Unternehmen Sie nichts.« Das war stets Hattons Rat, und er lag damit fast immer richtig.

Robert Hatton hatte dazu beigetragen, seine Anwaltskanzlei zu einer der tragenden Säulen des Washingtoner Establishments zu machen. Wie das meiste, das in der Hauptstadt Bestand hatte, hatte die Kanzlei ihre Wurzeln in der Demokratischen Partei. Sie war in den 60er Jahren von einer Gruppe junger Anwälte der Kennedy-Ära gegründet worden, die zu dem Schluß gekommen waren, daß es an der Zeit war, ernsthaft Geld zu verdienen, nachdem Camelot in Ruinen lag. Und das hatten sie getan. In den rund dreißig Jahren, die seitdem vergangen waren, hatte die Kanzlei unter republikanischen und demokratischen Regierungen gleichermaßen floriert und hatte den Durchbruch zu dauerhafter Prosperität geschafft. Den meisten Klienten fiel es inzwischen schwer, sich daran zu erinnern, was die Seniorpartner vor der Gründung der Kanzlei gemacht hatten, denn sie waren alle aus anderen Bereichen gekommen. Seymour »Sy« Dubin war stellvertretender juristischer Berater im Ausschuß für Haushaltsfragen gewesen. John Marola war Leiter der Abteilung für Wirtschaftsverbrechen im Justizministerium gewesen. Und was Hatton anging, so war sogar alten Freunden nicht ganz klar, was er gemacht hatte, bevor er die Anwaltspraxis eröffnet hatte – irgendwas im Ausland – was an sich schon eine Art Hinweis war. Wenn er von wichtigen Klienten zu einer Antwort gedrängt wurde, pflegte Hatton zu sagen, er habe vor langer Zeit für das Culinary Institute of America gearbeitet, wobei er ihnen zuzwinkerte. Entweder sie kapierten es oder nicht; wenn nicht, gab es trotzdem keine weiteren Erklärungen.

Anfang der 90er Jahre waren bei Hatton, Marola & Dubin bereits über hundert Anwälte beschäftigt. Wie die meisten großen Anwaltskanzleien in der Stadt pries sie sich als ein umfassendes Dienstleistungsunternehmen an, das sich um sämtliche Probleme ihrer Großklienten kümmern könnte. Die Kanzlei hatte eine Steuerabteilung, die immer noch von Dubin geleitet wurde, eine Abteilung für Strafverteidigung, der Marola vorstand, und eine Immobilienabteilung. Die Einkünfte der Kanzlei hatten über die Jahre stetig zugenommen, und die meisten Leute schrieben den erstaunlichen Erfolg der Firma der Geschicklichkeit ihrer Anwälte und dem großen Klientenstamm zu. Nur die Geschäftsleitung der Kanzlei wußte, daß es nicht stimmte. In Wahrheit diente der größte Teil der Aktivitäten – wie ehrenwert sie für sich genommen auch waren – als Tarnung für die eigentliche Arbeit der Kanzlei: einer Handvoll namhafter und reicher Araber zu Diensten zu sein.

Diese arabischen Klienten verhandelten ausschließlich mit Hatton, und in vielen Fällen war er der einzige in der Firma, der die wirklichen Namen der Leute kannte, die zu vertreten sich alle so fleißig bemühten. Hatton delegierte die Arbeit persönlich und sammelte die Ergebnisse wieder ein. Er hatte ein System entwickelt, das dem der CIA nicht unähnlich war, da es alle persönlichen Klienten durch Pseudonyme schützte. Er wählte einfache walisische oder englische Namen wie Smith und Jones, warf gelegentlich einen spanischen oder japanischen Namen ein, um noch mehr Verwirrung zu stiften. Aber das System funktionierte reibungslos. Ein Juniorpartner würde zum Beispiel die Anweisung bekommen, zu recherchieren, welche steuerlichen Konsequenzen der Erwerb von tausend Morgen Farmland im ländlichen Virginia für einen ausländischen Klienten namens Hubert J.

Smith haben würde. Das Dokument würde erstellt, und die Firma würde den Kauf tätigen, indem sie dafür eine ihrer vielen Strohfirmen benutzte. Der eigentliche Käufer des Farmlandes lebte wahrscheinlich in Dschidda oder sonstwo, doch der Juniorpartner würde das nie erfahren. Wenn irgend jemand Fragen stellte, entgegnete Hatton stets: Unternehmen Sie nichts. Und früher oder später verschwanden die Probleme von alleine.

Der Senator am anderen Ende der Leitung nahm schließlich Hattons Rat an. Endlich konnte er auflegen und sich mit den anderen geschäftlichen Dingen befassen. Er öffnete die an Arthur T. Peabody adressierte Kuriertasche. Sie enthielt einen neunseitigen Bericht, der keinerlei Rückschlüsse auf den Verfasser zuließ. Die Titelseite war leer bis auf eine Kurzfassung des Inhalts in Großbuchstaben: »DERZEITIGE AKTIVITÄTEN VON SAMUEL HOFFMAN«. Hatton las den Bericht schnell durch und anschließend gleich ein zweites Mal, sorgfältiger. Als er damit fertig war, nahm er den Bericht und ging zu einer Tür auf der anderen Seite seines Büros. Die Tür war in demselben dezenten Beige gehalten wie das restliche Büro, so daß sie kaum sichtbar war. Es war eine Stahltür mit einem Doppelschloß. Hatton gab den Code ein, nahm einen großen Schlüssel aus seiner Tasche und entriegelte die Tür, die in einen kleinen fensterlosen Raum führte, der etwa die Größe eines begehbaren Wandschranks hatte. Dies war Hattons Privaturkundenraum, in dem er alle unter Geheimhaltung stehenden Dokumente seiner ungewöhnlichen Anwaltspraxis aufbewahrte. Er öffnete einen von mehreren Tresoren und legte den Bericht hinein.

Nachdem er seinen Dokumentenraum wieder abgeschlossen hatte, suchte er seine Sekretärin auf, um sich über die bisherigen Anrufe für ihn zu informieren. Ganz oben auf dem Mitteilungsstapel lag eine Telefonnotiz, die mit »Dringend« gekennzeichnet war. Sie kam von einem alten Freund in London, einem Mann, der jahrelang ein hoher Staatsbeamter gewesen war und sich jetzt im Vorruhestand befand.

Hatton ließ sich sofort verbinden. Er redete über zwanzig Minuten, für seine Verhältnisse ein langes Gespräch, und als es beendet war, ging er zu seinem Dokumentenraum zurück und wiederholte die Prozedur, um sich Eintritt zu verschaffen. Diesmal öffnete er einen anderen Tresor und entnahm ihm ein Blatt mit Namen und Telefonnummer eines Anwalts in Manila. Der philippinische Anwalt war ein weiterer alter Freund von Hatton, der während der Marcos-Jahre dem philippinischen Geheimdienst gedient hatte. Es war einer von den unzähligen Kontakten, die Hatton in seinem langjährigen Umgang mit Geheimsachen geknüpft hatte, und er achtete genau darauf, daß dieser Mann – und die vielen anderen wie er – soviele Aufträge oder sonstige Unterstützung bekamen, wie die Firma Hatton, Marola & Dubin ihnen zuschustern konnte. Es war ein Glaubenssatz von Hatton, daß man die Gesamtheit der Aktivitäten auf der Welt auf das Geldmachen und Geldverstecken reduzieren konnte, und, wenn man darin erfolgreich war, auch noch auf das Geldausgeben.

Hatton rief persönlich in Manila an. Er entschuldigte sich zuerst, seinen alten Freund mitten in der Nacht aufgeweckt zu haben. Und nach einer knappen Plauderei, die dem Mann am anderen Ende der Leitung Gelegenheit gab, wach zu werden, formulierte Hatton seine Bitte. Sie war einfach und direkt. Es dauerte keine fünf Minuten, bis Hatton seinem philippinischen Freund dankte und ihn für seinen nächsten Aufenthalt in Washington anschließend in sein Wochenendhaus einlud.

Dieses Telefonat setzte eine Kette von Ereignissen in Gang, die sich um die halbe Welt erstreckte. Sie begann am nächsten Morgen in Manila, als der philippinische Anwalt einen seiner Kontaktmänner im Außenministerium anrief und eine besondere Bitte an ihn richtete. Der Mann im Ministerium wiederum veranlaßte, daß ein dringendes Telex an die philippinische Botschaft in London geschickt wurde. Der Beamte in London, der die Nachricht empfing, befolgte die Anweisung und rief eine Londoner

Finanzberaterfirma an. Am Ende dieser Kette stand Sam Hoffman.

»Hoffman Associates«, sagte er in die Sprechmuschel. »Was kann ich für Sie tun?« Sam beantwortete seine Anrufe selbst, seitdem seine ehemalige Sekretärin, eine Jamaikanerin, gekündigt hatte, um in einem Kabarett als Sängerin zu arbeiten.

»Hier ist Botschaftsrat Costanza von der Philippinischen Botschaft«, sagte die Stimme am anderen Ende. »Entschuldigen Sie die Störung, aber ich bin gebeten worden, Ihnen etwas auszurichten.«

Bei dem Wort Philippinen wurde es Sam unbehaglich. Er hatte sich in der vergangenen Woche zunehmend Sorgen um das Schicksal seines philippinischen »Klienten« gemacht und war frustriert, weil er keine Möglichkeit hatte, ihn zu kontaktieren. »Von wem?«

»Von Mr. Ramon Pinta.«

»Wunderbar«, rief Sam aus. »Ich hoffe schon seit einiger Zeit von ihm zu hören. Wie geht's ihm?«

Der Diplomat fuhr mit seinem Script fort. »Sie haben für ihn gearbeitet, ist das richtig?«

»Richtig. Ich habe versucht, ihm zu helfen. Seine Frau ist gestorben, und er schien niemanden zu haben, an den er sich sonst wenden konnte. Ist alles in Ordnung mit ihm?«

»Ja. Bestens. Mr. Pinta ist gestern auf die Philippinen zurückgekehrt, zu seiner Familie.«

»Oh«, sagte Hoffman mißtrauisch. »Das ist schön.«

»Vor seiner Abreise hat Mr. Pinta uns von der Botschaft gebeten, Ihnen etwas auszurichten. Deshalb mein Anruf.«

»Gut. Und was?«

»Wir sollen Ihnen ausrichten, er kehre in seine Heimat zurück, und deswegen möchte er nicht, daß Sie die Angelegenheit weiterverfolgen, die er mit Ihnen besprochen hat. Sie möchten bitte Ihre Ermittlungen einstellen. Er hat gesagt, Sie wüßten schon, was er damit meine.«

»Aha«, sagte Hoffman ruhig. »Danke für Ihren Anruf.«

Als er aufgelegt hatte, hämmerte Hoffman mit der Faust

so heftig auf seinen Schreibtisch, daß seine Hand schmerzte. Er wußte ganz genau, was dieser Anruf bedeutete: Ramon Pinta, der kleine Mann mit den schlechten Zähnen, war tot.

II
Der Böse Blick

10

Die Straße begann sich um halb sechs zu füllen, als die Büros an der Knightsbridge ihre Tagesgefangenen ausspuckten. Sam Hoffman setzte sich ans Fenster und starrte zu Hammuds Gebäude auf der anderen Straßenseite rüber. Im späten Nachmittagslicht sah die Fassade beinahe rosa aus. Er zählte fünf Stockwerke hoch und ließ seinen Blick die Fenster entlangschweifen. In den meisten Büros wurde noch gearbeitet. Die Jalousien waren allerdings überall heruntergezogen, so daß man nicht hineinsehen konnte. Das große Eckbüro des Gebäudes war dunkel. Es war wie ein makabres Sparschwein: mit Geld vollgestopft, aber gut verschlossen für jedermann. Lina Alwan war da drinnen. Er wollte sie rausholen.

Eine junge Frau setzte sich neben Hoffman. Sie hatte einen kurzen Rock und ein Top an, und auf dem Kopf trug sie eine seitlich aufgesetzte Baseball-Mütze. Von ihren Ohren hingen zwei Kondome, die zu Ohrringen umgeformt waren. Sie bat Hoffman um Feuer mit einem Akzent, der unverwechselbar amerikanisch war. Hoffman gab ihr Feuer und starrte wieder aus dem Fenster, bis sie ging. Ihr Platz wurde einige Minuten später von einem jungen Mann, dem Akzent nach zu urteilen aus Nordengland, eingenommen. Er war mit einem geschniegelten Doppelreiher gekleidet und hatte ein Mobiltelefon in der Hand. Er setzte sich, sein Bier in der einen, das Telefon in der anderen Hand, und fing an, seine

Kumpel in Wigan oder wo auch immer anzurufen, und prahlte damit, wieviel Geld er in der Großstadt mache. Er war entweder Dealer oder Wertpapierhändler, es war schwer zu sagen. Schließlich bemerkte er die Amerikanerin in dem Top, die jetzt an der Bar lehnte, und ging hinüber, um sie anzusprechen. Hoffman kam sich alt vor. Er empfand Mißbilligung.

Draußen auf der Straße gab es einen Moment der Aufregung, als ein Polizeiwagen plötzlich aus seiner Spur ausscherte und die Knightsbridge mit heulender Sirene Richtung Harrods hinunterraste. Hoffman dachte sofort an eine Bombendrohung, aber das Sirenengeräusch verebbte rasch in den Höhlen von Belgravia.

Ein paar Minuten nach sechs gingen in den Büros im fünften Stock nacheinander die Lichter aus. Die Leute mußten jetzt aus dem Gebäude kommen. Hoffman hatte Angst, Lina zu verpassen, deshalb ging er an die Tür des Pubs. Gleich draußen vor dem Eingang stand ein Motorradbote, seinen Helm in den Händen, der die letzten Strahlen der Nachmittagssonne einfing. Er hatte strohblondes Haar und sah wie ein motorisierter Wikinger aus. Der Bote wandte sich ab, als Hoffman seinem Blick begegnete. Er ging zu seiner riesigen Honda und raste davon.

Hoffman hätte sie beinahe nicht gesehen, so schnell glitt Lina zur Tür hinaus und so geschickt verstand sie es, in der Menge unterzugehen. Nur durch den schwarzen Haarschopf und ihr markantes Profil fiel sie aus der Menge der Fußgänger heraus. Er verlor sie vorübergehend aus den Augen, dann sah er sie wieder auftauchen, als sie an einer Ecke stehenblieb und darauf wartete, die Straße überqueren zu können. Hoffman hielt es für unklug, sich jetzt schon zu zeigen – sie waren ihrem Büro noch zu nah – und so folgte er ihr in einem Abstand von dreißig Metern, bis sie im Park waren und die Brücke überquert hatten, die über den kleinen Hain von Blumen und Farnen führte, der The Dell hieß. Als Lina den Hügel Richtung Marble Arch hinaufging, beschleunigte Hoffman seine Schritte, bis er fast auf gleicher Höhe mit ihr war. Sie drehte sich nach ihrem Verfolger um, und als sie erkannte, daß es Hoffman war, verriet ihr Blick gleichzeitig Angst und Erleichterung.

»Hallo«, sagte Hoffman. »So ein Zufall, daß wir uns hier über den Weg laufen.«

»Lassen Sie mich in Ruhe«, erwiderte sie. Ihr Blick überprüfte die Rasenfläche, um zu sehen, ob sie irgend jemand beobachtete. Sie waren allein bis auf eine Frau, die auf einer Bank saß und Walkman hörte, und einem pakistanischen Schüler, der einen Fußball herumkickte. Ihr Blick wanderte wieder zu Hoffman. Ihre Augen waren jetzt wie leuchtende kleine Lichtpfeile und drückten eher Zorn als Angst aus. »Sie dürfen mir nicht folgen. Ich kann nicht mit Ihnen reden.« Sie wandte sich abrupt um und setzte ihren Weg Richtung Park Lane fort.

»He, warten Sie einen Moment«, sagte Hoffman, der rennen mußte, um sie wieder einzuholen. »Ich muß Ihnen etwas sagen.« Er griff nach ihrem Arm, aber sie zog ihn weg.

»Ich kann nicht«, sagte sie zornig. »Es ist hier nicht sicher. Sie beobachten uns vielleicht.«

Hoffman ließ den Blick über den Hügel schweifen. Er deutete über den Hügelkamm, zu einer dunklen und menschenleeren Stelle, wo der Parkwächter sein Häuschen hatte. »Da drüben sind wir sicher«, sagte er. »Nur für ein paar Minuten. Wir müssen miteinander reden. Wirklich.«

Lina blickte sorgfältig in alle Richtungen. Sie schienen allein zu sein, aber absolut sicher konnten sie nicht sein. Hoffman griff wieder nach ihrem Arm. Diesmal folgte sie ihm. Sie gingen schweigend auf die Mulde zu, wobei sie sich alle paar Schritte umsahen, um zu sehen, ob ihnen auch niemand folgte. Als das Gebüsch um sie herum dichter wurde, blieb Hoffman stehen und wandte sich zu ihr.

»Ich mußte Sie sprechen«, sagte er. »Um Sie vor Ihrem Boß Hammud zu warnen. Er ist gefährlich.«

Sie starrte ihn einen Moment lang ungläubig an. »Ist es das, was Sie mir unbedingt sagen mußten? Daß Mr. Hammud gefährlich ist? Das ist aber sehr aufmerksam von Ihnen.« Sie schüttelte den Kopf.

»Ich meine das ernst«, sagte Hoffman. »Erinnern Sie sich an den Filipino, der mich wegen seiner Frau aufgesucht hat? Er ist verschwunden. Die Botschaft hat mir eine Geschichte aufgetischt, daß er heimgefahren sei und keine Hilfe mehr brauche, aber das ist gelogen. Ich glaube, Hammud hat ihn umbringen lassen, nur weil er mit mir geredet hat. Jetzt mache ich mir Sorgen, daß die demnächst auch hinter Ihnen her sind.«

Linas Stimme war wie Eis. »Das sind sie bereits. Das ist das, was Sie anscheinend nicht kapieren.« Sie ging wieder weiter, zu einer Gruppe von Bäumen und Büschen, die eine Art natürliche Einfriedung bildeten.

Hoffman folgte ihr. »Seit wann?« fragte er.

»Nach der Party bei den Darwishs. Der Sicherheitschef hat mich vor Kontakten mit Ausländern gewarnt. Er schien zu wissen, wer Sie sind.«

»Was haben Sie ihm gesagt?«

»Die Wahrheit. Ich habe ihm gesagt, daß ich Ihnen auf der Party zum ersten Mal begegnet bin und daß ich keine Absicht habe, Sie wiederzusehen. Lassen Sie mich jetzt endlich in Ruhe?«

»Das tut mir leid«, sagte Hoffman. »Das habe ich nicht gewußt. Aber hier sind wir sicher. Mir ist bestimmt niemand gefolgt. Und es ist schön, Sie wiederzusehen.« Er versuchte zu lächeln.

Lina antwortete nicht. Das Kronendach der Bäume war jetzt dichter, während sie tiefer in die Einfriedung hineingingen, und unter ihren Schritten strömte ein waldiger Geruch von feuchtem Moos herauf. Er kam ihr vertraut vor. Sie erinnerte sich plötzlich daran, daß es in einem Waldtälchen wie diesem hier gewesen war, wo sie zum ersten Mal einem Jungen erlaubt hatte, seine Hand auf ihre Brust zu legen. Dann hatte er die andere Hand in ihre Unterhose gesteckt, und sie war weggelaufen.

»Ich muß jetzt gehen«, sagte sie.

Hoffman wußte, daß er sie gehen lassen sollte. Er hatte ihr seine Warnung übermittelt, und jede weitere Minute, die sie mit ihm verbrachte, war ein Risiko. Aber da war noch etwas anderes, was er wollte. Er beugte sich zu ihr, bis seine Lippen fast ihr Ohr berührten. »Ich brauche Hilfe«, sagte er.

»Wobei?«

»Ich brauche genügend Informationen, damit ich im Fall Hammud zur Polizei gehen kann. Der Mann ist gefährlich. Wenn nicht jemand was unternimmt, wird er die Leute weiter terrorisieren.«

»Das ist nicht mein Problem«, sagte sie langsam. »Ich habe Mr. Pinta bloß ein paar Zeilen wegen seiner Frau geschrieben. Es war reine Höflichkeit.«

Hoffman sah sie an, flehte sie mit den Augen an, so wie er es an dem Abend auf der Party gemacht hatte. Sie kamen jetzt zum Rand des Waldstücks. Auf dem Weg fünfzig Meter vor ihnen ging ein Mann mit seinem Hund spazieren. Sie hatten nicht mehr viel Zeit, und er wußte, daß es nicht seine Mission war, Barmherzigkeit zu suchen, was er hier machte, war Arbeit. Er hatte immer noch einen Klienten, auch wenn er tot war, und er wollte immer noch die Informationen haben.

»Wem gehört Coyote wirklich?« fragte er flüsternd. »Wissen Sie es?«

»Hören Sie auf«, sagte sie.

»Bitte. Ich brauche Ihre Hilfe. Ich habe Pinta versprochen, etwas zu unternehmen. Aber ohne das nötige Wissen kann ich nicht zur Polizei gehen. Was macht Hammud im Irak?«

»Hören Sie auf!« wiederholte sie. Sie hatte ihren Gang beschleunigt, so daß es jetzt beinahe ein Traben war.

Hoffman spielte seine letzte Karte aus. Mehr hatte er nicht. »Was ist Oscar Trading?«

Lina drehte sich um und sah ihm direkt in die Augen. Sie war plötzlich aschfahl im Gesicht. »Das weiß ich nicht«, sagte sie scharf. »Lassen Sie mich in Ruhe.«

Sie verließen jetzt das Waldstück und kehrten auf die offene Rasenfläche zurück, auf einem Weg, der quer über die Wiese Richtung Speaker's Corner führte. Alle paar Meter standen Bänke, auf denen noch einige beherzte Seelen allein im schwindenden Tageslicht saßen. Hoffman überflog die Gesichter schnell mit einem prüfenden Blick und hielt dann bei einer Person inne, vielleicht dreißig Meter entfernt, die in eine Zeitung starrte. Er hatte diesen Mann schon einmal gesehen. Er trug jetzt keinen Helm, und er hatte einen grauen Trenchcoat an, um seine Kleidung zu verstecken. Aber es waren dieselben strohblonden Haare. Der Motorradbote, der sich vor einer halben Stunde noch gesonnt hatte, war jetzt in neuer Garderobe auf der anderen Seite des Parks wieder aufgetaucht. Hoffman suchte die Wiese ab, während er sich fragte, was er unternehmen solle. Lina sah die Anspannung in seinem Gesicht.

»Was ist los?« fragte sie.

»Nichts«, sagte Hoffman. Es war nicht einmal eine gute Lüge. Er überlegte einen Augenblick und flüsterte ihr dann zu: »Hören Sie zu, Lina. Bitte tun Sie genau, was ich sage, und es wird nichts passieren. Verstanden? Zuerst möchte ich, daß Sie mir eine ordentliche Ohrfeige geben. Und dann sagen Sie zu mir, so laut Sie können, daß ich aufhören soll, Sie zu verfolgen. Und dann laufen Sie weg. Kapiert?«

Ihr Blick verriet, daß sie die Situation begriffen hatte, aber ihr Körper erstarrte angesichts der Erkenntnis, daß sie verfolgt worden waren.

»Los, verdammt noch mal«, sagte Hoffman. »Jetzt!«

Sie holte weit aus, von seiner Stimme erschreckt. Ihre Handfläche traf seine Wange wie ein plötzlicher Donnerschlag.

»Hören Sie endlich auf, mir hinterherzurennen«, schrie sie. Ihre Augen funkelten. Die Wut war echt. »Sie Dreckskerl! Ich habe Ihnen doch nach der Party gesagt, daß ich Sie nicht mehr sehen will, und das hab' ich auch so gemeint. Verpissen Sie sich.« Sie knallte ihm noch eine und dann rannte sie los, über die Wiese, Richtung Park Lane.

Mehrere Leute im Park sahen von ihren Bänken auf, einschließlich des Motorradboten. Hoffman blickte Lina nach, befühlte seine brennende Wange und verfluchte seine Dummheit. Wenigstens hatte er ihr ein Alibi verschafft.

11

Nachdem sie Hoffman verlassen hatte, war Lina wie benommen. Sie überquerte die Park Lane, lief dann in südliche Richtung, dann nach Osten Richtung Mayfair, dann wieder nach Süden Richtung Piccadilly. Es war ein zielloser Marsch, völlig willkürlich, als wollte sie nicht einer Person oder einem Ort entkommen, sondern etwas in ihrem eigenen Körper. Gedanklich spielte sie durch, was sie Professor Sarkis sagen könnte, aber in ihrem Kopf herrschte nichts als Angst; da war kein Platz mehr für überlegtes Denken. Es war, als hätte sie plötzlich erfahren, daß sie an einer Krankheit litt. Noch vor ein paar Stunden war sie gesund gewesen, jetzt war sie plötzlich krank. Die einzig mögliche Therapie war, in Bewegung zu bleiben. Sie bestieg die U-Bahn in Green Park und fuhr eine Station bis Victoria Station, wo sie für ein paar Minuten in den Strom der Pendler eintauchte. Sie wußte, daß Hammuds Männer sie bestimmt auch dort beobachteten. Sie waren wie ein Lichtstrahl eines Scheinwerfers, dem man nicht entrinnen konnte, weil man nicht wußte, wo er als nächstes hinstrahlte. Sie ging wieder in die U-Bahn und fuhr mit der Circle Line eine Station bis Sloane Square. Sie konnte einfach noch nicht nach Hause gehen, und so stieg sie dort aus und wartete auf einen anderen Zug.

Lina saß auf der Holzbank in einer schmutzigen U-Bahnhaltestelle und starrte zu den Plakaten mit den Frauen hoch, die in ihrer Begeisterung für Tonic Water und Süßigkeiten ihre Kleider ablegten. Am Ausgang sang ein Straßenmusiker mit schaurig falscher Intonation Songs von Bob Dylan. Eine in Lumpen gekleidete Zigeunerin arbeitete sich die Bänke entlang und bettelte in einer undefinierbaren Sprache um Geld. Es war eine Szene seelischer Verwüstung, die zu Linas innerem Aufruhr paßte. Sie hatte plötzlich das Gefühl, daß sie ein Gebet sprechen sollte, aber sie war sich nicht sicher, ob sie wußte, wie das ging. Das war auch eines ihrer Probleme. Sie war ihrer eigenen Religion entfremdet. Sie backte, wie es die Tradition wollte, immer noch Plätzchen am Eid al Fittir und bat Gott höflich darum, jedem, der über die Schwelle ihres Hauses trat, Gesundheit zu schenken; aber beten konnte sie nicht. Ihr Islam war wenig mehr als ein vager arabischer Unitarismus – das Gefühl eines verborgenen Allahs irgendwo da draußen, ein Gott, der in Sonnenuntergängen, Blumen oder der Geburt eines Kindes sichtbar war, aber in Krisenzeiten unerreichbar.

Wieder fuhr ein Zug in den Bahnhof ein. Lina stieg ein, setzte sich und schloß die Augen vor dem Schmutz und der Betriebsamkeit der Circle Line. Während der Wagen hin und her schaukelte, wiederholte sie in Gedanken auf arabisch ein Gebet, das sie ihren Vater sprechen gehört hatte: »Gott ist das Licht des Himmels und der Erde. Das Ebenbild Seines Lichts ist …« Sie versuchte, sich an den Rest zu erinnern, aber er war weg. Das einzige, was ihr noch einfiel, war das einfachste Gebet von allen: *La ilaha illa-Llah. Mohammed rasul allah – »Es gibt keinen Gott außer Gott, und Mohammed ist Sein Prophet.«* Es war ein seltsames Gefühl zu beten. Ihre jungen arabischen Freunde würden sich für sie schämen. Beten, das war was für Iraner und Verrückte mit langen, wolligen Bärten. *»La ilaha illa-Llah. Mohammed rasul allah.«* Sie wiederholte es viele Male, die Worte waren so lindernd wie das Geräusch von Wasser, das über einen Stein fließt. Der Zug erreichte Notting Hill Gate, ihre Station. Lina fuhr noch eine Station weiter bis Bayswater und ging dann zu Fuß die Strecke zurück nach Hause.

Haram. Es war wie ein Spiel, dieses ganze Beten, Umsteigen, Warten und eine Station später Aussteigen. Sie versuchte nicht, Hammuds Leute hereinzulegen, die schon das Schlimmste gesehen hatten und alles wußten, was man wissen konnte. Sie versuchte, die tiefere Ursache ihres Unglücks hereinzulegen, die universelle aber unsichtbare Kraft, die die Araber *Al Ain* nannten, oder den Bösen Blick.

Wie unklar ihre Vorstellungen über Gott auch waren, an den Bösen Blick glaubte Lina. Er war eine Naturkraft, allgegenwärtig und vollkommen unberechenbar. Leute sprachen in unbestimmten Worten vom Bösen Blick, als wäre er die Personifizierung des Pechs oder des Schicksals, aber er war etwas anderes und Bedrohlicheres als das. Der Böse Blick war die Verkörperung jenes Zuges der menschlichen Natur, der anderen Menschen Unheil wünscht. Er stand für Neid, für die Freude am Leiden anderer, er war der Durst nach Rache. Der Böse Blick ist dein schlimmster Feind: Er nimmt dir weg, was dir am liebsten und teuersten ist. Wenn du schöne Beine hast und der Böse Blick sähe, wie sehr andere Leute sie bewundern, dann hättest du einen schrecklichen Unfall, der deine Beine verstümmelte. Wenn du gerne Bücher liest, würde der Böse Blick sich verschwören, um dich blind zu machen. Wenn du das Talent zum Musiker hättest, würde er dich taub machen. Um diese hinterhältige Kraft abzuwehren, mußte man sie in die Irre führen. Das war die einzige Chance. Eine einfache irakische Bäuerin würde bei der Geburt eines Kindes in der Nachbarschaft sagen – Was für ein häßliches Balg – um den Bösen Blick zu täuschen. Er soll denken, daß es nichts zu beneiden gibt und daher nichts zu zerstören; nur so würde er das Kind in Ruhe lassen.

Aber was, wenn der Böse Blick so erpicht darauf war, dich zu vernichten, wenn er auf alle deine Tricks nicht hereinfiel? Dann mußte man drastischere Maßnahmen ergreifen. Als Lina schließlich ihre Wohnung im Landsdowne Walk erreichte, ging sie direkt in ihr Zimmer und öffnete ihren Schmuckkasten. Wie jeder Frau des Orients hatte man ihr als Mädchen gesagt, daß es eine besondere Möglichkeit gab, sich vor dem Bösen Blick zu schutzen, und zwar indem man einen

Türkis trug, was für *Al Ain* soviel bedeutete wie das Kreuz für einen Vampir. *Feyrouz* hieß der Stein auf arabisch, und es war kein Zufall, daß dies auch der Name war, den der beliebteste Schlagersänger der arabischen Welt angenommen hatte; ein Sänger, der von den Dörfern der Vorväter, von verlorener Unschuld und unglücklicher Liebe sang. Lina hatte über den albernen Aberglauben oft genug gelacht. Aber jetzt nahm sie eine Türkis-Brosche aus ihrem Schmuckkasten und steckte sie sich an ihre Seidenbluse. Sie fühlte sich gleich besser.

Lina schaltete den Fernseher ein, in der Hoffnung, das würde sie zerstreuen, aber sie fühlte sich nur noch einsamer. Es liefen nur alberne Shows mit dem Geräusch von hohlem Gelächter, das im Hintergrund hallte, während die Leute unkomische Dinge zueinander sagten. Sie öffnete eine Dose Suppe, merkte dann aber, daß sie gar keinen Hunger hatte, und schüttete sie in den Ausguß. Sie wählte die Nummer ihrer Freundin von der Universität, Helen Copaken in Blackheath, aber es nahm niemand ab. Sie ging in ihrem kleinen Wohnzimmer auf und ab. Das Poster mit dem Ishtar-Tor hing düster an der Wand und kam ihr jetzt wie der Eingang zu einem Gefängnis vor.

Sie wanderte in ihr Schlafzimmer und holte aus dem Wandschrank das Bild ihres bisher einzigen ernsthaften Freundes, das sie heute nur noch ansah, wenn es ihr sehr schlecht ging. Er war der Mann, den ihr Vater gerne als seinen Schwiegersohn gesehen hätte, ein Exiliraker aus einer sogar noch aristokratischeren Familie als der ihren, der seinen Wurzeln derart vollständig entfremdet war, daß er nicht einmal mehr Arabisch lesen oder schreiben konnte. Er übte sich im Aufstand gegen die Familie und schleppte Lina zu Reggae-Bars und Partys, wo die Leute Kokain schnupften. Ein Jahr lang hatte er sie gedrängt, endlich mit ihm zu schlafen. Als Lina schließlich nachgab und sich leidenschaftlich mit ihm liebte, in der Hoffnung, dieser Preis würde sein kaltes Herz erwärmen, hatte er schnell das Interesse verloren. Es stellte sich heraus, daß er genau wie alle anderen arabischen Männer war: Er wollte eine Jungfrau heiraten. Sie tat das Foto in den Wandschrank zurück und legte sich eine Weile aufs Bett. Schließlich, nachdem sie sich ausgezogen und gleich wieder angezogen hatte, beschloß sie, daß sie lieber ihre Freundin Randa Aziz anrufen sollte.

»*Shaku maku*«, sagte Lina in die Sprechmuschel und versuchte, fröhlich zu klingen. Es war ein irakischer Slangausdruck, der ungefähr bedeutete »was läuft so?«.

»Was war denn mit dir nach der Arbeit los, *habibti*? Ich dachte, wir waren in der New Bond Street verabredet, um zusammen einkaufen zu gehen.«

Lina stöhnte. Das hatte sie völlig vergessen. »Das tut mir leid. Ich hab' zu tun gehabt und habe völlig die Zeit vergessen.« Ihr Herz raste auf einmal wieder, und sie hatte Mühe, die Worte herauszubekommen.

»Zu tun? Mit wem?«

»Mit niemand. Ich möchte nicht drüber reden.«

»Ho-ho. Wer ist es?«

»Nichts. Vergiß es. Er bringt Unglück. Und ich auch.«

»He, ist alles in Ordnung? Du klingst ein bißchen komisch.«

»Mir geht's gut. Nur müde.«

»Paß gut auf dich auf, Mädchen.«

»Hör mal, Randa, was machst du heute abend? Könnte ich vorbeikommen?«

»Denke schon. Tony ist da. Wir wollten gerade essen.«

»Natürlich. Das mit Tony hatte ich ganz vergessen. Dann machen wir's ein anderes Mal.« Tony Hashem war Randas wohlhabender neuer Freund. Lina versuchte, fröhlich zu klingen, aber die Enttäuschung in ihrer Stimme war nicht zu überhören.

»Moment mal. Wie wär's, wenn du etwa in einer Stunde kommst, okay? Ich wollte Tony nach dem Essen die Zukunft lesen. Dann lese ich deine auch gleich. Wir machen eine Party.«

»Nein, du bist beschäftigt. Ihr beide wollt sicher allein sein. Ein anderes Mal.«

»Komm! Ich bestehe darauf. Ich brauche Publikum. Und es kommt mir so vor, als bräuchtest du Gesellschaft.«

»Ich kann allerdings welche gebrauchen. Ich fühle mich ein bißchen sonderbar.«

»Also dann bis zehn«, sagte Randa. »Bring' uns eine Flasche Wein mit, und ich werde auf ewig deine Freundin sein.«

Lina stand pünktlich vor Randas Wohnung in Chelsea, Weinflasche in der Hand, und drückte die Klingel. Draußen wurde es dunstig, und sie stand fast eine halbe Minute zitternd da, bis Randa schließlich mit einem Kichern die Tür aufmachte. Hinter ihr stand Tony Hashem und grinste wie die Katze, die gerade den Wellensittich verspeist hat. Er war groß und dunkelhäutig, und attraktiver, als ihm gut tat. Er sah so aus, als hätte er sich ein paar Sekunden zuvor gerade die Hose zugemacht.

»Vielleicht sollte ich später noch einmal kommen«, meinte Lina.

»Nein, nein«, erwiderte Randa und zog ihr Kleid gerade. »Komm rein. Wir waren gerade beim Abwasch. Du kennst doch Tony, nicht?«

Lina nickte. Tony Hashem war der älteste Sohn eines exilirakischen Geschäftsmannes, der wie Marwan Darwish ziemlich plötzlich reich geworden war. Anständige Iraker verdrehten die Augen, wenn sie über solche Leute redeten. Was Tony davor bewahrte, bloß einer von den vielen Ganoven zu werden, war, daß er keinerlei Interesse für Politik zeigte. Seine Ideologie begann und endete mit dem Prinzip, sich um jeden Preis zu amüsieren. In diesem Sinne war er die ideale Partie für Randa.

Randa öffnete den Wein und schenkte jedem ein Glas ein. Als sie Lina ihres gab, bemerkte sie die türkise Brosche. »*Feyrouz!*« sagte sie. »Bist du in Schwierigkeiten?«

»Nein«, sagte Lina schnell. »Nicht daß ich wüßte. Ich dachte bloß, daß sie hübsch aussähe.«

»Hm. Sehr hübsch.« Randa nickte. Sie war nicht überzeugt.

»Für mich gibt's heute was zu feiern«, sagte Tony fröhlich, blind gegenüber irgendwelchen Sorgen außer seinen eigenen.

»Wieso?«

»Weil ich morgen dreißig werde und ich dann endlich die Wehrpflicht los bin.«

»Heißt das, daß du wieder heim kannst?« fragte Lina. Wie die meisten jungen irakischen Männer im Exil, war Tony jahrelang von Bagdad weggeblieben, um nicht zum Militär eingezogen zu werden.

»Warum nicht? Jetzt müssen sie den nächsten Krieg ohne Tony Hashem führen. Genau wie den letzten und den davor.«

Krieg war über ein Jahrzehnt lang im Irak so normal gewesen, wie Wind oder Regen in unseren Breiten. Wie in jedem Krieg hatten die Armen die Hauptlast zu tragen, weil sie es sich nicht leisten konnten, sich in Sicherheit zu bringen. Für diese einfachen Menschen hatte das Jahrzehnt des Krieges unendliches Elend bedeutet. Doch für Menschen wie die Hashems und Darwishs und Hammuds war es ein Jahrzehnt der unvergleichlichen Gelegenheiten gewesen. Der Herrscher hatte sämtliche Kriege überstanden. Trotz aller Sanktionen gab es immer eine Gelegenheit, Geld zu machen; man mußte nur die richtigen Beziehungen haben und Sachen über die Grenze schmuggeln.

»Vielleicht gibt es keinen Krieg mehr«, sagte Lina. »Vielleicht hat er endlich seine Lektion gelernt.«

»Wer? Der Herrscher?«

Sie nickte.

»Niemals!« sagte der junge Hashem, durch das Glas Wein in seiner Hand kühn geworden. »Der Herrscher braucht den Krieg wie ein Säugling die Muttermilch.«

»Tony!« sagte Randa und hob die Hände. Solche Dinge sagten Iraker nicht, nicht zu Hause, und nicht in London.

»Verzeihung.« Er gab ihr einen Kuß auf die Wange. »Aber

der Herrscher spielt keine Rolle mehr. Nicht mehr so wie früher.«

»Wie mutig du heute abend bist«, sagte Randa. »Aber wovon redest du eigentlich?«

»Der Herrscher ist krank«, sagte Tony mit gedämpfter Stimme. »Das habe ich neulich von einem Freund meines Vaters gehört. Er hat gesagt, in Bagdad sei irgendwas im Gange, und mein Vater hat es bestätigt. Ich hab' gehört, wie sie sich darüber unterhalten haben.«

»Was haben sie gesagt?«

»Daß es in Bagdad irgendein Problem geben muß, weil die Familie des Herrschers streitet. Die Brüder sind sauer aufeinander, und alle zusammen sind sauer auf ihren Vetter Osman. Als würden sie sich alle auf eine große Keilerei vorbereiten, sowie der alte Knabe abgetreten ist. Das hat jedenfalls mein Vater gesagt. Ich weiß, daß er sich Sorgen macht, weil er gerade Geld in die Schweiz transferiert hat, und das würde er nicht tun, wenn nicht wirklich etwas im Gange wäre.«

»Das ist doch Unsinn«, sagte Randa, »meinst du nicht auch, Lina?«

»Ich meine gar nichts.« Sie zog die Augenbrauen hoch. Das Gerede über den Herrscher erinnerte sie ans Büro.

Randa wechselte das Thema. »Ich geh mal Kaffee aufsetzen«, sagte sie. »Wie hättest du ihn gern?«

»Mittelsüß«, riefen Tony und Lina gleichzeitig.

Randa ging in die Küche und stellte einen Kupferkessel auf den Herd. Sie ließ den Kaffee einmal aufkochen, dann noch einmal, dann ein drittes Mal, und dann goß sie den dicken schwarzen Kaffee in drei kleine Tassen. Sie stellte sie auf ein Tablett zusammen mit ein paar arabischen Süßigkeiten und trug es ins Wohnzimmer.

»Trinkt euren Kaffee«, sagte sie. »Dann lese ich euch die Zukunft.«

Die drei machten sich über ihre kleinen Tassen her, schlürften den dicken schwarzen Schaum von oben ab, ließen ihn sich genüßlich die Kehle hinunterrinnen, bis nur noch der schwerere Satz auf dem Tassenboden zurückblieb. Tony zündete sich und Randa eine Zigarette an und bot Lina eine an.

»Nein, danke«, sagte Lina. »Ich versuch's mir gerade abzugewöhnen.«

»Seit wann?« sagte Randa. »Du mußt ja wirklich irgendwelche Sorgen haben. Dem Bösen Blick ist es egal, ob du rauchst. Glaub mir. Nimm ruhig eine Zigarette. Es wird dich beruhigen.«

»Na gut«, sagte Lina und nahm sich eine Zigarette aus der Packung.

Tony hatte seinen Kaffee zuerst ausgetrunken. Auf dem Tassenboden blieb eine dunkle Lache Satz zurück. Er stellte die Tasse auf ihrer Untertasse auf den Kopf und wartete, bis der Satz zu dem Muster antrocknete, das, wenn es gelesen wurde, seine Zukunft darstellte.

»Du auch«, forderte Randa Lina mit einem Nicken auf.

»Heute nicht«, sagte Lina. »Ich bin nicht in Stimmung.«

»Ach komm'«, sagte Randa. »Du brauchst ein paar gute Neuigkeiten, das merke ich doch. Heute abend gibt's für jeden eine glückliche Nachricht. Der Böse Blick ist weit weg.« Von ihrer Freundin gedrängt kippte Lina ihre Tasse um.

Als Tonys Tasse getrocknet war, hob Randa sie auf und hielt sie ans Licht. Sie wendete sie langsam hin und her, betrachtete den ganzen Rand, dann lächelte sie Tony zu. Ein Normalsterblicher hätte in der Tasse nichts anderes als getrockneten Kaffeesatz gesehen, zu einem willkürlichen Muster erstarrt. Aber in Randas geschickter Hand enthielt die Tasse das ganze Universum.

»Ich sehe einen Pfau«, sagte sie, auf einen verschmierten Klecks deutend. »Ein großer Pfau. Das ist sehr gut. Das bedeutet, daß du ein stolzer Mann bist, stolz auf dich. Stolz auf deinen Körper.« Sie zwinkerte ihm zu und fuhr fort.

»Dann sehe ich einen Fisch. Das ist auch sehr gut. Das bedeutet Glück. Siehst du hier diesen kleinen Schnörkel? Das ist der Fisch. Er bedeutet Glück, und es wird dir Gutes geschehen. Und du bist stolz, aber nicht zu stolz. Dann sehe ich weite, offene Flächen.« Sie zeigte auf einen Teil der

Tasse, wo sich nichts von der schwarzen Lava ausgebreitet hatte. »Das ist sehr gut. Probleme sind von dir weit entfernt. Du bist entspannt und hast keine Sorgen.«

»Ich muß nicht mehr zum Militär!« sagte Tony.

»Ja. Vielleicht bedeutet es das.«

»Hervorragend!«

»So, nach den weiten offenen Flächen sehe ich einen Turm des Ruhms! Das ist sehr wichtig.« Sie deutete auf einen langen Tropfen von Kaffeesatz, der bis zum Rand der Tasse geflossen war. »Siehst du den Turm des Ruhms? Das bedeutet, daß du bald etwas Großes erreichen wirst. Vielleicht wirst du eine Menge Geld machen. Ja, das ist es wahrscheinlich. Eine Menge Geld.«

»*Ya salaam!*« sagte Tony lächelnd. »Warum nicht?«

»Und dann«, sie strahlte jetzt, »du wirst es nicht glauben, aber das ist, was ich sehe, hier in dieser Tasse. Ich sehe eine Braut. Was könnte es anderes sein?« Sie zeigte auf einen letzten schwarzen Fleck getrockneten Kaffees. »Ja. Es ist eine Braut. Siehst du den Schleier und das Gesicht? Da ist die Nase und das Kinn. Siehst du's? Das bedeutet, daß du bald heiraten wirst.«

»Und wer wird es sein? Ist sie schön?«

»O ja«, sagte Randa. »Sehr schön. Und sehr sexy.«

Tony gab ihr einen feuchten Kuß auf den Mund. Lina fragte sich, ob die beiden auf der Couch gleich wieder anfangen würden, aber Randa befreite sich und wandte sich jetzt ihrer Freundin zu. Sie hatte noch zu arbeiten.

»Jetzt bist du dran«, sagte sie und nahm Linas Tasse. Sie hielt sie ans Licht und runzelte die Stirn. Sie drehte sie um 180 Grad, betrachtete sie genauer und runzelte wieder die Stirn. »Das muß meine Tasse sein«, sagte sie.

»Nein«, sagte Lina. »Das ist meine. Was ist los?«

»Nichts. Es ist nur seltsam, weiter nichts.«

»Lies sie.«

»Vielleicht später. Trinken wir erst noch ein Glas Wein.«

»Lies sie!« wiederholte Lina.

»Okay.« Sie atmete tief durch. »Also, siehst du all diese

Punkte?« Sie zeigte auf einen Teil der Untertasse, der mit kleinen Punkten getrockneten Kaffeesatzes gesprenkelt war.

Lina nickte.

»Das sind Augen. Das bedeutet, daß dich eine Menge Leute beobachten. Es gibt viel Neid. Leute sind neidisch auf das, was du hast, und sie wollen es haben.«

Lina berührte zum Schutz die türkise Brosche. *Al Ain* schien sogar schon in der Tasse zu sein.

»Okay. Also diese Leute beobachten dich. Ich weiß nicht warum. Und dann gibt's da eine Menge Verwirrung. Siehst du, hier.« Sie zeigte auf einen krummen, ungleichmäßigen Rand Kaffeesatz, der zu einer Art grauschwarzem Nebel getrocknet war. »Das bedeutet Verwirrung. Es wirbelt alles herum, und du weißt nicht, was du tun sollst.«

»Und weiter?«

»Eine komische Form. Hier, siehst du? Ich glaube, es ist ein Kamel. Ja, es ist ein Kamel. Siehst du die vier Beine?«

»Was bedeutet ein Kamel?«

»Das ist gut. Das heißt, daß du das Land verlassen und eine Reise machen wirst. Ja, das ist gut.«

Lina erstarrte. »Könnte es der Irak sein, das Land, in das ich reise?«

»Möglich. Ich weiß es nicht. Wahrscheinlich nicht. Warum solltest du in den Irak reisen? Nein, es ist wahrscheinlich irgendwas Schönes. Frankreich. Oder Tahiti.«

»Was kommt dann?«

»Danach ist es schwer zu lesen. Da ist eine Menge Schwarz. Es ist eigentlich alles schwarz. Es ist schwer, ein Muster zu erkennen.«

»Laß mich mal sehen«, sagte Lina. Sie betrachtete die Tasse, dort wo Randa hinzeigte, und sah eine breite Bahn getrockneten Kaffees, dunkel und undurchdringlich. Sie schüttelte den Kopf. »Ich weiß, was das bedeutet. Schwarz bedeutet Unglück.«

»Ja, manchmal. Es kann Unglück bedeuten und Traurigkeit. Aber es kann bedeuten, daß das eigentliche Muster darunter verdeckt ist. Also mach' dir keine Sorgen. Ich glaube nicht, daß es Unglück bedeutet. Es kann auch Gutes bedeuten.«

»Hör auf, nett zu sein. Was kommt nach dem Schwarz?«

»Das ist eigentlich das Seltsame. Danach ist alles weiß. Ich glaube, so eine Tasse ist mir noch nicht untergekommen. Soviel Schwarz und dann nichts.« Sie hielt die Tasse hoch und zeigte sie Lina. Nach der schwarzen Bahn war die Tasse makellos weiß, fast über eine ganze Hälfte, als wäre auf der Seite überhaupt kein Kaffee entlanggetropft.

»O mein Gott. Was bedeutet das denn?«

»Ich weiß nicht. Aber ich glaube, es ist gut. Es ist eine lange, lange Zeit ohne Probleme, nach all diesem Schwarz. Siehst du? Als würdest du die Wolken durchbrechen und den blauen Himmel erreichen. Ich glaube, das bedeutet es wahrscheinlich.«

»Na komm. Sag mir die Wahrheit, Randa. Was könnte es sonst noch bedeuten?«

»Ich bin mir nicht sicher. Jeder liest so eine Tasse anders.«

»Was bedeutet es?« Lina schrie jetzt fast.

»Manche Leute könnten es auf eine bestimmte Art lesen, aber ich glaube nicht daran. Soll ich's dir trotzdem sagen?«

»Ja.«

»Okay. Manchmal bedeutet eine lange weiße Fläche nach soviel Schwarz, daß der Mensch im Himmel ist. Im Paradies. Makelloses Weiß.«

»Tot.«

»Ja, tot.«

»Wer ist dieser Mensch? Ich?«

»Vielleicht du. Oder jemand, den du liebst. Aber wie gesagt, Lina, ich glaube nicht, daß es das ist, was der Satz zeigt. Ich glaube, es bedeutet, daß du nach dieser schwierigen Zeit, in der die Leute dich beobachten und alles sehr kompliziert ist, daß du lange Zeit glücklich sein wirst. Reines Glück.«

»Don't worry, be happy!« sagte Tony gedankenlos. Er langweilte sich. Er wollte sich wieder seiner Freundin auf der Couch widmen.

»Genau. Be happy!« sagte Randa.

»So«, sagte Lina. »Ich muß jetzt gehen.«

»Ich bring dich zur Tür«, sagte Randa und nahm ihre Freundin bei der Hand. Lina ging langsam und unsicher, ein Schritt, und dann den nächsten. Randa führte sie in die Diele und machte dann die Tür hinter sich zu, damit Tony nicht hören konnte, was sie sagte.

»Jetzt hör mal zu«, sagte Randa leise. »Vergiß diesen Quatsch mit dem Kaffeesatz. Das ist abergläubischer Unsinn. Ich weiß nicht, was dich so beunruhigt, aber eins kann ich dir sagen: Du machst dir zuviel Sorgen wegen der Arbeit. Seit einigen Tagen siehst du schrecklich aus. Weißt du das? Schrecklich. Die Gerüchteküche behauptet, Professor Sarkis hat dich neulich wegen irgendwas zusammengeschissen. Stimmt das?«

Lina nickte.

»Nun, Professor Sarkis kann mich mal. Wie findest du das? Er kann mich mal.«

Lina versuchte zu lachen. Es war wenig mehr als ein lautes Ausatmen.

»Im Ernst, Schätzchen, wenn du dich wegen Hammud und seinen Jungs aufregst, dann machen die dich verrückt, bis du völlig übergeschnappt bist. Also nimm' sie nicht zu ernst. Was ist denn das Schlimmste, was sie dir antun können? Dich rausschmeißen, oder? Ich meine, wir sind hier nicht in Bagdad, und sie haben keine Armee. Das einzige, was sie wirklich können, ist allen angst machen. Du hast keine Familie mehr im Irak, oder?«

»Doch«, sagte Lina. »Meine Tante.«

»Oh. Das hast du mir nie erzählt. Aber glaub' mir, die werden ihr schon nichts tun. Die haben genug andere Probleme. Also zum Teufel mit ihnen! Sollen sie ruhig ihre kleinen Spielchen spielen und sich ihr Geld nehmen, aber laß' dich bloß nicht von denen unterkriegen!«

»Ich hab' heute gebetet«, sagte Lina

»*Was* hast du?« Wie die meisten von Linas jungen arabischen Bekannten – Christen wie Moslems – war Randa zutiefst weltlich eingestellt. Für sie war die Religion der Feind jeglichen Lebensgenusses. Das war was für Fanatiker, die »*Maku wali illa Ali*« sangen, – »Es gibt keinen Herrn außer Allah« – und Dieben die rechte Hand abschlugen.

»Ich hab' gebetet«, wiederholte Lina.

Randa schüttelte den Kopf. Ihre Freundin war in schlechterer Verfassung, als sie gedacht hatte. »Willst du eine Valium haben? Ich hab' ein paar übrig.«

»Nein«, sagte Lina. »Es geht schon.«

»Laß dich von denen nicht unterkriegen«, wiederholte Randa. »Denk daran, ihre einzige Waffe ist das Angstmachen. Und jetzt sieh zu, daß du ordentlich schläfst.«

Lina nickte. Randa hatte recht. Aber sie war sich nicht sicher, ob das kühne Gerede den Bösen Blick täuschen könnte.

12

Sam rief an diesem Abend Prinz Jalal bin Abdel-Rahman an. Es war eine Art Buße für seinen Fehler vom Nachmittag Lina gegenüber, für seinen Fehler dem philippinischen Koch gegenüber und für so viele andere Fehler, die er im Laufe der Jahre gemacht hatte in dem Versuch, zu beweisen, daß er nicht der egoistische und verantwortungslose Mensch war, für den der saudische Prinz ihn gehalten hatte. Es war Glück, daß Jalal zufällig in dieser Woche in London war, und natürlich wollte er Sam nach so vielen Jahren wiedersehen, und warum nicht noch am selben Abend? Denn wenn es eines gibt, was arabische Männer noch besser können, als eine Fehde zu beginnen, dann ist es, eine zu beenden – sich zu umarmen, zu vergeben und zu vergessen. Als Sam auflegte, konnte er schon fast das Kratzen von Jalals Bart auf seinem Gesicht spüren, während er Sam auf beide Wangen küßte und ihn wieder im Stamm der vernünftigen Männer willkommen hieß.

Prinz Jalal wohnte in einem großartigen Regency Stadthaus am Hyde Park Square. Der Architekt des Prinzen hatte lediglich die beigefarbene Fassade des Gebäudes stehen lassen – mit seinen perfekt proportionierten dorischen Säulen und den Fensterziergiebeln im neoklassischen Stil Robert Adams – und innen alles völlig ausgehöhlt. Im Inneren dieser eleganten und nüchternen Mauern hatte sich der Prinz einen modernen Vergnügungspalast bauen lassen. Er war das

Produkt einer Phantasie, die sich von zu vielen *Playboy*-Heften genährt hatte; der Prinz hatte sie als Student an der Colorado State University verschlungen. Das zweite Kellergeschoß beherbergte einen Swimmingpool, von dicken Glaswänden umgeben, wie ein Aquarium, damit der Prinz zusehen konnte, wie sich seine Gäste im Wasser vergnügten. Im Stockwerk darüber war ein Squash-Raum, ein Fitneßraum und daneben ein Spielzimmer mit Flipperautomaten und Videospielen und einem Wechselautomaten, der amerikanische Vierteldollar ausspuckte, ohne daß man einen amerikanischen Dollar hineintun mußte. Die darüberliegenden beiden Stockwerke hatten alles, was die Wohnung eines reichen Mannes haben muß: offizielle Wohn- und Eßzimmer, Schlafzimmer, Büros, Teeküchen, Salons. Darüber schließlich befand sich das bestimmende Merkmal des Hauses: eine zweistöckige Vergnügungskuppel, die anscheinend ausschließlich für Sex geschaffen worden war. Es gab von Spiegeln umgebene Betten, einen Vorführraum im Hollywood-Stil mit Sesseln und einem Sofabett. Es gab sogar einen kleinen Raum, in dem der Prinz die Reste eines Automobils hatte installieren lassen, so daß er sich den Spaß machen konnte, einige seiner jüngeren weiblichen Gäste auf dem Rücksitz eines Wagens zu besteigen, ganz so, wie er es zu seiner Studentenzeit getan hatte.

Hoffman kam kurz nach zehn, die Zeit, wie er sich erinnerte, in der es bei Jalal allmählich anfing, lebhaft zu werden. Ein englischer Leibwächter öffnete die Tür und führte ihn durch den Metalldetektor. Er war die moderne Version von Jeeves, höflich und respektvoll, aber in der Lage, auf einer Distanz von fünfzig Metern ein Ziel zwischen die Augen zu treffen. Es war unter saudischen Prinzen Mode geworden, als Lakaien und Kammerdiener ehemalige Unteroffiziere zu engagieren, wie beispielsweise von der Special Air Services-Einheit. Die Bezahlung war angemessen, und die Leute von der SAS bekamen ihren Anteil von dem, was vom Essen und den Frauen übrigblieb.

Jalal erwartete Hoffman in seiner Höhle im dritten Stock.

Er sah genauso aus, wie Hoffman ihn in Erinnerung hatte: perfekt gepflegt, aber irgendwie angsteinflößend. Seine Haut hatte eine cremigbraune Färbung, ohne einen Makel oder eine Falte. Der Bart war wie ein Gemälde von Seurat, als wäre jedes Haar einzeln gemalt worden, jedes mit seiner ganz eigenen Schattierung. Die Augen waren groß und verträumt von den vielen Jahren der sexuellen Ausschweifung und des Drogenkonsums, aber der Körper war noch gut in Form und fit durch die täglichen Trainingsstunden im Fitneßraum. Er trug eine feine Leinenhose, ein Seidenhemd, das man bei einer Frau als Bluse bezeichnet hätte, ein Kaschmir-Jackett, das so perfekt geschnitten war, daß es ihm wie eine zweite Haut paßte. Hoffman streckte die Hand aus, aber Jalal drückte ihn in einer Umarmung an sich.

»Mein Lieber, mein Lieber, mein Lieber«, sagte der Prinz und küßte Hoffman einmal, zweimal, dreimal. Er hatte diese weiche, geschmeidige Art, mit anderen Männern umzugehen, die unter den Arabern der Golfstaaten nicht homosexuelle Begierde, sondern gutes Benehmen ausdrücken sollte. Es war wie ein schlaffer Händedruck, der ein Zeichen von Adel ist.

»Du siehst gut aus, Jack«, sagte Hoffman, den Namen benutzend, den Jalal sich viele Jahre vorher zugelegt hatte, in seiner Studentenzeit in Boulder.

»Komm mit«, sagte der Prinz mit dem Anflug eines Lächelns. »Wir sehen uns einen Film an.«

Er führte Hoffman in den Vorführraum. Auf dem Bett lagen zwei Mädchen, die nicht älter als sechzehn Jahre alt aussahen. Das eine war blond, das andere brünett. Beide trugen nur BH und Slip und wirkten sehr nervös.

Jalal sagte mit einem Kopfnicken in ihre Richtung: »Sie sind aus Rumänien, glaube ich. Oder Albanien. Ich weiß es nicht. Wo seid ihr her, Mädels?« Sie lächelten stumm zu ihm hoch. Offenbar sprachen sie kein Englisch. Sam stand unbehaglich am Rande des Raums. Jalal ergriff seine Hand und zog ihn hinein.

»Komm, mein lieber Sam. Ich möchte dir meinen neuen Film zeigen. Dann können wir etwas essen, und dann können wir diesen netten rumänischen Mädchen ein paar Sachen über Sex beibringen. Was hältst du davon?«

»Ich bin gekommen, um mit dir zu sprechen, Jack. Ich muß mit dir reden.«

»Natürlich, natürlich. Wir werden reden. Aber jetzt noch nicht. Wo bleiben deine Manieren? Was möchtest du gerne trinken? Arrak? Whisky? Ich habe sehr gutes Kokain. Das beste! Was möchtest du, mein Lieber? Ich trinke polnischen Wodka.«

»Ein Bier«, sagte Sam.

Der Prinz rief einen seiner Diener, der die Drinks servierte und die Mädchen fortbrachte. Jalal ließ sich in einem der Sessel nieder. Er drückte irgendwo auf einen Knopf, und die Lichter gingen allmählich aus und der Film begann. Sam graute vor der Vorführung. Jahrelang war es Jalals Lieblingshobby gewesen, Filme zu machen, die Extreme menschlicher Perversion und Ausschweifung aufzeichneten, vor allem seine eigenen.

»Dieser wird dir gefallen«, sagte der Prinz. »Es geht um Fallschirme.«

Während er sprach, leuchtete auf der Leinwand Jalal selbst auf, beim Skydiving. Er trug einen knalligen roten Springanzug und hatte einen dämonischen Ausdruck auf dem Gesicht, der sogar unter dem Helm noch zu sehen war. Er winkte mit einer Hand in die Kamera. Der Vorspann lief jetzt ab, immer wieder Jalals Namen wiederholend: Produktion, Regie, Idee – während die Kamera seinen langen Fall zur Erde verfolgte.

»Laß dir erklären, was du jetzt gleich sehen wirst«, sagte Jalal. »Ich habe ein Spiel erfunden, das ziemlich ungewöhnlich ist. Es ist eine Art russisches Roulette mit Fallschirmen. Ich biete jedem einhunderttausend Dollar, der sich bereit erklärt, mit mir zu springen. Aber jeder der Springer muß unter sechs Fallschirmen einen auswählen und weiß dabei genau, daß einer der sechs sich nicht öffnen wird. Das ist der Spaß daran, verstehst du? Sie suchen sich einen aus, und dann spring ich mit ihnen ab, damit ich zugucken kann.«

Hoffman schloß die Augen. Dieses neueste Spiel zeigte Jalal in seiner Hochform. Einige Jahre zuvor hatte er in Saudiarabien eine Jagd veranstaltet, bei der die Beute kein Fuchs, sondern ein Mann aus Somalia war. Das war auch auf Video aufgenommen worden. Hoffman hatte es sich ansehen müssen, bei einem seiner letzten Besuche vor dem Bruch. Es war schwierig, das Gefühl zu beschreiben, das Hoffman hatte, wenn er in Gegenwart eines Menschen war, der alles kaufen konnte. Diese Prinzen der Wüste genossen alltäglich das, wovon normale Männer nur träumen konnten: die schönsten Frauen, die reinsten Drogen, die erlesensten Speisen. Was blieb da noch als Nervenkitzel? Nur noch die Pornographie des Schmerzes. Jede dekadente Gesellschaft schaffte sich etwas Ähnliches. Die Römer hatten ihre Löwengruben und Gladiatorenkämpfe. Die Europäer des Mittelalters hatten ihre öffentlichen Hinrichtungen und Zerstückelungen. Die einzige Neuheit gegenüber früher bestand heute darin, derlei Dinge zum späteren Vergnügen auf Video festzuhalten.

»Los geht's«, sagte Jalal. »Sieh dir das an!« Der Film zeigte einen Mann, die Angst ins Gesicht geschrieben, der in der offenen Kabine eines kleinen Flugzeugs stand und auf sechs Päckchen starrte, die auf dem Boden ausgelegt waren.

»Schau her, dieser Bursche heißt Bill, glaube ich. Guck mal, wie er die Fallschirme aufhebt. Er sieht so nervös aus! Er hebt einen hoch, dann einen anderen, wiegt sie. So ein Dummkopf! Natürlich wiegen sie alle das gleiche. Sieh dir sein Gesicht an, was er für eine Angst hat, aber er will auch das Geld haben, also spielt er mit. Jetzt probiert er einen der Fallschirme an. Nein, es fühlt sich nicht richtig an. Probiert einen anderen aus. Dieser fühlt sich gut an. Ja. Okay. Jetzt sage ich ihm, daß es Zeit ist. Das ist meine Hand, die da winkt. Die Tür ist offen und wir gehen bis zum Rand. Da der Himmel, und ganz weit unten die Erde. Sieh dir sein Gesicht an! Er hat so einen Schiß! Siehst du? Jetzt springen wir gleich. Er macht die Augen zu. Ha! Er betet. Jetzt springt er, und ich folge ihm mit meiner Kamera. Ich hole zu ihm auf, und jetzt sind wir auf gleicher Höhe, so daß du sein Gesicht sehen kannst. Wie hieß er doch gleich? Bill. Ich gebe ihm das Signal. Jetzt paß auf. Schau, wie er die Leine zieht. Er wartet darauf. Wo bleibt der Fallschirm? Da, jetzt zieht er wieder an der Leine. Wo ist der Fallschirm? Siehst du das Entsetzen auf seinem Gesicht? Es tut sich nichts! Er hat schreckliche Angst. Guck, wie er mit seinen kleinen Beinen in der Luft herumstrampelt, wie ein Käfer! Er will weglaufen. Hier sein Gesicht in Nahaufnahme. Siehst du, wie er den Mund aufreißt? Er schreit, aber niemand hört ihn. Und jetzt grabscht er nach mir. Schau, wie er mit den Armen rudert. Er erträgt es nicht, nach unten zu sehen, der Erdboden kommt so schnell entgegen. Siehst du? Was er für eine Angst hat?«

Die Erregung in Jalals Stimme erreichte plötzlich einen Höhepunkt und sank dann wieder auf einen normalen Ton. »Na ja. Das war der spannende Teil. Jetzt spürt Bill einen Ruck, und plötzlich wird er langsamer. Er kann's gar nicht fassen! Der Fallschirm öffnet sich. Er lebt! Er wird doch nicht sterben. Ich hab ihn nämlich reingelegt. Das ist mein Spiel! Alle sechs Fallschirme sind in Ordnung, alle! Aber sie sind alle mit einem Zeitverzögerer ausgestattet, so daß jeder, der mein Spiel spielt, denkt, daß er den Fallschirm ausgesucht hat, der sich nicht öffnet. Genial, nicht? Wie Safe Sex. Man hat den ganzen Spaß, aber es kommt niemand zu Schaden.«

Die Leinwand wurde dunkel, und die Lichter gingen wieder an. Hoffman rieb sich die Augen.

»Wie findest du's?« fragte der Prinz mit einer Handbewegung zur Leinwand.

»Ich?« Hoffman überlegte einen Moment. »Ich finde, du hast inzwischen völlig den Verstand verloren.«

»Wirklich?« Der Prinz lächelte. Er faßte das offensichtlich als Kompliment auf. »Mein lieber Sam, es ist so gut, dich wiederzusehen. Du bist so ehrlich.«

Sam versuchte immer noch, aus dem, was er gerade gesehen hatte, klug zu werden. »Hast du Bill das Geld bezahlt?«

»Natürlich«, sagte Jalal. »Was bedeutet schon Geld für so eine Show?«

Hoffman holte tief Luft. Was ihm bei Jalal am meisten angst machte, war, wie leicht es war, in die gleiche Kameraderie wie früher zu verfallen. Kein Wunder, daß Jalal überrascht gewesen war, als Sam – nachdem er sich seine Filme angesehen, seine Frauen angeglotzt und mit ihm Drogen genommen hatte – auf einmal Skrupel wegen eines lächerlichen Finanzgeschäfts bekommen hatte. Wie unhöflich das gewirkt haben muß. Aber der Vergangenheit wird immer vergeben, wenn man im Zelt des Prinzen ist. Es gehörte zum Auftreten eines Prinzen, immer furchtlos zu sein und fast alles zu vergeben. Jalal sah ihn jetzt mit blitzenden Augen an.

»Soll ich die Mädchen rufen? Oder wollen wir was essen? Es gibt Fasan, glaube ich, oder Wachteln.«

»Nein danke. Ich muß mit dir reden. Deswegen bin ich gekommen.«

»Wie du willst«, sagte Jalal, eine gelangweilte Miene aufsetzend, obwohl er natürlich insgeheim neugierig war zu erfahren, was Sam nach so langer Abwesenheit wieder zu ihm brachte. »Vielleicht noch etwas zu trinken?«

Wie durch ein unhörbares Zeichen gerufen, betrat ein Diener den Raum und brachte eine weitere Flasche Bier für Sam und ein Tablett mit Kaviar und Canapés. Ein zweiter Mann, ein Sudanese, nach seiner tintenschwarzen Hautfarbe zu schließen, erschien mit einer Flasche Wodka für Jalal. Er goß ein wenig in das Glas des Prinzen, so daß es genauso voll war wie vorher – weder zu viel noch zu wenig – und zog sich dann wieder zurück. Sam erinnerte sich, daß es der gleiche Diener gewesen war, der Jalal begleitet hatte, als sie einmal zusammen an die Riviera gefahren waren. Wo immer sie hingegangen waren, ungeachtet der Kellner, die in den Restaurants und Bars ohnehin für das Bedienen zuständig waren, hatte der Diener dem Prinzen sein Essen und sein Getränk auf diese gleiche Weise serviert – hatte persönlich ein paar Häppchen auf seinen Teller gelegt, um das zu ersetzen, was der Prinz gegessen hatte, und ein paar Tropfen eingeschenkt, um zu ersetzen, was er getrunken hatte – so daß der fürstliche Teller und das fürstliche Glas stets halb voll waren. Nach einer Weile war Sam dieses eigenartige Ritual völlig normal vorgekommen. Alles andere wäre zu gewöhnlich, unhöflich und eines Prinzen unwürdig gewesen.

»Also, worüber wolltest du mit mir reden?« fragte Jalal, nachdem er einen winzigen Schluck von seinem Wodka genippt hatte.

»Ich möchte, daß du mir einen Gefallen tust.«

»Und der wäre?«

»Ich brauche ein paar Informationen über einen irakischen Geschäftsmann namens Nassir Hammud.«

»Ach, sieh' an. Also was rein Geschäftliches? Ich hatte gehofft, es sei etwas Delikateres. Daß du irgendein unaussprechliches Verlangen entwickelt hast, das ich dir helfen könnte zu befriedigen. Oder daß du ein grauenhaftes Verbrechen begangen hast und meine Hilfe brauchst, um ein Versteck zu finden. Aber so was Interessantes ist es ja gar nicht.«

»Tut mir leid. Bloß was Geschäftliches. Mir hat jemand erzählt, du hättest mit diesem Hammud zusammen irgendwo investiert, und deswegen hab' ich mir gedacht, daß du sicher ein paar Sachen über ihn weißt.«

»Allerdings. Wir arbeiten bei einer Reihe von Projekten als Partner zusammen. Wir bauen Fabriken in der Wüste. Solche Sachen. Und wir haben dieselben Anwälte.«

»Ich hab' gehört, ihr seid Partner in einem Petrochemie-Geschäft. Stimmt das?«

»Das ist ja ganz toll! Das Geschäft sollte eigentlich geheim bleiben, aber du bist einfach zu clever, mein lieber Sam. Aber wieso interessiert dich Nassir Hammud? Was kann er dir für einen Schaden zugefügt haben?«

Hoffman wußte, daß es zwecklos war, Jalal anlügen zu wollen. Er würde sowieso sehr schnell die Wahrheit herausfinden. »Er hat einem Klienten von mir Schaden zugefügt, wenn du mich schon fragst. Ein Mann, der als Koch bei ihm beschäftigt war. Ich glaube, er hat ihn umbringen lassen. Das macht mir Sorgen und ich habe die Befürchtung, daß er auch noch anderen Leuten, die für ihn arbeiten, etwas antun könnte. Der Mann ist gefährlich.«

Jalal schnaubte fürstlich, wie ein preisgekrönter Bulle. »Natürlich ist Hammud gefährlich! Das ist der Managementstil dieser Irakis. Sie haben keine Manieren, bedauerlicherweise. Aber so ist es nun mal. Und weder du noch ich können irgendwas dagegen unternehmen.«

»Aber ich würde gern etwas dagegen unternehmen. Hammud ist ein Tyrann. Er schüchtert seine Angestellten ein, läßt sie vielleicht sogar umbringen. Sowas ist in London nicht erlaubt. Jedenfalls sollte es das nicht.«

»Mein lieber Sam, du hast dich wirklich nicht verändert. Du bist so naiv. Natürlich sollte es nicht erlaubt sein. Aber es ist erlaubt. So ist das nun mal.«

»Hör zu, Jack, es tut mir leid, wenn ich vielleicht prüde klinge, aber wenn ich Informationen über Hammud hätte, könnte ich mich an die Behörden wenden, und die könnten ihm ein bißchen einheizen.«

Jalal schnaubte wieder und leerte sein Glas Wodka mit einem Mal, was sehr unprinzlich war und den sudanesischen Diener wie Hop-Sing auf leisen Sohlen hereinkommen ließ, um das Glas wieder auf sein fürstliches Mittelmaß zu bringen. »Sam, Sam, Sam«, sagte der Prinz. »Ich muß dir mal was erklären.«

»Ja. Ich höre.«

»Diese ganze Aufregung um Hammud geht völlig an der Sache vorbei. Wirklich. Es geht gar nicht um Hammud. Das kannst du mir glauben.«

»Um wen geht es dann?«

»Um andere. Freunde. Begreifst du denn nicht, um wen es da geht?«

»Nein. Sag's mir. Wer steckt hinter ihm? Der Herrscher des Irak?«

Jalal lachte über Sams Einfältigkeit. »Ja, natürlich. Aber es ist mehr als das, mein lieber Sam. Mit dieser Geschichte hast du dir erheblich mehr aufgehalst, als du ahnst.«

»Wer steckt sonst noch mit Hammud unter einer Decke?«

Jalal lachte wieder. Dies wurde allmählich eins seiner Spiele. »Oh, ich glaube, du würdest eine Reihe von anderen Prinzen aus Saudiarabien finden, die mit eben diesem Gentleman investiert haben. Eine ganze Reihe. Und es gibt andere, woanders.«

»Wen noch?«

»Du könntest bestimmte Freunde des Königs von Jordanien fragen.«

»Wirklich?«

Jalal lächelte. »Du könntest bestimmte Freunde des Königs von Marokko fragen.«

»Was würden sie sagen, wenn ich sie fragen würde?«

Jalal brüllte vor Lachen. »Kein Wort, natürlich. Und sie würden dich fortschaffen und erschießen lassen, weil du überhaupt die Frage gestellt hast. Aber mein lieber Sam, du bist so ein liebenswerter Tor, daß du immer noch nicht begreifst, was ich dir sage. Weil all diese Leute, die ich erwähnt habe – diese Könige und Prinzen, ganz zu schweigen von einem kleinen Wurm wie Nassir Hammud – nichts sind ohne die Hilfe ihrer Freunde und Beschützer im Westen. Und aus diesem Grund, mein lieber Sam, verschwendest du deine Zeit mit diesem albernen Feldzug gegen diesen irakischen Burschen. Es wird nichts ergeben. Der Mann hat Freunde. Also gib's auf.«

»Aber er ist gefährlich.«

»Gib's auf. Entspann' dich. Genieße das Leben. Das hab' ich schon versucht, dir vor ein paar Jahren klarzumachen, aber du wolltest nicht auf mich hören.«

Sam zuckte bei der Erinnerung schmerzhaft zusammen. Fünf Jahre zuvor, in einer Zeit, die ihm jetzt wie ein anderes Leben vorkam, hatte Jalal ihm ein einfaches geschäftliches Arrangement vorgeschlagen. Was ganz Normales, hatte er gesagt. Privatgeschäftsbereich.

Er wollte Sam eine Summe von fünfhunderttausend Dollar pro Jahr bezahlen, wenn er sich bereit erklärt hätte, sich als Eigentümer von Aktiva auszugeben, deren Wert ein Vielfaches dieser Summe betragen hätte. Das Geschäft war einfach.

Sam hätte auf seinen eigenen Namen die Konten auf den Cayman-Inseln eröffnet, auf die die Gelder hinterlegt worden wären, und dann sollte er die Bankbücher und sämtliche anderen Unterlagen Jalal übergeben, sowie eine Vollmacht, mit der Jalal die absolute Kontrolle über das Geld gehabt hätte. Es war so einfach. Das einzige, was Sam zu tun brauchte, war zu lügen; zu behaupten, er besäße bestimmte Gelder, deren Eigentümer er in Wirklichkeit nicht war. Aber Sam hatte mehr wissen wollen. Er hatte gefragt, wieso Jalal soviel Geld verstecken mußte, und wie er überhaupt da rangekommen war, und ob irgend jemand ein Verbrechen begangen hatte, um es zu bekommen. Er wollte wissen, ob das Geld aus dem Drogenhandel oder aus illegalen Waffengeschäften kam oder aus irgendeiner anderen Tätigkeit, der Jalal nachging, um sein Vermögen zu vermehren. Doch der Prinz hatte einfach einen Finger auf den Mund gelegt, als wollte er sagen: Freunde stellen keine Fragen. Sam hatte ein paar Augenblicke lang herumgedruckst und schließlich – zu seiner eigenen Überraschung und zum noch viel größeren Erstaunen des Prinzen – nein gesagt. Er könne es nicht tun. Es wäre nicht recht. In diesem Fall, hatte Jalal gesagt, sollte er sich vielleicht nach einem anderen Kunden umsehen. Worauf Sam seinem Klienten vorgeworfen hatte, ihn bestechen zu wollen. Das war dem saudischen Prinzen als ein krasser Verstoß gegen die guten Manieren erschienen. Und so war die Freundschaft zerbrochen. Sam hatte an jenem Tag Jalals Büro mit der Überzeugung verlassen, daß er nie wieder auf so einen Menschen angewiesen sein wollte. Aber jetzt war er wieder da und bat um einen Gefallen.

Jalal musterte Sams Gesicht. Er schien fast seine Gedanken zu lesen. »Mein Angebot gilt übrigens noch, sowie du bereit bist, von deinem hohen Roß herunterzusteigen. Ich brauche immer Hilfe, um neue Konten zu eröffnen.«

»Nein, danke«, sagte Sam. »Das ist nicht meine Branche.«

»Schade. Du warst so ein guter Banker, bevor du in dieses absurde Ermittlungsgeschäft eingestiegen bist, oder was immer das ist.«

»Du, Jack, ich muß jetzt wirklich los. Es ist spät.«

»Nein, ist es nicht. Die Nacht ist noch jung. Der Spaß geht erst richtig los. Ich laß die rumänischen Mädchen kommen. Es sollen die letzten Jungfrauen von Bukarest sein.« Er klatschte in die Hände und rief dem sudanesischen Diener etwas auf Arabisch zu. Der Diener betrat den Salon einige Augenblicke später und führte die beiden Mädchen an Samtkordeln, die ihnen um den Hals gebunden waren, hinter sich her. Beide hatte man als Schulmädchen verkleidet, mit einem weißen Hemd, marineblauem Rock und Kniestrümpfen. Auf einen Befehl des Dieners hoben beide nacheinander den Rock, um ihre Nacktheit zu zeigen.

»Ganz sicher, daß du nicht bleiben willst, mein lieber Sam?« fragte Jalal.

Sam antwortete nicht. Er wandte den Blick von den beiden armen Geschöpfen ab, zum Prinzen, und murmelte seinen Dank. Es sei spät, er müsse wirklich gehen. Er hatte keinerlei Grund, sich als Moralapostel aufzuspielen. Er hatte den Prinzen um Hilfe gebeten und soviel bekommen, wie der Prinz ihm geben konnte. Er tat gut daran, in aller Stille zu gehen. Der Prinz ließ seine beiden rumänischen Schönheiten für einen Augenblick allein, nachdem er ihre Samtleinen um den Türgriff gewickelt hatte, und begleitete Sam hinunter zur Haustür.

13

Als Lina am nächsten Morgen zur Arbeit kam, wurde sie in Mr. Hammuds Büro gerufen. Es war ein seltenes Ereignis. In den drei Jahren, die sie bei Coyote arbeitete, war sie noch nie in seinem Büro gewesen. Sie wurde den langen Flur entlang von Hammuds englischer Sekretärin begleitet, die Linas Nervosität zu spüren schien und deshalb unentwegt schwätzte. Der Alte sei am Tag zuvor aus Bagdad zurückgekehrt, erklärte sie, und habe zu Hause bis spät in die Nacht mit Professor Sarkis gesprochen. Als er an diesem Morgen ins Büro kam, sei sein erster Wunsch gewesen, Miss Alwan zu sprechen. Sein erster Wunsch! Und da waren sie auch schon. Die Sekretärin lächelte ihr aufmunternd zu und gab den Code für Mr. Hammuds Tür ein. Als sie aufschwang, sah Lina als allererstes ein großes Porträt des Herrschers, mit diesem grausamen, leeren, starren Blick, der von den Hoffotografen bevorzugt wurde. Unter dem Bild saß an einem riesigen Eichentisch der Vorsitzende von Coyote Investment.

Als Lina eintrat, erhob sich Mr. Hammud von seinem Schreibtisch und setzte sich dann wieder steif hin. Er hatte den festen, kompakten Körper eines Kampfhundes – eines Boxers oder Rottweilers – aber seine Ecken und Kanten waren von seinem Privatmasseur, Friseur, der Maniküre-Dame und Kammerdiener abgerundet worden. Das silbergraue Haar war makellos gekämmt, und er trug seine Kleidung so ordentlich, wie sie ihm an diesem Morgen hingelegt worden war: einen dunkelblauen Geschäftsanzug mit einem Hemd, das genau die richtige Schattierung Hellblau hatte; massiv goldene Manschettenknöpfe; eine rote Krawatte mit Paisley-Muster und ein dazu passendes rotes Paisley-Taschentuch in der Brusttasche. Die Präzision seiner Kleidung war einschüchternd, aber er selbst wirkte dadurch auch, als sei ihm unbehaglich, als wollte er sich insgeheim den Anzug vom Leib reißen.

»*Mabruk!*« sagte er barsch, als sie Platz genommen hatte. »Sie sind befördert worden.«

»Wie bitte?« sagte Lina. Sie dachte, sie hätte sich verhört.

»Sie werden eine andere Arbeit bekommen. Leiterin der Werbeabteilung. Ich gebe Ihnen eine Lohnerhöhung von hundert Pfund die Woche. Sie sehen also, daß wir uns um unsere vertrauenswürdigen Mitarbeiter kümmern, wenn sie loyal sind.« Er sagte das alles in einem so ernsten, monotonen Ton, daß es sich eher wie die Rede auf einer Beerdigung anhörte, aber Lina bemühte sich, dankbar zu wirken.

»Vielen Dank«, sagte sie. »Wann fange ich an?«

»Sofort. Heute. Ihre Sachen werden in diesem Augenblick von der Buchhaltung in Ihr neues Büro gebracht.«

»Vielen Dank«, sagte Lina wieder. Sie begann sich unbehaglich zu fühlen. Sie wurde von der geheimen Abteilung der Firma in die öffentliche verlegt. Was bedeutete das? Sie versuchte, sich an Randas Rat vom Vorabend zu erinnern: sich nicht einschüchtern zu lassen, aber jetzt war alles so verwirrend.

»Freuen Sie sich darüber?« Hammud schien eine Versicherung haben zu wollen, daß sie sich in dieser neuen Abteilung sicher fühlte.

»Natürlich, Sir. Was werde ich in meinem neuen Job machen?«

»Werbung.« Er versuchte zu lächeln.

»Aber wir machen nicht viel Werbung, Sir. Ich glaube, wir machen überhaupt keine.«

»Deswegen brauchen wir dafür ja auch eine vertrauenswürdige Mitarbeiterin. Wenn wir Werbung machen würden, wäre es kein Problem. Dann könnten wir ja jeden da ransetzen. Aber da wir keine machen, müssen wir vorsichtig sein. Da brauchen wir jemanden, dem wir vertrauen können.«

»Aha«, sagte Lina. Sie fragte nicht nach weiteren Erklärungen. Es war offenkundig absurd.

»Ihnen wird die Arbeit gefallen.«

Lina nickte. Es klang wie ein Befehl. Es entstand eine Pause. Sie fragte sich, ob es gestattet sei zu fragen, weshalb sie versetzt worden war. Hammud machte jetzt nicht mehr den Versuch zu lächeln und sah ein wenig entspannter aus, und das wiederum ließ Lina mutig werden. Sie räusperte sich und ergriff das Wort.

»Wieso versetzen Sie mich aus der Buchhaltung? Habe ich irgendwas falsch gemacht?«

»Nein, es gibt keinerlei Problem.« Er sah sofort wieder ungemütlich aus.

»Professor Sarkis schien beunruhigt zu sein, weil ich mich auf einer Party mit einem Amerikaner unterhalten hatte. Ich habe versucht, ihm zu erklären, daß ich ihn nicht kenne, und als der Amerikaner mich gestern im Park verfolgt hat, um mich anzusprechen, habe ich ihm eine geknallt. Ich hoffe also, daß Sie deswegen nicht verärgert sind.«

Hammud hob die Hand, als wollte er das Gespräch abbrechen. Er redete nicht gern über Sicherheitsfragen, nicht einmal mit den betroffenen Personen.

»Es tut mir leid, wenn ich irgendwas falsch gemacht habe.«

Er hob die Hand noch höher, ballte sie zur Faust und senkte sie erst wieder, als klar war, daß Lina aufgehört hatte zu reden. Sein Gesicht war errötet. Die Narbe auf seiner Wange, normalerweise kaum zu sehen, war ein leuchtendroter Striemen geworden. Er fixierte Lina mit seinen durchdringenden schwarzen Augen.

»Verlassen Sie dieses Unternehmen nicht«, sagte er langsam, die Worte wie Nägel einhämmernd. »Das wäre ein Fehler.«

Linas Körper spannte sich an. Das war eine unmißverständliche Drohung. Ihr Geist schaltete in den Leerlauf, einen Zustand, den eine ganze Generation von Irakis gebraucht hatte, um zu überleben. »Ich arbeite gerne hier«, sagte sie. »Sie sind immer gut zu mir gewesen.«

»*Habibti*«, sagte er, das arabische Wort benutzend, das »mein liebes Mädchen« heißt.

»Ja, *sidi*?«

»Haben Sie sich jemals gefragt, wo mein Geld herkommt?«

Wieder erstarrte sie. »Nein, Sir.«

»Na kommen Sie, das ist doch eine ganz natürliche Frage. Ich glaube, daß sich das eine Menge Leute fragen. Wenn ich mit jemandem im Westen Geschäfte mache, ist es das erste, was sie mich fragen. Wie habe ich soviel Geld gemacht? Wo kommt es her? Das müssen Sie sich doch auch gefragt haben.«

»Nein, eigentlich nicht.« Sie wechselte ihre Stellung in dem Ledersessel, was ein peinliches Quietschen erzeugte.

»Ich sage den Leuten die Wahrheit. Ich sage ihnen, daß ich ein guter Geschäftsmann bin und ich sehr viel Glück habe. Ich erzähle ihnen, daß ich in Bagdad mit nichts anderem als meinem klugen Kopf begonnen habe, und daß ich mich nach günstigen Gelegenheiten umgesehen habe. Wenn mir etwas gefiel, habe ich es gekauft. Verstehen Sie?«

»Ja. Natürlich.«

»So habe ich meine erste Firma in Belgien gekauft. Ich hatte etwas Geld aus einem Geschäft übrig, und die Firma war billig, und ich habe sofort zugegriffen. Und dann ging der belgische Franc hoch, und plötzlich war ich reich. Und so habe ich noch eine Firma gekauft, und die lief gut, und so habe ich Immobilien gekauft. Und dann gewannen die Immobilien an Wert und noch mal an Wert. Und so wurde ich sehr reich. Das ist alles nicht sehr geheimnisvoll.«

»Nein. Das ist es nicht.«

»Aber manchmal verbreiten Leute schreckliche Lügen über mich. Vielleicht haben Sie selbst auch schon welche gehört.

Sie sagen, daß ich für den Herrscher Geld verstecken würde. Daß ich sein heimlicher Banker sei. Andere sagen, daß ich dem Herrscher Geld stehlen würde. Stellen Sie sich das vor! Das sind absurde Lügen, die von Ignoranten erzählt werden. Und von Juden.«

»Von Juden?« Sie rutschte unbehaglich hin und her.

»Ja, Juden. Und wissen Sie, was ich mit diesen Lügnern mache?«

Lina schüttelte den Kopf. »Nein.«

»Ich schneide ihnen die Zunge heraus!«

Lina schluckte. War das ein Witz? Sie spürte, wie ihre eigene Zunge, trocken wie ein Stein, gegen ihren Gaumen gepreßt war.

»Haben Sie jemals die Geschichte über den Journalisten Salim Hourani gehört? Nein. Ich werde sie Ihnen erzählen. Er schrieb in seiner Zeitschrift die schrecklichsten Dinge über den Herrscher. Eines Tages wurde er in Beirut am Straßenrand gefunden, an der Straße, die zum Flughafen führt. Ich glaube, seine Finger waren alle abgeschnitten, die, mit denen er seine Geschichte getippt hatte. Und seine Zunge war auch herausgeschnitten worden. Das hat man mir jedenfalls gesagt. Ich weiß nicht, ob es stimmt.« Er machte eine wegwerfende Handbewegung.

Linas Finger hatten sich beim Zuhören zu starren Krallen verkrampft, und in ihrem Hals pulsierte es, so daß ihr Kopf leicht zitterte. Hammud sah ihre Angst und lächelte. Es funktionierte.

»Aber wir sind hier in England«, sagte er hinterlistig. »Wenn ein Geschäftsmann versucht, Gerüchte zu verbreiten, lasse ich das von meinen Anwälten verhindern. Wenn die versuchen, ihre Politiker einzusetzen, dann setze ich meine ein, und meine sind stärker. All diese Dinge gehören zum normalen Geschäftsleben. Verstehen Sie mich?«

»Ja, Sir.«

»Aber was innerhalb dieser Wände ist, ist kein Geschäft. Es ist eine Familie. Und was ich nie, unter keinen Umständen zulassen werde, ist, daß sich ein Mitglied meiner Familie unloyal verhält. Das wäre wie der Verrat eines Sohnes oder einer Tochter am Vater. Verstehen Sie mich?«

»Ja«, sagte Lina. Auf ihrer Stirn und ihren Handflächen bildeten sich Schweißtropfen.

»Das kann ich nicht hinnehmen. Nie.«

»Nein, Sir.« Sie hatte Mühe, die Fassung zu bewahren, aber sie war entschlossen, sich ihrer Angst nicht zu beugen, denn das hätte Hammud nur noch mehr Macht über sie gegeben.

»Da ist noch eine Sache«, sagte er in einem Tonfall, noch kälter als vorher. »Ich habe für Sie eine Nachricht aus Bagdad.«

»Welche?« fragte Lina. Aber etwas in seinem Tonfall verriet ihr die Antwort, bevor er sie aussprach. Sie sah vor ihrem geistigen Auge das Bild einer unverheirateten arabischen Frau Ende fünfzig, mit grauen Haaren und von Sorgen gezeichneten Augen, die sich in all den Jahren des Schreckens an Linas Bücher aus Paris und die Briefe aus London geklammert hatte – geklammert an die Vorstellung von dem zivilisierten Leben, das sie für sie verkörperten.

»Leider eine traurige Nachricht«, fuhr Hammud fort. »Es geht um Ihre Tante Soha. Sie ist tot.« Er wartete darauf, daß Lina in Tränen ausbrach, aber sie saß einfach stumm da und nahm die Nachricht auf. Ihre Pupillen hatten sich zu winzigen Punkten verengt, die Hammud so durchdringend anstarrten, als könnten sie ein Loch in ihn hineinbrennen.

»Was war die Ursache ihres Todes?« fragte Lina. Da war eine Stille in ihrer Stimme, von Trauer und von etwas anderem.

»Todesursache unbekannt.« Er sagte das fast mit einem Grinsen.

»Ist sie beerdigt worden?«

»Nein. Die Leiche wurde zur Beseitigung im Innenministerium behalten, glaube ich.«

»Wieso war sie da?«

»Weil Ihre Tante Soha unter Beobachtung stand. Es gab anscheinend ein Sicherheitsproblem.« Er ließ den Satz in der

Luft sterben, womit er alles andeutete, aber nichts sagte. Wieder wartete er auf ihre Tränen, aber ihre Augen blieben trocken.

»Wieso?«

»Sie hat die Vorschriften mißachtet. Sie hat versucht, ohne Erlaubnis Briefe ins Ausland zu schicken.« Er zog ein kleines Bündel Briefe aus der Jackentasche und wedelte damit Lina vor dem Gesicht herum. »Sie waren alle an Sie gerichtet, glaube ich.«

Lina erkannte Sohas makellose Handschrift auf dem Umschlag. »Kann ich sie haben?« fragte sie.

»Nein«, sagte er kalt. Er holte ein goldenes Feuerzeug aus der Tasche, knipste es an und hielt die Flamme an das Bündel Briefe. Als sie Feuer fingen, trat ein perverser Ausdruck der Freude auf sein Gesicht, als zerging ihm diese Grausamkeit wie Schokolade im Mund. Er ließ die brennenden Briefe in einen Aschenbecher auf seinem Schreibtisch fallen. Einige Sekunden später waren sie nur noch Asche.

Lina senkte den Kopf, was Hammud als Geste der Unterwerfung deutete.

»Wir verstehen uns also«, sagte er. Er erhob sich von seinem Schreibtisch und deutete zur Tür. Der Henker hatte sein Werk vollendet. Das Verhör war beendet. Die Verurteilung wegen Verrats war im voraus ausgesprochen worden. Er klingelte nach der englischen Sekretärin, die die Besucherin wieder hinausbegleiten sollte. Als Hammud Lina die Hand schüttelte, sprach vollkommene Zuversicht aus seiner Miene, als würde die Nachricht vom Tod der Tante Linas Unabhängigkeit den endgültigen Schlag versetzen und zukünftig ihre Loyalität garantieren.

Aber in diesem Punkt hatte sich Nassir Hammud verrechnet. Er hatte damit nur bewirkt, daß Lina zornig wurde. Soha war ihre einzige Verwandte in Bagdad gewesen, und mit Sohas Leben dort hatte man Lina all die Jahre erpressen können. Lina hatte gewußt, wenn sie sich unloyal verhielt, würde ihre Tante dafür büßen müssen. Jetzt, wo das Schlimmste geschehen war, ihre Tante tot war, empfand sie eine Art Befreiung. Die Kette aus Angst und Verpflichtung, die Lina mit Hammud verbunden hatte, war gerissen. Sie fühlte noch etwas anderes, als sie Hammuds Büro verließ. Es war das einfachste und vielleicht reinste Gefühl, das jemand empfinden kann, wenn einem geliebten Menschen Schaden zugefügt worden ist: Was sie fühlte, war das Verlangen nach Rache.

Hammuds Sekretärin führte Lina durch die Tür in jene Abteilung, die der Öffentlichkeit zugänglich war; den Flur entlang, dahin, wo die britischen Angestellten von Coyote Investment ihre Büros hatten, zu einem kleinen Raum mit einem winzigen Fenster. Jemand hatte Linas Handtasche auf den Schreibtisch gelegt, ein paar persönliche Gegenstände aus ihrem alten Büro, ein Londoner Telefonbuch, eine neue Heftmaschine und einen Tesaspender. Einige ihrer neuen britischen Bürokolleginnen schauten herein, um sich vorzustellen. Sie schienen nicht die geringste Ahnung von den eigentlichen Vorgängen in dem Unternehmen zu haben. Doch auf der anderen Seite des Gebäudes war die Stimmung düster. Es war dasselbe angespannte Schweigen wie in Bagdad, wenn mitten in der Nacht die *Moukhabarat* kamen und jemand abführten. Niemand stellte Fragen, niemand traute sich zu atmen. Aber die Araber, die wußten, wie das Unternehmen in seinem Inneren funktionierte, wußten, daß etwas Wichtiges passiert war. Mr. Hammud nahm nur Veränderungen vor, wenn er Schwierigkeiten hatte.

Am späten Vormittag wagte sich Randa Aziz zu Linas neuem Büro hinüber. »Hübsch«, sagte Randa und nahm Linas neue Bude in Augenschein. »Es hat sogar ein Fenster. Jetzt kannst du sogar um Hilfe schreien.«

»Pst«, sagte Lina. »Ich hab' schon genug Ärger.«

»Was ist passiert? Wieso haben die dich versetzt? Hast du dir deswegen gestern abend soviel Sorgen gemacht?« Randa war jemand, der nicht lange um eine Sache herumredete.

»Ich habe geahnt, daß irgendwas passieren würde, aber

ich wußte nicht was. Mr. Hammud hat mir gesagt, mein neuer Job wäre eine Beförderung, aber es kommt mir nicht so vor.«

»Hat er dir eine Gehaltserhöhung gegeben?«

»Ja.«

»Dann ist es eine Beförderung. Denk dran, bei der Arbeit hier geht's nur um Geld. Nur um Geld. Wieviel zahlt er dir?«

»Einhundert die Woche.«

»*Ma'aqoula?* Was ist los? Du mußt ja was wirklich Schlimmes angestellt haben, daß sie dir soviel bezahlen müssen!«

»Schh! Ich hab' überhaupt nichts Schlimmes angestellt. Rede nicht so laut.«

»Willst du mich nicht zum Mittagessen einladen? Jetzt wo du so reich bist, können wir zum Tearoom im Carlton Tower Hotel gehen – ins La Chinoiserie – und zuschauen, wie die arabischen Mädchen nach Ehemännern angeln. Wirklich herrlich! Diese ganz dicken Mädels in ihren engen Kleidern. Das mußt du gesehen haben!«

»Heute nicht. Ich bin nicht in der Stimmung. Ich muß nachdenken.«

»Worüber?«

»Ich weiß noch nicht. Deswegen muß ich ja nachdenken.«

Randa sah verwirrt aus. Denken war nicht ihre Stärke. »Okay. Wie du meinst. Aber ich gehe in die La Chinoiserie.« Sie zwinkerte Lina zu und sah auf ihre Uhr. »Muß mich beeilen.«

Später am Tag versuchte Lina, sich im Computersystem anzumelden. Ihr neues Büro hatte keinen PC, aber sie fand einen in einem leeren Büro am Ende des Ganges. Lina setzte sich ans Gerät, gab ihren Benutzernamen und das Paßwort ein, aber es gelang ihr nicht, ins Programm zu kommen. Dann versuchte sie, sich als System-Administratorin Zugang zu verschaffen, aber das ging auch nicht. Das alte Paßwort war geändert worden. Sie vermutete, daß sie trotzdem ins System hineinkommen konnte, wenn es unbedingt sein mußte. Aber ihr war rätselhaft, warum man sie auf einmal ins elektronische Exil geschickt hatte. Wieso hatte Hammud solche Angst? Was hätte sie entdecken können? Was wußte sie schon alles seiner Meinung nach?

Sie stattete Yussef einen Besuch ab, dem jungen Iraker, der ihr immer nachgestellt hatte und der an diesem Morgen dazu ernannt worden war, ihren Posten als Überwacher der EDV-Gruppe einzunehmen. Sie schätzte, er sei leichte Beute. Als sie die Buchhaltungsabteilung betrat, taten ihre alten Bürokolleginnen so, als hätten sie zu tun, oder blickten zum Boden. Man kannte sie offenbar nicht mehr. Lina steckte den Kopf zu Yussefs Tür herein und sagte hallo. Statt des übereifrigen Jungen, den sie in Erinnerung hatte, sah sie, wie sich jetzt der junge Iraker bei ihrem Anblick in Verlegenheit wand.

»Ich habe die Zugangsberechtigung zum System verloren«, sagte sie mit süßer Stimme. »Da muß irgendein Fehler vorliegen. Ich dachte, Sie könnten mir vielleicht helfen.«

Yussef schüttelte den Kopf. Er sah verängstigt aus. »Tut mir sehr leid«, sagte er. »Anweisung von Professor Sarkis.«

»Hat er gesagt warum?«

»Nein.« Yussef sah auf seine Uhr. Er wollte, daß sie ging.

»Es ist nur, weil ich noch ein paar persönliche Dateien im System habe. Adressen und Telefonnummern und solche Sachen. Ich dachte, daß Sie mir da vielleicht helfen könnten.«

Yussef schüttelte wieder heftig den Kopf. »Das müssen Sie mit Professor Sarkis klären. Ich bin dazu nicht berechtigt.«

»Es dauert nur ein paar Minuten. Sie können neben mir sitzen.«

»Reden Sie mit Professor Sarkis. Tut mir leid.«

Lina nickte. »Na gut. Dann werde ich wohl mit Professor Sarkis sprechen müssen. Ist er da?«

»Nein.« Der junge Iraker schüttelte den Kopf. Ihm schien zunehmend unwohler dabei zu werden, mit Lina zu reden.

»Wo ist er?«

»Er hat heute morgen London verlassen. Er kommt in ein paar Tagen wieder.«

Lina verließ der Mut. »Wo ist er hingefahren?« fragte sie. Aber sie wußte die Antwort, noch bevor der junge Iraker das Wort sagte.

»Bagdad.«

Lina nickte. Nach Bagdad wurden die Leute zum Verhör gebracht. Vielleicht hatte man Professor Sarkis in Verdacht, gemeinsame Sache mit Lina gemacht zu haben. Das geschähe ihm recht. Sie betrachtete Yussef, der vor Angst so nervös war, daß er kaum still sitzen konnte, und es kam ihr in den Sinn, daß sie die meiste Zeit wahrscheinlich genauso ausgesehen hatte, als sie diesen Job hatte. Wie groß war seine Angst, fragte sie sich. Sie beugte sich zu seinem Schreibtisch vor.

»Sagen Sie mal, Yussef, Sie wollten doch immer schon einmal mit mir essen gehen, oder?«

Er nickte.

»Nun, ich habe heute abend noch nichts vor, und ich denke, das ist vielleicht ein guter Abend zum Ausgehen. Ich könnte Ihnen erklären, wie das System funktioniert und Ihnen ein paar Sachen beibringen. Was sagen Sie dazu?«

Er setzte eine schmerzerfüllte Miene auf. »Es tut mir leid. Es ist mir nicht möglich. Ich habe zu tun.«

»Okay. Dann vielleicht morgen abend.«

»Nein. Unmöglich. Da habe ich auch zu tun. Zu viel zu tun.« Er rückte mit seinem Stuhl von ihr weg, als wollte er sich vor Ansteckung schützen. Er war wirklich erbärmlich. Die liebestolle Kröte von vor ein paar Tagen hatte sich in eine kastrierte Kröte verwandelt, die sich wand und duckte bei dem Gedanken, seine Herren könnten ihn mit einer der Unberührbaren sprechen sehen. Angewidert drehte Lina sich um, sein Büro zu verlassen, hielt aber noch einmal inne.

»Wissen Sie, Yussef, Sie sind wirklich ein Arschloch.«

Lina war sich nicht ganz sicher, warum sie das gesagt hatte, aber sowie die Worte ihren Mund verlassen hatten, fühlte sie Erleichterung. Sie sagte es noch einmal leise vor sich hin. *Arschloch.*

Als sie an der Aufzugzeile vorbeiging, die Coyotes Geheimabteilung von der öffentlichen trennte, fragte Lina sich, was sie als nächstes tun sollte. Sie mußte mit jemandem reden. Mit einem Verbündeten, vielleicht. Aus Angst hatte sie neulich Sam Hoffmans Visitenkarte weggeschmissen, aber als sie wieder in ihrem Büro war, schlug sie das Telefonbuch auf und suchte seinen Namen. Im Verzeichnis stand eine Adresse in der North Audley Street, gleich unterhalb der Oxford Street am Rande Mayfairs. Sie überlegte sich, ob sie anrufen sollte, um zu fragen, ob sie vorbeikommen könne, kam dann aber zu dem Schluß, daß sie dem Telefon nicht trauen konnte. Sie betrachtete ihr Spiegelbild im Fenster. Sie hatte wie üblich ihren kurzen Rock und den engen Pullover an. Sie wünschte sich jetzt, daß sie etwas Geschäftsmäßigeres angezogen hätte.

14

HOFFMAN ASSOCIATES stand auf dem Schild an der Tür. Lina klopfte zunächst leise, und als sich nichts rührte, drückte sie auf die Klingel. Durch die Tür konnte sie eine Frauenstimme hören. Sie hatte einen karibischen Akzent und sang: »I love it when you call me names.« Lina hörte genau hin, um sich zu überzeugen, daß es eine Tonbandaufnahme war, und klopfte dann noch einmal fester. Sie war nervös und fragte sich, wo es mit ihr hinging, fast wie ein Käfigvogel, der zu seinem ersten Flug in die Freiheit aufbricht.

»Niemand zu Hause«, rief eine Stimme von drinnen.

Vielleicht sollte ich lieber morgen noch einmal vorbeikommen, dachte Lina. Er ist wahrscheinlich mit jemandem zusammen. Aber bei dem Gedanken, ins Büro zurückzugehen, ohne mit Hoffman gesprochen zu haben, spürte sie, wie sich ihr der Magen zusammenzog. »Bitte machen Sie auf«, rief sie durch den Briefschlitz. »Es ist wichtig.«

»Moment«, brummte die Stimme. Die Tür ging einen Spalt auf, und Hoffman steckte den Kopf hinaus. Er trug eine Jogginghose, ein T-Shirt und eine Baseballmütze, auf der »Havana« stand. Er sah verschlafen und abwesend aus, so als wäre er gerade aufgeweckt worden. Seine Haare, gewöhnlich glatt gegen den Schädel zurückgekämmt, waren zerwühlt. Als er Lina erkannte, trat ein überraschter und verlegener Ausdruck auf sein Gesicht.

»Was machen Sie denn hier?« sagte er. »Ich dachte, es ist die Putzfrau.«

»Kann ich reinkommen?« Sie glühte beinahe vor Erwartung – frischer Lippenstift, rote Wangen, nervöses Lächeln. Hoffman zu besuchen war für sie ein Ereignis, eine Art Coming-out.

Hoffman zog die Tür ein paar Zentimeter weiter auf, so daß sie durch den Spalt hineinschlüpfen konnte. Er war jetzt ganz wach, aber nicht weniger verwirrt durch ihre plötzliche Anwesenheit. Er zog seine Mütze ab und kratzte sich am Kopf.

»Mal im Ernst, Lina«, sagte er. »Was machen Sie hier? Ist das für Sie nicht gefährlich?«

»Ich war vorsichtig. Ich bin zweimal mit der U-Bahn umgestiegen und habe dann ein Taxi genommen.«

»Sehr schön«, sagte Hoffman. Er fragte sich immer noch, was sich in den letzten vierundzwanzig Stunden ereignet haben konnte, daß sie ihre Angst überwunden hatte. Sie würde es ihm erklären oder auch nicht. »Setzen Sie sich«, sagte er und führte sie zu einer der beiden Sitzgarnituren, die im hinteren Ende des Raumes standen. Sie nahmen beide Platz, dann stand er wieder auf, um die Stereo-Anlage auszuschalten, aus der immer noch »I love it when you call me names« schallte. Die Stille schien plötzlich sehr laut.

»Kann ich Ihnen irgendwas anbieten?« fragte er, nachdem er sich wieder auf die Couch niedergelassen hatte. »Tut mir leid, hier sieht's furchtbar aus. Meine Sekretärin ist weg. Genaugenommen hat sie gekündigt, vor ein paar Wochen.« In seiner Verwirrung plapperte Hoffman, nur um etwas zu sagen.

»Ich weiß, daß ich zu einer ungünstigen Zeit gekommen bin«, sagte Lina, »aber ich mußte Sie unbedingt sprechen. Ich hätte mich telefonisch ankündigen sollen.«

»Bloß nicht! Ich bin nur überrascht. Nach dem Zwischenfall gestern im Park dachte ich, Sie würden in Zukunft einen großen Bogen um mich machen. Was ist passiert? Ich meine, was gibt's?«

Lina entgegnete zunächst nichts darauf. Sie zog ihren Rock zurecht, wobei sie sich wieder wünschte, sie hätte einen längeren an. »Ich sollte Ihnen erklären, wieso ich hier bin. Es ist kein Höflichkeitsbesuch, Mr. Hoffman.«

Sie klang so förmlich, daß Hoffman ein Lächeln unterdrücken mußte. »Nicht? Schade. Was ist es dann?«

»Was Geschäftliches.«

»Großartig. Welcher Art?« Er zog an den Beinen seiner Jogginghose, die ihm die Waden hinaufgerutscht war, so daß seine haarigen Beine sichtbar wurden.

»Ich habe darüber nachgedacht, was Sie letztens gesagt haben ... daß Mr. Hammud für jeden eine Bedrohung sei, und ich denke, Sie haben recht. Ich möchte Ihnen helfen, irgendwas dagegen zu unternehmen, wenn ich kann.«

Sie redete überstürzt, und ihr Gesicht war vor Aufregung gerötet. Während sie sprach, beobachtete Hoffman, wie ihre Lippen die Worte formten. Vielleicht lag es daran, daß er gerade von einem Nickerchen aufgewacht war, aber er mußte sie immerzu ansehen. Sie hatte ihre kleine Rede inzwischen beendet und wartete darauf, daß Hoffman irgendwas sagte.

»Sie wollen Hilfe haben?« fragte er, wobei er sie immer noch anstarrte.

»Ja. Ich möchte Ihnen helfen, genug Informationen über Mr. Hammud zu sammeln, damit Sie zur Polizei gehen können und endlich irgendwas gegen ihn unternommen wird.«

»Aber er ist gefährlich, wie Sie selbst gesagt haben.«

»Natürlich. Darum geht's doch, oder? Man darf nicht zulassen, daß er so weitermacht.«

»Richtig. Aber Sie müssen nicht unbedingt diejenige sein, die den Abzug drückt. Ehrlich gesagt, es macht mich nervös, daß Sie überhaupt hier sind. Es könnte uns jemand beobachten.«

»Aber ich will Ihnen helfen, Mr. Hoffman. Verstehen Sie? Sie zwingen mich nicht, das zu tun. Ich will es selbst.«

»Das ist völlig unmöglich, es sei denn, Sie hören endlich auf, mich Mr. Hoffman zu nennen. Ich heiße Sam. So, vielleicht sollten Sie mir zuerst einmal erklären, was in den letzten vierundzwanzig Stunden passiert ist, was Sie freiwillig zu mir treibt.«

»Ja, in Ordnung.« Sie holte tief Luft. »Es ist folgendes passiert: Mr. Hammud hat sich heute morgen sehr viel Mühe gegeben, mir angst zu machen, aber der Schuß ist nach hinten losgegangen. Es hat mich nur wütend gemacht. Ich habe es satt, mich ständig zu ducken; ich will mich endlich wehren: deswegen bin ich zu Ihnen gekommen.«

Hoffman schloß für einen Moment die Augen, um über das, was sie gerade gesagt hatte, nachzudenken; aber er mußte zugeben, daß er immer noch nichts verstand. »Versuchen wir's noch mal. Was hat Hammud heute morgen genau gesagt, um Ihnen angst zu machen?«

»Mehrere Sachen. Zuerst hat er gesagt, ich sei befördert, sei Chefin der Werbeabteilung, aber tatsächlich hat er mich aus der Buchhaltung entfernt, damit ich keinen Zugang mehr zu den geheimen Informationen habe. Dann hat er mich davor gewarnt, die Firma zu verlassen, und mir die Geschichte von jemandem aufgetischt, der häßliche Dinge über den Irak geschrieben hat und auf schreckliche Art und Weise umgebracht worden ist, und daß er seine Feinde hier in London genauso vernichten würde. Er meinte, daß unloyales Verhalten von jemandem wie mir – einer Irakerin – unverzeihlich sei. Und schließlich hat er mir gesagt, daß meine Tante in Bagdad vom Geheimdienst umgebracht worden ist, weil sie mir Briefe geschrieben hat.«

»Und da sind Sie wütend geworden?«

»Ja. Aber es hatte sich schon seit einiger Zeit in mir aufgestaut. Ich kann nicht ständig wegrennen. Ich muß irgendwas unternehmen.«

»Warum kündigen Sie nicht einfach?« Das schien für Hoffman das Naheliegendste zu sein.

»Weil das zu riskant ist, zumindest im Moment. Sie haben doch gesehen, was er mit Mr. Pinta gemacht hat. Wenn Sie die Polizei dazu bringen können, gegen Hammud vorzugehen, dann werde ich kündigen. Wenn ich jetzt gehe, wird er Jagd auf mich machen.«

»Wieso? Ich meine, wieso sollte ihn das kratzen, wenn eine EDV-Spezialistin kündigt? Er kann eine neue einstellen.«

»Weil ...« setzte sie an und stockte. Ihre Stimme war auf einmal so dünn und trocken wie ein Wüstenwind. »Weil ich zuviel weiß.«

Hoffman schloß die Augen. Er griff in die Brusttasche seines T-Shirts nach einer Zigarette, aber die Packung war leer. Er öffnete wieder die Augen und sah sie an. »Wieviel wissen Sie? Ich glaube, Sie haben mir noch gar nicht erzählt, was genau Sie bei Coyote Investment machen.«

Lina blickte zur Decke über ihr, als suche sie nach versteckten Abhörgeräten. »Kann man hier reden?«

»Hier so gut wie überall.«

»Okay. Ich war Systemchefin. Bis heute. Ich habe alle Vorgänge der Buchhaltungsabteilung geprüft.«

»Sie hatten zu allem Zugang?« Er klopfte seine Tasche wieder nach einer Zigarette ab.

»Ja und nein. Ich hatte eine Vollmacht für die gesamte Anlage, aber ich hatte die Anweisung, unter keinen Umständen Mr. Hammuds persönliche Dateien einzusehen. Die denken, ich habe die Anweisung mißachtet und herumgeschnüffelt. Deswegen sind sie so sauer.«

»Und, haben Sie herumgeschnüffelt?«

»Nein, ich habe einmal aus Versehen einen Blick in Mr. Hammuds Dateien geworfen. Aber ich habe im Verlauf der letzten drei Jahre genug gesehen, um zu wissen, worum es bei diesem Unternehmen eigentlich geht.«

»Und, worum geht es?«

»Um das Waschen von Geld. Es kam aus Quellen, die mir immer verborgen blieben. Es ist in verschiedenen Anlagen und Joint-Ventures investiert worden, die legal aussehen sollten. Und dann floß es durch andere Kanäle wieder hinaus, die ich gewöhnlich auch nicht verfolgen konnte. Aber manchmal konnte ich es nicht verhindern, daß mir ein paar Namen auffielen.«

»Wie zum Beispiel?«

»Wie Oscar Trading. Die Firma, nach der Sie mich gestern gefragt haben. Ich hab' den Namen in den Buchhaltungsdateien gesehen. Sie hat ihren Sitz in Panama, glaube ich. Coyote hat vor ein paar Tagen zwölf Millionen Dollar auf das Konto dieser Firma überwiesen. Ich bin bei meiner Buchprüfung auf die Überweisung gestoßen. Mr. Hammud verwaltet die Datei persönlich. Der Sicherheitschef hatte gesehen, wie ich sie gesucht habe.«

Hoffman nickte. Kein Wunder, daß sie Angst hatte.

Er erhob sich von der Couch und ging zu seinem Schreibtisch. Aus der Schublade holte er ein Blatt Papier, das mit Tesafilm zusammengestückelt worden war, und brachte es Lina. »Das hier hab' ich hinter Ihrem Gebäude im Müll gefunden. Es ist ein Blatt mit Briefkopf, das durch den Aktenvernichter gegangen ist. Ist das derselbe Name, den Sie in der Datei gesehen haben?«

Lina betrachtete einen Moment lang prüfend den Briefkopf von Oscar Trading. »Derselbe Name«, sagte sie. »Wieso haben Sie in Mr. Hammuds Müll herumgesucht?«

»Aus demselben Grund, weswegen Sie in seine Datei hineingeschaut haben. Ich mag ihn nicht.«

»Dann sind wir also einer Meinung. Er ist abscheulich, und wir sollten ihm das Handwerk legen, und zwar sofort. Was soll ich tun?«

»Moment«, sagte Hoffman und hob die Hand. Lina war jetzt so eifrig, daß sie fast ungestüm war. Hoffman wurde klar, warum er jetzt mit ihr sprach, sie ermutigte, ihr Leben aufs Spiel zu setzen: es hatte weniger mit Hammud zu tun als mit der Tatsache, daß er mit ihr schlafen wollte. Während er über dieses moralische Dilemma nachsann, klingelte das Telefon.

»Wer zum Teufel ist das schon wieder?« sagte er. Das Telefon klingelte weiter, aber er blieb auf der Couch sitzen, darauf wartend, daß sich der Anrufbeantworter einschaltete. Der Anrufer hinterließ, wie aufgefordert, eine Nachricht nach dem Signalton. Er hatte eine glatte Stimme, wie jemand, der seinen Lebensunterhalt mit Telefonieren verdiente.

»Hier Martin Hilton. Ich würde gerne morgen vormittag vorbeikommen, um mit Mr. Samuel Hoffman zu sprechen. Es geht um eine mögliche Inanspruchnahme seiner Dienste. Ich rufe auf Empfehlung eines Freundes seines Vaters an. Ich schlage vor, wir sehen uns um elf Uhr. Sollte das nicht möglich sein, kann Mr. Hoffman mich unter der Nummer 71-966-4037 erreichen. Vielen Dank.«

Lina war von der Stimme beunruhigt. »Wer ist das?« fragte sie.

Hoffman zuckte die Achseln. Er kannte niemanden namens Martin Hilton.

»Was hat das mit Ihrem Vater zu tun? Was macht er?«

»Er ist pensioniert«, sagte Hoffman. »Also, wo waren wir stehengeblieben?«

»Ich habe meine Hilfe angeboten, und Sie haben plötzlich kalte Füße bekommen, glaube ich.«

Hoffman sah sie an, wie sie auf der Couch saß. Er warf einen Blick auf ihre Beine, die so anmutig aus dem kurzen Rock herausragten, und sah dann wieder weg. Er hatte wieder Schuldgefühle. »Ich habe keineswegs kalte Füße bekommen«, sagte er. »Ich versuche nur, vorsichtig zu sein. Und ich muß mir auch noch um andere Klienten Gedanken machen. Zum Beispiel dieser Hilton, der gerade angerufen hat. Wer auch immer das sein mag. Ich betreibe ja keine Wohltätigkeitseinrichtung.«

»Dann engagiere ich Sie.« Ihre Augen brannten. Sie hätte nie gedacht, daß Hoffman ablehnen könnte, wenn sie anbot, ihm zu helfen.

»Ich bin teuer.«

Ihre Wangen waren gerötet, und ihre scharfen schwarzen Augenbrauen zeigten vor Zorn wie kleine Säbel nach unten. »Sie sollten sich schämen, daß Sie jetzt einen Rückzieher machen, nachdem Sie sich so viel Mühe gemacht haben, mein Vertrauen zu gewinnen. Ich hatte ehrlich gesagt mehr von Ihnen erwartet.«

Hoffman verdrehte die Augen. Sie hatte recht, aber sie hatte auch unrecht. »Jetzt hören Sie mir mal zu«, sagte er in dem bestimmten Ton, den er Klienten gegenüber anschlug. »Ich werde Ihnen jetzt mal einen guten Rat geben. Einen Rat, für den ich Leuten gewöhnlich eine Menge Geld abnehme, aber Sie kriegen ihn kostenlos.«

»Wunderbar.« Ihre Augen leuchteten auf.

»Mein Rat heißt: Überschlafen Sie's.«

»Das war's?«

»Ja. Leute machen Fehler, wenn sie aufgeregt sind. Warten Sie ein paar Tage und sehen Sie, ob Sie dann immer noch bereit sind, sich mit Hammud anzulegen.«

»Sie sind ja äußerst hilfsbereit!« murmelte sie. »Sagen Sie bloß, daß Sie auch vor ihm Angst haben.«

»Ich hab' keine Angst vor ihm, Himmel nochmal!« Hoffman hatte diese besondere Gabe arabischer Frauen vergessen, ihre Fähigkeit, Männer so weit zu provozieren, bis sie taten, was die Frauen von ihnen wollten. Es war ein empörender Trick, aber er funktionierte gewöhnlich, vor allem wenn die fraglichen Männer mit ihnen ins Bett wollten. »Entschuldigen Sie mich einen Moment«, sagte er.

Er ging ins Schlafzimmer und holte sich eine neue Packung Zigaretten, zündete sich eine an, nahm einen Zug, blies den Rauch langsam aus und drückte sie dann aus. Als er zurückkam, hockte Lina erwartungsvoll auf dem Rand der Couch.

»Lassen Sie uns zur Polizei gehen, Sam«, sagte sie. »Jetzt.«

»Schön. Womit?«

»Sie können denen den Brief von Oscar Trading zeigen. Und Sie können ihnen das von der Zwölf-Millionen-Dollar-Überweisung erzählen.«

»Aber das beweist nichts. Das ist nichts Illegales, Geld an Strohfirmen zu überweisen. Das geschieht jeden Tag. Was würden wir der Polizei dann erzählen?«

Sie bedachte ihn mit einem vernichtenden und vorwurfsvollen Blick. Sie war eine Frau in Not, die zu ihm kam, weil sie seine Hilfe brauchte, und er hielt ihr Vorträge über Details. »Sie sind der Mann«, sagte sie verschmitzt. »Sie sollten wissen, was zu tun ist.«

Hoffman lächelte und schüttelte den Kopf. »Lina, hören

Sie zu. Um bei der Polizei irgendwas zu bewirken, werden wir Beweise brauchen. Wir müssen beweisen, daß Hammud ein Verbrechen begangen hat. Beweisen, daß er Geld versteckt oder Steuern hinterzieht oder irgendwas. Sonst sagen die uns einfach, daß wir uns verpissen sollen. Und die einzige Person, die diese Beweise beschaffen kann, sind Sie. Es tut mir leid, aber das ist die Wahrheit.«

Lina dachte lange nach. Die praktischen Probleme der Informationsbeschaffung hatte sie noch nicht bedacht. »Wie könnte ich das anstellen? An die Beweise rankommen, meine ich.«

»Sie müßten sie aus dem Computer rausholen.«

»Aber ich habe keinen Zugang mehr zum Netz. Sie haben mir die Berechtigung zur Systemverwaltung entzogen. Es gibt für mich keine Möglichkeit mehr, hineinzukommen. Es sei denn, ich kann eine Falltür finden.«

»Was ist eine Falltür?«

»Eine Methode, das Sicherheitssystem zu umgehen. Normalerweise haben Techniker irgendeine Möglichkeit, an alle Dateien ranzukommen, falls das Programm abstürzt oder Leute ihr Paßwort vergessen. Ich hatte immer zuviel Angst, bei Coyote nach einer zu suchen.«

Sie gestikulierte mit den Händen, während sie die Falltür beschrieb. Während sie redete, betrachtete Hoffman ihre schlanken Finger. Er wußte, die einzige Chance, sie wiederzusehen, wäre, wenn er sich bereit erklärte, mit ihr zusammenzuarbeiten. »Und was meinen Sie?« fragte er. »Können Sie das System knacken?«

»Ich glaube schon«, sagte sie. »Wenn ich herausbekommen kann, wie ich reinkomme, ohne erwischt zu werden.«

Hoffman nickte. Er ging zum Fenster. Eine Schlange schwarzer Taxis bewegte sich langsam die North Audley Street hinauf. Er betrachtete sie, während er sich überlegte, was er noch sagen könnte. Sie berührte seinen Arm und hielt ihn fest. Es war der denkbar sanfteste und am wenigsten sexuelle Kontakt zwischen zwei Körpern, aber er veränderte auf subtile Weise den Ton ihrer Unterhaltung.

»Und Sie helfen mir, Sam, wenn ich's mache?«

Hoffman nickte. Er konnte sich schließlich nicht gut weigern, ihr zu helfen, nur weil er sie anziehend fand. »Ja«, sagte er sanft. »Natürlich helfe ich Ihnen.«

Die Anspannung und das Stürmische waren aus ihrem Gesicht gewichen. Jetzt war einfach nur noch ein Ausdruck der Erleichterung zu sehen, als sei es ihr gerade gelungen, ein schweres Paket aus ihren Armen in die eines anderen zu legen. Sie berührte seine Wange. »Danke«, sagte sie.

Als er ihre Hand an seinem Gesicht spürte, wollte Hoffman sie in die Arme nehmen und sie den kurzen Weg ins Schlafzimmer führen. Aber sie war jetzt gewissermaßen seine Klientin. Er überlegte sich, was er sagen sollte. »Seien Sie vorsichtig«, flüsterte er.

Aber sie lächelte bloß. Dies war kein Tag zum Vorsichtigsein. »Ich muß jetzt gehen«, sagte sie. Als sie zur Tür hinausging, warf sie Hoffman eine Kußhand zu. Für den Bruchteil einer Sekunde glaubte Hoffman zu wissen, auf was sie beide zusteuerten und fand, daß es alles Sinn machte.

15

Am nächsten Morgen erschien Martin Hilton pünktlich zu seinem Termin bei Hoffman Associates. Sam hatte ihn völlig vergessen. Als es klingelte, saß er gerade in seinem Sessel, die Beine auf dem Tisch, und sah sich im Fernsehen die Wiederholung eines Darts-Turniers an. Ein im Fernsehen übertragenes Darts-Spiel hatte etwas Beruhigendes. Es passierte so wenig: Zwei dicke Männer, die kleine Gegenstände ein paar Meter durch den Raum warfen. Die größte Unruhe entstand, wenn der Kommentator den Wurf verkündete. Hoffman stellte den Fernseher widerwillig aus und ging zur Tür.

Hilton hatte südländische Gesichtszüge und gewelltes, sorgfältig gekämmtes Haar. Er schüttelte Sams Hand, als ginge es um eine Kraftprobe. Hoffman fand es nicht leicht, ihn einzuordnen. Er hätte dunkelhäutig ausgesehen, wenn er nicht so einen teuren Anzug getragen hätte, und er sprach ein fast akzentloses amerikanisches Englisch, das so ausdruckslos war, als hätte man die Sprache, die vorher da gewesen war, überspielt. Sein Gehabe hatte etwas unspezifisch Europäisches – vorsichtiger und kontrollierter als das des typischen im Ausland lebenden Amerikaners. Und er hatte einen seltsamen Gang; wie ein Bodybuilder bewegte er sich durch den Raum, als könnte er bei jedem Schritt spüren, wie sich die Muskeln streckten und spannten. Noch bevor ein Wort gefallen war, spürte Hoffman, daß der Besuch dieses gepflegt sprechenden jungen Mannes irgend etwas mit Nas sir Hammud zu tun haben mußte. Alles, was Hoffman zur Zeit berührte, schien damit zu tun zu haben.

»Ich möchte Sie engagieren, Mr. Hoffman«, sagte der Besucher. Seine Visitenkarte war nicht aufschlußreicher als Hoffmans eigene. Sie wies ihn als Handelstreibenden im Import-Export aus.

»Ich bin teuer«, sagte Hoffman. Das war seine Standardabwehr.

»Das ist kein Problem. Ich bin reich.«

»Sie Glückspilz. Ich habe mir auch noch nie viel aus Geld gemacht.«

»Wie hoch ist ihr Verpflichtungsvorschuß, Mr. Hoffman?«

Sam streckte die Hand hoch, als wollte er den Straßenverkehr zum Stehen bringen. »Moment! Über Geld können wir später reden. Zuerst sagen Sie mir lieber, was Sie von mir wollen.«

»Es geht um eine Bankangelegenheit.«

»Ach ja?«

»Ja. Eine Bankangelegenheit. Ich bin an Informationen über einen arabischen Finanzier interessiert.«

Hoffman mußte lächeln. »Lassen Sie mich raten. Es ist ein Herr aus dem Irak.«

»Richtig.«

»Namens Hammud.«

»Ja.« Hilton zog leicht die Augenbrauen hoch, als sei er beunruhigt über Hoffmans Taktlosigkeit, den Namen auszusprechen.

»Und was veranlaßt Sie zu der Annahme, ich wüßte etwas über ihn?«

»Intuition. Und meine berufliche Ausbildung.«

»Und welchem Beruf gehen Sie nach?« Hoffman sah auf die Visitenkarte. »Import-Export steht hier.«

»Ja. Aber Sie wissen doch ganz genau, was ich mache.«

»Überhaupt nicht. Für wen arbeiten Sie?«

»Sagen wir, ich arbeite mit Freunden Ihres Vaters zusammen.«

»Das könnte die CIA bedeuten. Aber genausogut das Müttergenesungswerk. Tut mir leid, aber Sie müssen schon ein bißchen konkreter werden.«

»Sie müssen Verständnis dafür haben, daß ich nicht konkret werden kann.« Es schien ihn zu kränken, daß seine Aufrichtigkeit in Frage gestellt wurde.

»Okay. Gehen wir zum Zweck dieses Gesprächs davon aus, daß Sie für die CIA arbeiten, Sie es aber nicht bestätigen wollen.«

»Sie können ausgehen, wovon Sie wollen, Mr. Hoffman. Dies ist ein geschäftliches Angebot. Soviel ich weiß, haben Sie Informationen über diesen irakischen Herrn und sein Geld. Und ich biete an, Sie dafür zu bezahlen.«

»Moment. Wollen Sie Hammuds Geld? Oder bloß Informationen?«

»Ausschließlich Informationen. Ich bin im Informationsgeschäft tätig. Nicht im Geldgeschäft.«

»Klingt langweilig.«

»Geld verliert den Wert. Informationen nicht.«

»Ja, ja. Solchen Quatsch hab' ich früher auch immer von meinem Vater zu hören bekommen. Verschonen Sie mich damit. Wie kommen Sie darauf, daß ich irgendwas über Hammud weiß? Ich bin bloß Finanzberater. Ich arbeite für niemanden und ich weiß nichts.«

»Aber Sie haben Freunde, die etwas wissen.«

Hoffman kniff die Augen zusammen. »Was heißt das schon. Die hat auch jeder andere Finanzermittler in London. Wieso engagieren Sie nicht einen von denen?«

Es schien Hilton weh zu tun, deutlicher werden zu müssen. »Ich habe gehört, Sie haben Freunde bei Coyote Investment.«

Hoffmans Miene war ausdruckslos. Er wollte Lina schützen, wenn er konnte. »Seien Sie sich da nicht so sicher«, sagte er.

»Wo Sie Ihre Informationen herbekommen, ist Ihre Sache, Mr. Hoffman. Ich bin bereit, sie Ihnen abzukaufen. Das ist mein Angebot.«

»Und wieviel sind sie Ihnen wert, diese Informationen, die ich nicht habe?«

»Eine Menge. Ich habe Ihnen ja gesagt, ich bin reich.«

»Mein Honorar beträgt eine Million Dollar, im voraus zu zahlen.«

»Das ist doch unerhört.«

»Kann sein. Aber Ihr Verhalten ist es auch: Hier mit einer falschen Visitenkarte hereinzuplatzen, mir hier eine Menge Hokuspokus vorzumachen, mich engagieren zu wollen, damit ich Informationen stehle und gegen britische Bankgesetze verstoße. Das ist nicht mein Arbeitsstil. Und ich mag keine Spitzel.«

»Werden Sie nicht sauer, Mr. Hoffman. Ich wollte damit nur sagen, daß eine Million Dollar eine Menge Geld ist. Es ist durchaus möglich, daß wir Ihnen diese Summe für die Informationen bezahlen können, um die ich sie gebeten habe. Aber ich muß erst Rücksprache halten.«

»Machen Sie, was Sie wollen. Apropos, falls Sie irgendein Spitzel-Tonbandgerät unter Ihrem lächerlichen Spitzelanzug tragen: Ich lehne es ab, irgend etwas mit dieser illegalen Geschichte zu tun zu haben. Das werde ich in einem Protokoll über diese Unterredung klarstellen, das ich für meinen Anwalt vorbereite.«

»Hören Sie auf, von Anwälten zu reden, Mr. Hoffman. Ich bin zu Ihnen gekommen, um geschäftlich mit Ihnen zu tun zu haben. Nicht um mit Ihnen Rechtsstreitigkeiten anzufangen.«

»Meine Nummer steht auf meiner Karte. Rufen Sie an, wenn Sie Arbeit haben.«

Hoffman führte ihn zur Tür. Als er sie öffnete, sah er, daß ein zweiter Mann draußen im Flur wartete und die Tür bewachte. Dieser zweite Mann hatte auch einen dunklen Teint, lockige Haare und den breiten, ausladenden Gang eines Zirkushelfers.

»Spendieren Sie Ihrem Freund hier einen Drink«, sagte Hoffman zu dem Mann im Flur. »Er wirkt ein bißchen angespannt.«

Nachdem sein Besucher gegangen war, tat Hoffman etwas Ungewöhnliches. Er rief seinen Vater in Athen an, um ihn um Rat zu fragen. Es war früher Nachmittag dort, und Frank Hoffman hörte sich an, als hätte er einen Kater. Sam befürchtete wieder, die Ein-Meer-voll-Geld-Predigt gehalten zu bekommen. Aber sein Vater schien das frühere Gespräch vergessen zu haben. Der Hurrikan hatte sich ausgetobt.

»Hallo, Dad«, sagte Sam.

»Wer ist da?« Es war eine dumme Frage, da er nur ein Kind hatte, aber Frank Hoffman ließ sich nicht gern hetzen.

»Hier ist Sam. Wie geht's?«

»Ich fühl' mich beschissen. Gestern abend zuviel Ouzo gesoffen mit einem Gynäkologen aus Katar. Er hatte die erstaunlichsten Geschichten auf Lager über das Privatleben der hochgeschätzten Wächter der beiden heiligen Moscheen. Und du?«

»Es geht so. Kann nicht klagen. 'Ne Menge Arbeit.«

»Red' nicht so laut. Ich hab' Kopfschmerzen.«

»'Tschuldigung«, flüsterte Sam.

»Schon besser. Also, was veranlaßt dich zu diesem Anruf aus dem Äther? Wohl doch sicherlich nicht kindliche Ergebenheit. Du wirst irgendwas wollen.«

»Ich brauche einen Rat, Dad.«

»Wie rührend. Dafür sind Daddys da. Zum Rechnungen zahlen und zum Ratschläge geben. Was kann ich für dich tun?«

»Sagt dir der Name Hilton irgendwas?«

»Klar. Er betreibt eine Hotelkette. Hab' schon oft in diesen Dingern übernachtet. Nächste Frage.«

»Nun mach mal halblang. Den meine ich nicht. Der Mensch heißt Martin Hilton. Ist das ein Arbeitsname, den du erkennst?«

»Weiß nicht. Wie sieht er aus?«

»Mittelgroß. Fünfunddreißig. Dunkler Teint. Nette Manieren, aber sein Anzug hat nicht so richtig gesessen, wenn du verstehst, was ich meine. Er hat mich an einige von deinen alten Kollegen erinnert, nur glatter.«

»Was wollte er?«

»Informationen. Aber er wollte sie sehr dringend. Er hat ständig angedeutet, daß er für na-du-weißt-schon arbeitet, ohne es direkt zu sagen. Und er schien reichlich Geld dafür ausgeben zu können.«

»Noch was?«

»Nichts, das ich am Telefon erwähnen sollte.«

»Vorsicht, Lauscher! Sehr eindrucksvoll. Haben die Araber was damit zu tun?«

»Ja. Eindeutig. Was meinst du? Arbeitet Hilton für das Culinary Institute of America?«

»Unmöglich. Wenn die was von dir wollen, dann kommen die einfach und fragen dich danach. Oder lassen mich das machen, obwohl sie inzwischen wissen sollten, daß sie mich mal am Arsch lecken können.«

»Spar dir die Tiraden, Dad. Verlorene Liebesmüh' bei mir. Was meinst du, für wen Hilton arbeitet, wenn er nicht für den Verein arbeitet?«

»Du kannst mich gleich auch mal, Sohnemann. Woher soll ich das denn wissen?«

»Na, komm. Du weißt alles.«

»Stimmt, aber wieso sollte ich es dir erzählen?«

»Weil du mich liebst. Und ich dein Sohn bin.«

»Okay, aber laß dieses Vater-Sohn-Geseibere. Könnte mir denken, daß Hilton wahrscheinlich für die Southern Company arbeitet.«

»Du meinst, er ist aus Dixie?« Das war ein Codewort, mit dem die alten Hasen in Beirut gewöhnlich die Israelis bezeichneten, die aus dem Süden, die man besser nicht erwähnte. Schon als kleiner Junge hatte Sam seinen Vater Dinge über Dixie und die Southern Company flüstern hören.

»Eindeutig Dixie. Das ist deren Modus operandi. Viel Rambazamba. Falsche Fahne. Hängen die große Kohle raus. Handwerklich mies. Unausgegorenes Geschwätz. Müssen die sein.«

Sam nickte. Trotz der gereizten Reaktion seines Vaters konnte er sich vorstellen, daß es stimmte. »Was haben die dir denn angetan, daß du so sauer auf sie bist?«

»'Ne Menge. Aber darum geht's nicht. Ich bin auf jeden sauer. Was hat dich dieser Hilton denn gefragt?«

»Es geht um ein bestimmtes arabisches Land, dessen Name mit dem Buchstaben *I* anfängt. Und es geht um Geld.«

»Ach Scheiße.« Es folgte ein langes Schweigen. Sam brach es schließlich.

»Was ist los, Dad? Ist irgendwas?«

»Nichts, Junior. Aber ich will dir mal einen Rat geben. Weswegen du mich ja angerufen hast, also halt' jetzt die Klappe.«

»Ja, Sir.«

»Nimm dich in acht. In der arabischen Welt geht's momentan drunter und drüber, sogar für dortige Verhältnisse. Und nimm dich besonders vor diesen dämlichen Irakis in acht. In Bagdad ist gerade irgendeine riesige Schlammschlacht im Gange. Frag mich nicht was, weil ich's nicht weiß. Aber ich höre aus der Gerüchteküche, daß sich da was zusammenbraut.«

»Was ist in Bagdad los?«

»Keine Ahnung, hab' ich doch gerade gesagt, Himmelarsch! Warum hört mir denn nie jemand zu? Laß es dir gesagt sein, das ist nicht der Augenblick, um mit den Irakis rumzuspielen. Oder mit Typen namens Hilton.«

»Ich kann dir nicht folgen. Von wem redest du?«

Frank Hoffman seufzte. »Du hast recht. Du kannst mir nicht folgen und wirst es auch nie können, also probier's gar nicht erst. Tu einfach, was ich sage. In Ordnung?«

Sam hatte das Gefühl, daß es langsam Zeit war, das Gespräch zu beenden. Es sah so aus, als würde der Vesuv gleich wieder ausbrechen. »Muß jetzt los, Dad. Kann ich irgendwas für dich tun? Ich bin dir was schuldig.«

»Sag' Gladys, sie soll aufhören, mich um Geld anzubaggern. Ich hab' ihr schon viel zu viel gegeben.«

»Das kann dein Anwalt machen. Was hast du sonst noch so vor?«

»Eine Menge Scheiße.«

»Und was heißt das?«

»Das würdest du wohl gerne wissen, was?«

»Eigentlich nicht. Aber ich bin froh, daß du dich wieder besser fühlst. Du hast dich neulich ein bißchen angeschlagen angehört, mit diesem ganzen Zeugs von einem Meer voller Geld.«

»Junior, du bist undankbar. Und ein Dummkopf. Wenn du auf mich hören würdest, wärst du jetzt reich.«

»Ich höre doch auf dich. Ich liebe dich. Du bist mein Dad.«

»Jetzt mach mal halblang, Sohnemann. Erstens hast du keinen blassen Schimmer, wovon ich rede. Und zweitens, wenn du mich lieben würdest, würdest du mich öfter besuchen kommen, mit mir einen trinken gehen und auf meinen Rat hören. Du solltest nett zu mir sein. Vielleicht brauchst du irgendwann mal dringend meine Hilfe.«

»Ich bezweifle es, aber ich werd' dran denken.«

»Mach' doch, was du willst, du Wichser.«

»Tschüß, Dad. Und danke.« Sam Hoffman legte auf und rieb sich den Kopf. Er hatte ein Gefühl, als hätte jetzt er einen Kater.

16

Nassir Hammud verließ London überraschend, einen Tag nach seinem Gespräch mit Lina. Zuerst wußte niemand, daß er fort war. Die Leute gingen am nächsten Morgen in dem grauen Gebäude auf der Knightsbridge ihrer Arbeit nach, ohne Fragen zu stellen. Die Nachricht erreichte Lina auf Umwegen: als Tratsch. Sie saß gerade allein in ihrem neuen Büro und tat so, als hätte sie zu tun, so wie die anderen Angestellten auch, als ihre Freundin Randa in der Tür erschien. Sie hatte einen verschmitzten Blick in den Augen, der ein Geheimnis ankündigte, das sie keinen Moment länger für sich behalten konnte. Sie betrat Linas Büro und schloß die Tür verstohlen hinter sich.

»Rat' mal, was ich gerade von Yasmine Dallul gehört habe, der Palästinenserin, die in dem Reisebüro gegenüber arbeitet?«

»Keine Ahnung«, sagte Lina.

»Unser eigener furchtloser Führer hat kürzlich ein Ticket erworben, um zu einem exotischen Ort zu reisen.«

»Mr. Hammud?«

»M-hm. Und rat' mal, wohin unser weiser und edler Herr hingefahren ist?«

»Wer weiß? Vielleicht nach Paris?«

»Sehr gut. Aber das war leicht. Wo ist er dann hingefahren?«

»Keine Ahnung.«

»Nach Tunis. Er ist nach Tunis geflogen. Und dann, wohin? Das ist der Knüller. Wo ist er heute, in dieser Minute?«

»Sag's mir. Ich komm' nicht drauf.«

»In Bagdad. Ist das zu glauben? Er ist nach Bagdad zurück. Was sagst du dazu? Er muß ganz schön in Schwierigkeiten sein.« Randa senkte die Stimme. »Geschieht ihm recht.« Sie gluckste fast vor Freude darüber, die Reisestationen ihres Chefs herausgefunden zu haben.

»Bagdad?« flüsterte Lina. Sie faßte sich an die Stirn und rieb sich die Schläfe. Ihr Kopf hämmerte auf einmal. In gewisser Weise war sie erleichtert, daß Hammud fort war, weil sie dadurch mehr Zeit hatte, sich zu überlegen, wie sie in das Computersystem hineinkommen könnte. Aber sie war auch besorgt. Es ging alles zu schnell.

»Ja. Ist das nicht toll? Und Yasmine sagt, er ist nicht der einzige, der heimfliegt. In den letzten beiden Tagen haben alle möglichen Leute einen Flug nach Bagdad gebucht, und genauso viele versuchen, da wegzukommen. Die Maschinen sind voll, in beide Richtungen. Da ist irgendwas los, sage ich dir.«

»Aber was auf aller Welt?« Lina, der das ganze immer noch rätselhaft war, versuchte, einen Zusammenhang zwischen diesen neuesten Entwicklungen und den Ereignissen der letzten paar Tage zu sehen. »Was meint denn dein Freund Tony Hashem?«

»Er hat bloß gesagt, es ist ›Boogie-Zeit‹. Ich weiß nicht genau, was das heißen soll. Ich glaube, er weiß auch nichts Genaues. Er hat gesagt, er würde mit seinem Vater reden.«

»Naja, halt' mich auf dem laufenden«, sagte Lina. »Auf dieser Seite der Firma bekomme ich nicht viel Klatsch zu hören.«

»Ich arbeite dran. Aber auf meiner Seite scheint auch niemand was zu wissen. Es ist gruselig, nicht zu wissen, was los ist. Gespenstisch. Alle warten nur.«

Und so warteten sie. Eine Stille schien sich über Coyote Investment zu legen, so wie Vögel und Insekten vor einem Gewitter verstummen. Die arabischen Mitarbeiter wußten anscheinend alle, daß sich etwas ereignete, aber was, wußte niemand. Das Arbeitstempo verlangsamte sich. Man saß neben dem Telefon, darauf wartend, daß es klingelte, und fragte sich gegenseitig mit gedämpfter Stimme, ob man etwas Neues erfahren habe. Niemand schien zur Mittagszeit das Büro verlassen zu wollen, und abends blieb man länger als üblich. Wie die Insassen eines Gefängnisses warteten sie auf die Rückkehr ihres Wärters.

Hoffman war unruhig. Er hatte darauf gewartet, daß Lina ihn anrief und ihm sagte, ob sie die Sache wirklich vorantreiben wollte – und er wurde allmählich nervös, tigerte in seinem Büro auf und ab wie in einem Käfig. Er rief bei ihr zu Hause an, hinterließ eine Nachricht auf ihrem Anrufbeantworter und begab sich dann zu seinem heruntergekommenen Lieblingsrestaurant in Soho. Als er um halb neun heimkam, rief er wieder bei Lina an, aber sie war immer noch nicht da. Diesmal hinterließ er keine Nachricht. Hoffman langweilte sich und fing an, sich zu bemitleiden. Was war das für eine Unruhe? Seine Freunde vom College hatten sich inzwischen alle in ihren Berufen etabliert, hatten geheiratet und die ersten Kinder bekommen. Aber Sam trieb immer noch ziellos im Strom des Lebens dahin und klammerte sich hier und dort am Treibholz fest.

Zum Teufel mit Lina, beschloß er. Er rief Antonia, eine arbeitslose Schauspielerin an, die er vor längerer Zeit kennengelernt hatte, und fragte sie, ob sie Zeit habe. Sie schlug vor, in einem neuen Club tanzen zu gehen, der gerade in einem ehemaligen Lagerhaus in Lambeth, südlich der Themse, aufgemacht hatte. Hoffman war einverstanden. Er mochte Antonia. Die Zeit verging mit ihr wie im Fluge.

Antonia erwartete ihn kurz nach elf in ihrer Wohnung in Chelsea. Sie sah wie eine Karikatur aus einem Männermagazin aus: derart blonde Haare, daß die Farbe nur aus der Tube kommen konnte, und Brüste, die zu groß waren für den restlichen Körper. Sie trug hochhackige schwarze Schuhe, ein schwarzes Stretchkleid, und sie gab ein kleines tierisches Schnurren von sich, als sie ihm die Tür aufmachte. Hoffman fragte sich, ob er nicht einen Fehler gemacht hatte. Während sie die Themse überquerten, dachte er plötzlich an Lina und, wie ihre Hand beim Abschied seine Wange gestreift hatte.

Der Club sah aus wie die Tanzlokale in den alten Schwarzweiß-Wochenschauen während des »Blitz« in London. Er befand sich in einem Labyrinth aus baufälligen Gebäuden in einer Gegend, in der sich nur jene Londoner blicken ließen, die entweder arm waren oder sich verlaufen hatten. Vorm Eingang brannte ein Müllfeuer in einer Tonne. Drumherum standen fünf kräftige Männer aus der Karibik und rieben sich die Hände gegen die abendliche Aprilkälte. Sie trugen alle die gleichen Kampfjacken und Sprechfunkgeräte am Gürtel, die gleichzeitig knarrten. Es schienen Rausschmeißer zu sein. Hoffman ging am Größten von ihnen vorbei, wobei er Blickkontakt vermied. »Moment mal, Mann!« sagte der Rausschmeißer. Er filzte Hoffman schnell, ließ sich aber im Schritt Zeit. »Und ich?« fragte Antonia. Sie wirkte enttäuscht, als man sie ohne Leibesvisitation durchwinkte.

In seinem Inneren herrschte unerträglicher Lärm. Es war weniger Musik als ein reines Dröhnen. »Wie in 'ner Fabrik«, brüllte Antonia. Hoffman war sich nicht sicher, ob sie den Krach oder das Gebäude meinte. Die Wände waren mit Bettlaken verhängt, die zerrissen, verfärbt, mit Graffiti bemalt oder anderweitig entstellt waren. Sie paßten gut ins Bild: ausgebombte Ruinen, Krieg, Verfall. An den Wänden standen klobige Sofas, die vom Trödel zu stammen schienen; auf ihnen hingen die Körper von Leuten herum, die von Rauschmitteln, Alkohol oder der Musik völlig hinüber waren. Über diesem menschlichen Schlachtfeld hing tief eine Wolke aus Zigarettenqualm.

Antonia war schon auf der Tanzfläche und tanzte. Sie brauchte offenbar keinen Partner. Hoffman lehnte sich gegen die Wand und schnorrte eine Zigarette von einem pickelgesichtigen Jungen in einer Joggingjacke mit Lederärmeln, die auf dem Rücken die Aufschrift »Akron North« trug. Er beobachtete, wie Antonias Brüste im Rhythmus der Musik auf und ab bebten. Nach zwanzig Minuten kam sie schweißgebadet zu ihm zurück. Durch den Stoff ihres Kleides waren ihre Brustwarzen sichtbar. Sie ertappte ihn, wie er darauf starrte.

»Findest du, daß meine Brüste zu groß sind?« fragte sie. In ihrer Aussprache war noch eine Spur aus dem Norden zu hören. Sunderland oder Hartlepool.

»Nein«, erwiderte Hoffman. Er bot ihr einen Zug von seiner Zigarette an.

»Mein Agent meint aber, sie wären zu groß. Er hat gesagt, ich werd's als Schauspielerin nie schaffen, wenn ich sie mir nicht operieren lasse.«

»Der spinnt ja.«

»Sonst krieg' ich immer nur die billigen Rollen, sagt er. Keine ernsten. Er hat gesagt, Frauen mit kleinen Brüsten sehen ernsthafter aus. Findest du das auch?«

»Quatsch. Das ist doch lächerlich.«

»Sie erschweren auch das Tanzen.« Sie drückte die Schultern nach hinten und wackelte. »Siehst du?«

»Hör auf«, sagte Hoffman. Er sah auf seine Uhr. Wenn Lina jetzt immer noch nicht zu Hause war, war es Zeit, sich Sorgen zu machen. »Ich muß mal telefonieren.«

Sie lehnte sich ihm entgegen und schloß die Augen. »Möchtest du mich später fesseln?«

»Nein, ich glaube nicht.«

»Warum denn nicht?« Sie sah gekränkt aus. »Möchtest du vielleicht von mir gefesselt werden?«

»Hör mal, ich muß jetzt wirklich mal telefonieren. Ich bin gleich wieder da.«

Antonia machte ein Schmollgesicht. Sie drehte sich um, ging zurück auf die Tanzfläche und tauchte wieder in die Menge aus Körpern ein.

Hoffman fand schließlich ein Telefon und rief bei Lina an. Diesmal antwortete sie. Es war viertel nach zwölf. »Hier ist Sam«, brüllte er ins Telefon. »Tut mir leid, wenn ich Sie aufgeweckt habe.«

»Was?« Sie konnte ihn bei dem Lärm, den die Musik machte, kaum verstehen.

»Ich hab' gesagt, es tut mir leid, wenn ich Sie aufgeweckt habe.«

»Ich hab' noch nicht geschlafen!« brüllte sie. Ihre Stimme klang fast benommen. Hoffman hielt es für Angst.

»Ist alles in Ordnung? Ich hab' mir Sorgen um Sie gemacht.«

»Ja, natürlich. *Fawq al nakhal.*«

»Was?«

»Das ist ein irakischer Ausdruck. *Fawq al nakhal.* Das heißt, daß ich unglaublich glücklich bin. Wo sind Sie? Es hört sich ja fürchterlich laut an.«

»In einem Club an der South Bank. Ich hab' schon vorher versucht, Sie zu erreichen, aber Sie waren nicht da. Haben Sie meine Nachricht bekommen?«

»Ja. Ich hab' Sie zurückgerufen. Ich wollte sichergehen, daß Sie's erfahren.«

Hoffman kapierte immer noch nicht. »Wo waren Sie denn heute abend? Ich hab' mir Sorgen gemacht.«

»Ich hab' gefeiert, ist doch klar. Mit Randa zusammen.«

»Was gefeiert?«

»Mein Gott! Haben Sie denn nicht die Meldung gehört?«

»Was für eine Meldung? Wovon reden Sie?«

»Er ist tot!«

»Ich verstehe Sie nicht.«

»Der Herrscher! Er ist tot! Sie haben es vor drei Stunden in Radio Bagdad gemeldet!«

»Der Herrscher ist tot? Großer Gott! Kein Wunder, daß sie glücklich sind. Das ist ja unglaublich!« Er brüllte über den Lärm der Musik.

»Ja, ist das nicht wunderbar?« Sie klang beinahe schwindelig vor Freude und Erleichterung. »Sind das nicht die besten Nachrichten, die Sie je gehört haben?«

»Fabelhaft«, brüllte Hoffman. Der dröhnende Rhythmus der Musik kam in Wellen näher, die Wände vibrierten und die Bodenbretter bebten. Er suchte Antonia und entdeckte sie schließlich am anderen Ende des Raumes, tanzend, den Hintern gegen den Unterleib eines der Rausschmeißer gedrückt. Er war erleichtert. Jetzt bräuchte sie doch niemand, der sie heimfuhr.

»Hören Sie«, brüllte er. »Das sollten wir feiern!«

»Was?«

»Feiern. Wir beide.«

»Wann?«

»Jetzt sofort. Ich komme zu Ihnen.«

»Klar. Warum nicht? Jetzt ist es ja egal, ob uns jemand zusammen sieht. Randa ist auch da. Wir rufen jeden Iraki an, den wir kennen. Ich hab' sogar Nabil Jawad angerufen, den Dichter, und ihn eingeladen. Wir müssen dauernd drüber reden! Wir werden einen ganzen Monat lang feiern!«

»Toll! Ich komme so schnell ich kann«, brüllte Hoffman. »Ich bin auch ganz aus dem Häuschen.«

»Es ist vorbei, Sam«, sagte sie mit einer Stimme, die wie Champagner sprudelte. »Es ist vorbei.«

III

Res Nullius

17

Er war also gestorben. Die Meldung wurde kurz nach zehn, Bagdader Ortszeit, verkündet. Das Radio verstummte für eine Viertelstunde und setzte das Programm dann mit einem Mullah fort, der aus dem Koran las. Dann gab es wieder eine kurze Sendepause, wonach Marschmusik erklang. Es wurde keine Todesursache genannt und es wurden keine weiteren Einzelheiten bekannt gegeben, aber jeder schien sofort zu wissen, daß er wirklich nicht mehr auf dieser Erde war. In den Straßen von Mosul und Basra wurden Freudenschüsse abgefeuert, auch in den kurdischen Städten Irbil und Süleymaniye, in Karbala und Najaf, den heiligen Städten der Schiiten, sogar im Stadtzentrum von Bagdad. Die Menschen eilten auf die Straße, sowie sie die Meldung und die Schüsse hörten. Es war ein Augenblick, in dem es schien, das Tor der Geschichte sei weit aufgestoßen worden, und niemand konnte sich vorstellen, daß es jemals wieder zugestoßen werden konnte.

In dieser Nacht stand der Vollmond über dem Tigris und beleuchtete die Stadt wie ein Lampion ein Sommerfest. Die Brücken, die sich über den Fluß spannten und während der Jahre des Krieges so oft zerbombt und repariert worden waren, sahen in dem Mondlicht wie gespenstische Skelette aus. Die Minarette der großen, mit Blattgold überzogenen Moschee von Musa al-Khadhim blitzten wie ein Schatz. Selbst die geschmacklosen Statuen, die im Verlauf der Jahre vom Herrscher errichtet worden waren, um seine Siege zu feiern und seine Niederlagen zu maskieren, wirkten jetzt edel, wie Artefakte eines Zeitalters, das ungeachtet seiner Fehler im Begriff war, in die Geschichte einzugehen.

In den Betonbunkern, in denen die verschiedenen Staatsministerien untergebracht waren, brannte noch Licht, aber die Gebäude waren leer, weil die Menschen auf die Straßen hinausströmten. Binnen einer Stunde nach der ersten Meldung verbreitete sich das Gerücht, der Herrscher sei ermordet worden, von einem unbekannten Schützen, dem es gelungen war, in das Privatgelände einzudringen, das gewöhnlich nur Familienmitgliedern und Leibwächtern zugänglich war. An jeder Straßenecke tuschelte man etwas anderes: Der Attentäter sei ein muslimischer Fanatiker; es sei der Halbbruder des Herrschers; es sei ein zirkassischer Leibwächter; es sei ein israelischer Agent oder ein jordanischer.

Die erste Reaktion bei vielen Irakis war, in Tränen auszubrechen; selbst jene, die den Herrscher zu seinen Lebzeiten verachtet und gefürchtet hatten. Als wären die Säulen, die den Himmel getragen hatten, plötzlich zusammengebrochen. Man empfand so etwas wie Höhenschwindel. Die Menschen wußten nicht, wie es eigentlich war, außerhalb der Welt der Illusion, die der Herrscher geschaffen hatte. Für eine ganze Generation war sein Gesicht jeden Morgen auf der ersten Seite der Zeitungen zu sehen gewesen. Und jeden Abend im Fernsehen, in diesem ewigen Kino der Lügen, das jede Bewegung, die er machte, jedes Flüstern, das er von sich gab, aufzeichnete. Sein Porträt war ehrfurchtsvoll an der Wand jeder Wohnung, jedes Ladens, jeder Schule und jedes Büros im Land aufgehängt worden. Der Herrscher war so allgegenwärtig und unentrinnbar wie die Strahlen der Sonne gewesen, und jetzt war er nicht mehr da.

Die zweite Reaktion war Wut. Als erstes verschwand das riesige Porträt des Herrschers in seiner Militäruniform, das den größten Platz in Bagdad beherrschte. Als sich die Nachricht verbreitete und die geistigen Fesseln allmählich abfielen, versammelte sich vor Mitternacht eine Menschenmenge. Die erste mutige Seele wagte es, einen Felsbrocken gegen das riesige, vier Stockwerke hohe Porträt zu werfen. Er prallte von der Plakatwand ab, ohne Schaden anzurichten. Da verstummte die Menge plötzlich. Er war unverwundbar! Er lebte! Die Angst kehrte vorübergehend wieder, und die Menge wich zurück. Dann aber stürmte ein anderer Mann, offenbar mutiger als die anderen, aus den zurückweichenden Menschen hervor und schleuderte mit einem Schrei eine mit Benzin gefüllte Flasche gegen das Porträt des Herrschers. Sie schlug in der Nähe seiner Uniformepaulette auf und brach in Flammen aus. Eine weitere Benzinbombe flog über den Köpfen der Menge hinweg und zerplatzte am Kinn des Herrschers, und dann noch eine und noch eine, bis das Bild des Herrschers an einem Dutzend Stellen brannte und der ganze Platz wie von Fackeln erleuchtet war. *»Hajiz al-Khawf inkiser«*, riefen sie einander zu. *Die Schranke der Angst ist durchbrochen.* Die Menge rückte wieder vor, kochte vor Wut wie eingesperrte Tiere, die plötzlich, im Augenblick ihrer Befreiung, vor Raserei die Zähne fletschen. Brodelnd stürmten sie auf das Bild des Herrschers zu, wie ein einziger Körper, rammten die Holzverstrebungen, die das riesige Bild stützten, nieder und schlugen mit Äxten, Schaufeln und Spitzhacken auf das Fundament ein, rissen es mit seinen Wurzeln aus. Ein großer Lastwagen kam plötzlich auf den Platz gefahren und steuerte auf die riesige Plakatwand zu, rammte sie frontal, wieder und immer wieder, bis die Plakatwand schließlich zu einem lodernden Scheiterhaufen mitten auf dem Platz einstürzte.

Diese flammende Entweihung des Herrschers entfachte nur noch mehr Wut in der Menge. Sie stürmte zum nächsten Platz, auf dem ein anderes Porträt des Herrschers stand; diesmal war er im Aufzug eines arabischen Reiters zu sehen. Wieder flogen die Benzinbomben über die Menge und setzten das Bild in Flammen. Und wieder rammte ein Lastwagen die brennende Plakatwand, bis sie in sich zusammenbrach. Bei Tagesanbruch stand kein einziges Bild des Herrschers mehr, von denen es in der Stadt soviele gegeben hatte wie es Verkehrsampeln gab.

In dieser ersten Nacht des Wütens kam niemand darauf, sich zu fragen, wo die Benzinbomben eigentlich hergekommen waren. Oder wer die Freudenschüsse in den Straßen abgegeben hatte. Oder wieso die riesigen Lastwagen gerade im richtigen Augenblick zur Stelle waren, um das Werk der Zerstörung zu vollenden. Das waren Fragen, die sich vernünftig denkende Menschen gestellt hätten. Aber in jener Brandnacht, als die Vergangenheit in Flammen aufging, stellten sich die wenigsten Irakis Fragen. Wo waren die Kader der Geheimpolizei, die in jeder anderen Nacht den Menschen einen Dolch an die Kehle gehalten hätten? Oder das Heer von Informanten und Provokateuren? Der Irak hatte vier Geheimdienste, jeder von einem rivalisierenden Mitglied der Herrscherfamilie kontrolliert, jeder den anderen bespitzelnd, während er gleichzeitig das irakische Volk bespitzelte. Wo waren sie in dieser Nacht? Welche versteckten Hebel betätigten sie? Wer gab die Befehle aus, in den Kasernen zu bleiben oder durch die Straßen zu marschieren? In diesem Delirium schien das keine Rolle zu spielen. Den Herrscher gab es nicht mehr.

Früh am nächsten Morgen saß ein Mann auf einer klapprigen Bank im Zawra-Park, ein Araber in den mittleren Jahren, dessen Gesicht von Aknenarben übersät war. Er trug eine Sonnenbrille, die sich wie eine Windschutzscheibe um seine Augen legte, und er hatte sich eine Lederkappe tief ins Gesicht gezogen. Nur ein sehr kenntnisreicher Beobachter des irakischen Hoflebens hätte in ihm den Cousin des toten Herrschers erkannt, Osman Bazzaz. Er saß auf der Bank, starrte gelegentlich zu dem verglasten Restaurant hoch, das als Bagdad Tower bekannt war und sich wie ein bunter Weihnachtsbaumschmuck über dem Park erhob. Er tat so, als würde er Zeitung lesen, aber es war offensichtlich, daß er auf jemanden wartete. Der Park war zu dieser Zeit fast leer.

Ganz Bagdad schien nach dem Rausch der vergangenen Nacht auszuschlafen.

Nach etwa zehn Minuten näherte sich ein grauhaariger Mann der Bank. Er trug eine lederne Aktentasche. Von weitem sah dieser Mann wie ein europäischer Geschäftsmann aus. Seine Kleidung war einwandfrei gebügelt und seine Schuhe glänzten, selbst in den staubigen Straßen Bagdads. Wenn man näher hinsah, fiel auf, daß dieser zweite Mann die stechenden Augen und dunklen Züge eines Irakers hatte. Sein perfekter Anzug wurde durch einen frischen um seine Hand gebundenen Verband gestört. Als er zu der Bank kam, umarmte er den ersten Mann nicht, schüttelte ihm nicht einmal die Hand. Er setzte sich einfach neben ihn und stellte die Aktentasche zwischen sich und seinen Nachbarn. Sie unterhielten sich auf Arabisch, so wie zwei Fremde: *As-salaam alaykum – Alaykum as-salaam* – der Austausch der Friedensformel. Zuerst hätte man denken können, sie kannten sich nicht, aber die Unterhaltung wurde bald lebhafter. Sie unterhielten sich in einer Art Jargon, als würden sie über ein Bauprojekt sprechen.

»*Al-mashrooa al-mushtarak khalas*«, sagte der grauhaarige Geschäftsmann. *Das Joint-Venture ist beendet.*

»*Al-hamdu lillah*«, sagte Osman Bazzaz. *Gott sei Dank.*

»Und Sie sind in Sicherheit?« fragte der Geschäftsmann. Er hielt die bandagierte Hand, als wäre seine Wunde frisch und schmerzte noch.

»*Al-hamdu lillah*«, wiederholte Osman. Und was, fragte er, habe man von *dem Kunden* gehört?

»Nichts«, sagte der Geschäftsmann. Er werde später mit *al-shirkah*, *der Firma*, reden. Es würde alles so ablaufen wie versprochen.

Osman blickte auf die Ledertasche zwischen ihnen. War es vielleicht ein Geschenk? »*Al-hadeeyah?*«

»*Ya akhee!*« *Ja, mein Bruder.* Der Geschäftsmann mit den glänzenden Schuhen klopfte auf seine Aktentasche.

Und was war mit dem restlichen Geld? Das fragte sich Osman Bazzaz. Was würde damit geschehen?

»*Moo mushkila!*« *Kein Problem.* Die Details würden in

London ausgearbeitet. Die Frage könne später in Genf diskutiert werden, *ala infiraad. Privat.*

»*Ya habibi.*« *Ja, mein Lieber.* Jetzt küßten sie sich auf beide Wangen. Der Geschäftsmann erhob sich von der Bank, strich seine Hose glatt, so daß die Bügelfalte wieder erschien, und ging. Der Cousin des toten Herrschers blieb auf der Bank sitzen, die Arme um die Aktentasche gelegt, die sein Geschenk enthielt. Einige Augenblicke später erhob auch er sich von der alten Bank im Zawra-Park und verschwand wieder im Beton und Staub der Stadt.

18

Bald nachdem Lina mit Sam gesprochen hatte, kamen die ersten Freunde, die sie zu sich in ihre Wohnung in Notting Hill Gate eingeladen hatte. Randa Aziz war schon da und half ihr, alle Leute anzurufen. Dann kam Farida Hamdoon, die die Filmschule Londons besuchte, und dann Keite Tuaima, Geschäftsführerin einer Boutique in Camden Town, mit ihrem reichen saudischen Freund. Und dann kamen sie alle auf einmal: Burham Saadi und seine Frau Majd, Nadhmi Makloul und seine Cousine Antissar, Nemir und Inam und Wahdat und Saad. Jemand machte irakischen Tee, jemand anders holte einen Mandelkuchen von der libanesischen Bäckerei in der Brompton Road, und ein weiterer brachte eine Kiste Champagner, die aus Marwan Darwishs Vorräten stammte; seine tollen Freunde konnten ihm jetzt nicht mehr helfen. Niemand wollte in dieser Nacht schlafen gehen. Lina saß mit ihnen zusammen auf dem Boden, wählte die Nummern ihrer Freunde und schrie die Neuigkeit ins Telefon.

Sie umkreisten den Globus mit Telefonanrufen. Farida rief im Studentenheim der Universität von Indiana an, wo zwei ihrer irakischen Freundinnen Medizin studierten. Lina rief bei einer Handelsbank in New York an, wo einer ihrer Verflossenen in der Kreditabteilung arbeitete. Kenize rief ihre Schwester an, die in einer Boutique im Rodeo Drive arbeitete. Und als es noch später wurde, riefen sie auf der anderen

Seite des Globus an: bei Linas Cousine in Hongkong und beim Bruder von Faridas Freund in Tokyo und bei Randas Onkel in Bangkok. Es war ein Familienfest per Telefon, und jedes Gespräch verlief gleich: *Habt ihr die Meldung gehört? Ist das nicht wunderbar? Ist das nicht unglaublich? Fawq al nakhal.* Sie waren alle überglücklich.

Sam Hoffman traf kurz nach eins ein und mischte sich unter die Irakis, die auf dem Wohnzimmerboden saßen. Er trug Lederjacke und T-Shirt und war riesig froh, dem Club auf der anderen Seite des Flusses entronnen zu sein. Lina gab ihm einen Kuß und reichte ihm ein Glas Champagner. Sam ließ sich auf dem Boden nieder. Er schlug vor, auf »den neuen Irak« zu trinken, und alle stießen mit den Gläsern an. Jemand reichte ihm eine Messingpfeife mit libanesischem Haschisch, und er nahm einen langen Zug.

»*Mish battal*«, sagte Randa mit einem Kopfnicken zu Hoffman, als sie mit Lina in der Küche stand und noch ein Tablett mit gefüllten Weinblättern vorbereitete. »Gar nicht übel. Aber wieso ist er heute abend hier? Bist du sicher, daß er kein Bulle ist?«

»Natürlich ist er keiner«, sagte Lina verträumt. »Er ist mein *amir ala faras abayad. Mein Prinz auf einem weißen Pferd.* Er wird mich retten. Bloß daß ich jetzt nicht mehr gerettet werden muß.«

Randa flüsterte ihrer Freundin ins Ohr: »Wie ist er denn im Bett? Ich meine, ist er ...« Sie machte eine Handbewegung.

»Randa! Ich habe nicht mit ihm geschlafen!«

»Dann ist er also schwul?«

»Du bist krank! Wirklich. Er ist einfach ein netter, höflicher Amerikaner. Ich hab' arabische Männer satt.«

»Du bist ja betrunken«, sagte Randa und tätschelte ihrer Freundin den Po. »Das ist es.«

Als die Nacht lebhafter wurde, holte Lina die Bänder heraus, die ihr Vater von einem irakischen Volkssänger namens Nazem al-Ghazali gemacht hatte. Er war 1960 gestorben, bevor der Herrscher begonnen hatte, das kollektive Gedächtnis des Irak zu zerstören. Dieser Sänger war für jeden Iraki die Verbindung zur Vergangenheit. Er sang schlichte Volksballaden, einige davon zweihundert Jahre alt, begleitet von einer Flöte, die *nay* hieß, dem gitarrenähnlichen *oud* und dem Trommelschlag des *darbaki*. Seine Musik war eine Art irakischer Blues. Er rezitierte zu Beginn immer ein Gedicht, das dann in Gesang überging. Er erzählte von seinem Leben und von Liebe und Schmerz. Linas Lieblingslied war »Samara min Qawmi Aissa«, »Die Dunkle vom Stamme Jesu«. Es handelte von der Liebe eines Moslem zu einer Christin.

Lina sag den Text mit al-Ghazali zusammen, wobei sie Sam gar nicht schüchtern ansah. »O Du Schöne, vom Stamme Jesu, ich lege Dir meine Liebe zu Füßen. Was bedeutet mehr, Liebe oder Religion? Zeig mir, wie hübsch Deine Augen sind, Meine Augen sind die Augen eines Rehes.« Sam versuchte mitzusingen, in einem gebrochenen, rauhen Arabisch. Die Exil-Iraker, die auf dem Boden versammelt waren, summten auch mit. Die meisten kannten »Die Dunkle vom Stamme Jesu« aus ihrer Kindheit. Und dann standen alle auf, klatschten mit und tranken noch mehr Champagner.

Gegen zwei klopfte Nabil Jawad an die Tür. Der Dichter war in sein übliches Schwarz gekleidet, und er wirkte traurig unter all den Feiernden. Er lehnte den von Lina angebotenen Champagner ab und bat um ein Glas Wasser. Mit seinen doppelt verhüllten Augen, durch die Blindheit und eine dunkle Brille, war es unmöglich zu wissen, was er dachte. Er entschuldigte sich bei Lina für sein spätes Kommen. Er hatte an einem Essay über arabische Demokratie gearbeitet, in der Hoffnung, die BBC oder die Voice of America würden es in dieser Nacht in ihren arabischsprachigen Programmen senden, aber sie hatten es abgelehnt. Lina setzte sich neben ihn auf die Couch, ergriff seine Hand und sagte ihm, es sei eine Ehre, ihn bei sich zu haben. »Ist es nicht wunderbar?« sagte sie. »Sie müssen heute sehr glücklich sein.«

Jawad schüttelte den Kopf. »Noch nicht«, sagte er. »Wer weiß, was als nächstes kommt?«

Lina wollte ihre Hand zurückziehen, aber Jawad hielt sie

fester und dankte ihr so noch einmal für die Einladung. Er habe ihre Familie schon in Bagdad gekannt, sagte er. Und er war auf der Beerdigung ihres Vaters in London gewesen. Was mache sie jetzt? Lina erklärte, mit einiger Beschämung, daß sie für Nassir Hammud arbeite, aber daß sie sich überlege fortzugehen. Jawad nahm ihre beiden Hände in seine, als wollte er sie beschützen.

»Ihre Einladung ist sehr mutig«, sagte er.

»Nein, ich bin nicht mutig. Das hätte ich schon längst machen sollen, aber ich hatte zuviel Angst. Jetzt ist es leicht. Es ist vorbei.«

»Es ist noch nicht vorbei, *habibti*, und Sie sind sehr mutig.« Er streichelte ihre Hand und hielt sie dann wieder fest. »Wissen Sie, Lina, es sind die Frauen, die den Irak retten werden. Die Männer habe ich abgeschrieben. Sie sind alle korrumpiert worden. Die Frauen sind die einzig Starken, die noch übrig sind.«

Lina wollte ihn bitten, ihr das zu erklären, aber Sam war herübergekommen und setzte sich auf die andere Seite neben Jawad. Er war begierig, den irakischen Dichter kennenzulernen, der bei den Darwishs die Menschen so in seinen Bann gezogen hatte. Er fing an, ihn über sein Leben und seine Werke auszufragen, und Jawad antwortete zurückhaltend, aber ehrlich. Während sich die beiden Männer unterhielten, dachte Lina über das nach, was Jawad soeben gesagt hatte. Es stimmte sicherlich, daß die Männer schwach waren. Das war in der arabischen Kolonie Londons nur allzu offensichtlich, wo selbst die wohlhabendsten und erfolgreichsten Männer die Moralvorstellungen von Zuhältern zu haben schienen. Und vielleicht stimmte es auch, daß die Frauen die Starken waren. Aber was Jawad gesagt hatte von den Frauen, die den Irak retten würden, das war albern. Der Irak war doch schon gerettet! Der Herrscher war tot.

Die anderen Irakis versammelten sich jetzt um Jawad und baten ihn, einige seiner Gedichte zu rezitieren. Er legte die Hand aufs Herz und entschuldigte sich bei ihnen. Er würde sehr gerne mit ihnen zusammen seine Gedichte vortragen, vor allem heute nacht, aber er habe gelobt, seine Werke erst dann öffentlich vorzutragen, wenn er wieder in seiner Heimat sei. Und das sei immer noch nicht möglich. Ein Seufzer der Enttäuschung ging durch den Raum, und man bat ihn noch mal, ein paar Verse zu lesen. Schließlich erklärte sich Jawad bereit, etwas zu rezitieren. Es war kein eigenes Gedicht, sondern eines, das vor fast tausend Jahren von dem Dichter Ibn Zaydun verfaßt worden war, der in Cordoba aufgewachsen war, aber den größten Teil seines Lebens fern von seiner Heimatstadt verbracht hatte. Es sei ein Gedicht über das Exil, sagte Jawad. Er rezitierte es in fließendem Arabisch, das aus seinem gebrechlichen Körper hervortrat wie Wasser aus einer Wüstenquelle.

»Gott hat Regen über die verlassenen Heimstätten derer geschickt, die wir geliebt haben. Er hat auf ihnen eine Blume gewebt wie einen Stern ... Wie glücklich sie waren, jene Tage, die vergangen sind, Tage der Freude, als wir mit jenen lebten, die schwarzes, wogendes Haar hatten und weiße Schultern ... Jetzt sprechen wir zum Schicksal, dessen Gunst entschwunden ist – dessen Gunst ich beklagt habe, während die Nächte vergingen – wie zart sein Hauch mich in meinem Abend berührt hat. Aber für den, der in der Nacht wandert, scheinen die Sterne noch: Grüße an Dich, Cordoba, mit Liebe und Verlangen.«

Als er geendet hatte, standen allen Irakis die Tränen in den Augen. Sie baten ihn, noch mehr vorzutragen, aber Jawad meinte, es sei zu spät, und er habe am nächsten Morgen sehr viel Arbeit in seiner Stiftung zu erledigen. Und so ließen sie ihn gehen und versprachen, ihm Geld zu schicken, wohl wissend, daß sie ihr Versprechen nicht halten würden. Lina begleitete ihn zur Tür. Als sie sich verabschiedete, hatte sie immer noch Tränen in den Augen, aber der Dichter konnte sie nicht sehen.

Nachdem Jawad gegangen war, stimmten die Irakis wieder Lieder an, machten noch mehr Champagnerflaschen auf und unterhielten sich über die Zukunft. Einer gab einen Trinkspruch auf den »Knabenkönig« aus, König Feisal, der bei der Revolution von 1958 umgekommen war, die den Herrscher an die Macht gebracht hatte. Jemand anders erhob das Glas auf das neue Parlament, wann immer es zusammentreten sollte, und ein weiterer wollte auf die neue Verfassung trinken, was immer in ihr stehen sollte. Sie schienen alles zu wissen, aber in Wahrheit wußte keiner irgendwas. Denn auch als der neue Tag anbrach, war es immer noch der Irak.

19

In Washington brauchte man nur ein paar Stunden, um die Nachricht vom Tod des Herrschers zu verdauen. Bis zu den Nachrichten-Sondersendungen um 23 Uhr 30 hatten die Sender Expertenrunden organisiert, in denen man sich darüber einig war, daß seine Ermordung schon seit langem eine Frage der Zeit gewesen sei und das einzig Erstaunliche sei, daß er so lange an der Macht geblieben war. Die am ehesten in Frage kommenden Täter schienen muslimische Extremisten zu sein, denen es irgendwie gelungen war, die Präsidentengarde zu infiltrieren. Eine Gruppe von Exilirakern in Paris hatte sich sogar schon öffentlich zu dem Anschlag bekannt, und die iranische Regierung hatte eine knappe Stellungnahme abgegeben, in der zwar jegliche Mitverantwortung an dem Attentat dementiert wurde, die aber genau die entgegengesetzte Schlußfolgerung nahelegte. Auch israelische Sprecher gaben keine Kommentare ab, wenn es um eine mögliche Beteiligung an der Tat ging. Das war typisch für den Nahen Osten. Es war von Vorteil, des Mordes an einem Staatsoberhaupt für fähig gehalten zu werden, selbst wenn man nichts damit zu tun hatte. Besser gefürchtet als ignoriert zu werden.

Die Anwaltsfirma Hatton, Marola & Dubin war vielleicht der letzte Ort in Washington, von dem man hätte erwarten können, daß in dieser Nacht noch spät die Lichter brannten. Aber als Robert Hatton gegen fünf Uhr an jenem Nachmittag diese Neuigkeit erfuhr, zog er sich aus einer Besprechung mit seinen Partnern zurück, bei der es um die Einstellung neuer Firmenpartner ging, in sein Büro im obersten Stock; dort blieb er bis kurz vor Mitternacht. Hatton richtete sich in seiner Panzerkammer ein, die seine vertraulichsten Akten beherbergte. Er trug einen Stuhl und einen kleinen Tisch hinein und schloß die Stahltür ab, damit er ungestört arbeiten konnte. Er verbrachte Stunden damit, die juristisch relevanten Unterlagen von fünf Firmen durchzusehen, die er einige Jahre zuvor mitbegründet hatte. Es waren Strohfirmen oder Scheinfirmen, und zwar insoweit als ihre nominellen Eigentümer keinerlei Hinweis darauf gaben, wer sie tatsächlich kontrollierte. Zwei Firmen waren auf den Bahamas registriert, und die anderen drei in Panama. Hatton überprüfte die Gesellschafterverträge von jeder sowie die juristischen Stellungnahmen, die er vor Jahren von örtlichen Anwälten in Nassau und Panama City erhalten hatte; dort ging es um die notwendigen Prozeduren zur Verteilung der Vermögenswerte im Falle irgendwelcher Statusänderungen. Dann wandte er sich anderen Dokumenten zu, die alle möglichen anderen Partnerschaften erfaßten, Scheinkonten und Investmentfirmen, die Teil des unsichtbaren Geldnetzes waren, das er mithalf zu verwalten.

Es war ein Grundsatz im juristischen Geschäft, daß jeder – ganz gleich wie unbedeutend er war – es verdiente, durch einen Anwalt vertreten zu werden. Im Verlauf der Jahre hatte Hatton mehr als viele andere Anwälte Anlaß dazu gehabt, diesen Grundsatz in Frage zu stellen, wenn er ihn auch als eine wesentliche Tatsache des Lebens akzeptierte. Man konnte bei jeder beliebigen Anwaltspraxis am Lack kratzen und feststellen, daß es darum ging, Leuten, die Geld hatten, aus der Klemme zu helfen. Wenn die Leute alles offen und ehrlich täten, dann bräuchten sie ja keine Anwälte! Ein Anwalt regelte die Dinge. Das war das Entscheidende: er mußte die Dinge wirklich regeln. Wenn eine Firma auf der Grand Cayman Island registriert war, war es von großer Wichtigkeit, genau zu wissen, welche juristischen Auflagen man von örtlichen Behörden zu erwarten hatte. Wenn Gelder von einem Konto auf ein anderes transferiert werden sollten, war es erforderlich, daß jeder Schritt der Transaktion ganz genau so vollzogen wurde, wie die Bestimmungen es erforderten. Die Seele juristischer Arbeit lag im Detail – wie bei der Automechanik. Wenn die Arbeit erledigt war, mußte die Maschine reibungslos, lautlos und sauber laufen.

Gegen neun Uhr unterbrach Hatton seine Arbeit, um im Athenian Club, ein paar Straßen weiter, zu Abend zu essen. Er war ein großgewachsener, quadratischer Mann, und er ging die Straße mit einer Miene aristokratischer Verachtung entlang, ohne die im Park kampierenden Obdachlosen zu beachten, die ihn um Kleingeld angingen. Als er das Refugium seines Clubs erreicht hatte, wurde er vom maître d'hôtel begrüßt – einem vornehmen alten Palästinenser, der sogar zum Frühstück einen Smoking trug. Dieser führte ihn zu seinem Stammtisch hinten am Fenster. Hatton war jemand, der die Routine brauchte. Er bestellte seinen üblichen Martini-Wodka und stellte dem maître d'hôtel die übliche Frage, welches Gericht er ihm empfehlen könne.

»Der gegrillte Fisch ist heute abend sehr gut, Sir.« Es war immer die gleiche Antwort, denn der maître wußte, daß Mr. Hatton immer gern gegrillten Fisch aß.

»Und wie ist die Melone heute?« Das war die eine Sache in Hattons Leben, die nicht berechenbar war. Melonen waren so heikel.

»Die Honigmelone ist nicht allzu süß, aber die Crenshaw ist sehr gut.«

Woher wußten die im Athenian Club immer, ob die Melonen gut waren? Dazu mußten sie doch aus jeder eine Scheibe herausschneiden, um es zu überprüfen. »Dann nehme ich die Crenshaw«, sagte Hatton.

Von seinem Platz aus konnte Hatton gerade noch den grauen Koloß des Old Executive Office Building sehen, dessen Fassade die Farbe eines Elefanten hatte. Er war im Verlauf der Jahre oft dort drinnen gewesen, um mit Mitgliedern des Stabes vom Nationalen Sicherheitsrat über Staatsangelegenheiten zu plaudern, die seine Arbeit als Anwalt berührten. Das war eine Form der Selbstrechtfertigung, der sich Hatton im Gegensatz zu den meisten anderen Anwälten bedienen konnte. *Raison d'état.* Eine Straße entfernt, in der G Street, befand sich die Innenstadtdienststelle der Nachrichtendienstgemeinde, die in dem unscheinbarsten Gebäude Washingtons untergebracht war. Hatton versuchte, diesem Gebäude aus dem Weg zu gehen, aus naheliegenden Gründen. Und das war nicht weiter schwierig, denn wenn die etwas brauchten, kamen sie zu ihm.

Als er mit seinem Fisch und seiner Melone fertig war, kehrte Hatton in seinen Tresorraum zurück und versicherte sich ein letztes Mal, daß alle Dokumente in Ordnung waren. Dann setzte er drei Telegramme auf, die am nächsten Morgen verschickt werden sollten. Das erste war an den Mann gerichtet, der viele Jahre zuvor zum Treuhänder für gewisse Konten bestimmt worden war, die von einer *banque privée* in Genf geführt wurden. Er bestätigte dem Treuhänder, daß die Vollmacht, die ihm bei der Einrichtung der Konten übertragen worden war, noch gültig sei und er daher nach wie vor die Verfügungsgewalt über die Konten ausübe. Das zweite Telegramm ging an den Privatbankier in Genf, der eben diese Konten verwaltete, und kündigte ihm einen baldigen Besuch des Treuhänders an; zudem bestätigte er ihm alle bestehenden Vereinbarungen für die Verwaltung der Gelder. Das dritte und letzte Telegramm war an das Londoner Büro von Nassir Hammud adressiert und bestätigte, daß – wie zuvor besprochen – alle erforderlichen Vorkehrungen getroffen worden seien.

Hatton schrieb den Text jeder Mitteilung auf Firmenpapier, das er in einen Briefumschlag steckte, den er danach in der Schreibtischschublade seiner Sekretärin wegschloß. Er hinterließ ihr die Anweisung, die drei Mitteilungen am nächsten Morgen verschlüsselt per E-Mail abzuschicken. Als er einige Minuten nach Mitternacht sein Büro verließ, sah Hatton, daß im Old Executive Office Building kein Licht mehr brannte. Wie üblich verschliefen die Bürokraten das Wichtigste.

20

Professor Sarkis kam als erster aus Bagdad zurück und war einen Tag nach der Ermordung des Herrschers wieder in London. Die Büros waren wegen Trauer geschlossen worden, auf Anweisung des britischen Direktors, der dies unter den gegebenen Umständen für eine angemessene Geste hielt. Die Anweisung wurde umgehend von Professor Sarkis aufgehoben, der an diesem Morgen in aller Frühe seine Sekretärin bei allen irakischen Mitarbeitern anrufen ließ. Bei Coyote Investment würde an diesem Tag ganz normal gearbeitet, sagte sie schroff. Es werde erwartet, daß alle irakischen Mitarbeiter zur Arbeit erschienen. Professor Sarkis würde um halb elf in Mr. Hammuds Büro vor dem irakischen Personal eine Ansprache halten. Lina war überrascht, daß sie auch benachrichtigt wurde.

Die »vertrauenswürdigen Mitarbeiter« versammelten sich schweigend in Mr. Hammuds Büro. Die Feststimmung vom Vorabend war verflogen. Das Porträt des Herrschers über Mr. Hammuds Schreibtisch war immer noch da, jetzt nur mit Schwarz drapiert. Professor Sarkis betrat den Raum von seinem Büro nebenan und stellte sich vor der Gruppe auf. Er sah aus, als hätte er seit seiner Abreise aus London einen Monat in der Hölle verbracht. Sein früher dünnes Gesicht war jetzt aufgedunsen, und er hinkte. Seine ehemals schlauen Augen waren hinter einer dunklen Brille versteckt.

Er wurde auf beiden Seiten von zwei Irakis flankiert, die Lina noch nie gesehen hatte. Sie hatten die kalten Augen und die schlechte Haut von jungen Männern, die in Kasernen aufgewachsen waren. Alles an ihnen schrie nach Geheimpolizei. Die Anzüge, die zu neu waren, die vernarbten Gesichter, die nicht an tägliche Rasuren gewöhnt waren, die raubtierartige Anspannung ihrer Hände und Beine, während sie neben Professor Sarkis standen und auf den Fußballen wippten. So wie sie aussahen, war sich Lina nicht sicher, ob die beiden jungen irakischen Schläger Professor Sarkis' Schergen oder Bewacher waren.

»Dies ist ein trauriger Tag«, begann Professor Sarkis mit einem Kopfnicken zu dem schwarzdrapierten Bild über dem Schreibtisch. »Unser geliebter Herrscher ist nicht mehr unter uns, und ich weiß, daß allen arabischen Patrioten das Herz schwer ist. Aber wir werden unsere Pflicht tun, als Irakis und als Mitarbeiter dieser Firma. Wir werden mit unserer Arbeit fortfahren. Hat das jeder verstanden?«

Die Frage wurde mit einem allgemeinen Kopfnicken beantwortet. Yussef, der der neue Stichwortgeber zu sein schien, ergriff das Wort und sagte: *»Nam, sidi« – Ja, Herr –* und einige andere junge Männer murmelten das gleiche.

»Mr. Hammud kann heute nicht bei uns sein«, fuhr Professor Sarkis fort, mit einem Bestätigung suchenden Blick zu den beiden jungen Männern. »Er wird längere Zeit fortbleiben. Aber ich habe von zuständiger Seite in Bagdad den Auftrag bekommen, Ihnen zu sagen, daß sich bei Coyote Investment nichts ändern wird. Das Geschäft muß weiterlaufen. Unsere Feinde werden uns belauern, aber der Geist des Herrschers wird siegen. Daraus folgt, daß loyale Mitarbeiter belohnt werden und unloyale Mitarbeiter bestraft. Noch irgendwelche Fragen?«

Natürlich gab es keine Fragen.

Lina zog sich in ihr Büro zurück und hütete sich davor, mit irgend jemandem zu reden. Es war ein Tag, an dem man lieber nicht auffiel, bis einem die Bedeutung dessen, was man gerade gehört hatte, klar wurde. Aber Randa konnte, wie üblich, nicht so lange warten. Um viertel nach elf erschien sie in Linas Tür. Sie hatte dunkle Ringe unter den Augen von sechsunddreißig durchgefeierten Stunden.

»*Shaku?*« sagte sie. »Was sollte das denn alles?«

»Weiß ich nicht«, sagte Lina.

»Wo ist Hammud? Wann kommt er wieder?«

»Weiß ich nicht«, wiederholte sie.

»Wer waren denn diese widerlichen Typen neben Sarkis? Die sahen ja vielleicht aus! Mann-o-Mann! *Tula tula al-nakhla, wa aqla aql al-sakhra!*« Es war ein spöttischer irakischer Ausdruck und hieß soviel wie: »Groß wie ein Baum, aber mit dem Hirn eines Spatzen.«

»Das reicht, Randa!« sagte Lina scharf. »Hör auf mit der Fragerei und den Bemerkungen. Die beiden sind gefährlich.« Ihre Freundin zog sich mit gesenktem Blick zur Tür zurück. Als Lina die Reaktion sah, schämte sie sich. Der Herrscher war noch keine zwei Tage tot, und schon begann wieder die Angst und die Verstellung. »Tut mir leid«, sagte sie. »Es ist mir einfach unheimlich, weiter nichts.«

»Was ist hier los, Lina?« flüsterte Randa. »Ist das ein Coup?«

»Wirklich, ich hab' keine Ahnung. Reden wir morgen darüber. Vielleicht wissen wir's bis dahin.«

Kurz vor fünf, als Lina gerade gehen wollte, wurde sie zu Professor Sarkis zitiert. Er empfing sie in Mr. Hammuds Büro, hinter dem großen Schreibtisch. Die beiden irakischen Schläger standen bewegungslos zu beiden Seiten neben ihm. Das Bild des Herrschers, immer noch mit Schwarz drapiert, hing düster über allen Anwesenden. Als Lina den Raum betrat, hustete Professor Sarkis gerade. Er wirkte gebrechlich. Lina fragte sich, was sie mit ihm in Bagdad gemacht hatten.

»Setzen Sie sich«, sagte Professor Sarkis schroff. Dies sollte offensichtlich keine freundliche Plauderei werden.

Lina setzte sich. Sie sah Professor Sarkis an, um irgendeinen

Hinweis zu entdecken, warum er sie zu sich bestellt hatte, aber sie sah nur den stumpfen Glanz seiner dunklen Brille.

»Wir werden hier bei Coyote Investment ein neues Management-Team bekommen«, begann er. Der Business-Jargon hörte sich absurd an, wie ein Vortrag der Harvard Business School in einer Folterkammer, aber er fuhr fort. »Gewisse Familienmitglieder der Herrscherfamilie haben mich gebeten, eine Umstrukturierung vorzunehmen. Diese beiden Herren hier sind meine« – er suchte nach einem Wort – »Berater. Sie haben mich gefragt, wer, außer mir und Mr. Hammud, mit der Firma vertraut ist. Ich hab' ihnen gesagt, daß eine dieser Personen Sie sind, Miss Alwan.« Er hielt inne und nahm die dunkle Brille ab. Sein rechtes Auge war so heftig geschlagen worden, daß es ganz zugeschwollen war. Die Haut drumherum war eiterfarben, mit Schattierungen von Gelb und Blau.

»Ich habe mir überlegt, Sie an unserem neuen Management zu beteiligen. Aber es gibt ein Problem. Diese Herren sind der Meinung, daß es nicht sehr geschickt ist, jemandem mehr Verantwortung in der Firma zu übertragen ohne zusätzliche Fortbildung. Man könnte es auch Umerziehung nennen.«

»Wo, Professor Sarkis?«

»Bagdad.« Zum ersten Mal an diesem Tag lächelte er, und Lina sah, daß ihm mehrere Zähne fehlten. Sie spürte, wie sich ihr die Angst mit eisernem Griff um den Magen krallte und ihn wie eine Zahnpastatube hin und herdrückte. Sie sah die beiden jungen Irakis an und stellte sich vor, zwischen ihnen in einer Maschine der Iraqi Airways zu sitzen.

»Bitte, Professor Sarkis. Ich war immer eine vertrauenswürdige Mitarbeiterin. Sie haben keinen Grund, sich jetzt meinetwegen Sorgen zu machen.«

Der Armenier überhörte, was sie gesagt hatte. »Wir können jetzt mit den Spielchen aufhören. Wissen Sie, wer diese beiden Männer hier sind? Hier auf meiner rechten Seite ist Mr. Hammadi, und links von mir Mr. Alani. Sie gehören der Amn Al Khass an, der Sondersicherheitseinheit in Bagdad. Wissen Sie, was das ist?«

»Nein, Sir.«

»Der Herrscher hat die Amn Al Khass als eine Sonderabteilung der Geheimpolizei gegründet, um sich und seine Familie zu schützen. Ich war bei diesen Herren zu Gast, als ich in Bagdad war.« Seine Stimme flatterte kurz, als er das Wort *Gast* aussprach. Diese euphemistische Umschreibung war offenbar selbst für einen so vollendeten Lügner wie Professor Sarkis zuviel.

»Sie haben sich nämlich Sorgen gemacht, wegen der Sicherheit hier in der Firma. Als ich in Bagdad war, haben diese Herren mir deshalb viele Fragen gestellt, die ich alle versucht habe, ehrlich zu beantworten. Sie haben mich gefragt, wie wir Geschäfte machen und wo unser Geld hingeht. Sie haben mich gefragt, warum einiges davon zu fehlen scheint. Sie haben mich sogar über Mr. Hammud gefragt. Und ich habe ihnen geantwortet. Man könnte sagen, ich war auf schmerzhafte Weise ehrlich.« Er beugte sich zu Lina vor. »Bei einigen der Fragen, die sie mir gestellt haben, ging es um Sie.«

Lina sah zu den beiden Geheimpolizisten und dann wieder zu Professor Sarkis. »Was wollten sie denn wissen?«

»Ob Sie die Geheimnisse unseres Geschäfts kennen.«

Sie schluckte. Ihr zog sich wieder der Magen zusammen. »Was haben Sie ihnen gesagt?«

»Ich hab' gesagt, diese Lina Alwan, die weiß wahrscheinlich mehr über Coyote Investment als irgend jemand sonst in der Firma außer mir und Mr. Hammud. Sie haben gefragt, ob Sie über das *wirkliche* Geschäft der Firma Bescheid wissen – Sie wissen schon – und ich habe gesagt, das weiß ich nicht. Sie haben gefragt, ob Sie Mr. Hammuds persönliche Dateien gesehen haben, und ich habe gesagt, kann sein. Ja, wahrscheinlich schon. Sie haben gefragt, ob Sie loyal sind, und ich habe geantwortet, ich hätte da gewisse Zweifel. Aber, meine kleine *eshek*, jetzt wissen wir, daß der eigentliche Verräter Hammud war, ich bin also bereit, Ihnen zu vergeben. Aber diese Männer hier, sie müssen immer noch besorgt sein. Sie fragen sich, wieviel Sie wissen. Sie denken, es muß viel sein. Zuviel.«

Sie vermied es, die beiden Geheimpolizisten anzusehen. »Das stimmt nicht, Professor Sarkis. Ich weiß nichts, was Sie mir nicht gesagt haben. Ich habe nie irgendwelche geheimen Dateien gesehen. Ich weiß überhaupt nichts.« Sie blickte flehend zu den beiden Irakis, die immer noch wie entsicherte Pistolen dastanden. »Bitte glauben Sie mir.«

»Glauben? Was ist Glauben? Diese Herren sind nicht daran interessiert, irgendwas zu glauben. Sie wollen wissen.«

»Aber wie kann ich sie überzeugen?«

»Indem Sie loyal sind. Nur indem Sie loyal sind.«

»Ja, Sir. Ich war immer loyal zur Firma.«

Professor Sarkis legte den Kopf schief. Seine Nasenflügel schienen sich zu blähen, wie bei einem Tier, kurz bevor es sich auf seine Beute stürzt. »Und warum haben Sie dann Nabil Jawad zu sich nach Hause eingeladen, vor zwei Nächten, wenn Sie so loyal sind? *Achpar!* Dieser Mann ist ein Feind des Irak.«

Lina blinzelte. Woher wußten sie, daß Jawad sie besucht hatte? Hatten sie ihre Wohnung beobachtet? Hatten sie ihr Telefon angezapft? Oder hatte einer ihrer Freunde, einer der Leute, die mit ihr zusammen singend auf dem Boden gesessen hatten, sie verraten?

Mr. Alani, einer der beiden Sicherheitsleute, die sich bedrohlich neben Sarkis aufgestellt hatten, hatte ein Messer aus seiner Tasche gezogen und reinigte sich damit die Fingernägel. Er hatte riesige Hände, und die Knöchel sahen aus wie die Knoten in der Rinde eines Baumstamms. Er sah, wie sie ihm voller Angst zusah, während er mit seinem Messer spielte. Er schenkte ihr den leisesten Hauch eines Lächelns, nicht mehr als ein Kräuseln um die Augen herum.

»Also, wieso haben Sie Jawad eingeladen, wenn Sie eine loyale Mitarbeiterin sind?«

»Ich wußte nicht, daß Jawad ein Feind des Irak ist«, log sie. »Jemand anders wollte ihn einladen.«

Professor Sarkis nahm wieder die dunkle Brille ab. Er zog ein Taschentuch aus der Tasche und wischte damit etwas Eiter weg, der von dem zugeschwollenen Auge heruntergetropft war. »Nehmen Sie sich in acht, Miss Lina«, sagte er. »Diese Männer verstehen keinen Spaß.«

Lina nickte.

»Wir werden abwarten müssen, ob man Ihnen vertrauen kann. Ich würde Sie auf der Stelle nach Bagdad bringen lassen, wenn ich nicht Ihre Hilfe bei den Computern bräuchte. Dieser Idiot Yussef kapiert das System nicht. Sie müssen ihm helfen. Sie ziehen also wieder in die Buchhaltung um, wo ich Sie im Auge behalten kann.«

»Heißt das, daß ich wieder meinen alten Posten zurück habe?«

»Nur vorübergehend. Bis wir entschieden haben, ob Sie nicht doch noch, Sie wissen schon, eine Fortbildung benötigen.« Sarkis lehnte sich in seinem Sessel zurück, ein Zeichen dafür, daß das Gespräch beendet war.

Lina zögerte noch einen Moment. Sie dachte daran, was Hoffman gesagt hatte: warum sie nicht kündige? Wenn es irgendwann einen richtigen Zeitpunkt gab, die Firma zu verlassen, dann jetzt. »Professor Sarkis, bitte. Wenn Sie kein Vertrauen mehr in mich haben, dann ist es vielleicht das Beste, wenn ich die Firma verlasse.«

Der Armenier deutete mit einem dünnen Finger auf sie. »Kommt nicht in Frage! Sie bleiben, und Sie werden loyal sein. Ich habe sie im Guten gewarnt. Wenn Sie nicht auf mich hören wollen, dann werden Sie es mit diesen beiden Herren und ihren Freunden in Bagdad zu tun bekommen. Mehr habe ich dazu nicht zu sagen.« Er machte eine kleine wedelnde Handbewegung, als scheuche er eine Fliege weg.

Lina ging mit unsicheren Beinen aus dem Raum. Sie hatte Angst, Hoffman zu besuchen, sogar Angst, nach Hause zu gehen. Sie suchte Randa, die das Büro schon verlassen hatte, und erreichte sie schließlich in ihrer Wohnung in Chelsea. Sie schlug vor, daß sie zusammen in ein indisches Restaurant essen gingen, und Randa war, zu ihrer Erleichterung, einverstanden.

»Ich sollte dir das ja eigentlich nicht erzählen«, sagte Randa, als sie das *dal* auf Linas Teller löffelte. »Aber sie haben mir gesagt, ich soll dich im Büro bespitzeln.«

Lina hielt inne, kurz bevor ein Löffel mit *raita* ihren Mund erreichte. »Wer?«

»Professor Sarkis und seine neuen Busenfreunde, heute nachmittag. Deswegen habe ich früher mit der Arbeit Schluß gemacht. Mir war ganz komisch deswegen.«

»Und was hast du ihnen gesagt?«

»Daß ich es mache, ist doch klar. Ich bin doch nicht verrückt! Ich habe ihnen gesagt, ich würde dich genau im Auge behalten und aufpassen, daß du nichts Böses anstellst. Also tu nichts, was denen nicht gefällt. Und falls doch, dann so, daß ich es nicht mitkriege.«

»Randa! Ich kann mir einfach nicht vorstellen, daß du mich bespitzeln würdest. Das ist ja schrecklich.«

Randa versuchte, zerknirscht auszusehen. »Ich weiß. Aber ich habe einfach Schiß gehabt. Und dann haben sie mir noch mehr Geld angeboten. Ich werde es sowieso nicht sehr lange machen.«

»Wieso nicht?«

»Weil ich glaube, daß Sarkis nicht mehr lange dabei sein wird.«

»Wieso meinst du das? Er hat sich heute ganz schön hart angehört. Und ich glaube, er hat einen Teil der Familie des Herrschers hinter sich.«

»Weil er ein Blödmann ist. Und diese beiden Pickelbübchen, die er da mitgebracht hat, sind jämmerlich, selbst für Bagdader Verhältnisse.«

Lina wußte nicht genau warum, aber sie fand das Gespräch mit Randa beruhigend. Professor Sarkis würde versagen, weil er ein Blödmann war und weil seine Sicherheitsleute eine schlechte Haut hatten. Randa erklärte sich bereit, ihre beste Freundin zu bespitzeln, und erzählte ihr auch noch, daß sie es tun würde. Das war der Lauf der Welt. Auf dem Heimweg im Taxi spürte Lina, wie ihr inneres Gleichgewicht allmählich zurückkehrte. Der Herrscher war tot. Man würde nicht zulassen, daß irgendwelche zweitklassigen Sadisten in seine Fußstapfen des Terrors traten.

Die Herrschaft von Professor Sarkis erwies sich tatsächlich als sehr kurzlebig. Noch in derselben Nacht wurden auf Anordnung des Innenministers die Büroräume von Coyote Investment von der Polizei bewacht. Als Lina am nächsten Morgen zur Arbeit kam, überwachten zwei uniformierte britische Polizisten die Aufzugzeile im fünften Stock. Sie nickten höflich, und einer tippte sogar an den Helm. Die beiden irakischen Schläger, Hammadi und Alani, waren verschwunden. Lina wußte nicht, ob sie zu ihrem alten Büro im geheimen Teil gehen sollte oder zu ihrem neuen, und entschied sich schließlich für das letztere.

Kurz vor zehn wurde Lina von Mr. Hammuds britischer Sekretärin benachrichtigt, daß in Mr. Hammuds Büro eine Versammlung sämtlicher irakischer Mitarbeiter stattfinde, sofort. Draußen im Flur sah Lina eine lange Schlange irakischer Angestellter wie Zombies in Richtung des Eckbüros gehen. Lina gehörte zu den letzten, die sich in die Schlange einreihten. Unterwegs fiel ihr auf, daß die beiden Bobbies, die die Aufzüge bewacht hatten, verschwunden waren.

Vor der schweren Tür zu Mr. Hammuds Büro wurde Lina von einem glatten jungen Sicherheitsmann in einem braunen Armani-Anzug angehalten. Er überprüfte die Personalien. Als er Linas Ausweis sah, rief er einen Kollegen herüber und besprach sich mit ihm auf Arabisch. Lina verstand nicht viel von dem, was sie sagten, aber ihrem Akzent nach zu urteilen, hörten sie sich wie Palästinenser an. Nach einer kurzen Diskussion ließen sie sie durch. Sie war eine der letzten, die das Büro betraten, so daß sie einen Moment brauchte, um in der Menschentraube zu sehen, was sich vorne abspielte.

Da stand, in gebieterischer Pose, hinter seinem Schreibtisch Nassir Hammud. Seine Haut hatte denselben Plastikglanz wie zuvor, aber in seinem Blick lagen Wut und Triumph, wie bei einem Boxer, der soeben seinen Gegner k.o.

geschlagen hat. Lina suchte in der Menge nach Professor Sarkis, konnte ihn aber nicht entdecken. Die pickeligen irakischen Geheimpolizisten schienen auch verschwunden zu sein, aber statt dessen war ein Kontingent junger Männer um Mr. Hammuds Schreibtisch versammelt, einschließlich der beiden Palästinenser, die an der Tür gestanden hatten. Einige von ihnen schienen Maschinenpistolen unter ihren Jacken zu tragen, und einer sprach in das Mikrophon seines Funkgerätes in seinem Ärmel. Und noch etwas fiel Lina auf: Das alte Bild des Herrschers über dem Schreibtisch, das noch am Tag zuvor mit Schwarz drapiert war, war fort.

Als alle im Raum vollzählig versammelt waren, ging die Tür zu und Mr. Hammud ergriff das Wort. »Nun, meine Freunde. Habt ihr mich vermißt?«

»Ja«, erklang es im Chor. Jeder brüllte es, sogar Lina. Der ganze Raum schien von dieser falschen Begeisterung zu beben, zur Begrüßung des zurückgekehrten Führers. Irgend jemand fing sogar an, auf Arabisch zu skandieren: »Mit Blut und mit Tränen grüßen wir Dich, o Nassir«, so etwas Ähnliches, wie das, was sie immer für den Herrscher skandiert hatten. Hammud schnitt ihnen das Wort ab. Er hatte offenbar den Geschmack für derlei vulgäre Darbietungen verloren.

»Es ist gut, daß ihr mich vermißt habt, denn ich habe euch auch vermißt!« Er hob den rechten Arm in einer Geste, die wie ein Hitlergruß aussah. Lina sah, selbst von ihrem Platz ganz hinten im Raum, daß mit seiner Hand irgendwas nicht stimmte. Der Zeigefinger war nicht mehr da. Ein dicker weißer Verband war um den Stumpf gewickelt.

»Jetzt, meine Freunde, kann der Betrieb weitergehen. Der Verräter ist weg.« Er fuchtelte mit dem, was einmal sein Zeigefinger gewesen war. »Der Lügner! Der Ungläubige! Der Armenier! Er wird nicht mehr bei uns sein. Er wurde von den britischen Behörden verhaftet – ja! – weil er versucht hat, sich etwas zu nehmen, was ihm nicht gehört. Gestern nacht noch, gleich nach meiner Rückkehr aus Bagdad, habe ich den Haftbefehl persönlich beantragt.

Also, was passiert da gerade in unserer geliebten Heimat? Ich weiß, daß ihr euch das fragt, ich werde es euch also erklären. Es ist alles ruhig. Der Herrscher ist verschieden. Gott schenke seiner Seele Frieden. Kräfte des Volkes haben die Regierung übernommen. Abtrünnige Mitglieder der Herrscherfamilie haben nach seinem Tod versucht, die Macht zu übernehmen, genau diejenigen, die den Hund Sarkis losgeschickt hatten, das Vermögen von Coyote Investment zu stehlen. Aber diese Verschwörung wurde niedergeschlagen. Sogar die Amerikaner haben die neue Regierung in Bagdad anerkannt. Gott sei Dank.«

Wieder ertönte ein zustimmendes Gemurmel, bis die palästinensischen Sicherheitsbeamten finstere Mienen machten, worauf die Menge wieder verstummte.

»Und jetzt habe ich eine gute Nachricht. Für jeden loyalen Mitarbeiter wird es am Monatsende eine Prämie geben. Die kleinste dieser Prämien wird fünfhundert Pfund betragen!« Von der Menge kamen dankbare Rufe, wie die kriecherischen Laute – keine richtigen Worte – die Bettler von sich geben, wenn ihnen jemand ein paar Münzen hinwirft. »Bedankt euch nicht bei mir. In diesen Tagen der Trauer und Verwirrung mußte jeder von uns leiden.« Er streckte ihnen die Arme entgegen, wie der Papst es tut, wenn er die Gläubigen segnet. Alles starrte nur auf den Stumpf seines Zeigefingers.

»Gehen wir also wieder an die Arbeit, meine lieben Freunde. Laßt uns hart arbeiten, um das Vermögen von Coyote Investment zu schützen, ein Vermögen, das wir geschaffen haben und das uns gehört; wir schützen es vor jedem, der versucht, es zu stehlen. Und für jeden, der vorhat, sich mit den Hunden und Verrätern einzulassen, die vorgeben, für die Familie unseres geliebten Herrschers zu sprechen, habe ich eine Warnung: Der Zorn des Herrschers wird euch wie ein sanfter Klaps erscheinen verglichen mit dem, was ich tun werde.«

Als Hammud fertig war, versammelten sich einige der schamlosesten Opportunisten um seinen Schreibtisch, um ihm die Hand zu küssen und ihm die ewige Loyalität zu versichern. Darunter waren, wie Lina bemerkte, mehrere, die am Tag zuvor am lautesten Professor Sarkis bejubelt hatten. Während sie zusah, wie sich die Schakale um Hammud versammelten, stellte Lina fest, daß Professor Sarkis ihr fast leid tat. Er war eine Marionette. Die Fäden waren gekappt worden, und er ins Unsichtbare verschwunden.

In dem Pulk, der auf die Tür zusteuerte, entdeckte sie Randa und ging mit ihr zusammen zur Buchhaltungsabteilung zurück. »Was ist mit Yussef passiert?« fragte Lina. »Ich hab' ihn bei der Versammlung gar nicht gesehen.«

Randa fuhr sich langsam mit einem Finger über die Kehle. *»Khatiya athwal.«* Es war ein irakischer Ausdruck, der »armer Dummkopf« bedeutete.

»Haram«, sagte Lina. *Pech.*

Als sie sich Linas neuem Büro näherten, nahm Randa sie beiseite. Sie hatte frischen roten Nagellack aufgelegt und trug einen noch kürzeren Rock als sonst.

»Hammud will dich wieder auf der inoffiziellen Seite haben«, raunte sie. »Ab morgen.«

»Woher weißt du das?«

»Weil dieser süße Sicherheitsbeamte Hassan es mir vor ein paar Minuten erzählt hat. Er hat mich gebeten, es dir zu sagen. Er hat gesagt, Mr. Hammud will sichergehen, daß du wieder zur Familie gehörst.«

»Hat er dich auch aufgefordert, mich zu bespitzeln?«

»Hm«, sagte Randa und nickte mit dem Kopf. »Allerdings.«

»Und du hast ja gesagt?«

»Na klar! Das haben wir doch schon erledigt. Mach's mir nicht so schwer. Komm' bald wieder. Ciao!« Sie küßte die Luft neben Linas Wange und trippelte davon, den Flur hinunter.

21

Hoffman aß an jenem Tag in seinem chinesischen Lieblingsrestaurant zu Mittag mit seinen wohltuend verdrießlichen Kellnern. Während er dasaß, fragte er sich, wer jetzt eigentlich der Eigentümer von Coyote Investment war, jetzt, da der Herrscher tot war? Er wußte keine Antwort. Nachdem der Herrscher umgebracht worden war, hatte Hoffman das Thema Nassir Hammud zu den Akten gelegt, aber die Frage ließ ihn nicht los, selbst als er mit seiner Wonton-Suppe, dem scharfen Bohnenquark und seinen Lomein fertig war. Nach dem Mittagessen streifte er durch Soho, vorbei an den Punk-Rock-Pubs, den trübe beleuchteten Strip-Lokalen und schmuddeligen Buchläden. Normalerweise empfand er dieses Viertel als eine urbane Idylle. Aber an diesem Nachmittag kamen ihm die Kundenfänger der Sex-Shows und die Säufer, die sich in den Seitengassen übergaben, nicht ganz so anheimelnd vor, und da war immer noch diese Frage, die ihn nervte. Hoffman machte sich Sorgen: er fand, er wurde alt. Gerade als er beschloß, es sei Zeit, nach Hause zu gehen, sah er einen kleinen dicken Mann aus einem Pub stolpern, und für einen Augenblick war er fest davon überzeugt, daß es sein Vater sei.

Als er wieder in seinem Büro war, rief Hoffman Barakat an, der einzige Mensch – außer Prinz Jalal – den er kannte, der noch am ehesten etwas wissen konnte. Barakats Sekretärin sagte, er sei beschäftigt, und wollte den Anruf nicht durchstellen, und so beschloß Hoffman, einfach unangemeldet hinzugehen. Der Nachmittag war trüb und regnerisch geworden, aber Hoffman ging trotzdem die paar Straßen zur Bank Arabia zu Fuß.

Barakat war tatsächlich beschäftigt, in einer Besprechung mit einer Besuchergruppe aus Amman, so daß Hoffman im Vorzimmer Platz nehmen mußte. Er blätterte im Immobilienkatalog von Southeby's, der auf dem Couchtisch lag, und fragte sich, wer bloß all die Häuser kaufen mochte, die für drei und vier Millionen Dollar angeboten wurden. Es konnten doch nicht alles Araber sein. Schließlich erschien Barakat, der seinen jordanischen Freunden die Hände schüttelte, sie zur Tür und zum Aufzug begleitete und den Eindruck erweckte, als würde er sie noch bis ins Hotel begleiten. Das gehörte zur arabischen Gastfreundschaft, seine Gäste nicht gehen lassen zu wollen, aber schließlich kam Barakat kopfschüttelnd wieder.

»Das sind Idioten«, sagte er, auf den Aufzug deutend. »Ich begreife nicht, wie die so reich werden konnten.«

Barakat schüttelte wieder den Kopf und ging in sein Büro zurück. Hoffman folgte ihm, ohne dazu aufgefordert worden zu sein. Barakat schürzte seine dicken Lippen. »Ich möchte nicht unhöflich sein, Sam, aber was möchten Sie? Ich habe zu tun.«

»Coyote Investment«, sagte Hoffman. »Ich muß Sie noch eine Sache fragen.«

Barakat kniff die Augen zusammen. »Und welche?«

»Wem gehört Coyote, jetzt wo der Herrscher tot ist und Hammud weg vom Fenster ist?«

Barakat faltete die Hände über seinem umfangreichen Bauch, so daß er wie Humpty Dumpty aussah. Er konnte der Versuchung nicht widerstehen, die Frage zu beantworten. »Hammud ist keineswegs weg vom Fenster«, sagte er. »Er ist gestern abend aus Bagdad zurückgekehrt. Und wie ich höre, in erstaunlich guter Verfassung, bis auf einen fehlenden Finger.«

»Was ist mit seinem Finger passiert?«

»Der Bruder des Herrschers hat ihn mit so einer kleinen

elektrischen Säge abgetrennt, wie Schreiner sie benutzen. Ein kleiner irakischer Brauch.«

Hoffman zuckte zusammen. Er gestattete sich, einen Moment lang darüber nachzudenken, was sie Lina antun würden, wenn sie sie jemals erwischten, und verdrängte den Gedanken gleich wieder. »Wieso haben sie ihm denn den Finger abgeschnitten? Was wollten die von ihm?«

»Geld natürlich. Aber Hammud wurde von seinen Freunden gerettet, bevor man ihm noch mehr abschneiden konnte. Anscheinend ist gerade ein Erbfolgekrieg im Gange, und Hammuds Seite ist dabei, zu gewinnen.«

»Worum geht es in diesem Krieg?«

»Um Geld, mein lieber Junge«, wiederholte Barakat, als würde er ein kleines Kind belehren. Es war spät. Er wurde ungeduldig. »Einer der Preise ist die Kontrolle über Coyote Investment, wenn das Ihre Frage beantwortet.«

»So ungefähr. Aber wer ist der Eigentümer, jetzt, in diesem Moment? Das würde ich gerne wissen.« Hoffman kratzte sich den Kopf.

»Eine komplizierte Angelegenheit. Es haben mich schon mehrere Leute heute nachmittag angerufen, um mir dieselbe Frage zu stellen.« Barakat zog die Augenbrauen hoch.

»Und was haben Sie ihnen gesagt?«

»Ich habe ihnen gesagt, daß es eine komplizierte Angelegenheit ist.« Er zog wieder die Augenbrauen hoch, wandte sich von Hoffman ab und tat so, als würde er ein paar Papiere studieren, die auf seinem Schreibtisch lagen. Er wollte eindeutig, daß Sam endlich verschwand. Sein Verhalten war kühler, als Sam es vom letzten Mal in Erinnerung hatte. Es war ein Verstoß gegen die arabischen Sitten, nach dem Grund zu fragen, aber Sam beschloß, es trotzdem zu tun.

»Stimmt irgendwas nicht, Asad? Sie wirken irgendwie gekränkt.«

Barakat starrte ihn an, eine vorwurfsvolle Miene auf seinem breiten Gesicht. »Ich bin nicht gekränkt, ich bin verärgert. Sie waren neulich nicht ehrlich zu mir, als Sie gesagt haben, Ihr Vater wüßte Bescheid, daß Sie mich wegen Hammud sprechen wollten. Das war eine Lüge, wie ich später von Ihrem Vater erfuhr.«

»Es tut mir leid, Asad. Ich wollte nicht absichtlich unehrlich sein.«

Barakat trug die selbstgerechte Miene eines Mannes zur Schau, der weiß, daß ihm Unrecht getan wurde und somit Macht über seinen Gegner hat. »Vertrauen ist im Orient die Grundlage aller Beziehungen, mein lieber Sam. Wenn es verschwunden ist, bleibt nichts mehr übrig.«

»Heißt das, daß Sie nicht mehr mit mir reden wollen?«

»Es heißt, daß ich vorsichtig sein muß. Aber ich werde versuchen, Ihre Frage zu beantworten, und zwar deswegen, weil es wichtig ist, daß Sie nicht noch mehr Fehler machen. Die Wahrheit ist, daß jetzt, wo der Herrscher tot ist, sein Geld eigentlich niemandem gehört.«

Sam nickte. Stell dich dumm, dachte er sich. Bring ihn zum Reden. »Und wer kann es dann beanspruchen, wenn es niemandem gehört?«

»Das ist noch so eine komplizierte Frage, vom juristischen Standpunkt aus gesehen. Das Geld gehört demjenigen, der einen Anspruch geltend machen kann. Wenn der ursprüngliche Eigentümer tot ist, können seine Erben oder andere Anspruchsteller versuchen, ihre Ansprüche geltend zu machen, vorausgesetzt, sie wissen, wo sie suchen müssen. Und wenn niemand einen Anspruch geltend macht, dann behält einfach die Bank das Geld, die es verwaltet – in diesem Fall eine Schweizer Bank, wenn ich mich nicht irre.«

»Aber das ist doch sicherlich illegal, Asad. Selbst in der Schweiz.«

»Keineswegs, mein Lieber. Es gibt einen juristischen Terminus für einen solchen Fall. *Res nullius* – ›eine Sache, die niemandem gehört‹. Meine Anwaltskollegen haben mir bestätigt, daß das Prinzip weit verbreitet ist. Wenn ich auf meinem Grundstück einen Schatz finde, der nicht der Krone gehört, dann kann ich ihn behalten. Das ist juristisch so.«

»Das Geld bleibt also einfach in der Bank?«

»Natürlich. Was meinen Sie, wie die Schweizer Banken so reich geworden sind? *Res nullius*. Sämtliche korrupten Könige und Präsidenten der Welt haben schon seit Generationen Geld in Schweizer Banken hineingeschaufelt – auf Geheimkonten, die völlig unbekannt sind, außer dem Geschäftsführer der Bank. Da sie trotz allem sterblich sind, haben diese Könige und Präsidenten die Angewohnheit, irgendwann zu sterben. Und die Banken streichen letztendlich die Beute ein.«

»Und die Bankiers sagen kein Wort?«

»Natürlich nicht. Mein lieber Sam, Sie begreifen offenbar nicht, was eine Bank ist. Eine Bank, das sind nicht Mauern, Tresorräume und Stahltüren. Eine Bank ist Vertrauen. Eine nicht vertrauenswürdige Bank kann Ihr Geld nicht schützen, egal wie dick ihre Mauern sind. Eine vertrauenswürdige Bank wird Ihr Geld immer schützen, auch wenn sie überhaupt keine Mauern hat.«

Hoffman schüttelte den Kopf wie ein Student, der dem großen Professor nicht folgen kann. »Asad, ich kann Ihnen nicht folgen. Sie sprechen in Rätseln.«

»Nun gut«, sagte Barakat mit einem strengen Nicken. »Ich werde versuchen, es Ihnen zu erklären, aber Sie müssen gut zuhören. Die sicherste Methode, Geld zu besitzen, ist, es überhaupt nicht zu besitzen. Wenn ich es auf eine Bank bringe, kann es zu mir zurückverfolgt werden. Aber wenn jemand anders es für mich auf die Bank tut, dann ist das eine ganz andere Sache. Es gehört mir nicht mehr. Die Adresse ist nicht meine Adresse. Wenn ich also eine Milliarde Dollar verstecken möchte, mein lieber Sam, dann mache ich das am besten, indem ich sie Ihnen gebe. Sie kann nie mehr zu mir zurückverfolgt werden. Aber wenn ich Ihnen vertraue, weiß ich, daß sie mir immer noch gehört, für immer.«

Sam schloß die Augen, während Barakat redete. Was er da gerade beschrieb, war im Prinzip die gleiche Transaktion, die Jalal ihm fünf Jahre zuvor vorgeschlagen hatte. Sam fragte sich einen schrecklichen Moment lang, ob das Geld, das Jalal ihn gebeten hatte zu verstecken, dem Herrscher gehört haben könnte. »Und der Herrscher glaubte, in Hammud so jemanden gefunden zu haben?«

»Ganz genau. Er dachte, er könne Hammud vertrauen, und so machte er ihn zu seinem Banker und übergab ihm die Kontrolle über sein Geld.«

»Und die Familie des Herrschers? Die sind doch seine Erben. Wieso können die nicht nach Genf gehen und seine Konten für sich beanspruchen?«

»Sie werden es mit Sicherheit probieren, aber sie werden das Geld nie finden. Es waren immerhin Geheimkonten. Darum ging es ja gerade. Die Familie kann nicht wissen, wo sie überhaupt suchen soll, wenn es Hammud ihnen nicht sagt. Und ich bezweifle sehr, daß er das tun würde. Wäre er dazu bereit gewesen, hätte er jetzt immer noch zehn Finger.«

»Die Familie könnte sich das Scheckbuch des Herrschers ansehen.«

»Sie verstehen offenbar nicht, wie Schweizer Banken funktionieren. Es gibt keine Scheckbücher. Es gibt überhaupt keine schriftlichen Unterlagen. Die Schweizer Nummernkonten sind größtenteils korrespondenzlose Konten. Die Bank behält sämtliche Auszüge in ihren Akten. Der Kunde muß persönlich erscheinen, um sein Konto einzusehen.«

Hoffman lächelte. »Die Schweizer sind paranoid.«

»Kann sein, aber in diesem Fall mit Recht. Bei so etwas Wichtigem wie Geld ist ein Geheimnis kein Geheimnis mehr, wenn mehr als zwei Personen davon wissen. Wissen es mehr als zwei, wird daraus eine allgemein bekannte Tatsache. Und so sorgen die Schweizer Bankiers dafür, daß es keinen Briefverkehr gibt, keine Unterlagen. Keine Spur. Sie sind ein ordentliches Volk. Sie möchten, daß die Identität eines Nummernkontos nur zwei Personen bekannt ist: dem Einleger und seinem Bankier. In manchen Fällen kann es vielleicht auch mal eine dritte Person geben, einen Mittelsmann, der im Namen des Einzahlers handelt. Das war beim Herrscher mit Sicherheit der Fall, denn meines Wissens hat er niemals einen Fuß in die Schweiz gesetzt. Ich bin überzeugt, daß er jemanden, auf den man nie kommt, als seinen Interessenvertreter ausgewählt hat. Mehr als überzeugt, ich weiß es. Und ich vermute, daß diese Person sich in diesem Moment mit Hammud im Gesprächskontakt befindet.«

Er lächelte. Es war fast ein Zwinkern. »Aber das Entscheidende ist, mein lieber Sam, daß man einen Fehler macht, wenn man versucht, in so einen delikaten Vorgang einzugreifen. Einen sehr gefährlichen Fehler. Wer so hart dafür gearbeitet hat, die Dinge geheimzuhalten, wird eine Verletzung seiner Privatsphäre nicht tolerieren. Verstehen Sie mich?«

Hoffman drehte sich alles im Kopf. Es kam ihm vor, als hätte er reinen Sauerstoff eingeatmet. Mit seinem Vortrag wollte Barakat ihm offenbar zu verstehen geben, daß er die Finger von Hammud lassen sollte, aber er verstand nicht, warum der palästinensische Banker es auf eine so seltsame, umständliche Art tat. Er beschloß, eine letzte dumme Frage zu stellen. »Und was wird jetzt mit dem Geld passieren, Asad-bey?«

»Hammud wird es sich nehmen, das ist doch klar. Er hat den Vorteil, daß er tatsächlich weiß, wo es ist oder war. Ich bin sicher, das Geld wird bald irgendwo anders hinverlegt.«

»Wieso es verlegen? Wieso es nicht da lassen, wo es ist?«

»Weil es hier um den Irak geht. Vertrauen ist Mangelware. Wenn Geld im Spiel ist, kann kein Iraki einem anderen allzu lange trauen. Was glauben Sie, warum der Herrscher umgebracht wurde?«

»Geld.«

»Ja, natürlich. In der arabischen Welt geht es immer nur um Geld, egal was Ihnen jemand erzählt. Wenn ein Geschäftsmann einen Aufrag bekommt, dann deswegen, weil er den Führer bestochen hat. Wenn ein Terrorist sich irgendwo niederläßt, dann deswegen, weil er den Führer bezahlt hat oder der Führer ihn. Wenn jemand ein Staatsoberhaupt erschießt, dann deswegen, weil eine sehr große Summe Geld den Besitzer gewechselt hat. Verstehen Sie, worauf ich hin aus will, mein lieber Sam?«

Er hielt inne. Mit seinem runden Schädel und seiner geröteten Haut sah er aus wie der Mann im Mond. Sam saß bewegungslos da, immer noch im Unklaren darüber, wieviel Barakat eigentlich wußte, und darauf hoffend, daß er fortfuhr.

»Ich versuche, Ihnen folgendes klarzumachen: Es wäre unklug, sich mit Nassir Hammud anzulegen, es sei denn, man ist sehr gut bewaffnet. Und besonders unklug wäre es für eine junge Irakerin, sich mit ihm anzulegen. Sie hätte nicht die geringste Chance. Dieser Hammud hat ein langes Gedächtnis.«

Sam spürte sein Herz klopfen. Barakat hatte einen Zahnstocher aus seiner Schublade geholt und stocherte sich damit in den Zähnen. Er schien über Lina Bescheid zu wissen, aber Sam wollte ganz sichergehen. »Was ist mit dieser Irakerin, Asad-bey? Wieso hat Hammud solche Angst vor ihr?«

»Weil sie weiß, wo das Geld ist. Zumindest glaubt Hammud das. Wie schon gesagt, hier geht es nur um Geld.«

»Und wenn sie gar nicht soviel weiß, wie er meint?«

»Dann ist ihr nicht zu helfen. *Haram.* Pech.«

Sam spürte, wie die Worte wie ein Messer seine allzu weiche Haut durchbohrten. Er schloß die Augen und sah Lina vor sich, schlaff und leblos. Jetzt da Barakat seine Botschaft losgeworden war, schien er das Interesse verloren zu haben. Der Banker lehnte sich in seinen Sessel zurück, nahm eine Akte in die Hand und vertiefte sich in sie. Die Atmosphäre in dem Raum war frostig geworden. Das Gespräch war beendet.

»Asad, bitte. Sie haben mir angst gemacht. Ich brauche Hilfe.«

»Ich habe Ihnen schon viel zu viel geholfen«, sagte Barakat. Er blickte auf seine Armbanduhr. »Es ist zu spät.«

»Bitte. Ein Menschenleben ist in Gefahr.«

Barakat schüttelte bestürzt den Kopf.

»Mein lieber Sam, Sie sind ein Tor. Natürlich ist ein Leben in Gefahr. Hunderte von Leben sind in Gefahr. Tausende. Sie begreifen offenbar nicht, wie heikel diese Dinge sind. Sie sind vor einigen Tagen hier aufgetaucht und haben mir die empörendsten Fragen gestellt, und ich habe versucht, Ihnen zu helfen, aus Respekt vor Ihrem Vater. Aber Sie haben mich getäuscht. Heute habe ich versucht, Ihnen klarzumachen, wie rutschig dieser Hang ist, den Sie gerade erklimmen. Aber Sie scheinen immer noch nicht zu begreifen, und ich habe genug gesagt. Also bitte gehen Sie jetzt. Sie bereiten mir Kopfschmerzen.«

22

Hoffman saß in seinem BMW mit ausgeschalteten Scheinwerfern gegenüber von Linas Wohnung im Landsdowne Walk. Aus dem nachmittäglichen Regen war ein Dunstschleier geworden. Er beobachtete die Leute, die die Häuser in der Straße betraten oder verließen, aber es schien sonst niemand das Haus zu überwachen. Er hatte schon seit fast zwei Stunden gewartet, als er eine Frau um die Ecke kommen sah. Sie trug einen Regenschirm, der ihr Gesicht verdeckte, aber am Gang erkannte er Lina. Hoffman sprang aus dem Wagen und lief über die Straße. Er ergriff ihre Hand.

»Machen wir eine Spazierfahrt. Wir müssen miteinander reden.«

Sie folgte ihm schweigend zum Wagen, und als sie saß, zog sie ihren Regenmantel aus. Sie war naß bis auf die Haut. Hoffman fuhr ein paar Straßen in westliche Richtung, um zu sehen, ob ihnen irgend jemand folgte, und kehrte dann zur Hauptstraße zurück. Die Straßen glänzten vor Nässe, die im Scheinwerferlicht silbern wirkte.

»Es gibt ein Problem«, sagte Hoffman. »Hammud ist wieder da.«

»Ich weiß«, sagte Lina. »Er hat heute eine Versammlung in seinem Büro abgehalten, um seine Rückkehr zu feiern. Er sah sehr munter aus, als hätte er gerade im Lotto gewonnen.«

»Er hat Sie immer noch im Visier, Lina.«

»Wie meinen Sie das?«

»Ich meine, er macht sich Sorgen wegen Ihnen. Er denkt, Sie haben rausgekriegt, wo sein Geld ist. Er denkt, Sie kennen alle seine Geheimnisse.«

»Woher wissen Sie das? Wer hat Ihnen das gesagt?«

»Ein Bankier, den ich kenne und der eine Menge über Hammuds Geschäfte weiß. Er hat mich gewarnt. Sie sollten sich in acht nehmen, weil Hammud der Überzeugung ist, daß Sie alles wissen, und er hat mir gesagt, daß er hinter Ihnen her ist.«

»Scheiße«, sagte sie.

Hoffman war überrascht. Er hatte sie noch nie fluchen hören. »Oberscheiße«, erwiderte er.

Sie lachte. Sie hatte ihn auch noch nie fluchen hören. Aber das Lachen verstummte schnell wieder. »Und was soll ich tun?« fragte sie.

Hoffman überlegte einen Moment. Die Lage war auch nicht besser oder schlechter als einige Tage zuvor. Aber der Einsatz war höher. »Vielleicht brauchen Sie eine Versicherungspolice«, sagte er.

»Danke. Vielleicht möchten Sie der Begünstigte sein.«

»Das habe ich nicht damit gemeint. Vielleicht sollten Sie das haben, was Sie nach Hammuds Meinung bereits haben; dann könnten Sie damit zur Polizei gehen oder einen Deal mit ihm vereinbaren. Das ist Ihr einziges Druckmittel. Sonst bleibt Ihnen nur die Alternative wegzulaufen.«

»Wie weit würde ich denn kommen?« fragte sie. Aber sie meinte es nicht ernst. Sie wußte nicht, wohin sie fliehen sollte, und, entscheidender, sie wollte es gar nicht. »Ich habe es satt, immer wegzulaufen«, sagte sie. »Und er würde mich sowieso verfolgen, wenn er denkt, daß ich alle seine Geheimnisse kenne.«

Hoffman nickte. Es stimmte. Sie steckte inzwischen so tief drinnen, daß es nicht leicht war, überhaupt einen Ausweg zu finden. Der BMW wurde langsamer, als sie sich dem Kreisverkehr von Shepherd's Bush näherten. Hoffman fuhr Richtung Norden, wo das Gefängnis von Wormwood

Scrubs lag, der Ort, den er sich für Nassir Hammud vorgestellt hatte.

»Und wie kann ich an diese Versicherung rankommen?« fragte Lina, während sie hinaus auf das dunkle, massige Gefängnis starrte.

»Sie brauchen die Dateien«, sagte er. »Entweder das oder ...« Er hielt inne, um sich eine andere Möglichkeit zu überlegen.

»Oder was?«

»Oder Sie geben auf«, sagte Hoffman.

Hoffman bot ihr an, zusammen essen zu gehen oder bei ihm zu Hause noch einen Schlaftrunk zu nehmen, aber es lag nicht viel Überzeugung in seiner Stimme. Er wußte, daß es nicht die richtige Nacht für so etwas war. Als er Lina vor ihrer Wohnung im Landsdowne Walk absetzte, gab sie ihm einen Kuß auf die Wange und ging schnell nach oben. Sie saß über eine Stunde lang in ihrer dunklen Wohnung und grübelte darüber nach, wie sie das Computersystem von Coyote knacken könnte. Vorher, als Systemchefin, hatte sie theoretisch Zugriff auf jede Datei gehabt. Zwar konnte ihre Tätigkeit überwacht werden, um sicherzugehen, daß sie sich nicht Hammuds Dateien ansah, jetzt aber hatte sie überhaupt keinen Zugang mehr zu Hammuds Geheimnissen.

Das System sollte eigentlich unverwundbar sein. Und doch war es ein Glaubensgrundsatz unter professionellen Informatikern, daß es so etwas wie ein unverwundbares System nicht gab. Es gab immer eine Falltür. Lina versuchte sich daran zu erinnern, wer als erster in ihrem Umfeld diese Weisheit verbreitet hatte, und dann fiel ihr ein, daß es ihre Freundin Helen Copaken gewesen war. Nun war ihr klar, was sie zu tun hatte: Sie mußte Helen anrufen.

Helen Copaken war eine Computerspezialistin. Sie hatte in dem Informatik-Studiengang an der Universität die besten Noten erhalten, und als Lina nach ihrem Abschluß zu Coyote Investment gegangen war, war Helen geblieben, um in

Elektrotechnik zu promovieren. Helen arbeitete hauptsächlich zu Hause, und in dieser Isolation kultivierte sie das, was sie gerne ihre »Spinnerei« nannte. Es machte ihr Spaß, zu den schwarzen Brettern im Internet zu surfen und die Leute, die sie nicht mochte, »niederzumachen«. Sie unterhielt sich alle paar Wochen mit Lina, meistens über Männer. Aber wenn es irgend jemanden gab, der wußte, wie man in ein Computersystem einbricht, dann Helen.

Lina zog Regenmantel und Gummistiefel an und ging zum öffentlichen Fernsprecher in dem pakistanischen Lebensmittelladen um die Ecke. Er war leer bis auf den Besitzer Mr. Ahmad. Lina legte die Hand um den Hörer, als ihre Freundin abnahm, und sprach im Flüsterton.

»Hallo, Helen? Hier ist Lina Alwan. Ich hoffe, ich hab' dich nicht geweckt.«

»Natürlich nicht. Die Nacht ist noch jung. Was gibt's Neues? Wie geht's?«

»So lala. Hast du eine Minute Zeit? Ich brauche Hilfe bei einem Computerproblem.« Lina blickte den Gang hinunter zur Kasse. Mr. Ahmad las in einer Zeitschrift. Er schien seine Umgebung gar nicht wahrzunehmen. »Es ist ziemlich heikel. Wenn ich's dir erzähle, mußt du mich schützen. Versprichst du mir das?«

»Na klar. Was du willst. Was ist los? Muß ja was Saftiges sein.«

Lina erklärte ihr Problem in so allgemeinen Worten wie möglich. Es sei etwas bei ihrer Arbeit passiert und sie müsse im Computersystem an die persönliche Datei von jemandem herankommen. Er sei weg und sie habe nicht sein Paßwort. Sie brauche Hilfe.

»Ich dachte, du bist Systemverwalterin. Du müßtest zu jeder beliebigen Datei Zugang haben können.«

»Ja. Aber man hat mein Paßwort geändert. Aus Versehen.«

»Hmmm«, sagte Helen. »Ich nehme an, du kannst kein neues bekommen.«

»Genau. Aber ich muß umgehend an diese Dateien rankommen. Und ich muß ziemlich diskret vorgehen.«

»Was ist das denn für ein Mist? Systemchefin, oder? Du kannst dir alles ansehen! Die Frage ist, wie du das machst, ohne neugierige Blicke zu wecken. Hmmm. Machst du regelmäßige Datensicherung?«

»Wie meinst du das?«

»Ich meine, speicherst du regelmäßig deine Dateien ab, aus Sicherheitsgründen?«

»Natürlich. Wir haben ein Programm, das jeden Freitag durchläuft. Es kopiert sämtliche Dateien auf eins dieser dicken Bänder.«

»Die heißen Exabyte-Bänder, Schätzchen. Was machst du mit denen?«

»Ich staple sie auf einem Regal, über dem Gerät.«

»Dann könnte man vielleicht dort anfangen. Besorg' dir die Sicherungsbänder.«

»Wieso? Die werden doch nie benutzt.«

»Eben. Da sind die gleichen Leckerbissen drauf wie im Online-System, aber die Leute vergessen sie. Außerdem kannst du damit irgendwo anders hin, aus dem Büro raus, um daran zu arbeiten. Also würde ich da anfangen. Ganz bestimmt.«

»Aber wie komme ich in die Dateien, wenn ich die Sicherungsbänder habe?«

»Ich nehme an, ihr habt ein UNIX-System?«

»Ja.«

»Okay, dann müßte das klappen. Die Maschine, mit der du die Bänder abspielst, wird ein paar Jahre alt sein müssen. Drei oder vier, mindestens. Klar? Wenn du eine findest, solltest du dich als *tech* anmelden. Und dein Paßwort wird *nician* sein. Süß, nicht? Und erzähl' *niemandem*, daß du das gemacht hast, weil das *mucho secreto* ist. Die Techniker haben diese Option in den alten UNIX-Maschinen in die Hardware eingebaut, damit sie hineinkonnten, wenn die Anwender die totale Scheiße gebaut haben. Es ist ein *S-u-Zugang*, du kannst dir alles angucken. Und dann geht die Post ab.«

»Und was bedeutet *s-u?*«

»›Superuser‹, Dummchen. Ist ja nicht zu fassen, daß du das alles nicht weißt. Du hast Glück, daß ich so clever bin.«

»So ein Glück. Und wie komm' ich an die Datei von diesem Typ, wenn ich erstmal drin bin? Erklär' mir das.«

»Wenn du nur eine Liste haben willst, gib *tar tv* ein. *Tar* steht für ›tape archive‹, *tv* für ›table of contents, verbosely‹. Ich weiß, das klingt komisch, aber vertrau' mir. *Tar tv*. Damit wird alles aufgeführt, was in seinem persönlichen Verzeichnis steht.«

»Aber ich will nicht bloß eine Liste. Ich will die Dateien. Wie krieg' ich die?«

»Kinderspiel, für clevere Mädchen wie dich und mich. Gib *tar xv* ein. In diesem Fall steht das *xv* für ›extract, verbosely‹. Dann ein Leerzeichen, dann einen Querstrich, dann *user* und noch einen Querstrich, dann den Namen dieses armen Clowns, dessen Dateien du dir grabschen willst, dann ein Sternchen, das bedeutet, daß du alle Dateien sehen willst. Kapiert? Also *tar*, Leerzeichen, *xv*, Leerzeichen, Querstrich, *user*, Querstrich, Name, Querstrich, Sternchen. Hokuspokus! Ganz einfach. Wirklich. So, was kann sonst noch danebengehen?«

Lina blickte auf das Telefon und schüttelte den Kopf. »Alles. Ich will ja nicht dämlich klingen, aber ich darf keinen Fehler machen. Geh' es mit mir noch einmal durch.«

»Erster Schritt: Besorg' dir das Sicherungsband. Zweiter Schritt: Finde ein altes Gerät mit einem Treiber, das das Band lesen kann. Dritter Schritt: Spiel' den ›Superuser‹ und zieh dein *Tar*-Programm durch. Vierter Schritt: Lies alles, was du willst, du ungezogenes Mädchen. Fünfter Schritt: Kopier' dir die Dateien, die dein Interesse wecken. Sechster Schritt: Tu das Band dorthin zurück, wo du es gefunden hast, seeehr vorsichtig, und niemand wird irgendwas bemerken. Siebter Schritt: Wenn du bei den gerade genannten Schritten irgendwo einen Fehler machst, dann bist du geliefert. Ist das klar?«

»Fast. Wo finde ich ein Gerät?«

»Das Gerät in deinem Büro zu benutzen kommt nicht in

Frage? Könntest du nicht spät nachts hingehen, wenn niemand da ist?«

»Das wäre nicht klug.«

»Hier geht's um was Superheikles, nehme ich an.«

»Und wie. Sonst würde ich dich nicht um Hilfe bitten.«

»Ach, was soll's. Es gibt an der Uni einen UNIX-Verarbeitungsrechner, der dein Zeug lesen kann. Er ist fünf Jahre alt, und ich *weiß* zufällig, daß er alles hat, was du brauchst. Wann brauchst du ihn?«

»Morgen mittag.«

»Also gut. Er steht in der CompSci Abteilung in der Gower Street, Raum 413. Weißt du noch, wo das ist? Morgen wird niemand da sein außer Shirley, der Sekretärin. Alle andern sind auf einer Tagung. Ich werde Shirley anrufen und ihr sagen, daß du das Gerät benutzen willst. Sie wird nichts dagegen haben. Sie kennt sich überhaupt nicht aus.«

»Wirst du da sein?«

»Nein, ich bin auch auf der Tagung. Du bist ganz allein. Aber keine Sorge. Es ist nicht schwer. Und wenn man dich erwischt, sag' einfach, daß es dir leid tut. So mach' ich das auch immer.«

Während Lina durch den Regen zurückging, ging sie in Gedanken noch einmal alle Schritte durch, die Helen beschrieben hatte. Es hörte sich alles einfach an, aber das war das Problem mit Leuten wie Helen. Die hatten ein anderes Betriebssystem, wie sie es bezeichnen würde.

Die Nacht kam Lina wie ein ganzes Jahr vor. Sie versuchte zu schlafen, ohne Erfolg. Sie wälzte sich im Bett hin und her und sah alle halbe Stunde auf den Digitalwecker mit seiner unerträglich präzisen Chronologie ihrer Schlaflosigkeit: 0:56. 1:48. 2:17. 2:34. 3:09. Schließlich stand sie auf und nahm eine Schlaftablette, durch die sie sich am nächsten Morgen ganz groggy fühlte. Was, in gewisser Weise, ein Segen war.

23

Früh am nächsten Morgen bekam Lina in ihrem Büro Besuch von dem palästinensischen Sicherheitsbeamten, der den braunen Armani-Anzug getragen hatte. Heute trug er einen olivgrünen Armani-Anzug, der an seiner ranken Gestalt wie an einer Schaufensterpuppe hing. Er sah scharfkantig und eckig aus. »Haben Sie ein Minütchen Zeit?« fragte er. Er lächelte, aber Lina war immer noch ganz nervös. Sie war erst einige Minuten zuvor zur Arbeit gekommen und überlegte sich schon, ob es unbedenklich war, sich die Sicherungsbänder zu holen und wann der beste Zeitpunkt dafür wäre. Und schon bekam sie Besuch von dem Sicherheitsbeamten.

»Darf ich mich setzen?« fragte er. Er war nicht nur »süß«, wie Randa bemerkt hatte, sondern auch höflich und sprach Englisch mit einem amerikanischen Akzent. Lina deutete auf einen Stuhl. Er setzte sich und schlug die Beine übereinander. Lina fiel auf, daß er braune Wildlederschuhe trug, die aussahen, als stammten sie von Fratelli Rossetti in New York. Ein sehr untypischer Sicherheitsbeamter.

»Ich dachte, wir unterhalten uns mal«, sagte er. »Weil ich ja ganz neu hier bin und Sie jetzt schon seit – wieviel Jahren? – drei Jahren? – bei der Firma sind.«

»Gut«, sagte Lina. »Reden wir.«

»Konnte ich mein Jackett ablegen? Dann wäre mir bequemer.« Er zog das Jackett aus und hängte es vorsichtig über die Stuhllehne. Es war wirklich von Armani. Er war eine ganz schöne Abwechslung zu dem Knoblauchmundgeruch, dem Gegrunze und Gestöhne der vorherigen Sicherheitsbeamten Hammadi und Alani. Lina suchte einen Bügel.

»Wo haben Sie denn Ihr amerikanisches Englisch gelernt?«

»An der University of California in Santa Barbara«, sagte er. »Aber jetzt bin ich meistens in Tunis. Oder war es, bis Mr. Hammud mich engagiert hat. Ich heiße Hassan, aber meine Freunde in Kalifornien nennen mich Haas.«

»Okay, Haas. Was bringt Sie zu mir?«

Er ignorierte die Frage, aber er hatte immer noch dieses freundliche, entspannte Lächeln auf dem Gesicht. »Wie ich höre, hatten Sie vor kurzem einige Probleme. Mit Professor Sarkis.«

Lina fiel auf, daß Sarkis und nicht Hammud erwähnt wurde. »Ja, stimmt. Aber ich hoffe, ich bin nicht in irgendwelche Schwierigkeiten geraten. Wie ich schon zu Mr. Hammud und Professor Sarkis gesagt habe, war ich immer bemüht, eine loyale Mitarbeiterin zu sein.«

»Nein, ich glaube, es liegt nichts Ernstes vor. Sarkis ist jetzt Schnee von gestern, und ich glaube, Mr. Hammud würde gerne einen neuen Anfang machen.« Er drehte seine Hand langsam um, mit den kontrollierten Bewegungen eines Mannes, der gewohnt war, Fünfzig-Kilo-Gewichte zu stemmen. Seine Handgelenke sahen wie dicke Brecheisen aus, gerade sichtbar unter den gestärkten Manschetten seines Hemds.

»Wirklich?«

»O ja, Ich glaube schon. Ich bin mir sogar ganz sicher, daß er das will. Mr. Hammud ist gar nicht so ein übler Kerl, wissen Sie. Er arbeitet einfach nur zuviel. Zuviel Streß.«

Lina nickte. Zuviel Streß! Sie versuchte immer noch, den gutgekleideten jungen Mann einzuschätzen, der ihr da gegenübersaß. Seine Stimme hatte die glatte, narkotisierende Wirkung eines teuren Hustensafts. Das Angsteinflößende an ihm war gerade diese Verbindlichkeit und eine Andeutung von unterdrückter Gewalttätigkeit, die hinter der Kleidung und seinem Gehabe lauerte.

»Wir würden gerne sehen, wie Sie sich in Ihrem alten Job

bewähren«, sagte er. »Hier in der Buchhaltung. So wie vorher. Wie finden Sie das?«

»Wunderbar«, sagte Lina. »Vielen Dank.« Mit seinem wachsweichen Psychogelaber war er ihr unheimlicher als die alte Sorte von Schlägern.

»Also dann. Ich weiß, daß Sie eine Menge Arbeit zu erledigen haben, und ich wollte wirklich nur kurz vorbeischauen und mich vorstellen. Wir freuen uns, Sie wieder hier zu haben. Wenn Sie irgendwas benötigen, brauchen Sie mich nur zu fragen.«

Er nahm sein teures Jackett von der Stuhllehne und schüttelte ihr die Hand mit einem Griff, der so wenig Fleisch und soviel Muskel hatte, daß er sich wie der eines Roboters anfühlte. Lina blickte ihm hinterher, wie er auf leisen Kreppsohlen den Flur entlangging, und versuchte sich klar darüber zu werden, ob er das wirklich alles gemeint hatte. Als sie wieder allein an ihrem Schreibtisch saß, kam sie zu dem Schluß, daß es eigentlich keine Rolle spielte. Ganz gleich ob er es ernst gemeint hatte, daß Hammud einen neuen Anfang machen wollte: ihr Entschluß stand fest. Sie brauchte nach wie vor ihre »Versicherung«. Sie sah auf ihre Armbanduhr. Sie würde zur Mittagszeit loslegen. Es blieben ihr noch drei Stunden zum Totschlagen.

Als es auf halb eins zuging, begann sich die Buchhaltungsabteilung zu leeren. Lina sah zu, wie die »vertrauenswürdigen Mitarbeiter« zu den Aufzügen strebten. Der Computerraum, auf dem Flur direkt gegenüber ihrem Büro, war leer. Sie hatte ihn den ganzen Vormittag über beobachtet, und es war niemand hineingegangen. Lina spähte zu ihrer Tür hinaus, den Flur hinunter. Es war niemand zu sehen. Sie ging schnell über den Flur zum Computerraum und öffnete die Tür einen Spalt. Er war leer. Sie ging hinein und schloß die Tür von innen ab. Es war kühl und still. Die Hardware war an einer Wand aufgestellt, wie eine Reihe kleiner Kühlschränke. Schnell, ermahnte Lina sich. Die Sicherungsbänder finden und nichts wie raus.

Sie konnte sie zuerst nicht finden. Die Regale, auf denen noch vor einigen Tagen Ordnung geherrscht hatte, waren jetzt mit Zuckertüten und Plastiklöffeln übersät. Irgend jemand hatte ganz oben ein Männermagazin mit vielen nackten Frauen offen liegenlassen. Yussef konnte einem nur noch leid tun, wirklich. Schließlich fand sie das aktuellste Band und steckte es in ihre Handtasche. Sie schnappte sich auch noch ein leeres Band, für den Fall, daß sie eine Kopie machen mußte, und stopfte auch das in ihre Handtasche.

Sie überlegte sich kurz, ob sie auch noch das Handbuch für das Betriebssystem mitnehmen sollte – eine umfangreiche Lose-Blatt-Sammlung – fand aber dann, daß es zu unhandlich sei. Egal. Sie würde ein bißchen herumtüfteln müssen. Es war Zeit zu verschwinden. Sie ging auf Zehenspitzen zur Tür und lauschte auf Schritte, hörte aber nichts. Sie öffnete die Tür ein paar Zentimeter, blickte in beide Richtungen und schlüpfte wieder auf den Flur hinaus. Nicht zurückschauen, sagte sie sich. Noch ein paar schnelle Schritte, und sie war so gut wie in Sicherheit. Sie schloß die Augen, als sie die Tür zu ihrem kleinen Büro aufmachte, weil sie fast erwartete, Mr. Hammud dort vorzufinden, aber es war leer.

Aywa! Ja, vielleicht hatte sie den Bösen Blick gestern nacht hereingelegt, als sie sich im Bett hin und her gewälzt hatte. Oder vielleicht war das Böse Auge mit dem Herrscher gestorben. Sie holte ihren Mantel aus dem Schrank und sah wieder auf den Flur hinaus. Er war immer noch leer. Wo steckten nur alle? Sie ging schnell zur Aufzugzeile und betete, daß keiner der Sicherheitsbeamten dort Wache hielt. Sie sah bloß eine britische Sekretärin von der anderen Seite, die ihre Nase in ein Buch gesteckt hatte. Es klappte. Der Böse Blick konnte sehen, wie sehr sie in den letzten Wochen gelitten hatte, und er war nicht mehr neidisch.

Die Universität war in Bloomsbury, eine halbe Stunde mit der U-Bahn entfernt. Lina ging direkt in die U-Bahn und fuhr mit der Piccadilly Line zum Russell Square. Es war bedeckt und nieselte; einer von jenen Tagen, wo die Londoner Kälte einem wie eine zweite feuchte Haut am Leib zu kleben schien. Lina steuerte auf das Uni-Gelände zu, wo sie drei Jahre in glücklicher akademischer Selbstvergessenheit verbracht hatte. Die Tauben im Russell Square sahen so aus, als hätten sie sich seitdem nicht vom Fleck gerührt. Den Hals tief in die Federn gesteckt, um warm zu bleiben.

Lina ging direkt in die Mathematisch-technische Fakultät und nahm den Aufzug zur Informatikabteilung in den vierten Stock. An der Tür stand ein alter Rentner in einer blauen Uniform, der das Gebäude bewachen sollte. Aber als Lina ihn anlächelte, tippte er bloß an den Hut und lächelte zurück. Shirley, die Abteilungssekretärin, wartete in ihrem Büro, genau wie Helen gesagt hatte. Sie las die *Sun*. Sie erinnerte sich an Lina von früher oder tat zumindest so. Lina entschuldigte sich dafür, daß sie sie an einem Tag, an dem niemand da war, störte. »Kein Problem«, sagte sie und wandte sich wieder ihrem Boulevardblatt zu. Wie schön, sich wieder in der schlampigen Umarmung der Engländer zu befinden.

Linas größtes Problem war die Zeit. Sie mußte den Teil des Bandes finden, auf dem sich die geheimen Daten befanden, ihn kopieren und wieder ins Büro zurückkommen. Sie fand ein Laufwerk und lud das Band. Mit einem Surren fing der große Rechner an, die Informationen zu verarbeiten. Es dauerte fast vierzig Minuten, viel länger, als Lina gedacht hatte. Aber schließlich war das System geladen, lief und imitierte das System bei Coyote. Sie sah auf ihre Uhr. Es war schon nach zwei.

Sie setzte sich ans Computerterminal. Ein Aufforderungszeichen verlangte einen Benutzernamen. Lina tippte *tech* ein, so wie Helen sie angewiesen hatte. Das Gerät erkannte den Namen und verlangte ein Paßwort. Lina tippte *nician* ein. Die nächste Zeile erschien mit einem neuen Aufforderungszeichen, #, und Lina begriff, daß sie drin war. Sie tippte, nur zur Sicherheit, *whoami* ein, und das Gerät antwortete *tech*. Die Falltür hatte funktioniert!

Jetzt mußte Lina nur noch Hammuds Dateien finden, Kopien machen und verschwinden. Sie versuchte sich gerade an Helens Anweisungen zu erinnern, als sie draußen im Flur Schritte hörte. Sie erstarrte, befürchtete, daß das Klickern der Tastatur durch die Tür hindurch hörbar sein könnte. Die Schritte wurden langsamer, als sie sich der Tür näherten. Das war seltsam. Helen hatte gesagt, es würde kein Mensch da sein. In ihrer plötzlichen Angst fragte sich Lina, ob vielleicht einer von Hammuds Schlägern sie bis zum Russell Square verfolgt hatte. Was war sie für ein Dummkopf! Sie hätte sorgfältiger darauf achten sollen, ob sie überwacht wurde. Lina meldete sich schnell am Gerät ab. Die Schritte hatten sich immer noch nicht von der Tür entfernt, und Lina meinte, jemanden atmen zu hören. Sie erhob sich vom Terminal und ging zur Tür. Besser, irgendwas tun, als einfach nur dasitzen und sich zu verstecken. Sie schloß die Augen und zog die Tür auf.

»Hallo, Liebes«, sagte Shirley. Sie wirkte kein bißchen verlegen, daß sie ertappt worden war. »Ich hab' mich nur gefragt, wie Sie vorankommen. Möchten Sie eine Tasse Tee?«

»Nein, danke«, sagte Lina. »Ich möchte nichts trinken.«

Shirley senkte vertraulich die Stimme. »Die werden bald von ihrer Tagung wiederkommen. Dachte, das würden Sie gerne wissen.«

Lina nickte. »Ich gehe bald. Versprochen.«

»Danke auch«, sagte Shirley und schlurfte wieder den Flur entlang zu ihrem Büro. Als Lina die Tür diesmal zumachte, schob sie den Riegel vor und schloß ab.

Sie machte sich wieder an die Arbeit, meldete sich wieder mit *tech* an und gab dann vorsichtig, so wie Helen es ihr gesagt hatte: *tar tv / user/hammud/**, ein, und rief ein Verzeichnis von sämtlichen persönlichen Dateien Hammuds auf. Das Bildschirmbild löste sich auf und baute sich sofort wieder vor ihren Augen auf, und siehe da, die ersten geheimen Dateien erschienen auf dem Bildschirm. *Mazbout!* Sie hatte es geschafft! Das Verzeichnis umfaßte dreiundzwanzig Posten. Sie sahen allesamt verdächtig aus. Sie wußte, welche Datei sie zuerst haben wollte. Sie gab *more oscartrading* ein.

Die Datei war ein schlichter Text von einer Seite Länge mit folgendem Wortlaut:

OSCAR TRADING, S. A.
EDUARDO LARSEN, PRÄSIDENT
OMAR SANCHEZ, SCHATZMEISTER
JULIO CASTILLO, SEKRETÄR
CO ARSEN Y CASTILLO, ABOGADOS
AVENIDA MEXICO Y CALLE 17 ESTE
PANAMA 1, REPUBLICA DE PANAMA
TEL: 507-25-6088
KONTO-NR. 38.50813,
BANQUE DES AMIS. 18 HENDRIKS PL. CURAÇAO,
NETHERLANDS ANTILLES.
BÜRO TUNIS: OSCAR D. FABIOLO.
TEL: 216-1-718-075.
NUR IM NOTFALL: R. Z. HATTON,
1700 J STREET, N. W., WASHINGTON, DC 20036,
USA. TEL: 202-555-9237.

Es gab keine Zeit, darüber zu rätseln, was das Dokument bedeutete. Neben dem System stand ein Laserdrucker. Sie gab Print ein. Kurze Zeit später hörte sie den Pfeifton der Walzen, die für den Druckbetrieb warmliefen. Es zwar zwanzig nach zwei. Man würde sich bald fragen, wo sie steckte. Sie würde es nie schaffen, die restlichen zweiundzwanzig Dateien auszudrucken. Sie beschloß, noch ein paar auszudrucken, die ihr wichtig erschienen, und den Rest für ein anderes Mal aufzuheben, wenn sie ihre eigene Kopie hatte. Sie studierte das Verzeichnis. Die mit »Konten« bezeichnete Datei klang interessant. Sie gab den Befehl *more accounts* ein, und schon sprang der erwünschte Text auf den Bildschirm. Es war einfach eine Liste von fünf Firmen mitsamt Adressen, gefolgt von Zahlenreihen, bei denen es sich offenbar um Bankkontonummern handelte:

Lincoln Trading, Ltd. Rawson Square, PO Box J-3026, Nassau, Bahamas. OBS # N4 808.537-0

Garfield Investment, Ltd. Rawson Square, PO Box J-3026, Nassau, Bahamas. OBS # N4 808.537-1

Wilson Transport, Inc. Apartado 623, Panama City, Panama. OBS # B2 218.411-0

Adams Investment, Inc. Apartado 623, Panama City, Panama. OBS # B2 218.411-1

Buchanan Trading, Inc. Apartado 623, Panama City, Panama. OBS # B2 218.411-2

Während sie auf die Liste starrte, kam Lina drauf, daß da irgend jemand Humor hatte. Die Tarnfirmen, die die wahre Eigentümerschaft von Coyote Investment verbargen, waren alle nach amerikanischen Präsidenten benannt. Was bedeutete OBS? Das mußte die Organisation de Banques Suisses sein. Professor Sarkis hatte ihr einmal, vor langer Zeit, als er ihr noch vertraute, gesagt, niemals irgendwelche Fragen über die Organisation de Banques Suisses zu stellen.

Sie gab auch hier den Druckbefehl ein und ging weiter zur letzten Seite der Kontendatei. Es war ein Tabellenkalkulationsblatt für Geldtransfer. Es waren wieder dieselben fünf Firmen aufgeführt, aber diesmal stand neben jeder eine Aufstellung der Kontobewegungen, Ein- und Ausgänge des letzten Quartals, 1. Januar bis 31. März. Jede Kolonne hatte eine Endsumme. Die Zahl war die gleiche für alle fünf Konten: $ 21,128,056. Sie fragte sich, wieviel Hammud wohl abgesahnt hatte, bevor er diese Summen gutgeschrieben hatte.

Es ging auf halb drei zu. Sie wußte, daß sie mit ihrem Glück spielte, aber sie wollte soviele Informationen bekommen wie möglich, bevor sie gehen mußte. Sie ging noch einmal zum Verzeichnis zurück und sah den Dateinamen *emergency*. Was war das? Sie gab den Befehl *more emergency* ein, und im nächsten Moment erschien der Text auf dem Bildschirm. Es war der kürzeste von allen. Er lautete insgesamt nur:

M. 11, RUE DES BANQUES. NO. Z 068621.
CODE: 0526.

Lina betrachtete die beiden kurzen Zeilen und fragte sich, was sie wohl bedeuten könnten. Was war bloß der Code? Es gab keine Zeit mehr, sich darüber Gedanken zu machen. Sie gab den Druckbefehl. Wieder im Verzeichnis fand sie den Dateinamen »Banken« und ließ erneut ausdrucken. Es handelte sich um eine Liste mit Adressen und, so vermutete sie, Telefonnummern. Oder vielleicht waren es auch Bankkontonummern.

1) OBELISK BANK. GRAYSON HOUSE, ECKE VERNON UND CHARLOTTE STREETS, NASSAU, BAHAMAS. 34.01.98.
2) BANQUE METROPOLE. 460 BOULEVARD RENÉ-LEVASQUE, SUITE 180, MONTREAL, KANADA. 0-4877.
3) CRÉDIT OTTOMAN. 28, RUE DE PENTHIEVRE, PARIS, FRANKREICH. LM5-R16.
4) ORDWAY BANK. 28 FORT STREET, GRAND CAYMAN, BRITISH WEST INDIES 6203.
5) BANQUE DES AMIS. 18 HENDRIKS PL., CURAÇAO, NETHERLANDS ANTILLES 72.45813.
6) BANCOBRAGA. CALLE 51 ESTE, MARBELLA, PANAMA. 50876J.
7) NEW WORLD BANK. 79 MIGNOT PLATEAU, ST. PETER PORT, GUERNSEY, CHANNEL ISLANDS. D11870.6.
8) TARIQBANK. 48 KING FAISAL ROAD, MANAMA, BAHRAIN. TL 8078.

Es war inzwischen nach halb drei. Sie mußte jetzt gehen. Unbedingt, umgehend. Sie hatte nur vier der dreiundzwanzig geheimen Dateien ausdrucken können, aber ihr blieb keine Zeit mehr. Sie holte ihre magere Ausbeute aus dem Drucker: fünf Blätter Papier. Sie faltete sie vorsichtig zusammen und steckte sie in die Innentasche ihrer Jacke.

Das Band. Sie hatte es immer noch nicht kopiert! *Khalas!* Hoffman wäre enttäuscht, wenn sie es nicht irgendwie schaffte, Hammuds Dateien zu kopieren. Auf dem Schreibtisch neben dem Terminal entdeckte sie einen braunen Umschlag. Sie nahm ihn spontan und schrieb vorne drauf: »Helen Copaken/Persönlich«. Sie legte das Band hinein zusammen mit einem schnell hingekritzelten Zettel: »Helen: Bitte mach eine Kopie von ›user/hammud/*‹ und nimm sie mit nach Hause. Keine Fragen. xxx/ooo. L.« Sie klebte die Klappe so fest zu, wie sie konnte. Auf dem Weg nach draußen gab sie Shirley den Umschlag, mit der kurzen Mitteilung, »Helen hat mich gebeten, das hier bei Ihnen abzugeben. Sie sagt, es sei wichtig.«

Shirley strahlte. Sie war gerne hilfreich.

Lina nahm sich ein Taxi zum Büro zurück. Der Verkehr war flüssig, und kurz nach drei hatte sie Knightsbridge erreicht. Sie war bei ihrer Rückkehr weniger nervös als beim Weggehen. Sie hatte das Sicherungsband nicht mehr bei sich, nur das leere, das sie mitgenommen hatte, um eine Kopie zu machen. Als sie den fünften Stock erreichte, gab sie den Code in das Ziffernschloß ein und betrat die Buchhaltungsabteilung. Es war überall totenstill. »Hallo«, rief sie in Richtung von Randas Büro. Es war niemand dort, noch sonst irgendwo. Sie eilte zu ihrem Büro und erschrak, als sie die Tür aufmachte.

Auf ihrem Tisch saß der aalglatte Sicherheitsbeamte mit dem schnieken Anzug. Hassan machte die Tür zu. Er lächelte nicht mehr. Lina bekam einen trockenen Mund, und ihre Fingerspitzen fühlten sich taub an.

»*Yumma!*« flüsterte sie. Es bedeutete einfach nur »Mama!«

24

»Wo ist das Band?« wollte Hassan wissen. Er hatte Linas Handgelenk gepackt, als sie den kleinen Raum betrat, und drückte es wie ein Stück Brennholz. Sein Gesicht hatte die beherrschte kalifornische Miene von vor einigen Stunden verloren und hatte jetzt härtere, mediterrane Züge angenommen. Linas Mund stand offen. Ein Laut entwich ihm, der zugleich ein Stöhnen und ein Aufheulen vor Angst war – während er den Griff um ihr Handgelenk verstärkte. Er hatte die Ärmel seines feinen Baumwollhemds hochgekrempelt, und seine bloßen Unterarme sahen so dick und hart wie Stahlrohre aus. »Wo ist es?« wiederholte er.

»Was für ein Band?« sagte sie, benommen und nach Luft schnappend.

Es war die falsche Antwort. Hassan zog sie mit seiner rechten Hand zu sich heran und schlug ihr mit der Linken übers Gesicht. Sie sank zu Boden, wurde aber wieder wie eine Marionette hochgerissen. Hassan stieß sie gegen die Wand. Ein Rinnsal von Blut floß ihr aus der Nase. Er drückte ihr einen seiner breiten Unterarme gegen die Kehle, preßte sie fest gegen die Wand, schob ihr dann sein Knie zwischen die Beine, so daß sie im Schritt und am Hals festgenagelt war wie ein Käfer. »Wo ist das Band?« wiederholte er. »Wir wissen, daß du es weggenommen hast. Wo ist es?«

»Handtasche«, sagte sie würgend. »In meiner Handtasche.«

»Braves Mädchen«, sagte Hassan. Er zog Knie und Unterarm zurück und zerrte sie am Handgelenk zum Schreibtisch, wo ihre Handtasche lag. Er leerte sie aus. Die leere Diskette fiel klappernd auf den Tisch. »SONY« stand in leuchtenden Buchstaben drauf. Der Palästinenser hob sie auf, untersuchte sie zuerst begierig, dann zornig. Sie war noch unberührt in ihrer Zellophanverpackung. Er schleuderte sie gegen die Wand, zertrümmerte sie in ihrer Verpackung.

»Nicht dieses Band, du Schlampe!« Er packte sie im Nacken und knallte ihren Kopf auf die Tischplatte. »Das ist das falsche.« Er zog sie hoch und rammte ihren Kopf wieder gegen den Tisch. »Wo ist dieses verfluchte Band?«

Lina rang nach Atem. Beim letzten Schlag war ihre Stirn aufgeplatzt, so daß ihr Blut ins Auge lief. Sie hörte die Stimme des palästinensischen Sicherheitsbeamten, der über ihr stand und diesselbe Frage wiederholte. »Wo ist das Band?« Der Schmerz in ihrem Kopf war so heftig, daß Denken unmöglich war. Wenn sie nicht antwortete, würde er sie wieder schlagen. Sie wußte, sie würde irgendwann gestehen, um die Schmerzen zu vermeiden, und er würde die Computerausdrucke in ihrer Tasche finden und er würde sie vernichten.

»Wo ist das Band?« schrie er wieder.

»Ich weiß es nicht«, rief sie. Aber sie wußte, daß die Zeit knapp wurde. Seine Finger klammerten sich so fest um ihren Hals, daß sie das Gefühl hatte, ihr würden gleich die Knochen brechen.

»Wo hast du es hingetan, du alte Schlampe?« Er glühte vor Zorn und griff mit jedem Wort fester zu. »Du hast es deiner Freundin Randa gegeben, stimmt's?«

»Was?« keuchte Lina. Sie hörte die Worte, aber sie konnte nicht nachdenken.

»Das Band ist bei Randa, stimmt's?« brüllte er wieder.

»Ja«, hörte sie sich antworten. Es war egal, was sie sagte. Früher oder später würden sie merken, daß sie gelogen hatte. Aber wenigstens könnte sie damit etwas Zeit gewinnen. »Es ist bei Randa. Ich habe das Band bei Randa versteckt.«

Hassan riß ihren Kopf an ihren kurzen schwarzen Haaren vom Tisch hoch und schleuderte sie wieder gegen die Wand. Er legte ihr seine Hand über den Mund und drückte so fest, daß sie meinte, ihre Wangenknochen würden zerbrechen. »Wenn du lügst, wirst du sterben«, sagte er. »So, wo wohnt Randa?«

Er führte Lina über die Hintertreppe hinaus. In der Gasse, neben dem Müllcontainer, wartete eine Jaguar-Limousine mit einem Fahrer. Zu Hassan war ein zweiter palästinensischer Sicherheitsbeamter gestoßen, den er Abu Raad nannte. Sie hielten Lina an den Ellbogen und stießen sie zum Auto. »Keinen Ton«, fauchte Hassan. Er hatte ein Klappmesser aus der Tasche gezogen und richtete die lange schmale Klinge auf ihren Rücken. Sie stießen sie auf den Rücksitz, nahmen sie in die Mitte und machten die Türen des großen Wagens zu. Hassan zerrte an ihrem Rock und zog ihn ihr bis zur Hüfte hoch. Dann preßte er mit der anderen Hand ihre Knie auseinander und drückte die Klinge des Messers gegen ihre Scham, so daß sie sich nicht bewegen konnte, ohne sich zu verletzen.

»Unternimm' irgendwas wegen ihrer Stirn«, sagte er. »Sieht übel aus. Könnte jemandem auffallen.«

Der Fahrer reichte einen Kasten Papiertaschentücher nach hinten, und Abu Raad tupfte grob das Blut weg, das sich über ihrem Auge und unter ihrer Nase verkrustet hatte.

»Okay. Sag ihm, wie man zu Randa kommt, und mach' keinen Scheiß.« Er verstärkte den Druck der Klinge, um seinen Worten Nachdruck zu verleihen.

Lina nannte ihm eine Adresse in der Beltran Road in Chelsea, wo Randa wirklich wohnte. Sie hatte keine Ahnung, was sie tun würde, wenn sie zu der Wohnung kamen, aber sie wußte, daß sie dort eine größere Chance hätte als im Büro. Sie fuhren in südlicher Richtung die Sloane Street hinunter, kamen unterwegs an einem Polizisten vorbei. Lina war kurz davor zu schreien, aber das Messer drückte fester gegen das

Fleisch. »Keine Tricks«, sagte Hassan. Sie fuhren langsam an Hans Place, Cadogan Square, Eaton Place vorbei – einige der teuersten Immobilien in der westlichen Welt, die Früchte von Weinbergen, die Tausende von Meilen entfernt in den Außenposten des Empires gehegt worden waren und jetzt Saudis, Libanesen und Kanadiern gehörten. Der Wagen bog nach Westen in die King's Road ein und fuhr jetzt in Richtung Chelsea.

»Du bist ein sehr ungezogenes Mädchen«, sagte Hassan und lockerte den Druck des Messers etwas. Er hatte etwas von seiner kalifornischen Jovialität wiedergefunden. »Weißt du, ich glaube, so wütend hab' ich Mr. Hammud noch nie erlebt wie heute nachmittag, als ich ihm gesagt habe, daß die Bänder fehlen. Er hat richtig *getobt*. Wie bist du bloß drauf gekommen, daß du damit durchkommst? Hast du nicht gewußt, daß wir dich überwachen?«

»Nein«, sagte Lina. Von ihrer Stimme war nur noch ein heiseres Flüstern übrig.

»Du steckst wirklich tief in der Scheiße, Schätzchen«, fuhr Hassan in seinem näselnden amerikanischen Akzent fort. »Weißt du das? Ich möchte nicht wissen, was die mit dir in Bagdad anstellen werden. Die werden rauskriegen müssen, wovor du am meisten Angst hast. Leidest du an Klaustrophobie? Ich habe gehört, die begraben Leute gerne lebendig unter der Erde in Särgen. Du kriegst einen kleinen Strohhalm zum Atmen, und dann lassen sie dich da unten ein paar Tage lang liegen, oder eine Woche lang, oder vielleicht für immer. Oder Schlangen? Magst du die? Die werden in Bagdad viel Spaß mit dir haben. Du bist ideal.«

Er lächelte dieses nichtssagende Santa-Barbara-Lächeln, als würde er in einem Werbespot im Fernsehen eine Saftpresse oder eine Küchenmaschine anpreisen.

»Und deine votzige Freundin Randa ebenfalls. Was für eine Schlampe! Sie hat uns gesagt, sie würde dich im Auge behalten, und dann hat sie ein doppeltes Spiel mit uns getrieben. Mr. Hammud wird über sie nicht glücklich sein. Überhaupt nicht.«

»Sie weiß nichts«, sagte Lina. »Ich hab' ihr nichts von dem Band erzählt.«

»Jaja. Genau. Erzähl mir doch nichts.«

Sie waren jetzt in Chelsea, fuhren an dem Industriegebiet mit den Gaswerken vorbei und erreichten beinahe das Viertel, in dem Randas Wohnung lag. »Wo ist es, verdammt nochmal?« wollte Hassan ungeduldig wissen. »Na los!«

»Die nächste links«, sagte sie, die Richtung zur Wandsworth Bridge Road angebend. »Und dann rechts, auf die Beltran.«

»Welches Haus ist es?«

»Das da drüben.« Lina zeigte auf das dritte Haus auf der rechten Seite. »Zweiter Stock.«

Der Wagen fuhr an den Bordstein. Hassan nahm das Klappmesser zwischen ihren Beinen weg. »Aussteigen«, sagte er. »Und komm' nicht auf den Gedanken, irgendwas zu versuchen, weil mein Freund Abu Raad hier eine Pistole hat, und er ist kein freundlicher Mensch.« Der andere Palästinenser zog eine Neun-Millimeter-Pistole aus seinem Schulterhalfter, so daß sie den silbrigen Glanz des Laufs sehen konnte. »Schön langsam jetzt«, sagte Hassan. »Vorsichtig.«

Lina stieg aus dem Wagen aus. Sie wußte immer noch nicht, was sie tun sollte. Die kurze Straße war völlig menschenleer. Hassan packte sie am Handgelenk und zog sie auf die andere Straßenseite. Er hatte das Messer auf ihr Kreuz gerichtet, knapp über dem Gesäß. Lina blickte prüfend die Beltran Road entlang, als sie die Straße überquerten, und betete darum, daß jemand kommen würde. Sie hatte es beinahe schon aufgegeben, als sie zwei Häuser weiter eine Gestalt in einem dunklen Mantel aus der Tür herauskommen sah. Er trug eine große Tasche um die Schulter. Ein Postbote. Hassan zog sie hinter sich auf den Bordstein hoch. Er sah zu Randas Wohnung hinauf und überlegte, wie er hineinkommen könnte. Er hatte den Mann in dem dunklen Mantel noch nicht bemerkt.

Jetzt oder nie, dachte Lina. Entweder du unternimmst jetzt was oder du wirst sterben.

Sie brauchte ihre ganze Willenskraft für diesen Schrei, aber er brach plötzlich hervor wie der Laut einer Trillerpfeife – schrill vor Entsetzen, das ihr in Kehle, Lunge und Bauch saß. Hassan wirbelte zu dem Postboten herum, und in derselben Bewegung stieß er mit seinem Messer nach Lina. Sie aber fuhr herum und stürzte schreiend vom Bürgersteig auf die Straße.

»Halt!« schrie der Postbote. Er schlingerte ihnen wie in einer Art Zeitlupe entgegen, ein großer, freundlich aussehender Mann Mitte Vierzig. Hassan sah erst zu ihm hin, dann zu Lina, die wieder auf den Beinen war, immerzu schreiend, als wollte sie die Toten zum Leben erwecken. Der Palästinenser war einen Augenblick lang wie erstarrt, überlegte, wohin er sich wenden sollte. Aber sein Kollege, Abu Raad, hatte sich entschlossen. Er richtete seine Pistole auf den Postboten und drückte ab. Der Postbote ging zu Boden. Die Schüsse hallten durch die schmale Straße, und von mehreren Fenstern ertönten Schreie.

»Scheiße!« brüllte Hassan.

Lina rannte jetzt so schnell sie konnte zurück Richtung Wandsworth Bridge Road. Der Fahrer war aus dem Jaguar gestiegen und machte Anstalten, sie zu verfolgen, aber er war zu dick und zu schwerfällig; immer noch schreiend rannte sie mit dem Adrenalinschub eines Menschen weiter, der sich noch wenige Augenblicke zuvor für so gut wie tot gehalten hatte. Es kamen jetzt, angelockt von dem Krach, Leute von der Hauptstraße her, und mehrere gingen auf die beiden Palästinenser zu. Abu Raad zielte auf Lina und gab einen Schuß ab, aber sie lief geduckt, und der Schuß verfehlte sie. Als der Schuß losknallte, gingen die Fußgänger in Deckung, und bevor Abu Raad noch einmal schießen konnte, war Lina um die Ecke gebogen und verschwunden.

»Verfluchte Scheiße!« schrie Hassan. »Steig ein!« brüllte er Abu Raad zu. »Los.«

Der Palästinenser gab noch einen Schuß in die Luft ab und rannte dann mit Hassan zusammen zum Jaguar. »Soll ich ihr hinterherfahren?« fragte der Fahrer.

»Vergiß sie«, schnaufte Hassan. »Sieh, daß du hier wegkommst.«

Sie wurden einige Minuten später bei einer Polizeisperre auf der Wandsworth Bridge Road angehalten. Die Schlagzeilen in der Spätausgabe des *Evening Standard* lauteten: PLO-KOMMANDO BEI TERROR-ÜBERFALL GESCHNAPPT. In dem Artikel stand nichts über Coyote Investment noch etwas über Nassir Hammud. Aber angeblich suche die Polizei eine dritte verdächtige Person, eine Araberin, die den Schützen geholfen hatte und zu Fuß geflohen war.

Lina nahm den erstbesten Bus auf der Wandsworth Bridge Road. Die Wunde an ihrem Po war nur oberflächlich und hatte schon wieder aufgehört zu bluten, aber sie zitterte wie Espenlaub. Sie schlug ständig gegen ihre Jackentasche, um sich zu vergewissern, daß die Ausdrucke noch da waren. Eine Frau, die in ihrer Nähe saß, wollte sie beruhigen, aber Lina sagte, es gehe ihr gut, wirklich, und die Frau ließ sie in Ruhe. Sie sah in ihrer Handtasche nach, ob ihre Brieftasche noch da war, und zählte ihr Geld. Es reichte für ein Taxi. Sie wollte erst mal duschen und sich umziehen und dann überlegen, wie sie am Leben bleiben könnte.

In Fulham stieg sie aus und winkte einem schwarzen Taxi. »Notting Hill Gate«, sagte sie zu dem Fahrer. »Lansdowne Walk.« Aber als das Taxi von der Holland Park Avenue in Richtung ihrer Wohnung abbog, sah sie, daß direkt gegenüber ein Mann auf einem Motorrad hockte und wartete.

»Mist«, sagte Lina und duckte sich tief in den Sitz

»Wie bitte, Miss?« sagte der Fahrer.

»Fahren Sie weiter«, sagte sie schnell. »Nicht anhalten.«

Er drehte sich um und beäugte sie mißtrauisch, aber er behielt den Fuß auf dem Gaspedal. »Und wo soll's dann hingehen?«

»North Audley Street«, sagte Lina.

Der Fahrer fuhr wieder Richtung Osten die Bayswater Road hinunter und bog kurz hinter Marble Arch in Hoffmans Straße ein. Aber als sie sich dem Eingang seines Gebäudes näherten, sah Lina eine andere Gestalt, die in einem Lieferwagen saß und Hoffmans Tür bewachte. Der Fahrer fuhr langsamer, machte Anstalten anzuhalten. Lina duckte sich wieder und hielte sich die Hand vors Gesicht.

»Bitte weiterfahren. Nicht hier anhalten. Tut mir leid. Falsche Adresse.«

Der Fahrer warf ihr einen Blick zu, als sei sie geistesgestört. »Und wohin jetzt?«

»Irgendwohin«, sagte sie. »Buckingham Palace. Ich will eine kleine Stadtrundfahrt machen.«

Er schüttelte den Kopf, befolgte aber ihre Anweisung. Es war Lina egal, daß er sie immer wieder im Rückspiegel beobachtete. Unter den Umständen war das beinahe beruhigend.

Einige Minuten später rief Lina von einer Telefonzelle im Birdcage Walk, kurz hinter dem Buckingham Palace, Hoffman an. Ihre Stimme war zittrig. Er fragte sie sofort, ob alles in Ordnung sei.

»Nein«, sagte sie. »Überhaupt nicht. Zwei von Hammuds Leuten haben gerade versucht, mich umzubringen. Ich bin ihnen gerade eben noch entwischt. Aber ich habe die Beweise, über die wir gesprochen haben. Sieht ziemlich gut aus, wenn ich sie entschlüsseln kann.«

»Um Gottes willen! Wie sind Sie ihnen entkommen?«

»Ich bin gerannt. Ich renne immer noch.«

»Haben Sie die Polizei benachrichtigt?«

»Nein. Aber ich habe das Gefühl, daß sie vielleicht bald nach mir suchen wird. Einer von Hammuds Jungs hat einen Postboten angeschossen.«

»Wo sind Sie? Ich komme Sie sofort holen.«

Sie überlegte kurz. Sie brauchte ihn, und sie brauchte ihn nicht. Er könnte ihr helfen, und er könnte ihr schaden. »Vielleicht komm' ich im Moment besser allein zurecht, Sam. Sie werden von denen überwacht. Wenn Sie versuchen, mich zu treffen, wird man ihnen folgen.«

»Wovon reden Sie?«

»Ich hab' vor ein paar Minuten einen Mann in der Audley Street gesehen. Ich wollte eigentlich zu Ihnen, aber als ich diesen Mann sah, der da auf Ihrer Türschwelle kampiert, dachte ich, das ist vielleicht doch nicht so eine gute Idee.«

Hoffman sah aus dem Fenster und betrachtete den Mann in dem blauen Lieferwagen. »Sie haben recht«, sagte er. »Was werden Sie jetzt tun?«

»Ich tauche unter. So sagt ihr Spione doch dazu, oder?«

»Ich bin kein Spion, verdammt noch mal. Ich kann Spione nicht ausstehen. Ich bin schon mein ganzes Leben damit beschäftigt, Spionen aus dem Weg zu gehen.«

»Auf Wiedersehen, Sam. Ich melde mich wieder sobald wie möglich, von irgendwo.«

»Moment mal. Können wir nicht ein Treffen arrangieren, in einem Park oder irgendwo? Ich kann meinen Beschatter abhängen.«

»Sehen Sie? Sie sind *doch* ein Spion.«

»Nein, bin ich nicht. Ich bin Ihr Freund. Sie bedeuten mir sehr viel. Und Sie sind meine Klientin.«

Das Piepzeichen ertönte, signalisierte, daß es Zeit war, weitere Münzen einzuwerfen. »Das ist nett von Ihnen«, sagte Lina. »Aber ich muß jetzt weiter. Ich hab' kein Geld mehr.«

Hoffman begann wieder zu reden, sie anzuflehen, aber die Leitung war plötzlich tot.

Lina kannte ihr nächstes Ziel. Sie winkte einem der Taxis, die Richtung Embankment rasten. »Fahren Sie mich nach Blackheath«, wies sie den Fahrer an. »Irgendwo in die Nähe von Greenwich Park.«

»Das ist aber ein weiter Weg, Miss«, sagte der Taxifahrer zweifelnd. Eine zwanzig Pfund teure Taxifahrt zu keiner bestimmten Adresse. Lina schloß die Augen und lehnte sich in dem tiefen Ledersitz zurück. Als sie eine halbe Stunde später Blackheath erreichten, bezahlte sie und ging dann zu Fuß ein paar hundert Meter weiter zu einem kleinen Reihenhaus in der Westgrove Lane. Sie blieb unterwegs stehen, überquerte die Straße und ging noch einmal zurück, um sich zu vergewissern, daß sie nicht verfolgt wurde. Nach einem letzten verstohlenen Blick drückte sie die Klingel.

25

»Du siehst ja ziemlich beschissen aus!« sagte Helen Copaken, als sie die Tür aufmachte. »Was ist mit dir passiert?« Sie hatte schwarze Jeans und ein weißes T-Shirt an, ohne BH, und ihre langen gelockten Haare waren mit einer hölzernen Haarspange auf dem Kopf hochgetürmt. Helen lebte in einer Nische irgendwo zwischen spätem Bohemien und frühem Punk. Ihr Aussehen und ihre Kleidung gehörten zu dem Schutzmantel einer Frau, die immer klüger gewesen war als alle um sie herum, einschließlich jener Männer, die das Feld beherrschten. Sie scheute sich einfach nur, ihre Schönheit zu zeigen, und das schien ihr so zu gefallen. Als sie noch zusammen an der Universität gewesen waren, hatte sie sich von Lina wie von einer Art Blindenhund in die reale Welt führen lassen.

»Hallo«, sagte Lina schwach. »Darf ich reinkommen?«

Helen zog sie herein und gab ihr einen Kuß auf die Wange und trat dann zurück. »Im Ernst, Lina. Du siehst ja wie das reinste Nervenbündel aus. Was hast du bloß mit dir angestellt? Ist alles in Ordnung?«

»Nein, nichts ist in Ordnung. Ich hab' Ärger.«

Helen warf einen genaueren Blick auf Linas Gesicht. »Was ist mit deiner Stirn passiert? Und deiner Nase? Hat dich jemand zusammengeschlagen?«

Lina nickte. Sie war plötzlich kurz davor, loszuweinen, nachdem sie so viele Stunden hatte tapfer sein müssen. »Leute aus meinem Büro haben versucht, mich umzubringen«, sagte sie.

Helen verstand sie nicht richtig. Sie dachte, Lina mache einen Witz. »Das wundert mich nicht, nach diesem Coup mit den Bändern. Leute aus meinem Büro wollen mich übrigens auch umbringen. Der Abteilungsleiter war gar nicht erfreut.«

»Hast du eine Kopie gemacht?«

»Ja! Hab' sie hier. Willst du mir mal sagen, worum es hier eigentlich geht?«

»Nicht jetzt. Vielleicht später. Aber das hab' ich ernst gemeint, Helen. Leute aus meinem Büro wollen mich umbringen.«

»Wollen sie dich umbringen oder bloß verstümmeln?«

»Das ist kein Witz, verdammt nochmal. Heute nachmittag haben mich zwei Typen vom Büro gekidnappt, als ich von der Uni wiederkam. Sie wollten mich nach Bagdad bringen, aber ich bin ihnen entkommen. Und dann haben sie einen Postboten angeschossen. Wahrscheinlich steht das alles morgen in der Zeitung.« Tränen begannen ihr aus den Augen zu kullern.

»Lina!« sagte Helen und legte die Arme um Lina, als sie endlich begriff, daß Lina genau das meinte, was sie gesagt hatte. Sie ließ sie eine Weile weinen, kam dann mit einer heißen Tasse Tee wieder, einem Verbandskasten, um ihre Wunden zu verbinden, und einem Teller mit Keksen und einer Schale Eiskrem. Erst als sie ihre Freundin versorgt hatte, stellte Helen die Frage.

»Warum sollte dich jemand umbringen wollen?«

Lina zögerte einen Moment, bevor sie antwortete. »Willst du das wirklich wissen? Es ist nämlich gefährlich, und du mußt mir versprechen, es niemandem weiterzuerzählen.«

»Ich will es wirklich wissen. Und ich werde es keiner Menschenseele erzählen.«

»Die wollen mich umbringen, weil sie denken, daß ich weiß, wo der Herrscher des Irak sein Geld versteckt hat.«

»Man faßt es nicht! War's das, wonach du in den Dateien gesucht hast?«

»Ja. Leider haben sie rausgekriegt, daß ich das Band habe mitgehen lassen.«

»Man faßt es nicht!« wiederholte sie. »Das Problem ist also, wie wir dich aus dieser Scheiße wieder rausholen?« Sie war jetzt sehr professionell, nachdem sie beschlossen hatte, für die Regelung von Linas Problemen zuständig zu sein. »Wie lange wird es dauern, bis Gras über diese ganze Sache gewachsen ist?«

»Keine Ahnung. Ein paar Jahre. Schwer zu sagen, aber ich glaube, es wird schon eine ganze Weile dauern. Es geht um ziemlich viel Geld.«

»Wieviel?«

»Ein paar Milliarden wahrscheinlich.«

»Dollar oder Pfund?«

»Dollar. Aber kommt es darauf an?« Lina erklärte, so gut sie konnte, was sich während der vergangenen Woche ereignet hatte, und was sie auf ihrem Ausflug durch Nassir Hammuds Dateien entdeckt hatte, und wie sie von verschiedenen arabischen Geheimpolizisten verfolgt worden war, seitdem sie über die Beweise der Geheimkonten gestolpert war. Sie erwähnte jeden, nur nicht Sam Hoffman, das einzige Geheimnis, das sie für sich behalten wollte.

»Und was willst du jetzt tun?« fragte Helen, als ihre Freundin ihren Bericht beendet hatte.

»Irgendwohin weglaufen, wahrscheinlich. Nach Hause kann ich nicht. Klar, daß ich nicht nach Bagdad will. Vielleicht verlasse ich das Land.«

»Wo willst du hin?«

»Ich weiß es nicht. Irgendwohin, nur nicht in den Nahen Osten. Das Geld ist in der Schweiz, das schließe ich zumindest aus dem, was ich in den Dateien gesehen habe. Vielleicht könnte ich dort hingehen und ihm Gesellschaft leisten. Was meinst du, was ich tun sollte?«

»Abhauen. Still sitzen bleiben kannst du jedenfalls nicht. Wenn du das tust, werden sie dich kriegen und dich umbringen, was nicht unbedingt wünschenswert ist.«

»Vielleicht könnte ich hierbleiben«, sagte Lina und

betrachtete die gemütliche Unordnung in Helens Haus. »Das wäre ideal, wenigstens für ein paar Tage.«

»Kannst du gerne machen. Ich würde dich sehr gerne hier haben. Aber sie werden dich hier finden.«

»Wie? Ich glaube nicht, daß ich verfolgt wurde.«

»Die brauchen dich nicht zu verfolgen, um sich auszurechnen, daß du bei mir bist. Die werden dich finden. Wie oft hast du mich während des letzten Monats vom Büro aus angerufen?«

»Ich weiß nicht. Einmal. Vielleicht zweimal.«

»Also werden sie meine Nummer in euren Telefonabrechnungen finden und damit die Adresse herausfinden. Spätestens dann werden sie hier auftauchen. Deswegen kannst du hier nicht einfach herumhocken. Du mußt in Bewegung bleiben.«

»Mein Gott, ist das grauenhaft.«

»Aber es ist auch cool. So ähnlich wie Lara in *Doktor Schiwago*.«

Lina schüttelte den Kopf. »Wenn du noch mal einen Witz machst, fang' ich wieder an zu heulen. Wirklich. Ich komme mir wie eine Katze vor, die von einer Meute Hunde einen Baum hochgejagt worden ist. Wie komme ich hier wieder runter?«

»Soll ich ehrlich sein?«

»Natürlich. Das wärst du sowieso, oder?«

»Die Wahrheit ist: du hast nicht viele Möglichkeiten. Sie sind alle schlecht. Du mußt dir also ein paar neue ausdenken.«

»Vielleicht sollte ich aufgeben. Zur Polizei gehen und ihnen die Wahrheit sagen, und hoffen, daß die Schläger dann nicht wieder hinter mir her sind.«

»Keine Chance. Nichts ist so unglaublich wie die Wahrheit. Und die Polizei kann dich vor diesen Widerlingen nicht schützen. Sieh mal. Wenn du hierbleibst, werden dich Hammuds Männer irgendwann erwischen und dich dann foltern, um herauszufinden, was du weißt. Die sind wahrscheinlich alle abartig. Impotent bei Frauen, wenn sie sie nicht fesseln.

Die werden dich in eine Höhle im Jemen schaffen und dich nackt an einen Pfahl binden und dich mit Honig beschmieren und dich von den Ameisen auffressen lassen. Und dann, wenn sie kapieren, daß du wirklich nichts weißt, werden sie dich erschießen müssen, um ihre Verbrechen zu vertuschen.«

»Hör auf, Helen. Das hier ist nicht eine von deinen perversen Geschichten aus dem Internet. Die meinen es ernst. Solche Dinge sind an der Tagesordnung in Bagdad.«

»Ich meine es auch ernst. Nicht das mit dem Jemen, aber von wegen sich neue Möglichkeiten schaffen. Du brauchst ein Druckmittel.«

Lina dachte darüber nach, was Helen gesagt hatte, und erkannte, daß sie recht hatte. Die Alternativen, die sich ihr im Augenblick anboten, waren alle schlecht. Sie konnte nicht nach Hause, sie konnte sich nicht allzu lange bei Helen verstecken, und sie konnte sich nicht ergeben. Es gab kein Zurück aus diesem Tunnel. Ihre einzige Wahl war, tiefer hineinzugehen, in der Hoffnung, am anderen Ende einen Ausgang zu finden. Sie brauchte ein Druckmittel, wie Helen gesagt hatte. Vielleicht würden Hammuds Dateien ihr eins verschaffen, wenn sie sie erst mal verstanden hatte.

»Übrigens«, sagte Helen. »Gestern abend war was im Net über eine Frau in Not, das eine entfernte Ähnlichkeit mit deinem Dilemma hat. Willst du's hören?«

»Wird es mich aufmuntern?«

»Da bin ich mir nicht so sicher. Es war auf dem Bondage Board. Der Leitweg ist ›alt.sex.bondage‹, wenn's dich interessiert.«

»Nein, nicht besonders. ›Alt.sex.normal‹ haben sie wahrscheinlich nicht?«

Lina lächelte. In Helens elektronische Phantasiewelt einzutauchen war wenigstens eine Art Flucht vor ihren eigenen Sorgen. »Und? Um was ging's? Das, was Ähnlichkeit mit meinem Dilemma haben soll.«

»Die Nachricht war von einer Frau, die sich Sandra nannte. Sie beschrieb eine Situation, in die sie mit einem Mann geraten war, den sie übers Net kennengelernt hatte. Sie hatte ihn vorher überhaupt nicht gekannt. Sie hatten Nachrichten in einem Forum ausgetauscht, das ›alt.sex.wizards‹ hieß.«

»Was sind denn *wizards*?«

»Leute, die alles wissen. In diesem Fall geben sie Expertenratschläge über Sex. Sie behaupten, sie wüßten, wovon sie reden, aber ich habe das Gefühl, daß es einfach nur geile Studenten sind, die sich das aus Zeitschriften holen.«

»Und was ist mit der Frau und dem *wizard* passiert?«

»Er verschickte eine Nachricht über Sex und Vertrauen. Er hat gesagt, beim Sex gehe es eigentlich nur darum, sich in jemandes Arme zu begeben und ihm zu vertrauen, selbst wenn der andere dich verletzen könnte. Aus irgendeinem Grund gefiel das Sandra, und so hat sie sich mit diesem Typ verabredet.«

»Was ist passiert?«

»Sie haben sich in einem Park getroffen. Sie hat ihn überhaupt nicht zu Gesicht bekommen. Er trat von hinten an sie heran, und bevor sie irgendwas sagen konnte, verband er ihr die Augen und führte sie zu seinem Wagen. Dann fuhr er mit ihr zu einem Motel. Sie hat sich nicht gewehrt. Sie hat sich ihm völlig anvertraut. Sie dachte, das ist das, was sie wollte. Aber dann wurde es unheimlich.«

»Wie unheimlich?«

»Sehr unheimlich. Er wollte, daß sie eine Menge völlig widerlicher Dinge tat. Er war wie die beiden Typen vom Büro, die dich mit Honig einschmieren wollen.«

»Was ist mit Sandra passiert?«

»Zum Glück ist ihr nichts passiert. Sie hat geschrien und ist abgehauen. Der Typ war stinksauer. Er dachte, er mache genau das, was sie wollte. Jedenfalls hat sie eine Nachricht ans Forum geschickt – anonym natürlich –, hat beschrieben, was passiert ist, und andere Frauen gewarnt vor diesem speziellen *wizard*. Sie hat ihn in höllische Schwierigkeiten gebracht. Hat den Systemverwalter informiert, daß ein Perverser im Net ist. Der Verwalter hat den Namen an die Polizei weitergegeben. Der Typ ist elektronisch passé.«

»Und was hat das alles mit mir zu tun?«

»Nicht viel, jetzt wo wir drüber reden. Aber das Wesentliche ist, daß die Frau in eine unangenehme Situation größeren Maßstabes verwickelt war und sie den Spieß umgedreht hat, indem sie in die Offensive gegangen ist. Was du auch tun solltest.«

»Richtig. Aber ich hab's nicht mit Freizeit-Sadisten vom Internet zu tun, sondern mit Profis. Wie werde ich mit denen fertig?«

»Ich arbeite an einem Plan. Aber zuerst brauche ich noch eine Tasse Tee. Und du brauchst Ruhe. Geh' nach oben und nimm ein Bad. Schlaf' ein bißchen. Ich weck' dich in ein oder zwei Stunden.«

Lina gehorchte. Im Moment war sie gern bereit, Helen ganz die Regelung ihres Lebens zu überlassen. Sie badete lange, schlief dann ein und wachte erst am nächsten Morgen gegen zehn wieder auf. Während ihr Gast schlief, ging Helen ins Internet. Sie schickte eine Nachricht an ein Forum, das von den Computersicherheitsgenies des Net benutzt wurde, und bat ihre Tüftlerkollegen um Erklärungen bezüglich der Sicherheitssysteme, die Banken bei der Abwicklung ihrer Geschäfte benutzten. Binnen weniger Stunden hatte sie mehrere Tausend Wörter elektronischer Ratschläge aus der ganzen Welt erhalten. Es war ein globales Netzwerk von Liliputanern, die bereit waren, Gulliver Ärger zu machen.

26

Helen wecke Lina am nächsten Morgen und zeigte ihr die Zeitung. Der ausführlichste Bericht stand in der *Times*. Mit einer detaillierten Personenbeschreibung wurde Lina als jene rätselhafte Frau erwähnt, die von der Polizei überall gesucht werde. Es wurden auch ›gut unterrichtete Quellen‹ zitiert, denen zufolge die Araberin, Miss Alwan, mit zwei palästinensischen Terroristen aus Tunis zusammengearbeitet habe, um die vertraulichen Dateien eines bedeutenden Londoner Investment-Unternehmens zu stehlen, bei dem sie bisher gearbeitet hatte. Das fragliche Unternehmen bot eine beträchtliche Belohnung für Hinweise auf Miss Alwans Aufenthaltsort. Lina schüttelte den Kopf. Das mußte sie Hammud lassen. Er war cleverer, als sie geahnt hatte.

»Du könntest eine neue Identität gebrauchen«, sagte Helen und deutete auf die Zeitung. Mehr, als Lina eine andere Haarfarbe und neue Garderobe zu verschaffen, konnte Helen nicht tun. Nach einer Stunde in Helens Zimmer erschien die elegante arabische Prinzessin als eine Wasserstoffblondine mit Omabrille, einem langen Rock, rustikaler Bluse und einem Rucksack. Sie sah fast nordisch aus.

Helen machte Frühstück. Die beiden Frauen aßen in Helens Garten, der von Ranken, Knospen und Blüten völlig überwuchert war und zu ihrer Unordnung gut paßte. Die Morgensonne schien gelegentlich durch die Wolken, erhellte das Grün des Gartens, so daß die Pflanzen im Sonnenlicht zu glitzern begannen und dann wieder in ein dunkleres Grün wechselten. Lina genoß diesen Augenblick der Flucht aus ihren Sorgen und fragte ihre Freundin, woran sie zur Zeit arbeite.

Helen erzählte, daß sie gerade ein neues Computerspiel entwerfe. Es hieß Feminist Alien Invaders. Es ging darum, daß eine neue Rasse von Frauen aus dem Weltraum auf der Erde gelandet war. Sie waren in jeder Hinsicht mit der menschlichen Rasse identisch, außer daß der Spieler bei diesen Frauen bestimmte Verhaltensparameter ermitteln konnte, wie Ehrgeiz und Libido. Ziel des Spiels war es, herauszubekommen, ob die Feminist Alien Invaders den Planeten erobern oder vernichten würden.

»Die Sache ist nämlich so«, sagte Helen, »je größer der Ehrgeiz, je größer auch die Lust auf Sex. Erfolgreiche Feminist Aliens denken an nichts anderes. Aber sie haben zuviel zu tun. Und wenn sie ihr Verlangen nicht stillen können, verlieren sie an Kreativität und sind weniger erfolgreich. Das ist der Trick, verstehst du? Die richtige Kombination hinzukriegen.«

Helen war gerade dabei, einen weiteren Strategiepunkt zu erklären, als das Telefon klingelte. Die beiden Frauen erstarrten, und plötzlich war nirgends ein Laut zu hören, bis auf das Telefon. Einmal, zweimal, dreimal. Selbst die Vögel und Insekten in der freien Natur schienen verstummt zu sein.

»Du solltest lieber rangehen«, sagte Lina. Sie folgte Helen ins Haus. Die Außenwelt drang in ihre Idylle ein.

»Hallo?« sagte Helen. »Ja, hier ist Miss Copaken. Wer ist da? Kenn' ich Sie? ... Was möchten Sie?«

Helen schüttelte grimmig den Kopf und legte sich dann ihren Zeigefinger an die Schläfe wie eine Pistole. »Wer? Buchstabieren Sie Ihren Namen noch mal. A-L-W-A-N. Ja, ich kenne sie. Aber ich hab' sie schon eine ganze Zeit lang nicht mehr gesehen ... Nein, ich weiß nicht, wo sie ist ... Ja, ich hätte allerdings was dagegen, wenn Sie vorbeikämen. Ich bin gerade dabei das Haus zu verlassen ... Auf Wiederhören.«

Helen legte auf. »O Gott«, sagte sie.

Lina war auf die Couch gesunken. Sie hielt sich den Kopf

und wiegte sich sanft hin und her, so wie eine Mutter ihr Kind wiegt. »Wer war es?« fragte sie, ohne aufzublicken. Sie wußte es bereits.

»Jemand aus deiner Firma. Er hatte einen Akzent. Die suchen dich. Er hat gesagt, es ist wichtig.«

»Die wissen, daß ich hier bin, oder?«

»Sie werden sich's wahrscheinlich ausrechnen. Ich glaube nicht, daß ich sonderlich überzeugend geklungen habe.«

»Was soll ich tun?«

»Verschwinden. Sofort. Die können bald hier sein. Du mußt los. Schnell. Wir nehmen mein Auto. Los.« Sie streckte ihre Hand zur Couch hin, um Lina hochzuziehen.

»Wo fahren wir hin?« Lina war ganz schlaff.

»Zum Flughafen. Ich hab' gestern abend einen Plan für dich ausgetüftelt. Ich wollte es dir eigentlich im Garten erzählen, aber ich kann's dir auch unterwegs nach Heathrow erklären. Los, beeil' dich!«

Lina stand langsam von der Couch auf und sammelte ihre wenigen Sachen zusammen. Helen war schon in Aktion. Sie holte eine Reisetasche von oben, packte sie mit Dingen voll, die Lina ihrer Meinung nach brauchen könnte, und brachte sie zu ihr runter. In ihrem Arbeitszimmer stand ein neuer Laptop, den nahm sie und stopfte ihn – zusammen mit Disketten, Anwendersoftware, Modemkabeln, einem tragbaren Drucker und einem Netztransformator – in eine Tragetasche. In der Küche schnappte sie sich eine Handvoll Schokoraspelkekse und steckte sie in eine Plastiktüte. »Und jetzt *los*! sagte sie.

Helen hatte eine alte Volvo-Limousine, die aus den Jahren stammte, in denen die Autos noch runde Kotflügel hatten. Sie legte die Tüten auf den Rücksitz und schob Lina auf den Beifahrersitz, zog und zerrte, bis ihre Freundin sich angeschnallt hatte, und dann fuhren sie los. »Pech gehabt, ihr Wichser!« rief sie aus dem Fenster, als sie vom Haus wegfuhren.

»Und was ist das für ein Plan?« fragte Lina, als sie in die Blackheath Road einbogen. »Wo schickst du mich hin?«

»In die Schweiz«, sagte Helen, deren Brüste unter dem

T-Shirt auf und ab wippten, während der Wagen sich durch den Verkehr schlängelte. »Da mußt du hin. Weil da das Geld ist. Weil du dir da dein Druckmittel besorgen kannst.«

»Du spinnst, Helen. Das ist doch die Hochburg der Verbrecher. Wenn die mich da finden, dann bringen die mich wirklich um.«

»*Au contraire*. Die bringen dich um, egal wo sie dich finden. Du fährst deswegen in die Schweiz, weil das der bessere Platz ist, um in das Computernetz der Bank einzubrechen und das Geld zu finden.«

»Aber ich will nicht in das Netz einbrechen.«

»Und ob du das willst. Ich hab's dir doch gesagt. Das ist deine beste Chance. Eigentlich deine einzige. Und vielleicht helfen dir die Schweizer. Sie würden wahrscheinlich gerne erfahren, daß ihre Banken dem zu seiner Zeit größten Despoten der Welt das Geld gewaschen haben. Hör zu, Lina. Das ist mein Ernst. Ich hab' mich bei einigen Computerfreunden sachkundig gemacht, und ich glaube, es wird funktionieren.«

Sie überquerten die Deptford Bridge, holperten über das alte Pflaster und landeten auf der anderen Seite in einem Stau. Helen kurbelte das Fenster herunter, rief zu einem Taxifahrer hinüber und fragte, wie man um diese Zeit am schnellsten nach Heathrow käme. Er zählte eine Reihe von Richtungsangaben auf. Helen schnappte sich einen Kuli, suchte ein Stück Papier, und als sie keins fand, schrieb sie sich die Angaben auf die Hand.

»Okay«, sagte Lina, als sie wieder weiterfuhren. »Wie werde ich in das Banknetz einbrechen, wenn ich erst mal in der Schweiz bin, angenommen ich fliege dorthin?«

»Du beginnst mit dem, was du weißt. Wie zum Beispiel dem Namen der Bank, auf der das Geld liegt. Kennst du den?«

»Ja, ich glaube schon. Das ist die Organisation de Banques Suisses in Genf.«

»Okay. Na bitte. Und jetzt hör' mir genau zu, denn was ich dir jetzt sagen werde, ist mehrere Milliarden Riesen wert. Hörst du zu, Lina?«

»Ja, ich höre.«

»Es ist ganz leicht, wenn du's richtig machst. Wenn du in Genf ankommst, besorgst du dir als allererstes eine Broschüre von dieser Bank. Irgendwas, wo Telefonnummern draufstehen. Dann wählst du die Nummern durch, bis du eine Modemleitung findest. Die haben alle dieses komische Fiepen, auch in der Schweiz. Dann spielst du so lange mit der Kommunikationssoftware herum, bis du mit der Zentraleinheit in der Bank verbunden bist. Du mußt vielleicht verschiedene Paritätseinstellungen ausprobieren und die Baudeinheiten ein paarmal umstellen, aber früher oder später kriegst du eine Log-in-Verbindung.«

»Du hast eines vergessen, Helen. Ich hab' keinen Computer.«

»Und ob du einen hast. Ich hab' dir einen von meinen eingepackt. Ein neuer 486er Laptop mit eingebautem Modem. Er kann alles.«

»Okay. Wie geht's weiter? Angenommen ich mache diese alberne Reise. Was ich nicht tun werde.«

»Als nächstes mußt du einen Anmeldenamen finden. Spiel' ein bißchen herum, bis du einen Treffer hast. Da wir in der Schweiz sind, würde ich von Smith oder Jones die Finger lassen. Versuch's mit Larouche oder DeGaulle.«

»Oder Hammud.«

»Genau. Probier's damit. Früher oder später findest du einen, der funktioniert. So, wenn der Computer den Namen registriert, wird er die Verbindung wahrscheinlich unterbrechen. Das macht er aus Sicherheitsgründen. Er will dich zurückrufen, um sicherzugehen, daß du derjenige bist, der du zu sein behauptest. Deswegen mußt du die Softwareparameter des Modems so einstellen, daß er auf das Schaltkennzeichen nicht mit einer Unterbrechung reagiert. Du willst in der Leitung bleiben. Kannst du mir folgen?«

»Ja.« Lina sah aus dem Fenster zu den Autos, die in die andere Richtung nach Blackheath fuhren. Sie fragte sich, in welchem wohl Hammuds Männer saßen.

»Meinst du, du schaffst es, die Programmanderung vorzunehmen?« drängelte Helen. »Sonst kann ich das eben für dich machen, wenn wir am Flughafen sind.«

»Behandle mich nicht immer wie ein kleines Kind, Helen. Nur weil ich einen BH trage und kein Computerfreak bin, heißt das nicht, daß ich blöd bin.«

»Autsch! Mach mich nieder!«

»Tut mir leid.«

»Schon gut. Man will dich umbringen. Da bist du eben ein bißchen angespannt. Versteh' ich schon. Also, wie gesagt, damit der Computer denkt, daß er den Rückrufvorgang in die Wege leitet, mußt du einen Wählton aufnehmen und ihn genau im richtigen Moment in die Leitung schicken. So denkt der Computer, daß du aufgelegt hast, obwohl du immer noch in der Leitung bist. Dann wird der Bankcomputer ein paar Wähltöne ausschicken und versuchen, sich mit Pierre oder Jacques zu verbinden oder mit welchem Namen auch immer du dich angemeldet hast. Aber die Verbindung war nie richtig unterbrochen, verstehst du? Schließlich wird also das magische Wort auf dem Bildschirm erscheinen: *Paßwort.*«

»Und dann ist endgültig Schluß. Wie soll ich denn je das richtige Paßwort finden?«

»Nicht einfach. Aber auch nicht unmöglich. Ich hab' dir eine Diskette mitgegeben, die sechzigtausend der geläufigsten Paßwörter enthält, und du könntest sie durchprobieren, bis du es findest. Aber das ist zuviel Streß. Außerdem könntest du erwischt werden. Wie man das macht, dürfte sonnenklar sein, zumindest für so eine schräge, aber äußerst erotische Person wie mich.«

Lina lachte. »Verrat' der dummen häßlichen Lina, wie man's macht.«

»Du rufst die Nummer an, deren Wählton vom Bankcomputer erzeugt wurde, als er dachte, er würde Mr. Big zurückrufen, um die Transaktion zu überprüfen. Das wird wahrscheinlich irgendwo ein PC sein, bei ihm zu Hause oder auf seinem Schreibtisch. Du wählst also die Nummer und meldest dich in seinem System an. Es wird wahrscheinlich kein Paßwort haben. Wenn du drin bist, siehst du dich um. Geh' seine Dateien durch.«

»Aber was suche ich?«

»Irgendwas mit dem Paßwort für das Hauptsystem. Alte Datenübertragungsdateien haben es manchmal. Oder versuch' mal, eine Datei aufzurufen, die ›Paßwort‹ heißt. So dämlich sind die Leute manchmal. Du wirst vielleicht eine Zeitlang brauchen, aber du wirst es finden.«

»Und wenn das Paßwort verschlüsselt ist? Was dann?«

»Wenn das Paßwort im Verzeichnis ist, kannst du es mit roher Gewalt knacken. Ich habe ein DES-Dekodierungsverfahren und ein Fünfhunderttausend-Worte-Verzeichnis auf Diskette. Aber das Paßwort wird wahrscheinlich gar nicht verschlüsselt sein. In Wirklichkeit sind die Schweizer nämlich oberschlampig.«

»Woher weißt du das?«

»Ich hatte einmal einen Schweizer Freund, als ich im Internat war. Er war oberschlampig.«

»Statistisch nicht signifikant.«

»Stimmt. Das war er nicht.«

»Okay. Nehmen wir an, ich habe das Paßwort. Was mach' ich dann?«

»Jetzt kannst du anfangen zu spielen. Du wählst die Bank mit deinem Modem an, beim Aufforderungszeichen antwortest du mit Mr. Wer-auch-immer; du schickst den Wählton durch, du läßt den Bankcomputer so tun, als würde Mr. Wer-auch-immer auf seinem Gerät zurückrufen, du gibst das Paßwort ein und schon bist du drin. Dann surfst du rum. Vergiß' nicht, du mußt Zugang zu den Datendateien bekommen, an die du ran willst. Aber das kriegst du raus, wenn du erst mal in Genf bist.«

»Ich flieg' nicht nach Genf.«

»Und ob du nach Genf fliegst. Du kommst aus dieser Sache nur raus, wenn du schneller bist als die. Willst du noch mal die Geschichte von dem Pfahl und den Ameisen im Jemen hören?«

»Hör auf!« sagte Lina in scharfem Ton. »Keine Witze mehr über Folter. Das ist nicht komisch.«

Sie schwiegen eine Weile. Jetzt, da sie das Verkehrsgewirr an der South Bank verlassen und auf die größeren Verkehrsadern gekommen waren, kamen sie zügig vorwärts. Sie warf einen Blick auf ihre Freundin, die aus dem Fenster starrte, die Fäuste zu harten Kugeln geballt. »Tut mir leid«, sagte Helen leise.

»Ist schon okay. Diese Sachen sind für mich einfach nicht zum Spaßen, weiter nichts.«

Sie kamen kurz vor eins in Heathrow an. Helen suchte auf dem Verzeichnis der Fluglinien nach Swissair und steuerte das Terminal an. »Es gibt bestimmt viele Flüge nach Genf. Nimm den nächsten. Halte einfach deinen britischen Paß dem Beamten beim Durchgehen kurz vor die Nase. Da wimmelt's nämlich garantiert von Typen, die Lina Alwan suchen, aber sie denken alle, sie ist eine aufgetakelte Araberin und nicht so eine schräge, erotische Schönheit wie du. Also viel Spaß! Und immer die Ruhe bewahren.«

Helen hielt am Bordstein, so nah am Swissair-Check-in, wie sie konnte. Sie nahm das Gepäck vom Rücksitz und gab es Lina. »Hier ist der Laptop. Modem ist eingebaut. In der Tasche ist noch ein extra Satz Batterien, ein paar Disketten mit der neuesten Software, ein Drucker und Kabel. Und ein Adapter für diese dämlichen Ausgänge, die sie da drüben haben. In die Reisetasche hab' ich ein paar Kleider, Pullover und Zeugs getan.«

Lina nahm die beiden Taschen und hängte sie sich jeweils über eine Schulter. Helen zog ihre Brieftasche aus ihrer Handtasche. »Hier ist meine American Express-Karte«, sagte sie. »Vielleicht besser, wenn du so tust, als wärst du ich. Quartier dich in einem guten Hotel ein. Gib mein Geld aus. Wenn ich erst mal Feminist Alien Invaders verkaufe, werd' ich so reich sein, daß es keine Rolle mehr spielt. Und wenn du sterben mußt, dann sollst du dein restliches Leben ruhig noch genießen. Hast du deinen Paß?« Lina nickte. Sie hatte die Angewohnheit aller Ausländer, ihre Reisepapiere immer dabei zu haben.

»Hast du Bargeld dabei?«

»Ein bißchen!« Lina zählte die Scheine in ihrer Brieftasche.

»Hier sind einhundert Pfund«, sagte Helen. »Mehr hab' ich nicht. Hier ist meine Telefonkarte. Und hier meine Cash-Karte. Die persönliche Geheimzahl ist null-sieben-zwei-eins. Hol' dir noch mehr Bargeld im Flughafen. Und wenn du in Genf ankommst, kauf dir ein paar Sachen zum Anziehen und eine Zahnbürste.«

»Ich zahl' dir alles zurück.«

»Sicher. Und jetzt geh', bevor es zu spät ist. Ruf mich an, wenn du angekommen bist. Aus einer Telefonzelle!«

»Ich hab' Angst, Helen.«

»Reiß dich zusammen, Mädchen. Das hier ist eine ganz große Nummer!«

27

Lina verschwand spurlos. Es gab keine Nachricht von ihr, keinen Hinweis auf ihr Schicksal, kein Anzeichen, daß sie überhaupt existierte, bis auf die Fußspuren, die die vielen Menschen hinterließen, die sie verfolgt hatten. Hoffman saß an diesem Morgen die Zeitung lesend und voller Schuldgefühle in seinem Büro und fragte sich, ob er, wenn er cleverer gewesen wäre, hätte voraussehen können, was passieren würde. Im Laufe des Vormittags bekam er Besuch von einem Beamten des Scotland Yard. Er war so gekleidet, wie sich ein Polizist legere Kleidung vorstellt – Tweedjacke, Krawatte leicht gelockert, der oberste Hemdknopf offen. Er stellte sich als Mr. Williams vor. Nachdem er die üblichen Entschuldigungen eines Polizisten von sich gegeben hatte, die da waren, er bedaure die Störung sehr, fragte er Sam, ob er eine Miss Alwan kenne. Sam bejahte das ohne zu zögern und sagte, sie seien befreundet. Es war eins seiner Prinzipien, keine Lügen zu erzählen, die sich leicht aufdecken ließen.

»Und wissen Sie, wo sie jetzt ist, wenn ich fragen darf, Sir?«

»Nein, das weiß ich nicht«, sagte Hoffman. »Und Sie?«

»Dazu darf ich mich nicht äußern. Aber Tatsache ist, daß sie vermißt wird. Sie hat gestern ihr Büro etwas überstürzt verlassen, und sie ist auch nicht bei sich zu Hause. Sie scheint ausgeflogen zu sein.«

»Das habe ich auch aus der Zeitung entnommen. Was meinen Sie, wo sie hin ist? Ich würde sie selbst gerne wiederfinden.«

»Ach, das würden Sie tatsächlich, Sir? Und könnten Sie mir sagen, weshalb?«

Williams wandte die Technik der britischen Polizisten an, sanfte, einschmeichelnde Fragen zu stellen. Die gröbere Art der amerikanischen Cops war nichts für die Briten.

»Weil ich glaube, daß jemand hinter ihr her ist«, sagte Hoffman.

»Nun, das ist nur allzu wahr. *Jemand* ist hinter ihr her.«

Hoffman kniff die Augen zusammen und beugte sich zu dem britischen Polizisten vor. »Wer?«

»Wir, Sir. Wir haben einen Haftbefehl für Miss Alwan.«

»Haftbefehl? Das soll wohl ein Witz sein! Wie lautet die Anklage?«

»Diebstahl, Veruntreuung von Geldern, Mordversuch an einem Postboten. Die Liste ist ziemlich lang.«

»Diese Beschuldigungen sind lächerlich. Wer hat sie erhoben?«

»Ihr Arbeitgeber. Ein Bursche namens Hammud hat uns gestern abend benachrichtigt.«

Sam protestierte. Die Beschuldigungen seien Unsinn, Lina sei keine Diebin, und wenn sie geflüchtet war, dann nur deswegen, weil sie Angst davor habe, was Hammud ihr antun könnte. Beim Reden bemerkte Sam, daß Inspektor Williams ein kleines Notizbuch hervorgeholt hatte und anfing, sich Notizen zu machen. »Und warum sollte sie vor ihm Angst haben, Sir?« fragte der Polizist in unschuldigem Ton.

»Weil er ein Killer ist.«

Das schrieb Inspektor Williams nicht auf. Er sah Sam über den Rand seiner Brille an. »Das ist eine ziemlich ernste Beschuldigung, Sir. Ich fürchte, Sie werden irgendwelche Beweise brauchen, um das zu untermauern.«

»Hören Sie, lassen Sie mich das erklären. Hammud ist hinter Miss Alwan her, weil er glaubt, sie wisse, wo eine Menge Geld geblieben ist.«

»Nun, das ist genau das, was ich meine, Sir. Ich stimme

Ihnen zu. Das ist der Grund, warum Mr. Hammud so besorgt ist. Er sagt, Miss Alwan habe einige vertrauliche Akten entwendet, die genaugenommen nicht ihr Eigentum waren.«

»Aber die irren sich. Sie weiß überhaupt nichts. Sie hat bloß Angst. Sie wird gejagt. Sie glaubt, jemand will sie umbringen. Deswegen ist sie weggelaufen. Haben Sie eine Vorstellung, um wieviel Geld es hier geht?«

»Wieviel wird das wohl sein?« Sein Stift war gezückt. Hoffman erkannte, daß er sich verplappert hatte. Er war auf dem besten Wege, als Komplize in dem grotesken Verfahren zu erscheinen, das man gegen Lina einleitete.

»Ich weiß nicht. Eine Menge.«

Danach versuchte Sam, vorsichtiger zu sein. Der Polizist wollte wissen, wann Sam zum letzten Mal mit Lina gesprochen hatte, und er antwortete, es sei gestern Nachmittag gewesen, gegen zwei. Er habe versucht, mit ihr ein Treffen zu vereinbaren, aber das habe sie abgelehnt. Er habe keine Ahnung, wo sie jetzt sei, und wenn Scotland Yard es herausbekäme, hoffe er, benachrichtigt zu werden. Inspektor Williams wollte Sam noch mehr Fragen darüber stellen, in welchem Verhältnis er zu Lina stand, aber Sam weigerte sich, noch irgend etwas zu sagen, bevor er nicht mit seinem Anwalt gesprochen hatte. An dieser Stelle schloß der Inspektor sein kleines ledernes Notizbuch. Er überreichte Hoffman eine Karte. Hoffman begleitete ihn zur Tür.

Nach dem Besuch des Beamten war Hoffman noch trübsinniger. Vom ersten Augenblick an, als der philippinische Koch vor seiner Tür gestanden hatte, bis zum gegenwärtigen war seine Begegnung mit Nassir Hammud eine einzige Katastrophe gewesen. Er zog aus seiner Schreibtischschublade das einzige konkrete Beweisstück, das er hatte beschaffen können – ein leeres Blatt Papier mit Firmenkopf – und erkannte, daß er nicht einmal wußte, was das bedeutete. Er hatte sich nicht einmal die Mühe gemacht, Oscar Tradings Telefonnummer in Tunis anzurufen. Er war die ganze Zeit schlafgewandelt. Als eine Art Buße nahm er den Hörer in die Hand und wählte die Nummer, die auf dem Blatt stand: 216-1-718-075. Nach dem dritten Klingeln meldete sich jemand, der amerikanisch sprach und das weiche Südstaaten-Näseln hatte.

»Hallo. Kann ich Ihnen helfen?«

»Wer ist da?« fragte Hoffman.

»Kann ich Ihnen helfen?« wiederholte die Stimme. Es war ein Mann, wahrscheinlich in Hoffmans Alter. In seiner Stimme lag so etwas wie Erwartung, als warte er darauf, daß Hoffman die richtige Antwort gab.

»Was ist das für eine Nummer?« fragte Hoffman. »Mit wem bin ich verbunden?«

Die Leitung wurde unterbrochen. Der Mann in Tunis hatte aufgelegt. Hoffman probierte es sofort noch mal, aber jetzt war die Leitung besetzt und blieb es für den größten Teil der nächsten Stunde. Als Hoffman wieder durchkam, lief das gleiche Spiel ab.

»Hallo«, sagte die Südstaatenstimme. »Kann ich Ihnen helfen?«

»Ich rufe wegen Oscar Trading an«, sagte Hoffman diesmal.

»Einen Moment«, sagte die Stimme und legte das Gespräch auf die Warteleitung. Es entstand eine Pause, die etwa eine Minute dauerte. Während Hoffman wartete, fiel ihm ein, daß jemand versuchen könnte, den Anruf zu verfolgen. Schließlich meldete sich der Mann wieder.

»Tut mir leid«, sagte er. »Ich kann Ihnen leider nicht helfen. Es gibt hier niemand namens Oscar Trading.«

»Welche Nummer haben Sie denn?« fragte Hoffman.

Die Leitung war wieder tot. Als Hoffman es ein paar Minuten später noch einmal probierte, meldete sich das tunesische Amt und sagte, der Anschluß sei nicht mehr in Betrieb.

Während Hoffman sich diesen seltsamen Vorfall durch den Kopf gehen ließ, erinnerte er sich schwach an eine Begebenheit aus seiner Kindheit. Sein Vater hatte zu Hause in Beirut eine Telefonnummer neben dem Telefon gelassen, die nur in Notfällen benutzt werden sollte. Eines Tages hatte Sam Hoffman, als kleiner Junge in Beirut, die Nummer gewählt. Eine glatte, selbstsichere Männerstimme hatte sich genau auf die gleiche Weise gemeldet: »Hallo, kann ich Ihnen helfen?« Und dann, als der junge Sam Hoffman nicht die richtige Antwort gab, hatte er aufgelegt.

An diesem Nachmittag beschloß Hoffman, daß er Verstärkung brauche. Er spielte in der Liga der Täuschung, ohne das Wesen dieses Spiels zu verstehen. Nachdem er einige Minuten lang über das Problem nachgedacht hatte, rief er einen palästinensischen Bekannten namens Ali Mattar an, der schlicht und einfach der vollendetste Lügner war, der ihm jemals begegnet war.

Ali Mattar war in einem Flüchtlingslager bei Tyrus im Südlibanon aufgewachsen. Wie ein levantinischer Oliver Twist war es ihm gelungen, sich mit Charme und Überredungskunst aus den Lagern herauszuwinden und sich in ein halbanständiges Leben zu begeben, indem er Informationen an ein halbes Dutzend Geheimdienste lieferte, die zu verschiedenen Zeitpunkten einen Teil von ihm besessen hatten. In einem magischen Augenblick Anfang der achtziger Jahre hatte er gleichzeitig Syrien, Israel, die PLO und den Iran mit Informationen beliefert. Er kam damit durch, weil angenommen wurde, daß er im Grunde die ganze Zeit für die USA arbeitete. Was er in gewisser Weise auch tat.

In Wirklichkeit arbeitete Ali jedoch für sich selbst. Dieser wesentliche Egoismus war sein Schutz gewesen. Als junger Mann war er nach Beirut gekommen und hatte bei der amerikanischen Botschaft einen Job als Fahrer bekommen. Nach ein paar Jahren hatte er gekündigt und ein Reisebüro aufgemacht, wobei er tief in seinem Herzen wußte, daß die freundlichen Amerikaner, die ihm Arbeit verschafften, Geheimdienstoffiziere sein mußten (obwohl er später versicherte, er habe nie etwas Derartiges vermutet). Ali wußte, was er tat. Er war auf dem Sprung. Damals standen die Vereinigten Staaten für den einzigen Weg aus dem Land raus.

Ali wurde Ende der sechziger Jahre rekrutiert, wenn man das so bezeichnen kann, und losgeschickt, um in den palästinensischen Untergrund einzudringen. Was er auf bewundernswerte Weise tat, obwohl er wahrscheinlich auch von den Palästinensern rekrutiert wurde, um die CIA zu unterwandern. Wer konnte schon sagen, wo in der geheimen Kammer seines Herzens seine wahre Loyalität lag, außer er selbst? Jetzt lebte Ali im Wohlstand in Paris und bewegte sich an den grauen Randzonen der Geheimdienstwelt; er handelte gelegentlich mit den Informationsschnipseln, die ihm in den Weg fielen. Sam Hoffman war ein eifriger Käufer der Informationen über die arabischen Geschäfte gewesen. Was ihm an Ali Mattar so besonders gefiel, war, daß er wirklich Dinge wußte. Er erfand sie nicht. Es war Sam peinlich, daß seine Begegnung mit Ali Mattar, wie bei so vielen anderen Quellen, durch seinen Vater zustande gekommen war.

»Ich brauche Hilfe, Ali«, gestand Hoffman, als er an diesem Nachmittag Mattar in Paris erreichte. Er haßte es, über die Grenzen hinweg am Telefon Geschäftliches zu besprechen, aber unter diesen Umständen hatte er keine andere Wahl. »Ein paar Tage Arbeit. Ansehnlicher Vorschuß. Alle Spesen bezahlt.«

»Worum geht es, *habibi*?«

»Den Irak.«

»*W'Allah!* Mein Gott, Sam. Ich kann einfach nicht glauben, daß der Herrscher tot ist, nach so vielen Jahren. Das war vielleicht ein Schock für mich. Also, was willst du wissen?«

»Etwas über sein Geld.«

»Ein heißes Thema, mein Freund. Ich glaube, jeder fragt mich zur Zeit darüber. Du bist der dritte, der mich heute anruft. Sehr heißes Thema. Wieviel zahlst du mir?« Er lachte. Sein Lachen bedeutete, daß es teuer sein würde.

»Zweitausend pro Tag. Plus Spesen. Ich brauche gutes

Material, gut genug, um mich damit an die Behörden wenden zu können.«

»Tut mir leid. Das kann ich nicht tun, nicht einmal für dich, Sam. Das wäre ein Almosen. Andere Leute, du weißt schon wer, zahlen das Fünffache für das, was ich weiß. Vielleicht sogar das Zehnfache.«

»Okay, dreitausend pro Tag. Mehr kann ich mir nicht leisten. Aber es ist nicht schlecht für ein paar Stunden Arbeit.«

»Erst vor einer Stunde habe ich ein Angebot von fünftausend bekommen, von dem Mann mit dem Schnitt in der Nase, du weißt, wen ich meine. Was soll ich machen? Ich muß auch leben.«

Hoffman seufzte. Er mochte Ali, aber das Feilschen konnte er nicht ausstehen. »Viertausend, plus Spesen.«

»Mein Lieber. Reden wir nicht mehr über Geld. Wenn dir gefällt, was Ali herausbekommt, wirst du ihn dafür bezahlen. Ich kenne dich, Sam.«

»Viertausend«, wiederholte Sam. Er wollte es nicht im Unklaren lassen.

»Wie du willst, mein Freund. Also, was willst du wissen?«

»Das hab' ich dir doch gesagt. Etwas über das Geld des Herrschers. Und wer ihn umgebracht hat und warum. Besonders interessiert bin ich an allem, was du über Nassir Hammud herausbekommen kannst.«

»Ahaa! Da hast du vielleicht den richtigen Burschen erwischt. Wieviel weißt du schon über Hammud?«

»Ich weiß, daß er unmittelbar vor dem Tod des Herrschers in Bagdad war. Und ich weiß, daß es eine Menge Leute gibt, die denken, daß er auf dem Geld des Herrschers hockt.«

»*Mish maouul!* Das ist eine heikle Sache, Sam. Viertausend pro Tag sind nicht genug. Aber okay. Wir haben einen Deal gemacht.«

»Genau. Wir haben den Deal gemacht.«

»Ich hoffe, du engagierst Ali nicht, um herauszufinden, wo dieses Geld ist. Weil ich das nicht weiß. Und wenn ich es wüßte, würde ich es dir nicht sagen, nicht mal für zehntausend Dollar pro Tag. Weil ich mir dann das Geld selber holen würde.«

»Nein, ich will das Geld nicht haben. Ich will wissen, wer hinter dem Geld her ist.«

»Alle sind hinter ihm her, mein Lieber.«

»Von den Leuten aus Bagdad, meine ich.«

»Wer ist dein Klient, *habibi*? Vielleicht macht es das für mich leichter, Antworten zu bekommen.«

»Das kann ich dir nicht sagen. Nur daß ich nicht für irgendeine Regierung arbeite. Es ist persönlich.«

»Ich stehe zu deinen Diensten. Vielleicht sollte ich dich fragen, wieviel dieser Klient dir bezahlt.«

»Das ist leicht. Nichts. Null. *Sifr*.«

»So. Du mußt jetzt sehr reich sein, Mr. Sam. Daß du für nichts arbeitest.«

»Hör auf. Schluß mit dem Gerede über Geld. Ich krieg' Bauchschmerzen davon.«

»Okay. Wo soll ich hingehen? Wie wär's mit Tunis?«

»Wieso Tunis?«

»Weil ich da Freunde habe, die mir Dinge erzählen. Und in Bagdad erzählt jetzt keiner mehr keinem was, glaub' mir. Wann soll ich abfliegen?«

»Sofort. Heute nachmittag. Mit der nächsten Maschine.«

»Aber ich habe hier zu tun. Ich kann nicht einfach so weg. Das kostet zusätzlich was.«

»Hör auf mit dem Scheiß«, sagte Hoffman. »Flieg' einfach los. Und noch was. Ich möchte, daß du für mich eine Telefonnummer in Tunis überprüfst: 718-075. Sie ist jetzt außer Betrieb, aber ich möchte wissen, von wem sie war.«

»Moment. Das schreib' ich mir auf. 718-075, ja?«

»Ja. Wenn du irgendwas Brauchbares weißt, komm' sofort nach London. Erzähl mir nichts am Telefon.«

»Okay. Ich muß wahrscheinlich erster Klasse fliegen. Nur damit du Bescheid weißt. *Mas salameh*.«

»*Salaam aleykum*«, sagte Hoffman und legte den Hörer auf. Mit Ali Mattar zu reden war nicht nur teuer, sondern auch anstrengend. Aber ihm fiel keine andere Möglichkeit ein, herauszufinden, was wirklich vor sich ging.

In derselben Nacht fand die Polizei Randa Aziz' Leiche an einer Straße in Kent, die Richtung Dover führte. Sie saß am Steuer eines Mietwagens. Sie hatten es als Autounfall getarnt. Der Wagen war gegen einen Baum gefahren und der Benzintank war explodiert. Das Fleisch war zu verbrannt, um noch feststellen zu können, was ihre Mörder ihr vor diesem Tod angetan hatten. Die Zeitungen äußerten die Vermutung, daß sie zu derselben »Terrorbande« gehört habe, die versucht hatte, Geld aus einem Londoner Investmentunternehmen zu stehlen, und daß sie die Kontrolle über ihr Fahrzeug verloren habe auf ihrer Flucht über den Kanal. Im übrigen intensiviere die Polizei ihre Fahndung nach der anderen Araberin, die immer noch verschollen sei und die man für die Anführerin der Terrorgruppe halte.

IV

Der Palast des Endes

28

Eine Frau mit kurzen blonden Haaren ging vorsichtig durch das Ankunftsterminal des Genfer Flughafens. Sie trug ein weites Bauernkleid und eine Tasche über jeder Schulter. Sie zögerte – blickte hinter sich, sah nach vorn – als wisse sie nicht ganz genau, wo sie hinging. Als der Beamte bei der Paßkontrolle sie fragte, warum sie so anders als auf ihrem Bild aussehe – blonde Haare statt schwarze – lachte sie nervös und sagte, sie habe mal eine Abwechslung gebraucht. Der Paßbeamte verdrehte die Augen, als habe er die Geschichte schon x-mal gehört. Dies war eine Stadt, die von den Leuten das Schlimmste annahm. Sie war zu Wohlstand gekommen, indem sie Geld für jene Franzosen versteckte, die ihre Steuern hinterziehen wollten, und später Afrikaner und Asiaten, Araber und Juden mit offenen Armen und Banktresoren empfing. Ein ganzes Universum von Menschen, die etwas zu verbergen hatten. Was bedeutete da schon einer mehr oder weniger? Eine junge Frau mit auffallend dunklen Zügen, die nicht zu ihrer Haarfarbe paßten?

Der Paßbeamte winkte Lina Alwan durch. Zuerst bewegte sie sich überhaupt nicht. Sie blickte auf den Boden, mied seinen Blick, so daß sie das Achselzucken und das Wedeln der Hand nicht sah. Erst als ein Deutscher hinter ihr in der Schlange sie nach vorne schob, war ihr klar, daß sie frei war, das Land zu betreten. Sie erlebte einen weiteren nervenaufreibenden Moment an der Zollkontrolle, als man ihren Computer sehen wollte. Aber sie wurde nur gebeten, ihn anzustellen. Computer waren kein Problem für den Zoll, solange sie nicht explodierten. Lina fühlte plötzlich eine Euphorie in sich aufsteigen, wie der Schaum von Champagner in einer Flöte. Als sie in die Haupthalle des Flughafens hinaustrat, wollte sie feiern. Sie entdeckte eine Damenboutique und kaufte sich ein neues Kleid, hauteng. Es war viel zu teuer, aber das spielte keine Rolle. Sie bezahlte mit Helens Kreditkarte.

Lina nahm sich ein Zimmer im Beau Rivage, einem großen alten Hotel am Quai du Mont-Blanc. Es war das einzige Hotel in Genf, dessen Namen sie kannte. Ihr Vater hatte dort immer gewohnt, als er es sich noch leisten konnte, in die Schweiz zu fahren. Man gab ihr ein absurd großes Zimmer im vierten Stock mit einem Balkon, mit Blick auf das Wasserspiel. Allein schon das Badezimmer wirkte so lang wie eine Kegelbahn: eine lange weiße Halle, mit leuchtend weißen Handtüchern gesäumt, einem riesigen Waschbecken, Badewanne und Bidet und einem getrennten Raum, in dem sich das WC befand. Lina fühlte sich auf glückliche Weise fehl am Platz.

Es war später Nachmittag. Lina saß fast eine Stunde lang auf ihrem Balkon, beobachtete das Wasserspiel und empfand Glück, noch am Leben zu sein. Sie war von der hochragenden Wassersäule hypnotisiert, die sich Hunderte von Fuß über die friedliche Oberfläche des Genfer Sees in die Luft erhob und in nebeligen Kaskaden herabstürzte. Sie fühlte sich gleichzeitig wie der aufsteigende Strahl und der fallende Nebel.

Helens tapfere Worte über das Geld, das sie finden müsse, hatten in London fast einleuchtend geklungen. Aber jetzt, da Lina in der Schweiz war, waren sie nicht mehr als dieser Nebel, der sich in der Luft verflüchtigte. Sie hatte immer noch die Dokumente von Hammuds geheimen Dateien dabei, mit den Namen und den Kontonummern. Aber als sie versuchte, sich zu überlegen, was sie damit machen sollte, war ihr Kopf wie leergefegt. Sie wollte Hoffman anrufen und ihn um

Rat fragen, und besonders dringend wollte sie Randa anrufen, um die sie sich zunehmend mehr Sorgen machte. Aber sie wußte, es wäre verrückt, den einen wie die andere anzurufen, und so blieb sie noch eine Weile auf dem Balkon sitzen und sah zu, wie der Wasserstrahl die letzten Strahlen der Nachmittagssonne einfing.

Schließlich nahm Lina ein Bad, zog ihr neues Kleid an und ging dann hinunter in die Atrium-Bar. Es war Aperitif-Zeit, und der Raum war mit Geschäftsleuten von überall her gefüllt. Lina wurde zu einem Tisch in der Ecke geleitet, abseits vom Trubel. Sie bat um eine Schweizer Zeitung und ein Glas Mineralwasser. Der Blick aus dem Fenster zeigte das blauschwarze Wasser des Genfer Sees und die verschwommenen Umrisse der Alpen, kaum sichtbar im Mondlicht. Sie sah sich im Raum um. Die Gäste wirkten alle sehr wohlerzogen und höflich, selbst die Araber. Die Schweiz schien eine beruhigende Wirkung auf die Menschen zu haben.

Als sie ein paar Minuten lang Zeitung gelesen und an ihrem Mineralwasser genippt hatte, fiel Lina auf, daß ein Mann sie anstarrte. Er war spindeldürr, teuer gekleidet, mit einer Krawatte von Hermès und goldenen Manschettenknöpfen. Er war schätzungsweise fünfzig Jahre alt, offensichtlich begierig nach Gesellschaft, und er schien auch leicht angeheitert zu sein. Zuerst sah Lina weg und ließ den Blick über den Kinoführer von *La Suisse* schweifen, als warte sie auf jemanden und wolle nicht belästigt werden. Aber nach kurzer Überlegung war ihr klar, daß sie auf niemanden und nichts wartete, und daß sie in Genf neue Freunde finden mußte, und zwar schnellstens. Sie sah auf und erwiderte seinen Blick, sah ihm geradewegs in die Augen. Er lächelte, zwinkerte ihr sachte zu, und als sie zurücklächelte, nahm er seinen Scotch Soda und kam zu ihr hinüber.

»Hallo«, sagte die Bohnenstange. Er hörte sich wie ein Amerikaner an. »*Ou peut-être je dois dire: bon soir!*« Er schien auch fließend französisch zu sprechen. »*Aw, kayf tagool hello bilarabee?*« Sein Arabisch war auch nicht schlecht. Linas blonde Haare waren offenbar keine sonderlich gute Tarnung.

»Sie scheinen ja eine Menge Sprachen zu sprechen«, sagte sie.

»Ich heiße Frederick Behr in jeder Sprache. Und Sie?«

»Helen«, sagte Lina.

»Sie sehen so aus, als bräuchten Sie einen Freund.«

»Jeder braucht einen Freund in einer fremden Stadt. Leben Sie hier?« Wenn er die Frage verneinte, hatte Lina vor, sich die Rechnung bringen zu lassen und zu gehen. Ein weiterer Tourist nützte ihr nichts. Wenn er die Frage bejahte, wußte sie nicht genau, was sie tun wollte.

»Ja, in der Tat, ich gehöre zur lokalen Flora. Oder Fauna. Ich verwechsel' die beiden immer.« Er kippte seinen Scotch und winkte dem Kellner, um einen weiteren zu bestellen. »Wie steht's mit Ihnen?« fragte er, auf Linas Glas deutend. Sie bestellte ein Glas Lillet mit Eis.

Lina brauchte nicht lange, um die wesentlichen Einzelheiten aus ihm herauszubekommen. Frederick Behr (»Nennen Sie mich Fred!«) war ein Amerikaner aus Boston, der das Genfer Büro eines Wirtschaftsprüfungsunternehmens leitete. Er selbst war kein Bankier, aber zu seinen Kunden zählten einige der größeren Schweizer Banken. Seine Frau hatte ihn vor einem Jahr verlassen, und sein Freizeitvergnügen bestand darin, sich in Hotelbars herumzutreiben mit der Absicht, hübsche Frauen anzusprechen. Es war unvermeidlich, daß Fred Behr auch über sie etwas wissen wollte. Lina hatte noch nicht viel Zeit gehabt, sich eine neue Identität auszudenken, und so sagte sie das, was ihr spontan einfiel, und dachte sich eine Geschichte aus, während sie sie erzählte.

»Ich bin in Genf, um die Angelegenheiten meines Vaters zu regeln«, sagte sie. »Er ist vor einigen Monaten gestorben.«

»Das tut mir leid«, sagte Fred. »Hat er hier gelebt?«

»Nein. Er war Iraker. Aber ich glaube, er hat einen Teil von seinem Geld hier gehabt. Sogar eine ganze Menge, aber auf einem Geheimkonto. Und jetzt ist er tot, und meine Mutter und ich wollen das Geld finden. Und ich brauche Hilfe.« Sie sah ihn verschämt an. Das allermindeste wäre, so rechnete sie sich aus, daß sie eine kurze Einführung in die Welt der Schweizer Banken bekam.

»Hmmm«, sagte Fred und betrachtete sein Highball-Glas. »Wissen Sie, wo er es hatte? Hoffentlich nicht bei einer dieser Privatbanken.«

»Nein, ich glaube nicht.«

»Das ist schon mal gut. Diese kleinen *banques privées* sind zu klein, wenn Sie mich fragen. In einer kleinen Bank kann man nichts verstecken. Das ist zu auffällig. Ein großer Transfer per Kabel und alle sagen: ›He! Was macht denn der alte Freddie da, schiebt hundert Millionen Dollar herum?‹ Das funktioniert nicht. Man kann sein Geld nur in einer großen Bank verstecken. Es verliert sich in der Menge, genauso wie Menschen. Bei welcher Bank war er denn?«

»Wir glauben, es war die Organisation de Banques Suisses.«

»Dann haben Sie Glück, meine Liebe. Das dürfte leicht sein.«

»Was sollte ich tun?«

»Gehen Sie einfach zu dem Geschäftsführer der OBS-Zweigstelle, mit dem Ihr Vater zu tun hatte, und sagen Sie ihm, daß Sie wegen des Geldes gekommen seien. Wenn Sie die Kontonummer kennen und belegen können, daß Sie die nächste Angehörige sind, dann wird er es Ihnen aufmachen. *Zut!*«

»Aber das ist gerade unser Problem. Mama und ich wissen nicht, welche Zweigstelle Papa benutzt hat, und wir wissen nicht, welcher Geschäftsführer das Konto geführt hat. Wir kennen nur die Kontonummern. Was sollten wir tun? Es macht meine Mutter ganz verrückt.«

»Rührendes Problem«, sagte Fred. Er putzte seinen zweiten Scotch weg, während er über die Sache nachdachte, und bestellte sich noch einen. »Wie gut wissen Sie über Schweizer Banken Bescheid?«

»Gar nicht. Null. Deswegen bin ich hier. Um mehr zu erfahren.«

»Nun, vielleicht kann Onkel Fred Ihnen ein paar nützliche Tips geben. Hätten Sie das gerne?«

Lina nickte. »Ja bitte.«

»Das erste, was Sie über Schweizer Bankgeschäfte wissen müssen, ist, daß sie groß und geheim sind. Wie ein unterirdischer Fluß, der mitten durch das Land fließt. Sie können ihn nicht sehen, aber er beherrscht alles und ist enorm. Es liegen über eine Billion Dollar auf Schweizer Konten. Haben Sie das gewußt? Und das Erstaunliche ist, daß der größte Teil dieses Geldes gestohlen ist. Ich will nicht das Andenken Ihres Vaters beleidigen, aber die meisten Leute, die ihr Geld auf einer Schweizer Bank deponieren, machen das, weil es schmutzig ist.«

»Das ist ja alles sehr interessant«, sagte Lina und lenkte ihn wieder zu ihrem speziellen Problem zurück. »Aber mit wem sollte ich denn jetzt bei der Organisation de Banques Suisses sprechen?«

»Ich bin bereit, Ihnen das zu sagen. Aber nur, wenn ich Sie zum Essen in meinem Club einladen darf.«

Lina protestierte gerade soviel wie nötig und willigte dann ein. Sein Club hieß The Gargoyle und befand sich gegenüber vom Hotel auf der anderen Seeseite. Die Tür wurde von einer großen, hart aussehenden Blondine bewacht. Sie erkannte Fred durch das Guckloch und ließ ihn herein.

Sie gingen nach unten in ein großes und üppig dekoriertes Gewölbe. Auf der einen Seite befand sich ein kleines Restaurant, auf der anderen eine große Bar und Diskothek. Die Disko war arenenförmig angelegt und jede Ebene hatte ihre eigenen Couch-Sitzecken, deren Bezüge ein Leopardenmuster hatten. Lina ließ den Blick durch den Raum schweifen. Die meisten Männer schienen Araber zu sein. Sie waren dunkelhäutig, gepflegt, trugen teure Anzüge und Schuhe. Jeder Tisch hatte anscheinend seinen eigenen Häuptling, umgeben von seinem persönlichen Gefolge: Assistenten, Brüdern, Cousins und Leibwächtern, und natürlich Frauen. Das war die andere Auffälligkeit in dieser Bar. Es waren fast alles blonde Europäerinnen – aufgereiht wie die festverzapften Möbel in den Ausstellungsflächen von IKEA.

»Höllischer Laden«, sagte Fred. Er winkte lächelnd einigen anderen Gästen zu und führte Lina von der Disko weg zum Restaurant. Sie hatten noch nicht lange gesessen, als Lina wieder anfing.

»Und wie arbeiten sie«, fragte sie. »Die großen Banken wie die OBS, meine ich. Wie gehen die vor?«

»Sie sind ja unermüdlich, meine Liebe. Sie hören sich wie eine Zeitungsreporterin an.«

»Mich interessiert nur, was Sie mir zu erzählen haben, Fred.«

»Hmmm.« Er lächelte. »Die großen Banken sind wie Fabriken, mein neugieriges Schätzchen. Das ist die Wahrheit. Nur ein oder zwei Leute ganz oben wissen wirklich, wem das Geld gehört. Die Befehlsempfänger, die die Konten betreuen, schieben bloß Papier durch die Gegend. Und sie sind schrecklich überarbeitet. Ein Kontenverwalter kann bis zu zweihundert Konten betreuen.«

»Weiß er, wem das Geld gehört?«

»Nein. Das läuft alles wie am Fließband. Wirklich! Da haben Sie die teuersten Banker der Welt, die Ihrem Konto weniger Aufmerksamkeit schenken, als Sie von Ihrer örtlichen Sparkasse bekommen würden. Aber die Gebühren sind astronomisch. *Astronomisch.* Und wissen Sie warum? Weil sie etwas Teures verkaufen, nämlich *Geheimhaltung.*«

Drüben bei der Bar tat sich was. Ein besonders reicher arabischer Herr war eingetroffen, in einen Zweireiher gequetscht, der zu eng über seinem massigen Bauch saß und dennoch zugeknöpft war. Sein Gesicht war unrasiert, aber die Hände waren sorgfältig manikürt. Er wurde von drei Blondinen begleitet, die wie Heliumballons hinter ihm her schwebten.

»Drei!« sagte Fred und schlug sich mit der Handfläche gegen die Stirn. Er war inzwischen ziemlich betrunken. »Wieso bloß drei?«

Er lachte und beugte sich zu Lina vor. »Wissen Sie, warum die nach Genf kommen? Um sich aufzupäppeln! Hier gibt's eine Klinik, die auf die Behandlung von Impotenz spezialisiert ist. Der Arzt gibt einem eine Spritze in das gute Stück, und danach hat man stundenlang einen Steifen. Das hab' ich zumindest gehört. Habe selber noch nie Probleme damit gehabt.«

»Fred!«

»Entschuldigung.«

»Ich dachte, wir unterhalten uns über Schweizer Banken.«

»Richtig. Genau. Schweizer Banken.«

»Erzählen Sie mir was über die Einzahler. Wie setzen die sich überhaupt mit der Bank in Verbindung? Kommen sie normalerweise persönlich vorbei?«

Er sah sie neugierig an. Sie war wirklich entschlossen, über Bankgeschäfte zu reden.

»Einige machen das«, sagte er langsam und zog dabei eine Augenbraue hoch. Je betrunkener er wurde, desto mißtrauischer wurde er. »Die kommen hier alle zwei oder drei Jahre vorbei, um nachzusehen, wie die Dinge stehen. Sie treffen sich mit einem der Chefs, der ihnen einen Überblick über das Konto gibt und wie das Geld investiert wird. Sie überprüfen gemeinsam das Schließfach. Vielleicht essen sie zusammen Mittag im privaten Speisesaal der Bank. Dann fliegt der Kunde wieder selig nach Hause nach Zaire oder Abu Dhabi und träumt von seinem Geld.«

»Aber einige Einzahler kommen nicht persönlich.«

»Richtig. Manchmal ist das Geld so heiß, daß der Kunde um die Schweiz lieber einen großen Bogen macht. Oder er kann nicht kommen. Er wird also einen Mittelsmann bestimmen – jemand, der bevollmächtigt ist, in seinem Namen mit der Bank zu verhandeln. Und dieser Typ unternimmt dann die regelmäßigen Stippvisiten. Was für einer war Ihr Herr Papa?«

»Wie bitte?«

»Ihr Vater«, sagte Fred mit einem Zwinkern. »Wäre er selbst gekommen oder hätte er jemanden geschickt?«

»O, ich glaube, er hätte jemanden geschickt.« Lina hatte

das Gefühl, daß Fred allmählich hinter ihr Täuschungsmanöver kam, aber sie war entschlossen, trotzdem weiterzumachen. Sie dachte an die Dokumente, die sie von Hammuds vertraulichen Dateien ausgedruckt hatte. Vielleicht konnte Fred ihr damit weiterhelfen.

»Hören Sie, Fred«, sagte sie. »Das wird Ihnen wahrscheinlich wie eine wirklich dämliche Frage vorkommen. Aber haben Sie jemals von einer Bank gehört, die ›M‹ heißt und ein Büro in der Rue des Banques hat?«

Fred schüttelte den Kopf. »Kann ich nicht genau sagen. Aber das ist eindeutig eine von den Privatbanken. Die machen diese Spielchen mit Initialen. Soll wohl besonders diskret wirken.«

»Wie kann ich mehr über diese Bank ›M‹ herausfinden?«

»Was ist es Ihnen denn wert?« Fred zwinkerte ihr wieder zu. »Und die unsinnige Geschichte über Ihren Vater können Sie jetzt auch mal lassen.«

Lina wich auf ihrem Stuhl zurück. »Was meinen Sie damit?«

»Ich meine damit, ich glaube Ihnen nicht, daß Sie das Geld Ihres Vaters suchen. Ein arabisches Mädchen kommt nicht allein nach Genf, um Papas verschollenes Geld zu suchen. Das kauf' ich Ihnen einfach nicht ab.«

Auf Linas Gesicht machte sich Verzweiflung breit. Sie war allein. Der arme, ritterliche, lüsterne Fred war alles, was sie hatte. Sie sah ihn zärtlich und hilflos an.

»Ich stecke in Schwierigkeiten, Fred. Ich brauche Hilfe.«

Er kniff die Augen zusammen, als versuche er, sie schärfer ins Blickfeld zu bekommen. »Sind Sie eine Gaunerin?«

»Nein. Sehe ich wie eine aus?«

Er musterte sie sorgfältig und schüttelte dann den Kopf. Die Antwort war nein. »In was für Schwierigkeiten stecken Sie denn?«

»Es geht um Geld.«

»Das ist klar. Aber wessen? Um Ihres oder das von jemand anderem?«

»Von jemand anderem. Er glaubt, ich will es ihm stehlen,

aber das will ich gar nicht. Ich will nur herauskriegen, wo es ist, damit ich mich schützen kann.«

»Wem gehört das Geld?«

»Niemandem. Es hat mal einem sehr mächtigen Mann gehört, aber er ist gestorben.«

Fred schüttelte den Kopf. »Woher soll ich wissen, ob das nicht alles ein großer Quatsch ist?«

Lina nahm seine Hand und drückte sie. »Sehen Sie mich an. Sehen Sie meine Augen an. Sehe ich so aus, als hätte ich Angst?«

»Ja«, sagte er.

»Tatsächlich bin ich in Todesangst. Sie müssen mir helfen. Sie sind der einzige Mensch, den ich habe.«

»Was soll ich für Sie tun?«

»Ich muß wissen, mit wem ich bei der OBS über einige Nummernkonten reden kann. Und ich muß wissen, wie ich mit dieser Privatbank ›M‹ in Verbindung treten kann. Es könnte mir das Leben retten. Ich weiß, daß das wahrscheinlich albern und melodramatisch klingt, aber es ist die Wahrheit.«

»Ich mag Sie«, sagte Fred verträumt. »Sie sind nett, auch wenn Sie eine erbärmlich schlechte Lügnerin sind.«

»Vielen Dank. Aber ich lüge nicht. Ich bin wirklich in Gefahr.«

»Ja, ja. Wie auch immer. Der Mann, den Sie bei der OBS sprechen müssen, heißt Pierre Marchand. Er ist einer der Geschäftsführer, der Mann, der für die Geschäfte in Genf zuständig ist. Er ist ein komischer kleiner Schweizer. Sehr geheimniskrämerisch, selbst für hiesige Verhältnisse. Er überwacht alle großen arabischen Konten. Er redet nie mit jemandem, aber wenn Sie meinen Namen erwähnen, wird er mit Ihnen reden. Rufen Sie ihn morgen in seinem Büro an. Bei der Privatbank handelt es sich mit ziemlicher Sicherheit um den Crédit Mercier. Sie wird von einem Mann namens Maurice Mercier geführt, und wenn der *Privat* sagt, dann meint er das auch. Ob Sie's glauben oder nicht, aber seine Nummer ist nirgends verzeichnet.«

»Und Marchand? Könnten wir versuchen, ihn heute abend

zu Hause zu erreichen? Ich muß sobald wie möglich aktiv werden.«

»Hören Sie, wir sind hier in der Schweiz. Man kann nicht einfach Leute mitten in der Nacht anrufen. Das macht man nicht.«

»Unsinn! Man ist hinter mir her. Mein Leben ist in Gefahr. Haben Sie Kleingeld? Ich werde mir Marchands Nummer von der Auskunft besorgen und ihn anrufen.«

»Um ihm was zu sagen?«

»Das weiß ich noch nicht. Das überlege ich mir, wenn ich seine Nummer habe.«

»Sie sind ja wahnsinnig«, sagte Fred. Aber er lächelte. Er gab ihr fünf Schweizer Franken und zeigte ihr, wo die Telefonkabine war.

Marchands Telefonnummer zu bekommen war nicht schwer. Er wohnte im Norden außerhalb der Stadt, an der Route de La-Capite. Als sie sich darauf vorbereitete, die Nummer zu wählen, überlegte sie, was sie sagen könnte. Vielleicht lag es am Wein, den sie getrunken hatte, oder an der befreienden Erfahrung, an einem fremden Ort zu sein, oder einfach an der Notwendigkeit, ein Risiko einzugehen, wenn sie überleben wollte. Aber Lina kam ein abwegiger Gedanke in den Kopf: Wenn es schon ihr Ziel war, in den OBS-Computer hineinzukommen, wieso nicht gleich das anpeilen, was sie haben wollte – nämlich Marchands Paßwort – anstatt nach Helens kompliziertem Plan zu operieren. Aber wie? Sie konnte einigermaßen sicher annehmen, daß Marchand, wie die meisten Chefs, nichts von Computern verstand, was die Sache erleichtern würde. Und es könnte auch hilfreich sein, daß es Nacht war und er höchstwahrscheinlich zu Hause war. Und am allerhilfreichsten wäre es, wenn sie es schaffen könnte, irgendwie sein Verantwortungsgefühl anzusprechen, selbst wenn sie ihn gleichzeitig dazu brachte, etwas ungeheuer Verantwortungsloses zu tun. Eine nüchterne Frau hätte dieses Rätsel niemals lösen können. Aber während sie den

Hörer in der Hand hielt, dachte sich Lina eine List aus, die so absurd einfach war, daß sie so spät abends, vor allem wenn Marchand auch ein Glas Wein getrunken hatte, tatsächlich funktionieren könnte. Und wenn sie nicht funktionierte, nun, dann würde sie am nächsten Tag etwas anderes probieren.

»Entschuldigen Sie, Monsieur Marchand«, sagte sie in ihrem besten Schulfranzösisch, als er abnahm. »Hier ist Dominique, die neue stellvertretende System-Administratorin der Bank. Es tut mir leid, Sie so spät zu stören, aber wir haben ein Problem, und man hat mir gesagt, ich soll Sie anrufen.«

»Kenne ich Sie?« fragte Marchand. Er klang steif und förmlich, aber in seiner Stimme lag etwas Entferntes, als wäre er schläfrig oder vielleicht ein bißchen angeheitert.

»Nein, Monsieur. Ich bin neu. Ich wurde vor einem Monat aus London versetzt. Ich arbeite im Computerraum. Ich bin heute abend allein hier.«

»Haben Sie Zanetti angerufen? Er ist dafür zuständig.«

Linas Antwort kam ohne zu zögern. »Ja, Monsieur, natürlich. Er hat mir gesagt, ich soll Sie anrufen.«

Marchands Stimme entspannte sich sofort. Die Befehlskette war hergestellt. »Ah! Sehr gut. Was für ein Problem gibt es, Dominique?«

»Bedauerlicherweise ist das System abgestürzt und wir haben einige unserer Dateien verloren.« Sachte, ermahnte sie sich. Nicht zu schnell.

»Ist es was Ernstes? Muß ich vorbeikommen?«

»Nein, nicht sehr ernst. Wir versuchen, die Dateien heute nacht noch zu rekonstruieren, damit das System morgen früh wieder einsatzfähig ist.«

»Gut.« Er klang erleichtert. Er mußte nicht vorbeikommen. »Was brauchen Sie von mir?«

»Wir versuchen, zuerst die Paßwörter zu rekonstruieren, und wir müssen wissen« – *sachte jetzt, so daß es sich logisch anhört* – »wieviel Buchstaben in Ihrem waren.«

»Was hat Zanetti gesagt?«

»Er hat gesagt, ich soll Sie anrufen.«

»Ah! Aha. Also gut. Warten Sie, das waren – eins, zwei, drei, vier, fünf, sechs – sechs Buchstaben. Haben Sie das gebraucht?«

»Ja, Monsieur. Da ist noch eine Sache. Wir haben die letzten drei Buchstaben verschlüsselt, aber ich fürchte, das System hat die ersten drei verstümmelt. Das ist das Problem.«

»Brauchen Sie sie?«

»Ja, bitte.« Entspannt. Höflich. Vorsichtig.

Marchand räusperte sich. »Ich kann Ihnen das Paßwort nicht nennen, Dominique. Das wissen Sie.« Er dachte an Sicherheit, selbst spät nachts.

»Ja, Monsieur. Natürlich. Das ist verboten.«

»Also gut. Die ersten drei Buchstaben sind *s*, *e*, *c*. Hilft Ihnen das weiter?«

»Ja, Monsieur. Bis morgen früh müßte alles wieder normal laufen. Haben Sie vielen Dank. Und ich bitte nochmal um Entschuldigung für die Störung.«

»Keine Ursache. Sagen Sie Zanetti, daß ich gern geholfen habe.« Und er freute sich tatsächlich, einer neuen Angestellten spät abends geholfen zu haben, überzeugt, daß er nichts Unangebrachtes getan hatte. Was konnten drei Buchstaben schon für Schaden anrichten? Die Paßwörter waren verschlüsselt. Das System war sicher. Das wurde ihm täglich von Zanetti bestätigt.

»Gute Nacht«, sagte sie mit süßer Stimme.

Fünf Minuten später kam Lina zum Tisch zurück, mit frischem Lippenstift auf dem Mund und einem großen Lächeln auf dem Gesicht. Sie sah aus, als hätte sie soeben im Lotto gewonnen. Fred begrüßte sie mit einer galanten Geste und hielt ihr den Stuhl. Es schien ihm Spaß zu machen, den Kavalier zu spielen.

»Und? Haben Sie von dem alten Marchand alles bekommen, was Sie haben wollten?«

»Nein«, sagte Lina, immer noch lächelnd. »Er war nicht da.« Sie nahm einen großen Schluck von ihrem Drink.

»Ach kommen Sie. Ich muß sagen, Sie sehen äußerst zufrieden aus.«

»Das kommt daher, weil ich glücklich bin, hier in Ihrer Gesellschaft zu sein, Fred.«

Fred lachte. »Sie sind wirklich eine erstaunliche Lügnerin! Ich habe keine Ahnung, was hier los ist. Aber Sie müssen schon ein sehr gescheites Mädchen sein.«

»Ich *bin ein gescheites Mädchen*. Und außerdem völlig ausgehungert. Ich hab' den ganzen Tag nichts gegessen. Rufen Sie den Kellner.«

Lina überflog gerade die Speisekarte, als sie ihn sah, aus dem Augenwinkel heraus. Ein Araber, der die Treppe herunterkam. Sie bemerkte ihn zuerst kaum. Es gab schon so viele Araber in dem Restaurant, daß sie nicht mehr auf der Hut war. Erst als er in den Speisesaal trat und anfing, die einzelnen Tische abzusuchen, wurde Lina aufmerksam. Er war dunkelhäutig, mit dichtem, lockigem Haar und schweren Augenlidern. Sie erstarrte kurz und zog dann die Speisekarte wie ein Schild zu sich heran. Es war ein Gesicht, das sie erst einige Tage zuvor gesehen hatte, in einer Gruppe palästinensischer Leibwächter, die vor Nassir Hammuds Schreibtisch in London postiert gewesen waren. Irgendwie hatten sie herausbekommen, daß sie in Genf war. Der Palästinenser hatte sie noch nicht entdeckt. Er war jetzt in der anderen Ecke des Raumes und unterhielt sich mit ein paar Bekannten. Aber wenn Lina blieb, wo sie war, würde er sie auf seiner Runde durch den Raum früher oder später entdecken. Sie beugte sich zu Fred vor und flüsterte ihm ins Ohr.

»Es tut mir schrecklich leid, Fred, aber ich muß sofort gehen. Ich fühle mich nicht wohl.« Sie stand schnell vom Tisch auf und steuerte auf den Ausgang zu.

»Warten Sie, um Himmels willen!« rief er. »Sie können jetzt nicht einfach weg!« Sämtliche Blicke richteten sich auf sie, einschließlich der von Hammuds Sicherheitsbeamten. In der verlegenen Stille, die auf Freds Ruf folgte, rannte Lina die Treppe hinauf zur Eingangstür. Fred stürmte hinter ihr her. Der Palästinenser folgte einige Sekunden später.

Fred holte Lina draußen vor der Tür ein. Sie hatte ihre hochhackigen Schuhe ausgezogen und rannte auf Strümpfen den Bürgersteig entlang.

»Was ist passiert?« keuchte er. »Wo rennen Sie denn hin?«

Lina rannte weiter, so daß Fred gezwungen war, so gut er konnte mit ihr mitzuhalten. Die Straße war fast menschenleer. Das Pflaster glänzte gelblich im Licht der Straßenlaternen. Lina bog links in eine Gasse ein und rief Fred zu, ihr zu folgen. Erst als sie die Gasse zur Hälfte entlanggerannt waren, merkte Lina, daß es eine Sackgasse war. Am Ende befand sich eine Backsteinmauer und dahinter eine Zeile Wohnblocks. Lina warf einen Blick zurück die Gasse hinunter. Der palästinensische Sicherheitsbeamte bog gerade um die Ecke. Zum Umkehren war es jetzt zu spät.

Lina rannte auf die Mauer zu und rief Fred zu, er solle sich beeilen. Als er sie erreichte, drehte sie sich zu ihm um und packte seine Hand. Er zitterte von der Aufregung und dem Alkohol. Der Palästinenser war nur noch zwanzig Meter entfernt. Sie zog ihren Rock hoch und schmiß die Schuhe über die Mauer.

»Fred! Helfen Sie mir hoch. Schnell!«

Fred machte mit den Händen einen Steigbügel und hievte sie hoch, bis sie sich am Mauersims festhalten konnte. Er sah zu, wie sie ein Bein über die Mauer schwang und dann das andere. Und dann war sie verschwunden. Als Lina auf den schützenden Wohnhauskomplex zurannte, hörte sie Freds angeheiterte Stimme auf der anderen Seite der Mauer. »Moment, mein Herr. Sie brauchen nicht weiterzugehen. Ich kann alles erklären.«

29

Früh am nächsten Morgen zog Lina aus dem Beau Rivage aus, um sich etwas Diskreteres zu suchen. Als sie am Empfang stand und ihre Rechnung bezahlte, fiel ihr ein junger Mann in einem schnieken Leinenanzug auf, der in der Lobby saß und sie anstarrte. Er sah nicht wie ein Iraker aus, und deshalb beachtete sie ihn zunächst nicht sonderlich. Als sie zum Ausgang ging, um sich ein Taxi zu nehmen, kam der Mann auf sie zu und stellte sich vor. Er hatte lockige Haare und den drahtigen Körper eines Sportlers. Der Mann schüttelte ihr aufdringlich die Hand, zu freundlich für einen Fremden um acht Uhr morgens. Erst als er den Namen eines gemeinsamen Bekannten erwähnte, war sie plötzlich aufmerksam.

»Ich bin ein Freund von Sam Hoffman«, sagte er. »Ich dachte, Sie bräuchten vielleicht etwas Hilfe.«

»Wobei?« fragte sie mißtrauisch.

»Wegen Hammud«, sagte er. Er streckte die Hand aus, um ihr die Tragetasche abzunehmen, die den Laptop-Computer enthielt.

Lina wich zurück, plötzlich mißtrauisch. Sie wußte, Sam würde nicht irgend jemanden schicken, um sie zu beschützen.

»Ich brauche keine Hilfe«, sagte sie abwehrend, und rief dem Portier zu, ihr ein Taxi zu besorgen. Der Mann folgte ihr zum Ausgang, wo er ihr eine Visitenkarte gab. Er hieß

Martin Hilton. Der Name kam ihr irgendwie bekannt vor, aber sie konnte ihn nicht einordnen. Auf der Rückseite hatte er die Telefonnummer seines Hotels und die Worte »Seien Sie vorsichtig« geschrieben.

Während sie das Taxi bestieg, sah sich Lina noch einmal um, ob ihr irgend jemand folgte. Die Straße war leer, bis auf ein paar Lastwagen, die morgendliche Lieferungen machten, und einen Jogger, der in Richtung des Seeparks trabte, der »Die Perle des Sees« hieß. Sie versuchte sich daran zu erinnern, was die Leute im Film immer taten, um ihre Verfolger abzuschütteln. Cary Grant war einmal in ein großes Gebäude gegangen, war drinnen herumgelaufen und hatte es durch einen anderen Ausgang wieder verlassen. »Fahren Sie mich zu einem Kaufhaus«, sagte sie zu dem Fahrer. Er setzte sie vor einem großen Gebäude in der Rue du Rhône ab, am Südufer des Genfer Sees. Sie betrat das Kaufhaus, ging eine Rolltreppe hoch, dann wieder eine hinunter, ging in der Buchabteilung vorbei, um sich ein französisches Wörterbuch zu kaufen, und ging dann durch einen anderen Ausgang hinaus in eine Seitenstraße, in der sie ein anderes Taxi heranwinkte.

Der Fahrer war ein korpulenter Schweizer. Sie bat ihn, ihr ein ruhiges, preiswertes Quartier zu empfehlen, wo sie wohnen könnte. Er fuhr sie zu einer kleinen Pension im südwestlichen Vorort der Stadt, in der Nähe des Güterbahnhofs. Es war ein schlichtes freundliches Haus, mit zwei Gästezimmern, das von einer Schweizerin namens Madame Jaccard geführt wurde. Lina erklärte der Frau, daß sie eine Studentin aus London sei und zu Forschungsarbeiten nach Genf gekommen sei. Das einzige, was sie brauche, sagte sie zu Madame Jaccard, sei eine direkte internationale Telefonleitung in ihrem Zimmer. Sie benutze für ihre Forschungsarbeit einen PC, erklärte sie, und es sei vielleicht nötig, per Telefon mit einem Großrechner woanders zu kommunizieren. Sie würde die Anrufe mit ihrer Telefonkreditkarte bezahlen, versprach sie. Die Schweizerin war einverstanden. Im Gästezimmer befand sich ein Telefon, und sie könne es benützen, wie sie wolle, solange sie ihre Rechnung bezahlte. Die Vorstellung, daß Computer per Telefon kommunizierten, schien sie völlig zu faszinieren. So etwas Kompliziertes, und dann noch eine Frau!

Während Lina ihre wenigen Habseligkeiten auspackte, überlegte sie sich wieder, ob sie Sam anrufen sollte, um ihn nach dem geheimnisvollen Mr. Hilton zu fragen, entschied sich dann aber dagegen. In London anzurufen wäre riskant und, was viel wichtiger war, Zeitverschwendung.

Lina wußte, daß sie sich beeilen mußte. Irgendwann würde Pierre Marchand seinen Kollegen Zanetti in der EDV-Abteilung anrufen und ihn fragen, ob das Problem mit dem Computer geklärt sei. Zanetti würde antworten: »Was für ein Problem?« und Marchand würde merken, daß man ihn reingelegt hatte. In der anschließenden Panik würden sie umgehend Marchands Paßwort ändern. Also mußte sie schnell handeln. Sie schloß Helens Laptop an und las sich schnell in die Betriebsanleitung ein. Nach zwanzig Minuten fühlte sie sich sicher genug, um den Angriff auf den Computer der OBS zu starten.

Zuerst mußte Lina das einfache Rätsel von Marchands Paßwort lösen. Der Hinweis war ein Wort mit sechs Buchstaben, das mit *sec* begann. Sie schlug das französische Wörterbuch auf, das sie im Kaufhaus erworben hatte, und blätterte zum Buchstaben *S*. Das erste Wort, das sie sah, war *sec*, aber das waren nur drei Buchstaben. Dann kam *sécant*, ein Wort mit sechs Buchstaben, das »schneidend« bedeutete. Das war theoretisch möglich, aber Lina fand, daß es als Paßwort untypisch fur Marchand wäre. Leute wollten gerne in die Irre führen, wenn sie ein Paßwort aussuchen, aber nicht so radikal. Sie setzte ihre Suche fort. *Sécession, séchage, sécher*, »trocknen«. Das hatte sechs Buchstaben, aber als Paßwort ergab es auch keinen Sinn. Lina setzte ihre Jagd fort. *Sécot, secouement, secourable, secourir, secousse*. Und dann sah sie es, es sprang geradezu aus dem Wörterbuch heraus.

Secret, wie in »geheim, privat, verborgen, zurückhaltend, reserviert, diskret«. Das Wort hatte sechs Buchstaben und es schrie geradezu danach, ein Paßwort zu sein. Lina sah auch noch den Rest durch, zur Sicherheit. *Secrétaire, sécrétement, sécréter, sectaire, secte, sectuer, section, séculaire, secundo, sécurité.* Das war alles für *sec.* Es mußte *secret* sein.

Lina schätzte, daß sie das Paßwort geknackt hatte, aber sie brauchte immer noch die Nummer der Datenkommunikationsleitung der OBS, bevor sie durch die elektronische Eingangstür wandern konnte. Sie holte sich das Genfer Telefonbuch, das neben dem Bett lag, und fand die Hauptnummer für die OBS: 391-6000. Darunter war eine Reihe von Abteilungsanschlüssen aufgelistet: 6100 für Verwaltung, 6200 für Geschäftskunden, 6300 für Privatkunden, 6400 für Großkunden, 6500 für Handel und Verkauf, 6600 für Einzelhandelsgeschäfte. Angesichts dieser Liste vermutete Lina, daß die EDV-Abteilung der Bank unter »Verwaltung« fiel, die die Anschlüsse zwischen 6100 und 6200 hatte. Sie fing an zu wählen. Sie brauchte fünfzehn Minuten und fast vierzig Anrufe, bevor sie mit »391-6138« einen Treffer erzielte und den hohen elektronischen Ton hörte, der bedeutete, daß sie einen Computer am Apparat hatte.

Lina war beinahe soweit. Sie ging in Gedanken noch einmal Helens Anweisungen vom Vortag durch. Dann holte sie aus ihrer Handtasche den Text mit dem Titel »Konten«, den sie einige Tage zuvor aus Hammuds Dateien kopiert hatte. Er enthielt die Nummern der fünf Konten bei der OBS: N4 808.537-0, N4 808.537-1, B2 218.411-0, B2 218.411-1, B2 218.411-2. Wenn Linas Vermutung zutraf, dann waren diese einfachen Zahlen die Adresse, bei der mehrere Milliarden Dollar lagen.

Los geht's, sagte sie sich. Sie rief das Telekommunikationsprogramm auf und tippte den Wählbefehl ein. Das Gerät piepte die Zahlen aus: 3-9-1-6-1-3-8. Es gab eine Pause, dann ein Klingeln, dann einen hohen Ton, dann ein kratziges elektronisches Geräusch. Auf ihrem Bildschirm sah sie die Worte »Dial complete«, dann »Ringing« und dann »Connect«. Dann erschien das Aufforderungszeichen »Enter username« mit der Aufforderung an sie, sich anzumelden. Das war ein gutes Omen. Die Schnittstelle der OBS war auf Englisch.

Sie tippte *marchand* ein und wartete darauf, daß das System sein Paßwort verlangte. Aber zu ihrer Überraschung erschien »Login incorrect« auf dem Bildschirm, gefolgt von der Wiederholung des Befehls »Enter unsername«. Was war los? Hatte man Linas Täuschung von der vergangenen Nacht bereits entdeckt und Marchand ganz aus dem System entfernt? Ruhig bleiben, ermahnte sie sich. Es gab eine viel einfachere Möglichkeit, nämlich die, daß mehr als ein Marchand bei der Bank arbeiteten.

Sie probierte es noch mal und tippte diesmal *marchandp*, indem sie den Anfangsbuchstaben seines Vornamens hinzufügte. Aber es gab wieder keine Verbindung, und die Aufforderung »Enter username« erschien wieder. Jetzt begann sie sich Sorgen zu machen. Nach drei erfolglosen Versuchen wurde normalerweise die Leitung unterbrochen und eine elektronische Nachricht an den Supervisor geschickt. Lina hatte noch eine Chance. Diesmal tippte sie *pmarchand*, mit dem Anfangsbuchstaben vorne statt hinten ein. Welch' ein Wunder! Es funktionierte.

Lina machte sich für das bereit, was als nächstes kam. Helen hatte sie gewarnt, es könnte eventuell eine automatische Unterbrechung geben, damit der Computer zurückrufen und überprüfen konnte, daß der Anruf von einer autorisierten Nummer kam. Aber die Unterbrechung ereignete sich nicht. Offensichtlich gab es kein automatisches Rückrufverfahren. Vielleicht waren die Schweizer wirklich so schlampig, wie Helen behauptet hatte. Jetzt kam die letzte Hürde. Auf dem Bildschirm erschien das Zeichen »Enter password«. Lina gab *secret* ein, das Wort, das nach ihren Schlußfolgerungen Marchands Paßwort sein mußte. Der Bildschirm löste sich auf und baute sich wieder auf, zeigte das Logo der OBS und dann ein kurzes Optionsmenü. *Ja!* Die Bank hatte sein Paßwort noch nicht geändert. Sie war drinnen.

Das Menü auf dem Bildschirm bot ihr vier Optionen an: »Banking«, »Trading«, »Markets« und »Personnel«. Lina wählte die erste Option. Der Bildschirm baute sich auf mit einer neuen Aufforderung, ob sie Informationen über Einzelhandelsgeschäfte, Geschäftskonten, Handel und Verkehr oder Privatgeschäfte wünsche. Lina wählte den letzten Eintrag. Eine letzte Aufforderung fragte Lina, ob sie Informationen über reguläre oder Nummernkonten wünsche – *r* oder *n* – und Lina gab *n* ein.

Ein neues Aufforderungszeichen funkelte sie an. »Enter account number«, »Kontonummer eingeben«. Sie war beinahe am Ziel. Lina lehnte sich in ihrem Korbstuhl zurück und sah aus dem Fenster ihres kleinen Zimmers. Ein paar Passanten gingen über die Straße, jeder mit seinen eigenen Problemen beschäftigt. Die Banker waren in ihren Zählhäusern. Das Geld lag in den Tresorräumen und schlief. Der Kuckuck wartete gehorsam hinter der Tür seiner Kuckucksuhr. Lina war das einzige freie Elektron in dem geordneten Universum Genfs. Sie wandte sich wieder zu ihrem Computer, der so geschickt war, und sah wieder auf ihre Liste mit den Kontonummern. Neben das Aufforderungszeichen tippte sie die erste der beiden Kontonummern in Nassau. »N4 808.537-0«.

Der OBS-Computer verdaute ihre Anfrage, und der Bildschirm war einen Augenblick leer. Lina fragte sich, ob sie vielleicht einen besonderen Sicherheitsschirm getroffen hatte, der den Zugang zu vertraulichen Konten einschränkte. Aber bald baute sich das Bild wieder auf und bot Lina zwei Optionen an, »Status« und »Kontostand«. Sie wählte letzteres mit einem Gefühl erregter Erwartung. Sie fragte sich, ob die nächste Zahl, die auf dem Bildschirm erscheinen würde, hundert Millionen oder Milliarden sein würde. Sie war vollkommen unvorbereitet auf das, was dann tatsächlich vor ihr erschien: ›Kontostand – N4 808.537-0: SF 10,000‹.

Das kann nicht stimmen, dachte Lina. Das waren kaum mehr als fünftausend Dollar. Wahrscheinlich der Mindestkontostand, der erforderlich war, um so ein Konto offenzuhalten. Sie mußte einen Fehler gemacht haben, obwohl sie sich nicht vorstellen konnte, was es hätte sein können. Sie verglich noch einmal die Kontonummer mit der auf dem Ausdruck, um sicherzugehen, daß es die richtige war, und ging ihre Schritte noch einmal durch. Ruhig Blut, ermahnte sie sich. Probier' die nächste. Sie verfuhr mit der zweiten Nassauer Kontonummer genauso wie mit der ersten, gab diesmal nach dem Aufforderungszeichen »N4 808.537-1« ein. Die Antwort funkelte ihr entgegen.

›Kontostand – N4 808-537-1: SF 10,000.‹

Lina schüttelte den Kopf. Das war eigenartig. Sie probierte das dritte Konto, auf ein anderes Ergebnis hoffend. Es war das erste von den dreien, die von den in Panama registrierten Strohfirmen eröffnet worden waren. Vielleicht war das gesamte Geld auf die Konten in Panama verlegt worden. Sie gab die Zahlen langsam mit einem Finger ein, um sicherzugehen, daß ihr kein Fehler unterlief. B2 218.411-0. Diesmal würde ihr doch bestimmt eine Millionensumme entgegenstrahlen. Aber der Bildschirm zeigte den gleichen Betrag:

›Kontostand – B2 218.411-0: SF 10,000.‹

Noch ein leeres Sparschwein. Lina wiederholte die Übung noch zweimal. Die Nummernkonten, in die Coyote Investment seine Profite geschüttet hatte, enthielten jetzt alle nur armselige zehntausend Schweizer Franken. Praktisch gesehen waren sie leer. Der riesige Notgroschen des Herrschers, versteckt, um seine Familie langfristig zu unterstützen, war verschwunden.

Lina rieb sich die Augen. Einen kurzen Moment war ihr zum Weinen zumute. Sie hatte sich soviel Mühe gegeben, hatte soviel riskiert, diese Tür zu öffnen. Und jetzt mußte sie feststellen, daß nichts dahinter war.

Es gab in Genf nur noch eine andere Tür, an der sie anklopfen konnte, aber Lina wußte nicht, wie. Sie legte sich aufs Bett in ihrem kleinen Zimmer und ließ sich das Problem durch den Kopf gehen. Nach einigen Minuten des Nachdenkens rief sie den Concierge vom Beau Rivage an, der sich am Tag zuvor sehr hilfsbereit gezeigt hatte. Es tue ihr furchtbar leid, ihn zu stören, sagte sie, aber sie habe die Telefonnummer ihrer Privatbank, Crédit Mercier, verloren. Ob er sie zufällig kenne? Und natürlich kannte er sie. Lina wählte die Nummer, die der Concierge ihr gegeben hatte, und lauschte auf das Klingeln. Die Chance, Mercier zu erreichen, war gering, aber ihr blieben wenig Alternativen. Als sich eine Schweizerin meldete, fragte Lina, ob sie Monsieur Maurice Mercier sprechen könne.

»Wen kann ich melden?« Die Stimme der Frau war steif und scharf wie der Stachel eines Stachelschweins.

»Salwa Bazzaz«, sagte Lina, indem sie den Familiennamen des Herrschers als ihren eigenen angab.

Die Sekretärin bat sie dranzubleiben, und es schien eine Ewigkeit zu dauern, bis sie sich wieder meldete. »Monsieur Mercier würde gerne wissen, weswegen Sie anrufen.«

»Ich möchte Erkundigungen über die Konten meines Onkels einholen«, sagte Lina so hoheitsvoll, wie sie nur konnte. »Ich bin gerade in Genf eingetroffen und möchte Monsieur Mercier sobald wie möglich sprechen.«

Es gab wieder eine lange Pause, während die Sekretärin ihren Chef informierte. Ein Schweizer Bankier mußte vorsichtig sein. Und doch konnte man gelegentlich auch zu vorsichtig sein und einen potentiellen Kunden beleidigen. Die Sekretärin meldete sich wieder, jetzt in einem etwas freundlicheren Ton, strahlte etwas mehr Wärme aus, die sie den Milliarden von Dollar schuldig war, die sich im Verlauf der Jahre bei der Firma Crédit Mercier angesammelt hatten, dank der Herrscherfamilie.

»Monsieur Mercier kann Sie morgen um zehn empfangen«, sagte sie.

Lina feierte ihren Erfolg, indem sie am frühen Nachmittag einen Spaziergang machte. Es war gefährlich, ihren Unterschlupf zu verlassen, aber es war ein sonniger Frühlingstag, und sie haßte das Gefühl, von ihrer Angst eingesperrt zu sein. In einem Laden, der sich in der Nähe des Bahnhofs befand und geöffnet hatte, kaufte sie sich einen Hut, dem jeglicher Schick fehlte, und einen grünen Mantel. Als sie sich im Spiegel betrachtete, fand sie, daß sie beinahe wie eine Schweizerin aussah. Sie setzte ihren Spaziergang fort, blieb wann immer möglich im Schatten, den Kopf gesenkt, aber sie wurde wie durch einen Magnet zum Genfer See gezogen.

Vom Südende aus sah der See wie ein langes wäßriges Juwel aus, das in den tiefen Spalten der Alpen eingelegt war. Die Frühlingssonne spiegelte sich glitzernd in der Oberfläche des Wassers wider, während darüber das Wasserspiel seine neblige Fontäne ausspie. Dies war genau der Stadtteil, den sie meiden mußte, aber der Jardin Anglais am Südufer des Sees war so voller Menschen, die zu einem Nachmittagsspaziergang unterwegs waren, und sie dachte, sie wäre unsichtbar unter all den Passanten am Kai.

Lina blieb stehen, um zuzusehen, wie ein Schwarm kleiner Segelboote mit möwenweißen Flügeln über das Wasser schoß. Der Wind wurde stärker, und eins der Boote, das vor dem Wind segelte, schien sich fast aus dem Wasser zu heben, so daß es wie auf Schlittschuhen über die Oberfläche des Sees direkt auf sie zu raste. Als der Wind drehte, machte das Boot eine scharfe Wende und glitt auf die Mont-Blanc-Brücke zu. Erst dann, als Linas Blick zur Brücke wanderte, sah sie eine Gestalt, die in der Nähe der Steinfassade stand, die Hände in die Manteltaschen gesteckt. Was Lina angst machte, war, daß der Mann sie direkt ansah.

Sie setzte sich in nördliche Richtung in Bewegung, von der Brücke weg. Nach hundert Metern blieb sie bei einem kleinen Park stehen, der am See lag, fand eine Bank und blickte sich um. Der Mann in dem Mantel hielt sich immer noch hinter ihr. Sein Verhalten hatte ein Dreistigkeit, die sie zermürbend fand. Er war jetzt näher gekommen, und sie erkannte das gewellte Haar, die scharfen Züge und diesen maskulinen Gang. Es war derselbe Mann, der sie in der Lobby des Beau Rivage angesprochen und behauptet hatte, ein Freund von Sam Hoffman zu sein. Er hatte ihr eine Visitenkarte mit seinem Namen gegeben, Martin Hilton, und der

Mitteilung »Seien Sie vorsichtig«. Und jetzt verfolgte er sie auch noch.

Nur keine Panik und bloß nicht wegrennen, dachte Lina. Erteil' ihm eine Lektion. Sie sah einen Polizisten, der etwa dreißig Meter entfernt in einem Wachhäuschen am See stand, und ging direkt auf ihn zu. Als Martin Hilton sah, wo sie hinging, blieb er plötzlich stehen. Lina rief dem Polizisten zu.

»Dieser Mann da verfolgt mich«, sagte sie auf Französisch und zeigte auf den Mann im Mantel. »Er hat versucht, sich vor mir zu entblößen.«

Der Polizist trabte los, auf den Mann zu, und befahl ihm händefuchtelnd, stehenzubleiben. Hilton sprintete davon, raste über die Straße und in das Gewühl des Geschäftsviertels. Der Polizist kehrte mit einer behäbigen und zufriedenen Miene zu der Stelle zurück, an der Lina gestanden hatte, um ihr ein paar beruhigende Worte zu sagen. Aber sie war verschwunden. Während der kurzen Verfolgungsjagd war sie in eine andere Richtung geflohen und wieder in den Schutz der Anonymität getaucht.

30

Sam Hoffman lag das Nichtstun nicht. Er saß in seinem Büro und machte nutzlose Telefonate, bis er es nicht länger aushielt, ging dann ins Fitness Center, um seine Wut abzureagieren, oder ins China-Restaurant und kehrte dann in sein Büro zurück, um weitere überflüssige Telefonate zu führen. Am Tag nach Linas Verschwinden wartete Hoffman darauf, daß sie sich bei ihm melden würde, wenn sie noch lebte. Am darauffolgenden Tag begann er sich zu fragen, ob sie vielleicht schon tot war. Noch einen Tag später ging er auf einer seiner rastlosen Runden zu Scotland Yard, um die Polizei zu drängen, Ermittlungen gegen Hammud einzuleiten. Aber die wollten ihm nur noch mehr Fragen zu Lina Alwans angeblichen kriminellen Aktivitäten stellen. Hoffman gab sich unkooperativ und forderte die Polizei geradezu auf, ihn doch als Mitverschwörer zu verhaften, sofern sie irgendwelche Beweise hätten. Worauf man ihn bat zu gehen.

Am gleichen Abend kehrte Ali Mattar aus Tunis zurück. Hoffman hatte ihn ein paar Tage später zurückerwartet und war überrascht, den Palästinenser vor seiner Tür zu finden. »*Ahlan, ahlan!*«, begrüßte Hoffman seinen Kollegen. Er freute sich schon, einfach nur ein freundliches Gesicht zu sehen. Seine Beschäftigung in den letzten paar Stunden hatte darin bestanden, Tesafilmstückchen zwischen Daumen und Zeigefinger hin und her zu rollen.

»Ich brauche einen Drink«, sagte Ali und ließ seine massige Gestalt auf die Couch sinken. Er war jemand, der selbst einen großen Raum klein wirken ließ: großgewachsen und kräftig, mit langen lockigen Haaren und einem herabhängenden Schnurrbart. Hoffman fand, daß er wie ein Alt-Hippie aussah und nicht wie jemand, der mit geheimen Informationen handelt, aber das machte gerade Alis Charme aus. Hoffman goß ihm großzügig Whisky ein.

»Und was hast du rausgekriegt?« fragte er.

»Eine oberfaule Sache, Sam! Hab' die ganze Story hier oben.« Er klopfte sich an den Schädel. »Ich mußte sofort herkommen, um dir diese große Nachricht zu geben.«

»Dann schieß mal los. Ich bin ganz Ohr.«

Ali sah enttäuscht aus. »Wieso die Eile? Willst du nicht erst reden? Mach' dir einen Drink. Frag' mich nach meiner Familie, plauder' über alte Zeiten. Du weißt schon, die arabische Art.«

»Nein. Zuerst das Geschäftliche. Dann können wir solange du willst über alte Zeiten plaudern.«

»Du bist heute nicht sonderlich entspannt, *habibi.*«

»Mach mir keinen Druck, Ali. Ich dreh' hier durch. Ich brauche Informationen.«

»Okay, okay. Ich hab' zuviel rausgefunden. Das wirst du nicht glauben. Große Verschwörung. In Tunis dreht alles durch. Vielleicht willst du mir das Doppelte zahlen für gute Arbeit.«

»Laß' den Scheiß' über das Geld. Das meine ich ernst.«

»Okay. Hier kommen meine Knüller. Erinnerst du dich an die Palästinensische Befreiungsfront, diese Gruppe in der PLO, die ihr ganzes Geld aus Bagdad bekommt? Der Mann, der da das Sagen hat, ist ein alter Kumpel vom Herrscher in Bagdad. Die gehen zusammen jagen und all sowas. Erinnerst du dich an den?«

»Nein.«

»Okay. Auch egal. Also sein Stellvertreter ist mein alter Freund Ayad, der mir einige Gefallen schuldig ist. Weißt du, daß ich ihm mal das Leben gerettet habe? Er hatte sich in Beirut versteckt, nachdem die Syrer versucht haben, ihn umzubringen, und ich habe ihn jeden Tag besucht und Tricktrack mit ihm gespielt. Und diese Syrer haben noch mal versucht, ihn umzubringen, weil sie zuviel Angst vor ihm hatten. Aber ich habe es rausbekommen und habe Ayad gesagt, er solle zu den Lagern in Tyrus fliehen, wo ich aufgewachsen bin, und da hat ihn meine Mutter versteckt, und keiner hat was erfahren. Und das hat er nie vergessen. Und später, als ich von Fatah verhaftet wurde und sie mich beschuldigt haben, ein CIA-Mann zu sein, hat Ayad mich gerettet. Er ist ins Gefängnis gekommen und hat ihnen befohlen, mich freizulassen, und er ist so ein großer Mann, wie konnten die da nein sagen? Die haben alle Angst vor dem Irak. Also bin ich jetzt hier, dank Ayad. Was sagst du dazu?«

»Faszinierend. Ich würde mir die ganze Geschichte liebend gerne ein anderes Mal anhören.«

»Okay. Ayad erzählt mir also, was los ist. Nur damit du weißt, daß das, was ich dir jetzt erzähle, erstklassige, hervorragende, sehr teure Informationen sind. Direkt aus Bagdad.«

»Kapiert. Jetzt komm' endlich zur Sache. Was hast du herausbekommen, verdammt noch mal?«

»Okay. Los geht's. Der Mann, der den Herrscher umgebracht hat, heißt Osman. Er ist sein Cousin, glaube ich. Er lebt irgendwo in Europa und will an das Vermögen der Familie. Aber er mag die Brüder des Herrschers nicht. Osman sagt, die sind zu gierig. In den letzten paar Monaten haben sie großen Familienkrach. Mein Gott, Sam! Was sollen wir bloß mit diesen verrückten Arabern machen? Und dann vor ein paar Tagen, paff!«

»Osman drückt ab?«

»Und ob. Nur jemand aus der Familie kann so nah an den Herrscher rankommen, verstehst du? Deswegen benutzen sie Osman. Und was meinst du, wer seit so vielen Jahren für Osman arbeitet?«

»Sag's mir.«

»Du weißt es, Sam. Ja, wirklich.«

Sam überlegte einen Moment. Ali hatte recht. Er wußte es. »Nassir Hammud?«

»Und ob, Hammud. Mein Freund Ayad erzählt mir, die arbeiten schon seit Jahren zusammen, in Geldangelegenheiten. Die haben zu viele Geschäfte gemacht. Weißt du noch, diese Kampfflugzeuge, die der Herrscher von den Franzosen kaufen wollte, vor langer Zeit? Osman war mit Hammud zusammen bei der Abwicklung dieses Geschäfts. Wie gefällt dir diese oberfaule Sache, na?«

»Sie gefällt mir.«

»Ich habe noch mehr. Was glaubst du, wer Osman und Hammud Rückendeckung gegeben hat, als sie so im großen Stil hinter dem Herrscher her waren?«

»Schluß mit den Ratespielen. Sonst kürze ich dir den Vorschuß.«

»Bitte, du tust mir zu weh, aber ich sag's dir trotzdem. Die, die Osman und Hammud unterstützen, sind nämlich meine Freunde in Tunis. Die Palästinenser. Fatah kauft schon seit Jahren Leute im Palast des Herrschers. Eine Million für diesen, eine Million für jenen. Ziemlich schnell nagen sie an der Sicherheit des Herrschers wie Ratten am Käse. Er hat nichts übrig! Und dann, paff!«

»Gutes Material, Ali. Aber wer steckt hinter den Palästinensern?«

»Die Saudis, glaube ich. Die müssen es sein.«

»Die Saudis?«

»Und ob. Auch das sind ganz dicke Freunde von Hammud. Die fressen alle aus demselben Napf, verstehst du, was ich meine?«

»Ja, verstehe.« Hoffman dachte an seinen Freund Jalal, in seinem Vergnügungspalast am Hyde Park Square, wie er verächtlich geschnaubt hatte, als Sam ihn gefragt hatte, wer Hammud schütze. »Wer war noch an der Operation beteiligt, außer den Palästinensern und den Saudis?«

Ali starrte einen Augenblick lang aus dem Fenster und sah dann Hoffman mit ernster Miene an. »Vielleicht die Amerikaner?«

»Noch mal?«

»Es gibt eine Menge Amerikaner in Tunis, *habibi*. Ein paar

freundliche Gesichter.« Seine Augen leuchteten, aber Sam schüttelte den Kopf.

»Du rätst jetzt nur, oder?«

Der Palästinenser zuckte die Achseln. »Bei solchen Fragen, mein Freund, sind die Antworten immer geraten. Aber du willst sie wissen, und ich kriege sie raus. Diese Informationen kosten mehr, weil sie so heiß sind, aber ich habe sie für dich besorgt.«

»Ich denk' drüber nach. Was ist mit Osman passiert, nachdem er den Herrscher erschossen hat?«

»*Haram*. Pech für ihn. Er denkt, er hat jeden im Palast bezahlt, aber die Brüder des Herrschers erwischen ihn einen Tag nachdem er abgedrückt hat. Auch eine häßliche Sache.«

»Was haben sie mit ihm gemacht?«

»Sie haben ihm die Eier abgeschnitten und sie ihm in den Mund gestopft, noch lebend. Die waren ziemlich sauer auf ihn.«

»Anscheinend. Und Hammud?«

»Die haben Hammud zuerst erwischt und ihn geschnitten. Nur den Finger. Aber er wurde gerettet. Ein paar von seinen Palästinenserfreunden sind aufgetaucht. Ein Glückspilz, was?«

»Das mit Hammuds Finger wußte ich schon, aber nicht das mit Osmans Eiern, die man ihm in den Mund gestopft hat. Das war neu für mich.«

»Siehst du! Ich hab' dir's ja gesagt! Gute Arbeit, die ich geleistet habe! Jeden Penny wert.«

»Was hast du sonst noch rausbekommen?«

»Okay. Der Grund, warum der Herrscher und seine Brüder mit Osman gestritten haben, war also Geld. Hammud und Osman haben die Familie ja schon lange Zeit bestohlen! Der Herrscher hatte darauf vertraut, daß sie das Geld außerhalb des Irak verstecken, und dann mußte er feststellen, daß sie sich nebenbei kleine Häppchen rausgepickt haben. Na ja, vielleicht nicht ganz so kleine!«

»Wieviel haben sie gestohlen?«

»Vielleicht eine Milliarde. Vielleicht mehr.«

»Eine Milliarde Dollar?«

»Ja. Vielleicht mehr. Und du zahlst für Ali nur viertausend am Tag. *W'allah!* Mein Gott, Sam.«

»Hör auf! Wer hat in Bagdad jetzt das Sagen?«

»*Moukhbarat*, genau wie immer. Diese Bande kriegt ihre Löhne vielleicht aus Riad.«

»Und was ist mit der Familie des Herrschers? Ist jetzt Schluß, jetzt wo sie Osman erledigt haben?«

»Von wegen! Für die Irakis ist nie Schluß. Es gibt immer noch jemand, den man umbringen kann.«

»Und hinter wem sind sie her?«

»Hinter jedem. Die trauen jetzt keinem mehr, nachdem Hammud sie beschissen hat. Die trauen Hammuds Leuten nicht mehr. Die tun alles, um die Kohle in die Hände zu kriegen.«

»Wen setzen sie unter Druck?«

»Willst du alle Einzelheiten? Sogar mein Freund Ayad hatte Mühe, sich alle Namen zu merken.«

»Ja, bitte. Alle Einzelheiten, an die du dich erinnern kannst.«

»Okay. Zuerst haben sie Druck auf Hammuds Firma in London gemacht. Die heißt Wolf oder so ähnlich. Die haben diesen Armenier nach Bagdad zurückgeholt und ihn windelweich geschlagen, bis er ihnen alles erzählt hat. Er sollte ihr Mann sein und Hammud im Auge behalten, aber es sieht so aus, als hat er ziemlichen Mist gebaut. Und so sorgen sie dafür, daß er nicht vergißt, was er für ein Glück hat, noch alle seine Arme und Beine zu haben, und dann schicken sie ihn nach London zurück, damit er sich um das Geld der Familie kümmert.«

»Gut. Was ist dann passiert?«

»Dann kommt Hammud nach London zurück, mit ein paar von diesen Palästinensern. Vielleicht Ayads Jungs. Die Engländer haben sie reingelassen. Keine Ahnung wieso. Diese Engländer müssen Hammud anscheinend mögen.«

»Was hat Hammud gemacht, als er wieder da war?«

»Er übernimmt wieder diese Firma.«

»Coyote. Die Firma heißt Coyote Investment.«

»Du bist zu clever, Sam. Vielleicht arbeitest du für Ali. Dann machen wir richtiges Geld.«

»Nein danke. Erzähl' weiter. Du wolltest mir gerade sagen, was Hammud gemacht hat, als er wieder da war.«

»Richtig. Hammud übernimmt wieder das Ruder. Gleich am ersten Abend, wo er wieder in der Stadt ist, schickt er seine neuen palästinensischen Leibwächter zum Haus von diesem Armenier. *Paff*. Kein Armenier mehr da. Dann knöpfen sie sich irgendein irakisches Mädchen vor, und du weißt schon ...« Er winkte mit seiner Hand ab, als wollte er sagen »wen interessiert das schon?«

»Moment!« sagte Hoffman. »Langsam. Was für ein Mädchen?«

»Ich weiß nicht. Vielleicht Laura. Oder Lucy. Ich weiß nicht. Irgendein Name mit *L*. Ayad wußte es nicht mehr genau. Sie arbeitet für Hammud.«

»Wieso sind die hinter ihr her?«

»Weil die denken, daß sie weiß, wo das Geld ist. Alle Geheimnisse. Sie hat sie aus dem Computer gestohlen, als Hammud und der Armenier gerade nicht geguckt haben. Die denken, die arbeitet vielleicht für die Israelis.«

»Für die Israelis? Wie kommen die denn da drauf?«

»Weil sie irgendeinen Lover hat, der für die Israelis arbeitet.«

Hoffman versuchte, nicht allzu interessiert zu wirken. »Und wer ist das?«

»Hat Ayad nicht gesagt. Soll ich ihn fragen?«

»Nein. Auf keinen Fall. Was haben sie mit dem irakischen Mädchen gemacht?«

»Nichts. Sie haben sie nicht erwischt. Haben versucht, sie zu packen, aber sie ist ihnen durch die Lappen gegangen.«

»Sie haben sie nicht erwischt?« wiederholte Hoffman, dem das Herz eine Spur schneller schlug.

»Nein, nicht erwischt.«

»Und wo ist sie jetzt?«

»Weiß ich nicht. Aber wenn sie sie kriegen, dann geht's ihr dreckig, und zwar saumäßig!«

»Woher weißt du das?«

»Weil die's ernst meinen mit dem Geld. Die schätzen, das ist alles, was da ist. Der Herrscher ist tot. Der kalte Krieg vorbei. Es gibt keine Freifahrten mehr mit CIA oder KGB. Nicht mal mehr Kriege mit Israel. Jetzt gibt's nur noch Geld. Das gleiche gilt für die Brüder des Herrschers. Die wollen die Kohle auch um jeden Preis haben. Jeder will sie unbedingt.«

»Mein Gott!« sagte Hoffman.

»Was ist los? Gefallen dir die Informationen nicht? Die sind erstklassig. Niemand weiß davon, außer uns beiden.«

»Nein, die Informationen sind fabelhaft. Ich habe nur Angst davor, was diese Wahnsinnigen anstellen können.«

»Nicht Alis Problem. Tut mir leid. Ende der Story. Bis auf eine Sache, die du mich noch gefragt hat.«

»Die Telefonnummer.«

»Ja, stimmt. Aber es ist nicht sehr interessant. Vielleicht hast du dich mit der Nummer geirrt. Ich hab' Ayad gefragt, der seinen Freund im tunesischen *moukhabarat* gefragt hat, der seinen Freund bei der tunesischen PTT gefragt hat. Aber ich glaube, es war vielleicht ein Irrtum. Ein großes Nichts.«

»Was war das für eine Nummer?«

»Irgendein Apparat in der US-Botschaft in Tunis. Einen, den sie nie viel benutzen. Nicht mehr in Betrieb. Tut mir leid. Gib mir eine andere Nummer, und ich kann es noch mal probieren.«

Die US-Botschaft. Hoffman rieb sich die Augen. Er war müde und hatte Mühe, das Puzzle, das sich vor ihm zusammengesetzt hatte, klar zu erkennen. »Nein, Ali. Das ist schon okay. Es muß eine falsche Nummer gewesen sein. Danke, daß du es probiert hast.«

»Und was soll ich jetzt tun, Sam?«

Hoffman dachte einen Augenblick darüber nach. Es war so, als hätte Lina sich in einem Spinnennetz verfangen, das immer größer wurde. Das Netz war überall, aber die Spinne blieb unsichtbar. Hoffman fiel nichts anderes ein, als daß man irgendwie versuchen müßte, sie zu verscheuchen. Er ging zum Büro-Safe, zählte ein dickes Bündel Scheine ab und ging dann wieder zu seinem Informanten.

»Hier sind zehntausend Dollar für die zwei Tage. Es ist mehr als wir vereinbart hatten, aber die Informationen waren es wert. Ich gebe dir noch mal zehntausend, wenn du noch etwas für mich tust.«

»Okay. Und was ist das? Keine Waffen. Ich arbeite ausschließlich mit Informationen.«

»Keine Waffen. Ich möchte, daß du wieder nach Tunis fliegst und deinem Freund Ayad eine Nachricht übergibst, die er an die Leute weitergeben soll, die in Bagdad den Betrieb führen.«

»Okay. Kein Problem. Wie lautet die Nachricht, bitte?«

»Sag ihnen, wenn sie dieser Irakerin irgendwas antun, daß sie dann großen Ärger mit der CIA kriegen werden. Klar? Sie sollen die Finger von ihr lassen, sonst sitzen sie tief in der Scheiße.«

»Dann arbeitet sie also für die Agency, diese Irakerin? Gar nicht für die Israelis?«

»Sie ist bloß ein absoluter Niemand. Es ist egal, für wen sie arbeitet. Und sie weiß nichts über das Geld.«

»Und von wem soll ich sagen, kommt die Nachricht?«

»Sag einfach Hoffman. Nenn' nicht meinen Vornamen. Sag einfach Hoffman«

»So! Dein Vater gibt dir diese Nachricht? *W'Allah!* Sonderbar! Aber okay. Die kennen alle deinen Vater. Er hat versucht, die Hälfte von ihnen in Beirut zu rekrutieren.«

»Tu' einfach, was ich dir sage, Ali. Okay? Sag' deinen Freunden, daß niemand irgendwelchen Scheiß mit diesem Mädchen machen soll. Weder die Irakis noch die Palästinenser noch die Saudis noch sonst irgend jemand. Wenn die ihr was antun, dann blüht ihnen mehr Ärger, als sie sich vorstellen können. Sag' ihnen, daß das Hoffman sagt. Kapiert?«

»Hader ya rayees!« Er salutierte schnittig. »Wann soll ich fliegen? Vielleicht morgen?«

»Heute abend. Es gibt spät abends eine Maschine. Du schaffst es gerade so, wenn du gleich gehst.«

»Heute abend ist nicht sehr günstig, *habibi.* Ich hatte an ein großes Rendezvous mit einer alten Freundin gedacht, wenn ich nur die Nummer vom Hostessenservice wiederfinde. Heute abend ist nicht so gut.«

»Es muß heute abend sein.« Hoffman ging zum Safe und kam mit weiteren tausend Dollar wieder. »Das ist für deine Extra-Ausgaben«, sagte er. »In Tunis gibt's eine Menge nette Mädchen.«

31

Die Rue des Banques lag wie ein schwerer Goldbarren im alten Geschäftsviertel von Genf. Die altehrwürdigen Bankhäuser des Kantons säumten beide Seiten der Straße; sie waren in dunklen Gebäuden untergebracht, die Genfer Diskretion und Anständigkeit verkörperten. Es gab keine Neonreklamen oder überhaupt irgendwelche Firmenschilder, die herausragten, um Kunden anzulocken; es gab keinerlei Werbung, denn die Banken dieses Bezirks zogen es vor, keine Geschäfte mit der Öffentlichkeit zu machen. Die meisten waren *banques privées*. An ihren Türen waren schlichte Messingschilder mit dem Namen der Bank: Hentsch, Lombard-Odier. Die großen Namen der Schweizer Bankenwelt. Einigen der Privatbanken war selbst das eine zu öffentliche Form der Werbung. An ihren Türen hingen nur die Hausnummern oder selbst das nicht. Denn diese Etablissements existierten nicht im normalen Universum der Bankenwelt. Sie waren die schwarzen Löcher der Finanzwelt, die Geld durch ihre unsichtbaren Türen einsaugten.

Lina ging die Rue des Banques entlang auf der Suche nach der Nummer elf. Der Morgenhimmel war genauso grau wie die Architektur, so daß die gesamte Straße im Schatten zu liegen schien. Lina hatte Mühe, die Nummern durch ihren Schleier hindurch zu erkennen. Sie hatte ihn noch am selben Morgen gekauft, zusammen mit einem nüchternen Geschäftskostüm und einem Kopftuch, um ihre Rolle als Frau des Orients, die gerade ihren geliebten Onkel verloren hat, noch überzeugender zu gestalten. Es war schwierig, durch den Spitzenstoff hindurchzusehen. Weiter oben in der Straße konnte sie ein paar Männer in Mänteln ausmachen, die Banker zu sein schienen, im Begriff, ihre Zählhäuser zu betreten. Sie ging weiter die Straße hinauf. Sie kam an der Nummer sieben vorbei. Auf dem Schild stand LEBON. Die Nummer neun war C & CIE. Daneben, in einem Gebäude, das noch grauer als seine Nachbarn aussah, befand sich ein schlichter Eingang mit einem schweren Messingklopfer und einem Schild, auf dem einfach nur M stand.

Lina stand vor der Tür und probte ein letztes Mal ihren Text. Sie hatte sich auf ihre Rolle sorgfältig vorbereitet, und jetzt, kurz bevor der Vorhang aufgehen sollte, fühlte sie sich fast mutig. Sie hob den Messingklopfer, spürte sein Gewicht in ihrer Handfläche und ließ ihn herabfallen. Die Tür ging sofort auf. Eine gutgekleidete junge Frau, die dort auf Linas Ankunft gewartet zu haben schien, fragte sie nach ihrem Namen und bedeutete ihr dann, ihr zu folgen. Sie gingen nach links einen schmalen beigefarbenen Korridor entlang, dann rechts an drei kleinen Türen vorbei. Vor der letzten blieb die Frau stehen, öffnete sie und forderte Lina mit einem Kopfnicken auf, den kleinen Konferenzraum zu betreten. Dann schloß sie die Tür und ließ Lina allein. Es war kaum ein Wort gewechselt worden.

Der Konferenzraum war einfach und wohnlich. Vor einem Schreibtisch stand ein bequemer, gut gepolsterter Sessel für den Kunden und hinter dem Tisch ein Holzstuhl mit einer geraden Lehne für den Bankier. Hinter dem Tisch war ein Fenster, das auf einen kleinen Garten hinausging, der nicht breiter war als der Konferenzraum. Eine kleine Backsteinmauer umgab den Garten auf drei Seiten, so daß niemand in den Raum hineinsehen konnte.

Lina starrte auf diesen geheimen Garten hinaus. Er gehörte offensichtlich zu der planvollen Verwirrung bei Crédit

Mercier. Das Gebäude war wie ein Labyrinth angelegt worden, um die Privatsphäre der Bankkunden zu schützen. Jeder Besucher konnte sicher sein, während er in seinem persönlichen Konferenzraum saß, von keinem anderen Besucher gesehen zu werden. Der Ölminister von Sharjah würde nie erfahren, daß er dieselbe Bank benutzte wie der Finanzminister von Peru. Der Oberkommandierende der Armee in Kenia würde nie das Gesicht des Sprechers des russischen Parlaments sehen müssen. Sie waren heimliche Brüder. Lina setzte sich in den Sessel und wartete auf den Mann, der alle Gesichter sah.

Nach fünf Minuten ertönte ein sehr leises Klopfen an der Tür. Bevor Lina antworten konnte, betrat ein kompakter Mann den Raum. Er hatte ergrauende Haare, einen sorgfältig gestutzten grauen Schnurrbart und trug einen grauen dreiteiligen Anzug. Die einzige Andeutung von Farbe kam von seinen Augen, die einen eigentümlichen Blauton hatten und unberechenbar über der verbindlichen Nüchternheit seines Gesichts und seiner Gestalt zu leuchten schienen. Er schloß hinter sich die Tür, bevor er die Hand ausstreckte und sich vorstellte. »Mercier«, sagte er mit einer winzigen Verbeugung. Keinen Vornamen, keinen Titel. Er hatte die delikaten Manieren von jemandem, der sein Leben lang mit schmutzigem Geld umgegangen war, ohne sich jemals die eigenen Finger dreckig gemacht zu haben.

Lina hob den Schleier etwas an und murmelte: »Salwa Bazzaz.« Dann ließ sie ihn wieder vors Gesicht fallen. Mercier forderte sie auf, Platz zu nehmen, deutete mit der Hand auf ihren Sessel, wie der Chefkellner eines noblen Restaurants. Seine Taktik bestand darin, besser erzogen zu wirken als seine Gäste, und gleichzeitig ganz zu ihren Diensten zu stehen.

»Also, Miss Bazzaz«, sagte er. »Wie kann ich Ihnen helfen?«

Lina überlagerte ihr Englisch mit einem irakischen Akzent, so wie sie als Kind in England gesprochen hatte. »Ich bin gekommen, um mich über die Konten meines Onkels zu erkundigen. Gott schenke seiner Seele Frieden.«

Die Miene des Bankiers war teilnahmsvoll und leer. »Eine große Tragödie, Miss Bazzaz. Mein Beileid. Aber darf ich fragen, wieso Sie zu mir kommen?«

»Weil mein Onkel ein Kunde Ihrer Bank war.«

Der Bankier legte die Hände auf seinem Schoß zusammen. Er schloß die Augen, so daß er ein Porträt Grau in Grau war: grauer Anzug, graue Haare, graue Art. »Ich muß Sie um Verzeihung bitten, Miss Bazzaz«, sagte er. »Ich möchte nicht unhöflich sein, aber es ist ein Prinzip dieser Bank, daß wir über unsere Geschäftsbeziehungen mit niemandem sprechen außer mit dem Kunden persönlich.«

»Aber der Kunde ist verstorben, Monsieur. Und das Geld gehört seiner Familie. Und ich habe von ihr den Auftrag bekommen, Erkundigungen einzuholen.«

»Ich verstehe, Miss Bazzaz. Aber das ändert leider nichts am Prinzip unserer Bank.«

Lina schniefte empört. Sie hatte sich darauf vorbereitet. »Wenn Sie nicht mit mir reden wollen, dann gehe ich zu den Vereinten Nationen. Oder zu CNN. Mein Onkel hatte gute Kontakte zu CNN. Ich werde ihnen von dem Schweizer Bankier erzählen, der das Geld meines Onkels gestohlen hat.«

»Aha«, sagte der Bankier. Er veränderte ganz geringfügig die Stellung auf dem Stuhl, während er über die Vorstellung von Fernsehkameras in der Rue des Banques nachdachte. »Sagen Sie, Miss Bazzaz, können Sie sich vielleicht irgendwie ausweisen?« Er fragte das so sanft, so höflich, daß es fast wie eine Entschuldigung klang. Aber Lina war vorbereitet. Sie hatte absichtlich ihre sämtlichen Ausweise in ihrem Zimmer gelassen, für den Fall, daß er irgendwas sehen wollte.

»Mein Paß liegt im Hotel«, sagte sie. »Aber ich habe einen anderen Ausweis. Er ist besser für Sie, glaube ich.«

»Nun, dann könnten Sie ihn mir vielleicht zeigen.«

»Ich habe die Nummern der Konten meines Onkels in Genf. Meine Familie hat gesagt, ich soll sie Ihnen geben.«

»Ja, wirklich. Das wäre sehr hilfreich.«

Lina griff in ihre Handtasche nach dem Blatt mit der Überschrift »Konten«, lüftete ihren Schleier und las die Zahlen auf dem ersten Blatt vor. »Zuerst bei der Organisation de Banques Suisses. Mein Onkel hatte dort fünf Konten, auf die er die Gewinne seiner Londoner Holdinggesellschaft überweisen ließ. Die Nummern sind N4 808.537-0, N4 808.537-1, B2 218.411-0, B2 218.411-1 und B2 218.411-2. Soll ich sie noch einmal vorlesen?«

»Nein danke«, sagte Mercier. Er hatte aus der Innentasche seines Jacketts einen Handcomputer geholt und die Zahlen eingetippt, während Lina sie vorlas. Jetzt betrachtete er die Anzeige. »Aha«, sagte er.

»Aber als ich gestern bei der Organisation de Banques Suisses angefragt habe, um mich nach diesen Konten zu erkundigen, wurde mir gesagt, daß sie leer sind. Das ganze Geld wurde woandershin transferiert. Ich frage mich, wer das getan hat, wenn mein Onkel tot ist.«

»Da kann ich Ihnen leider nicht helfen.« Mercier saß steif auf seinem Stuhl, aber sein Blick flitzte hin und her wie ein blaues Leuchtfeuer.

»Deswegen dachte ich, daß das Geld vielleicht hierher transferiert worden ist. Weil mein Onkel sein Konto hier bei Ihnen hatte und es ein ganz spezielles Konto ist, das nur im Notfall benutzt werden soll. Können wir jetzt darüber reden?«

»Es tut mir aufrichtig leid, Miss Bazzaz. Aber wie ich Ihnen schon sagte, haben wir unsere Vorschriften. Und ich kann mich leider nicht über die Angelegenheiten eines verstorbenen Kunden äußern, außer unter sehr ungewöhnlichen Bedingungen.«

Sie blickte ihn kokett an, jetzt bereit, ihre letzte Überraschung loszulassen. »Würde es helfen, wenn ich Ihnen die Kontonummer meines Onkels bei Ihnen gebe?«

»Ja, schon«, sagte Mercier und zog seine Krawatte zurecht. »Das würde etwas helfen, im Sinne unserer Vorschriften. Wenn Sie die Nummer haben, geben Sie sie mir doch.« Er nahm wieder den Computer in die Hand.

Lina suchte in ihrer Handtasche nach der ›Notfall-Akte‹ und hielt sie sich dicht vors Gesicht. »Die Nummer ist Z 068621.«

Mercier tippte die Zahlen ein, wartete einen Moment und nickte dann sanft. »Nun«, sagte er. »Das ist aber höchst interessant.« Die blauen Augen glitzerten vor Überraschung. Die Nummer stimmte genau.

»Was ist interessant, Monsieur?«

»Daß Sie über diese spezielle Nummer verfügen, Miss Bazzaz.«

»Wieso nicht? Dies ist das Konto meines Onkels«, wiederholte Lina, ein Zittern von Zorn in ihrer Stimme.

»Ja. Aber es ist ein sehr privates Konto, wissen Sie. Ein höchst ungewöhnliches Konto.«

»Jetzt nicht mehr. Jetzt gehört es der Familie.«

»Vielleicht, Miss Bazzaz. Aber ich muß Sie um eine weitere Legitimation bitten. Die PIN-Zahl bitte.«

»Die was?« Lina hatte keine Ahnung, was er meinte.

»Die PIN-Zahl. Die verlangen wir für sämtliche von unseren vertraulichsten Konten, als zusätzliche Sicherheitsvorkehrung. Wenn Sie sie nicht haben, dann kann ich mit Ihnen leider nicht weiter über diese Angelegenheit reden.«

»Die PIN-Zahl?« sagte sie wieder.

»Ja, ja. Auf französisch nennen wir es *le code personnel*, oder einfach nur den *code*.«

Plötzlich starrte es sie aus der kurzen, zwei Zeilen umfassenden ›Notfall-Akte‹ an: »Code 0526.« Sie räusperte sich. »Selbstverständlich habe ich die PIN-Zahl, Monsieur. Natürlich. Sie heißt null-fünf-zwei-sechs.«

Mercier tippte die Zahlen in seinen Computer. Er schloß die Augen und öffnete sie wieder, weit wie die Welt. Sein dünner Mund verzog sich leicht, und Lina meinte ein kleines Pfeifen zu hören. Nur ein Atemhauch, aber hörbar. »Also, Miss Bazzaz, ich muß mich wirklich aufrichtig entschuldigen, aber ich muß Ihnen mitteilen, daß ich ein Problem habe.«

»Wieso? Soll ich die Zahl wiederholen?«

»Nein. Die Zahl ist vollkommen korrekt. Das ist mein Problem.«

»Was soll das heißen? Sie haben mich um zwei Legitimationen gebeten, und ich habe sie Ihnen gegeben. Was verlangen Sie jetzt noch?« Ihre Stimme klang angestrengt, als wäre sie innerlich wirklich aufgewühlt. Mercier reichte ihr ein Seidentaschentuch, mit dem sie sich die Augen betupfte.

»Ich will versuchen, es Ihnen zu erklären«, sagte Mercier. »Ihr Onkel hat, wie Sie richtig sagen, ein Konto bei dieser Bank unterhalten. Ein ziemlich großer Betrag, wie Sie sich vorstellen können. Aber die Bedingungen, die für dieses Konto vereinbart wurden, sind sehr ungewöhnlich. Wegen der erforderlichen Diskretion und der Tatsache, daß es Ihrem Onkel nicht möglich war, die Bank aufzusuchen, wurde vor vielen Jahren ein Treuhänder bestimmt. Ein *fiduciaire*. Und es ist mir untersagt, ohne seine Genehmigung in irgendeiner Weise über dieses Konto zu verfügen.«

»Das ist doch alles Unsinn. Wovon reden Sie da?«

»Damit meine ich, daß wir nicht direkt mit Ihrem Onkel geschäftlich verkehrt haben, sondern stets über einen Mittelsmann. Der Nutznießer dieses Kontos war nicht mit dem Unterschriftsberechtigten identisch, wenn Sie mir folgen können. Was die Situation jetzt etwas schwierig macht.«

»Wieso? Was ist daran so schwierig?«

»Schwierig deswegen, weil ich widerstreitende Anweisungen bezüglich der Verfügung über das Konto erhalte.«

»Es tut mir leid, aber ich verstehe es immer noch nicht.«

»Meine liebe Miss Bazzaz, innerhalb der letzten vierundzwanzig Stunden habe ich noch mit einer anderen Person gesprochen, die behauptet, die Erben und Nutznießer dieses Kontos zu repräsentieren. *Das* ist das Problem.«

»Wer?«

»Ein Geschäftspartner Ihres Onkels. Ich muß seinen Namen leider vertraulich behandeln.«

»Er ist ein Betrüger«, sagte Lina.

»Das glaube ich nicht. Er legte die gleiche Legitimation

wie Sie vor, um seine Anspruchsberechtigung zu belegen, nämlich die Nummer dieses speziellen Kontos. Eine Nummer, die nur Ihrem Onkel und seinem von ihm ernannten Repräsentanten bekannt war. Sie sehen also, es ist ein Rätsel.«

»Er ist ein Betrüger«, wiederholte Lina. »Was werden Sie tun?«

»Ich warte auf Anweisungen.«

»Anweisungen? Von wo werden Sie Anweisungen erhalten?«

»Von dem Mittelsmann, den ich erwähnt habe und der seit vielen Jahren die Interessen Ihres Onkels in seinen Geschäftsbeziehungen mit dieser Bank vertritt.«

»Ist dieser Mann ein Iraki?« wollte Lina wissen. Sie nahm an, er spreche von Hammud.

»Nein, Mademoiselle. Kein Iraki. Er ist Amerikaner, wenn Sie es unbedingt wissen möchten.«

»Amerikaner? Wieso fragen Sie einen Amerikaner, was mit dem Geld meines Onkels geschehen soll? Mein Onkel hat Amerika gehaßt. «

»Aber nein, da irren Sie sich gewaltig, Miss Bazzaz. Ihr Onkel hat Amerika nicht gehaßt, ganz gleich, was er öffentlich geäußert hat. Das kann ich Ihnen versichern.«

Lina war verwirrt. Weshalb sollte der Herrscher sich einen Amerikaner aussuchen, um sich in seiner geheimsten Bankbeziehung vertreten zu lassen? Es machte keinen Sinn. »Diesen Mittelsmann, wann werden Sie ihn sehen?«

»Irgendwann diese Woche, nehme ich an. Er hat angerufen und gesagt, er treffe bald in Genf ein. Es dürfte also nicht mehr lange dauern.«

»Und Sie werden von ihm Anweisungen erhalten?«

»Ja, das nehme ich an. Ich werde ihm die Situation erklären. Und er wird einen Vorschlag machen, wie vorgegangen werden soll.«

Lina schüttelte den Kopf in gespieltem Zorn. »Dann gehe ich auf der Stelle zu CNN. Ich werde sie in Paris anrufen. Sie werden heute nachmittag hier sein.«

Mercier hob sanft die Hand. »Nein, nein. Bitte tun Sie das nicht. Warten Sie, bis ich mit dem amerikanischen Herrn gesprochen habe, den ich eben erwähnt habe. Dann wäre es mir ein Vergnügen, Sie noch einmal zu empfangen und diese Angelegenheit ausführlicher mit Ihnen zu besprechen. Mehr als ein Vergnügen. Das versichere ich Ihnen. Aber bis dahin kann ich nichts unternehmen.«

Lina sah ein, daß ihr nichts anderes übrigblieb, als sich einverstanden zu erklären. »Wann können Sie mich wieder empfangen, bitte?«

»Sehr bald. Rufen Sie mich in ein paar Tagen an, um einen zweiten Besuch auszumachen. Bis dahin dürfte ich Ihnen etwas Positives berichten können.«

»Ich werde Sie anrufen. Und sollte es noch immer Probleme geben, schalte ich CNN ein.«

»Vielen Dank, Miss Bazzaz. Ich bin Ihnen sehr dankbar für Ihre Geduld.«

Mercier verneigte sich leicht, ein oder zwei Zentimeter, zog sich zur Tür zurück und machte sie hinter sich zu.

Kurz danach kam die Empfangsdame, um Lina zurück durch den schmalen Flur zu begleiten. Sie gingen den Weg zurück durch das Labyrinth, die Flure entlang, die mit Gemälden von Schweizer Almen und jungfräulichen Gipfeln geschmückt waren. Sie sollten erhebend wirken, eine Art stille Hymne auf das Geld. Es gab im gesamten Gebäude keinen Hinweis darauf, daß die Bank fleißig damit beschäftigt war, Gelder für die korruptesten und käuflichsten Männer auf dem Planeten zu waschen.

»Welche Tür, Madame?« fragte die Empfangsdame, als sie ihren Rundgang beendet hatten. Lina wußte nicht genau, was sie meinte, bis die Frau ihr erklärte, daß die Bank außer dem offiziellen Eingang an der Vorderfront des Gebäudes noch einen zweiten, privateren Ausgang besaß.

»Die vordere«, sagte Lina. Ihr Spiel war vorbei.

Einen Augenblick später begriff sie, daß sie einen katastrophalen Fehler begangen hatte.

Am Bordstein der Rue des Banques stand, direkt vor der Tür, eine Mercedes-Limousine mit getönten Scheiben. Neben dem Wagen stand, nur wenige Meter von Lina entfernt, der palästinensische Leibwächter, der sie im Gargolye Club entdeckt hatte. Er trug jetzt Bluejeans und Sonnenbrille, und alle Welt hätte ihn für ein männliches Model beim Fototermin halten können. Am Bordstein, vor und hinter dem Auto, waren zwei weitere junge Männer in Freizeitkleidung. Lina suchte die Straße nach einem Polizisten oder wenigstens einem Passanten ab, aber der Boulevard war leer. Die wenigen Passanten, die normalerweise vielleicht da gewesen wären, waren statt dessen weiter oben auf der Place Bel-Air, wo ein arabischer Herr zusammengebrochen war und eine Traube Neugieriger um sich versammelt hatte.

Lina öffnete den Mund zu einem Schrei. Aber im selben Moment hupte der Mercedes und übertönte sie. Der Palästinenser und seine beiden Helfer kamen auf sie zu; die schwere Tür hinter ihr war verschlossen. Sie stieß noch mal einen Schrei aus, der wieder ein Hupen auslöste, und raste dann den Bürgersteig entlang, weg von dem Mercedes. Aber der Mann, der diese Seite bewachte, war mit einem Satz bei ihr, und sie rannte voll gegen seine Schulter, die so hart war wie ein Metallpfosten. Sie prallte zurück und stürzte, und im gleichen Augenblick packte der Palästinenser sie mit einem Arm von hinten, und mit der anderen Hand drückte er ihr ein Taschentuch auf Nase und Mund. Im nächsten Moment sackte sie schlaff in seine Arme. Die Hintertür des Mercedes ging auf, und sie fiel wie eine Leiche auf den Rücksitz.

Während sich dieses Ballett abspielte, schien die gesamte Straße menschenleer gewesen zu sein. Aber als der Mercedes Richtung Flughafen davongefahren war, öffnete ein muskulöser Mann mit lockigen schwarzen Haaren die Tür eines gemieteten Opels, der ein paar Häuser weiter schräg gegenüber von Crédit Mercier geparkt hatte. Während des Spektakels vor der Nummer elf hatte er sich auf seinem Sitz heruntergeduckt, so daß er von der Straße aus nicht zu sehen war. Aber jetzt ging Martin Hilton zu einer Telefonzelle und rief die Zentrale an.

32

Lina erwachte auf dem Steinfußboden eines verdunkelten Raumes. Als sie die Augen aufmachte und nur Dunkelheit sah, ergriff sie kurz eine panische Angst, erblindet zu sein, gefolgt von einem Gefühl der Höhenangst, als würde sie durch den Weltraum in diesen schwarzen Kasten fallen. Sie setzte sich auf und berührte ihre Kleidung und stellte fest, daß sie immer noch dasselbe Kostüm trug, das sie in Genf getragen hatte. Das munterte sie für einen Moment auf, bis sie unter ihre Bluse fühlte und feststellte, daß ihr BH nicht mehr da war. Jemand hatte ihn ihr ausgezogen, aber sie hatte keinerlei Erinnerung an die vorangegangenen Stunden, keine Ahnung, wo sie war und wie sie dorthin gekommen war.

An dem Geruch, der den Raum beherrschte, erkannte sie, daß sie in Bagdad sein mußte. Es war der scharfe Geruch von menschlichen Exkrementen, vermischt mit dem Geruch von Essen, Schweiß und Verwesung. Das Aroma war ein Ersatz für Licht in dem verdunkelten Raum. Es war die einzige Botschaft an ihre Sinne. Lina spürte Übelkeit in sich aufsteigen und auch das Bedürfnis, sich nach so vielen Stunden zu erleichtern. Sie tappte auf allen vieren zu der Quelle des Gestanks, wich aber sofort zurück, als ihre Hand eine Öffnung im Boden fand und etwas Feuchtes berührte. Sie stand auf und hockte sich über diese primitive Toilette. Als sie fertig war, griff sie automatisch nach Toilettenpapier, und als sie erkannte, daß es keines gab, tupfte sie sich mit dem Saum ihres Rocks ab.

Die Schreie begannen, als Lina sich an der rauhen Betonwand ihrer Zelle entlangtastete. Es war die Stimme einer Frau, so scharf und unmittelbar, daß Lina dachte, sie käme aus ihrer eigenen schwarzen Zelle. Sie sank voller Angst zu Boden, aber als das Heulen andauerte, wurde ihr klar, daß es von außerhalb ihrer Zelle kam. Die Frau kreischte, zuerst in blankem Entsetzen – *nein, nein, nein* – und dann vor Schmerz, als die Schläge begannen. Lina hörte ein Zischen, als etwas durch die Luft peitschte, gefolgt von einem grauenhaften Knall, als es auf Haut traf, dann ein markerschütternder Schrei. Und wieder und wieder. Während die Schläge fortgesetzt wurden, hörte Lina, wie die Frau vergeblich um Gnade flehte – *»Ya sayyidi!« O Herr!* Und schließlich, als der Schmerz selbst die Kraft zu schreien gebrochen hatte, hörte Lina das gedämpfte Klagen ihrer Gebete – *»Ya sitr! Ya kafidh!« O Retter. O Beschützer* – als sie sich der Bewußtlosigkeit näherte. Und schließlich hörte Lina eine Männerstimme, erschöpft von der Verausgabung, die *»Koussa!« Votze!* – schrie. Und dann Stille. In dieser Stille wußte Lina mit absoluter Sicherheit, wo sie sich befand. Sie befand sich im Qasr al-Nihayya. Im Palast des Endes.

Lina lag mehrere Stunden lang auf dem Boden, unfähig zu schlafen, zu entsetzt, um sich auch nur zu bewegen. In ihrem Kopf hallte das Schreien der Frau nach. Manchmal schlugen sie sie mit einer Eisenstange, manchmal mit einer Kette, manchmal auf ihr Gesäß, manchmal zwischen die Beine. Lina versuchte, an etwas anderes zu denken, aber sie wußte, daß es für sie nichts anderes gab. Der kalte Stein an ihrer Wange fühlte sich fast wohltuend an. Sie fragte sich, ob sie den Kopf lange genug gegen den Steinboden schlagen konnte, um das Bewußtsein zu verlieren, und stellte fest, daß ihr der Mut dazu fehlte. Ihre Hoffnung, dachte sie, war ihr britischer Paß. Die konnten sie nicht so brutal behandeln wie diese arme Frau, deren Tortur sie mitgehört hatte. Sie war keine Irakerin mehr. Sie war eine Frau des Westens. Die würden es nicht wagen. Aber die Hoffnung verblaßte in der Dunkelheit im Widerhall der Schreie. Hin und wieder hörte Lina Schritte draußen vor ihrer Zelle und leise Stimmen, die Arabisch sprachen; dann dachte sie, sie würde jetzt abgeholt, aber die Geräusche erstarben immer wieder. Nach vielen Stunden hörte sie, wie ein Schlüssel in ein Schloß gesteckt wurde, und dann wurde ihre Tür aufgestoßen.

»Steh' auf«, sagte eine Stimme. Das plötzlich hereinströmende Licht blendete Lina, und sie hatte zuerst Angst hinzusehen. Als sie die Augen öffnete, sah sie einen Mann Mitte dreißig, in einer Lederjacke und Bluejeans. Seine Schuhe, die keinen Meter vor Linas Gesicht aufragten, waren Trotteure mit kleinen Quasten dran, wie sie in Brook Brothers verkauft wurden. Er war dünn wie ein Windhund und stand in krummer Haltung vor ihr. Das einzige, was ihn eindeutig als Iraker kennzeichnete, war die Härte in seinem Blick.

Lina stand auf. Im Licht konnte sie endlich die Dimensionen des Raumes sehen, in dem sie gefangengehalten worden war. Es war eine grobe Betonzelle, vielleicht fünf Quadratmeter groß. Die Wände waren kahl, bis auf ein paar verzweifelte Botschaften, die von vorangegangenen Insassen gekritzelt worden waren. Bitten an geliebte Menschen und an Gott den Allmächtigen, ihrer in ihrem Leiden zu gedenken. Durch die Tür konnte sie einen schmalen Gang sehen, mit einem Fenster, das auf einen Innenhof ging. Es war Tag draußen. Die Sonne schien.

»Bitte nicht schlagen«, sagte Lina auf Englisch. »Ich bin britische Staatsangehörige.«

Der Mann fauchte auf Arabisch: *»Indary!« Dreh dich um.* Er holte einen dicken Stoff aus seiner Tasche und verband ihr damit fest die Augen. Dann legte er ihr ein Seil um den Hals, wie eine Hundeleine, und zog dran. »Komm«, sagte er.

Sie stolperte ihm einen langen Gang entlang hinterher; sie bogen einmal nach rechts. Sie gingen in die Richtung, aus der einige Stunden zuvor die Schreie gekommen waren. Schließlich blieben sie stehen, und sie hörte ihn eine Tür aufmachen und spürte dann den Zug der Schlaufe, als er sie hereinzog. Als die Tür geschlossen war, löste er die Augenbinde, nahm die Leine ab und befahl ihr, sich hinzusetzen. Der Stuhl hatte Riemen auf den Armlehnen.

»Ich heiße Kamal«, sagte er und baute sich vor ihr auf. »Ich werde dich heute verhören. Ich bin der Nette. Ich bin auf's College gegangen. Ich mag Eiskrem. Ich bin genau wie du. Aber du mußt mir die Wahrheit sagen. Nichts als die Wahrheit.«

»Was werden Sie mit mir machen?« fragte Lina, wieder auf Englisch.

Er antwortete auf Arabisch: »Ich werde dir Fragen stellen. Du wirst auf Arabisch antworten, oder ich werfe dich aus dem Fenster da.« Er zeigte auf eine kleine Öffnung am hinteren Ende des Raumes.

»Ich möchte bitte mit dem britischen Botschafter sprechen«, sagte sie, diesmal auf Arabisch.

Der Mann lachte bloß. »Du träumst. Es gibt keinen britischen Botschafter für dich. Es gibt nur mich.« Er ging zum Stuhl und schnallte die Riemen um ihre Unterarme.

»Bleib, wo du bist. Ich bin gleich wieder da!« Er lächelte. Er fand das komisch. Er verließ den Raum durch eine Seitentür, so daß Lina sich jetzt etwas genauer umsehen konnte. Direkt vor ihrem Stuhl war ein einfacher Metalltisch, auf dem sich eine ungeöffnete Flasche Johnny Walker Black Label und eine Stange Marlboro befanden. An einer Wand hing eine vergilbte irakische Fahne. Auf der anderen ein Plakat, auf dem die Staatspartei gefeiert wurde. Es waren ein paar Blumen abgebildet und die Worte *»Kull al-shaab shaddat warid, wa al-rhia hizbiyya«* – »Das ganze Volk ist ein Blumenstrauß, und der Duft ist die Partei«.

Unter diesem unpassenden Blumenplakat stand ein Holztisch. Es waren darauf eine Reihe von Instrumenten ausgelegt, wie die Bohrer und Stocher bei einem Zahnarzt. Dann war da noch ein Stück Elektrokabel, etwa einen Meter lang, das in einer dünnen Plastikhülle eingewickelt war. Daneben ein Gerät aus Holz und ein zweites, größeres, das mehr wie ein Baseballschläger aussah. Dann kam irgendeine elektrische Vorrichtung, mit Drähten, die aus der Konsole herausragten, und daneben ein Eimer Wasser. An der Wand waren in Abständen von etwa einem Meter Metallringe angebracht.

In einer Ecke des Raumes befand sich ein Untersuchungstisch, wie beim Gynäkologen, mit Metallbügeln, um die Beine auseinanderzuhalten. Neben dem Stuhl war ein Tablett mit Instrumenten, die Lina nicht sehen konnte.

Die Tür ging wieder auf, und der Mann in den Bluejeans kam wieder. Er hatte eine Aktenmappe in der Hand. Lina zitterte jetzt. Sie hatte versucht, tapfer zu sein, aber der Anblick des Verhörraums mit den Folterinstrumenten hatte sie aus der Fassung gebracht. »Angst?« fragte der Mann.

Lina nickte.

»Gut«, sagte er. »Ich hab' dir ein paar Fotos mitgebracht. Von jemandem, den du kennst, glaube ich. Ich möchte, daß du sie dir anguckst.«

Er warf die Mappe auf Linas Schoß, wobei eins der Fotos auf den Boden fiel. Es war von Randa Aziz. Das Gesicht war erkennbar, obwohl schmerzverzerrt. Sie war von der Hüfte aufwärts nackt. Blut rann ihren Bauch herunter.

»Es gibt noch mehr Fotos«, sagte der Mann. »Sieh sie dir an.«

Lina saß reglos da, versuchte, ihr Schluchzen zurückzuwürgen. Ihr Kopf war immer noch von der Mappe abgewandt, und die Augen waren geschlossen. Der Mann in den Bluejeans hob die Hand und schlug Lina auf die Wange.

»Sieh sie dir an!« wiederholte er.

Lina schlug benommen die Mappe auf. Es war immer dasselbe. Eine blutige Vagina. Ein fehlendes Ohr. Ein zertrümmertes Gesicht, das aus Stirn, Nase und Mund blutete. Ihre liebste Freundin, in diesen unsagbaren Posen vor der Kamera.

»*Haram*«, sagte der Mann in den Bluejeans. »Was war deine Freundin für eine Idiotin. Wir wollten doch bloß die Informationen haben, und sieh dir an, was wir mit ihr tun mußten! Ich hoffe, du bist nicht so dumm.«

»Ist sie tot?« fragte Lina leise. Es war das einzige, was sie wissen wollte. Als der Mann nickte, verspürte sie eine seltsame Erleichterung. Es würde nicht ewig dauern. Irgendwann würde sie erlöst werden, wie Randa.

»Aber du mußt nicht sterben, *habibti.*« Er lächelte, ein ernstes Lächeln, wie von jemandem, der sich zu sehr bemüht, einen Gast zu beeindrucken. »Um dich zu retten, brauchst du nur meine Fragen zu beantworten. Das ist alles. Verstanden?«

»Ja«, flüsterte sie, aber sie wußte, daß es eine Lüge war. Nach dem, was sie mit Randa gemacht hatten, würden sie sie nie mehr freilassen. Sie würde ihm sagen, was sie ihm sagen mußte, um es schnell hinter sich zu bringen. Sie würde ihm alles sagen, was er hören wollte. Das über Hammuds Dateien, über das Computerband, über Hoffman. Nichts davon spielte noch eine Rolle. Sie hatte den Palast des Endes erreicht.

»Dann fangen wir jetzt an. Und denk' dran, nur die Wahrheit. Sonst habe ich hier meine Freunde zum Nachhelfen.« Er zeigte auf die Sammlung von Geräten, die auf dem Holztisch ausgelegt waren.

Lina nickte. Sie wollte so schnell wie möglich alles hinter sich haben.

Der Mann zündete sich eine Marlboro an. »Wann hast du angefangen, für die Israelis zu arbeiten?«

Lina sah ihn verständnislos an. »Was?« sagte sie. Was hatten die Israelis damit zu tun? Das war eine Frage, auf die sie am allerwenigsten vorbereitet gewesen war.

Die Stimme des Mannes wurde lauter, zorniger. »Die Israelis. Die Juden. Wann hast du angefangen, für sie zu arbeiten? Wer hat dich angeworben?«

»Bitte«, sagte Lina. »Ich arbeite nicht für die Israelis. Ich kenne keine Israelis.«

»Ich hab' dir doch gesagt, keine Lügen, und schon lügst du. Du machst mich traurig. Traurig, weil ich dir wehtun muß.«

»Nein. Bitte. Ich bin ehrlich. Ich kenne keine Israelis. Ich hasse die Israelis. Bitte. Ich bin Araberin.«

»Ya kaybul!« sagte er, den Namen des bevorzugten irakischen Folterinstruments nennend. Er nahm das Elektrokabel vom Holztisch und schlug sich damit gegen seine Jeans.

»Weißt du, wir haben hier ein Sprichwort. *›Mat jawah al-kaybulat.‹ Sie starb unter den Kabeln.* Also keine Mätzchen mehr. Antworte mir!«

»Wirklich. Ich arbeite nicht für ...«

Sie sprach den Satz nicht zu Ende. Der nächste Laut war ein Schmerzensschrei, als die Metallpeitsche sie über Arm und Brust erwischte. Es brannte wie ein Feuerschlag, mit einer solchen Heftigkeit, daß sie zuerst dachte, eine ihrer Rippen wäre gebrochen.

»Kalba!« kreischte er. *»Yehudiya kalba! Inti mudhah lil-hizb wa mudhahd lil-thawra! – Judenhündin! Du bist gegen die Partei und gegen die Revolution!* Jetzt beantworte meine Frage. Wo wurdest du angeworben?«

Sie schrie jetzt, ein durchdringender Hilfeschrei, und hatte Mühe, genug Luft zu bekommen. Nach diesem ersten Schlag war sie bereit, ihm zu erzählen, was immer er wollte, aber sie wußte nicht, welche Lüge die richtige war. Ihr Schluchzen schien ihn noch zorniger zu machen. Der Arm ging wieder hoch, und das Kabel sauste nieder und traf sie diesmal quer über den Rücken. Es fühlte sich an, als wäre ihr ein Striemen Haut abgerissen worden.

»Gahba!« brüllte er. *Hure!* »Wer hat dich angeworben, du Judenhure? Wo sind deine reichen Londoner Freunde jetzt, um dich zu retten?«

»Min fadluk, sayyidi, min fadluk!« Bitte, Herr, bitte. Sie schluchzte hilflos, die Arme an den Stuhl geschnallt. »Ich kenne keine Israelis.«

»Wer hat dich angeworben?« schrie er. Er war jetzt ein Wahnsinniger. Die krumme Gestalt in Bluejeans war ein fauchendes Tier geworden. Er peitschte ihr mit dem Kabel über die Brust, zerschnitt das Fleisch auf beiden Brüsten.

»Sam Hoffman«, sagte sie. Es rutschte einfach heraus. Sie wußte nicht, ob es die Antwort war, die ihr Folterer haben wollte, aber er schien sich zu beruhigen und sah sie prüfend und neugierig an. Das Kabel ließ er herunterhängen.

»Sam Hoffman? Wann hat er dich angeworben?«

»Ich weiß nicht. Ich bin mir nicht sicher.« Sie konnte nicht mehr aufhören zu weinen, was das Denken und das Sprechen erschwerte.

»Ich hab' genug Lügen von dir gehört!« Er zeigte auf den Untersuchungstisch mit den Bügeln. »Jetzt wird's ernst.« Er schnallte einen Arm los und begann, sie zum Tisch zu ziehen.

»Nein!« schrie sie. »Ich sag' Ihnen alles, was Sie wollen.«

»Wann hat Hoffman dich angeworben?«

Sie überlegte und begriff, daß es egal war, was sie sagte. »Vor einem Monat. Bei der Party der Darwishs.«

»Und wieviel Geld hat er dir angeboten?«

»Zehntausend Pfund. Sie haben es auf mein Konto in London eingezahlt.«

Der Folterer sah sie skeptisch an. »Zehntausend Pfund?«

»Ja.« Hatte sie eine zu niedrige Zahl genannt? »Vielleicht waren es auch zwanzigtausend. Ich weiß es nicht mehr.«

»Und was war dein Auftrag?«

»Nassir Hammud auszuspionieren und alle Informationen an Israel weiterzugeben.«

Er schlug sich wieder mit dem Kabel gegen seinen Oberschenkel. Er sah unglücklich aus, aber Lina verstand nicht warum. Sie gestand alles, was er, wie sie meinte, wissen wollte.

»Und was hast du Nassir Hammud gestohlen?«

»Alles. Alles, was ich im Computer finden konnte. Alle geheimen Dateien. Alle Bänder. Ich hab' sie einem Israeli in der Botschaft gegeben.«

Der Folterer war schließlich mit seiner Geduld am Ende. *»Ya ghabiya!«* schrie er. »Du Idiotin! Das sind doch alles Lügen, stimmt's?«

Lina wußte nicht, ob sie weiter lügen oder die Wahrheit sagen sollte, und so sagte sie nichts.

»Alles Lügen!« schrie er wieder. Lina zuckte zusammen, in Erwartung des nächsten Schlages, aber er kam nicht. Kamal warf das Kabel angewidert auf den Holztisch zurück. Er kannte ihren Fall gut genug, um zu wissen, daß sie einfach Dinge erfand. Sie war bei der Party der Darwishs nicht von Hoffman angeworben worden. Sie hatte nicht zehntausend Pfund bekommen, geschweige denn zwanzigtausend, und sie lieferte niemandem in der israelischen Botschaft irgendwelche Geheimnisse. Sie meinte nur, das seien die richtigen Antworten. Das war das Problem mit der Folter: Sie war gut, um die Wahrheit hervorzuholen, aber sie war genauso gut, um Lügen hervorzuholen. Sie würden wieder von vorne anfangen müssen.

»Du bist eine Lügnerin«, sagte ihr Peiniger. »Du bist so schwach! Hast soviel Angst! Du bist gar keine Irakerin. Du erzählst mir, was du meinst, erzählen zu müssen, um den Schmerz zu vermeiden. Aber so funktioniert das Spiel hier nicht. Weißt du, was wir machen, wenn wir jemanden finden wie dich, der so schwach ist, daß er uns irgendwas erzählt, weil er soviel Angst hat?«

»Nein«, flüsterte Lina.

»Wir machen ihm noch mehr angst.«

»Min fadluk, sayyidi!« Ihre Bitte war ein einziger Laut, kaum vernehmbar.

»Zieh dich jetzt aus.« Er machte die andere Schnalle auf, mit der ihr Arm an der Lehne festgebunden war.

Lina war so benommen vor Angst, daß sie einfach gehorchte. Sie zog die blaue Jacke ihres Kostüms aus und knöpfte die Knöpfe ihrer weißen Baumwollbluse auf und dann die Knöpfe an den Ärmeln. Als die Knöpfe alle aufgeknöpft waren, hielt sie einen Moment inne, aus Scham. Aber ihr Peiniger bedeutete ihr weiterzumachen, und sie zog die Bluse aus. Dort wo die Peitsche sie an ihren Brüsten getroffen hatte, war ein verfärbter Streifen, ein widerliches Ocker. Der Mann hob das Kabel, als wollte er sie wieder schlagen, ließ es dann aber langsam herab, streichelte den Striemen und schob das Kabel unter jede Brust, um das Gewicht zu fühlen.

»Alles ausziehen«, sagte er und klopfte mit der Metallpeitsche gegen ihren Rock. Sie zog am Reißverschluß und ließ den Rock zu Boden fallen, so daß sie jetzt nur noch in Slip und Strumpfhose vor ihm stand. Trotz ihrer Angst war da ein Teil in ihr, der dachte, wenn sie dem Mann ihren Körper gab, würde er vielleicht nachsichtig sein. Sie versuchte, ihn anzulächeln. Aber aus seiner Miene sprach Zorn – Verachtung für ihre Schwäche und Weiblichkeit – nicht Begierde. Mit der Spitze des Elektrokabels stocherte er am Schritt ihrer Stumpfhose, und sie zog sie auch noch aus, so daß alle ihre Kleidungsstücke in einem Haufen auf dem Boden lagen. Sie versuchte, mit der einen Hand ihre Scham zu bedecken und mit der anderen ihre Brüste, aber der Mann schob ihre Hände mit dem Kabel weg.

»Komm mit«, sagte er. Er öffnete die Seitentür und führte sie in einen anderen Raum. In der Mitte stand ein Untersuchungstisch, der mit Metallbügeln ausgestattet war. Lina wurden die Knie weich, als sie ihn sah. An den Wänden waren Bilder von nackten Frauen aus billigen türkischen Pornoheften. Hier sollte sie also hingebracht werden.

»Wir nennen das hier den Vergewaltigungsraum«, sagte er in einem sachlichen Ton. Er schob sie in Richtung des Untersuchungstisches. Lina sträubte sich, weil sie dachte, er wollte sie in diesem Moment nehmen, aber er ließ das Kabel so hart über die Rückseite ihrer Schenkel sausen, daß sie zu Boden fiel.

»Steh auf.« Er packte sie im Nacken und drückte ihren Kopf zu dem verschmutzten Laken, das den Tisch bedeckte. Der Baumwollstoff war von Samen verkrustet. Die Mitte war blutrot. Er preßte ihr das Gesicht in das Laken, so daß ihre Nase von dem Gestank gefüllt war und und ihr Mund gegen den Schmutz gepreßt war.

»Sieh es dir an. Riech' es. Koste es«, sagte er. »Wenn du mir noch mehr Lügen erzählst, wird das hier dein Bett.« Er riß das schmutzige Laken von dem Tisch und warf es ihr entgegen. »Das ist jetzt dein Kleid. Trag' es.«

Lina wurde in eine Gemeinschaftszelle gebracht, die genauso groß war wie die, in der sie zuvor gefangen gehalten worden war, aber mit einem Dutzend oder mehr Frauen vollgestopft war. Einige zischten, als Lina hereingestoßen wurde – noch ein Körper und so wenig Platz – und als der Wärter

Lina anspuckte und sie eine Jüdin nannte – »*Yehudiya!*« – wichen die anderen Frauen zurück, hatten allein schon vor dem Wort Angst. Einige deuteten auf die verblassenden Überbleibsel ihrer blondierten Haare und heulten, weil sie sicher eine Jüdin sei! Seht euch ihre Haare an. Keine richtige Araberin würde solche Haare haben. Lina kauerte auf dem Boden, in das schmutzige Laken gehüllt. Nach ein paar Minuten spürte sie die Berührung einer Hand auf ihrem Rücken. Sie zuckte erst zurück, aber die Hand klopfte ihr weiter sanft auf den Rücken. Schließlich sah Lina auf und erblickte das Gesicht einer Frau um die fünfzig. Ihr Haar war weiß und ihr Körper dürr, aber sie hatte die nachdenklichen Augen einer Lehrerin.

»*Khatiya!* Du armes Mädchen«, sagte sie. »Bist du gerade erst angekommen?«

»Ja«, sagte Lina. »Ich bin gerade erst gekommen. Sie haben mir meine Kleidung weggenommen.« Sie weinte wieder.

»Wo bist du her? Diesen seltsamen Akzent habe ich seit Jahren nicht mehr gehört.«

»Aus London. Mein Vater hat den Irak vor langer Zeit verlassen. Vor den Ereignissen.«

»*W'Allah!* Was machst du hier?«

»Das weiß ich nicht«, log sie. »Es muß irgend ein Irrtum sein.«

Die Frau streichelte ihr die Wange und zeigte auf die schlafenden Körper überall um sie herum. »Dieser Raum ist voll von Irrtümern, *habibti*. Die meisten Frauen hier wissen nicht, warum sie verhaftet wurden. Ich selbst weiß auch nicht, warum ich verhaftet wurde. Ich habe vorher an der Universität gelehrt, bevor sie mich abgeholt haben, vor fünf Jahren, und ich weiß es immer noch nicht. Zuerst haben sie behauptet, ich sei gegen den Herrscher, jetzt behaupten sie, ich sei für ihn. Es spielt keine Rolle. Sie brauchen keine Gründe.«

Während sie miteinander redeten, hörte Lina den hohen dünnen Klagelaut eines weinenden Babys und dann ein

Rascheln auf dem Boden, ganz nah, als die Mutter dem Kind ihre Brust gab.

»Ist das etwa ein Baby?« flüsterte Lina. Ein Neugeborenes in dieser dunklen feuchten Zelle erschien Lina wie die Möglichkeit, doch noch zu leben. »Wie ist es hierhergekommen?«

Die ältere Frau streichelte Lina sanft, wie eine neue Schülerin, die die Regeln nicht verstand. »Hier werden viele Babys geboren. Zu viele. Du hast den Vergewaltigungsraum gesehen?«

»Ja.« Lina schauderte.

»*Haram*. Es ist schrecklich, im Gefängnis ein Kind zu bekommen. Das Allerschlimmste.«

»Warum?« fragte Lina. Das sanfte Nuckeln des Babys, das sich wieder in den Schlaf saugte, klang fast wohltuend. Etwas, wofür es sich zu leben lohnte.

»Weil ein Kind dich viel verletzlicher macht. Das ist die grausamste Waffe, die sie haben – die Möglichkeit, Kinder leiden zu lassen – und sie benutzen sie oft. Zu oft.«

»Was meinen Sie damit?« Lina verstand immer noch nicht. Es gab eine Stufe der Grausamkeit, die jenseits ihres Vorstellungsvermögens lag.

»Siehst du die Frau da drüben?« Sie deutete auf einen Haufen Knochen in einem schmutzigen Kleid. »Sie wollten Informationen über ihren Mann haben, den sie verdächtigt haben, eine Verschwörung gegen die Partei zu betreiben. Als sie nicht reden wollte, nahmen sie ihre drei Kinder in einem Hubschrauber mit, hoch über der Wüste, und warfen eins nach dem anderen hinaus, bis sie ihnen sagte, wo sich ihr Mann versteckte. Sie würde jetzt gerne sterben, aber sie lassen sie nicht.

Und siehst du die da?« Sie deutete auf einen weiteren formlosen Haufen auf dem Boden. »Sie hatte sich in den Bergen hinter ihrem Dorf versteckt. Sie haben versucht, ihre Kinder dazu zu bringen, ihnen zu sagen, wo sie war, und als sie es nicht verraten wollten, haben sie die Kinder mit Benzin übergossen und angezündet. Zwei Jungs. Acht und sieben.«

»Hören Sie auf«, sagte Lina. Aber die ältere Frau redete

weiter in ihrer gedämpften, sibyllinischen Stimme. Dies war ihre einzige Rache: die Wahrheit zu sagen.

»Und die da. Ihr Mann war ein Anführer der Rebellen. Er mußte zusehen, wie die Wärter des Herrschers sie und ihre drei Töchter vergewaltigten. Dann legten sie seinen Töchtern benzingetränkte Reifen um den Hals und befahlen ihm, sie anzuzünden. Als er sich weigerte, haben sie ihn erschossen, und dann zwangen sie seine Frau, es zu tun.

Und die da, die da bei der Tür schläft. Sie war schwanger, als sie verhaftet wurde. Sie bekam das Baby im Gefängnis, und als sie ihre Fragen nicht beantworten wollte, nahmen sie ihr das Kind aus den Armen und schlugen es gegen die Wand, bis es tot war. Die ist jetzt verrückt. Sie ruft immer nur nach ihrem Kind.«

Lina weinte leise. »Bitte erzählen Sie mir nichts mehr«, sagte sie. »Ich möchte nur noch sterben.«

»Sterben«, sagte die ältere Frau. »Ja, das wollen wir hier alle. Das sagen die Wärter. *Leima tekurfach, khatiya – Laß dich vom Tod aufkratzen, du armes Ding.* Aber nicht einmal der Tod ist eine Erlösung. Ihre Grausamkeit verfolgt dich selbst dann noch. Sie schicken dich in einem versiegelten Kasten nach Hause, so daß niemand deine gebrochenen Knochen und zerschlagene Haut sehen kann, so daß du nicht wie eine gute Muslimin für deine Beerdigung vorbereitet werden kannst. Da ist nur dieser versiegelte Kasten, auf dem das Wort *Feigling* oder *Verräter* draufsteht. Das ist alles, was du in die Ewigkeit mitnimmst. Sie sind die schlimmsten, die schlimmsten.«

»Was soll ich tun? *Allah yestur?*«

»Deine Würde bewahren. Laß dir von ihnen keine angst machen. Sie wollen dir mit allem angst machen. Den Geräuschen. Den Geräten. Der Art zu reden. Den Demütigungen. Alles, um dir angst zu machen. Das ist ihre einzige wirkliche Waffe. Der Rest ist nichts. Wenn du deine Angst bezwingen kannst, sind sie die Verlierer.«

»Was soll ich tun?«

»Sei tapfer, *habibti*. Sei tapfer. Sei tapfer.«

Am nächsten Morgen wurde Lina von einem Wärter geweckt, der sie aus dem Pulk von Frauen, die auf dem Boden lagen, hochriß. Sie wickelte das dreckige Laken um sich und wandte sich um, um der alten Frau, die mit ihr gesprochen hatte, auf Wiedersehen zu sagen. Aber der Wärter zerrte an ihrem Arm und gab ihr keine Gelegenheit, sich umzudrehen. Als sie ging, stimmten einige der älteren Frauen ein leises Weinen an. Eine Klage für die Dahingegangene.

Lina wurde in einen kleinen Raum am Ende des Ganges geführt. Auf einem Tisch lagen das blaue Kostüm und die weiße Bluse, die sie zuvor getragen hatte. Sie waren gewaschen und gebügelt worden, und es gab auch frische Unterwäsche. Im Raum gab es ein kleines Waschbecken mit Seife und Handtüchern. Lina befürchtete zuerst, daß es ein Trick war. Sie wollten, daß sie für ihre Folter sauber und frisch gewaschen war. Sie widerstand dem Drang, so lange sie konnte, aber nachdem sie eine halbe Stunde lang in ihrem zerfetzten Laken gekauert hatte, wusch sie sich und zog sich an. Als sie ihr feines französisches Kostüm und ihre neue Unterwäsche angezogen hatte, hatte sie ein schlechtes Gewissen, weil sie an die Frauen dachte, die da in Lumpen in der Zelle lagen. Aber sie durfte nicht mehr daran denken. Sie dachte jetzt nur noch an sich.

Kamal kam sie erst nach einigen Stunden holen. Er trug dieselben Bluejeans und Quastenschuhe wie am Vortag. Aber heute hatte er statt der Lederjacke einen doppelreihigen blauen Blazer an. Er rauchte eine Cohiba-Zigarette und wirkte sehr mit sich zufrieden, wie ein Dandy, der im Begriff war, sich ins Nachtleben zu stürzen. Er streckte den Arm aus, um ihr förmlich die Hand zu schütteln, als begrüße er sie in einem Klub, bei dem sie jetzt offiziell Mitglied geworden war.

»Wie fühlen Sie sich?« fragte er. »Verheilen die Wunden gut?«

»Ja«, sagte sie.

»Gestern warst du dran, verhört zu werden. Heute haben

wir beschlossen, daß du zugucken kannst, wie jemand anders verhört wird. Ist das nicht um Klassen besser?«

Sie antwortete nicht. Sie sah ihn verständnislos an. Was meinte er?

»Aber vielleicht gefällt dir das Zugucken auch gar nicht. Vielleicht denkst du, daß du lieber die Rollen tauschen möchtest, daß *du* es bist, der unsere Fragen beantwortet. Ja. Das können wir machen. Aber nur wenn du die Wahrheit sagst. Sonst machen wir beides mit dir.«

Sie verstand immer noch nicht, aber sie wagte es nicht, nachzufragen. Im nächsten Moment verband Kamal ihr die Augen und führte sie den Gang hinunter. Sie bogen mehrmals um die Ecke, einen Gang hinunter und dann den nächsten. Bis sie zu einem Raum kamen, wo Lina die Laute anderer Menschen hörte. Als sie den Raum betrat, hörte sie eine Männerstimme brüllen.

»*Heyaha.* Da ist sie ja. Da ist ja unsere Informantin. Die, die uns von deinen Verbrechen erzählt hat.«

Kamal entfernte das Tuch. Lina öffnete die Augen und stieß einen kleinen Schrei aus. »*Yumma!*« *Mami.* An einem Seil an der Wand hing die freundliche Irakerin, die sie am Abend zuvor angesprochen hatte. Ihre mageren Lumpen hatte man ihr vom Leib gerissen. Ihr Körper war nur noch eine Ansammlung von Stangen. Die Haut war durchscheinend vom Alter, die Brüste hingen wie leere Säcke herab. Über ihr stand ein Mann mit einem riesigen Kopf und einem massigen Körper. Er hielt eine Metallpeitsche – eine *kaybul* – in der Hand. Er redete mit der weißhaarigen Frau.

»Die Lady aus London hat dich denunziert. Sie hat uns alles gesagt, was du ihr gestern abend erzählt hast. Deine ganzen Parolen gegen die Partei. Deine ganzen Verschwörungen gegen das irakische Volk. Wie du dich mit den Juden gegen die arabische Nation verschworen hast. Sie hat uns alles erzählt. Sie hat dich verraten.«

Lina sagte nichts. Die alte Frau sah ihr direkt in die Augen. Lina sah weg.

»*Ya gabba!*« brüllte der Mann mit dem großen Kopf und

hob die Metallpeitsche. »O du Hure. Wir müssen dich für diese schrecklichen Verbrechen gegen die Nation und die Partei bestrafen.« Er ließ die Metallpeitsche mit voller Wucht auf die alte Frau herunterkrachen, deren gebrechliche Gestalt wie ein Haufen Zweige erbebte.

Lina schrie so laut, daß der Schrei der alten Frau kaum zu hören war.

»*Ya kalba!*« fluchte der Folterer, hob seine Metallpeitsche und ließ sie wieder herunterkrachen. *O du Hündin!* Von der alten Frau kam ein erstickter Laut, und dann kam der nächste Schlag und der nächste.

Wieder schrie Lina. Diesmal war es ein Wort. »*Kafi!*« *Aufhören!* Die alte Frau wand sich jetzt stumm in den Seilen, baumelte wie ein groteske Puppe. Sie sah wieder Lina an. In ihrem Blick war kein Zorn. Nur Vergebung.

»Hört auf!« schrie Lina wieder. Aber es war zu spät. Ein weiterer Schlag sauste auf die Frau nieder. Anstatt zu schreien stieß sie einen erstickenden Laut aus, und ihr zerschlagenes Gesicht lief bläulich an. Während Lina die Agonie der alten Frau beobachtete, sah sie plötzlich das Gesicht ihrer Tante Soha, die etwa so alt wie diese arme Frau gewesen war und unter den gleichen grauenhaften Umständen gestorben sein mußte.

»Nehmt mich!« rief Lina. »Ich tausche mit ihr. Hört auf! Nehmt mich statt dessen.«

Der Mann mit der Metallpeitsche brach seinen nächsten Schlag ab. Aber für die alte Frau kam die Rettung zu spät. Ihr Kopf war schlaff zur Seite gekippt. Sie ließen sie einen Augenblick da hängen und leerten einen Eimer Wasser über ihr aus, in der Annahme, sie würde dadurch wieder zu sich kommen, aber es war zu Ende mit ihr. Später sahen sie, daß sie sich ein Stück ihrer eigenen Zunge abgebissen hatte, als sie mit den Schlägen begonnen hatten. Sie war in die Ewigkeit befreit worden.

»Willst du, daß wir dich jetzt verhören oder später?« fragte Kamal.

»Jetzt«, sagte Lina. Sie war bereit zu sterben.

»Dann machen wir es später.« Kamal lachte. Es war komisch. Sie führten Lina wieder ab, den Gang hinunter. Sie waren alle erschöpft. Das Verhör würde am nächsten Tag beginnen.

33

Sam Hoffman ging gerade über den Hanover Square, als er von hinten von jemandem angestupst wurde. Er beachtete es zuerst nicht. Er war unterwegs zur Bibliothek des British Museum, wo es eine vollständige Sammlung der Schweizer Bankvorschriften gab, die ihm vielleicht einen neuen Ansatz für einen Angriff auf Nassir Hammud bieten könnte. Aber er wurde wieder angestupst, fester diesmal, und er hörte eine Stimme nah an seinem Ohr.

»Nicht umdrehen«, sagte die Stimme. »Ich habe Nachrichten von Ihrer Freundin Lina.«

Hoffman fuhr sofort mit seinem Kopf nach links herum und sah, einen Schritt hinter sich, das sonnengebräunte Gesicht von Martin Hilton.

»Idiot«, raunte Hilton. »Ich hab' doch gesagt, Sie sollen sich nicht umdrehen. Wissen Sie denn nicht, daß Sie beobachtet werden?«

»Verpiß dich«, sagte Hoffman. »Wer beobachtet mich?«

»Alle. Halten Sie den Mund und tun Sie, was ich sage, und dann berichte ich Ihnen was über Lina. Ich möchte, daß Sie in einer Stunde in Kew Gardens sind, vor dem Palmenhaus. Wenn Ihnen niemand folgt, gehe ich auf Sie zu und bitte Sie um eine Zigarette. Dann können wir uns unterhalten. Genau in einer Stunde.«

Sie kamen zu einer Ecke. Hilton machte eine Wende von neunzig Grad, um die Straße in die andere Richtung zu überqueren. »Lebt sie?« flüsterte Hoffman, aber Hilton gab keine Antwort. Er war schon dabei, über die Straße zu gehen.

Eine Stunde später stand Hoffman vor dem Glaspavillon des Palmenhauses, starrte auf den Rosengarten, der das Gebäude umgab, und fragte sich, wo Hilton steckte. Nach Kew war es eine längere Fahrt; es lag am äußersten Westrand Londons, aber er konnte sich nicht vorstellen, daß Hilton sich bei irgend etwas verspätete, egal was es war. Hoffman wartete fünf Minuten, dann zehn, dann fünfzehn, und wollte schon fast aufgeben, als ein Mann mit einem Van-Dyke-Bart und einem Strohhut ihn um eine Zigarette bat. Zuerst dachte er, der Mann sei ein Homosexueller, der mit ihm anbändeln wollte, bis er das gut getarnte Gesicht Martin Hiltons erkannte.

»Gehen wir spazieren«, sagte Hilton. Er lotste Hoffman zu einem Weg, der zur japanischen Pagode führte, am hinteren Ende von Kew Gardens.

»Wo ist Lina?« fragte Hoffman sofort. Er mußte es wissen, und er hatte Angst vor der Antwort.

»Sie ist in Bagdad. Sie wurde gestern in Genf geschnappt und in ein Flugzeug gesetzt. Wir wissen, daß es in Bagdad gelandet ist.«

»Lebt sie?«

»Das wissen wir nicht. Wir nehmen an, sie wurde ins Hauptgefängnis gebracht. Was danach mit ihr passiert ist, wissen wir nicht.«

»Wer ist ›wir‹? Sie reden ständig von ›wir‹.«

»Der Staat Israel.«

»Scheiße. Ihr seid genau das, was sie jetzt braucht.«

Hiltons Augen blitzten auf, aber er ging weiter. »Im Moment hat sie niemanden außer uns. Aber leider können wir nichts für sie tun. In Bagdad befinden wir uns auf ziemlich dünnem Eis.«

»Scheiße«, fluchte Hoffman wieder.

Sie passierten ein weiteres gläsernes Gewächshaus. Unter dem großen Gewölbe aus Glas und Eisen befand sich ein Miniaturregenwald mit Wasserlilien und blühenden Kamelien. Es war wie ein kleines Gefängnis, das den Dschungel gegen seinen Willen mitten in London festhielt. Hoffman wandte sich an den israelischen Agenten.

»Was kann ich tun, um sie da rauszuholen?«

»Das kommt darauf an, ob Sie irgendwelche Beziehungen in Bagdad haben.«

Hoffman überlegte einen Moment. »Nein.«

»Oder ob Sie jemanden kennen, der auf jemanden in Bagdad Einfluß hat. Zum Beispiel jemand mit Geld oder mit politischem Einfluß.«

Hoffman dachte wieder nach. Der Gedanke war ihm zuwider, aber er wußte, daß die Antwort ›ja‹ lautete. Sein alter Freund und neuerer Feind, der Prinz. »Vielleicht«, sagte er.

»Dann sollten Sie den Einfluß, den Sie haben, möglichst schnell einsetzen. Ich glaube nämlich, daß Ihnen nicht mehr viel Zeit bleibt.«

Sie näherten sich dem zierlichen Turm der japanischen Pagode. Hoffman drehte sich zu seinem Gefährten um. Der Israeli sah lächerlich aus mit seinem Spitzbart und dem Strohhut. »Wieso erzählen Sie mir das alles?« fragte er. »Was springt für euch dabei raus?«

»Eine Gelegenheit, dem Irak Schwierigkeiten zu bereiten und verschiedenen Leuten, die das Regime unterstützen. Ihre Freundin Lina scheint die ideale Unruhestifterin zu sein, wenn wir es schaffen, sie am Leben zu halten.«

»Sie sind wirklich ein Stück Scheiße«, sagte Hoffman. »Sie benutzen sie nur.«

Hilton verdrehte die Augen. Hoffman war ein Dummkopf. »Ja, ja, wie ungezogen von mir.«

»Sie Arsch. Tun Sie was, um ihr zu helfen.«

»Zeit zu gehen«, sagte der Israeli. »Ta-ta.« Er warf Hoffman einen Handkuß zu und bog auf einen anderen Weg ein. Er führte zu einem weiteren Phantasiegebäude – einer Bogenruine, die so aussah, wie sich irgendein Monarch alter

Zeit eine römische Ruine vorgestellt haben mochte. Hoffman blieb allein neben der Imitation der japanischen Pagode zurück.

Hoffman versuchte, das Unvermeidliche zu vermeiden. Er rief Asad Barakat in seinem Büro an, aber seine Sekretärin sagte, der palästinensische Bankier sei geschäftlich unterwegs. Er versuchte es sogar bei seinem Vater in Athen, in der Hoffnung, er habe einen Vorschlag, wie man auf das neue Regime in Bagdad Druck ausüben könnte. Aber sein Vater war auch geschäftlich unterwegs. Somit blieb nur noch eine Möglichkeit übrig, und als Sam in seinem BMW Richtung Hyde Park Square fuhr, erkannte er, daß er seit einem halben Jahrzehnt auf dieses Treffen zurücksteuerte, wie ein Bumerang, der zu der Stelle zurückkehrt, von der er geworfen worden war.

In Prinz Jalals Vergnügungspalast brannte Licht, und vor der Tür stand der Rolls-Royce Corniche. Er mußte also zu Hause sein. Sam hatte beschlossen, sich nicht anzumelden. Es würde leichter sein so. Die Tür wurde wie üblich von dem britischen Sicherheitsbeamten geöffnet. Gerade noch sichtbar hinter ihm, auf der Treppe, die zu seinen Privatgemächern führte, war der Prinz. Er hatte ein langes weißes *thobe* an. Mit seiner kaffeebraunen Hautfarbe und seinem glänzenden Bart sah er wie irgendein Gott aus, gerade im Begriff, die himmlische Treppe emporzusteigen. Der Prinz drehte sich um, und als er Hoffman sah, machte er für einen Moment eine verlegene Miene. Denn zufälligerweise hielt er in diesem Moment einen halbwüchsigen Jungen an der Hand. Er gab dem Jungen einen Klaps auf den Hintern und schickte ihn nach oben.

»Mein lieber Sam«, sagte der Prinz und kam die Treppe herunter, seinem Besucher entgegen. »So eine Überraschung. Ich dachte, ich würde dich erst in fünf Jahren wiedersehen. Wie schön. Wie schön.« Er ergriff Sams Hand und küßte ihn zärtlich auf beide Wangen.

»Tut mir leid«, sagte Sam. »Ich komme ungelegen.«

»Nein, überhaupt nicht, mein Lieber. Ich habe keine

Geheimnisse vor dir. Ich hätte dir meinen jungen Freund vorstellen sollen. Wunderschöner Junge. Sie haben ihn, glaube ich, in Dänemark gefunden. Wunderschöne Stimme, wie von einem Engel. Abwechslung ist die Würze des Lebens, nicht wahr?«

»Ja«, sagte Sam. »Die Würze des Lebens.«

Der Prinz führte Sam in einen der unteren Salons. Der Prinz ließ sich auf einer riesigen Couch nieder und lud Sam ein, sich zu ihm zu setzen. Er klatschte in die Hände, und es erschienen Diener mit Tee und Gebäck und einer Wasserpfeife. In der Schale lag ein Stück Haschisch von der Größe eines Zuckerwürfels. Der Prinz nahm einen langen Zug und bot seinem Gast den Pfeifenstiel an. Als Sam ablehnte, ließ er das Stückchen in seinen Schoß fallen und sah seinen Besucher verträumt an.

»Nun, was führt dich zu mir, so bald nach unserem letzten Treffen? Hast du es dir wegen der rumänischen Mädchen anders überlegt? Sie sind leider keine Jungfrauen mehr, aber noch sehr schmackhaft.«

»Nein. Darum geht es nicht. Eigentlich wollte ich auf einen anderen Vorschlag zurückkommen, den du mir gemacht hast.«

»Ah, gut. Und welcher war das?«

»Der, den du mir vor fünf Jahren gemacht hast, daß ich dir helfen sollte, dein Geld zu verstecken. Du hast neulich gesagt, daß das Angebot noch steht, und jetzt bin ich interessiert.«

Jalal streckte seine Hand aus. Sein Kopf kam aus einer Wolke von Haschisch heraus. »Endlich, mein Lieber. Du hast das Licht erblickt. *Ahlan wa sahlan.* Willkommen in der Bruderschaft zivilisierter Männer.«

»Aber es gibt eine Bedingung, Jalal. Ich möchte für meine Hilfe nicht bezahlt werden.«

»Wieso nicht?«

»Weil ich möchte, daß du mir statt dessen einen Gefallen tust. Ich möchte, daß du das Geld, mit dem du mich bezahlen würdest, benutzt, um das Leben von jemandem zu kaufen, der mir nahesteht.«

»Wie rührend. Wer ist der Mann?«

»Es ist eine Sie. Es geht um eine Frau.«

»Ah, *habibi*. Ich bin gerührt. Natürlich werde ich dir helfen. Diese Art von Austausch verstehe ich. In einer gewissen Weise ist eine Frau noch wertvoller als Geld, nicht wahr? Wer ist es?«

»Eine Irakerin. Sie heißt Lina Alwan. Sie arbeitet für Nassir Hammud.«

»Der schon wieder.« Jalal machte eine Handbewegung, als würde er etwas Unerfreuliches von seinem Teller schieben. »So ein Langeweiler. Na ja. Wo befindet sich diese Frau, die ich für dich erwerben soll?«

»In Bagdad. Sie ist dort im Gefängnis. Sie wurde gestern dort hingebracht, aus Genf. Kannst du sie rausholen?«

»Schwierig, aber nicht unmöglich. Geld funktioniert überall, mein Lieber. Sogar in Bagdad. Das ist das eiserne Gesetz der Welt. Und der Zufall will es, daß der Botschafter dort ein Freund von mir ist. Ich kann nichts versprechen, aber ich hätte es so gern, daß du in meiner Schuld stehst, also werde ich mir die größte Mühe geben.«

»Danke«, sagte Hoffman. Er berührte sein Herz, wie es ein Araber tun würde, um seine Dankbarkeit zu zeigen. Aber der Prinz lachte. Dies war etwas Geschäftliches.

»Und jetzt müssen wir über deine Seite des Deals sprechen, mein lieber Sam. Weil ich etwas Besonderes für dich tue, muß ich dich bitten, etwas Besonderes für mich zu tun. Das ist doch fair, oder nicht?«

»Ja, das ist fair. Sag' mir, was du von mir willst, und ich mach's.«

Der Prinz hielt kurz inne und strich sich mit dem Zeigefinger über die feinen gekämmten Haare seines Bartes. »Ich habe in der Türkei einen Freund«, sagte er schließlich. »Er hat mir im Verlauf der Jahre sehr viel geholfen. Ein Bankier, übrigens. Und jetzt hat er Ärger mit der Justiz. In der Türkei, in Amerika, überall. Er hat immer noch irgendwo Geld – ich glaube, auf den Cayman-Inseln – aus der Zeit vor dem Zusammenbruch seiner Bank. Aber hat zuviel Angst, irgendwas damit zu machen, weil er befürchtet, daß die Behörden in den USA oder Großbritannien dahinterkommen und ihm das Leben noch schwerer machen. Du siehst also, er braucht Hilfe. Und du bist genau der Bursche, der ihm helfen kann. Mit einem sehr guten Ruf. Mit guten Beziehungen. Genau der Richtige.«

»Was soll ich für ihn tun?«

»Ihm eine Bank in Amerika kaufen. Aus irgendeinem Grund ist er überzeugt, daß das der einzige sichere Weg ist, sein Geld zu behalten. Bedauerlicherweise ist es illegal für ihn, eine Bank in Amerika zu besitzen. Vor allem mit all diesem Geld, das er gestohlen haben soll, wie die Leute behaupten. Du mußt also offiziell der Eigentümer sein. Aber um all das kümmern wir uns schon. Das klingt doch nicht schwierig, oder?«

Sam schüttelte teilnahmslos den Kopf. Den Handel hatte er schon in Gedanken abgeschlossen, bevor er an der Tür des Prinzen geklingelt hatte.

»Wunderbar! Ich werde die nötigen Dokumente von meinem Anwalt in Washington aufsetzen lassen. Du wirst vielleicht in die Staaten reisen müssen, wenn sie die richtige Bank gefunden haben – die Dokumente unterzeichnen und solche Sachen. Lästig, aber nicht zu ändern.«

Sam nickte. Er spürte, wie sein Selbstverständnis, an dem er in den letzten fünf Jahren gearbeitet hatte, zerbröckelte. Wie sich herausstellte, konnte jemand wie er nicht verhindern, sich die Hände schmutzig zu machen. Er konnte nur so lange unabhängig sein, wie er nicht darauf angewiesen war, jemanden um einen Gefallen zu bitten; wenn er es aber mußte, dann mußte er auch in die Scheiße hineinwaten, genau wie alle anderen. Ihm war schwer ums Herz. Er wollte Jalals Haus verlassen, aber der Prinz hatte ein triumphierendes Lächeln auf dem Gesicht, als hätte er in einem Streitgespräch recht behalten.

»Laß uns feiern, mein lieber Sam, jetzt wo wir wieder Freunde sind. Vielleicht ist Kinozeit? Ich habe einen neuen Film, den ich gestern von einem kuwaitischen Freund bekommen habe. Er heißt Philippinische Krankenschwestern. Er hat Teile davon selbst gefilmt, bei sich zu Hause. Er versicherte mir, daß alles authentisch ist.«

»Nein«, sagte Hoffman. »Keine Filme.« Hoffman fiel das Gesicht von Ramon Pintas Frau ein, auf dem Polizeifoto, das der philippinische Koch ihm an jenem Tag in seinem Büro gezeigt hatte, an jenem Tag, der ihm jetzt wie eine Ewigkeit her schien.

»Einen Drink vielleicht? Die Pfeife? Etwas Gesellschaft?«

Sam erhob sich von der Couch. »Ich muß gehen«, sagte er.

»Natürlich. Das verstehe ich. Du bist nervös wegen deiner kleinen Freundin. Wie heißt sie noch mal? Lina Alwan. Ich kümmere mich umgehend darum. Sobald ich meinen Freund in der Türkei angerufen habe, um ihm die gute Nachricht zu erzählen.«

Robert Hatton gab an diesem Nachmittag eine Luncheon Party im privaten Speisesaal der Anwaltsfirma Hatton, Marola & Dubin in Washington. Er hatte darum gebeten, nicht gestört zu werden, und so behelligte man ihn nicht mit dem Anruf von dem Londoner Klienten. Das Luncheon war ein wichtiges Ereignis für Hatton. Es war das Jahrestreffen einer Gruppe, die er viele Jahre zuvor gegründet hatte und die insgeheim als ›Freunde von Arabien‹ bekannt war. Es war eine erlesene Washingtoner Gruppe. Drei ehemalige Regierungsfunktionäre, ein halbes Dutzend pensionierte Beamte des Außenministeriums, mehrere prominente Mitglieder der Washingtoner Anwaltskammer.

Für die hochrangigen Mitglieder der ›Freunde von Arabien‹ galt das jährliche Treffen als Zelebrierung eines großen Unternehmens, das es schon über fünfzig Jahre gab. Hätte irgend jemand von der Existenz dieser Gruppe gewußt, hätte er sie zweifellos als elitär imperialistisch, pro-arabisch, rassistisch oder wie auch immer verurteilt. Aber die Mitglieder betrachteten eine derartige Einstellung als schlichten Unsinn, der von Leuten geäußert wurde, die keine Ahnung hatten, wie die Welt wirklich funktionierte. Das einzige, was sich die Freunde zuschulden kommen ließen, so erinnerte Hatton sie gerne bei seinem jährlichen Trinkspruch, war, die nationalen Interessen der Vereinigten Staaten zu schützen. Amerika hatte eine unlösbare Aufgabe übernommen – in der einen Hand die Ölversorgung der Welt zu halten und in der anderen eine arabisch-israelische Bombe, die immer kurz davor war zu explodieren – und bis jetzt hatte der Staat Erfolg gehabt. Das Öl floß immer noch, und die Bombe hatte, selbst wenn sie tatsächlich gelegentlich explodierte, das Haus noch nicht zum Einstürzen gebracht. Und dafür war die Welt den ›Freunden von Arabien‹ Dank schuldig – der nie ausgesprochen werden würde.

Der Sekretär störte Hatton schließlich doch bei seinem Luncheon, kurz nachdem er die Tischrede gehalten hatte. Der Klient aus London habe wieder angerufen. Er sagte, es sei eine Angelegenheit von größter Dringlichkeit, die keinen Aufschub dulden könne. Hatton entschuldigte sich und nahm den Anruf eines bestimmten saudischen Prinzen entgegen, der schon seit Jahren zu seinem Klientenstamm gehörte. Der Prinz erklärte in seinem verträumten Ton, daß er zwei ziemlich komplizierte Probleme habe. Einmal eine Angelegenheit im Irak, die einen dringenden Transfer einer großen Summe Geldes von einem Bankkonto in Bahrain erforderte, die sobald wie möglich per gechartertem Jet nach Bagdad gebracht werden müsse. Und bei der zweiten Angelegenheit gehe es um die Geschäfte eines türkischen Herrn, der ein alter Freund der Firma Hatton, Marola & Dubin sei. Dabei gehe es um eine sehr große Summe Geld, die zur Zeit auf einem Nummernkonto in George Town auf den Cayman-Inseln ruhe, aber eine Heimat in den Vereinigten Staaten suche. Es sei ein Strohmann gefunden worden, der für den Kauf einer Bank zur Verfügung stehe. Die türkische Angelegenheit könne warten. Die andere erfordere sofortiges Handeln.

Hatton rief sofort einen Juniorpartner an. Er wies ihn an, die Auszahlung von Geldmitteln von dem Konto in Bahrain zu veranlassen und eine Maschine von einem Unternehmen in Amman zu chartern. Binnen weniger Minuten drehten sich alle Räder in die richtige Richtung. Was Robert Hatton erlaubte, zu seinen Gästen zurückzukehren, gerade rechtzeitig, um mit ihnen zusammen ein Glas Cognac und eine Zigarre zu genießen.

34

Lina verbrachte eine schlaflose Nacht, die ihr endlos vorkam. Sie war wieder in einer Einzelzelle, aber diesmal ließen sie die ganze Zeit das Licht an. Ansonsten war es genau wie der erste Raum, in dem sie gewesen war: rauhe Betonwände, in die Namen und Botschaften eingeritzt waren, die stinkende Grube in der Ecke, die wohltuende Kühle des Steinbodens. Es war keine Todesangst, die Lina wachhielt. Sie wollte einfach nur jeden verbleibenden Moment des Bewußtseins festhalten. Während sie mit dem Gesicht auf dem Steinboden lag, zogen die Menschen ihres Lebens durch ihren Kopf wie eine Truppe von Schauspielern bei der letzten Verbeugung. Sie dachte an ihre Mutter, die schon so lange tot war, daß sie in Linas Erinnerung ein fernes Leuchtfeuer geworden war. Aber sie war das erste Opfer gewesen: Das erzwungene Exil aus Bagdad hatte sie umgebracht. Und dann dachte sie an ihren Vater, den arabischen Aristokraten, dem das nötige Geld fehlte, um seine Verachtung für das, was aus den Arabern geworden war, zu pflegen. Wie recht er gehabt hatte. Es war ein neues *Asr al-Jahiliyya*, ein neues Zeitalter der Ignoranz. Auch er war ein Opfer.

Und sie dachte an Sam Hoffman, ursprünglich ein Kleindarsteller in ihrem Drama, der beinahe aus Versehen in den Mittelpunkt der Bühne geraten war. Hoffman war es gewesen, der sie in dieses katastrophale Abenteuer gestoßen hatte und dann versuchte, sie wegzuziehen. Sie machte ihm keinen Vorwurf. Er hatte beide Male recht gehabt: Sie hätte mehr tun sollen, um Nassir Hammud zu bremsen, und sie hätte weniger tun sollen. Sie dachte auch an Hammud: der Abschaum der Menschheit. Wenn irgend jemand auf dem Planeten die Schrecken des Quasr al-Nihayya verdiente, dann er. Dann dachte sie an ihre Tante Soha, die man drei Jahre zuvor gezwungen hatte, Lina den Brief zu schreiben, um sie in Hammuds Dienst zu pressen. Am Schluß war sie wahrscheinlich in genau diesem Gefängnis gewesen, vielleicht in derselben Zelle. Das Bild ihrer Tante innerhalb dieser Mauern wurde zu dem der weißhaarigen Frau, die auf Lina in der Stunde ihrer größten Einsamkeit zugegangen war. Diese Frau war gestorben, während Lina versuchte, ihre Stimme wiederzufinden, um »Aufhören« zu schreien. Und sie dachte an ihre Freundin Randa, die sie ungerechterweise beschuldigt hatte, ohne über die Konsequenzen nachzudenken und was für einen grauenhaften Preis sie hatte zahlen müssen.

Zu viele Menschen waren auf Linas Weg gestorben, bis sie endlich ihren Mut gefunden hatte. Was hatte Jawad, der irakische Dichter, gesagt? Es seien die Frauen, die den Irak retten würden, weil die Männer alle korrumpiert seien. Er hatte sich geirrt, zumindest was Lina betraf, die in ihrer Feigheit zugelassen hatte, daß andere in den Tod gingen. Sie verfluchte ihre Schwäche und ihr Schweigen. Sie dachte an den blinden Dichter und erkannte, daß er an einem Ort wie diesem sein Augenlicht verloren haben mußte. Wie hatte er nur den Mut gefunden, diesen Vorfall mit seinem Folterer und den Zigaretten zu überleben und weiterzumachen? Dem Regime in Bagdad weiter zu trotzen, weitere Folterungen zu provozieren? Sie sah in Gedanken seine leeren Augenhöhlen, verbrannt und entstellt, und machte sie zu einer Art geistigen Ikone. Sie würden ihr muslimisches Kruzifix sein, ein vollkommenes Opfer von Blut, das geflossen war, um andere, die weniger mutig waren, zu retten. Während ihre Gedanken sich darauf konzentrierten, gab Lina ein Versprechen ab – die Art von Handel mit Gott, den ein Mensch macht, der dem Tod nahe ist. Falls sie irgendwie die Tortur des Palasts des Endes überleben sollte, würde sie alles tun, um Nabil Jawad, ihrem Tröster, zu helfen.

Kamal, der Inquisitor, weckte sie kurz nach Morgengrauen. Er trug eine schwarze Kapuze in der Hand. Er schien fast zu bedauern, daß er sie stören mußte. Er weiß, daß ich heute sterben werde, dachte Lina. Er sah anders aus als vorher. Beunruhigt, unsicher. Vielleicht schämte er sich für das, was er würde tun müssen. Vielleicht hatte er Angst, daß er keinen Steifen kriegen würde, um sie zu vergewaltigen. »*Ana aasif*«, sagte er. *Es tut mir leid.*

»Sagen Sie es nicht«, erwiderte Lina. »Sagen Sie nichts.« Sie wollte es nicht hören. An diesem Morgen konnte sie die Vorstellung von einem Folterer mit Schuldgefühlen nicht ertragen.

»Es tut mir leid«, sagte er wieder. »Ich habe es nicht gewußt.«

Er zog ihr die schwarze Kapuze über den Kopf und führte sie zur Tür raus. Er riß sie nicht grob mit sich, so wie er es am Tag zuvor getan hatte, sondern führte sie an der Hand. Sie kamen zum Ende eines Ganges und betraten einen weiteren durch eine Metalltür und bogen dann nach rechts. Sie hörte Kamal »vorsichtig« sagen, als er ihre Hand auf ein Geländer legte, und plötzlich gingen sie eine Treppe hinunter, dann noch eine und noch eine. Als sie unten angekommen waren, blieben sie stehen. Sie hörte, wie Kamal mit einem anderen Mann sprach.

»*Miftaah?*« sagte Kamal. Er verlangte nach dem Schlüssel.

»*Aywah!*« sagte der andere Mann. *Ja.*«

»Warten sie?«

»*Aywah!*« sagte er wieder. »*Al-Safir Al-Saudi.*«

Der saudische Botschafter. Was sollte das bedeuten? Die Saudis wollten sie also auch tot sehen? Vielleicht waren sie gekommen, um zuzusehen. Es wurde mit irgendwas herumgemacht und leise gesprochen, so daß Lina nichts verstand.

Als nächstes hörte sie, wie eine schwere Tür geöffnet wurde, und dann spürte sie Sonnenlicht, selbst durch den dicken Stoff der Kapuze hindurch. Sie wurde ein paar Schritte weitergezogen, und dann ging eine weitere Tür auf, und sie spürte auf den Armen einen Lufthauch. Ihr Herz stockte kurz – sie war draußen! – aber sie erstickte den Gedanken gleich wieder. Es wurde nur wieder mit ihr gespielt, aber es würde auf das gleiche hinauslaufen. Sie spürte jetzt, wie eine andere Hand sie nach vorne zog und sie dann auf den Rücksitz eines Autos drückte. Sie wurde also irgendwo anders hingebracht, um getötet zu werden. Der Fahrer drückte sie flach auf den Boden und legte eine übelriechende Gefängnisdecke über sie. Ein Leichentuch für die Sterbenden.

»Mögen Sie Musik hören?« fragte der Mann. Er sprach Englisch. Er legte eine Kassette ein. Es war blechern klingende arabische Pop-Musik, mit dem Gesang einer Frau, die wie eine Gassenkatze jaulte.

»Keine Musik«, sagte Lina unter der Decke. Zu ihrer Überraschung stellte er die Musik sofort aus. Die Verurteilten hatten also doch noch einige Rechte.

Die Fahrt dauerte lange. Zu lange. Lina wollte es endlich hinter sich haben. Ihr Geist fing allmählich an, ihr Streiche zu spielen, erlaubte ihr, sich vorzustellen, daß sie vielleicht doch überleben könnte. Sie spürte den Wind der offenen Straße durch die Decke hindurch. Das war gefährlich. Die einzige Nahrung für den Mut war die Gewißheit des Todes. Sowie die Möglichkeit des Überlebens bestand und etwas, wofür es sich zu leben lohnte, kehrte das Entsetzen zurück. Das Auto fuhr immer noch die Straße lang, die ihr wie eine breite Landstraße vorkam, wurde dann bei einem Kreisverkehr langsamer und bei einem zweiten. Lina hörte auf einmal ein seltsames Geräusch, zuerst ganz fern und dann näher, fast wie das Brüllen eines Motors. Sie fragte sich, ob sie jetzt verrückt würde, nach so vielen Stunden der Angst und Anspannung.

Das Auto drehte und hielt an. Der Fahrer kurbelte die Scheibe herunter und sagte auf Arabisch: »*Safir Al-Saudiyya.*« Wieder der saudische Botschafter. Der Fahrer gab jemandem – einem Wachposten, nach seiner ruppigen Stimme zu urteilen – irgendwelche Papiere oder vielleicht Geld – Lina konnte es nicht feststellen. Und dann hörte sie ein rauhes Brummen, als der Wachposten sie durch den Kontrollpunkt winkte. Der Fahrer kurbelte wieder die Scheibe hoch und gab Gas.

»Mögen Sie Musik hören?« fragte er wieder.

»Ja«, sagte Lina. In diesem Augenblick wußte sie, mit einer Art sechstem Sinn, daß sie leben würde.

Nach sechzig Sekunden trällernder Musik hielt der Wagen. Der Fahrer öffnete die Tür, zog Lina die schmutzige Decke vom Körper und warf sie auf den Boden. Er half Lina auf, band vorsichtig die schwarze Kapuze auf und zog sie ihr vom Kopf.

Lina brauchte einen Moment, bis sie wieder richtig sehen konnte. Zehn Meter von dort, wo das Auto gehalten hatte, stand ein Lear Jet. Die Gangway war heruntergelassen, und ein Steward stand in der offenen Luke und winkte ihr zu, an Bord zu kommen. Lina drehte sich zum Auto um. Es war eine lange schwarze Limousine mit Diplomaten-Kennzeichen. Endlich begriff sie. Der Fahrer war der Chauffeur des saudischen Botschafters.

»Schnell«, sagte der Steward, der ihr wieder winkte, an Bord zu kommen. Lina drehte sich ein letztes Mal zu dem Wagen und dem Fahrer um. Sie war noch nicht bereit zu gehen. Sie brauchte etwas, das sie an ihr Versprechen an den lebendigen Jawad und an so viele erinnerte, die tot waren. Sie sah die dreckige Gefängnisdecke auf dem Boden und nahm sie in die Arme.

»Beeilen Sie sich, bitte«, sagte der Steward. Auch der Pilot gab durch die Cockpit-Scheibe hindurch Zeichen, daß es höchste Zeit war loszufliegen. Sie hatten jetzt mehr Angst vor Bagdad als Lina. Sie ging die Treppe hoch. Der Steward schloß schnell die Tür und führte sie zu ihrem Platz. Er fragte sie, ob sie irgendwas zu trinken wünsche, als wäre sie plötzlich ein Gast im Ritz. Lina bat um ein Glas Wasser. Sie schloß die Augen, während die Maschine die Startbahn entlangrollte und sich lärmend in die Luft erhob. Als das Fahrwerk eingefahren wurde, wollte sie das Gefühl der Befreiung fühlen. Aber im Geiste sah sie immer noch das Gesicht des Dichters, und sie wußte, daß sie sich immer noch in der Galerie der Toten befand. Als sie in der Luft waren, kam der Steward zu ihr zurück.

»Der Pilot bittet Sie, ihm Ihr Flugziel zu nennen«, sagte er. »Er hatte Anweisungen, Sie abzuholen und Sie hinzufliegen, wohin Sie wollen.«

Lina mußte nur einen Moment lang überlegen. »Genf«, sagte sie.

Eine Stunde später, als der Steward zu ihr gekommen war, um ihr zu sagen, daß sie den irakischen Luftraum verlassen hatten, fragte Lina, ob sie eine Nachricht nach London schicken könne. In diesen ersten Minuten der Freiheit hatte sie überlegt, was sie als nächstes tun sollte, und hatte eingesehen, daß sie Hilfe brauchte. Im Alleingang hatte sie zu viele Fehler gemacht. Sie dachte an Sam und an seine verschlafene Miene, als sie an seine Tür geklopft hatte, und an das Verlangen in seinem Blick, als sie seine Wange gestreichelt hatte. Sie erinnerte sich auch daran, wie spontan er auf den Dichter Jawad zugehen wollte, an diesem ersten Abend bei den Darwishs, als Lina noch versuchte, sich zu verstecken.

Der Steward sagte, sie könnten von der Maschine aus an jeden Punkt der Welt ein Telegramm hinschicken. Lina schrieb die Nachricht auf und gab sie ihm. Es war nur ein Satz, der umgehend zu einer Adresse in der North Audley Street in London zugestellt werden sollte. Er lautete: »Komm morgen nach Genf, zwölf Uhr mittags, in den Park, der ›Die Perle des Sees‹ heißt.« Die Nachricht war mit »Anouk Aimée« unterschrieben.

Der Steward machte große Augen, als er die Unterschrift sah. »Sind Sie Anouk Aimée?« fragte er.

»Ja«, sagte sie. Es spielte keine Rolle. Sie existierte nicht.

V
Ein Meer aus Geld

35

Lina saß im ersten Stock eines Cafés an der Rue de Lausanne, in der Nähe des Seeparks, den die Schweizer »La Perle du Lac« nennen. Es war elf Uhr fünfundvierzig. Der Rücken tat ihr weh, die Rippen taten ihr weh, die Beine taten ihr weh. Sie bestellte noch einen Kaffee, in der Hoffnung, er würde die Schmerzen betäuben. Seit ihrer Rückkehr nach Genf hatte sie ihre Zeit hauptsächlich damit verbracht, den Schmeicheleien ihrer neuen Wohltäter, der Saudis, zu entgehen. Sie hatten ihr die Wiedereinreise in die Schweiz mit einem saudischen Reisedokument erleichtert, das sie als Ehefrau von Prinz Jalal bin Abdel-Rahman auswies. Am Flughafen war sie vom saudischen Generalkonsul in Empfang genommen worden, der darauf bestanden hatte, sie in seiner Limousine mitzunehmen. Er rückte keinerlei Informationen heraus, und sie fragte auch nicht nach.

»Ich wohne im Beau Rivage«, hatte sie gesagt und an dieses wunderbare Badezimmer gedacht. Und sie hatte eingecheckt, ein himmlisches Bad genommen und lange geschlafen. Aber als die Nacht hereinbrach, war sie aus dem Hotel geschlüpft und in die Stadt untergetaucht. Als sie nach mehreren Stunden ziellosen Umherwanderns sicher war, daß ihr niemand folgte, war sie zu der Pension in der Nähe des Güterbahnhofs zurückgekehrt, die, soviel sie wußte, unentdeckt geblieben war. Und nachdem sie sich ausgiebig bei Madame Jaccard für ihre Abwesenheit entschuldigt und ihr die Miete eine Woche im voraus bezahlt hatte, wurde ihr vergeben. Sie sank in einen tiefen Schlaf, als wäre sie in einen Eisblock eingehüllt. Am nächsten Morgen hatte das Eis begonnen zu schmelzen.

Ein paar Minuten vor zwölf fuhr ein Flughafen-Taxi in der Rue de Lausanne vor. Ein Mann mit Sonnenbrille bezahlte und ging auf den Eingang des Parks zu. Er trug einen blauen Blazer und graue Flanellhosen. Über seiner Schulter hing eine Lederreisetasche. Lina stellte erleichtert fest, daß er keine Krawatte trug. Sie wollte, daß er genau so war, wie sie ihn in Erinnerung hatte. Er blieb am Rand des Parks stehen, suchte die Gärten nach ihr ab. *Helou!* dachte sie. Er sah gut aus.

Der Park war üppig und grün, ein Smaragd vor dem Diamanten des Sees. Sie beobachtete, wie Sam Hoffman durch das Tor ging und sie suchte. Es war jetzt Mittag, Zeit sich zu treffen. Aber Lina hatte gelernt, vorsichtig zu sein. Von ihrem Aussichtsposten auf der anderen Straßenseite konnte sie die Anlage des Parks und die Zufahrtswege überblicken. Sie wollte sich vergewissern, daß die Luft rein war, bevor sie sich hinauswagte. Als Hoffman die Grünfläche betrat, bemerkte Lina einen kahlköpfigen Mann, der kurz zu ihm aufblickte und dann wieder in seine Zeitung sah. Er war dunkelhäutig, die Farbe von Linas Café Crème, aber wie ein Genfer Kleinbürger gekleidet, mit Tweedjacke und Schal. War da ein Erkennungsflackern in seinem Blick? Das ließ sich auf die Entfernung nicht mit Sicherheit sagen. Hoffman merkte nichts. Er setzte sich auf eine Bank in der Nähe und suchte den Park nach ihr ab.

Das Frühlingswetter war fast warm, und der Park hatte sich allmählich mit Kindern und ihren Eltern gefüllt. Ein Mann mit einem Handkarren verkaufte Eis. Ein Pantomime mit weißgeschminktem Gesicht schritt wie ein steifgliedriger Soldat vor einer Gruppe staunender Kinder daher und ging dann mit seinem Hut bei den Eltern vorbei. Lina beobachtete, wie Hoffman den Park absuchte. Nach fünf Minuten stand er von der Bank auf und ging Richtung Süden, auf eine

Ecke des Parks zu, die durch eine Rabatte von Büschen abgeschirmt war. Als Hoffman dieser Ecke zustrebte, erhob sich auch der Glatzkopf. Er schlenderte langsam daher, gesellte sich zu dem Kinderpulk und blieb hin und wieder stehen, um sich auf eine Bank zu setzen und seine Pfeife neu anzuzünden, so daß Hoffman, hätte er sich umgesehen, nicht gemerkt hätte, daß ihm jemand folgte.

Hoffman suchte Lina und machte dann wieder kehrt. Er ging an dem Glatzkopf vorbei, der unauffällig am Geländer lehnte, das den See säumte, und die Boote beobachtete. Sam tat ihr leid. Er sah jetzt so verwirrt und besorgt aus. Wo war sie? Wieso war sie nicht zu dem verabredeten Treffen erschienen?

Der Park erstreckte sich fast einen Kilometer nördlich entlang des Sees. Hoffman stellte sich auf eine Bank, um besser sehen zu können, und ging dann seeaufwärts. Der Glatzkopf schlenderte langsam hinterher. Er hatte jetzt seine Pfeife ausgemacht, damit der Geruch ihn nicht verriet. Hoffman ging mit wachsender Sorge schneller. Lina entschied, daß sie ihren Posten im ersten Stock verlassen mußte, wenn sie nicht riskieren wollte, ihn ganz aus den Augen zu verlieren. Sie ging nach unten in die Rue de Lausanne und hielt sich auf dem gegenüberliegenden Bürgersteig, anstatt den Park zu betreten. Alle paar Sekunden erhaschte sie einen flüchtigen Blick auf Hoffman durch die Büsche. Sie gingen weiter Richtung Norden, in unsichtbarer Synchronität, vorbei an dem Museum für Technik und dem Denkmal für die Toten. Wenigstens hatten sie hier Denkmäler, dachte Lina.

Sie spielten jetzt ein Gedankenspiel miteinander, Sam und Lina, dessen Ziel es war, ohne zu kommunizieren ihre Züge zu koordinieren. Die Prämisse des Spiels war simpel: Zwei Leute haben ein Treffen vereinbart, aber einer erscheint nicht. Was sollte jeder, unabhängig vom anderen, tun, um die Wahrscheinlichkeit zu erhöhen, daß man einander doch noch findet? Sollte jeder den ursprünglichen Plan aufgeben und zum nächstwahrscheinlichen Treffpunkt gehen, zur Brücke beim Jet d'Eau etwa, oder zum Palais des Nations? Oder sollten sie aufeinander vertrauen, daß sie sich irgendwann doch am ursprünglichen Treffpunkt finden? Sie sah Hoffman durch die Bäume. Er saß immer noch auf seiner Bank und machte sich zweifellos die gleichen Gedanken.

Lina setzte bei ihrer geistigen Wette auf Vertrauen: Hoffman würde bei seinem ursprünglichen Plan bleiben. Er würde dorthin zurückgehen, wo er losgegangen war, und sie würde versuchen, ihn unterwegs abzufangen. Sie blickte den Park entlang nach einer Stelle, wo er stehenbleiben könnte. Es gab einen kleinen Pavillon mit Toiletten und einer Touristeninformation. Er befand sich auf der Innenseite direkt neben dem Zaun, in der Nähe des Weges, der zum Haupttor führte. Hoffman könnte dort vorbeigehen, um nach Lina zu suchen, oder einfach um sich zu erleichtern. Sie steuerte auf das Gebäude zu und begann dann zu laufen. Es war entscheidend, daß sie vor Hoffman und seinem Verfolger dort ankam.

Lina hatte den Pavillon bald erreicht. Das kleine Gebäude war für den Frühling frisch gestrichen worden, in einem kühlen alpinen Weiß. In der Ferne sprudelte der Jet d'Eau über der Stadt wie die Wasserfontäne eines unsichtbaren Wals. Drinnen war die Touristeninformation, mit Stadtplänen geschmückt, aber das kam ihr nicht wie der richtige Ort zum Warten vor. Der Glatzkopf würde sie dort ebenso leicht entdecken wie Hoffman. Vorne war eine Veranda mit Gängen nach links und rechts, zu den Herren- und Damentoiletten. Das war der richtige Platz.

Sie postierte sich hinter der hölzernen Absperrung, die den Eingang zur Damenseite abschirmte. Von dort konnte sie jeden sehen, der den Pavillon betrat, ohne selbst gesehen zu werden. Während sie sich bei den stämmigen Schweizerinnen entschuldigte, die sich nacheinander an ihr vorbeizwängten, um zu den Toiletten zu gelangen, fragte sie sich, ob sie falsch gewettet hatte. Vielleicht hatte Hoffman eine andere Lösung für das Rätsel gefunden. Vielleicht hatte er es einfach aufgegeben. Sie sah auf ihre Uhr. Es war schon nach halb eins. Wenn er nicht bald käme, würde er gar nicht kommen. Schließlich, gerade als Lina ihr Versteck verlassen wollte, kam Sam Hoffman rastlos die Stufen zur Veranda hoch. Als er oben ankam, wandte er sich von ihr weg zur Herrentoilette.

»Sam«, flüsterte sie. »Ich bin's, Lina. Dreh' dich nicht um.« Hoffman blieb stehen und starrte direkt vor sich in die Touristeninformation. Er fühlte sich wie der aus der Unterwelt aufsteigende Orpheus, dem verboten war, sich nach seiner Geliebten umzusehen. Aber auf seinem Gesicht lag ein breites Lächeln. Er machte einen Schritt zur Seite auf Lina zu und tat so, als würde er ein Plakat an der Wand lesen.

»Du wirst von einem Glatzkopf in einer Tweedjacke verfolgt«, flüsterte sie. »Es gibt vielleicht noch andere, aber das ist der einzige, den ich sehen kann. Versuch' ihn abzuhängen und geh' dann ins Intercontinental. Gerade den Hügel hoch. Nimm' dir dort ein Doppelzimmer für Mr. und Mrs. Hoffman. Ich treffe dich dort heute abend.«

Hoffman lächelte immer noch, sah immer noch geradeaus. Er nahm seine Sonnenbrille ab und steckte sie in seine Tasche. Seine Augen blitzten wie das Wasser des Sees. Er stieß einen leisen anerkennenden Pfiff aus.

»Mach' daß du wegkommst«, flüsterte Lina. Sie drehte sich um und verschwand in der Damentoilette. Hoffman ging in die andere Richtung zur Herrentoilette. Dreißig Meter entfernt, unter einem Baum, wartete ein kahlköpfiger Mann in einem Tweedjackett, bis Hoffman wieder erschien, und nahm dann seine stumme Verfolgung wieder auf.

36

Der Türsteher vom Intercontinental beäugte Lina skeptisch, als sie sich durch die Drehtür schob. Da war etwas an ihr, was nicht zusammenpaßte: die wasserstoffblonden Haare und der klobige grüne Mantel, der zuversichtliche Gang und der mißtrauische Blick. Er beobachtete sie, wie sie zu den Hausapparaten ging, nach oben anrief und zum Lift ging. Der Türsteher hatte dieses Ballett schon tausendmal gesehen. Dies war immerhin einmal ein OPEC-Hotel gewesen, wo die Ölprinzen sich einmal im Jahr einfanden, um die Preise festzusetzen und sich zu amüsieren. Trotzdem, die Geschäftsführung behielt die Dinge gern im Auge. Der Türsteher fing Lina ab, als sie sich der Aufzugzeile näherte. »Kann ich Ihnen helfen, Madame?«

Lina starrte ihn an, als wäre er ein Wilder. »Ich bin Mrs. Hoffman«, sagte sie eisig. »Ich bin unterwegs zu meinem Mann im Zimmer achthundertzehn.« Der Türsteher bedachte sie mit einem skeptischen Blick, zog sich aber wieder zurück. Es spielte eigentlich keine Rolle, solange sie ihre Kunden nicht in der Lobby ansprach.

Die Tür war bereits offen, als Lina das Zimmer erreichte. Hoffman umarmte sie, schloß sie in seine Arme und tat dann einen Schritt zurück, um sie zu betrachten. Sie lebte! Sie hatte noch Arme und Beine. Sie hatte die Schrecken ertragen, die sie in Bagdad durchlitten hatte. In ihrem Gesicht sah er Spuren von etwas, das neu war: eine tiefe Traurigkeit in ihren

Augen und eine Härte in der Wangenpartie. Und da war noch etwas anderes. »Deine Haare«, sagte er. Erst jetzt hatte er die neue Farbe bemerkt.

»Wie gefällt's dir?«

»Es steht dir.«

Lina lachte. »Es steht mir nicht. Arabische Frauen sehen albern aus mit blonden Haaren.« Sie fuhr sich durch den steifen blonden Pelz und zwinkerte Hoffman zu. »Ich brauche übrigens deinen Zimmerschlüssel. Der Türsteher unten hält mich offenbar für ein Callgirl.«

Hoffman wirkte verlegen. Er gab ihr den Schlüssel und setzte sich dann auf die Couch. Lina setzte sich zu ihm, und dann saßen beide eine Weile da und sahen schweigend zum Fenster hinaus und wußten nicht, was sie einander sagen sollten. Der Salon von Hoffmans Suite hatte einen Panoramablick auf den Genfer See. Die Neonreklamen auf den Gebäuden am Südufer zeichneten im Dunkeln wäßrige Werbung für die Middle Eastern Airlines und japanische Elektronikfirmen. Lina rückte auf der Couch näher zu ihm heran, aber nur ein paar Zentimeter. Er schien ihr nicht zu nahe kommen zu wollen, als habe er Angst, sie könnte nach der Folter zerbrechen.

»Meinst du, man hat dich bis hierher verfolgt?« fragte sie.

»Nein. Ich habe den Typ in dem Tweedjackett irgendwo draußen in der Nähe von Vaud zurückgelassen, auf der Strecke Richtung Zürich. Er denkt, ich habe mir dort ein Fremdenzimmer genommen.«

»Hast du aber nicht«, sagte sie. »Du bist hier, bei mir.«

Hoffman sah sie neugierig an, unsicher, ob sie ihn weiterdrängte oder ihn subtil zurückwies. Lina wußte es selbst nicht genau. Er ergriff ihre Hand. Er hatte Tränen in den Augen.

»Ich bin einfach so froh, daß du noch lebst«, sagte er. »Ich dachte, du wärst tot.«

Sie drückte seine Hand. Es war Hoffman, der getröstet werden mußte. »Ich bin am Leben«, sagte sie.

»Haben Sie dir wehgetan?«

»Nein. Sie haben es versucht. Aber sie haben mich nur stärker gemacht.«

Hoffman wartete darauf, daß sie mehr sagte, aber sie hatte noch keine Worte für das, was sie durchlebt hatte. Er sah sie stumm an. Die Kluft zwischen ihrer Erfahrung und seiner war zu groß und schwer zu überbrücken. Es war der richtige Moment für Small talk – weil es für große Worte noch zu früh war.

»Wie war dein Flug von Bagdad?« fragte er.

»Himmlisch«, sagte sie. »Wie eine Flucht aus der Hölle. Hast du meine Rettung arrangiert? Ich war mir nicht sicher. Ich habe gehofft, du seist es, aber da waren so viele Saudis am Flughafen.«

»Ja«, sagte Hoffman. »Ich war's.«

»Hat es dich viel gekostet?«

»Ja, es hat mich sehr viel gekostet.«

»Wie hast du es gemacht?«

»Ich habe einen saudischen Freund, der Beziehungen in Bagdad hat. Er ist kein anziehender Mensch. Aber um jemanden aus der Hölle herauszubekommen, muß man mit dem Teufel verhandeln.«

»Woher hast du gewußt, daß ich in Bagdad war?«

»Das hat mir jemand gesagt. Es spielt jetzt keine Rolle wer. Ich erzähl' es dir ein andermal.« Er hielt inne, und seine Worte hingen in der Luft. Für ihn gab es auch Dinge, die er nicht ausdrücken konnte. Er streckte die andere Hand nach ihr aus. Sie waren wie zwei Kinder, die im Dunkeln nach einander tasteten.

»Was war das für ein Gefühl, als sie dich da rausgeholt haben?«

Sie schloß die Augen. Sie wollte sagen, daß es voller Freude war, daß sie in die Hände geklatscht und ein Lied gesungen hatte. Aber sie mußte ihm die Wahrheit sagen. »Zuerst habe ich überhaupt nichts empfunden. Ich hatte die Hoffnung aufgegeben. Ich glaube, das hat mich gerettet. Ich hatte aufgehört, Angst zu haben. Ich wußte, daß ich sterben würde, und ich war darauf vorbereitet. Und dann war es vorbei.«

»Wie war das vorher, im Gefängnis?« Er mußte fragen, selbst wenn sie nicht antworten konnte. »Waren auch noch andere Leute da?«

»Ja«, sagte sie. Und dann mußte sie innehalten. Denn ihre Augen, die seit ihrer Rückkehr ins Land der Lebenden so trocken gewesen waren, standen jetzt voller Tränen. Sam streckte die Arme nach ihr aus, über den Abgrund des Schmerzes, den sie erlitten hatte und drückte sie an sich.

»O Sam«, sagte sie. »Es war so grauenhaft. Ich kann dir nicht sagen, wie grauenhaft es war. Ich schäme mich, hier zu sein, lebendig. Ich halte es nicht aus.« Sie brach in heftiges Schluchzen aus, und es dauerte lange, bis sie wieder aufhörte.

Hoffman bestellte Abendessen. Sie waren beide erschöpft nach soviel Weinen, und ihnen war leicht schwindlig, so wie es Leuten manchmal nach einer Beerdigung geht. Sie mußten lachen und essen, um ihre Sinne wiederzuentdecken. Der Kellner kam mit einem riesigen Teewagen. Obenauf stand ein Kühler, in dem eine Flasche weißer Burgunder auf Eis lag, und unten war ein Ofen, in dem zwei Portionen Seezunge warmgehalten wurden.

Hoffman verzichtete auf einen Trinkspruch. Er hob einfach sein Glas. Lina gab ihm einen Kuß. Sie hatte von Hoffman immer das Bild eines Mannes mit ›Ecken‹ gehabt. Es war schön, jetzt etwas Weicheres, Traurigeres zu finden.

Während sie aßen, schilderte Lina die Ereignisse der vergangenen Woche. Sie berichtete ihm von der Flucht zu Helen in Blackheath; von der plötzlichen Abreise nach Genf; von dem Abend mit dem betrunkenen Fred Behr und dem Trick am Telefon mit dem armen Monsieur Marchand von der Organisation de Banques Suisses; von dem elektronischen Überfall am nächsten Tag auf die Dateien der OBS und der erstaunlichen Entdeckung, daß das Geld des Herrschers verschwunden war; und dann von dem Besuch bei dem Privatbankier Maurice Mercier. Hoffman lauschte ihrer Geschichte voller Bewunderung, schüttelte erstaunt den Kopf, als sie jede zusätzliche Ebene der Täuschung beschrieb, die sie benutzt hatte, um in das Netz der Finanzen des Herrschers einzudringen.

»Ich werde noch mal mit Mercier sprechen«, sagte Lina. »Morgen früh um neun. Ich habe ihn heute angerufen und einen Termin ausgemacht.«

»Wieso?« fragte Sam. »Was hat das für einen Sinn?«

»Er hat gesagt, er hat mit dem Treuhänder gesprochen, der das Konto für den Herrscher geführt hat. Sie wollen mit mir reden.«

Hoffman starrte sie an und schüttelte dann verwundert den Kopf. »Du gibst nicht auf. Du bist immer noch hinter Hammud her.«

»Ja. Ich habe ein Gelübde abgelegt. In Bagdad. Ich möchte, daß du mitkommst, Sam. Es kann sein, daß sie wieder auf mich warten. Ich brauche dich.«

Sam nickte, nicht weil er verstand, sondern weil er wußte, daß er keine Wahl hatte. »Sicher«, sagte er. »Ich werde dein *Moukhabarat*-Mann sein.«

»Nein«, sagte sie schnell. »Nicht das.« Das Wort löste Erinnerungen an ihre Peiniger im Qasr al-Nihayya. »Du wirst mein Anwalt sein.«

»Entschuldige«, sagte Hoffman. Er erkannte, daß er vorsichtig sein mußte. Die Erdschicht über den Gräbern war noch dünn. Er räumte die Teller vom Tisch ab und goß sich noch ein Glas Wein ein.

»Ich bade jetzt«, sagte Lina. »Wir sehen uns später.«

Hoffman legte die Beine auf den Couchtisch und starrte hinaus auf die glitzernden Lichter von Genf. Er leerte eine halbe Schachtel Zigaretten, rauchte jede nur ein paar Züge lang, machte sie dann aus und zündete nach ein paar Minuten schon wieder die nächste an. Er wollte eigentlich die Flasche Wein austrinken, aber als er Lina nach ihrem Bad im Schlafzimmer herumrascheln hörte, überlegte er es sich anders. Er war sich noch nicht sicher, was sie von ihm wollte oder was er von ihr wollte, aber er mußte es herausbekommen. Sie sang leise vor sich hin, ein irakisches Lied, das sie als Kind gelernt hatte.

Er klopfte an die Schlafzimmertür. »Kann ich reinkommen?«

»Ja«, sagte sie. »Ich hab' eine Überraschung für dich.«

Hoffman öffnete die Tür. Sie saß auf dem Bett, eingehüllt in einen überdimensionalen Frottee-Bademantel, der vom Hotel gestellt wurde. Um den Kopf hatte sie ein weißes Handtuch gewickelt, wie einen Turban. Als Hoffman sich neben sie setzte, wickelte sie das Handtuch mit einer schwungvollen Bewegung auf. Ihre Haare hatten wieder ihre natürliche kohlrabenschwarze Farbe. Mit ihrem kurzen, eng am Kopf zurückgekämmten Haar sah sie aus wie eine der antiken Büsten von Nofretete: Lippen, Nase, Augen – jeder Zug ihres Gesichts stolz und königlich.

»So schön«, sagte Hoffman. »So schön.« Er legte den Arm um sie. Sie wich nicht zurück, aber sie erwiderte seine Umarmung nicht.

»Halt mich einfach fest«, sagte sie.

Hoffman fing an, sanft ihren Rücken zu streicheln. Sie lehnte sich gegen ihn, und der Bademantel rutschte ihr ein paar Zentimeter von der Schulter herunter, so daß Hoffmans Hand jetzt die Haut auf ihrem Rücken berührte und nicht mehr den Stoff. Er massierte sie weiter, wanderte mit der Hand weiter nach unten und hielt dann plötzlich inne.

»Mein Gott, was ist das denn?« Er fühlte den rohen roten Striemen auf ihrem Rücken, wo das Elektrokabel sie getroffen hatte.

»Das ist Bagdad.«

Sie blieb lange reglos in seinen Armen liegen, den Kopf an seine Schulter gelegt, und sah dann zu ihm auf. »Fühlt es sich widerlich an?«

»Nein. Es braucht nur Liebe.«

»Könntest du mit mir schlafen, nach alldem, was sie mit mir gemacht haben?«

»Ja«, sagte er. »Und du, mit mir?«

»Ich weiß es nicht ... ich glaube schon.«

Er lehnte sich zum Nachttisch vor und machte das Licht aus, so daß es im Zimmer dunkel war. Er zog sich aus und wandte sich ihr dann wieder zu. Sie hatte den Bademantel ausgezogen und war unter die Decke geschlüpft. »Komm ins Bett«, sagte sie.

Er legte die Arme um sie, versuchte anfangs, die Striemen auf ihrem Rücken nicht zu berühren, weil er annahm, daß es sie verunsichern würde. Aber er konnte es nicht verhindern. Sie reichten über den ganzen Rücken. Als er sie fester hielt, spürte er die offenen Wunden ihrer Brüste an seiner Brust und die Striemen auf der Rückseite ihrer Schenkel. Überall wo er sie berührte, war sie rot und wund. Er mußte sie ganz sanft halten, seine Finger waren wie Seide, seine Küsse ein lindernder Balsam. Lange Zeit berührte er sie nicht zwischen den Beinen, aus Angst davor, was ihre Peiniger ihr dort angetan hatten. Schließlich nahm sie seine Hand und führte sie ihren Bauch hinunter. Es war, als wäre ihr ganzer Körper in diese eine Stelle hineingeschmolzen. »Ich will dich«, sagte sie.

Zwei Stunden später wurde Hoffman von einer Hand geweckt, die ihn zärtlich streichelte. Mit der Faszination, die frisch Verliebte für den Körper des anderen empfinden, beobachtete Lina, wie er allmählich wach wurde. »Mmmmmm«, sagte er, halbwach. »Wer ist das?«

»Moo ani, al-wawi«, sagte sie mit einem mädchenhaften Kichern, wie auf frischer Tat ertappt.

»Wie war das?«

»Ich hab' gesagt, ›Das war ich nicht. Das war der *Wawi.*‹ Das sagen kleine Kinder im Irak, wenn sie erwischt werden.«

»Was ist ein *Wawi*?« fragte er schläfrig.

»Ein Fabeltier, so ähnlich wie ein Fuchs. Er lebt draußen in der Wüste und stellt nur Unfug an.«

»Gute Nacht«, murmelte Hoffman.

Dreißig Sekunden später küßte sie Hoffman auf den Mund. »Ich kann nicht schlafen«, sagte sie und rollte sich auf ihn. Er war sofort wieder erregt.

»Ich möcht's noch einmal«, sagte sie.

37

Das Bankenviertel von Genf war mit glänzenden deutschen Autos verstopft, als Lina und Sam am nächsten Morgen in der Rue des Banques eintrafen. So voll wie die Straße war, war es unmöglich festzustellen, ob ihnen jemand gefolgt war. Jeder beobachtete jeden und niemanden. Lina führte Sam schnell die Straße von der Place Bel-Air hoch und hämmerte bei der Nummer elf mit dem Messingklopfer gegen die Tür. Sie wurde von derselben verbindlichen Schweizerin geöffnet. »Guten Morgen, Miss Bazzaz«, sagte sie.

Als sie Hoffman hinter Lina hereinkommen sah, wollte sie die Tür zuknallen. Lina hob die Hand. »Das ist mein Anwalt«, sagte sie. Die junge Frau zog sich zu ihrem Empfangstisch zurück, ging ans Telefon und flüsterte ein paar Sätze in den Hörer. Das Objektiv einer Überwachungskamera zoomte heraus, um Hoffman genauer unter die Lupe zu nehmen. Sam meinte, jemanden am anderen Ende der Telefonleitung lachen zu hören. Die junge Frau kam zu ihnen zurück. »Es ist Ihnen gestattet, Ihren Anwalt mitzubringen«, sagte sie.

Die Empfangsdame führte ihre beiden Besucher durch das Labyrinth, vorbei an den beigefarbenen Wänden und verschlossenen Türen. Sie ging auch an der letzten Tür vorbei und bog dann wieder nach rechts, in einen Flur, der nur ein Portal hatte. Dies war das Konferenzzimmer des Geschäftsführers. Sie klopfte einmal an und drückte die Tür auf, um Lina hineinzulassen. Das Gesicht des Schweizer Bankiers

Mercier kam ins Blickfeld. Neben ihm saß ein kurzer stämmiger Mann in einem dreiteiligen Anzug.

»Hey, hey, hey«, sagte der dicke Mann munter. Er war in seinen Anzug hineingezwängt wie Zahnpasta in eine zu festgerollte Tube.

»Ach du Schande!« sagte Hoffman.

»Hallo, Schätzchen«, sagte der Dicke und tippte einen imaginären Hut in Linas Richtung. Das war seine Art Charme – galant, versoffen, manipulativ. Er schien beinahe den ganzen Raum auszufüllen und wenig Platz für jemand anderen zu lassen.

»Wer ist das?« fragte Lina. Sie wandte sich zu Mercier, der sie gelassen anstarrte, und dann zu Sam.

Sam Hoffman hatte plötzlich einen trockenen Mund bekommen. In irgendeinem Teil seines Unterbewußtseins, so wie ein Träumer schon das Ende seines Traums kennt, wenn er beginnt, hatte er geahnt, daß er sich irgendwann in diesem Raum mit diesem Menschen zusammen wiederfinden würde. Aber jetzt, da der Augenblick gekommen war, war er erschüttert. Er räusperte sich.

»Dies ist, bedauerlicherweise, mein Vater, Frank Hoffman.«

Für Bankiers ist nichts komisch, aber auf Merciers Lippen war gerade noch die Spur eines Lächelns zu erkennen. Er wandte sich an Lina. »Dieser Gentleman ist auch zufälligerweise der amerikanische Mittelsmann, von dem ich bei unserem letzten Treffen sprach. Er ist derjenige, der als Unterschriftsberechtigter für dieses Konto fungiert hat, für den Herrscher des Irak.«

Sam schloß die Augen. »Ach du Scheiße!« sagte er.

Hoffman senior ignorierte ihn. »Willst du mich nicht deiner Freundin vorstellen, mein Sohn?« sagte er und streckte Lina eine fleischige Hand entgegen.

Lina blickte zu Sam. Sie suchte Hilfe, und als sie keine erhielt, wandte sie sich wieder seinem Vater zu. »Ich bin Salwa Bazzaz«, sagte sie.

Frank schnaubte. »Ach ja? Wie hübsch! Ich bin Donald Duck.«

Sie wurde rot. Sie blickte wieder zu Sam. »Sag' ihm die Wahrheit«, sagte er. »Er weiß Bescheid.« Sam wandte das Gesicht ab und starrte aus dem Fenster auf den ummauerten Garten. Er konnte es nicht ertragen, seinen Vater anzusehen.

»Ich heiße Lina Alwan«, sagte sie.

»Nett, Sie kennenzulernen, Schätzchen«, sagte Frank. »Sie sind ja viel hübscher, als die gesagt haben. Wie war's in Bagdad?«

Linas Augen funkelten. Ihre Wangen wurden rot, als hätte sie gerade eine Ohrfeige bekommen. Sie versuchte, sich das alles zusammenzureimen. Was bedeutete das? In was für einer Beziehung stand dieser dicke alte Mann zu der Welt, die sie gerade verlassen hatte, der Welt des Qasr al-Nihayya? Sam starrte immer noch aus dem Fenster. So zornig hatte sie ihn noch nie erlebt. Der Schweizer Bankier, der die Begegnung mit amüsierter Distanz beobachtet hatte, ergriff das Wort.

»So, jetzt haben wir uns miteinander bekanntgemacht.« Er nickte Lina zu, und seine azurblauen Augen leuchteten. »Ich bin ja so froh, daß wir heute unter unseren richtigen Namen reisen. Das wird die Sache erleichtern.«

Mercier legte die Hände mit den Fingerspitzen zusammen. »Ich befinde mich in einem Dilemma«, sagte er. »Als ich Miss Alwan zum ersten Mal begegnete, behauptete sie, die Familie eines wohlhabenden, inzwischen verstorbenen Kunden dieser Bank zu repräsentieren. Aber nachdem ich die Angelegenheit mit Mr. Hoffman senior besprochen hatte, wurde mir klar, daß Miss Alwan mich getäuscht hatte. Das ist eine ernste Angelegenheit, eine vertrauliche Kontonummer zu benutzen, um sich als Verwandter eines Kunden auszugeben. Die Frage ist, ob die Polizei benachrichtigt werden sollte. Möchte sich jemand von Ihnen dazu äußern?«

Niemand sagte etwas. Schließlich brach Sams Stimme das Schweigen. Er hatte sich vom Fenster abgewandt und starrte seinen Vater an. »Die Polizei zu benachrichtigen wäre unklug«, sagte er.

»Wieso? Ihr Vater hat mir gesagt, daß Interpol bereits

einen Antrag auf Miss Alwans Auslieferung an die britischen Behörden zirkulieren läßt. Wenn ich sie der Schweizer Polizei übergebe, würde ich nur meine Pflicht tun.«

»Verdammt richtig«, sagte Frank.

Sam sah seinen Vater zornig an. Die beiden Männer taxierten einander über den Konferenztisch hinweg, nur ein paar Schritte voneinander getrennt.

»Es wäre unklug«, sagte Sam langsam, »weil wir zwei sehr mächtige Verbündete haben. Wenn Sie nicht achtgeben, Monsieur Mercier, könnten Sie und Ihre Bank Schaden nehmen.«

Mercier wurde wütend. »Wollen Sie mir drohen?«

»Ganz und gar nicht. Ich unterrichte Sie nur, damit Sie Bescheid wissen.«

»Spiel' hier nicht den knallharten Burschen!« unterbrach Frank. »Was ist das für ein Quatsch von wegen zwei Verbündete? Ich weiß Bescheid über deinen Kumpel Prinz Dingsda. Die Geschichte kenn' ich, und weißt du was? Der rührt jetzt keinen Finger mehr für dich. Und wer ist der andere?«

»Der israelische Geheimdienst. Die haben mir geholfen, Lina aus Bagdad rauszubekommen. Falls wir von der Polizei verhaftet werden, werden sie entsprechende Maßnahmen ergreifen.«

»Was?« fuhr Lina dazwischen. »Das hast du mir nie erzählt.« Aber ihre Stimme wurde von Frank Hoffmans Donnerrollen überwältigt.

»Hast du deinen letzten Rest Grips verloren, Sohnemann? Ich hab' dir doch gesagt, du sollst die Finger von diesen Scheißköpfen lassen.«

»Wie bitte?« sagte Mercier. Er räusperte sich. Er war es nicht gewohnt, daß Leute in seinem Konferenzzimmer solche Worte benutzten.

»Sind Sie taub, Himmelarsch?« Frank Hoffman sah den Bankier an und schlug mit der Faust auf den kostbaren alten Tisch. »Ich hab' meinen Sohn gefragt, ob er seinen beschissenen Verstand verloren hat, weil er gesagt hat, daß er mit den Israelis zusammenarbeitet. Mann-o-Mann! Ich kann's einfach nicht glauben, daß du dir so eine Nummer leistest. Das gibt Ärger. Da werden einige Leute durchdrehen.« Frank Hoffman schüttelte den Kopf. Er sah aufrichtig verzweifelt aus.

»Kann ich irgendwie behilflich sein?« fragte Mercier.

»Ja, können Sie. Indem Sie uns für ein paar Minuten allein lassen. Ich muß ein Wörtchen mit meinem Jungen hier reden, und mit Miss Gumbah hier. Oder wie sie heißt. Hätten Sie was dagegen?«

»Nein. Überhaupt nicht. Ich habe Verständnis dafür.« Mercier erhob sich und ging zur Tür. »Rufen Sie mich, wenn Sie fertig sind. Der rote Knopf am Telefon.«

Frank wartete, bis Mercier gegangen war, bevor er sich Lina und Sam zuwandte. Er drohte ihnen mit seinem kurzen dicken Finger.

»Diese Scheiße muß endlich aufhören! Ihr versaut mir da was, was mich harte Arbeit gekostet hat. Ist euch das klar?«

»Verschon' uns mit deiner Predigt. Du spielst ein schwaches Blatt.«

»Nein, Kleiner, das ist mein Ernst. Ihr versaut mir da was, und zwar gewaltig. Diese Geschichte mit den Israelis war jetzt noch das Tüpfelchen auf dem i.«

»Kaum zu glauben, Dad. Vor allem seitdem sich herausgestellt hat, daß du für den größten Verbrecher dieses Planeten gearbeitet hast.«

Frank schüttelte den Kopf. »Ihr habt keine Ahnung, was? Ich meinte, ihr habt keinen blassen, gottverdammten Schimmer.«

»Verpiß' dich, Dad«, sagte Sam. Ein ganzes Leben aufgestauter Wut war in diese drei Worte gepreßt.

»Werde endlich erwachsen, Junior. Mach die Augen auf. Hier steht dein Vater, der die heikelste Operation leitet, die es in den letzten zwanzig Jahren in der arabischen Welt gegeben hat, und du hast nichts Besseres zu tun, als mit dem Mossad herumzufüßeln. Du kapierst wirklich nichts, stimmt's?«

Sam wollte wieder protestieren, aber Lina schnitt ihm das

Wort ab. Sie hatte den beiden stumm zugehört und kämpfte mit sich, um ihre eigene Wut zu zügeln.

»Was kapieren, Mr. Hoffman?« unterbrach sie.

»Um was es geht! Was glauben Sie, worum's bei diesem ganzen Tarnspiel all die Jahre gegangen ist, Schätzchen? Was meinen Sie, wen wir hier die ganze Zeit übers Ohr gehauen haben?«

»Was für ein Tarnspiel?«

»Kommen Sie mir nicht mit dieser Unschuldsscheiße, Schwester. Ich weiß, daß Sie sich Hammuds Dateien angeguckt haben – weiß der Teufel, wie Sie da rangekommen sind – Sie wissen also ganz genau, wovon ich rede. Ich rede von Lincoln Trading, Garfield Investment, Wilson Transport, Adams Investment, Buchanan Trading. Das Netz von Firmen, das ich in fast zehnjähriger Arbeit aufgebaut habe. Erinnern Sie sich an die?«

»Ja, ich erinnere mich.«

»Genau.«

Sam schaltete sich ein. Seine Stimme hatte einen bitteren Unterton. »Du hast eine ausgelassen, Oscar Trading. Die, deren Telefon in der US-Botschaft in Tunis klingelt.«

Frank warf ihm einen kurzen Blick zu und fuhr dann fort, als hätte er es nicht gehört. »Nun, da ihr beide solche Genies seid, könnt ihr mir vielleicht erklären, warum wir uns die ganze Mühe gemacht haben? Irgendwelche Vorschläge, Kids?«

»Ich habe keine Ahnung«, sagte Sam.

»Natürlich hast du keine, deswegen werde ich's dir sagen. Wir haben das gemacht, um den Arsch, dem der Irak gehört hat, an die Leine zu nehmen, deswegen!«

»Der ist jetzt tot«, sagte Lina. »Sie können also aufhören.«

»Verdammt richtig. Er ist tot. Und wie kommt das? Weil wir den Stöpsel rausgezogen haben, wer denn sonst? Deswegen ist er tot! Das waren nicht Ihre schwulen Freunde in London, die ihn beseitigt haben. Das waren wir.«

»Moment mal«, sagte Sam. »Wen meinst du mit ›wir‹?«

»Ich meine *wir*, du Gehirntoter. Ich meine die verdammte

Central Intelligence Agency. Was soll ich denn sonst meinen? Hast du gedacht, das mach' ich alles alleine? Der alte fette Frank Hoffman, der seine Spielchen spielt und reich wird? Also ehrlich!«

»Und Nassir Hammud ist euer Mann?« fragte Sam.

»Natürlich ist er unser Mann. Wessen Mann soll er denn sonst sein? Der von Boutros-Ghali, oder was? Natürlich ist er unser Mann, und er hat verdammt gute Arbeit geleistet. Was meint ihr, wer den Herrscher des Irak umgelegt hat? Hammud war das. Er ist ein gottverdammter Held!«

»Ich dachte, Osman hat den Herrscher erschossen. Hat der auch für die CIA gearbeitet?«

»Sag mal, du bist jetzt Kongreßabgeordneter, oder was? Nicht direkt. Hammud hat es eingefädelt. Was meinst du, warum die Engländer den roten Teppich für diesen Typ ausgerollt haben? Und zugelassen haben, daß er in London alle fertiggemacht hat? Und daß er waggonweise Waffen und Weiber importiert? Vielleicht weil die vor ihm Schiß haben? Von wegen. Dieser Typ ist der wertvollste Geheimagent des zwanzigsten Jahrhunderts. Und ich habe ihn angeworben. Ich! Dein Vater.«

Lina brannte vor Zorn. Sie öffnete den Mund, und die Worte schossen wie ein Feuerpfeil heraus.

»Hammud ist ein Schwein.«

»'Tschuldigung, Süße, das hab' ich grade nicht verstanden.«

»Ich hab' gesagt, Hammud ist ein Schwein.«

»Das ist aber nicht sehr nett, wenn ich gerade gesagt hab', was er für ein toller Typ ist, daß Sie dann kommen und sagen, er ist ein Schwein. Was ist bloß los mit Ihnen?«

»Nichts ist mit mir los«, sagte Lina. Ihre Stimme war kraftvoll, und der Zorn, der aus jeder Körperfaser von ihr aufstieg, ließ ihre Augen aufleuchten. »Ich bin Irakerin, und ich sage, daß Nassir Hammud ein Lügner und ein Dieb ist, der meinem Land Geld gestohlen hat, und daß er es zurückzahlen soll.«

»Na kommen Sie. Hammud hat geholfen, Ihr gottverdammtes Land von einem Tyrannen zu befreien! Was wollen Sie mehr?«

»Er hat überhaupt nichts befreit. In Bagdad sind dieselben Leute wie vorher an der Macht. Wegen Ihres Freundes Hammud wurde ich gefoltert und fast umgebracht. Wenn Sie den also so mögen, Mr. Hoffman, dann können Sie wohl nicht viel besser sein.«

Frank drehte sich kopfschüttelnd zu seinem Sohn um. »Deine Freundin ist verrückt, Sammy. Weißt du das?«

»Halt's Maul, Vater.«

»Nein, im Ernst. Sie macht mich nervös.«

Die Spannung im Raum stieg an wie Dampf in einem Kessel. Hoffman drohte Lina wieder mit dem Finger. »Wissen Sie was? Ich kriege allmählich das Gefühl, daß Sie mich nicht mögen. Habe ich recht?«

»Ich finde Sie widerlich«, sagte sie leise.

»Was hat sie gesagt, Sammy? Ich muß sie wohl überhört haben. Hat sie gesagt, sie mag mich nicht?«

Lina sprach lauter. »Ich habe gesagt, daß mein Land vergewaltigt wird, und Sie verwalten das Bankkonto des Vergewaltigers. Was sind Sie also? Auf Arabisch würden wir Sie einen *gawwad* nennen. Einen Zuhälter.«

»Hey! Sie Scheißding!« fauchte Frank Hoffman. Mehr brachte er nicht heraus.

»Wieviel Geld haben Sie nebenbei gemacht, *gawwad*? Wieviel Millionen haben Sie aus Oscar Trading rausgeholt? Ich weiß, daß es eine Menge war. Ich habe die Zahlungen gesehen.«

Frank Hoffman spuckte auf den Boden direkt vor Linas Füße. »Weißt du, Kleine, Hammud hat recht gehabt. Du bist wirklich eine Votze.«

Als sich das letzte Wort auf den Lippen seines Vaters formte, stürzte Sam Hoffman auf ihn zu und holte mit der Faust aus. Aber Frank wich mit der dicken Menschen eigenen Behäbigkeit vom Tisch zurück. Er zog eine kurze klobige Pistole aus einem Schulterhalfter und fuchtelte damit vor ihnen herum.

»Ich würde das Ding hier liebend gerne benutzen, Sam. Vor allem bei deiner nervigen Freundin hier. Aber ich bin ein vernünftiger Mann und ein ehemaliger Staatsbeamter. Also hinsetzen. Beide.«

Sie kochten beide immer noch vor Wut, rührten sich aber nicht.

»Ich habe gesagt, hinsetzen, verdammt noch mal!« Er entsicherte die Pistole und richtete sie auf den Kopf seines Sohnes. Sie wichen beide auf ihre Stühle zurück.

»Vielen Dank, Kids. So, und jetzt wollen wir uns alle wieder beruhigen und aufhören, uns gegenseitig zu beschimpfen. Bitte! Weil das hier allmählich ein bißchen außer Kontrolle gerät. Tut mir leid, daß ich Votze zu Ihnen gesagt habe. Aber Sie spielen wirklich in der falschen Mannschaft. Also hören Sie auf, sich mit Onkel Frank anzulegen. Klar?«

Lina starrte ihn schweigend an, ohne auf seine Entschuldigung zu reagieren, ohne auch nur mit der Wimper zu zucken. Frank zuckte die Achseln und wandte sich zu seinem Sohn.

»Sammy-Boy, ich muß mit dir reden.«

»Dann rede.«

»Privat. Sonst – und das kann ich dir versprechen – wird diese Geschichte ein unglückliches Ende nehmen. Besonders für Miss Gumbah hier. Ich bin das geringste ihrer Probleme. Dieses Mädchen hat sich Feinde gemacht, von denen sie nicht einmal was ahnt. Also laß' uns reden – du und ich – und sehen, was wir klären können. Ist das ein annehmbarer Vorschlag?«

Sam lehnte sich zu Lina vor und legte die Hände um ihr Ohr. »Was möchtest du? Soll ich mit ihm reden?«

»Keine faulen Kompromisse«, flüsterte sie zurück. »Red' mit ihm, wenn du willst. Aber laß' dich auf keine faulen Kompromisse ein, mit niemandem. Ich kann's nicht. Ich habe ein Versprechen abgegeben.«

Sam wandte sich wieder zu seinem Vater. »Okay«, sagte er. »Reden wir.«

»Braver Junge. Es gibt also doch noch Hoffnung.« Frank

Hoffman nahm den Telefonhörer ab und drückte auf den roten Knopf, um Mercier zu rufen.

»Hallo, Kumpel. Frank hier. Mein Sohn und ich müssen mal einen Spaziergang machen, um einen klaren Kopf zu kriegen. Wir werden das Mädchen für ein paar Stunden hierlassen. Geht das in Ordnung? Sie kann ein paar Zeitschriften lesen und sich die Nägel lackieren. Wir kommen dann wieder und holen sie ab. In Ordnung? Gut. Danke.«

»Schön hierbleiben, Betty Boop«, sagte er zu Lina. »Stellen Sie keine Dummheiten an. Sammy, du kommst mit mir.« Er packte seinen Sohn am Arm, so wie er es früher getan hatte, wenn er den kleinen Sam über die Straße führte, und lotste ihn aus dem Konferenzraum hinaus.

»Ya ghareeb koon adeeb!« sagte sie leise, als die Tür zuging. *He, Ausländer, sei höflich.*

38

Frank Hoffman stürmte aus der Crédit Mercier auf die Straße hinaus und rief nach einem Taxi. Die Vormittagssonne war schon heiß. Der alternde Ex-Spion knöpfte sich die Weste auf, um seinen Bauch aus dem einengenden Dreiteiler zu befreien, und wischte sich die Stirn mit der Krawatte ab. Bei Frank Hoffmans unerschöpflicher, roher Energie konnte man leicht vergessen, daß er ein alter Mann war. »Fahren wir zu meinem Hotel und trinken was, mein Junge«, sagte er. »Deine Freundin hat mich ausgelaugt.«

»Ich will nichts trinken, Dad.«

»Aber ich, dein Pech.«

Vor ihnen hielt ein Taxi. »Fahren Sie uns zum Noga Hilton«, sagte Frank. »Und drücken Sie auf die Tube, Kumpel«. Er redete mit jedem in demselben schroffen, vulgären Englisch, das irgendwie immer verstanden wurde.

Das Taxi brachte sie zum Hotel, dessen Fassade wie ein Eisblock am Nordufer des Sees glänzte. Frank steuerte auf die Bar neben dem Casino zu. Sie war zu dieser Stunde dunkel und leer. »Geben Sie mir eine Flasche Scotch, Antoine«, sagte er zum Barkeeper. »Setzen Sie's auf meine Rechnung.« Der Barkeeper holte eine Flasche Chivas Regal hinter der Theke hervor und tat sie in eine braune Papiertüte. Hoffman zog einen Fünfzig-Dollar-Schein aus der Tasche und stopfte ihn dem Barkeeper in die Hand. »Kaufen Sie Ihrer Frau irgendwas Nettes«, sagte er.

Frank ergriff wieder Sams Ellbogen und steuerte ihn zu den Aufzügen. Sie gaben ein ungleiches Paar ab: der Ältere, gebaut wie ein Hydrant, der mit aufgeknöpfter Weste und einer braunen Tüte in der Hand durch die Lobby schnaufte; der Jüngere, groß und dünn, der sich, selbst während er entlanggeschoben wurde, gegen den Griff seines Vaters sträubte. Frank ließ Sams Ellbogen erst los, als sie zu seiner Suite kamen.

Frank schloß die Tür auf. Als er das tat, ertönte eine Frauenstimme vom Schlafzimmer. »Ach, du Scheiße«, sagte er. »Die hatte ich ganz vergessen.«

»Zieh' Leine, Fifi«, rief er. »Ich hab' hier was Geschäftliches zu erledigen.«

Die Frau kam in den Salon. Sie war nackt, bis auf ihren Slip. Sie hatte große Brüste, die ihr fast bis zum Nabel herunterhingen, und einen angenehm leeren Gesichtsausdruck. Frank zog fünf frische Hundert-Dollar-Scheine aus seiner Brieftasche und gab sie ihr.

»Verschwinde«, sagte er. Sie huschte ins Schlafzimmer zurück, um sich anzuziehen, und ging dann durch die andere Tür hinaus. Der schwere Geruch ihres Parfüms hing noch in der Luft.

»Wer war das denn?« fragte Sam.

»Eleanor Roosevelt. Geh' mir nicht auf die Nerven, Kleiner. Sie ist eine Dirne. Kann dir doch egal sein, wer sie ist, oder?«

»Du hast recht. Ist mir egal.« So lange er sich erinnern konnte, hatte Sam Hoffman zugesehen, wie sein Vater hinter jungen Frauen her war. Je billiger und aufgetakelter sie aussahen, desto besser schienen sie ihm zu gefallen. Es hatte fast etwas Heldenhaftes, diese Verfolgung von billigem, gewerblichem Sex. Als Sam klein war, hatte sein Vater ihn in ein Striplokal in Beirut mitgeschleppt und ihn genötigt, sich eine empörende, obszöne Show anzusehen, in der eine Schlange und ein deutscher Schäferhund auftraten. Sam hatte den größten Teil seiner Pubertät damit verbracht, diese Bilder wieder aus seinem Kopf zu verbannen. Aber sein Vater war immer noch da, in der ersten Reihe, und brüllte »Wuff, wuff!«

Frank goß zwei große Gläser mit Whisky voll. »Soda oder Wasser?« fragte er.

»Nur Eis.«

»Wow. Sehr erwachsen. Sicher, daß du damit fertig wirst?«

»Hör auf, Dad. Ich dachte, du wolltest reden. Sonst können wir's vergessen.«

»Ich *will* reden. Es fällt mir nur schwer, mich zu entspannen, bevor ich nicht irgendwelche Widerlichkeiten von mir gegeben habe. Aber jetzt geht's mir gut. Wie geht's Mama?«

»Okay, aber wir sind nicht hierhergekommen, um über sie zu reden.«

»Okay, zum Teufel mit deiner Mutter.« Frank kickte seine Schuhe ab und legte die Füße auf den Couchtisch. »Reden wir über den Irak. Wir haben ein ernstes Problem, du und ich. Hammuds Jungs sind stinksauer, daß deine Freundin aus Bagdad entwischt ist, und sie sind hochgradig sauer auf dich und deinen saudischen Wichserfreund, weil ihr das arrangiert habt, und auch sauer auf deinen Alten, weil er es zugelassen hat. Wir müssen uns also was einfallen lassen, und zwar schnell.«

Sam sah weg. Er war immer noch erschüttert von den Ereignissen des Tages. »Wie konntest du das tun, Dad?«

»Was tun?«

»Mit diesen Arschlöchern zusammenzuarbeiten. Ich dachte, selbst du würdest vor so was haltmachen.«

»Das ist ein schmutziges Geschäft, mein Junge. Du tust, was du tun mußt. Was hast du geglaubt, mit wem ich all die Jahre gearbeitet habe? Mit Tante Mildred?«

»Komm' mir nicht damit. Das sagst du immer, als wäre das eine Entschuldigung für alles. Ist es aber nicht. Jedes Geschäft ist nur so schmutzig, wie du es machst.«

»Hört sich schön an, mein Junge, das einzige Problem ist nur, daß du keine Ahnung hast, wovon du redest. Die Gründe, warum ich mit dem Irakkonto zu tun habe, sind völlig einsichtig, wenn du die Geschichte kennen würdest. Was nicht der Fall ist.«

»Dann erzähl' sie mir.«

»Würdest du dich dann besser fühlen, wenn Daddy dir die Wahrheit sagt und dir einen Gutenacht-Kuß gibt?«

»Mann! Hör' doch endlich mal auf, immer den Zyniker zu spielen. Rede doch einfach mit mir!«

Frank legte den Kopf schief. »Im Ernst?«

Sam nickte. »Probier's doch mal. Die Wahrheit wäre zur Abwechslung mal interessant.«

»Also gut«, sagte Frank Hoffman. Er sah sein Glas zärtlich an und leerte es zur Hälfte mit einem großen Schluck. »Aber mach' dich auf was gefaßt, weil das eine Weile dauern wird. Der Teil mit dem Irak ist bloß das letzte Kapitel. Gewissermaßen der Guß auf dem Baklava.«

»Macht nichts. Ich habe den größten Teil meines Lebens darauf gewartet, diese Geschichte zu hören.«

»Okay. Dann werde ich dir jetzt das größte Geheimnis erzählen, das ich kenne. Das größte Geheimnis, das es gibt. Hörst du zu?«

»Ich höre.«

»Hier ist es: Die arabische Welt ist größtenteils ein Produkt der CIA. Meine Freunde und ich haben die letzten vierzig Jahre damit zugebracht, jeden König, Präsidenten und Emir im Nahen Osten zu bestechen oder zu linken. Und weißt du was? Was ich niemandem gegenüber zugeben würde, außer meinem eigenen Sohn? Wir haben gute Arbeit geleistet. Und ich bin verdammt nochmal stolz darauf. Also versau mir mein Lebenswerk nicht. Verstehst du, was ich sage?«

»Ehrlich gesagt, nein.«

»Natürlich nicht. Eine zu große Vorstellung für so einen kleinen Geist. Also gehe ich's ganz langsam an, von vorne. Die fünfziger Jahre. Wir haben den Schah im Iran an die Macht gebracht. Wir haben König Hussein in Jordanien an die Macht gebracht. Wir haben die Söhne von König Abdülaziz in Saudi-Arabien an die Macht gebracht. Wir haben den Präsidenten des Libanon und das halbe Parlament gekauft.

Wir haben sogar Nasser in Ägypten einkassiert. Wir hatten sie alle am Wickel, verstehst du? Am Wickel. Dein Alter hat seine Tage damit verbracht, Aktenkoffer voller Geld zu Palästen in Amman, Beirut und Teheran zu bringen. Und sie haben es alle genommen. Jeder.«

»Das ist zwar hochinteressant, aber die Story über den Schah und König Hussein kennt doch jeder.«

»Kann sein, aber die Sache ist, daß das nicht alles war. Springen wir in die siebziger Jahre, wo die allgemeine Lage etwas brenzlig wird. Die alten Furze sind auf dem absteigenden Ast, und die jungen Burschen wollen arabische Radikale werden und schwedische Mädchen bumsen. Also haben wir das Drehbuch ein bißchen geändert. Wir hatten die Finger mit im Spiel in Ägypten; wir haben Sadat in den Sattel geholfen. Wir haben Hafiz al-Assad in Syrien unterstützt. Wir haben sogar diesem Gaddafi ein bißchen geholfen, als er in Libyen die Macht übernahm.«

»Nein.« Sam schüttelte den Kopf.

»Du hast richtig gehört. Aber unsere beste Nummer war die mit den bösesten Buben im Kiez, den Palästinensern. Die PLO hat uns *gehört*. Wir haben Arafats Geheimdienstchef angeworben, damit er für uns spioniert. Einer meiner Jungs hat das gemacht, damals in Beirut, mit einem V-Mann, der von mir rekrutiert worden ist. Und *shazzam*! Keine Probleme mehr, jedenfalls nicht für uns. Daß sich Israelis und Palästinenser immer wieder gegenseitig erschießen, ist ihr Problem.«

Frank leerte sein Glas und ließ einen langen rollenden Rülpser los. Während er sich da in seinem Sessel zurücklehnte und das leere Glas auf der ausladenden Wölbung seines Bauchs balancierte – aus Vergnügen darüber lächelnd, wie er und seine Kollegen über mehrere Jahrzehnte eine ganze Region des Planeten manipuliert hatten – lag auf Frank Hoffmans Gesicht das böse, zufriedene Lächeln eines Anti-Buddha.

»Noch einen Whisky?«

»Ja Sir!« Frank reichte sein Glas seinem Sohn, der es füllte und sich dann auch noch einmal einschenkte.

»Weiter«, sagte Sam. »Ich bin mir nicht sicher, ob ich dir das alles glaube, aber es ist eine gute Story.«

»Wir fangen gerade erst an, mein Junge. Frag' mich über die OPEC. Das Culinary Institute of America kann doch bestimmt nichts mit der Schaffung des Ölkartells zu tun gehabt haben. Unmöglich, sagst du. Aber du irrst dich, Sammy-Boy. Wir wußten, daß sie das Öl verstaatlichen würden, also haben wir dafür gesorgt, daß es in die richtigen Hände ging, womit jene ehrenwerten Herren gemeint sind, die wir an die Macht gebracht hatten. Wir haben ihnen eine Armee von Anwälten und Bankern und Buchhaltern geschickt, die ihnen gesagt haben, wie man das macht und wo sie ihr Geld hintun sollten. Und als die OPEC die Preise anzog, was meinst du, wer da in vorderster Front war? Unser eigener Schah von Persien und unser eigener König Feisal. Sie sind reich geworden, wir sind reich geworden. Um die Zeit herum bin ich nach Dhahran gezogen, um meine Sicherheitsfirma zu gründen: Arab American Security Consultants. Erste Adresse im Telefonbuch, wenn sie ein Telefonbuch gehabt hätten. Kannst du all dem folgen, Sammy?«

»Ja, das kann ich, aber ich bin mir immer noch nicht sicher, ob ich es glaube.«

»Glaube es, weil's nämlich wahr ist. Die OPEC war wie ein großer Damm, der das Geld der Welt in ein großes Becken leitete. Das hab' ich dir immer versucht klarzumachen, aber du wolltest ja nicht auf mich hören. Es war ein Meer von Geld, das da von unseren Freunden kontrolliert wurde, und wir sorgten dafür, daß die richtigen Leute alle Strohhalme hatten.

Die Araber kauften bei uns Waffen. Sie kauften bei uns Hotels. Sie kauften Märchenfabriken und Raffinerien bei uns, um so zu tun, als hätten sie eine eigene Wirtschaft. Das ganze war ein Spiel! Jeder Zuhälter und Fixer von Rabat bis Aden wollte mitspielen, und im Grunde waren sie alle in unserer Mannschaft. Das waren die Free World All-Stars, und dein Alter war der Trainer. Die CIA brauchte ihre Agenten nicht mehr zu bezahlen. Wir haben ihnen einfach geholfen, Waffenhändler zu werden oder Bankiers oder Minister, und haben dafür gesorgt, daß sie die fetten Verträge bekamen. Hast du schon mal was von den Freunden von Arabien gehört?«

»Nein.«

»Natürlich nicht. Weil's den Verein nicht gibt. Aber sagen wir einfach, daß das System, das ich dir gerade beschrieben habe, kein Zufallsprodukt ist. Kapiert? Allah hatte mit dieser speziellen Kette von Ereignissen sehr wenig zu tun, wenn du mir folgen kannst.«

»Und was war 1979, mit dem Iran? Khomeini war doch nicht auf eurer Soldliste.«

»Stimmt, aber nicht, weil wir's nicht versucht hätten. Tatsache ist, daß wir schon lange Kontakte mit den Mullahs im Iran hatten. Damals, 1953, haben wir eine Menge von denen gekauft, und die meisten haben immer regelmäßig ihre Schecks kassiert. Vielleicht nicht Khomeini persönlich, aber als er in Frankreich im Exil war, hat schon die Hälfte seiner Leute für uns gearbeitet. Seine rechte Hand, Sadeq Ghotbzadeh, hatte eine 201-Akte, die sieben Bände dick war. Kein Witz – sieben Bände. Wir haben sogar versucht, Khomeinis eigenen Präsidenten Bani-Sadr zu rekrutieren. Leider ging's daneben. Aber wir hatten eine Menge Freunde im Iran, glaub' mir. Immer noch. Nein, Sammy. Die Sache war die, daß wir im ganzen Nahen Osten nur eine Nuß hatten, die wir nicht knacken konnten. Und was meinst du, wer das war?«

»Der Irak«, sagte Sam. Er hatte seine argwöhnische Art aufgegeben und lehnte sich jetzt zu seinem Vater hinüber, sein Glas in der Hand, und lauschte jedem Wort. Dies war, wie er gesagt hatte, die Geschichte, die er schon sein Leben lang hatte hören wollen.

»Richtig geraten, Söhnchen. Der Spielverderber war der Irak. Alle anderen hatten wir am Wickel, nur den Herrscher aus Bagdad nicht. Er war so ein Verbrecher – so ein absoluter Sadist, ein Verrückter – daß er sich einfach nicht an die Spielregeln halten wollte. Aber schließlich haben wir doch einen Weg gefunden. O ja! Es hat Zeit gebraucht, aber wir haben schließlich einen Weg gefunden.«

»Geld.«

»Genau! Der Herrscher war ein gieriger Mistkerl, aber seine Brüder und Cousins waren noch schlimmer. Sie fingen an, den Irak als ein Familienunternehmen zu betrachten, und sie wollten alle sichergehen, daß ihre Aktien in Dollar angelegt waren und nicht in Dinar. Und um wieder Ruhe im Laden zu haben, mußte der Herrscher im Westen ein finanzielles Netzwerk aufbauen, um sein Geld zu lagern. Und die Blöße haben wir ausgenutzt.«

»Wie habt ihr das gemacht? Seid ihr direkt zu ihm gegangen?«

»Unmöglich. Denk' dran, dieser Typ war ein Oberarsch. Er hatte den größten Teil seines Lebens damit verbracht, Amerika zu hassen. Nein, wir haben uns erst mal bei Leuten, die wir kannten, sachkundig gemacht. Es gab ein paar Agenten in Bagdad, die eine Menge krumme Geschäfte für das Verteidigungsministerium gemacht hatten, und ein paar libanesische Widerlinge, die ihm Waffen verkauft hatten. Wir haben diese Typen eingeschleust, über Beirut. Aber die konnten uns nicht den Zugang verschaffen, den wir brauchten.«

»Und wer konnte das?«

»Die Palästinenser. Das waren die, denen der Herrscher am meisten vertraute, weil die damals die gemeinsten Dreckskerle in der ganzen Region waren. Aber was er nicht wußte, war, daß die Palästinenser uns gehörten. Und dein Alter hat geholfen, die meisten von denen zu rekrutieren. Und als ein bestimmter palästinensischer Banker zu Konsultationen mit dem hohen Herrn nach Bagdad fuhr, rate mal, wer mitgezockelt ist?«

»Frank Hoffman?«

»Erraten. Und stell' dir vor, der Herrscher und ich sind prächtig miteinander ausgekommen. Es hat sich herausgestellt, daß wir einige gemeinsame Interessen in Sachen Erotik hatten. Bei meinem nächsten Besuch brachte ich dann ein paar Mädchen mit, die ihm gefallen könnten, wie ich meinte. Und beim nächsten Mal wieder ein paar. Und ziemlich bald waren wir Freunde. Er hat mir Aufträge verschafft, irakisches Öl zu fördern und deutsches Bier zu importieren, und ich hab' ein bißchen was für ihn und seine Familie auf die Seite gelegt, und dann ein bißchen mehr. Und uns geht's prächtig. Und schließlich macht er mich mit seinem Freund, diesem Schleimbrocken Nassir Hammud, bekannt, und sagt, wir sollen miteinander Geschäfte machen. Und ab geht die Post!«

»Hat er gewußt, daß du für die Agency gearbeitet hast?«

»Natürlich. Das hat einen Teil der Anziehung ausgemacht. Wie alle Araber hat er gedacht, in Wirklichkeit seien die Juden die Oberbosse, die überall auf der Welt das Sagen haben; er dachte, man könne sich dagegen nur schützen, indem man mit der CIA ins Bett geht. Die sind nicht nur verrückt nach Juden, die Araber, sondern auch nach der CIA. Er hatte die CIA als Banker, und das fand er herrlich.«

Nachdem er diesen letzten Triumph preisgegeben hatte, lehnte Frank sich in seinem Sessel zurück und sah Sam erwartungsvoll an, in der Hoffnung auf eine anerkennende Reaktion. Aber es kam keine. Sam starrte seinen Vater wie eine Eule an.

»Aber zu welchem Zweck, Dad?«

»Was soll das denn heißen, ›zu welchem Zweck‹?« brüllte Frank. »Einen Maler würdest du auch nicht fragen, zu welchem Zweck er ein Bild malt. Einen Musiker würdest du auch so etwas nicht fragen. Die tun es einfach. Bei mir ist das genauso. Du wirst mich auslachen, aber das ist meine Kunst. Das ist das, was ich mit meinem Leben gemacht habe. Das bin ich. Und ich bin stolz darauf.«

Sam blinzelte. »Ich lache dich nicht aus, aber was hat es uns gebracht? Den Vereinigten Staaten, meine ich.«

»Wir haben den Iran im Schach gehalten.«

»Wie meinst du das?«

»Ich meine, daß Bagdad die Hauptverteidigungslinie für unsere diversen schwanzlosen Freunde am Persischen Golf wurde. Das waren die Iraker. Ohne die wäre Khomeini immerhalb von vierundzwanzig Stunden in Riad gewesen. Ohne Scheiß! Glaub' mir, zu der Zeit konnten wir gar nicht genug für unsere irakischen Brüder tun. Wir ließen sie Waffen kaufen, mit dicken Kommissionen für Nassir Hammud, besten Dank. Wir haben ihnen Kredite gegeben, über Italien. Wir haben unsere eigene gottverdammte Marine losgeschickt, um die Iraner im Golf anzugreifen. Wir haben ihnen sogar Geheimdienstinformationen gegeben. Wir waren ineinander verschossen, sag' ich dir. Verschossen.«

»In Ordnung. Aber was haben die Iraker für die USA *getan*?«

»Sie haben Iraner getötet, mein Junge. Mehr wollten wir eigentlich gar nicht von ihnen. Unsere Satelliten haben diese verrückten halbwüchsigen Revolutionären Garden zur Front marschieren sehen, dann haben wir auf einen Knopf gedrückt, und – hokuspokus – war die Info in Bagdad. Die Irakis haben mit ihrer schweren Artillerie losgeballert. Eine ganze Generation iranischer Kinder ist gestorben, einfach so. Die haben fünfhunderttausend Männer und Jungs verloren, aber das ist Allahs Problem, nicht meins. Es reicht wohl, wenn ich sage, daß es ein Sieg für die Ungläubigen war. Oder wäre es dir vielleicht lieber, wenn der Iran in der Welt das Sagen hätte?«

»Ich hör' bloß zu«, sagte Sam. Und in seiner Stimme lag eine gewisse Akzeptanz. Der trockene moralische Zunder, der das Feuer zwischen den beiden hätte entfachen können, war jetzt vom Alkohol und dieser Geschichte aufgeweicht.

»Und dann wurde die Sache häßlich. Der Herrscher ist total durchgedreht. Er hat Kuwait angegriffen, hat Saudiarabien bedroht. Dieses Arschloch. Möglicherweise ist ihm das zu Kopf gestiegen, dieser ganze Quatsch, den wir ihm aufgetischt haben, daß er den Westen vor den tollwütigen Ajatollahs gerettet habe. Also mußten wir ihm einen Tritt in den Hintern geben. Haben ihn Hitler genannt, haben diesen seltsamen kleinen Krieg in Kuwait geführt. Als es vorbei war, haben wir ihn laufen lassen. Es war nicht die Mühe wert, ihn loszuwerden. Aber er war so arrogant, verstehst du? Er konnte es nicht lassen, uns zu piesacken, und er hatte auch immer noch dieses ganze Geld in der Schweiz gebunkert. Und dann haben wir irgendwann gedacht – Scheiße, jetzt reicht's! Schließlich haben wir dann jemanden in seiner Familie gefunden, so einen gierigen Saftsack, der bereit war, den alten Knaben umzulegen, nur um mehr Geld zu bekommen. Voilà. Ende der Geschichte. Bis ihr beide daherkommt und alles versaut.«

»Das war's?«

»Scheiße. Das reicht doch, oder etwa nicht?«

Sam hatte Mühe, sein emotionales Gleichgewicht zu halten. Er hatte das Gespräch mit der Überzeugung begonnen, sein Vater sei ein Schuft, aber jetzt hatte er Schwierigkeiten, sich daran zu erinnern, warum Lina so wütend auf ihn war. Seine Gedanken gingen zurück an seine erste Begegnung mit Nassir Hammud, als er in dem Müll geangelt hatte und die leeren Papierschnitzel Firmenpapier herausgeholt hatte.

»Was ist Oscar Trading?« sagte er. »Was ist damit?«

»Oscar Trading war ich. Deine Freundin hat das richtig erkannt. Der Name kommt von meinem alten Decknamen, Oscar D. Fabiolo. Aber mit allem andern lag sie völlig daneben.«

»Sie denkt offenbar, daß du dir durch Oscar Trading eine Menge Geld unter den Nagel gerissen hast.«

Frank sah ihm direkt in die Augen. »Das ist Scheiße, mein Junge. Das ganze Geld, das an Oscar Trading ausgezahlt wurde, wurde dafür verwendet, die Ermordung des Herrschers zu bezahlen. Wir haben damit Schmiergelder an die Mitglieder seiner Sicherheitstruppe gezahlt. Denk' mal drüber nach. Wir haben sein eigenes Geld dafür benutzt, ihn umzulegen. Was gibt's daran auszusetzen?«

»Und nichts von dem Geld ist an deinen Händen klebengeblieben?«

Frank lächelte. »Nur ein bißchen. Und wen interessiert das schon? Niemand außer den Kongreßabgeordneten und deiner israelischen Freundin. Also Schluß mit der Inquisition.«

»Sie arbeitet nicht für die Israelis, Dad. Sie hat nicht einmal was von denen gewußt, bis heute.«

»Das ist nicht das, was Hammud denkt.«

»Hammud irrt sich.«

»Und was war das dann für ein Schrott, den du da bei Mercier abgelassen hast? Von wegen, daß du mit den Israelis in Kontakt stehst und daß sie deine Freundin retten würden, wenn irgendwas passiert?«

»Das habe ich gesagt, um Mercier angst zu machen. Ich war mit ihnen in Kontakt, oder besser gesagt, sie waren mit mir in Kontakt. Dieser Hilton hat mich neulich in meinem Büro besucht und gesagt, daß Lina in Bagdad sei. Die wollten sie am Leben halten, damit sie Hammud Ärger machen können. Aber die benutzen Lina nur. Das letzte Mal, als ich Hilton gesehen habe, hab' ich ihm gesagt, er soll sich verpissen.«

Frank lehnte sich in seinem Sessel zurück. »Braver Junge. Ich hatte mir schon Sorgen gemacht. Aber ich hätte wissen sollen, daß du nicht wirklich für die Southern Company arbeiten würdest. Du bist schließlich Amerikaner, verdammt noch mal! Ich habe Durst. Wo ist der Sprit?«

»Hier, wo er die ganze Zeit ist. Bist du sicher, daß du noch was trinken willst?«

»Schenk' ein, mein Junge! Ich muß mal auf die Toilette.«

Sam beobachtete, wie sein Vater zum Badezimmer ging. Trotz all seiner großkotzigen Art sah Frank Hoffman erschöpft aus. Seine Beine bewegten sich steif, wie zwei große Stummel, und sein Körper war leicht nach vorn geneigt. Er war so groß und doch so zerbrechlich. Sam hörte die Klospülung und sah zu, wie der alte Mann aus der Toilette zurückgetorkelt kam. Er hatte sich das Gesicht mit Wasser naßgemacht und es nur halb abgetrocknet, so daß ihm noch Wassertropfen die Wangen herunterliefen, die vom Whisky gerötet waren. Rotgesichtig und naß wie er war, sah er aus, als wäre er gerade einem Dampfbad entstiegen.

Als der Alte auf ihn zukam, stand Sam plötzlich auf und ging einen Schritt auf ihn zu. Es geschah unwillkürlich. Er wußte nicht, was er tat. Er streckte einfach die Arme nach seinem Vater aus und zog ihn an sich, umarmte den dicken

Leib, roch seinen Whiskyatem, spürte den kratzigen Bart an seinem Gesicht. Es war sein Vater. Er hielt ihn fest, bis Frank peinlich berührt zurückwich.

»Jesses!« brummte der Alte. »Wieso hast du das denn gemacht?«

»Weil ich dich liebe, Dad.«

»Mein Gott!« sagte Frank. »Reiß' dich zusammen, mein Junge! Und schenk' mir endlich diesen Drink ein.«

Sam hob die Flasche und kippte sie zum Glas hin. Während er das tat, erhaschte er einen Blick von seinem Vater, der sich mit einem Ärmel ans Auge tupfte, als er dachte, daß sein Sohn gerade wegsah.

»Also, auf dich und mich«, sagte Frank und hob das Glas. »Und scheiß auf alle andern.«

»Auf dich und mich«, sagte Sam. Er stieß mit seinem Vater an und leerte sein Glas. Mit diesem letzten Schlag des flüssigen Hammers spürte er, wie sich ihm im Schädel alles zu drehen begann. Sam stellte sein Glas ab und starrte auf seine Uhr. Es waren schon fast drei Stunden vergangen, seit sie Lina alleingelassen hatten. Er schüttelte den Kopf. »Wir müssen wieder nüchtern werden, Dad. Da gibt's noch eine Sache, über die wir reden müssen, bevor wir beide das Bewußtsein verlieren.«

»Und welche? Hilf mir auf die Sprünge.«

»Das Problem mit Lina ausbügeln. Sie ist immer noch bei Mercier.«

»Ach ja, Miss Gumbah. Ich weiß nicht. Was willst du tun? Sie Hammud übergeben? Das ist das, was er will. Wie wär's damit?«

»Nein, kommt nicht in Frage. Sie wird weder Hammud übergeben noch der Schweizer Polizei. Sie hat nichts verbrochen.«

»Von wegen. Sie ist der CIA in die Quere gekommen, ganz zu schweigen von MI6, ganz zu schweigen von Frank F. Hoffman.«

»Sie ist Irakerin. Diese ganze Geschichte geht ihr sehr nahe. Sie hat in Bagdad einen Alptraum durchgemacht. Laß ihr was nach.«

»Sie ist eine Nervensäge.«

»Du auch. Hör' jetzt auf, Lina zu beschimpfen, sonst gehe ich.« Er stand auf, als wollte er gehen, aber er hatte schon wacklige Beine.

»Setz dich hin, mein Junge, bevor du umfällst. Das Trinken hast du nie gelernt.«

Sam setzte sich. Er war verwirrt. Er hatte schon längst vergessen, was Lina zu ihm gesagt hatte, bevor sie Mercier verlassen hatten. Er wußte nur noch, daß er ihr helfen wollte. »Die Sache mit Lina ist ernst. Was ist erforderlich, damit Hammud und alle anderen die Hunde zurückpfeifen?«

»Ganz einfach. Du bringst deine kleine Freundin dazu, sich zurückzuziehen. Sie soll mit der Herumschnüffelei aufhören. Vergessen, was sie weiß. Diese Dinge weiseren Händen übergeben. Sie soll aufhören, die heilige Johanna zu spielen, Himmelarsch. Und alles wird bestens.«

»Wird damit das Problem gelöst sein? Meinst du, die werden sie in Ruhe lassen?«

»Klar. Wieso nicht? Hammud ist schließlich nicht dumm. Mach' dir deswegen keine Sorgen.«

»Aber das sind Irakis, Dad. Die haben ein langes Gedächtnis. Wenn die so sauer sind, wie du behauptest, dann könnten die auch noch nach sechs Monaten hinter ihr her sein, um alte Rechnungen zu begleichen. Wer wird sie schützen?«

»Ich habe dir doch gesagt, laß' das mal meine Sorge sein. Wenn Onkel Frank allen sagt, daß sie die Pfoten von ihr lassen sollen, dann lassen sie sie in Ruhe. Ehrlich.«

»Was ist, wenn sie wieder in London ist? Sie kann nicht mehr bei Hammud arbeiten. Was soll sie tun? Wer wird sie einstellen?«

»Wieso gibst du ihr nicht einen Job, Loverboy?«

»Sie würde ihn nicht nehmen. Sie würde das für Mitleid halten. Ich muß ihr was Richtiges anbieten.«

»Ich kenne einen bestimmten Bankier in London, der ihr einen Job geben könnte. Zufälligerweise ist er gerade hier in Genf und macht ein bißchen Beratung für Mercier, hilft uns, ein bißchen Geld umzuschichten für ... na, du weißt schon.

Er könnte einen Job für deine Freundin haben, wenn sie ihren Lebenslauf auf Vordermann bringt.«

»Was für ein Bankier? Von wem redest du?« Aber Sam hatte das ungute Gefühl, daß er die Antwort schon kannte.

»Ein Herr namens Barakat. Ich glaube, ihr beide kennt euch sogar.«

»Herr und Heiland!« Wieder einmal spürte Sam, wie sich seine Welt zurückbog, wie eine doppelte Helix. »Gibt es irgend jemanden, der nicht Teil deiner Operation ist?«

»Ich hoffe nicht. Und sage nichts gegen Asad! Wen Besseren findest du momentan nicht. Ich rufe ihn an und laß' ihn herkommen. Er wohnt ein paar Zimmer weiter. Was hältst du davon?«

Sam war nicht nur betrunken, sondern auch benommen. »Wieso nicht?«

Frank nahm den Telefonhörer in die Hand und bat die Hotelvermittlung, ihn mit Mr. Barakats Zimmer zu verbinden. Als sich eine Stimme am anderen Ende der Leitung meldete, dröhnte Frank in den Hörer: »Hallo, Kumpel. Hast du eine Minute Zeit? Kannst du vielleicht kurz hier bei mir im Zimmer vorbeikommen? Ich hab' hier jemanden, der mit dir reden möchte. Rate mal wer? Gee-nau. Besten Dank.«

Frank legte auf und wandte sich zu seinem Sohn. »Er kommt gleich.« Sam rieb sich den Schädel. Während er dem Geflachse seines Vaters zugehört hatte, hatte sich ein weiteres Stück des Puzzles eingefügt. »Dieser palästinensische Banker, von dem du vorhin geredet hast, ist Barakat, stimmt's? Der hat dich mit dem Herrscher bekanntgemacht, oder?«

»Genau. Kluger Junge. Wieso habe ich eigentlich immer gedacht, daß du dumm bist?«

Barakat betrat Frank Hoffmans Zimmer wie ein Pascha, der aus einem anderen *villayet* des Osmanischen Reichs eintrifft, statt aus einem Zimmer im selben Hotel. Er trug einen voluminösen zweireihigen Anzug, dessen Farbe an Pfirsiche erinnerte. Er umarmte Frank und küßte ihn auf beide Wangen.

Zum Erstaunen seines Sohnes erwiderte Frank die Geste. Der Vater flüsterte seinem Freund ein paar Worte ins Ohr und führte ihn dann zu seinem Sohn. Auch Sam küßte Barakat auf beide Wangen, etwas, was er noch nie vorher getan hatte.

Barakat lächelte, als habe er einen Sieg errungen. »Welch eine Freude, Vater und Sohn endlich versöhnt zu sehen. Das ist die Art des Orients.« Er berührte sein Herz, als er seine blumige Begrüßung beendet hatte.

»Hallo, Asad-bey. Es freut mich zu sehen, daß es Ihnen gutgeht.«

»Ihr Vater erzählte mir, daß Sie ein Problem haben, welches ich zu lösen das Vergnügen haben könnte.«

»Ich habe eine Menge Probleme, Asad. Aber das, was mich im Moment beschäftigt, ist, einen Job für die Frau zu finden, über die wir vor einiger Zeit in London geredet haben. Sie heißt Lina Alwan. Sie hatten mir den weisen Rat gegeben, vorsichtig zu sein. Aber ich habe ihn mißachtet und sie auch, und wir sind beide in große Schwierigkeiten geraten. Jetzt muß ich für sie einen Job finden, und mein Vater meinte, Sie könnten uns vielleicht weiterhelfen.«

»Ihre Freundin Alwan ist aufsässig. Und neugierig. Das können bei einem Bankangestellten fatale Eigenschaften sein.«

»Sie ist nicht mehr neugierig«, antwortete Sam. »Sie hat ihre Lektion erhalten. Wenn Sie ihr einen Job geben, wird sie eine loyale Angestellte sein. Neun-bis-fünf, keine Eskapaden. Das verspreche ich Ihnen. Sie hat nur deswegen angefangen, sich Fragen über Hammud zu stellen, weil ich sie dazu gedrängt habe. Aber sie ist jetzt bereit, damit aufzuhören und ein geregeltes Leben zu führten.«

»Ist sie vertrauenswürdig? Wie ich Ihnen schon in London gesagt habe, ist Vertrauen das einzige, was im Bankgeschäft zählt.«

»Ja, Sir. Vollkommen.«

Barakat wandte sich mit einem fragenden Blick zu Frank. Der alte Mann nickte. »Wenn mein Junge sagt, daß sie vertrauenswürdig ist, dann reicht mir das. Wir schlagen die Seite um, Sam und ich. Wenn er das also sagt, dann ist das in Ordnung. Und wenn er sich irrt, dann kriegen wir beide Ärger. Wie wär's damit?«

»Das ist in Ordnung, mein Freund. Ich kann nicht mehr verlangen als das Wort eines Freundes, unterstützt von dem seines Vaters. Das irakische Mädchen kann nächsten Montag seine Arbeit beginnen. Ich gebe ihr ein Anfangsgehalt von fünfzigtausend Pfund.« Er machte eine großzügige Handbewegung, als würde er etwas für einen guten Zweck spenden.

Frank klopfte Barakat auf die Schulter. »Das ist wunderbar. Und jetzt setz' dich, alter Freund, und trink was.«

»Das würde ich liebend gerne, mein lieber Frank. Aber ich bin im Moment ziemlich beschäftigt mit unserem gemeinsamen Projekt. Ich habe schon den ganzen Morgen mit unseren Bankierfreunden telefoniert, um sie zu benachrichtigen, daß wir größere Geldmengen aus dem Crédit Mercier transferieren werden. Die Jungs in der Karibik werden sich jetzt gerade an die Arbeit machen. Also vergib' mir, wenn ich dir sage, daß du ohne mich trinken mußt.« Er raffte die Falten seines pfirsichfarbenen Anzugs wie eine Wüstenrobe zusammen und entschwand.

Als der palästinensische Bankier gegangen war, packte Frank seinen Sohn wieder am Ellbogen und schlug vor, noch eine Flasche Whisky aufzumachen oder Fifi zurückzuholen oder zu einem Laden auf der anderen Seite der Stadt zu gehen, wo die Mädchen Sachen machten, die selbst Frank empörend fand. Aber Sam wehrte alle Vorschläge seines Vaters ab. Es war höchste Zeit, Lina abzuholen, und er spürte schon die Anfänge eines Katers.

»Na dann zieh' Leine«, sagte Frank. »Wenn du schon so unterm Pantoffel stehst, dann geh' deine Freundin holen. Ich rufe Mercier an und sag' ihm, er soll sich den ganzen Scheiß mit der Polizei aus dem Kopf schlagen. Er wird sie gehen lassen, glaub' mir. Hinter seiner aalglatten Art ist er genauso gierig wie alle anderen auch. Und ich bin immer noch der Treuhänder des größten Kontos, das er je gesehen hat.«

Sam betrachtete das verwüstete Gesicht seines Vaters; die hervortretenden Adern zeichneten ein Leben nach, das die Summe von Tagen wie diesem war. »Was machst du, wenn ich weg bin, Dad? Bist du sicher, daß du zurechtkommst?«

»Ich? Ich werde mich auf's Ohr hauen.«

39

Bald nachdem die beiden Hoffmans gegangen waren, begann Lina, ihre holzgetäfelte Zelle im Crédit Mercier zu erkunden. Sie hatte keine Ahnung, was sie finden würde, aber sie hatte ihre in Bagdad erworbene Überzeugung nicht verloren, daß sie jeden Augenblick ihres Lebens nutzen mußte. Sie fing in der Mitte des Raumes an, bei dem langen Tisch. Nichts dort. Keine Schubladen, keine Öffnungen, nur der leuchtende Glanz von poliertem Holz. Rechts war eine Sitzecke mit zwei Ohrensesseln und Leselampen. Am anderen Ende standen ein Tisch und ein Telefon. Der Raum hatte Verandatüren, die zu einem kleinen Garten führten, der ummauert war, damit niemand hereinsehen konnte. Die Türen waren abgeschlossen. Sie suchte den Raum nach einer Überwachungskamera ab, konnte aber keine entdecken.

Die einzige Form der Überwachung, die sie entdeckte, war die junge Empfangsdame, die alle halbe Stunde den Kopf zur Tür hereinsteckte und ihr einen hochnäsigen Blick zuwarf. »Die haben Sie vergessen«, sagte sie scharf, als wäre Linas Warten ein unwiderlegbarer Beweis für die Unzuverlässigkeit der Menschheit. Wie Lina erfuhr, hieß die Frau Nicole und kam aus einem Dorf bei Zug, aber sie weigerte sich, noch weitere Fragen zu ihrer Person zu beantworten. Sie schien der Meinung zu sein, daß sich Linas Probleme verringern ließen, wenn sie etwas esse, und im Verlauf des Vormittags brachte sie ihr Kaffee, dann einen Imbiß mit Croissants und

Sahneküchlein, dann ein Mittagessen bestehend aus Zwiebelsuppe, Lammrippchen und Apfelstrudel. Jedes Tablett kam mit schwerem Silberbesteck und steifen Leinenservietten an. Lina schickte alle zurück, ohne irgendwas davon anzurühren. Nicole schmatzte mit den Lippen, als sie die unangetasteten Tabletts wieder abräumte. Ungezogenes Mädchen, schien sie sagen zu wollen. Kein Wunder, daß sie dich vergessen haben.

Weil Lina glaubte, nicht beobachtet zu werden, hatte sie den Mut, den Raum genauer zu erkunden. Sie untersuchte das Telefon. Es gab drei Apparate. Sie notierte die Nummern in ihrem Kalender. In der mittleren Schublade des Tisches fand sie ein Exemplar des bankinternen Telefonverzeichnisses. Es war sechs Seiten lang; nach Abteilungen geordnet und wie ein Schaltplan der Firma. Crédit Mercier hatte eine Abteilung für Geschäftskonten, eine für Handel und Verkauf und eine für Großhandelsgeschäfte – und es gab pro Abteilung nur einen Angestellten. Die Ressourcen der Firma waren auf die Gebiete konzentriert, die für das Verstecken von Geld nützlich waren. Die Treuhandabteilung hatte zehn Angestellte, die Abteilung für internationalen Geldverkehr hatte acht und die Sicherheitsabteilung fünf. Die nützlichste Information fand sich auf der letzten Seite. Drei Angestellte arbeiteten in der Kommunikations- und EDV-Abteilung. Ihre Telefonposten waren ebenfalls aufgeführt, zusammen mit den Fax- und Telexnummern der Bank. Sehr schweizerisch. Ordentlich, übersichtlich und gut organisiert. Lina trug die Namen und Nummern in ihrem Kalender ein.

In der Seitenschublade des Tisches fand sie noch etwas Interessantes – ein Exemplar des Jahresberichtes der Bank. Es war ein imposanter Band, auf schwerem Papier gedruckt, und auf dem Einband war der Buchstabe *M* geprägt. Auf Seite drei fand sie Merciers Brief zum Jahresende an die Kunden; er ließ sich über die Stabilität des Schweizer Frankens aus und über die Aussichten auf wirtschaftliches Wachstum in den bedeutenderen Ländern des Westens. Dann kamen eine Reihe von Schaubildern und Bilanzen, die

Crédit Merciers Stabilität und umsichtige Geschäftsführung bestätigten, und ein Bericht der Wirtschaftsprüfer in unverständlichem Fachjargon. Auch diesmal war es die letzte Seite, die die Leckerbissen bereithielt. Dort waren alle Banken aufgelistet, mit denen Mercier Geschäftsverbindungen unterhielt. Es war eine lange Liste mit beinahe vierzig Banken, über den ganzen Globus verstreut. Neben jeder Eintragung stand der Name des Geschäftsführers der Bank sowie die Telefonnummern, Fax und Telex.

Als sie die Liste überflog, fiel Lina auf, daß ihr viele Namen schon mal begegnet waren: Banque des Amis in Curaçao zum Beispiel, Banque Metropole in Montreal und Tariqbank in Bahrain. Sie erinnerte sich daran, die Namen schon einmal gesehen zu haben: auf einem der Blätter aus Nassir Hammuds Dateien. Lina riß die letzte Seite aus dem Jahresbericht heraus und steckte sie in ihre Handtasche.

Sam kam schließlich gegen halb drei, um Lina abzuholen. Er hatte erhitzte, rote Wangen und seine Augen waren müde und schwerlidrig. Als er sich an Nicole vorbeizwängte, um Lina einen feuchten Kuß zu geben, begriff sie, was mit ihm nicht stimmte. Er war betrunken, man roch es meilenweit gegen den Wind. »Du siehst ja schrecklich aus«, sagte sie. »Was hat dich aufgehalten?«

»Mach' dir meinetwegen keine Sorgen«, flüsterte Sam und lehnte sich unsicher an sie. »Ich habe mit meinem Alten alles geklärt. Er hat Mercier angerufen. Es ist alles arrangiert. Du kannst hier sofort raus.«

Lina wandte sich zu Nicole. »Stimmt das?«

Die Schweizerin nickte. Sie wirkte enttäuscht.

»Und das ist noch nicht alles«, sagte Sam. »Du wirst in London einen neuen Job kriegen und alles.«

Sie beäugte ihn mißtrauisch. »Was für einen Job? Wovon redest du? Ich habe nicht um einen Job gebeten.«

»Schhh!« sagte er und legte seinen Finger auf den Mund. »Später.«

Nicole führte sie zurück durch den schmalen Korridor zum vorderen Teil des Gebäudes. Anstatt beim Vordereingang stehenzubleiben, ging sie daran vorbei und führte sie eine Treppe hinunter ins Untergeschoß. Eine schmalere Treppe führte sie noch weiter unter die Erde, zu einer grünen Tür.

»Wo gehen wir hin, Schätzchen?« fragte Sam. Er fing sogar schon an, wie sein Vater zu reden.

»Monsieur Mercier meint, es sei besser, wenn Sie das Gebäude durch den Privatausgang verlassen«, erklärte Nicole. »So wird Sie niemand belästigen.«

»Mein Vater hat sich um alles gekümmert«, murmelte Sam.

»Wo führt der Tunnel hin?« fragte Lina. Sie war inzwischen auf der Hut vor dunklen Gängen.

»In die Rue de la Tertasse, hundert Meter von hier. Sie gehen eine Treppe hinauf, öffnen eine Tür, und dann sind Sie in einem Hof abseits der Straße. Bitte achten Sie darauf, die Tür hinter sich richtig zuzumachen.« Die Schweizerin schloß die Tür auf und knipste gleich neben dem Eingang einen Lichtschalter an. Er beleuchtete einen langen dunklen Gang, der gerade breit genug für eine Person war.

»Vielen Dank«, sagte sie und schüttelte ihnen die Hände. »Besuchen Sie uns wieder.« Das war eine letzte, absurde Geste schweizerischer Höflichkeit. Lina fragte sich, wieviele Kunden ihnen auf diesem Weg vorausgegangen waren, sich aus dem hochgeschätzten Crédit Mercier wie gemeine Diebe fortgeschlichen hatten.

Als Sam und Lina sich durch den unterirdischen Gang auf den Weg machten, hörten sie, wie hinter ihnen die Tür zugemacht und abgeschlossen wurde. Über ihnen war das hektische Kratzen von Krallen zu hören, von einer Ratte, die davonhuschte. Lina war als erste durch die Tür gegangen und ging jetzt auch in dem schlecht beleuchteten Gang voraus. Es roch dort abgestanden, ja nach Verwesung, wie nach dem Geld von Toten. Sie tauchten genau dort wieder auf, wo die Schweizerin gesagt hatte, in einem kleinen Hof, der auf eine enge Straße ging, mitten im alten Geschäftsviertel. Lina schloß die Tür hinter Sam sorgfältig. Sam wollte auf die Straße hinausgehen, aber Lina zog ihn in den Schatten des Hofs zurück.

»Moment, Sam«, sagte sie in dem bestimmten Ton einer Lehrerin. »Wir gehen nirgendwohin, bevor du mir nicht sagst, was hier los ist.«

»Habe ich dir doch gesagt. Es ist alles geklärt. Ich hab' mit meinem Dad gesprochen, und er hat alles geregelt.« Er wirkte immer noch beduselt. Lina wünschte sich, sie könnte ihm eine Ohrfeige geben, damit er aufwachte.

»Worauf hast du dich eingelassen, Sam?«

»Auf nichts. Ich hab' bloß gesagt, daß du dich zurückziehen und aufhören würdest, Ärger zu machen. Mehr wollten die gar nicht. Und genauso hab' ich's ihnen gesagt.«

»Das hast du ihnen versprochen?« Sie wirkte betroffen.

»Sicher. Das war die einzige Möglichkeit, zu verhindern, daß Mercier die Polizei benachrichtigt. Und nach dem, was mir mein Dad erzählt hat, schien es mir das einzig Richtige zu sein. Diese ganze Sache ist sehr viel komplizierter, als wir geahnt haben.«

Ihre Augen funkelten. »Sam! Wovon redest du?«

»Beruhige dich. Gehen wir einen Kaffee trinken. Mir brummt der Schädel.«

»Nein. Laß uns lieber hierbleiben. Es ist sicherer. Was hat dein Vater gesagt, Sam?«

»Er hat mir die ganze Geschichte erzählt. Wie er sich mit dem Herrscher und Hammud eingelassen hatte, und wie das alles Teil einer großangelegten Operation war, und warum sie's getan haben und so weiter. Es klang sogar einleuchtend, auf eine merkwürdige Art und Weise.«

»Was für eine großangelegte Operation?«

»Du weißt schon, diese ganzen CIA-Geschichten.«

»Sam!« Sie schüttelte ihn. »Hör' endlich auf damit.«

»Womit? Ich will dir doch nur helfen. Vor ein paar Minuten warst du noch eine Gefangene in der Bank, und jetzt bist du frei, dank meinem Vater. Reg' dich endlich ab, um Gottes willen.«

»O, Sam! Rede nicht so. Das bist nicht du. Würdest du mir jetzt bitte erklären, was du mit deinem Vater für eine Abmachung getroffen hast, um mich aus Merciers Bank rauszukriegen?«

»Klar.« Er küßte sie mit seinen säuerlich riechenden Lippen. »Die Abmachung ist, daß wir aufhören, Hammud zu nerven. Wir lassen ihn mit dem Geld des Herrschers machen, was er will. Und dafür läßt er dich in Ruhe. Das ist die Abmachung. Okay?«

»Aber Hammud gehört das Geld nicht, genausowenig wie dem Herrscher. Es wurde dem irakischen Volk gestohlen.«

»Möglich. Aber er hat es jetzt. Soll er es doch behalten. Und keinen Scheiß mehr. In Ordnung?«

»So einfach ist das alles nicht, Sam. Woher willst du wissen, daß sie mich nicht umbringen werden, wenn ich erst mal wieder in London bin?«

»Weil sie's nicht tun werden. Mein Vater hat versprochen, daß er mit ihnen redet. Und er hat dir einen neuen Job verschafft. Es ist alles geregelt.«

»Wo werde ich in die Lehre genommen? Oder darf ich nicht fragen?«

»Bei der Bank Arabia. Sie gehört einem Palästinenser namens Asad Barakat. Er hilft Mercier beim Umschichten des Geldes. Sie wollen es offenbar auf andere Banken transferieren, es waschen oder so. Ich weiß nicht. Das ist auch nicht so wichtig.«

»Er arbeitet also auch für Hammud. Mein Gott! Dann lehne ich ab. Keine Abmachung.«

»Komm, Lina, mach mal halblang. Sei nicht so verdammt fanatisch.«

Sie sah in sein Gesicht, das betrunken und unsicher war. Ihm eine Ohrfeige zu geben, würde nichts bewirken. Er war schon zu sehr hinüber. Statt dessen nahm sie seine Hände in ihre. »Sieh mich an«, sagte sie. »Hast du vergessen, mit wem wir es zu tun haben? Das sind Irakis.«

»Ich weiß, daß es Irakis sind, Lina.«

»Die bringen mich um. Bei der nächsten Gelegenheit, die sich ihnen bietet. So gehen die vor.«

»Nein, das werden sie nicht. Jetzt nicht mehr. Mein Vater hat diese Typen an der Leine. Er führt Hammud seit fast zehn Jahren.«

»Die pfeifen auf deinen Vater, Sam. Wenn's um einen anderen Iraki geht, verfahren die nach ihren eigenen Spielregeln. Wach doch endlich auf!«

»Hey, Süße. Hören wir auf zu streiten, okay? Davon kriege ich Kopfschmerzen. Gehen wir ins Hotel zurück und legen uns aufs Ohr. Du bist gestern nacht nicht viel zum Schlafen gekommen, weißt du noch?«

Diese Anspielung sollte sie an die vergangene Liebesnacht erinnern, aber ihre Miene blieb versteinert. Sie sah in seine glasigen Augen und erkannte, daß sie allein war. Es war nicht Sams Schuld. Es ging eigentlich nicht um ihn. Es ging um sie. Während sie sein hübsches, schläfriges Gesicht betrachtete, fühlte sie eine Welle der Traurigkeit in sich. Sie war eine Frau, die sich ihr ganzes Leben lang ein glückliches Ende gewünscht hatte. Aber diesmal würde es keins geben.

»Ich kann es nicht tun«, sagte sie leise. »Ich habe ein Versprechen abgegeben.«

»Wie war das?«

»Nichts.« Sie streckte die Hand aus und berührte Sams gerötete Wange. Er sah jetzt nur noch müde aus. »Geh' du jetzt schlafen, mein Lieber«, sagte sie. »Du kannst es gebrauchen. Wir sehen uns später im Hotel. Ich muß zuerst noch zu meinem alten Quartier, um meine Sachen abzuholen. Dann komme ich.«

»Versprochen?«

»Natürlich. Sei vorsichtig auf dem Rückweg. Laß dich nicht vom *selouwa* erwischen.«

»Was zum Teufel ist ein *selouwa*?«

»Der lebt im Fluß Tigris und erschreckt Kinder, und er ist nicht so nett wie der *wawi*. Er wird sehr böse, wenn Leute ungezogene Sachen machen, wie zum Beispiel zuviel trinken.«

Sams Verlegenheit zeigte sich schließlich in seinem Blick. »Es tut mir leid, daß ich mich betrunken habe. Das gehört irgendwie dazu, wenn man mit meinem Dad redet.«

»Was sind Männer doch für jämmerliche Geschöpfe«, sagte sie. Sie schob ihn sanft aus dem Hof zur Straße. Er wandte sich nach links, zum See und zum Hotel am anderen Ufer. Als Sam verschwunden war, ging Lina nach rechts, in Richtung Güterbahnhof, zu ihrem kleinen Zimmer und zu ihrem PC.

40

In Genf wimmelte es von nachmittäglichen Spaziergängern, die in Grüppchen, zu zweit oder zu dritt durch die Stadt schlenderten, so daß eine Frau allein in ihren Schatten fast verschwinden konnte. Lina ging ihren Weg durch die Stadt im Zickzack. An jeder neuen Kreuzung spähte sie um die Steinfassade und hielt nach den irakischen Agenten Ausschau, die, wie sie wußte, immer noch da draußen waren und sie suchten, egal was Sams Vater versprochen hatte. Sie vermutete, daß sie wieder vor Crédit Mercier gewartet hatten, genau wie letztes Mal. Jetzt würden sie ihre Späher auf die Straße schicken. Es war nicht Sams Schuld, sagte sie sich. Erst wenn man dieser Bestie ins Gesicht gesehen hatte, konnte man sie verstehen, vorher nicht. Vorher verstand man gar nichts.

Sie hielt an jeder Biegung nach dunkelgesichtigen Männern in Bluejeans, in Regenmänteln oder grünen Gabardine-Anzügen Ausschau, oder nach glatzköpfigen Männern in Tweedjacken, nach Männern, die so taten, als würden sie Zeitung lesen. Sie hatte keine Ahnung, wie sie tatsächlich aussehen würden, diese nächste Serie von Verfolgern. Sie würden sich erst bei der Verfolgung zu erkennen geben. Als sie zu einer großen Einkaufsstraße kam, die Boulevard Helvétique hieß, blieb sie stehen. Es war eine belebte Durchgangsstraße mit vielen Bussen und Taxis, ein naheliegender Platz für eine Überwachung. Sie überlegte sich, ob sie ein

Taxi nehmen solle, beschloß dann aber, weiter zu Fuß zu gehen. Sie hielt sich dicht hinter zwei deutschen Geschäftsleuten, die sich angeregt unterhielten. Sie hatte vor, den Boulevard weiter hinunterzugehen, über den Fluß L'Arve, bis zu ihrer Pension in der Nähe des Güterbahnhofs. Plötzlich registrierte sie etwas am äußeren Rand ihres Gesichtsfeldes. Es war eine rasche Bewegung, wie ein Vogel, der schnell in Deckung geht. In einem Café, an dem sie gerade vorbeigegangen war, war ein Mann aufgestanden und holte schnell hinter ihr auf. Sie drehte sich nach ihm um. Er war wie eine Pistole gebaut, mit dickem Lauf, kurz und stämmig, und hatte einen ausgebeulten Anzug an. Er sah weg, als sich ihre Blicke trafen.

Sie bog schnell rechts in eine kleine Straße ein, die Rue Senebier hieß. Als der kleine Mann in dem braunen Anzug hinter ihr um die Ecke kam, begann sie zu rennen. Sie hörte hinter sich seine Schritte auf dem Kopfsteinpflaster hallen. Am Ende der Straße war ein großer Park, der an die Universität von Genf grenzte. An einer Ecke stand ein Polizist. Sie dachte kurz daran, ihn zu Hilfe zu rufen, wie sie es schon einmal am See getan hatte, aber dann fiel ihr Merciers Drohung ein, sie der Schweizer Polizei zu übergeben.

Glänzende BMWs und Mercedes verstopften die Kreuzung. Lina schlängelte sich durch den Verkehr und rannte weiter Richtung Park. Ihr Beschatter folgte ihr, ohne an Distanz zu verlieren, achtete aber darauf, ihr nicht zu nahe zu kommen, um keine Szene zu provozieren. Das waren die Genfer Regeln. Keine Waffen, keine groben Geschichten in der Öffentlichkeit, nichts, was die Schweizer Behörden veranlassen könnte, gegen die arabischen Geheimdienste vorzugehen, die sich in der Stadt niedergelassen hatten. Lina sah sich um. Er war auch noch langsam. Langsam und dick. Sie wußte, sie würde ihm entkommen können. Es war, als sei bei ihr der Angstschalter ausgeknipst.

Sie passierte das Eingangstor zum Park. Ein Stück vor ihr war eine Laubwand. Sie rannte über den grünen Rasen und bog hinter eine große Tanne. Dahinter befand sich eine dichte Hecke. Sie war vielleicht dreißig Meter lang, säumte eine Gartenanlage und bot das beste Versteck, das sie hier finden konnte. Lina rannte darauf zu und schob sich hinein, bog die dicken Äste weg. Als sie die Mitte der Hecke erreicht hatte, kauerte sie sich auf allen vieren nieder. Der kleine Mann war um die Tanne herumgekommen und suchte sie. Sie sah den braunen Stoff seines Anzugs, als er auf die Hecke zukam. Er arbeitete sich zu ihr vor, spähte in die Hecke, schüttelte die Äste.

Lina saß reglos da und hielt den Atem an. Der Mann in dem braunen Anzug war jetzt auf gleicher Höhe mit ihr und fingerte keuchend an der Hecke herum. Er ging vorbei, anscheinend ohne etwas zu bemerken, und blieb dann stehen. Er holte plötzlich tief Luft und mußte niesen. *Al hamdu lillah!* Der Mann war gegen irgendwas allergisch. Er setzte seine Jagd fort, niesend und Zweige beiseite schiebend. Als er das Ende der Hecke erreicht hatte, bog er um die Ecke und ging stolpernd zu einem anderen Teil des Parks. Lina wartete noch zehn Minuten im Gebüsch und verließ dann wieder den Park durch den Ausgang, durch den sie gekommen war. Das Abenteuer hatte eines bestätigt: Sam irrte sich. Trotz der Versprechungen seines Vaters waren die irakischen Hunde immer noch los.

Madame Jaccard, die die Pension führte, schimpfte Lina, als sie endlich eintraf. Wo sie gestern nacht gewesen sei, und warum sie nicht angerufen habe, und ob sie eigentlich eine Vorstellung habe, was für Sorgen sie sich gemacht habe? Dieses plötzliche Verschwinden werde ihr allmählich zuviel! Lina entschuldigte sich und versprach, in jedem Fall anzurufen, wenn sie mal wieder bis spät wegblieb. Die alte Frau nickte kokett, als wolle sie in die Verschwörung mit eingeweiht werden. »Wer ist es?« fragte sie. Lina legte den Finger an die Lippen.

Der PC war noch dort, wo Lina ihn gelassen hatte, neben dem Bett. Ihre übrigen Sachen schienen auch nicht angerührt worden zu sein. Sie duschte ausgiebig, um sich Zeit zum Nachdenken zu geben. Es war ein Kriegsrat mit nur einer Kriegerin. Ihr Ziel war klar: Hammud soviel Schaden zuzufügen, wie sie nur konnte. Aber wie? Was sie jetzt antrieb, war nicht nur das Gelübde, das sie in Bagdad abgelegt hatte. Tatsächlich hatte sie gar keine andere Wahl. Nach London zurückzukehren war keine Alternative, egal wie Sam darüber dachte. Es hieß gewinnen oder sterben. Sie wußte auch, daß sie den Plan, der in ihrem Kopf Gestalt angenommen hatte, nur mit einem weiteren Verbündeten erfolgreich ausführen konnte. Nach ein paar weiteren Minuten des Überlegens und einer Schale Müsli von Madame Jaccard wählte sie Helen Copakens Nummer in London.

»Hallo«, sagte sie, als ihre Freundin abnahm. »Weißt du, wer hier ist?«

»Ich glaub' schon«, brüllte Helen ins Telefon. »Rede mit mir, damit ich weiß, daß du nicht tot bist.«

»Ich bin nicht tot. Ich hab's in die Schweiz geschafft und mir geht's gut und ich habe ungefähr fünftausend Dollar mit deiner Kreditkarte ausgegeben.«

»Kein Problem wegen der Kreditkarte. Ich werde einfach behaupten, du hättest sie gestohlen. Aber ich muß dir sagen, du wirst von einer Menge Leute gesucht. Ein paar Stunden, nachdem du hier weg bist, kam hier ein unheimlicher Typ vorbei, und am nächsten Tag ist die Polizei aufgetaucht und hat Fragen gestellt. Und da sind auch noch andere Typen gekommen, die ganze Woche lang. Sah übel aus.«

»Was hast du ihnen gesagt?«

»Nichts. Ich habe gesagt, ich hätte keine Ahnung, wovon sie reden. Ich hätte dich seit Wochen nicht mehr gesehen. Aber nervös haben sie mich schon gemacht. Ist wirklich alles in Ordnung?«

»Ja, bestens. Aber ich brauche noch mal etwas Computer-Nachhilfe. Hast du ein paar Minuten Zeit?«

»Sicher. Was brauchst du jetzt für Tips?«

»Die gleichen wie vorher. Einbruch.«

»Bravo! Wie verlief die letzte Eskapade? Haben meine Tricks alle funktioniert?«

»Vorzüglich. Ich scheine für diese Art von Arbeit sogar eine richtige Begabung zu haben.«

»Herzlichen Glückwunsch. Ich hab' doch gewußt, daß es in dir steckt. Und was ist dein nächster Coup?«

»Ich will eine Milliarde Dollar stehlen.«

»Gut so! Halt dich nicht mit halben Sachen auf. Wag' es.«

»Das ganze ist natürlich rein hypothetisch.«

»Natürlich. Und ich habe sowieso kein Wort von dem geglaubt, was du mir erzählt hast. Also schieß los.«

»Okay. Angenommen jemand hat vor, eine Milliarde Dollar telegrafisch zu transferieren. Und angenommen, du kennst den Namen und die Kontonummer der Schweizer Bank, von der das Geld abgehoben wird. Und du kennst den Namen des Supervisors dieser Bank und den Telexanschluß, den sie benutzen, um telegrafische Überweisungen zu tätigen.«

»Alles klar. Bis jetzt kann ich dir folgen.«

»Und sagen wir, du kennst auch die Namen und Kontonummern von acht kleinen Banken in entlegenen Orten, wohin das Geld deiner Vermutung nach überwiesen werden soll. Und du kennst die Telexnummern, die sie für Telexüberweisungen verwenden.«

»Alles klar. Macht Spaß. Weiter.«

»Und sagen wir, du willst – immer noch rein hypothetisch – soviel von dem Geld, das an die acht Banken überwiesen wird, woandershin umleiten.«

»Wohin, hypothetisch?«

»Auf ein anderes Nummernkonto irgendwo. Meine Frage ist also, wie würdest du das machen?«

»Ohne sich erwischen zu lassen?«

»Genau. Ohne sich erwischen zu lassen.«

Es wurde still in der Leitung, während Helen sich das Problem durch den Kopf gehen ließ. »Es gibt nur eine Möglichkeit, wie du das schaffen könntest«, sagte sie nach zwanzig Sekunden. »Rein hypothetisch.«

»Und die wäre?«

»Die Banken so zu linken, daß sie das Geld freiwillig ausspucken.«

»Gut, aber wie würdest du das machen?«

»Das ist das Problem. Das weiß ich nicht.«

Lina machte ein langes Gesicht. »O Helen! Ich hab' fest mit dir gerechnet.«

»Aber ich kenne jemand, der es wissen könnte. Er heißt Leo Grizzardi. Er lehrt in Purdue. Wenn es irgend jemand gibt, der rauskriegen kann, wie man so einen Coup abzieht, dann Grizzardi.«

»Wie kann ich ihn erreichen?«

»Versuch's erst gar nicht. Er ist extrem seltsam. Er schreit die Leute an und spricht in Initialen und verhält sich jedem gegenüber wie ein Ungeheuer, aber mit mir redet er.«

»Wieso redet er mit dir?«

»Weil er in mich verliebt ist! Wieso macht man überhaupt etwas für jemand andern? Gib' mir deine Nummer. Ich ruf' dich in ein paar Minuten zurück, wenn ich mit Grizzardi gesprochen habe.«

Als Lina mit Helen fertig war, wandte sie sich ihrer nächsten Aufgabe zu. Sie wühlte in ihrer Handtasche nach der Visitenkarte von Frederick Behr, dem amerikanischen Wirtschaftsprüfer, der sie am Abend ihrer Ankunft in Genf in der Bar des Beau Rivage angesprochen hatte. Sie wählte die Nummer von Behrs Büro und gab sich diskret als »eine Bekannte von Mr. Behr« aus. Die Sekretärin stellte sie sofort durch.

»Hallo, Fred«, sagte sie. »Hier ist Helen. Erinnern Sie sich an mich?«

»Natürlich. Mein Gott, wie könnte ich Sie vergessen? Die unglaublich schöne Helen, die Frau meiner Träume.«

»Tut mir leid, daß ich neulich so plötzlich verschwinden mußte. Wie ging es mit diesem schrecklichen Mann weiter, der mich verfolgt hat?«

»Passabel«, sagte Fred. »Er war ein unangenehmer Bursche. Palästinenser, wie er behauptet hat. Ich kam mir lächerlich vor, als ich ihm meine Geschichte erzählt habe.«

»Was war denn Ihre Geschichte?«

»Daß ich Sie in einer Bar kennengelernt und mit Ihnen meinen Club besucht habe. Daß ich Sie zuerst für eine Edelnutte gehalten hätte, aber später, als Sie nicht mit mir schlafen wollten, zu dem Schluß gekommen sei, daß sie bestimmt ein Cop seien. Er war offenbar der Meinung, daß Sie sowas wie eine israelische Spionin seien, aber ich habe ihm gesagt, das sei lächerlich. Und ich habe ihm auch gesagt, Sie würden Helen heißen. Tut mir leid, aber ich mußte es.«

»Das ist okay. Ich heiße nicht wirklich Helen.«

»Das habe ich schon irgendwie geahnt. Das ist mit ein Grund, warum ich Sie mag. Sie sind so eine entzückende Lügnerin. Wann kann ich Sie wiedersehen?«

»War es das, was Sie sich unter einem Rendezvous mit viel Spaß vorgestellt haben?«

»Absolut. Soviel Spaß hatte ich schon seit Jahren nicht mehr. Meine Lieblingsstelle war, als ich Ihren Fuß halten und Sie über die Mauer heben durfte. Ich habe davon geträumt.«

»Wie schön. Wie haben Sie übrigens erklärt, warum ich über den Zaun gesprungen bin?«

»Ich habe ihm gesagt, Sie würden jemanden verfolgen. Genau deshalb hat er übrigens gemeint, Sie wären eine Spionin. Sind Sie übrigens eine?«

»Nein.«

»Schade. Sie würden eine sehr gute abgeben. Haben Sie bei Ihrer Geldsuche Glück gehabt?«

»Noch nicht. Aber ich bin schon näher dran. Deswegen rufe ich übrigens an. Ich brauche etwas finanzielle Hilfe.«

»Ich bedaure, das zu hören. Geld ist so langweilig. In der Schweiz schwimmt sowieso schon zuviel davon rum. Ich dachte, Sie rufen an, weil Sie mich wiedersehen wollen.«

»Wir werden uns wiedersehen, Fred, Liebster, wenn Sie mir helfen.«

»Dann stehe ich zu Ihren Diensten. Was möchten Sie von mir?«

»Ich möchte von Ihnen, daß sie für mich ein Nummernkonto eröffnen. Sofort, heute.«

»Ich fürchte, das läuft nicht, mein wilder, schurkiger Liebling. Normalerweise braucht man mindestens einen Tag, um ein Nummernkonto zu eröffnen. Die Schweizer sind angehalten, ›gebotene Vorsicht‹ walten zu lassen, was immer das heißen mag. Können Sie bis morgen warten?«

»Nein. Ich weiß, es klingt absurd, aber ich brauche es heute. Gibt es irgendeine Möglichkeit, die Dinge zu beschleunigen?«

»Ja, mein Liebling, wenn Sie es unbedingt haben müssen, ist es möglich. Frederick Behr kann alles.«

»Wie, wenn man einen Tag braucht, um ein Konto zu eröffnen?«

»Liebe verleiht einem Mann ungeahnte Kräfte.«

»Kommen Sie, Fred. Wie schaffen Sie das?«

»Ich gebe Ihnen einfach eins von meinen, so schaffe ich das. Ich habe mehrere Nummernkonten auf der hohen Kante für Klienten, die, sagen wir, eine dringende Angelegenheit haben. Das machen alle Wirtschaftsprüfer in Genf. Erzähl's nicht weiter, aber es stimmt.«

»Fred, Sie sind ein Schatz.«

»Sagen Sie zu mir, daß Sie mich wie wahnsinnig lieben.«

»Ich liebe Sie wie wahnsinnig. Wie lautet die Kontonummer?«

»Moment, ich schau gerade nach. Wie wär's mit einem bei der Union de Banques Suisses? Sehr groß, sehr ordentlich, sehr diskret. Die Nummer lautet, Moment, die Nummer ist OL 717.045. Also Omaha, Lima, sieben-eins-sieben-Punkt-Null-vier-fünf. Haben Sie das?«

»Ja. Ich hab's. Ich brauche noch eine Sache. Wie lautet die Bankleitzahl für die UBS Genf?«

»Ach, kommen Sie. Brauchen Sie die wirklich? Naja, wahrscheinlich schon. Also, mal sehen. Hier ist sie, ja: 100.93.112.72. Haben Sie das?«

»Ja. Sie sind ein Engel, Fred. Und die werden bei der UBS keine Fragen stellen? Weil im Laufe des nächsten Tages oder so möglicherweise ziemlich viel Geld auf dieses Konto kommen wird.«

»Nein. Wenn's um Geld geht, stellen die Schweizer nie Fragen. Das ist eines ihrer Betriebsgeheimnisse.«

»Und was ist, wenn Ihnen jemand irgendwelche Fragen über mich stellt? Zum Beispiel die Schweizer Polizei. Was werden Sie denen sagen?«

»Nichts. Außer daß Sie garantiert keine Prostituierte sind.«

»Werden Sie denen sagen, daß ich heute angerufen habe und Sie um ein Nummernkonto gebeten habe?«

»Auf keinen Fall. Das würde mich doch verdächtig erscheinen lassen, wie ein Mann, der sich hoffnungslos in eine gefährliche Frau verliebt hat.«

»Dann sehen wir uns bald.«

»Wann? Ich möchte Ihnen wieder unters Kleid gucken. Sobald wie möglich.«

»Das weiß ich nicht. Ich melde mich. Und jetzt hören Sie mal zu. Trinken Sie nicht zuviel. Das tut Ihnen nicht gut.«

»Okay, mein Liebling. Was immer Sie sagen.«

Sie schickte ihm eine Kußhand übers Telefon.

Eine halbe Stunde später rief Helen an. Der große Grizzardi hatte tatsächlich einen Plan ausgeheckt. Diesmal machte Lina sich sorgfältige Notizen, und wenn sie nicht verstand, was Helen sagte, bat sie sie, es zu wiederholen. Es machte ihr nichts aus, wenn sie dumm wirkte. Als Helen damit fertig war, Lina Grizzardis Plan zu erläutern, las Lina noch einmal ihre Notizen vor, um sicherzugehen, daß sie alles verstanden hatte. Als sie fertig waren, verkündete Helen, sie sei gerade dabei, in ihrem Feminist Alien Invaders noch ein weiteres Element einzubauen. Es sei eine zusätzliche Spielebene, die Maid Marians Rache hieße, und bei der die Feminist Alien Invaders versuchen würden, reichen Männern große Geldsummen zu stehlen, um sie armen Frauen zu geben. Oder einfach selbst zu behalten.

Grizzardis Lösung war, auf ihre perverse Art, naheliegend. Es sei viel leichter, sich elektronisch als jemand anderer auszugeben, als physisch, erklärte Helen. Man brauche sich nicht um solche komplizierten Probleme Gedanken zu machen wie Haarfarbe, Tonfall oder Fingerabdrücke. Man brauche nur die richtigen Nummern, die Lina offenbar hatte. Von Vorteil war auch, daß Linas Ziele kleine Banken waren. Große Banken hatten ausgeklügelte Systeme, um den nichtautorisierten Zugang zu Konten zu verhindern. Wenn ein Kunde eine größere Umschichtung von Geldern per Telex verlangte, bestand die Bank darauf, mit einem Prüf-Algorithmus die Authentizität des Transfers zu bestätigen. Bei den meisten großen Banken wurde auch verlangt, daß jeder größere Transfer von Geldsummen von zwei Personen abgezeichnet wurde.

Aber bei kleinen Banken lief das Grizzardi zufolge anders. Die benutzten keine raffinierten Computersysteme mit Prüf-Algorithmen und verschlüsselten Daten. Die verfuhren mit telegrafischen Überweisungen auf die altmodische Art, mit schlichten, telegrafierten Anweisungen. Sie handelten auf Vertrauensbasis, was ihnen zum Verhängnis würde. Das hieß, Lina bräuchte nur noch Glück.

Lina stellte ihren Laptop auf und steckte das Modemkabel in die Telefonbuchse. Als erstes veränderte sie die Baudrate des Modems, verlangsamte sie auf die Fünfzig-pro-Minute-Rate, wie sie von einem Telex verwendet wurde, anstatt den 1200, 2400 oder 9800 Baud, die für moderne Datenkommunikation benutzt wurden. Nach Grizzardis Plan mußte Linas Computer zu einem Telex werden, und sich selbst mußte sie in einen imaginären Techniker in einem imaginären Telekommunikationsraum verwandeln. Nachdem sie das Modem justiert hatte, tippte Lina sorgfältig acht verschiedene Telex-Mitteilungen, die an die acht Banken gerichtet werden sollten, die Hammud in seiner Datei aufgelistet hatte. Sie nahm an, daß dies Hammuds Fluchtluken waren.

Das erste Telex, das sie aufsetzte, war an die Tariqbank in Bahrain adressiert. Lina kombinierte Informationen von Hammuds privaten Dateien mit anderen Details, die sie sich aus Crédit Merciers Jahresbericht und dem internen Telefonverzeichnis herausgepickt hatte. Die Mitteilung hatte folgenden Wortlaut:

TELEX NO. 9191. ANSWERBACK: TARIQ BN
TO: TARIQBANK
48, KING FAISAL ROAD, MANAMA, BAHRAIN
Z. HD.: M. ABDULLAH MAHDI, GESCHÄFTSFÜHRER
BETR.: TRANSFER VON CREDIT MERCIER KTO.NR. # Z 068621
WHL. Z 0686 21 ZU TARIQBANK KTO.NR. # TL8078 WHL. TL8078 ÜBER CREDIT MERCIER TLEX # 90951 MERCIER CH.
BITTE TRANSFERIEREN VON TARIQBANK KTO.NR. # TL8078 WHL. TL8078 ZU UNION BANQUES SUISSES KTO.NR. # OL 717.045 WHL. OL 717.045 IN GENF, BLZ 100.93.112.72 WHL. 100.93.112.72.
DIESER TRANSFER DURCH NUTZNIESSER VON KONTO VERANLASST, N. A. HAMMUD, WHL. N. A. HAMMUD.
FÜR BESTÄTIGUNG BITTE
UNTERZEICHNER ANRUFEN, BEVOLLMÄCHTIGTER DES KONTOINHABERS,
UNTER 41-22-333-4788.
GEZ. FRANK HOFFMAN.

Lina bereitete sieben ähnliche Mitteilungen vor, änderte nur jeweils die Namen, Kontonummern und andere Details der Empfängerbanken. Als Bestätigungsnummer gab sie immer Madame Jaccards Nummer von der Pension an. Als sie die Mitteilungen fertig hatte, schickte sie eine nach der anderen per ITT ab. Dann lehnte sie sich zurück, um auf die Antworten zu warten, reichlich zufrieden mit sich selbst. Das Täuschungsmanöver mußte nicht bei allen Banken funktionieren. Wenn es nur bei einer funktionierte, würde Lina schon auf einem Vermögen sitzen.

Lina hatte noch zwei kurze Anrufe zu erledigen. Sie wählte noch einmal Fred Behrs Nummer bei dem Wirtschaftsprüfungsunternehmen und schnurrte sich durch eine letzte Bitte durch. Innerhalb der nächsten achtundvierzig Stunden, sagte sie zu Fred Behr, würde er einen Anruf aus London bekommen, von jemandem, der seinen Namen mit Helen angeben würde. Und ja, so heiße diese Person wirklich. Die richtige Helen würde ihm die Nummer eines neu eröffneten Bankkontos bei irgendeiner Bank geben. Wäre Fred ein Schatz und würde er alles, was sich auf dem Konto bei der UBS befände – egal wieviel es sei – auf das Nummernkonto überweisen, das Helen ihm nennen würde? Fred, inzwischen so verzaubert von Linas Durchtriebenheit, daß er wie ein Jojo an der Strippe hing, versprach, es zu tun – sofort – wieviel immer es auch sein mochte.

Dann rief Lina Helen ein letztes Mal an und fragte sie, ob sie bereit sei, ihr erstes Spiel von Maid Marians Rache zu spielen. Sie erklärte, Helen solle sofort ein Nummernkonto eröffnen, und zwar bei einer Bank, die Edgbank hieß und ihren Sitz auf Jersey in den Channel Islands hatte – ein Name, den sie von der Liste auf der letzten Seite von Merciers Jahresbericht ausgewählt hatte. Die Telefonnummer sei 0534-36-143. Helen solle diese Nummer anrufen und ein Konto eröffnen, sowie das Gespräch mit Lina beendet war. Wenn sie dafür nach Jersey mußte, dann solle sie das tun.

Wenn das Konto eröffnet sei, so wies Lina Helen an, solle sie zu einer Telefonzelle gehen und einen Mr. Behr in Genf anrufen, ihm ihren Vornamen nennen und ihm die Nummer des Kontos bei der Edgbank durchgeben. Er würde Geld überweisen. Möglicherweise sehr viel Geld. Lina würde Helen später benachrichtigen, was damit geschehen solle.

»Das ist kein Spiel?« fragte Helen. »Nein«, sagte Lina. Es war kein Spiel.

Lina hatte neunzig Minuten gewartet, als die erste Bank die Bestätigungsnummer anrief, um wegen des Telex nachzufragen. Es war ein Mann mit einem spanischen Akzent, der sich als Stellvertretender Geschäftsführer der Bancobraga in Panama vorstellte.

»Ist Señor Hoffman zu sprechen?« fragte er.

»Nein, er ist in der Mittagspause. Ich bin seine Assistentin. Kann ich Ihnen helfen?«

»Ich rufe wegen einer telegrafischen Überweisung an.«

»Ja. Mr. Hoffman hat mir entsprechende Anweisungen gegeben, bevor er gegangen ist. Ich nehme an, es handelt sich um den Betrag, der von Crédit Mercier überwiesen wurde und der auf ein Konto bei der Union de Banques Suisses transferiert werden soll?«

»Señor Hoffman hat Ihnen von dieser Überweisung erzählt?«

»Ja. Er hat mich beauftragt, die Überweisung zu bestätigen, falls Sie anrufen.«

»Aber wissen Sie, es ist eine sehr große Überweisung. Es sind einhundertachtundvierzig Millionen Dollar.«

»Ja, ich weiß. Mr. Hoffman hat Anweisung von Nassir Hammud, das Geld unbedingt heute noch zu bewegen. Es ist sehr wichtig.«

»Nun ja, ich weiß nicht. Normalerweise verlangen wir eine schriftliche Genehmigung für einen so großen Transfer, aber wenn Señor Hoffman Ihnen diese Anweisungen gegeben hat, dann ist es wohl in Ordnung. Wir werden sehen, was wir tun können.«

»Vielen Dank«, sagte Lina. »Mr. Hoffman wird Ihnen für Ihr Entgegenkommen dankbar sein.«

Sie legte auf, legte sich aufs Bett zurück und schloß die Augen. Es war alles so schnell gegangen, daß sie es nicht ganz glauben konnte: Sie hatte Nassir Hammud 148 Millionen Dollar aus der Tasche gezogen. Das Geld wäre bald aus seinem Käfig befreit. Sie stellte es sich vor, Millionen von Dollarscheinen, die schwerelos gen Himmel schwebten und wieder herabfielen in die Hände der bemitleidenswerten Insassen des Qasr al-Nihayya. Die grausame Schwerkraft, die das Geld des Herrschers in seiner Umlaufbahn gehalten hatte, war gebrochen, wenn auch nur für einen Augenblick. Sie wünschte sich, Nabil Jawad wäre jetzt da, um mit ihr zu feiern.

41

Lina wartete noch zwei Stunden lang in ihrem Bau, leicht benommen durch das, was sie getan hatte. Keine der anderen sieben Banken rief an, und sie wurde des Wartens schließlich müde. Außerdem erkannte sie, daß sie Sam Hoffman ein letztes Mal sehen mußte. Sie konnte nicht einfach in die Nacht verschwinden. Sie mußte sich von ihm verabschieden, bevor das Feuerwerk begann und sie untertauchen mußte. In seinem Hotelzimmer meldete sich niemand, aber sie wußte, daß er früher oder später zurückkommen würde, und so beschloß sie, hinzugehen und dort auf ihn zu warten. Sie suchte ein paar Toilettenartikel und frische Unterwäsche zusammen und packte sie in die Reisetasche. Auf dem Weg nach draußen ging sie noch kurz zu Madame Jaccard und sagte ihr, falls jemand anrief und einen Frank Hoffman verlangte, solle sie sich den Namen geben lassen und sagen, Mr. Hoffman würde zurückrufen. Es sei ein Spiel, das sie mit einigen ihrer Freunde von der Uni spiele, sagte sie. Sie tue so, als sei sie Mr. Hoffman, und die anderen taten so, als wären sie Bankiers. Madame Jaccard nickte bloß. Solange sie im voraus bezahlt wurde, war's ihr recht.

Unten in der Straße fand Lina ein Taxi in einer Schlange. Sie ließ es ein kleines Stück hinterm Intercontinental halten, in der Nähe des Lieferanteneingangs auf der Rückseite. Dahinter steckte die Überlegung, daß die Iraker, falls das Hotel von ihnen überwacht wurde, wahrscheinlich vorne waren, nicht hinten bei den Dienstboten. Sie waren elitär, die irakischen *moukhabarat*. Sie ließ den Blick über die Laderampen schweifen. Das Gelände war menschenleer. Sie huschte über die Anlieferungsstraße zum Personaleingang und schlüpfte durch die Tür. Gleich dahinter saß ein Mann in einer Kabine. Lina wedelte mit ihrem Zimmerschlüssel, eine Entschuldigung murmelnd, daß sie nächstes Mal den Haupteingang benutzen werde, und der Mann winkte sie durch. Ein paar Dutzend Meter weiter hinten fand sie den Lastenaufzug und fuhr damit in den achten Stock.

Der Korridor war leer. Lina schlich zu Sams Suite. Sie geriet einen Moment in Panik, als die Aufzugglocke klingelte, aber es waren nur zwei sehr laute Amerikaner, die darüber redeten, wie teuer die Schweiz sei. Sie setzte ihren Weg fort den Korridor entlang, bis sie zu Sams Suite kam. Sie steckte ihren Schlüssel ins Schloß, drehte den Türknauf, trat in das dunkle Zimmer und setzte ihre Reisetasche gleich neben der Türe ab. Sie tastete nach dem Lichtschalter und knipste ihn an. Der Schrei blieb ihr im Hals stecken.

Die Suite war auseinandergenommen worden, und zwar buchstäblich. Die Couch und die Sessel waren aufgeschlitzt und die Füllung herausgerissen worden. Die Matratze im Schlafzimmer war ebenfalls aufgeschlitzt, und der Federkern war von einem Ende zum anderen aufgerissen worden. Die Kommodenschubladen waren alle herausgerissen und ihr dürftiger Inhalt über den Boden verteilt worden. Es war das grauenhafte Bild willkürlicher Gewalttätigkeit, die ein irakisches Markenzeichen war. Lina wollte sofort flüchten, aber als sie begriff, daß die Suite leer war, blieb sie einen Moment wie erstarrt stehen und versuchte, klar zu denken. Sie suchten offenbar irgendwas, aber was? Die Antwort machte ihr angst. Hammuds Männer müssen schon ihren Computerüberfall auf ihren Schatz entdeckt haben. Eine der Banken muß bei ihm oder bei Mercier nachgefragt haben, um sich den Transfer bestätigen zu lassen. Sie blickte wieder auf die verwüstete Hotelsuite. Es war offensichtlich, daß die Genfer Regeln nicht mehr galten.

Lina ging zur Tür zurück und öffnete sie einen Spalt. Der Flur war immer noch leer. Sie würden bald wiederkommen. Sie mußte weg. Sie trat hinaus und machte die Tür zu. Ihre Reisetasche ließ sie im Zimmer, sie würde sie nur behindern. Sie rannte den Flur entlang, zurück zum Lastenaufzug. Dort saß ein türkisches Zimmermädchen und rauchte eine Zigarette. Lina drückte den Knopf des Lastenaufzuges. Das Zimmermädchen schüttelte den Kopf. »Nicht erlaubt. Nicht erlaubt«, sagte sie. Weiter hinten im Flur klingelte wieder die Glocke. Diesmal sprachen die Männer, die herauskamen, arabisch.

»Still!« raunte Lina dem Mädchen zu. Sie griff in ihre Brieftasche, fand einen Fünfzig-Franc-Schein und gab ihn der Türkin. »Kein Wort!«

Die arabischen Stimmen wurden lauter. Sie mußten wieder in Sams Suite sein. Wo blieb nur der verdammte Lastenaufzug? Einer der Araber brüllte einen Fluch. Er mußte Linas Tasche entdeckt haben. Es gab Krach und noch mehr Gebrüll. Sie schrien sich gegenseitig an, während sie nach Lina suchten.

Schließlich klingelte die Glocke des Lastenaufzugs und die Tür ging auf. Lina sprang hinein und drückte den Knopf zum Erdgeschoß. Die Araber rannten jetzt. Sie hatten die Glocke gehört. Gerade als die Aufzugtür endlich zuging, sah Lina ihre Gesichter. Hammuds Männer stürzten mit aufgerissenen Mündern und mit der Wildheit von Jagdhunden auf die Aufzugtür zu. Einer packte das türkische Zimmermädchen und schleuderte es gegen die Wand. Die arme Frau hielt immer noch ihren Fünfzig-Franc-Schein in der Hand.

Der Aufzug fuhr langsam nach unten, aber er erreichte das Erdgeschoß ohne stehenzubleiben. Als die Tür aufging, stürzte Lina hinaus an einem Zimmerkellner vorbei auf den Personaleingang zu. Sie rauschte an dem Schweizer Portier vorbei hinaus auf die Laderampe. Das Gelände war immer noch menschenleer. Hinter dem Hotel sah sie Wald und rannte darauf zu, kletterte über einen niedrigen Zaun und durchquerte dann das Waldstück. Sie blieb erst stehen, als sie nach einem knappen Kilometer eine kleine Seitenstraße erreichte.

Ein einsamer Citroën kam das schmale Sträßchen entlanggetuckert. Lina sprang vor das kleine Auto. Der Fahrer schrie auf Französisch, als plötzlich in seinem Scheinwerferlicht eine verzweifelte Frau auftauchte, wie eine Entlaufene aus einer Irrenanstalt.

»S'il vous plaît!« schrie sie und drückte die Handflächen wie im Gebet aneinander. »Bitte!«

Der alte Mann am Steuer musterte sie skeptisch und machte ihr dann die Tür auf. Er bot ihr eine Zigarette an, und als er sah, daß sie zitterte, bot er ihr seinen Mantel an. Er schien so erleichtert zu sein, daß sie doch keine Irre war, daß er sich bereit erklärte, sie bis zum Güterbahnhof zu fahren, auf der anderen Seite der Rhône. Unterwegs, als sie Richtung Intercontinental fuhren, sah sie das Blaulicht der Polizei, aber Lina achtete nicht darauf. Es gehörte zu einer Welt, aus der sie im Begriff war zu verschwinden.

Sam Hoffman kehrte kurz vor zehn ins Hotel Intercontinental zurück, nach einem langen, lauten Abendessen mit seinem Vater in einem überteuerten Restaurant, bei dem der alte Mann eine Menge getrunken hatte und Sam nichts. Die Abstinenz seines Sohnes schien Frank Hoffman sogar noch anzustacheln. »Empörende Mittelmäßigkeit!« brüllte er immer wieder und schlug mit der Faust auf den Tisch, während er verschiedene CIA-Katastrophen beschrieb, bis der Chefkellner ihn bitten mußte, ruhig zu sein. Der Höhepunkt des Abends war die Ankunft des Geigers. Frank ließ den Blick durch den Saal schweifen, und als er feststellte, daß er zum größten Teil mit Arabern gefüllt war, rief er laut: »Spielen Sie Hava Nagila!« Der Geiger versuchte, die Bitte zu ignorieren, aber Frank rief wieder: »Spielen Sie Hava Nagila, verdammt noch mal!« Als der Geiger statt dessen anfing, »The Sound of Music« zu spielen, sprang Frank auf.

»Spiel' ›Hava Nagila‹, du Wichser.« Der Geiger begann widerstrebend das Lied zu spielen, so leise er konnte. Mehrere Araber verließen aus Protest den Saal.

»Ich dachte, du kannst die Israelis nicht leiden«, sagte Sam.

»Stimmt. Aber die Araber kann ich genauso wenig leiden. Ich kann die Scheiße nicht mehr ertragen, die die verzapfen.«

Frank klatschte zum Lied mit und sag den »Ra-na na-na-na-na«-Teil selbst; Buhrufe von einigen verbleibenden arabischen Gästen waren die Reaktion. Als das Lied zu Ende war, meinte Sam, es sei Zeit zu gehen. Frank schlug einen Besuch im Casino de Genève vor und bot an, seinem Sohn zehntausend Dollar zu geben, wenn er mitkäme und ihm Gesellschaft leiste. Aber Sam sagte nein, es sei spät und er habe noch eine Verabredung im Hotel.

Als sein Taxi sich dem Hoteleingang näherte, sah Sam das Blaulicht der Polizei vor dem Intercontinental. Im Foyer war ein Pulk Schweizer Polizisten, die den Geschäftsführer des Hotels befragten. In Sams Herz war plötzlich Stille, eine Leere, eine Feuchtigkeit. Er ging zum Aufzug. Im achten Stock waren noch mehr Polizisten, und er mußte seinen Zimmerschlüssel vorzeigen, um an der Wache vorbeizukommen. Als er den Flur hinunterging, spürte er, wie sich ihm die Kehle zuschnürte und das Gewicht der Angst auf diese leere Stelle in seiner Brust herabstürzte. Er drehte den Knauf. Das Licht brannte noch.

»Um Gottes willen!« sagte er leise. Er stolperte in den verwüsteten Salon, dicht übersät mit den Trümmern, die aus jedem Stück Möbel und Stoff herausgerissen worden waren, und stieg über die zerfetzten Sofakissen ins Schlafzimmer. Er zog die aufgeschlitzte Matratze zur Seite, um darunter nachzusehen, und ging dann ins Badezimmer, schob den Duschvorhang zur Seite, um die Wanne zu überprüfen. Er suchte unbewußt nach einer Leiche. Als er fertig war, ging er den gleichen Weg wieder zurück, sah in den Wandschränken nach, bis er wieder an der Tür war.

Dann sah er die Reisetasche. Er machte sie auf. Ein Büstenhalter, ein Slip, eine Zahnbürste, eine Haarbürste. Er stieß einen Fluch aus und rief dann dem Polizeibeamten zu, der weiter hinten im Flur stand. Er kam herbeigerannt.

»*Merde!*« sagte er, als er das Trümmerfeld sah. Als Sam ihm die Reisetasche mit den Frauensachen darin zeigte, benachrichtigte der Polizist sofort per Funk einen seiner Kollegen, die unten waren. Er nahm Sam bei der Hand und führte ihn nach unten. Seine Stimme hatte einen sanfteren Tonfall angenommen, als wolle er Sam auf etwas Unangenehmes vorbereiten.

»Wo gehen wir hin?« fragte Sam. Er sah in die Augen des Polizeibeamten, und ihm wurde mit diesem weichen bestätigenden Blick geantwortet, der uns sagt, das unsere Ängste berechtigt sind.

»Es ist eine Frau erschossen worden«, sagte der Polizeibeamte. »Wir haben ihre Leiche im Wald hinter dem Hotel gefunden.« Erst dann schrie Sam, vor Entsetzen, vor Wut über seine eigene Dummheit. Er hatte das Gefühl, in einem plötzlichen Anfall von Klarheit, als habe er Lina vom allerersten Moment, da er ihr begegnet war, zu dieser Stelle im Wald geführt.

Ein Kordon Schweizer Polizisten umringte Sam Hoffman, als er das Hotel durch den Hintereingang verließ. Er war benommen, mit versteinertem Gesicht, wie ein Gefangener, der zu seiner Hinrichtung geht. Leute sagten Dinge zu ihm, aber er hörte nichts. In seinem Kopf war ein leeres Knistern, wie der Klang von statischer Elektrizität auf einem Pullover. Die Leiche lag auf dem Gesicht, teilweise mit einer Decke bedeckt. Sam sah zuerst die weißen Schuhe mit Gummisohle, dann das Schwarz der Uniform und dann das Gesicht.

Das Schlimmste war, dachte er später, wie erleichtert er gewesen war, als ihm klar wurde, daß die Tote jemand anders war. »Sie lebt«, murmelte er. Ein Polizeibeamter legte schützend den Arm um Sam, im Glauben, er habe den Verstand verloren. »Sie lebt.«

Die Leiche, die zusammengekrümmt auf dem rohen Bett von Moos hinter dem Hotel lag, war die des türkischen Zimmermädchens, das die Abendschicht im achten Stock gemacht hatte. Sie war mit dem Pistolenknauf geschlagen und dann in den Kopf geschossen worden. Im Mund der Toten hatte die Polizei einen zerknüllten Fünfzig-Franc-Schein gesehen. Während Sam die Leiche betrachtete, dachte er an Lina und was sie mit ihr machen würden, wenn sie sie wieder nach Bagdad geschafft hatten.

Die Schweizer Polizei verhörte Sam über eine Stunde lang. Sie brachten ihn zu seiner Suite zurück, ließen ihn seine Geschichte nochmals wiederholen und drohten halbherzig, ihn festzunehmen, weil er den Namen einer nicht existierenden Ehefrau angegeben hatte. Sam erzählte ihnen nur den kleinsten Bruchteil dessen, was er über die Ereignisse der vergangenen Tage wußte. Die Zeit war noch nicht reif dafür. Er mußte nachdenken. Es kamen immer wieder neue Polizeibeamte mit neuen Fragen und neuen Formularen. Im Flur wartete jemand vom amerikanischen Konsulat. Sam konnte sich schließlich loseisen, indem er sagte, daß er sich krank fühle. Es war nicht gelogen.

42

Es meldete sich niemand, als Sam Hoffman im Foyer des Noga Hotels bei seinem Vater anrief. Sam sah zuerst in der Bar nach, in der Hoffnung, Frank dort sitzen zu sehen, wie Humpty Dumpty auf einem Pilz, einen Cognac schlürfend und seinen Mitsäufern irgendeine abwegige, frei erfundene Geschichte über seine Abenteuer im Nahen Osten erzählend. Aber der Barkeeper sagte, Mr. Hoffman sei den ganzen Abend nicht da gewesen. Als nächstes versuchte Sam es im Casino, hoffte, er würde seinen Alten über das Geländer des Würfel-Tisches gelehnt sehen, im Begriff, den Würfel zu beschwören. Aber dort war er auch nicht. Sam rief wieder oben in seinem Zimmer an, aber es meldete sich immer noch niemand. Er versuchte es in Asad Barakats Zimmer, spekulierte darauf, daß Frank vielleicht dort war und mit seinem Freund noch einen Schlaftrunk zu sich nahm. Aber dort meldete sich auch niemand. Mit einer bösen Vorahnung ging Sam zum Empfang.

»Mein Vater geht nicht ans Telefon«, erklärte er dem Nachtportier. »Er ist ein alter Mann, und ich mache mir Sorgen, daß ihm was passiert ist.«

Der Nachtportier bat um Sams Ausweis, prüfte ihn kurz, nahm dann einen Zweitschlüssel und begleitete Sam zum Zimmer hinauf. Er war ein umständlicher Mann, ordentlich und genau. Als sie vor Franks Tür standen, klopfte der Portier leise an, dann fester. Während Sam neben ihm stand, glaubte ein Teil von ihm immer noch, daß sich die Tür öffnen und sein Vater fluchend in den Flur heraustorkeln würde. Aber die Tür ging nicht auf. Der Nachtportier klopfte noch einmal und wandte sich dann zu Sam. »Wir werden nachsehen.« Er steckte den Schlüssel ins Schloß und drehte ihn.

Sam betrat den Raum als erster und rief unsicher: »Dad?« So wie es ein kleiner Junge im Dunkeln sagen würde.

Das erste, was Sam sah, war Asad Barakats Körper, der in der Mitte des Zimmers mit dem Gesicht nach unten ausgestreckt lag. Um den Kopf hatte sich eine kleine Blutlache gebildet. »O mein Gott!« sagte Sam. Ihm war schwindlig. Ein paar Meter von Barakats Kopf entfernt lag ein Ohr. Es war ihm abgeschnitten und wie ein Stück Knorpel durchs Zimmer geschmissen worden. Eine dünne Blutspur war auf dem Teppich entstanden. Der Nachtportier stand jetzt vor Barakats Leiche und schrie. Sam ging zur Schlafzimmertür, die ein paar Meter entfernt war, und öffnete sie.

Auf dem Bett lag Frank Hoffman. Die Laken waren hellrot, naß von Blut, das aus einem Dutzend Wunden tropfte. Sam ging näher und prallte dann zurück. Neben der rechten Hand seines Vaters lag ein kleiner Meißel, nicht breiter als ein Männerfinger, an der Spitze klebten Haut- und Sehnenfetzen. Auf dem Tisch neben dem Bett lag ein Hammer. Sam war erstarrt, sein Atem setzte aus, kein Laut bildete sich in seiner Kehle. Er zwang sich, sich seinem Vater zu nähern und genauer hinzusehen. Ihm fehlten drei Finger, zwei rechts und einer links. Von jedem Fuß war ein Zeh abgetrennt worden.

Sam beugte sich über den geschundenen Körper. Er war geknebelt worden, aber als Sam das Ohr an seine Brust legte, konnte er das Herz noch schlagen hören. Er löste den Knebel, und ein delirierendes Gemurmel kam von Franks Lippen. Sam beugte sich herab und flüsterte seinem Vater ins Ohr.

»Ich bin's, Vater, Sam. Bitte stirb' nicht.«

Er stöhnte und murmelte wieder etwas, versuchte, Worte aus einem Körper herauszuzwingen, der wie tot war. Er röchelte einen *K*-Laut heraus, wie jemand, der stottert. »Sch«, sagte Sam und streichelte ihm die Wange. Der Alte bewegte seine Hand, als wolle er nach dem Telefon greifen. Blut tropfte noch von den Stummeln, wo die Finger gewesen waren.

»Nicht bewegen«, sagte Sam. »Es wird alles gut. Du wirst es schaffen.«

Der Nachtportier betrat das Schlafzimmer und fing beim Anblick des zweiten verstümmelten Körpers wieder an zu schreien. Er eilte zum Telefon und rief unten an, um Hilfe zu holen. Seine Panik schien Frank Hoffman wachzurütteln. Der Alte schlug die Augen auf und sah seinen Sohn an, versuchte wieder, Worte zu bilden, als sei es die letzte notwendige Aufgabe, die es zu erledigen galt, bevor er das Bewußtsein verlor.

»Was ist, Dad?«

»Keine Polizei«, flüsterte er. »Ruf meinen Genfer Vorgesetzten an.« Er murmelte eine Genfer Telefonnummer und machte die Augen wieder zu. Sam küßte seinen Vater auf die Stirn. Die Polizei war schon unterwegs. Ein Krankenwagen war losgeschickt worden. Es war zu spät, um diese Sache noch diskret abzuwickeln.

Sam Hoffman verbrachte die ersten Stunden nach der Katastrophe in einem Zustand zeitloser Vergessenheit. Das einzig Wichtige für ihn war, daß sein Vater überlebte. Der Alte wurde ins Kantonale Krankenhaus gebracht und blieb bis zum Morgengrauen im OP. Den Schweizer Ärzten gelang es, zwei seiner Finger wieder anzunähen, beim dritten gaben sie es nach einiger Zeit auf, und mit den Zehen versuchten sie es erst gar nicht.

Später am Vormittag durfte Sam in das Aufwachzimmer und sich ans Bett seines Vaters setzen. Die Haut des Alten war weich und weiß, fast durchscheinend. In Nase und Armen hatte er Schläuche stecken; die Krankenschwestern kontrollierten seine Herzfunktion und die Medikamentendosierung. Er gehörte jetzt ihnen. Am späten Nachmittag hatte die Wirkung der Beruhigungsmittel nachgelassen, und der Chefchirurg machte eine Visite bei ihm. Er erzählte Frank die gute Nachricht – daß sie zwei Finger gerettet hatten – und dann die schlechte Nachricht. Nur halb wach sah Frank den Arzt an und öffnete die Lippen. »Ich werde Sie verklagen«, sagte er schwach.

Am nächsten Morgen bekam Frank Besuch von einem Mann vom amerikanischen Konsulat. Sie unterhielten sich eine halbe Stunde lang unter vier Augen. Er ging danach zu Sam in die Besucherhalle und schlug ihm vor, draußen einen kleinen Spaziergang zu machen. Er sagte, er heiße Art. Er sah aus wie all die anderen Männer, die damals in Beirut Sams Vater immer besucht hatten: ein Gesicht, das teigig war von zuviel Alkohol und zu wenig Sonne; ein Blick, der einmal scharf gewesen war, aber jetzt stumpf, wie ein nicht geschliffenes Messer. Sie verließen das Krankenhaus und gingen Richtung See.

Art sagte, die Polizei habe zwei irakische Geheimdienstbeamte verhaftet, die bei der Mission der Vereinten Nationen in Genf arbeiteten, und sie des Mordes an Barakat und dem türkischen Zimmermädchen beschuldigt. Frank Hoffmans Name war in den Zeitungen noch nicht aufgetaucht, und beim Konsulat hoffe man, daß dies auch so bleibe. »Das ist eine Schachtel voller Würmer«, wiederholte er mehrmals.

Beim Konsulat sei man der Meinung, sagte Art, es wäre ratsam, wenn Frank Hoffman die Schweiz verlasse, sowie er reisefähig sei. Die Schweizer seien nervös, und es sei gefährlich, hierzubleiben. Beim Konsulat – Art bestand darauf, diese Umschreibung zu benutzen – habe man an dem Problem gearbeitet. Es sehe so aus, als könne man mit den Schweizer Behörden eine Abmachung treffen. Frank und Sam würden der Polizei gegenüber kurze Aussagen machen und versprechen, bei der bevorstehenden Bearbeitung des Falls mit den Behörden zusammenzuarbeiten. Dafür würden die Schweizer sie ausreisen lassen. In dem Zusammenhang gebe es auch einen Fall von Bankbetrug, in den eine Privatbank verwickelt sei, die von jemandem namens Mercier geleitet werde, sagte Art. Die Schweizer seien bereit, auch in diesem Fall eine Strafverfolgung bis auf weiteres auszusetzen. Es sei ein sauberer Deal. Die Schweizer wollten die Dose mit den Würmern offensichtlich genauso wenig öffnen wie die Amerikaner.

»Ich tue alles, was mein Vater will«, sagte Sam. Es klang lahm, selbst für ihn, aber es war das, was er tatsächlich empfand. Sein Vater wiederum wollte alles tun, was die amerikanischen Behörden wollten, was die ganze Sache erleichterte. Die Anwälte kamen, um Aussagen aufzunehmen und Vereinbarungen zu verhandeln.

Zwei Tage später verließen sie Genf und flogen nach Paris, wo Frank ins Amerikanische Krankenhaus kam. Frank sicherte sich ein riesiges Zimmer, von dem man einen Blick über den vornehmen Vorort Neuilly hatte. In der ersten Woche verbrachte Sam täglich fast vierundzwanzig Stunden am Bett seines Vaters. Sich um den alten Mann zu kümmern war für ihn eine Art Betäubung, die ihn davon abhielt, an Lina zu denken. Zum Zeitvertreib las Sam seinem Vater vor. Ursprünglich hatte der Alte *Tal der Puppen* verlangt, Sam weigerte sich aber, das zu lesen. Sie einigten sich schließlich auf *Catch-22*. Sein Vater lachte bei den komischen Stellen so heftig, daß Sam ihm die Tränen von den Wangen wischen mußte.

Frank lehnte es ab, über die Ereignisse zu sprechen, die zu der Katastrophe in Genf geführt hatten. Es schien ihm klar geworden zu sein, daß er sich völlig verschätzt hatte; eigentlich schon vor Jahren, aber das ließ sich jetzt nicht wiedergutmachen. Was konnte man über einen Fehler dieser Größenordnung sagen? Wenn er nichts sagte, nahm er ihm seine Schwere, also schwieg Frank. Die Sache lag hinter ihm, sie hatte ihren Schaden angerichet, würde allmählich den Fluß der Zeit hinunterschwimmen, dem Vergessen entgegen. Er wollte auch nicht über seine Folter reden oder erzählen, was Hammuds Leute so dringend aus ihm herausbekommen wollten. Es war vorbei. Wie so viele in seiner Zunft verfolgte er eine pragmatische Ethik, die aus dem schlichten Rezept bestand: »Das Leben geht weiter«. Die Agency kümmerte sich um die Dinge, die rauhen Stellen wurden geglättet. Darauf hatte er sein ganzes Leben vertraut, und das wurde nicht durch fünf Minuten Folter in einem Genfer Hotelzimmer geändert. Sam pflegte die Wunden seines Vaters, las ihm vor und hörte sich seine Tiraden über den Zustand der Welt an. Es war wohltuend. Sam erkannte schließlich, daß er enttäuscht gewesen wäre, wenn sein Vater sich entschuldigt hätte.

Das einzige, was Frank in bezug auf die Ereignisse in Genf äußerte, war eine einzige Bemerkung. Eines späten Nachmittags, nachdem er lange Zeit auf die Wand seines Krankenzimmers gestarrt hatte, sagte er: »Weißt du was, mein Junge? Diese Freundin von dir war ein verdammt gewieftes Miststück.«

Eines Morgens, als Sam sich dem Krankenhaus näherte, sah er einen Mann, der sich auf dem Bürgersteig herumtrieb und den er meinte wiederzuerkennen. Es war ein Gesicht, das er in Genf gesehen hatte, im Park am See, an jenem Tag, an dem er angekommen war, um sich mit Lina zu treffen. Der Mann trug jetzt einen Hut, der seine Glatze bedeckte, aber er hatte die gleiche dunkle Hautfarbe und die gleichen Augen. Er blieb den ganzen Vormittag lang auf dem Bürgersteig stehen. Sam machte seinen Vater schließlich auf den Mann aufmerksam und fragte ihn, was er davon halte.

»Wer ist das?« fragte Frank.

»Ich glaube, er arbeitet für Hammud. Er hat mich schon in Genf beschattet.«

»Mann!« sagte Frank und faßte sich mit einer seiner bandagierten Hände an die Stirn. »Das sollte eigentlich nicht passieren.«

»Was sollte nicht passieren?«

»Hammuds Jungs sollten eigentlich wieder brav in ihrem

Käfig sein. Das haben sie der Agency gesagt. Was zum Teufel machen die hier? Ich kann's mir nicht leisten, noch mehr gottverdammte Finger zu verlieren!«

»Was soll ich tun?«

»Die Botschaft anrufen.«

»Wieso? Was können die schon tun? Wie gesagt, sie hätten das schon längst klären sollen.«

Frank überlegte einen Moment und sah dann wieder aus dem Fenster. »Du hast recht. Ruf die Botschaft nicht an. Ich trau' diesen Wichsern nicht mehr.« Er sah seinen Sohn an, breitete seine bandagierten Arme aus. »Und, hast du eine bessere Idee, Junior?« fragte er. »Dann sag's deinem Papa.«

Es war eine Art Diplomprüfung.

Sam hatte tatsächlich eine bessere Idee, nämlich Ali Mattar anzurufen. Der Palästinenser wollte sich zuerst nicht mit ihm treffen, aber als Sam sagte, er sei bereit, ihm ein Honorar zu zahlen, überlegte er es sich anders. Ali schlug vor, daß sie sich später am Tag im Jardin du Luxembourg trafen, in der Nähe der Tennisplätze. Das hörte sich melodramatischer an als sonst, aber Sam versprach, daß er da sein werde. Ali erschien zu dem Treffen in einem witzigen italienischen Jogging-Anzug, und er hatte einen Tennisschläger in der Hand, an dem noch das Preisschild klebte. Sein Schnurrbart hing noch tiefer herab als sonst. Er vermied es, Sam anzusehen, bis er direkt neben ihm stand.

»Du bist zu heiß, *habibi*«, sagte er, als Sam es schließlich schaffte, ihm die Hand zu schütteln. »Niemand will mehr mit dir reden außer deinem allerbesten Freund Ali. Also paß auf, daß uns niemand sieht, bitte.« Sie drehten sich um und sahen zwei jungen Franzosen zu, die auf dem Asphaltplatz den Ball hin und herschlugen.

»Wieso bin ich so heiß?« fragte Sam.

»Spiel keine Spielchen, mein Freund«, sagte der Palästinenser. »Du weißt schon warum. Es ist wegen der Sache im Irak, wegen der Sache in Genf, wegen der Sache mit Hammud. Wie geht's deinem Vater übrigens? Ist er okay? Wieviel Finger hat er jetzt?«

»Neun. Aber ihm geht's soweit gut. Woher weißt du überhaupt über meinen Vater Bescheid?«

»*W'Allah!* Neuigkeiten reisen ziemlich schnell, mein Lieber. Eine Menge Gerede über dich und deinen Vater und was in Genf passiert ist. Bumm! Hammud ist immer noch sauer auf euch beide. Das habe ich jedenfalls gehört. Aber, hey, was weiß Ali schon?«

»Du weißt eine Menge. Deswegen wollte ich mit dir reden. Ich brauche Hilfe.«

»*Habibi*, ich sage dir, Du bist jetzt so heiß, daß es dich viel kosten wird, wenn du Hilfe kriegen willst. Sogar dein Freund Ali wird dir zuviel berechnen müssen. Das ist kein Feilschen. Nur damit du Bescheid weißt.«

»Ich bezahle. Wieviel willst du haben? Zehntausend Dollar?«

»Fünfzehntausend, mein Lieber. Nur für einen Tag. Du hast sehr viel Glück, *habibi*, weil mein Freund Ayad aus Tunis gerade hier ist. Ich sehe ihn heute abend und er sagt mir alles. Fünfzehntausend mindestens.«

»Machen wir zwanzigtausend. Es ist mir egal, wieviel es kostet, Hauptsache du besorgst mir die Wahrheit.«

»Vielleicht bist du in Genf wahnsinnig geworden, daß du jetzt dein Geld verschenkst. Aber okay, ich schaue dem geschenkten Gaul nicht ins Maul. Sag' mir, was du wissen willst, und ich bekomme es raus.«

»Dann hör' zu. Draußen vor dem Krankenhaus, in dem mein Vater liegt, haben wir heute einen von Hammuds Männern gesehen. Er ist den ganzen Vormittag dageblieben, als wollte er die Gegend erkunden. Und wir wollen wissen warum. Mein Vater dachte, es wäre vorbei und es gäbe einen Waffenstillstand. Er will wissen, was Hammud vorhat.«

»Ich habe bis jetzt alles verstanden, *habibi*. Ich frage Ayad. Wahrscheinlich weiß er es. Er weiß es bestimmt.«

»Noch eine Sache. Ich will wissen, was mit dem irakischen Mädchen passiert ist, über das wir in London gesprochen haben, die, die für Hammud gearbeitet hat. Sie heißt Lina Alwan. Sie ist in Genf verschwunden. Ich glaube, Hammuds

Leute haben sie geschnappt und nach Bagdad geschafft, aber ich will es genau wissen. Ob sie tot ist oder lebt. Ich will es wissen. Okay?«

Ali Mattar zuckte die Achseln. »Du willst es wissen, ich kriege es raus. Kein Problem. Wir treffen uns morgen vormittag um elf, *inshallah*, und dann sage ich dir, was Ayad gesagt hat.«

»Wo sollen wir uns treffen?«

Ali dachte einen Moment nach, überlegte sich den unwahrscheinlichsten Platz, wo sich ein palästinensischer muslimischer Informant zu einem Rendezvous treffen könnte. »Okay«, sagte er. »Ali wird vor der Kathedrale Notre Dame stehen. Weißt du, wo das ist, *habibi*? Großer Turm. Viele Engel.«

»Ja«, sagte Sam. »Ich weiß, wo das ist.«

Sam ging am Abend wieder zum Krankenhaus in Neuilly und las seinem Vater noch ein paar Kapitel vor. Sie waren jetzt bei Dickens. Er weinte sogar, wenn es traurig wurde. Wie sich herausstellte, hatte ihm sein eigener Vater Dickens vorgelesen, als er klein war. Einmal döste der Alte weg, und als er wieder aufwachte, zeigte er mit einem seiner bandagierten Finger auf seinen Sohn. »Dickens hat seine Frau und seine Kinder ganz beschissen behandelt«, sagte er. »Hast du das gewußt?«

Am nächsten Tag traf sich Sam mit Ali vor der Kathedrale. Der Palästinenser sah verschmitzt aus, als hätte er gerade ein besonders saftiges Geheimnis entdeckt. Sie schlenderten von dem Platz weg, über den Pont au Double Richtung Rive Gauche. Ein paar Jugendliche mit Skateboards veranstalteten eine Vorführung vor einer kleinen Menschentraube, sprangen über Kästen und fuhren Slalom zwischen Blechdosen. Sam entfernte sich von der Menge und lehnte sich gegen die Steinbrüstung der Brücke. Der Palästinenser neigte sich zu Sams Ohr und höhlte seine Hand vor dem Morgenwind. Er war so nahe, daß die Haare seines Schnurrbarts Sams Wange berührten.

»Du hast mich angeschwindelt, *habibi*. Aber das ist okay. Ich habe schon immer gewußt, daß du gerne schwindelst.«

»Wovon redest du? Ich habe dich überhaupt nicht angeschwindelt.« Sams Augen funkelten in der Sonne. Ihnen gegenüber raste ein Zigeunerjunge eine winzige Rampe entlang und sprang über einen Stapel Kisten, so daß er für einen kurzen Moment zwei Meter groß aussah.

»Aber, aber, Sam. Wie du meinst.« Er zwinkerte. »Ich gebe dir Informationen und du mir Geld. Kein Problem. Schwindeln tun wir ein andermal.«

»Sag' mir einfach, was du herausbekommen hast, Ali. Ich meine es ernst. Verstehst du?«

»*Ya bey!* Ich sag's dir. Wo soll ich anfangen?«

»Egal. Fang' einfach an.«

»Okay. Du hast recht wegen dieses Mädchens Lina Alwan. Hammuds Leute haben sie in Genf gejagt. Sie glauben, sie kennt alle Geheimnisse um Hammuds Geld. Alle Geheimnisse, und daß sie sie auch noch den Israelis erzählt. Also schicken sie ein Dutzend von Ayads Jungs aus Tunis los, um sie zu jagen. Zu viele Leute. Und sie schnappen sie und bringen sie nach Bagdad, aber sie flieht und kommt nach Genf zurück – *mish maoul!* ich weiß nicht wie – die Saudis, vielleicht.«

»Ja, das weiß ich alles. Aber was ist mit ihr passiert, als sie wieder in Genf war? Ist sie tot?«

»Ich glaube nicht, *habibi*. Es sei denn, du hast sie getötet.«

»Was soll der Scheiß?« Er legte die Hand auf Alis Schulter und sah ihm in die Augen. »Wo ist sie? Sag's mir, verdammt noch mal!«

»Das weiß niemand, *habibi*. Das versuche ich dir doch zu sagen. Ayad dachte, du wüßtest es vielleicht oder dein Vater. Aber er hat keine Informationen über diese Alwan.«

»Was soll das heißen? Hat Hammud sie denn nicht?«

»Nein! Das versuche ich dir doch die ganze Zeit zu sagen, *akhee*. Die haben sie nicht gekriegt.«

»Aber die haben sie in Genf geschnappt. Die waren in meinem Zimmer im Interconti. Sie haben ihre Reisetasche dagelassen. Ich habe sie selbst gesehen.«

»Schlechte Informationen! Hammud will sie schnappen, ja. Hammud versucht sie zu schnappen, ja. Aber er schnappt sie nicht. Diese Alwan, die läuft in Genf davon, und die haben sie nie gefunden. Glaub mir, Hammud erschießt einen seiner Leibwächter, als er das erfährt. Das ist kein Witz. Große Kacke am Dampfen.«

»Was ist mit der Familie des Herrschers? Die waren auch eine Weile hinter ihr her. Vielleicht haben die sie erwischt.«

»Die auch nicht. Ich habe Ayad gefragt. Die Familie des Herrschers war auch hinter ihr her, sicher. Aber sie haben aufgegeben. Und außerdem, die Familie des Herrschers und Hammud küssen sich mittlerweile die Wangen. Sie arbeiten jetzt zusammen. Also, wenn die Jungs des Herrschers sie geschnappt haben, dann würden Hammuds Jungs das wissen. Aber sie wissen nichts.«

»Wo ist Hammud überhaupt?«

»Vielleicht in Bagdad. Oder Zypern oder Rom. Ich höre, er hat ein neues Geschäft, Düngemittel. Viel Chemie. Und er hat auch wieder ein paar Leute getotet, glaube ich.«

»Aber Lina ist nicht bei ihm?« Sam konnte es immer noch nicht glauben.

»Nein, das habe ich dir schon gesagt. Diese Dame ist nicht in Bagdad.«

»Sie ist entkommen!« sagte er. Er verspürte eine ungeheure Leichtigkeit in seinem Körper, weil sich die große Last von Trauer und Reue von ihm hob und die Seine hinunterfloß. »Sie lebt.« Seine Augen waren feucht. Er konnte nichts dagegen machen.

»*Ya habibi.* Warum denn nicht?« Ali stupste ihn an die Schulter, als wolle er ihn necken.

»Aber wo ist sie dann?« Die Frage richtete er ebensosehr an sich selbst wie an Ali.

Der Palästinenser zwinkerte wieder. »Na komm, *azim.* Hör auf, so zu tun. Du kannst es deinem Freund Ali ruhig sagen.«

»Dir was sagen?«

»Wo diese Lina ist. Das ist doch alles nur ein Spiel, diese ganzen Fragen. Du weißt, wo sie ist. Das hat Ayad gesagt. Hammuds Jungs denken, du hast sie. Deswegen sind sie immer noch hinter dir und deinem Vater her. Deswegen sind sie noch sauer.«

»Ich? Spinnst du? Ich habe sie nicht. Bis vor einer Minute dachte ich, sie sei tot.«

Ali zwinkerte wieder, lehnte sich zu Hoffman und flüsterte ihm ins Ohr:

»Wo ist das Geld, *habibi*?«

»Hör auf mit dem Scheiß, Ali. Ich habe dir doch gesagt, daß ich dich bezahle.«

»Nicht dieses Kleingeld, Sam. Nicht diese Peanuts. Kein Wunder, daß du bereit warst, mir vorher zuviel Geld zu geben. Du hast jetzt einen Haufen, was?«

»Von welchem Geld redest du?«

»Spiel keine Spielchen mehr mit Ali. Und vergiß nicht deinen alten und sehr lieben Freund, jetzt wo du reich bist. Vielleicht brauchst du einen Leibwächter? Ich steh' zu deinen Diensten. Du brauchst Ali nicht einmal zu erzählen, wie du da rangekommen bist.«

»Wo rangekommen? Hör endlich mit dem Unsinn auf. Das ist mein Ernst.«

»Hammuds Geld, *habibi*. Schluß mit dem Verstellen. Ayad sagt, du hast nicht das ganze Geld von Hammud, aber eine schöne große Scheibe. Du mußt ganz schön clever sein, *Amo* Sam. Wie hast du das gemacht?«

»Mein Gott! Das Geld hat sie auch.« Sam grinste übers ganze Gesicht, ein so breites Lächeln, daß Sonne und Himmel darin Platz zu haben schienen. »Wie zum Teufel hat sie das bloß hingekriegt?«

»Okay, dann spielen wir eben weiter. Ich habe nichts dagegen. Jetzt wo du reich bist, kannst du tun, was du willst. Ali wird dein Sklave sein. *Abd-al-Sam.* Warum nicht?«

Hoffman versuchte noch eine Zeitlang, Ali Mattar zu überzeugen, daß er nichts von Hammuds Geld hatte, und gab dann auf. Sollte er doch glauben, was er wollte. Er zog einen Umschlag aus der Tasche, der die zwanzigtausend Dollar enthielt, und gab ihn seinem palästinensischen Freund mit der Anweisung, ihn sofort anzurufen, wenn er noch irgend etwas über den Aufenthaltsort von Lina Alwan erfahren sollte. Dann ging Sam zu den verblichenen Mauern der Kathedrale zurück und betrat den dunklen Innenraum, wo er zum Dank eine Kerze anzündete.

Als Sam später ins Krankenhaus ging, erzählte er seinem Vater, was er von Ali erfahren hatte. Aber nach ein paar Sätzen schnitt Frank ihm das Wort ab. »Sie hat Hammuds Geld«, sagte er.

»Stimmt. Jedenfalls etwas davon. Woher wußtest du das?«

Frank hielt eine seiner bandagierten Hände hoch. »Natürlich weiß ich es. Was meinst du, was die in meinem Hotelzimmer gesucht haben?«

»Geld?«

»Na klar. Es geht immer um Geld. Die wollten wissen, was deine irakische Freundin mit Hammuds Kohle gemacht hat.«

»Aber du hast dich geweigert, es ihnen zu sagen?«

»Nein, du Wichser. Ich habe mich nicht geweigert. Natürlich hätte ich es ihnen gesagt. Aber ich habe nichts gewußt. Weißt du, was sie mit dem Geld gemacht hat?«

»Nein«, sagte Sam und schüttelte den Kopf. »Sie hat mir nie erzählt, was sie macht. Ich schätze, sie hat uns beide im Regen stehen lassen. Wie werden wir jetzt Hammuds Leute los?«

»Geld«, sagte Frank. »Ich hab's dir doch gerade gesagt. Es geht alles immer nur um Geld. Dein ganzes Leben lang versuche ich dir das schon klarzumachen.«

»Aber ich habe kein Geld.«

»Das ist dein Problem. Sprich doch mit deinem Freund, dem saudischen Prinzen, diesem Arschloch. Der hat eine Menge Geld.«

»Und was ist mit dir, Dad?«

»Ich geh' nirgendwo hin, mein Junge. Ich habe gerade eine neue Krankenschwester engagiert. Ist mir doch egal, wenn Hammuds Jungs durchs Fenster zugucken. Um die mach' ich mir später Sorgen.«

Greta, die Privatschwester, traf am späten Nachmittag ein. Sie war sehr drall, und die kleine weiße Uniform bedeckte oben und unten kaum ihren Körper. Wenn sie sich über Frank beugte, um sein Kopfkissen zu richten oder seinen Puls zu messen, streiften ihre Brüste seine Wangen. Frank erklärte, daß sie früher wirklich einmal eine Krankenschwester gewesen sei, bevor sie in einem Nachtclub am Pigalle zu arbeiten angefangen habe. An diesem Abend beschloß Sam, daß es Zeit war, heimzufahren.

43

Einen Tag nach seiner Ankunft in London stattete Sam Hoffman dem beigefarbenen Stadthaus am Hyde Park Square einen Besuch ab. Es war ihm zutiefst zuwider, sich erneut an Prinz Jalal zu wenden, aber er sah keine andere Möglichkeit. Die *Moukhbarat*-Leute waren immer noch vor seinem Gebäude in der North Audley Street postiert, als wäre er nie weg gewesen, und die britische Polizei war hoffnungslos. Sie ließen ihn in Heathrow fast zwei Stunden warten, bis sie ihm grünes Licht für die Einreise gaben, und hatten ihn am nächsten Morgen einbestellt, um ihm weitere Fragen zu stellen. Selbst das Wetter war zum Feind geworden. Es war ungewöhnlich heiß für das späte Frühjahr. Eine Glocke dreckiger, feuchter Luft hing wie eine dicke Dampfwolke über London. Die Leute blieben zu Hause, sahen fern, versteckten sich voreinander. Hoffman wußte nicht, an wen er sich sonst wenden sollte. Er klingelte bei Prinz Jalal, und schließlich machte ein Mann mit einem quadratischen Kiefer die Tür auf. Sam fiel auf, daß er eine Pistole in seinem Gurt trug. Das war neu.

»Der Prinz ist nicht da«, sagte er und machte die Tür schnell wieder zu.

Sam stand auf den Stufen und blickte hinauf zu den Fenstern vom Privatquartier des Prinzen in den oberen Stockwerken. Es brannte Licht. Er klingelte wieder. Er behielt den Finger lange auf dem Klingelknopf, bevor der Sicherheitsbeamte wieder aufmachte.

»Der Prinz sagt, Sie sollen weggehen. Er möchte nicht mit Ihnen sprechen.« Die Tür ging wieder zu, diesmal mit einem Knall.

Sam ging zu einer Telefonzelle, einen Häuserblock entfernt, und wählte die Privatnummer des Prinzen, die er aus alten Zeiten behalten hatte. Nachdem es ein Dutzendmal geklingelt hatte, nahm Jalal ab.

»Die bist hartnäckig, mein lieber Hoffman. Was willst du?« Es lag eine Schärfe in seiner Stimme. Der verträumte Ton war verschwunden.

»Unerledigte Geschäfte«, sagte Sam. »Ich hatte versprochen, etwas für dich zu tun. Ich bin jetzt bereit.«

»Wie aufmerksam. Aber ich brauche deine Dienste nicht mehr.«

»Na komm, Jalal! Ich mache alles, was du von mir verlangst. Ich bin in Geldschwierigkeiten.«

»Tatsächlich? Willkommen im Club.«

»Verdammt noch mal! Sag deinem Typ, daß er mich reinlassen soll. Ich muß mit dir reden.«

»Tut mir leid, aber ich empfange zur Zeit keine Gäste. Hier sieht es ziemlich schlimm aus. Ich hatte vor kurzem unerwarteten Besuch.«

»Was ist passiert?«

»Du weißt es nicht? Nun, dann sollten wir uns vielleicht doch treffen, damit dir mal klar wird, was du angerichtet hast.«

»Treffen wir uns zum Mittagessen. Im Mirabelle in der Brook Street.«

»Um Gottes willen, nein! Zu viele Araber. Arabern geh' ich zur Zeit aus dem Weg.«

»Dann sag' mir wo. Irgendwo. Ich muß mit dir sprechen.«

Es trat eine Pause ein, während der Prinz überlegte. »Burger King«, sagte er. »Am Piccadilly Circus.«

Sam erkannte den Prinzen kaum wieder, der im hinteren Teil des Restaurants an einem Plastiktisch saß. Er trug einen unförmigen Regenmantel und eine dunkle Brille. Als er ihm gegenüber Platz nahm, sah er, daß Jalals glattes Gesicht übel zerschnitten war. Das makellose Kakaobraun seiner Haut war durch blauschwarze Narben unterbrochen, und über einem Auge trug er einen großen Verband.

»Du siehst ja schrecklich aus«, sagte Sam. »Wie geht es dir?«

»Ich verheile, danke. Mein Schönheitschirurg sagt, daß ich großes Glück gehabt habe.«

»Was ist passiert?« Aber Sam wollte nur höflich sein. Er kannte die Antwort.

»Einige deiner irakischen Freunde waren überhaupt nicht begeistert über die Rolle, die ich bei Miss Alwans Flucht gespielt habe. Sie schienen der Meinung zu sein, sie sei sowas wie eine israelische Spionin. Stimmt das?«

»Nein. Sie ist ein gute irakische Muslimin. Das habe ich dir doch gesagt.«

»Es war jedenfalls höchst unangenehm. Sie haben den Eindruck, daß deine Freundin mit einem Teil von Hammuds Geld durchgebrannt ist. Von einhundertfünfzig Millionen Dollar war die Rede. Eine ganze Menge, selbst für jemanden wie Nassir Hammud.«

»Das tut mir leid«, sagte Sam. Er lehnte sich über den Plastiktisch und küßte den Prinzen auf die Wange. »Ich möchte es gerne wiedergutmachen. Das habe ich versucht, dir am Telefon zu sagen. Ich bin bereit, das zu tun, was ich versprochen habe. Sage mir einfach, wann ich den Deal machen soll.«

Jalal legte den Kopf leicht schief und gab einen glucksenden Laut von sich, der beinahe mitleidig klang. »Ich brauche dich nicht mehr, Sam.«

»Aber was ist mit deinem türkischen Freund? Der in Amerika die Bank kaufen wollte. Du hast gesagt, ich wäre ideal für ihn.«

»Jetzt nicht mehr. Er hat um einen anderen Mittelsmann gebeten. Ich habe ihm einen besorgt.«

»Aber ich will dir helfen. Ich muß dir helfen. Du bist jetzt mein einziger Freund.«

»Du scheinst nicht zu begreifen, mein lieber Sam. Du hast keine Freunde mehr. Du bist, wie ihr Amerikaner es gerne ausdrückt, ›bad news‹.«

Als Sam den saudischen Prinzen im Burger King zurückließ, zwischen den Gerüchen von Hamburgerfett und Pommes, fragte er sich, was er tun sollte, jetzt, da er zum Paria erklärt worden war. Aber ganz gleichgültig, welche Schwierigkeiten ihm in der Zukunft bevorstanden, es gab doch einen enormen und ewigen Segen: Ihm wurde klar, er würde Prinz Jalal nie wieder sehen müssen.

Die ersten Nächte nach seiner Rückkehr konnte Sam nicht schlafen. Die Bilder von so vielen zertrümmerten Gesichtern füllten seine Gedanken. Sein Vater, der clevere Bankier Asad Barakat, das Zimmermädchen; jetzt sogar Jalal und, irgendwo, Lina. Er hatte das Gefühl, als würde er zwischen abgetrennten Fingern und zerbrochenen Gliedern liegen. Er konnte sich nicht bewegen, ohne jemand zu zerdrücken. Nach der dritten schlaflosen Nacht ging er zu einem Arzt, der ihm ein Rezept für ein Schlafmittel gab. In seinem betäubten Schlaf sah er vor seinem geistigen Auge nur einen stumpfen grauen Kasten, aber er wußte, daß darin noch mehr gebrochene Knochen waren.

Mitten in einer jener schlaflosen Nächte hatte Sam einen fernen Hoffnungsschimmer. Lina war in Israel! Es waren die Israelis gewesen, die sie an dem Abend in Genf geschnappt hatten, und jetzt lag sie am Strand von Tel Aviv und erzählte ihnen alles, was sie über Nassir Hammud und den irakischen *Moukhabarat* wußte. Sam fand Martin Hiltons Visitenkarte in seiner Schreibtischschublade. Er geriet an einen Anrufbeantworter und sprach eine Nachricht auf Band. Hilton rief noch am gleichen Tag zurück.

»Wir haben sie nicht«, sagte er. »Wir haben sie in Genf beschattet, aber wir haben sie verloren. Wir wissen nicht, wo sie ist.«

»Hören Sie auf mit dem Scheiß«, bellte Sam. »Wo ist sie?«

Aber Hilton lachte bloß. »Ich habe keine Ahnung. Ehrlich. Aber wenn Sie von ihr hören, sagen Sie mir bitte Bescheid.«

Sam versuchte, mehr Informationen aus ihm herauszupressen, aber Hilton wurde ungeduldig und sagte, er habe noch andere Dinge zu erledigen. Das Blatt hatte sich gewendet. Sam war Schnee von gestern. Martin Hilton, der jetzt unter einem anderen Namen operierte, manipulierte jemand anderen.

Sam entschied sich zu einem letzten Schachzug. Anstatt geduldig darauf zu warten, daß die Irakis die Schlinge um ihn und seinen Vater zuzogen, würde er Hammud persönlich kontakten und versuchen, mit ihm einen Handel zu vereinbaren. Es war Wahnsinn – denn was hatte er Hammud schon anzubieten? – aber es war besser, als gar nichts zu tun. Und Sam hätte endlich die Gelegenheit, das Gesicht des Mannes zu sehen, dessen Leben so gewalttätig mit seinem zusammengestoßen war. Und so rief er an einem Vormittag bei Coyote Investment an.

Das einzige, was er erfuhr, war, daß der Anschluß nicht mehr in Betrieb sei. Er ging in der brütenden Hitze nach Knightsbridge, um selbst nachzusehen. Der Hausmeister bestätigte die Information. Die Firma im fünften Stock habe vor einer Woche ihr Londoner Büro geschlossen. Die Möbelpacker seien mitten in der Nacht gekommen und hätten alles ausgeräumt. Den meisten Angestellten war nicht einmal Bescheid gesagt worden. Als sie am nächsten Morgen zur Arbeit erschienen, waren die Türen mit Vorhängeschlössern gesichert. »Wo ist die Firma denn hingezogen?« fragte Sam.

»Nach Übersee«, sagte der Hausmeister. Er gab Sam die einzige Nachsendeadresse, die man ihm hinterlassen hatte. Es war ein Postfach in Bagdad.

In jener Nacht fiel eine Postkarte durch den Briefschlitz in Helen Copakens Reihenhaus in Blackheath. Es war ein Bild von einem Strand in Florida Keys. Die Farben waren so leuchtend grell, daß man Lust hatte, eine Sonnenbrille aufzusetzen, nur um sie zu lesen. Sie war vom Miami International Airport abgeschickt worden. Auf der Rückseite standen die Worte: »Wish you were here.« Unterschrieben war sie mit »ein feministischer Alien.«

Nach zehn Tagen in der Londoner Hitze kehrte Sam nach Paris zurück. Sein Vater war immer noch im Amerikanischen Krankenhaus in Neuilly. Er war mit seiner privaten Krankenschwester Greta in eine Suite gezogen. Der alte Mann strahlte. Er hatte wieder Farbe im Gesicht, und von Händen und Füßen waren schon die ersten Verbände entfernt worden. Greta tappte in ihrer Unterwäsche durchs Zimmer. Sam murmelte etwas, daß er später wiederkommen könne, aber Frank Hoffman schnitt ihm das Wort ab.

»Setz dich, mein Junge«, sagte er. »Ich hab' mir was ausgedacht, wie wir uns diese Arschlöcher vom Hals schaffen können.«

»Ach ja?« sagte Sam, als er sich neben das Bett setzte. »Und wie?«

»Ich werde ihren ganzen Scheißladen hochgehen lassen. Das ist die einzige Sprache, die sie verstehen.« Er langte hinüber zum Nachttisch und schob Sam einen Stapel maschinengeschriebener Blätter hin. »Lies das.«

Sam nahm das Manuskript in die Hand und las die Titelseite: *Frank und frei: Meine Jahre des Bestechens von Prinzen, Königen und Präsidenten für die CIA.*

»Was ist das denn?« fragte er.

»Mein Buch. Es steht alles da drin. Jedes Wort von dem, was ich dir in Genf erzählt habe, und eine Menge, was ich dir noch nicht erzählt habe. Ein Knüller, mit aller Bescheidenheit gesagt. Ein richtiger Thriller.«

»Wie hast du das geschafft? Du kannst doch nicht tippen.«

»Greta«, sagte er mit einem Nicken zu der halbentkleideten Frau in der anderen Ecke des Zimmers. »Ich glaube, ich habe dir noch nicht erzählt, daß sie auch Diktate aufnimmt. Und sie tippt wie ein Weltmeister, zusätzlich zu ihren vielen anderen Fähigkeiten.«

Sam warf einen Blick auf die Blondine in ihrem Stütz-BH und Bikini-Höschen. »Ohne Witz?«

»Ohne Witz. Und ich habe auch einen Literaturagenten. ›Sneezy‹ Slocum. Bester Agent auf dieser Seite des Atlantiks. Hat Maurice Chevalier betreut, Toppogiggio, die italienische Maus, Pia Zadora. Große Stars. Der Typ ist toll. Er glaubt, das sei ein Absahner.«

»Wird er es einem Verlag anbieten?«

»Noch nicht, mein Sohn. Zuerst schicken wir's per Kurier einem alten Freund von mir in Washington. Er bekommt sozusagen das ›Erstablehnungsrecht‹. Greta hat schon den Umschlag beschriftet. Zeig's ihm, Liebling.«

Die Frau gab Sam ein Kurierpaket. Auf dem Adressenzettel waren säuberlich die Worte gedruckt: ›Die Freunde von Arabien, c/o Robert Z. Hatton, Marola & Dubin, 1700 J Street, N. W., Washington, D. C. 20036.‹

»Bring's zum Kurierdienst, Sammy«, sagte Frank Hoffman. »Gleich jetzt. Und dann komm' wieder hierher und lies mir vor. Ich hab' dich vermißt.«

Achtundvierzig Stunden später flog Robert Hatton mit der Concorde nach Paris. Als er im Krankenhaus eintraf, hatte er einen grauen Streifenanzug und ein gestärktes weißes Hemd an. Es war die perfekt geschneiderte Kombination, die Anwälte und Geschäftsleute so lieben, weil sie einen Mann, ganz gleich, wo er sein mochte, immer korrekt aussehen ließ. Und doch, als Hatton Frank Hoffmans Krankenhauszimmer betreten hatte und sie allein waren, zog er sein Jackett aus und lockerte seine Krawatte.

»Hallo, Frank«, sagte er. »Wie geht's uns denn so?«

Frank saß ordentlich in seinem Bett, die Arme vor sich

gekreuzt. Auf seinem Gesicht lag ein süßes, zufriedenes Lächeln. »Mir geht's prächtig, Bobby«, sagte er. »Außer daß ich jetzt eine ungleiche Anzahl von Fingern und Zehen habe.«

»Tut mir leid, das zu hören. Ziemlich ärgerlich.«

»Ärgerlich, hast du gesagt? Du Wichser.«

Der Anwalt lächelte bloß. Das gehörte zu einem Anwalt – zu lächeln, wenn man von jemandem als Wichser bezeichnet wurde. Er lockerte seine Krawatte noch einen Zentimeter und legte seine Füße auf Franks Bett hoch.

»Und?« sagte Frank mit einem schalkhaften Blick. »In letzter Zeit irgendwelche guten Bücher gelesen?«

»O ja, Frank. Jedes Wort. Ein paar erstaunliche Geschichten sind da drin. Wirklich erstaunlich. Wußte gar nicht, daß du so ein gutes Gedächtnis hast.«

»Große Klasse, daß du das so sagen kannst, Bobby. Stell dir vor, der kleine Frank, ein Schriftsteller. Und ich war nicht einmal in Yale. Meinst du, irgend jemand hätte Interesse, meine Erinnerungen über das Leben im guten alten Arabien zu lesen?«

»Ich fürchte schon. Das könnte ein Bestseller werden und ziemlichen Aufstand verursachen. Könnte sogar zum Sturz von ein oder zwei Regierungen in der Region führen.«

»So eine große Sache? Wow! Dann komme ich vielleicht in *Donahues* Talkshow.«

»Hm. So eine große Sache! Sogar eine totale Katastrophe, vom Standpunkt der nationalen Sicherheit her gesehen. Freunde, mit denen ich geredet habe, sind übrigens der gleichen Meinung. Macht dir das Freude, Frank, die Vorstellung, daß du soviel Schaden anrichten kannst?«

»Da kannst du deinen Arsch drauf wetten! Dafür lebe ich.«

»Wir könnten dich natürlich verklagen. Vertragsbruch, Geheimhaltungsvereinbarungen und so weiter.«

Frank schnaubte. »Genau! Das wäre köstlich. Du würdest Frank Hoffman sicher liebend gerne im Zeugenstand sehen. Verklage mich, bitte!«

»Wir könnten an deinen Patriotismus appellieren. Du warst ein guter Soldat, Frank.«

»Vergiß es. Das hat funktioniert, als ich noch zehn Finger hatte, aber jetzt nicht mehr. Ihr habt mich sitzen lassen. Ich habe mich für euch ganz schön aus dem Fenster gehängt, und dann habt ihr zugelassen, daß ein irakischer Saftsack daherkommt und mir was absäbelt. Also vergiß das mit dem Patriotismus. Weiter.«

»Okay, Frank«, sagte Hatton mit einem resignierten Blick. »Sag' du mir was. Was ist erforderlich, damit dieses Buch wieder verschwindet?«

»Geld«, antwortete er. »Geld, Geld, Geld, Geld.«

»Ja, aber wieviel?«

»Etwa einhundertfünfzig Millionen Dollar, nach dem, was mein Junge mir so erzählt. Zu zahlen an Hammud oder ein anderes Arschloch da draußen, das immer noch meint, ich hätte zuviele Finger und Zehen. Das ist der Preis. Sonst laß' ich meinen Literaturagenten auf Hochtouren laufen. Ist es drin? Ja oder nein?«

Hatton klopfte sich ans Kinn, als würde er in Gedanken Summen addieren. »Ja«, sagte er schließlich. »Ich glaube, wir können da etwas in dem Sinne für Mr. Hammud arrangieren. Eher ein Bündel neuer Investitionsmöglichkeiten als einen Pauschalbetrag. Das wird er schon verstehen. Er ist schließlich Geschäftsmann.«

»Wovon redest du?«

»Von so einer Art Paket. Eine Lizenz für Mobiltelefone in Florida. Eine Konzession für Kabelfernsehen in Schottland. Ich habe gehört, daß in Saudiarabien demnächst eine Konzession für nichtalkoholische Getränke erhältlich sein wird. Wir werden uns was einfallen lassen.«

»Du willst Nassir Hammud ins Kabelfernsehgeschäft bringen?«

»Wieso nicht? Das ist im Kommen. Hast du ein Telefon? Ich werde mein Büro anrufen und die Vorbereitung des Papierkrams veranlassen.«

Frank Hoffman schüttelte den Kopf. So weit war es also schon gekommen. »Sei mein Gast«, sagte er. »*Ahlan wa sahlan.*«

44

Und dann hörte es auf. Die Späher vor dem Krankenhaus verschwanden. Und nach ein paar Wochen beschloß Frank, daß die Luft rein war und er nach Athen zurückkehren konnte. Er nahm Greta mit. »Wir heiraten«, verkündete er Sam. Und sie wurden in einer schlichten Zeremonie im Krankenhaus in Neuilly getraut. Sam war Trauzeuge. Greta trug Weiß. Frank trank den ganzen Abend lang bis zum frühen Morgen Champagner und flog dann nach Griechenland ab. Seine Braut trug das Gepäck. Sie war, wie er gesagt hatte, eine Frau mit vielen Begabungen.

Auch vor Sams Wohnung in London verschwanden die Beobachter und ebenso seine Schwierigkeiten mit den britischen Behörden. Sam widmete sich wieder seiner Beratertätigkeit und stellte nach einigen Wochen fest, daß er so viele neue Klienten hatte, daß er eine Sekretärin anstellen mußte und dann einen Assistenten. Er gab sich große Mühe, die Tatsache zu verheimlichen, daß die Arbeit ihn langweilte. Als eine Art Therapie begann er, einen Bericht darüber zu schreiben, was ihm in jenem Jahr widerfahren war. Zu Weihnachten hatte er bereits fünfhundert Seiten geschrieben. Je mehr er schrieb, desto klarer wurde ihm, wie wenig er die Frau verstanden hatte, die die zentrale Rolle in seiner Geschichte gespielt hatte. Sie war weit davon entfernt, das hilflose Opfer zu sein, wie er immer angenommen hatte. Sie war, im Gegenteil, die einzige von allen, die körperlich und seelisch unversehrt geblieben war. War ihr klar, wo immer sie war, daß sie gewonnen hatte?

Im Hochsommer traf das erste Geld in London ein. Es wurde auf das Konto der Irakischen Freiheitsstiftung eingezahlt, die von dem irakischen Exildichter Nabil Jawad geleitet wurde. Anfangs kam es in kleinen Beträgen. Einer ersten Spende von fünfzigtausend Dollar folgte eine zweite von hunderttausend Dollar. Als das System anonymer Überweisung etabliert worden war, trafen größere Beträge in London ein. Von einem Nummernkonto in Curaçao wurden telegrafisch fünf Millionen überwiesen. Von einem ähnlichen Konto auf den Channel Islands zehn Millionen. Aus Luxembourg kamen weitere zehn Millionen und dann, drei Monate später, fünfzig Millionen von den Cayman Islands. Das Geld kam immer von einer anderen Bank, immer von einem Nummernkonto, das sofort nach der Überweisung aufgelöst wurde.

Der einzige Hinweis auf den Ursprung des Geldes befand sich in einer Mitteilung, die zum Zeitpunkt der ersten größeren Überweisung eintraf. Sie wurde Jawad in einem Umschlag ohne Absender geschickt und hatte folgenden Wortlaut: »Ein anonymer Spender möchte der Irakischen Freiheitsstiftung substantielle Spenden zukommen lassen. In der Hoffnung, daß das Geld umsichtig eingesetzt wird, um die Befreiung des irakischen Volkes voranzutreiben.« Die Mitteilung war säuberlich getippt, wie mit einem Laserdrucker, und in einem kleinen Umschlag verschlossen. Der Poststempel auf dem äußeren Umschlag trug die Aufschrift »Blackheath«.

Die Stiftung operierte völlig unabhängig, ohne jede Verbindung zu irgendeinem der arabischen oder westlichen Geheimdienste. Darauf bestand Jawad. Sie begann mit einfachen Dingen. Ein Radiosender fing an, Programme in den Irak zu senden: Im Zentrum standen traditionelle Volksmusik und Dichtung, Satiren über die Gauner, die im Irak das Sagen hatten und in den anderen arabischen Ländern an der Macht waren, und Witze über die Geheimpolizei. Alle hörten zu. In London wurde eine Zeitschrift mit dem Titel *Demokratischer Irak* herausgegeben und im ganzen Nahen Osten vertrieben. Sie enthielt Artikel der hervorragendsten irakischen Gelehrten und Wissenschaftler, die in der Diaspora lebten. Zuerst gab es Schwierigkeiten beim Vertrieb des Blattes. Aber in der arabischen Welt kann man mit Geld alles bewirken, und die Irakische Freiheitsstiftung schien auf einmal sehr viel zu haben. Auf Wunsch des anonymen Spenders wurden an Business Schools in Großbritannien und den Vereinigten Staaten fünf Stipendien für irakische Frauen eingerichtet. Der Spender bestimmte, daß sie »Randa-Aziz-Stipendien« heißen sollten, zum Gedenken an eine Irakerin, die bei einem tragischen Verkehrsunfall ums Leben gekommen war. Jawad hielt Reden und unternahm Vortragsreisen, und es wurden so viele Kassetten mit seinen Äußerungen in den Irak geschmuggelt, daß seine Stimme dem einfachen Mann auf der Straße vertrauter wurde als die der neuen Führung. Im Irak wurden die ersten Arbeitskreise organisiert und dann Dichterlesungen. Anfangs hatten die Leute Angst, sie zu besuchen, aber schließlich kamen doch einige und dann einige mehr. Es war keine Revolution, aber es war ein Anfang.

An einem Frühlingsmorgen, auf den Tag genau ein Jahr nachdem Lina Alwan verschwunden war, ging in einer Kleinstadt im Norden Kaliforniens eine junge Frau zum Postamt und schickte einen Brief ab. Sie war leger gekleidet, in weiten Jeans und einem großen Pulli, so wie fast jeder andere in der kleinen Stadt am Rand des Weinanbaugebiets. Aber sie war anders, und es lag nicht bloß an der Spur eines Akzentes in ihrer Stimme. Da war eine Zurückhaltung in ihrer Art, mit anderen Menschen zu reden, selbst mit ihren Freunden. Und in ihren Augen lag dieser ferne Blick, der wie ein Schleier von

Traurigkeit wirkte, aber tiefer zu gehen schien, denn nach außen hin war sie immer fröhlich. Einer ihrer kalifornischen Freunde war davon überzeugt, daß sie in einem anderen Leben eine Königin in irgendeinem Reich des Orients gewesen sein mußte. Das große Rad des Kharma hatte sie in dieses kleine Örtchen mit einer Tankstelle zwischen den Redwoods verschlagen. Aber die junge Frau hatte nur gelacht. *That's California!*

Sie war schön, mit ihrem königlich-orientalischen Aussehen, aber wenn Männer mit ihr ausgehen wollten, entschuldigte sie sich und sagte, daß sie jemand anderem versprochen sei. Ihre einzige Verbindung mit der Welt außerhalb Nord-Kaliforniens bestand in den E-Mail-Mitteilungen, die sie regelmäßig mit einer Freundin austauschte, die in einem Londoner Vorort lebte. Sie verbrachte immer mehr Stunden damit, ein eigenartiges Computerspiel zu spielen, das diese Freundin ihr geschickt hatte, bei dem die Spielerin – und es mußte eine Frau sein – ihren Libido- und Ehrgeizpegel ermitteln konnte, um die richtige Lebensstrategie für sich auszuwählen. Sie zeigte es schließlich einer ihrer kalifornischen Freundinnen, die es als sexistisch und blöde abtat und als generellen Angriff auf das Frausein.

Der Umschlag landete in Sam Hoffmans Briefkasten. Darin fand er ein Flugticket erster Klasse nach San Francisco und eine Busfahrkarte zu einem kleinen Ort nördlich der Stadt. Der Abflugtermin: eine Woche später. Es lag auch noch eine mit Laserdrucker geschriebene Mitteilung bei:

»Ich will dich«, stand da. Sie war unterschrieben mit »Der Wawi.«

Sam starrte lange Zeit auf den Brief, als könne er ein Gesicht auf dem weißen Papier sehen. Dann steckte er Flugticket, Fahrkarte und Brief wieder in den Umschlag zurück und legte ihn in seine Schreibtischschublade.

Nachwort des Autors

Dieses Buch bildet den Abschluß eines dreibändigen Romanzyklus über Amerika und den Nahen Osten. Er behandelt die letzten fünfundzwanzig Jahre. Wie schon die anderen beiden Romane ist er frei erfunden. Weder Charaktere noch Institutionen in diesem Buch existieren tatsächlich, und jede Ähnlichkeit mit lebenden Personen oder existierenden Firmen ist rein zufällig.

Um die Geschichte des modernen Irak zu skizzieren, habe ich ausführlich auf das Werk des irakischen Schriftstellers Kanan Makiya zurückgegriffen. Die Beschreibung der Verhältnisse in dem irakischen Gefängnis stützen sich größtenteils auf sein jüngstes Buch *Cruelty and Silence*, und der Titel meines Romans wurde von seinem früheren Buch *Republic of Fear* inspiriert, das er unter dem Pseudonym Samir Al-Khalil verfaßte.

Besonderen Dank schulde ich zwei arabischen Journalistinnen: Nora Boustany, die großartige Reporterin der *Washington Post*, die geholfen hatte, mich Anfang der 80er Jahre durch das Blutbad im Libanon zu lotsen; und Yasmine Bahrani von der Auslandsredaktion der *Post*, deren Kenntnisse und Wissen über den Irak mir unermeßlich geholfen haben. Für wertvolle Beratung beim Navigieren durch die Welt der Computer danke ich Laurie Hodges von Georgia Tech. Für das Lesen des Manuskripts und anderweitige Unterstützung danke ich: Lincoln Caplan, Leonard Downie,

Douglas Feaver, Laura Blumenfeld, Linda Healy, Paul und Nancy Ignatius, Jonathan Schiller, Susan Shreve; für seinen weisen juristischen Rat, David Kendall. Ebenfalls zu Dank verpflichtet bin ich meinem Freund und Agenten Raphael Sagalyn; meinen eifrigen Lektoren bei Morrow, Adrian Zackheim und Rose Marie Morse; und zuletzt und ganz besonders meinem seit über fünfundzwanzig Jahren mir verbundenen Freund und literarischen Berater, Garrett Epps.